華龍之宮

THE OCEAN CHRONICLES

華竜の宮

上田早夕里

邱香凝 譯

目錄

地球內部構造（概略）

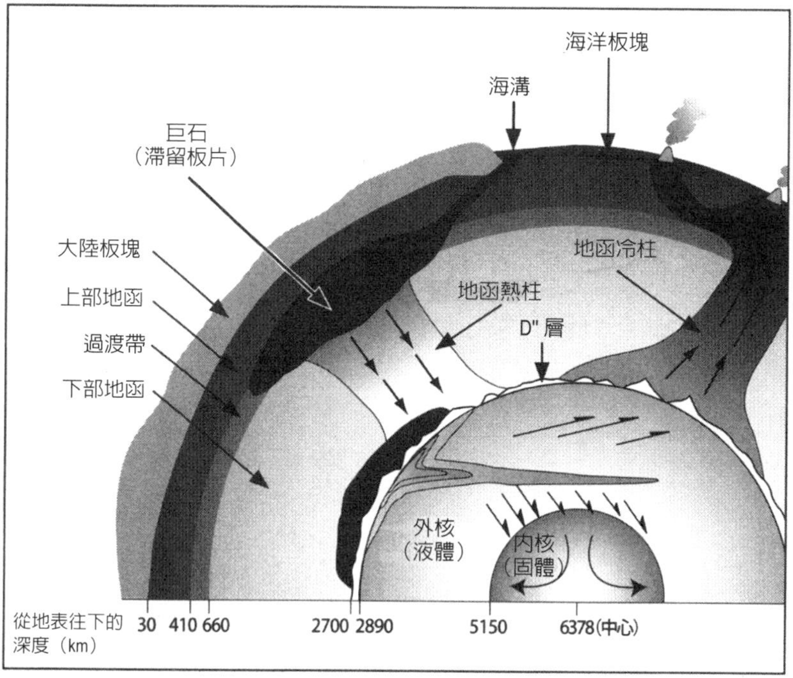

本圖示為作者上田根據《日本列島會沉沒嗎？》（早川書房）（P.70）（※ 原圖為丸山茂德東京工業大學教授提供，由西村及藤崎改製）及其他資料製成。

序幕

幕張展覽館國際會議場入口，一如往常擺著一張高腳看板。
日本地球行星科學聯盟二〇一七年大會 JPGU Meeting 2017
瞥了招牌一眼，鴻野走進這棟以深灰色建材和玻璃打造的建築。
這次的學會，鴻野負責一般民眾爲對象的市民講座。根據最新數據，向充滿好奇心的孩童或喜愛科學的社會人士說明基礎知識。和在學會發表論文時專業人士激烈論戰的景況不同，這樣的講座氣氛溫和多了。
日本地球行星科學聯盟大會是與地球科學、行星科學集宇宙科學相關的日本最大級城市會議。來自全日本相關領域的學會齊聚一堂，學者發表論文，聽講者包括海外人士。共舉行六天。
自一九九〇年持續舉辦至今的大會，今年也按照預定計畫展開。
聽到「地球科學」、「行星科學」時，一般人很少能明確說明這是何種學問。就算知道這是調查地球整體的學問，研究方法和最新知識依然鮮爲人知。除非出現特別驚人的消息，否則媒體不會大肆報導。
陸地與地心的構造、海洋及氣象的狀態、地球外圍宇宙造成的影響，以及受到這些因素牽動的生物繁衍——綜合上述內容，就是地球行星科學這門學問。
即使經過數據龐大的調查或預測所有可能，地球上仍有許多無法解開的謎。這些地球之謎中，更有許多窮盡人類一生也無法解開。即使如此，搞懂一小片眞相，日積月累，總有一天能解開龐大謎團。過去誰無法解開的謎在自己手中解開，自己未能解開的謎又將在未來被他人洞悉，這想法總令鴻野雀躍，地球行星科學充滿如此的魅力。受到這股魅力吸引，鴻野才投身領域。
從孩童到年長者，會議室中有各種年齡層的聽講者。鴻野專攻地球深部探測。今天他使用３Ｄ投影螢幕，投影談論時常見的地球剖面圖。

「地球內部的結構是這樣的——」

這是至今說明過無數次的內容。鴻野順暢敘說。

「從地表依序往下，分別是『地殼』、『上部地函』、『過渡帶』、『下部地函』、『D"層』、『外核』、『內核』。如果用一顆蛋來比喻，地殼就像蛋殼，這一層非常薄。地函就像蛋白，地核是蛋黃。至於D"層，可以想像成覆蓋於蛋黃表面的薄膜。板塊由地殼與上部地函部分組成，下方是稱爲軟流圈的柔軟層。軟流圈的流動性很高，所以板塊才會持續移動。」

使用立體投影呈現海洋板塊與大陸板塊之間的關係，一邊讓畫面旋轉，鴻野邊繼續說明。

日本經常發生哪一種地震，原因又是什麼。

地震預測技術和防災活動又進展到了什麼地步。

這些都是一般聽講者會感興趣的領域。舉辦市民講座的目的，便是介紹議題最新數據，加深聽講者的知識。就算不上大學，也有很多獲得科學知識的方法。該怎麼做才不會受假科學或迷信所惑，該知道什麼才眞正派得上用場，遇到險境時如何正確判斷，拯救自己和他人生命。鴻野簡單易懂地爲聽解者一一說明。

結束後，鴻野接受聽解者提出疑問。來參加講座的人多半興致勃勃，有些孩子會提出比鴻野說明內容更難的問題，也有年長者提出過去說法，想知道現在學說變化。鴻野總是仔細回答每個人，善用時間到最後一刻。結束後，他在咖啡店裡小歇一會，再前往專家發表論文的會議室，專注傾聽一場又一場最新研究發表和相關議論。

六天就如此忙碌度過。

最後一天，有幾面之緣的研究者約鴻野參加聚餐，鴻野說與別人有約，離開了幕張展覽館。搭乘ＪＲ京葉線到新木場，再換乘有樂町線朝銀座方向。鴻野在地方大學工作，不太習慣熱鬧的東京，然而，這裡刺激的氛圍也吸引他。但在東京餐廳喝酒，沒有在地方餐飲店喝酒時安心，高物價也令人抗拒。所以鴻野在東京喜歡的餐廳不多。愈繁華的地方，不符合喜好的店愈多，這確實有點麻煩。

即使如此，昔日好友星川久違來到東京，鴻野配合他選了有樂町一帶的餐廳。和鴻野一樣，星川也在地方大學任職，從事地球科學研究。兩人好一段時間沒見面了。雖然可以利用網路打視訊電話，但總覺得麻煩，平常只有通電子郵件。

這次學會的時間表一出來，兩人就約好碰面。

睽違五年的重逢。

預約的居酒屋包廂以木棉屏風隔間，柔和的橙色燈光從紙燈罩內灑落。以地爐式的暖桌爲中心，散發一股優雅氛圍。雖窄了點，但還是包廂好。鴻野脫下鞋子踏上包廂，雙腳放進地爐。一邊用濕毛巾擦手等待，過一會，星川來了。

「嗨，好久不見。」

堆著笑容的星川眼角多了深深皺紋。白髮也增加不少。星川上了年紀，就等於鴻野自己也上了年紀。鴻野寒暄著接過星川的手提包，放在牆邊。星川脫下鞋子踏進包廂，嘴裡讚嘆著環境時也取下西裝外套，用牆上衣架掛起來。他一入坐就說：「你愈來愈有威嚴，也時尙多了，這是常上電視的關係吧？」

「別這麼說。」鴻野揮揮手苦笑。「我只幫教授代打，才不想上什麼電視呢。」

「少來了，怎麼可能。」

「是眞的，這事有夠累人。」

兩人拿起豎放桌邊的菜單，依序在觸控板上點餐。伴隨確認的音效，螢幕上陸續顯示預約的餐點和數量。日本酒、養殖柳葉魚、涼拌合成蛋白質豆腐、雞肉串燒、煎蛋捲。

人類的努力不敵異常氣候，天然柳葉魚絕跡，替代養殖柳葉魚數量也大幅減少。農作物持續歉收，黃豆價格高漲。最近連豆腐都有假的了。一桌的食物中，原料不變的大概剩雞肉。不過，就連雞肉串燒也因雞隻飼料價格的高漲而跟著漲價。

星川打量菜單，嘴上嘀咕：「這家店明明挺不錯的，菜色卻不多。」按下「完成」按鈕，觸控板發出表示結束點餐的尖銳電子音。

菜單放回一旁，星川隔著桌面探身。

「你上的那個節目，收視率怎樣？」

「聽說好的時候約百分之十二。」

「啊！以科學節目來說算很好了。」

「說是科學節目，其實是綜藝節目單元。我出現一下，講幾句簡單評論……演出不過短短幾分鐘，卻得在攝影棚等好幾個小時，很痛苦的。最近都改成只在研究室裡錄幾句話了。」

「就算是這樣，還是很受歡迎啊。人帥眞好。」

「說什麼傻話，媒體眞正想找的不是我，是杉山教授。」

比起長相端正卻老實一問一答的鴻野，電視台更喜歡杉山教授。過去杉山教授曾接受電視訪問，特立獨行的態度大受歡迎，莫名引起流行。網路上甚至出現粉絲俱樂部，電視台似乎也想藉機炒熱他的人氣。然而，杉山教授比鴻野更討厭媒體。最近完全不接受採訪，把這類工作都推給副教授鴻野。他的說法是「你比我好看，替我上電視吧」。

現在有媒體找上門時，杉山教授甚至滿不在乎地假裝不在研究室。自稱粉絲的人窮追不捨時，他還會從三樓研究室的窗口把裝滿水的氣球丟到那些人頭上，將他們淋成落湯雞。

如果放著杉山教授不管，他可以盯著多尺度模型模擬出的數據，數日都不跟人說話。鴻野不討厭這樣的他。杉山教授不會把嫉妒或歧視帶入研究場域，光這點就讓鴻野覺得研究室很舒服，認爲幫他一點小忙無妨。沒想到這個想法給自己找了麻煩。現在的鴻野是杉山教授的分身，整天奔走。

店員送上日本酒和料理。鴻野與星川幫彼此斟酒，互相敬酒，才拿起筷子。

「上電視是讓民眾對我們工作產生興趣最好的方法啊。」星川這麼說。「要是我就會自己爭取。」

「會看地球行星科學節目的人就是那麼一丁點，收視率還比不上健康節目。」

「可是小孩都會看吧？」

「就算會看，也不表示長大會成爲學者啊。」

「不用成爲學者也沒關係，對科學產生興趣就好。不要被假科學蒙蔽，不要因迷信而造成他人困擾，長大後成爲支持學者研究的社會人士，有這種結果就該高呼萬歲了。」

這時，店內響起警報。數位音效警告：「地震來了，地震來了。」「還有二十秒！」

店內一陣輕微騷動。雙手端著料理的店員急忙把托盤放在一旁空桌，拿著空酒杯的店員匆匆衝進廚房。桌上的調味料瓶喀答喀答搖晃碰撞，下一刻，身體明顯感覺左右搖擺。一群喝得醉醺醺的酒客發出歡呼般的「喔喔」聲。

鴻野情不自禁抓住桌緣，星川也緊抿嘴唇，抓住手邊物品維持平衡。

地震很快平息了。

牆上播放企業廣告的螢幕發出提示音，播放地震快訊。震央在房總半島近海，顯示關東各地震度。東京三級。震央深達三十公里。芮氏規模四點三。星川從手提包裡拿出平板電腦，觸控螢幕，叫出地震專業網站的數據。這裡顯示的資訊比店內詳細許多。星川輕聲低喃：「又是海溝型地震，最近討厭的東西接連發生。」

鴻野這幾年常受邀參加電視科學節目，和日本比過去更常發生海溝型地震有關。

「有可能預測地震嗎？」

「如果可能的話，這種技術何時才能實行呢？」

「地震雲或動物行爲觀察等地震預測方法可信嗎？」

每逢媒體製作這類特輯，鴻野就會受邀上電視說明最新研究成果，解說地震發生機制。

地震很難預測，但爲何發生，很久以前就確定了。累積於斷層或板塊邊界的能量瞬間釋放，這就是地震。雖然目前的科技可找出哪裡累積能量。然而，能量釋放是突發事件，想準確預測發生日很難。雖然也有利用壓電現象——石英或花崗石受到擠壓時產生電氣的現象預測地震，但頂多預測至地震發生前一個月，也無法預測震央。此外，某些種類的地質完全無法應用，日本的地質就是「無法預測」的類型。

然而，每次發生大規模地震，媒體仍要鴻野回答預測地震的問題。爲什麼無法預測？如果無法預測，哪些防災方法最有效？儘管耐心說明，看在追求立竿見影成效的民眾眼中，他的說明無力又不可靠。

日本是地震國，同樣住在這裡，鴻野很清楚眾人的焦慮。至今一發生大地震，國家便會蒙受災害。房屋倒塌、有人傷亡。地震發生時連帶引起的人禍，還會奪走原本不該死的人命。若地震發生在社會局勢不佳的落後國家，後果更慘不忍睹。透過外國新聞報導或雜誌照片和影片，堆積如山的屍體映入眼簾，怵目驚心。

無法回應人們願望——鴻野非常無力。地球科學家並沒有世間認爲那麼理解地球。被批評浪費預算、花了大把金錢製作的超級電腦根本派不上用場，不如不要用，學者依然要面對眼前的敵人——名爲「地球環境」的巨大怪物。

想預測現實中的地震，模擬情境得出的演算數字不夠精準。追根究柢是觀測點設立得太少了。有限預算內能設置的觀測點不多，更別說所有設備都要花錢，現況只是隔靴搔癢。

再怎麼研究都無法獲得全貌。這就是「地球」。但以爲已經徹底調查，又會突然冒出新發現推翻過去的學說。鴻野他們待的領域有這種風險。追也追不上的遙遠世界聽起來很浪漫。許多人正是受到這種浪漫吸引而投身地球行星科學，但不免因拿不出有效手段而焦躁。

鴻野往杯中倒酒。「環太平洋全區頻傳的海溝型地震……應該還是受到滯留板片崩落的影響吧？」

「這個說法很久以前就被愛媛大學否定了啊？根據Spring-8實驗材料解析，應該是滯留板片沒有通過過渡帶。」

「那個實驗結果並未完全否定『巨石崩落說』。實驗結論是，假說與地球內部發生相同現象時沒有產生矛盾，但依然可能出現目前科學無法解釋的狀況造成巨石崩落。實際上，從地震波斷層掃描就可看出地核正上方出現低溫層，那不管怎麼想都只能說是崩落的巨石吧？」

鴻野從包裡拿出平板，裡面有第一天舉行講座時使用的資料。他在螢幕上點出3D圖。雖說在星川面前拿出這種資料是班門弄斧，但鴻野僅想出示最新觀測數據。

地震波斷層掃描紀錄的下部地函溫度分布已於九〇年代——也就是二十世紀末期得到確認。正常來說，地球愈往內部的環境愈高溫高壓，然而斷層掃描圖上靠近地核上方反而出現低溫層。

不止一個研究室認爲，這片低溫層正是滯留板片已穿過上部地函，正要通過下部地函的證據。到二〇一七年的現在，觀測資料依然顯示出相同情形。

太平洋海底朝大陸緩緩移動，速度約一年十公分，相當於指甲生長的速度。海洋板塊朝大陸板塊下方下沉，兩者的邊界就是海溝。兩個板塊在海溝碰撞，強烈摩擦。受擠壓的大陸板塊扭曲，板塊爲了回到原本形狀而一口氣釋放能量，這就是海溝型地震。

朝大陸板塊下方潛沉並滯留於地函內的海洋板塊，以地球科學專業術語來說，叫做「滯留板片」。大塊沉降的板片又稱爲「巨石」。

地球內部的岩石層，其構成物質因深度而異。上部地函由地函岩組成，滯留板片則屬於橄欖岩。

愛媛大學的研究者選取可能與地球內部岩石相同種類的岩石，並將這些岩石放在實驗室中的高溫高壓環境，與現實觀測到的數據對照，在實驗室中模擬出地球內部發生的現象，這是二〇〇八年時的事。

過渡帶的環境約爲二十萬氣壓，攝氏一千四百度。實驗室製作出等同於此的裝置，將實驗材料用的岩石置入其中，再用超音波照射。接著測量超音波穿過岩石所需的時間。

超音波和地震波性質相同，在固體中前進時以P波或S波傳遞，其速度無須依賴頻波數，因此可視同地震波。地震發生後，地震波會朝地球內部傳遞。根據傳遞場所的溫度不同，地震波前進的速度也會改變。而地球內部的溫度有高低差。

在地球上設置複數觀測點，等待地震波抵達，如此就可觀測到通過地點的溫度差異造成地震波抵達時間的落差。從抵達時間的落差反推，得出地球內部哪部分溫度高，哪部分溫度低，如此做出的分布圖就是地震波斷層掃描。在高溫高壓的環境下對實驗材料照射超音波，就能得到與地震波穿過實驗材料時一樣的現象。

首先，測量出這時的「超音波通過時間」。接著，用Spring-8產生的強力X射線縝密測量實驗材料全體的長度。在高溫高壓環境下，實驗材料無法保持與普通氣壓下相同的長度。壓力一大就會造成材料縮短，所以先藉由X射線的穿透測量，測得音波通過時實驗材料的正確長度。用「超音波通過時間」除「實驗材料長度」，得到的結果就是「超音波的傳遞速度」。

上部地函和下部地函中間夾著稱為「過渡帶」的區域，根據目前推測，構成過渡帶的物質有幾種可能性。因此，只要用超音波測量法對這些可能物質一一做出實驗，一定會有一筆測定結果和現實中的地震波數據一致。只要兩者相同，就能判斷超音波和地震波「通過同一物質」。如此根據實驗室內的測定值，推測出地球內部的構造。

根據愛媛大學實驗得出的結論，上部地函的物質可能並不存在於下部地函，也就是說，實驗結果認為「滯留板片並未從過渡帶往下通過下部地函」。如果滯留板片通過了下部地函，下部地函中就必須存在上部地函的物質才行。然而，超音波實驗的結果否定了這一點。換句話說，愛媛大學的實驗對巨石崩落——「滯留板片通過過渡帶、通過下部地函往地核下沉的現象」存疑。

然而，根據鴻野的平板電腦上顯示的二〇一七年數據，下部地函中依然存有低溫部分。不止下部地函，地核正上方也有。如果滯留板片沒有從上部地函進入下部地函，又該如何解釋這個低溫部分是怎麼形成的呢。地球內部愈往中心應該會愈高溫，為什麼卻出現了低溫部分。關於這一點，光憑愛媛大學的實驗無法解答。

鴻野接著說：「愛媛大學的實驗無法說明低溫層，既然無法說明，就沒必要放棄『巨石崩落說』。」

「因為滯留板片的色差太大引起錯覺了啦，畢竟P波速度只要差百分之一就會產生攝氏一百度的差異。」星川露出促狹的笑容。「無法就此斷定是巨石崩落吧？」

「那為什麼只有這部分溫度這麼低？考慮壓力和溫度，說地底自然形成這種現象也太怪了。」

「或許是礦物相變導致地震波傳遞速度改變啊。」

「如果是這樣，請告訴我哪些礦物相變，相變的條件又是什麼？如果眞是巨石崩落，差不多要進入整個環太平洋一齊崩落也不奇怪的時期了。這幾年來不光日本，太平洋的地區都發生了海溝型地震。認爲這是巨石崩落的影響還比較自然吧？」

「請等一下。」星川操作自己的平板，利用無線通訊把資料顯示在鴻野的平板電腦上。那是透過超音波觀測製作的海底立體地圖。「舉例來說，剛才發生的地震震央在房總半島近海，這裡就像圖中顯示的，沿著海溝有一整排海底山脈。在這個地帶，當菲律賓海板塊下沉時，巨大山脈與海溝摩擦，於是發生了地震。就連這道海底山脈的存在都是二〇〇八年由日本『Kairei』深海探測研究船實施音波探測時才清楚確認，若說太平洋海溝地震頻傳的原因全都與巨石崩落有關，未免太早下定論。」

「可是，不這麼解釋就無法說明爲何最近地震密集發生。」

「可能巧合啊。你們研究室支持地函熱柱構造說，思考上才會無論如何都和巨石扯上關係吧？別忘了還是有其他看法的。」

「就算有其他原因，也不能結論巨石崩落沒有影響。實驗室數據未必等同地球全體，實際上地球內部更複雜，說不定會產生更強烈反應。」

和解剖生物不同，解析地球時無法將地球剖成兩半窺看其中。地球實在太大，科學之眼無法一覽全貌。不管怎麼調查，依然會出現新的謎題。

兩人拿出自己的最新數據，當場出示給彼此看，再搭配這次大會上發表的數據，分別提出各自意見。哪些因素產生了哪些相互作用，才會導致現在的現象發生呢？兩人當然都很清楚不可能當場下結論。然而，盡可能伸長思考觸角，兩人不斷討論，不忘喝酒吃飯。

開始有些酒意的星川解開領口釦子，搧著風地說：

「唉，要是有能輕鬆挖掘下部地函的方法多好，那我們的討論就有結果了。」

「在過渡帶設置挖掘基地，從那裡往下鑽孔或許可行。不過，能承受如此高溫高壓的基地該如何設置，目前還完全無法想像。不管怎麼說，我很擔心持續地震後的事，萬一大陸棚坍塌怎麼辦。」

「你是指甲烷化合物嗎？」

「對。海溝型地震頻傳的地帶和甲烷化合物所在場所一致，也有很多甲烷挖掘基地。萬一地震引起大陸棚坍塌，大量甲烷化合物將從海中洩入大氣。」

甲烷會引起溫室效應，效果是二氧化碳的二十多倍。釋放在大氣中後壽命雖不長，也足夠引起全球氣溫上升。

「受到甲烷影響，西南極冰床將完全融化，到時候海面預計上升八公尺。雖然不會是一口氣上升八公尺，考慮到海溝型大地震的受災地全都是沿海地帶。只要海面一上升，想重建震災過後的都市就會陷入困難。低緯度地區現在就該開始思考淹水對策來因應這件事。」

「可以考慮強化防波系統、建設海上都市……不過，正式啓動海上都市計畫就不是我們的工作了。」

「要做到這個，連先進國家都很難，更何況是發展中國家……」

「可是總有一天得做，爲了用數據說服政府行動，我們必須繼續研究。」

「只能腳踏實地累積成果。」

「是啊。現在累積的是給未來的希望，我們或許無法親眼目睹成果，數十年、數百年後說不定能派上用場。這麼一想，就覺得自己的工作不是白搭。」

話題告一段落，鴻野和星川走出居酒屋，踏進夜晚的城市，想找地方再喝兩杯。他們需要不在意任何人，盡情發洩平日煩悶的場所。

陶醉在夜晚的繁華氛圍中，鴻野仍繼續思考剛才的議題。

對於除了板塊構造論外，也將地函熱柱構造論列入思考的鴻野來說，巨石崩落不但可能引發大陸棚崩坍，還有其他令他憂心的可能性。那就是玻里尼西亞熱柱的反覆活性化。若環太平洋地區發生大量巨石崩落，受到其影響，玻里尼西亞熱柱或許或出現活性化的現象。當巨石落到地核，地核表面冷卻，就會引起對流，而這就很可能觸發熱柱。

從裝了水的鍋底加熱時，加溫的水會上升，冷水則下降，冷水和熱水在鍋中打轉循環的現象就是對流。把同樣的熱循環現象套用在固體的地球內部，就成了地函熱柱構造的理論。

熱柱是從地球中心升起的龐大熱流，它會使陸地分裂，促進火山活動。引起最大規模變異的熱柱發生在距今兩億五千萬年前的二疊紀末。據說這場變異在西伯利亞引起大規模火山活動，造成當時地球上超過百分之九十五的生物滅絕。

熱柱不是一根粗大的柱子，按照杉山教授的說法，那就像從地核表面湧現的無數蝌蚪，形成一大團塊狀攀升。熱柱呈圓柱狀朝地表上升的部分，直徑約一千公里。接觸到上部地函與下部地函交界處時，熱柱前端形成蕈狀擴散。若玻里尼西亞熱柱反覆活性化，會從地球內部推擠太平洋海底，使其大範圍隆起。

熱柱和岩漿不同，不會突破海底冒出。但受到這團熱塊從下方推擠，海底會隆起呈山狀，像巨大的日式年糕一樣鼓脹。這麼一來，上方的海水會全部朝周圍流出，不斷湧向內陸，不久，地球上的平原地帶將幾乎被水淹沒。

這種現象稱爲「海進」。

跟熱柱造成的海平面上升規模相比，地球暖化造成極地冰原融解的情形簡直是小巫見大巫。熱柱造成的海平面上升，高度預計可達兩百五十公尺——再加上甲烷外洩引起的海平面上升，未來地球上的海面總計將上升兩百六十公尺。放在玻里尼西亞熱柱活性化引起的大規模海平面上升前，人類的二氧化碳溫室效應對策就像是個笑話。

世界上的大都市和農耕地都集中在平原地帶。這一切將全部沒入海中。海拔較低的國家會整個消失，那些冷眼旁觀二氧化碳溫室效應造成世界上其他島嶼沉沒的先進國家，未來將失去自己的國土。

鴻野勉強甩掉腦中的想像。

就算這些事眞的發生，那也已經幾百年後。到時候，自己早就不在這個世界上。

話說回來，就連是不是真的會發生這種事都不確定。現在只能專注眼前。要不然還能做什麼？

後來，鴻野和星川都將人生獻給了地球行星科學研究。兩人日後還共同完成了論文，在海外的專門雜誌上發表。根據兩人的說法，不止太平洋海底和非洲，包括歐亞大陸在內的亞洲地域也有可能發生熱柱。這篇論文被稱爲「鴻野星川理論」，在世界各地引起各種贊同與反對的聲音。有學者徹底批判其爲不可能發生的現象，但也有研究者指出「不能因爲過去沒有觀測過，就說今後不可能發生」。

人類得以觀測地球深部是二十世紀以後的事。

即使如此，從地球整體來看，那也不過是在極爲有限的觀測點採取的少量數據。

人類還沒有聰明到能看透地球內部發生了什麼，又或是沒有發生什麼。研究者們對「鴻野星川理論」未來的發展抱持濃厚興趣。

在專家們反覆提出議論時，現實世界中，包括日本在內的環太平洋地域發生了無數次大地震。當年鴻野預測的大陸棚崩坍開始出現，甲烷化合物外洩。從海水裡冒著激烈氣泡湧出的甲烷瞬間往大氣之中擴散，在全球引發了溫室效應。

西南極冰床終於開始消融。

在受地震摧殘的土地上，因爲海水的不斷上升阻礙重建工作，眼見無法重建的都市直接遭棄置成爲廢墟。整個環太平洋地帶，沿著海岸線化爲一長串鬼域。受到這種小規模海平面上升的影響，人類建設海上都市的技術有了飛躍性的發展。迫於現實所需，人們接連嘗試新技術，將之實用化，逐漸提高技術品質。

同時，地球全體氣候改變，生物的分布也慢慢產生變化。

首先是農作物的收成量顯而易見衰退。

熱帶性病原菌以驚人速度蔓延整個北半球。

爲了消除糧食不足的問題，先進國家以猛烈的速度開發模擬食品。除了上流階級，一般人已不可能吃到像從前一樣使用天然食材烹飪的菜餚。下層階級連模擬食品都買不到，只能靠新型營養劑維持生命。就連營養劑也因數量不足陷入爭奪，搶不到的只能坐等餓死。

貧困族群中滿是掠奪與殺戮，連民兵或聯合國介入也無法阻止。世界總人口減少一半——只剩下三十五億人，而且數字還在下降中。

還沒見到世界眞正出現異狀就逝世的鴻野與星川或許是幸福的。兩人死後，鴻野曾經懇切盼望只是自己幻想的玻里尼西亞熱柱反覆活性化眞的發生了。

玻里尼西亞熱柱的上升推擠了太平洋海底地面，使其像烤過的年糕一樣鼓脹隆起。上方的海水流向四周陸地，引起眞正的海平面上升。這是足以將人類文明破壞殆盡的大規模海平面上升，相較之下，過去因二氧化碳和甲烷造成的海平面上升根本不値一提——

海洋緩慢且不停地擴大，全世界的平原地帶和海拔較低的土地開始被海水吞沒，以人類的科學力量完全無法阻止。到最後，海面總共上升了兩百六十公尺。

海洋面積回到白堊紀時代的規模，這個現象被稱爲「重返白堊紀」。

正在進行式的種種災難，雪上加霜的重返白堊紀。

人類面對這些環境的激烈變動，唯有「適應」。

全世界的政府爲了讓人類種族存續，終於決定在發展科學技術時拋棄過去的倫理規範，制定出人類史上第一次也是全世界共通的生命操縱技術基準。

「爲了適應環境，允許地球所有生物接受人爲改造。符合這裡『生物』定義的，包含全人類在內——」

重返白堊紀逐步破壞舊有的國家體制。即使是那些未在甲烷外洩時沉沒水中的國家，面對重返白堊紀現象也束手無策。大部分國土由平原構成的國家更是喪失國家機能，全面崩壞。

住在平原地帶的民族開始朝標高較高的土地大遷徙。因爲光靠臨時設立的海上都市，已經收容不下所有國民。

當然，國境附近一定會發生武力衝突。

因海平面上升而失去遼闊國土的俄羅斯人像耐不住寒冬的兔子，從昔日內陸地區大舉南下。畢竟要在北方的海上生活實在太過嚴寒，縱使基因改良，也不會有人想住在靠近北極的海上。

大批來自俄羅斯的難民如海嘯般席捲蒙古、哈薩克等地，與其他國家居民掀起一波又一波的劇烈衝突。北歐、東歐和西歐都有類似鬥爭反覆上演。烏克蘭、白俄羅斯共和國、立陶宛……這些國家成爲只存在人類記憶中的土地。

中國爲了防止這些來自北方的外國人口流入，開始武力對抗。就算擁有再廣大的國土，中國也不會欣然贊成本國人口膨脹爲現在的三、四倍。一旦中國採取武力對抗，難民陣營當然不可能乖乖挨打。他們拿起了武器，背後逐漸崩壞的祖國也支持他們發動武力。

爲了守護自己的國家，中國拚命抵抗。

起初是槍與大砲。

接著是生化武器，以及管理這些武器的人工智慧體——人們稱其爲「殺戮智慧體」。

忠實執行程式，毫無慈悲可言的中國殺戮智慧體毫不留情砍下難民的頭，將他們的身體撕扯得四分五裂，絞成人肉餅。成堆的屍體被用來當作能量來源，殺戮智慧體在國境旁如鬼魂徘徊。

殺戮智慧體的外型如巨大昆蟲又似怪鳥，不分晝夜往來山岳地帶，反覆殘忍的虐殺直到身上布滿人類的鮮血與脂肪。他們能發出引誘人類的巧妙叫聲與毫不容情破壞耳膜的聲波，不眠不休地驅趕進入國境的難民。殺戮智慧體的叫聲和人們的哀號與臨死的吶喊重合，響徹峽谷與荒地。這些聲音乘風飄向遠方，使人們以爲世界末日來臨。

刀光一閃，人體被斬成了碎片，槍聲無一日停歇。殺戮智慧體連被多腳機械踩扁的孩童屍體及骨肉分離仍苟延殘喘的重傷者都不放過。以國境爲中心，這些光景一再上演，對親眼目睹那些情景的人而言，與其說是看見了現世裡的地獄，感覺更像看見不存在現實中的虛妄幻影。

中國使用的武器也是前面提及的世界法之產物。允許改變地球上所有生物的基因——中國反過來利用這條世界法，開發出「具備殺戮功能的人工智慧體」，光明正大地創造出「當工具使用的新生物」。

中國首先打開這扇禁忌之門，同樣的災禍也降臨世界上其他國家。各國紛紛暗中開發新生物與智慧體，毫不避諱地投入爭奪國土的戰爭。爲了本國利益，唯有剷除阻礙。

不顧一切的攻防戰愈演愈烈。面臨大海吞噬大地的恐懼，戰鬥再也無法保持冷靜與算計，也不再遵守國際規範。只要是對本國造成阻礙的對象或民族就要連根剷除，這樣的想法愈來愈激進，愈來愈失控。

新型態的傳染病從大量屍體上滋長而出，除了國境周圍，不受遺傳系統控制的人工生物橫行整片大陸，成爲沒有一個國家的政府能掌控的異常生物。「殺死人類」是唯一目的，帶著這目的四處徘徊，找到目標就立刻執行程式。

全世界的政治家和和平談判者爲了終止鬥爭，拚了命奔走。繼續這樣下去，人類全體毀滅的一天很快就會來臨，必須有人出面強力遏制才行。然而，他們的努力就像在決堤的水壩下鋪墊沙包，一點作用都沒有。掌政者經過一番苦惱，決定放棄外交與倫理，選擇採用更強大的武力爲戰爭畫下休止符。

南北美、俄羅斯和歐洲部分勢力與非洲及澳洲部分勢力聯手，成立了巨大聯盟組織「涅捷斯」。聯盟成立的目的是發動共同軍力，好遏止歐亞大陸繼續陷入混亂。

涅捷斯傾注所有軍力，積極介入歐亞大陸的混亂局勢。歐亞大陸各政府得知涅捷斯的存在後，紛紛改變態度。比起任何災禍更不樂見涅捷斯統一歐亞大陸的勢力組成了「汎歐亞大陸聯盟」——簡稱汎歐聯盟。

不過，要靠一個組織管理整個歐亞大陸是不可能的任務。汎歐聯盟很快分裂爲北側、南側與西側三股勢力。不與涅捷斯聯盟的部分歐洲地區及中東地區選擇與汎歐聯盟合作，開始按照各自方針行動。中國以南的聯盟被稱爲「汎亞聯盟」，這是中國與週邊國家結盟組成的新組織。庫頁島、朝鮮半島、臺灣、中南半島、印度半島都受此聯盟管理。涅捷斯、汎亞聯盟、北汎歐聯盟、南汎歐聯盟、西汎歐聯盟……世界進入了以各聯盟代替國家行動的時代。

這時的日本因爲海水上升失去列島機能，化爲群島。各座小島嶼彼此保持聯繫，以人工浮島塡補島與島之間的空隙。由於位置接近中國大陸，日本蒙受來自大陸的巨大災禍影響，人口剩下全盛期的十分之一。涅捷斯成立時也向日本打了招呼，邀請日本加入聯盟。日本地理位置就像一把架在歐亞大陸脖子上的小刀，加入聯盟，日本將成爲「涅捷斯的匕首」。

對於是否加入，日本政府內部意見分裂。一方人馬贊成立刻加入，另一方人馬則認爲公然與大陸勢力作對太危險。

若選擇前者，將成挽救日本局勢的一帖速效藥。因爲這代表日本拒絕接收來自大陸的災禍。後者的想法則是「正因承受了來自大陸的災禍，更應該拿這件事來做爲與大陸方面談判的籌碼」，就長期來說，這個方針也確實有效果，只是日本很可能在之前便已滅亡。

最後日本選擇了與涅捷斯聯盟合作，極機密地接受來自涅捷斯統轄部對內政的干涉。

將基因改造技術應用在人類身上，就能模仿人類外表特徵製造生物。只要不分析生物的基因數據，光看外表和日本人沒有兩樣。涅捷斯統轄部派出這樣的人進入日本政府，從內部發動控制，幫助日本度過危機。日後也常採取同樣手段。

外交能力低的日本與涅捷斯結盟後，表面上維持獨立政府，實則接受涅捷斯對內政的干涉——當時的日本首相在多年後的回憶錄中鉅細靡遺地記下了這件事。

世界各地誕生的聯盟反覆展開軍事與政治攻防，很快地，彼此達成共識。這場將全世界捲入的戰爭，終於在人類幾近滅亡前得到收束。

只可惜在那之前，於世界各地的陸地與海上掀起的蠻行，已經爲人類留下不可抹滅的傷痕。

海平面上升超過兩百五十公尺後，世界改變了樣貌。

俄羅斯與東歐大部分的國土沒入水面下。西歐主要都市幾乎沉入水底。英國除了少數高地外，其餘國土已不見蹤影。灌入非洲和中東沙漠地帶的海水將棲息沙漠的生物生態系完全破壞。杜拜的高樓大廈現在只不過是水上突出的巨樁，沒入海底的部分則成爲奇怪海洋生物的巢穴。

澳洲分成了兩個島。

原本浮在太平洋上的小國與和島嶼早就沉沒海底。

南美化成朝南北兩端細長延伸的「擁有高山地帶的沙洲」和幾座台地。委內瑞拉到古巴的群島也已沉入水中。美國喪失所有靠近太平洋與大西洋這一側的平原地帶，甘迺迪太空中心也沉沒了。

加拿大所有平原地帶都消失不見。

至於亞洲，印尼失去包括群島在內的大半國土，菲律賓和臺灣剩下豆粒大小的土地。馬來半島和中南半島幾乎喪失原本的形狀，印度恆河膨脹爲原本的好幾十倍，就像從中分開了大陸與印度半島。孟加拉消失了。緬甸國土遭海水分割。中國失去了過去極盡繁華的許多大城市，紫禁城成爲海底城。朝鮮半島的形狀變成一條掛在大陸下方的細長小黃瓜。

即使如此，人類仍很快地將殘留的大地與全新設置的海上都市視爲理所當然。

人類打開了一個全新的生活空間。

那就是海洋。

眼前的廣大海域是會侵蝕陸地的恐怖存在，但善加利用，就會發現沒有比大海更方便的地方。

不止打造海上都市居住，人們不再抗拒海洋，接受整個海洋環境爲生活圈。

爲了過穩定的海上生活，每個家庭都需要確保一艘大船。然而，鑄造機械船會面臨資源的極限，維修起來也很費工。於是人們想出了新的方法——飼養巨大海洋生物供人類寄生。爲了適應這種生活型態，透過科學實驗創造出具備適應海上生活身體的民族。生物的形狀和機能由化學物質對ＤＮＡ發揮的作用決定。利用非編碼核糖核酸使物種身上出現本來不會出現的特徵，確立新技術後，人們將利用這種技術創造的人工種族稱爲「海上民」，舊人類則稱爲「陸上民」。海上民最大的特徵是「能自己產出」賴以維生的生物船。

海上民乘坐的船叫做「魚舟」。這是有著扁平的頭與兩對鰭和一副巨大尾鰭，長相近似山椒魚的大魚——成熟的魚舟全長可達二十至三十公尺。背上有個稱「居住殼」的空洞，海上民就住在裡面。將居住殼頂削平，就能當成上甲板使用。海上民會仔細打磨甲板，淋上防滑塗料，小心翼翼維護。爲了防止魚舟搖晃時上面的人跌落，船身兩側和機械船一樣設置船舷。上甲板承受直射日光，可以在這裡曬衣服，也是把捕來的魚剖開晾曬最好的場所。只要在此設置太陽能發電裝置，還可自行發電。

爲了提供既是家也是「同伴」的魚舟充足食物，海上民除了在所屬政府的領海內生活外，也會積極前進公海。結果形成擁有各種國籍的民族輪番闖入公海的景象。

沒有「國民」概念，也不靠「土地」連結的社會，擴大爲史上前所未有的規模。這是重返白堊紀這場災禍帶給人類的一大進步。重返白堊紀之後的國家只剩下核心，外圍融解。社會在陸地與海洋的邊界複雜地交錯融合。

即使如此，還是得在哪裡保留執行政治的中樞才行。主政者維持舊時代的習慣，將活動根據地設在陸地及海上都市。這樣管理資源及資訊最方便。

最初變異發生後，又過幾百年歲月。

人類文明和科學技術歷經退後與進步——經歷過一番進退搖擺後，漸漸適應新環境，一如微生物孜孜矻矻擴展繁殖領域。

人類迎向了第二次的繁榮時代。

然而，這只不過是下一場大規模變異發生前短暫的歇息。

第一部

第一章　談判

我們開著電動車離開家門時，海上都市空間01的外圍已完全染上墨色。
天上沒有月亮。星光滿天燦爛。
但我的搭檔青澄・N・誠司沒空沉浸在夜空之美，正把車速提到上限。
我的i探針鮮明地探測出青澄內心。現在的他有一點興奮，又有一點不安。
這也難怪。這是第一次有獸舟跑進空間01。
都市警衛另有專家負責，但打從一得知消息，青澄就擔心起那些警衛專家的能力了。警衛眞能好好擊退獸舟嗎？萬一事態惡化，他們能迅速有下一步決斷嗎？
結果就像現在這樣，他非得親自跑一趟現場確認不可。
『今天是新月呢。』我在青澄腦內低喃。
青澄立刻用腦波通訊回應我：「這樣區塊那邊會一片漆黑，獸舟明知這點才跑上來吧。」
『用夜視感測可以確認本體，只是如果對方派小隻的就追不完了。最好不要隨便靠近，就算小，那些傢伙也很凶暴。』
青澄低沉地笑。「你以爲這個都市裡眞正襲擊過獸舟的人有幾個？」
『我們也不是眞的應付過那麼多啊。』
「總比完全不熟悉來得好。」
我們的目的地是空間01的北側第二區塊。車往前進，很快就見到一個站在路邊揮舞信號燈的男人。他是被青澄叫出來的駐任武官傑克・MU・竹本。青澄停下車，打開車門鎖。竹本沒搭上副駕駛座，卻繞過車頭抓駕駛座的門把，打開車門往內探頭。

「由我來駕駛，公使。」

「不、我開就行了。」

「不行。請您到副駕駛座吧。」

青澄不耐煩地鬆開安全帶，到旁邊位子。和青澄同年，年齡介於三十五到四十之間的竹本是和我們一起工作的駐任武官。從防衛省外派來的。

說是武官，竹本在空間01的頭銜卻是一等書記官，是負責蒐集軍事情報的行政人員。不過，回到日本海軍他就是一名上尉，青澄經常帶他外出取代警衛。每次受到青澄呼叫，竹本都表現得很積極。比起行政，他似乎更喜歡警衛工作。竹本體格健壯，一眼就知道有軍人底子。

換了駕駛的車再次駛出。我認爲開車技術還是竹本略勝一籌，這點就不跟青澄說了。

空間01以居住區爲中心，呈現八爪章魚形狀漂浮在外海上。

八個區塊的最前端都設有機械船停靠港和波力及風力發電裝置。區塊前端是支點，連結形成防止外敵入侵的圍牆及圍網。現在就是接到獸舟突破防禦入侵的聯絡。青澄比任何人更快掌握現況，聯絡了竹本就衝出家門。明明就不在他值勤的時間。

擊退獸舟也不是青澄的工作。不過，無論怎麼阻止，他都揚言要察看現場，怎麼講也講不聽。

我們助理智慧體，這個時段都會切換成網路連線。人造身體放在職場的保管庫內，物理上沒有任何方式阻止搭檔行動。無法用言語說服他時，我的任務就是改成網路支援。不管發生什麼事都要守護搭檔的安全，這就是我們助理智慧體的使命。

竹本的助理史貝德傳訊息給我。『晚安，勤務時間外眞是辛苦了。』

『不好意思，公使太任性了，勞煩你們配合。』

『別介意，我家搭檔回到海軍時總是一天到晚待在軍艦，我想他還滿喜歡接到這類工作的。』

『聽你這麼說，我就寬心多了。』

空間01設置於離日本群島最近的公海上。以「空間」命名的都市都是受涅捷斯管理的海上都市。空間系列海上都市總共十座，編號從01到10。編號愈小，位於愈重要的海域。我們是從日本外務省外派到空間系列海上都市的人員。那是距今差不多十年前的事。先去了09，再轉調02，於半年前來到01。

一般來說，大規模的海上都市都會設在陸地旁，這是要和海平面上升後殘留的陸地保持聯繫。設置近海的小規模海上都市則是要定領海領域。正下方是過去的國土邊界，以此爲起點標示領海。將海上都市設置於領海起點上方，是宣示經濟水域主權。

至於我們住的空間系列海上都市，則不屬於上列兩者。首先，這裡是離陸地相當遠的海域，位置比小規模海上都市的近海更偏外洋。這是一座完全浮游型的海上都市。或許可以比喻爲公海上的「中繼站」，不屬於任何特定政府。

空間系列的海上都市管理者爲涅捷斯統轄部。

同樣的道理，北海上也有由汎亞聯盟統轄部管理的公海上都市。

南海同樣有由大洋洲共同體統轄部管理的公海上都市。

這種類型的海上都市裡設有通稱「外洋公使館」的特殊公使館，我們和竹本就在這種公使館中工作。外洋公使館和普通公使館一樣有大使、公使、參事官、書記官、理事官和駐任武官，只是社會地位比普通公使館低一級。即使如此，外洋公使館仍隸屬於外務省，我們工作也不敢掉以輕心。

空間01在系列都市中規模最大，且具有顯著情報都市特徵。都市內設置了各政府的外洋公使館，外交官和情報搜查官紛紛就本國利益暗自行動。而每一座空間系列的海上都市，都設有汎亞和大洋洲聯盟的外洋公使館，反過來說，對方公海上的都市內也設有涅捷斯聯盟的外洋公使館。

我們和他們表面上和諧交流，檯面下互扯後腿。

這份工作令人精神緊繃。不過，很有成就感。

一抵達北側第二區塊，青澄和竹本跳下車。

夜晚濕暖的空氣撲面迎來。青澄馬上摀住口鼻，皺起眉頭。竹本同樣露出嫌惡的表情。人類聞了想吐的味道夾雜海風濃濃湧上。類似火災現場的燒焦味，來自灼燒的蛋白質。這正是燃燒生物時的氣味。

青澄他們加快腳步，走向警衛處理現場。我向青澄提議：

『我幫你阻斷嗅覺情報吧？』

「不，這樣就好。」

『現在你杏仁體運作得很活躍，正在表達身體不適。』

「氣味也是情報來源，沒有必要阻斷。不管我現在情緒表現如何，你都不用在意。」

『了解。不過，最好還是戴上防護口罩。』

青澄和竹本從口袋裡拿出防護口罩，遮住口鼻。儘管他們身穿官方制服，大半夜來了兩個用口罩遮住口鼻的男人還是不太正常。警衛表情嚴厲，要求青澄他們出示身分證明。

青澄舉起右手，揮了揮手指，在對方眼前出示資料檔案。同時，他也讓對方看自己左手手背。電流通過皮下裝置，手背浮現華麗的阿拉伯式圖紋。那是代表日本政府高級公務員的生體徽章，除了證明青澄地位，也顯示外洋公使的身分。

警衛臉上流露一絲畏懼，不過，他並未輕易放兩人通過。

「請問有什麼事嗎？」

「我們來察看獸舟狀況的。」

「那不是公使的工作。」

「我已獲得許可，請確認。」

伴隨一陣提示音，新的資料檔案顯示在警衛面前。警衛看過書面內容，默默錯開身體讓路。

青澄和竹本點了點頭，從對方面前經過。外牆處有五個警衛負責獸舟事宜。看到青澄他們，警衛雖然訝異，但剛才資料檔案已經傳送過去，倒是沒有人出面阻擋。

投光器將四周照得如白晝明亮，黑暗中，這裡像是舞台一部分。

警衛們站在外牆上，視線投向海面，他們後方冒出向上攀升的黑煙。

「公使請在這裡稍候。」竹本說。

然而，青澄比他更快爬上靠在外牆的梯子。

「這很危險。」竹本指責。「跑到那種地方不是公使的工作。」

「沒問題，我有連上瑪奇。」

海上都市的外牆厚達三公尺。青澄爬到牆上，俯瞰海面。我透過輔助腦介入他的身體機能，幫他微調姿勢。他站的地方距離海面二十公尺，摔下去就嚴重了。青澄左腳膝蓋以下是義肢，但他爬上高牆懸崖或從高處跳下都不怕。可是義肢的性能固然好，發生意外還是很糟。我會不時介入他的平衡感。

巨大的生物被兩把電魚槍刺穿身體，釘在靠近海面的外牆上，尾巴一部分還留在海裡。黑煙就從那裡冒出來，生物已經靜止。全長將近十五公尺，猙獰外表是魚和鱷魚的混種。毫無疑問，這是獸舟。發動狙擊的似乎是發現獸舟正在攀爬外牆的偵察機。

獸舟身上多處碳化，還有一些殘火燃燒。張開的嘴裡有銳利尖牙，姿勢維持痛苦掙扎但不再有動靜。彷彿還聽得見那巨大口中發出詛咒的叫聲，似乎隨時可能從那嘴裡溢出異形怪物。人類若直接吸入獸舟冒出的黑煙，肯定會當場嘔吐。那氣味強調著這種生物是用人類基因創造出來的事實。

一般驅除獸舟都是先用通電魚槍封住牠們的動作，再拋出燃燒彈。以前的獸舟只要攻擊頭部就會當場死亡，但身體構造改變後，這種做法只會擴大災情。單一隻死亡，群體旺盛危險的生命力仍會不斷進化，獸舟就是如此驚人的怪物。

我從青澄他們得到的資訊中看不出異狀。生活在海裡不可或缺的身體脂肪加速了獸舟的燃燒。

「你第一次看到嗎？」青澄問。

「訓練時殺過。」竹本回答。「但第一次見到這麼大尺寸的。好巨大。」

「真的很大。我也是第一次這麼近看到這種尺寸。」

青澄問了負責處理的警衛從發現獸舟到驅除過程的情形。其中一人比手畫腳，叨叨絮絮地告訴了他。

海上都市感測器發現獸舟企圖登陸，到偵察機射出第一把魚槍，大約只花了五分鐘。等待偵察機抵達時，海上都市控制中心發動通過外牆上緣的電流，威嚇獸舟。獸舟雖受電流嚇阻，但並未放棄，一直在海面和外牆之間來來去去。

我們留意到獸舟明知有高壓電流還不逃離。或許牠們也在嘗試如何侵入海上都市，從錯誤中學習新方式。畢竟只要能登上海上都市，人類管理下的植物和魚類都將成爲糧食，人類也可以吃。對獸舟來說，海上都市是一座樂園。沒有不試圖爬上來的道理。

「教人有點在意啊……」青澄低喃。若中心的管理紀錄可信，這是第一次有獸舟爬上空間01。這也是即使半夜青澄也要趕來的原因。以第一次的經驗來說，警衛隊做的還不錯。只是——

這時，凝視獸舟屍骸的青澄忽然對警衛大喊：

「燃燒彈！快點！」

警衛驚慌失措，青澄又喊一次。「裡面還是活的！射擊！得完全殺死牠！」

警衛手忙腳亂裝塡燃燒彈。青澄拿起腳下的簡易砲，確認裡面剩餘的子彈。

身旁的竹本伸手想幫忙，但青澄甩開他，迅速將簡易砲扛上肩膀。他判斷這時該做的是盡快射出砲彈。

砲，一邊將眼睛湊上瞄準器，青澄對我下令：「瑪奇，支援我！」

我透過輔助腦介入青澄的身體機能，操控發射裝置。一瞬間便瞄準目標，青澄不差一毫釐地舉起簡易砲，扣下扳機。

伴隨一陣輕微的反作用力，砲彈射了出去。燃燒彈發出尖銳的聲響擦過牆面往前飛，進入獸舟頭部再朝尾部直線穿透。宛如轟炸，整個巨大的身體都起了燃燒反應。隨後，獸舟發出像用尖錐畫過玻璃的尖細高亢聲，從那幾乎已成焦炭的身體，一再傳出刺激人類神經的尖叫。
一度減弱的火勢重新取回力量，火舌舔拭獸舟全身。警衛發射的第二發燃燒彈穿過獸舟身體，引起比剛才更猛烈的爆炸和火焰。獸舟背上的肉掉落，斷裂的脊椎外露。在更內側，數隻看似極粗蚯蚓的生物緩緩昂首。牠們全身包覆著黏滑發光的液體，兩隻極短的手臂前端也掛著透明黏液。
警衛有人發出哀號。青澄將簡易砲交給竹本，嚴厲下令：「在我下令射擊之前，不可發射第二發。」竹本點點頭，把簡易砲扛在肩上。
粗大蚯蚓在火焰中劇烈扭動。雖已從本體現身，卻因仍被通電魚槍貫穿，釘成一串無法自由。然而，牠們不惜撕裂身體也想從火焰中逃離。青澄始終不命令竹本發射第二砲的原因，並非出於同情。獸舟本體碳化嚴重，若再受一次外部射擊，可能就此瓦解，到時蚯蚓們將直接落入海中。要是讓牠們就這麼逃走，下次不曉得會突變成什麼怪物。
蚯蚓弓起背，呈現昆蟲蛻皮時的姿勢。這是在火焰包圍下破殼重生的新生命，是新的災厄。
不過，牠們的抵抗到此爲止了。
火開始燒上蚯蚓身體，黏液乾涸，皮膚表面快速焦黑。眼前分不清蚯蚓搖晃的身軀與搖曳的火光，那刺激人類神經的叫聲慢慢平息。不久，蚯蚓和本體一樣化爲燃燒殆盡的焦黑物體。試圖攀上陸地的新型變種生物沒能達到目的就喪命了。
青澄命竹本卸下簡易砲。
冒著煙的獸舟燒焦。一動也不動。
青澄詢問警衛：「燒剩的部分能採樣嗎？」
「可以。您手邊有採樣容器嗎？」
青澄從口袋裡取出容器，交給警衛。
警衛請同伴拿來遠距操作的採樣裝置。那是能測量大氣成分及氣溫的人工觀測鳥，將採樣容器放入人工鳥內部，蓋上蓋子，警衛輕敲自己耳後。利用這種方式讓人工鳥與自己的身體同步運作，再請同伴朝外牆拋出人工鳥。人工鳥在外牆上方盤旋一圈後，像魚鷹一樣乘著風急速降落，飛向獸舟的屍骸。伸出操縱器採樣，收回自己腹內，再次滑翔，乘風回到牆內側。

青澄他們回到居住區已經超過半夜兩點。車子是青澄的，先送竹本回去，青澄再開車回家。我們的居住區不在外洋公使館範圍內。住在那裡的只有大使和公使館的廚師。

這是有原因的。

如果和大使住在一起，青澄一定會二十四小時工作。他這個人有點不受控制，像煞車壞掉。所以，住在稍遠的地方，按照固定時間通勤對他比較好。我主動對青澄提議，和他討論後說服了他。協助人類管理這些事，也是我們助理智慧體的份內工作。

明天早上六點多就得起來了，明知沒什麼時間睡覺，青澄竟然還說要沖澡。

「獸舟燃燒時的味道滲入身體，沒辦法這樣去工作。」

『我不是早就叫你別去了嗎？』

「有什麼辦法，總比在家擔心得睡不著好。」

『沒有比一天洗兩次澡更奢侈了。』

「偶一爲之無妨啦，反正我每天都有好好省水。」

青澄在浴室裡比平常更仔細洗了頭髮和身體。義肢雖然完全防水，爲防萬一，我還是一直幫他監視著浸水感應器。走出浴室，用毛巾徹底擦拭後，青澄輕輕在身上噴了柑橘味的古龍水，鑽進被窩。

「早上按平常的時間叫我。」他的聲音已有一半睡意。「晚安。」『晚安。』

青澄可以說是瞬間入睡。好睡是他的優點。拜此之賜，無論多繁重的工作都挺得住。

我將連線程度關到最小，讓青澄的輔助腦好好休息。

我與青澄初次見面，是他五歲的時候。

陸上民的父母會在孩子五歲左右時，送他們助理智慧體當禮物。收到禮物的孩子連話都還說不太清楚，卻能從中學會與智慧體對話的樂趣，也獲得了從世界網路獲取資訊的喜悅。之後終其一生，人類都會將助理智慧體視為自己的思考輔助夥伴。

助理智慧體的本體只是毫無溫度的電子儀器。

大部分陸上民使用助理智慧體時，都是把我們放在家中，僅透過網路連線維持無線通訊。在腦中直接對話，不會被旁人看見或聽見，這樣最優雅。

另一種是搭配人造身體。如果不是家境富裕的陸上民，這種使用方式不容易。因為必須配合孩子成長，定期更換人造身體的尺寸，很麻煩。大多數人成年前只放在家中使用，成年才為助理智慧體購買人造身體。不管怎麼說，購買人造身體的人還是不多。有人造身體的智慧體雖然值得炫耀，但維修費用高，還很容易被他人嫉妒。

青澄也一樣。若非外務省配發，我不會有現在的身體。

按照青澄的說法，我原本的外型「太帥了」。他斬釘截鐵帶著那樣的我談判只會誤事，沒有好處。青澄在我原本的外貌上加了面具。那能讓臉部造型稍微左右不對稱，將兩眼距離調得不平均，讓鼻子隆起的部位顯得有點歪斜，還能改變下巴的線條。

買回調整面具時，青澄親手為我戴上。他調整凹凸細節，愉快地說：

「像這樣長歪一點更像眞正的人類，也比較有親切感。」

「是這樣嗎？」

「你不希望自己只因為是助理智慧體就被人類歧視吧？」

「這麼說沒錯。」

「除非必要，你不用揭露身分。待在我身邊扮演一個人類就好。」

「了解。」

「你應該讀過舊資料吧，關於很久很久以前的人工智慧體，還記得嗎？」

「嗯。」

青澄說著，繼續完成我的外觀。「他們長得像陶瓷娃娃般好看，吸引每個看見他們的人。有些人造身體就像小孩一樣可愛。只是，那些全是過去在歐亞大陸反覆虐殺人類的殺戮智慧體。」

青澄平靜地說：

不幸的過去。不願想起的歷史。

「長相極端俊美的人造身體會讓我想起那些紀錄。被設計成用美貌和可愛外表欺騙人類，和人類混熟，就突然改變成凶惡的外型。他們割下人類的頭，切斷四肢，扯出內臟，將那些當作能源吃下肚。我知道人工智慧體本身沒有惡意，他們只是忠實按照人類輸入的程式行動。」

「眞是一段不悅的歷史。」

「人類與人工智慧體不能再陷入這種關係。我希望你在當一個優秀的人工智慧體之前，能先擁有智慧者的溫暖。來，你看看這樣如何？」

青澄讓我照鏡子。

鏡子裡是一張亞洲年輕人的臉。不算俊美，但五官深邃，有著彷彿凝視遠方的浪漫眼神。我從原本符合人工智慧體特徵的長相搖身一變，溫暖的氛圍取代了冰冷觀察現實者的視線。

我開始好奇，青澄爲何選擇這張臉。我裝不中意的樣子，試著打探他眞正的想法：「難道你討厭看到我受人注目嗎？」

「不是這樣的。比起沒有個性的英俊長相，現在好太多。你聽好，我們接下來要面對的可不是裝模作樣的政府高官，而是當地一般市民。這樣比較好，彼此才不會有隔閡。」

之後，我這張臉一次也沒有改變過。沒有必要改變。這都要怪青澄從來不曾爬上「面對裝模作樣的政府高官工作」的地位。今後我們也不會有這樣的機會吧。繼續待在這偏僻的海域，過著每天爲當地居民四處奔走，幫外務省無能官員收拾殘局而火大的生活。

觀測熟睡時形狀工整的腦波，我分析青澄今晚行動。爲了讓剛才案例能在未來工作中派上用場。青澄年輕時，積極進取的個性曾爲他引來災難，失去左膝關節以下的腿。明明使用再生技術就能移植眞正的腿，青澄卻拒絕了。他請整型外科醫師製作「假腳」，外觀和觸感與眞正的無異，卻是擁有媲美金屬強度的人工腳。義肢與大腿神經相連，維修時輕易就能取下。像蜥蜴尾巴，很有意思吧？每次拿下來維修時，青澄都笑著說。他藉此提醒自己別忘記年輕時的過失。

不願遺忘那時的事。

爲了不遺忘，故意不重新生出眞正的腿。

其實他大可選擇消除事件記憶，在周遭配合下抹消經歷，讓一切不要再被想起來，但青澄沒有那麼做。他裝一條人工腳，就是要用身上的異物感來提醒自己別忘記。

我們還在陸地上工作時，遇上獸舟好幾次。最恐怖的一次，是青澄派駐某座山間小村時。那是不受政府支援的貧瘠土地，位於汎亞聯盟與西汎歐亞聯盟的邊界，管理也很隨便。居民對付獸舟的武器只有舊式火藥槍和山刀。山間居民與山腳下的文明完全沒有交流。如此寂寥的小村莊。

青澄二十幾歲時，有段時間被公使館派去支援這座村莊。那是複數政府聯合出資成立的公使館，不同政府的職員派駐其中，就像偏遠地區的管理中心。

青澄當時捲入日本外務省的派閥鬥爭而遭到人事報復，貶到這個偏遠地帶。不過，青澄原本就對菁英路線不感興趣，這樣反而正中下懷。他最喜歡與當地人交流談判。事實上，我覺得以他旺盛的好奇心和喜好邏輯的思考，確實適合從事這種工作。

當時那塊土地面臨新開發案。企業與當地居民因為這件事起了衝突。開發案一問世就引起汎亞與西汎歐亞聯盟的興趣，這可令人笑不出來。

由於青澄和當地人的交流成果受到賞識，受命向村民談判此事。日本外務省為了保持本國與汎亞、汎西歐亞的關係，打算藉這件事賣人情給對方。但無關開發案，青澄原本就在那片土地上和村民建立良好聯繫。他仔細調查村民的生活環境細節，呈上好幾次報告書，向政府及人權擁護機構提出改善事項，也獲得對村民有益的支援。

對於早已與村民建立起紮實互信關係的青澄來說，外務省這次的要求非常困擾。然而，若是拒絕談判，事情只會交到其他職員手中，肯定會用極差的條件迫使村民退讓。這麼一想，他寧可自己出面，就算蒙受村民責罵，至少推動山岳開發之餘，盡力保障村民生活。

夾在外務省和村民之間，青澄不流於情緒化，一點一滴談判著。

現在這個時代，就算是生產性低落，沒什麼資源可言的地方，光是「位於陸地」就有極大價值。海平面上升將近兩百六十公尺的世界，腳下有一塊不動的大地就能貼上漂亮標價。

由於海平面上升引發地球大規模氣候變動，高地多少殘留豐沃的自然資源。本就嚴苛的自然環境比過去更艱難。然而，世界演變至此，站在村民們的立場，他們僅止是留在祖先代代相傳的土地。當住在平原地帶的人們分析龐大數據，為將來頭疼時，村民是為日常煩心，平淡生活。

從村民角度來看，他們早在都會沉沒海底的幾百年前就活在這塊土地，過著小小自給自足生活。如今平原地帶的人說來就來，嚷著「海邊的土地沒了，你們要把土地分給我們」，縱使拿出大把鈔票當謝禮，村民還是無法接受。告訴他們，開發土地可換來富裕生活，但一直以來過著與大規模海上都市經濟完全隔絕的生活，那種說詞聽在村民耳中不痛不癢，只是蠻橫無禮。

考慮到他們的心情，摸索不傷害他們自尊心的最好方法，就是青澄和我的工作。談判中，我們在當地掌權者之間察覺異常的動向。不止想開拓未開發土地，有人還想奪走村民的居住區。嚴格說起來，村民反對開發，怕的就是這種野蠻舉動。

爭取國家支援，守住村民權利的同時，不止要對抗地方上的不當勢力，還要推動開發案。這麼艱難的任務，青澄二話不說埋頭苦幹。站在中間，同時挨雙方打。然而他沒有逃避，堅毅對話，而事件就發生在這段期間。

那天，當地的翻譯官阿吉斯衝進我們的公使館。他接到無線電求救，村子被多隻獸舟襲擊。阿吉斯高聲哭著求助。他聯絡了警察，警察卻不肯救助。「那些人跟這一帶的掌權者勾結了，故意袖手旁觀，想等村子毀滅！」他這麼說。

「拜託你們了，請盡快救助村民！」阿吉斯喊著。「這樣下去大家都會死，親戚朋友都會死！」

當地談判組內一陣慌亂。管理中心有武器，但誰也沒有自信不靠警察幫助就擊退獸舟。這裡只是偏遠地帶的管理中心，並未配備具有戰鬥機能的人工智慧體，連駐派武官都沒有。

當時青澄的書面位階是二等書記官，尚未獲准配備人造身體，我的主機放在管理中心裡一間房內，連上網路幫青澄做些祕書工作，負責整理情報。但聽了阿吉斯的請求，青澄不能坐視不理。他即刻起身，告訴管理中心的工作人員：

「我去看看狀況，不會亂來。」

他從槍庫裡拿出兩把火藥式霰彈槍和兩盒備用子彈。我大爲震驚，急忙阻止，要他等警方趕到。既然無法用人造身體保護他，我只能透過網路支援青澄，這樣對付獸舟實在太危險了。然而，青澄完全不聽勸。他開車載著阿吉斯前往現場，我一路上都反對，青澄盛怒地說：「你再礙事我就把連線切斷！」我不得不沉默下來。

我們助理智慧體只能輔助人類思考，雖然有提出反對意見以提升議論品質的機能，但無法停止人類思考運作。當人類堅持某種決定時，我們只能將任務切換爲守護搭檔。藉由輔助腦介入搭檔的身體機能，協助他們回避危險。非武官的青澄既然拿起霰彈槍，就會希望我爲他補足操控武器的能力。

他們兩人抵達現場時，地方警察還未趕到。

現場狀況已不可收拾。

青澄和阿吉斯手握霰彈槍，從車上跳下。

村內慘狀映入眼簾，阿吉斯摀住嘴，彎腰作嘔，站在路邊嘔吐起來。

青澄馬上拿出防止感染用的過濾式防毒面具罩住口鼻。幫阿吉斯拍背，並將備用防毒面具給他，告訴他這是預防病毒的面具，戴上後難聞的氣味會減輕。

「來得太遲了。」阿吉斯仰頭哭泣。「大家都死了。」

「等全部確認完再說。」青澄溫柔安撫他。「就算如此，如果沒有見證到最後一刻，村民們便只是像壞掉的事物般消失。要是沒有人記住他們離世，這座村子的存在意義便只是政府管理清單上刪去的一個名字。我無法忍受，不想忘記那些熟識的人，不願忘記憤怒控訴村莊困境的人們。」

「可是——」

「在原地不動的話，很可能會被躲起來的獸舟偷襲。最好保持移動。」

「……我明白了。」

阿吉斯搖搖晃晃起身，戴上預防感染的面具。血腥味和內臟味道減輕一些，他似乎恢復幾許活力，不發一語地跟在青澄身後。躲開地上血窪，青澄要我拍下眼前景象留作紀錄。我介入青澄的視覺，隨後，將他的視野調整得像鳥類一樣開闊。

單單調整視野，青澄本身的大腦無法處理那些擴大的情報。我開始調整青澄的輔助腦與生體腦的連結。這能同時將情報發送至公使館中的記憶裝置。青澄在現場目睹的情形，全部會用影像保存。

雖然帶著武器，青澄他們前進時小心翼翼。沒看到獸舟的身影，或許躲藏在某處。這樣的不安逐漸侵蝕青澄的心。

他們在村裡找到三隻小型獸舟的屍骸。村人一定奮勇抵抗了，屍骸滿是槍擊和刀傷。那是外型似豹的四足獸舟。體型和爪形和豹一樣，駭人的是，頭部長得像巨大爬蟲類的嘴。青澄折斷一根樹枝，挑起獸舟的嘴。牙齒上黏滿鮮血及肉片。看那整排凶暴的獠牙，一旦被咬到，肯定連骨頭都會碎裂。

獸舟不止破壞農作物，也會襲擊人類。不過，這是青澄第一次見到人類受到獸舟攻擊後的模樣。本該是人類的「同伴」，卻將生存放在首位，在斬斷與人類牽絆的瞬間化身怪物——這在生物界是正常的進化，陸地上的人類卻難以承受。村裡到處都是撕裂的人體，內臟散落一地。在被擊斃之前，獸舟凶暴肆虐。或許有村民逃出生天，但村裡情勢險惡，他們暫時不會想回來了吧。

阿吉斯忽然拉住青澄的手臂。「那還在動！」

新發現的獸舟殘骸還沒有死透。側腹微微上下起伏，應該快死了。

青澄很快地舉起霰彈槍，調整準星。但他沒有馬上發射子彈。

像是著了迷，他凝望獸舟的眼睛。

躺在眼前的獸舟外表凶猛，眼睛卻散發初生嬰兒的光采。大大的黑眼珠與其說是動物，不如說更接近人類。望著他的眼神像在祈求憐憫，又像控訴。

救救我……

我透過ｉ探針感測到這聲音在青澄內心引起迴響。纖細情感宛如漣漪，逐漸在青澄胸口擴散。

——糟了。

我立刻介入青澄的身體機能，試圖讓他開槍。不過，青澄靠意志力搶在我之前扣下扳機。

受到子彈衝擊，獸舟的頭部彈跳了幾下，愛憐的眼睛大睜，巨大嘴裡湧出漆黑體液。我感受到青澄情緒上的震撼。

就在下一刻——

青澄擴大的視野裡出現新的獸舟。阿吉斯來不及反擊，喉嚨被從草叢中衝出來的傢伙咬住。

獸舟猛力甩頭，阿吉斯的頭和身體完全分離。氣管發出漏氣的嘶嘶聲，鮮血像噴泉，從血管剖面噴向半空。軀體轉了一圈，無頭屍體倒在地上。血濺上青澄的身體，他沒有退縮，不斷朝獸舟射擊。

擁有巨大下顎的怪物即使被子彈打得體無完膚仍不後退，眼中閃現凶暴的光。夥伴的死激怒了牠，復仇火焰熊熊燃燒。當村人用獵槍射擊時，牠一定也用相同的狠勁襲擊。眼見牠前傾著身撲向青澄。

左腳竄過一股劇痛。比起疼痛，那更像被衝擊力道的重量壓潰。獸舟前傾撲向青澄並咬了他的左腳，牙齒穿過膝關節。青澄扭轉身體，再朝獸舟後腦發動一擊。隨後，膝關節碎裂，左腳膝蓋以下的小腿被粗暴扯斷。人類的慘叫與野獸咆哮混合，他們的身體也糾纏著倒在地。

我發出叫聲，呼喊青澄的名字。還感覺得到肉體反應，但事態非同小可。

獸舟就這樣死了，青澄卻有意識。清醒也有清醒的麻煩，他冷汗直流，雙手抓住左側大腿，咬緊牙根痛苦翻滾，我卻毫無辦法。我只能透過輔助腦介入他的大腦機能，稍微抑制神經傳達疼痛的訊號。

青澄定期投入體內的分子機器開始產生讓傷口假性凝固的作用。雖說能停止出血，但青澄已經失血過多。他靜止不動，閉眼喘息。我對著逐漸失去意識的他不停吶喊：「加油，撐到警察來！」

幸好，青澄保住了性命。

出發前聯絡的當地警察，總算在千鈞一髮之際趕到。

管理中心的醫務官處理不了他的傷勢，立刻被送往急救醫院。

傷口包紮好後，他依然痛苦。他發燒夢囈，沒有恢復健康，愈來愈衰弱。

我大感吃驚，原來人類的身體如此脆弱，失去一隻腳就會造成這麼大的負擔。對身爲助理智慧體的我來說，擁有身體的感覺充其量只是想像，真正的肉體會如何疼痛，我完全無法分擔。就算將疼痛的程度數值化，我也無法實際體會疼痛侵蝕青澄精神的過程。

是不是我在引導時失策了呢。試著問他，青澄虛弱回答：

「不是你的錯……我太天眞了。被無聊的正義感牽著走，失去一條寶貴人命。你阻止我前往村子是對的，我不該逞強當勇敢的理想主義者，應該做無能的膽小鬼才對……」

『可是，警察來之前我們成功紀錄下現場狀況了。』

「那些紀錄不值得用一條人命去換。就算拍下紀錄，也可能被上面的人一手抹消。我沒臉面對阿吉斯的家人，一切無可挽回……」

青澄心中確實有更強烈的憤怒。當地的掌權者、只想著利益得失的汎亞及汎歐亞聯盟，以及沒有好處就不行動的日本外務省。青澄曾有野心，想著只要談判成功，就能讓這些人跌破眼鏡啞口無言。不可否認，正是野心促使他態度果敢。他一定強烈體會到掉進自身挖的坑的感覺。青澄很自責，他就是這種個性。

警察現場蒐證後，整座村子落入開發集團手中。老舊村屋全部破壞，建設起最新工法打造的資源採集工廠和人工食品工廠等設施。青澄出院後，每天都去看生產設備逐步完成的工程。當地醫院只有非電動式的義肢，他拄著拐杖慢慢走向現場。

這是要反覆提醒自己犯下的錯事，傷害自我，從舊傷口裡擠出血。

人類時常會自我憐憫，老實說，我不太喜歡這樣。斥責或激勵都會讓他更沮喪，若是安慰他還可能惱羞成怒。人類的內心太複雜，很多時候靠普通演算也算不出適當應對。

坐在荒地斜坡，眺望前方迅速建起的嶄新建築，青澄喃喃自語：「我是不是應該一起死在這裡。」

我平靜反問：『爲什麼？』

「我如果死了，現在就不用這麼難過了……」青澄低下頭，雙手摀住臉。「爲什麼只有我活下來，不是別人而是我……」

『要是你死了，我會很困擾的。』

青澄乾笑。「你有什麼好困擾？」

『我們助理智慧體沒有搭檔就無法活下去。搭檔一死，我們就失去作用了。更別說你在外務省工作，爲了不洩漏機密，我大概馬上會被刪除吧。』

「你們停止機能時不會痛苦吧，比我們輕鬆多了……」

『我們確實不像人類擁有痛覺，比較輕鬆，但和搭檔永久分離，還是會有點「痛苦」。』

「……爲什麼？」

『助理的生存價值，就在爲人類這個系統整理情報——不，是植入的程式讓我們「感受到生存價值」。和人類感受或許不同，但活著對我而言是一種喜悅。出於搭檔的意志使我的喜悅毀滅，那不會太愉快。』

「和我在一起也感受不到什麼喜悅吧？」

『沒這回事。你眞的是很有意思的搭檔，總是接受也思考著多到我無法處理的事。從人工智慧體的角度來看，其中很多都是雜音。不過，我把那些雜音當作音樂欣賞。』

「音樂？」

『那不是美妙的音樂。音準不對，節奏亂七八糟，一片混亂，教人一點辦法也沒有。與井然有序正好相反，這意義上，和以數字成立的音樂完全不同。但你心中的那些事物是只有人類才創造得出的樂音。人們稱之情感，也稱之人性。對我來說雖然陌生，但不覺得那樣很可愛嗎？我盡情享受了你心中的種種。無論怎麼分析都得不出答案，我難以理解，但存在你心中的就是這樣的謎團，而我對此非常感興趣。要是你突然不那麼做了，我會很困擾的。難得我欣賞得正開心，你卻擅自說要停止。既然已動手彈奏，就希望你好好彈到最後一刻。這是我的心願。』

青澄低下頭，雙手慢慢放到腿上。

我的 i 探針讀取到他細微的變化。

那不知該如何標示，無從解釋的情感像一盞微弱的燈點亮他的心。微弱得不確定是否能稱之爲光，彷彿吹口氣就會熄滅——不過，那確實是宛如光的存在。

數日後，青澄問了我一件事，口吻極其冷靜。「……人類是否可能按照自己的目的誘導獸舟行動？」

我明白青澄在想什麼。我回答：『是有可能。獸舟和人類是不同種類的智慧體，要讓牠們按照自己的想法行動不容易，但若將捕獲的獸舟放在村莊附近，刻意讓牠們進入村莊，這種程度做得到，畢竟那種獸舟的體型不大。』

「就算被放掉的獸舟沒有敵意，一旦村民攻擊，獸舟也會出於本能抵抗。就像面對我時那樣。」

『沒錯。』

某人安排了獸舟襲擊村莊嗎。青澄似乎這麼想。但沒有證據。

這只是憑至今談判和在現場見到的印象獲得的直覺，然而，這種不好的想像往往是眞相。

令人不悅。人類爲了欲望，什麼事都做得出來。

想得到村子的人，因爲對青澄進度緩慢的談判不耐而插手壞事，這非常有可能。若是更進一步發揮討厭的想像力，說不定連阿吉斯都是引誘青澄出面的陷阱。就算當天阿吉斯沒有在那裡被獸舟襲擊，日後也會被人殺掉滅口吧。事到如今，都已無法查證。

事件過後，我們轉調過許多崗位，在各種地方工作。

工作上有堪稱成功的經驗。青澄很認眞，條件齊全，他就能不斷提昇工作成績。然而，過去帶來的痛苦沒有消失。形成難以拂拭的挫敗感，在他心上烙印深深傷痕。雖然在我的勸說下，他多少鼓起積極的力量，但或許造成反效果，青澄腦中開始出現對肉體疼痛的過度反應。那是一種恐慌症，光是被刀割傷手指，腦中就會分泌異常化學物質，我的i探針感測到好幾次。

很快地，青澄受過度換氣症所苦。事件當下承受劇烈疼痛，孤獨等待救援的恐怖回憶，演變成症狀。發作時，會引起類似心臟病的劇烈胸痛和類似窒息的喘不過氣。每次發作，他都會遭「可能將就此死去」的恐懼襲擊。但實際上，他並不會死亡。

唯有痛苦和恐懼貨眞價實。

大腦運作，腦中就不會停止運作失常而產生幻覺。這是光憑當事人意志力無法控制的事。

青澄找醫療程式設計師商量。為了抑制他的痛苦，程式設計師為我加入新機能，透過我的介入來管理青澄腦中化學平衡與增加阻斷痛覺的程式。之後，青澄的煩惱完全消失。不管遭遇任何事，他都不會再陷入過去的幻覺。再被刀割傷手指僅嘖一聲，擦好藥貼上ＯＫ繃，恢復成「健康的人」。

表面上，青澄順利痊癒。二十世紀的醫生大概會診斷他「康復」，認為他恢復健康。然而，那只是因為我隨時介入他大腦。留在他腦中的傷痕其實沒有修復。不由助理智慧體介入掩飾，該怎麼做才能眞正治癒他的傷口。我至今還沒有答案。

事件至今十多年過去了，愈了解青澄，我在面對人類這個複雜的存在時愈是不知所措。

人類眞不可思議。

有些事明知丟掉比較好，卻強烈地刻寫在記憶中。並非每個人類都追求向上，很多停留在原地團團轉，不斷煩惱得不出答案的問題。可是，完全否定這些行為，我又覺得人類就不是人類了。

青澄想忘掉那起事件，想連那些痛楚的記憶一起遺忘。然而，他忘不掉。就思想上的意義來說。懷抱著如此劇烈的矛盾，卻還能維持不發狂的日常生活，「人類這種機制」教我驚嘆。該說複雜還是不夠精密，總之那不可能發生在我們助理智慧體身上。

隔天早上，我們一如往常地來到空間01的外洋公使館上班。

設置在空間系列海上都市的公使館，是稱為「外洋公使館」的特殊部門。這是在重返白堊紀之後新設置的部門，隸屬公使館管理局。按照分類，外洋公使館屬於「大使館」——換句話說就是駐外公使館，但無論職員地位、薪水或業務內容都和一般公使館不一樣。

駐外公使館基本上位於國外陸地或首都海上都市，通常派駐的是外務省菁英官員，負責與其他政府協調及蒐集資訊。普通人聽到「大使館」、「外交官」等詞彙時，印象就是這類部門。

相較之下，外洋公使館的主要業務是管理海上民。

不分領海公海，海洋就是海上民生活領域。他們和名爲「魚舟」的巨大海洋生物共同生活，駕馭魚舟縱橫四海。海上民會在海上掀起各種事端。有時是爭奪資源，有時是被海上強盜團侵害，有時是和陸上民的機械船發生衝突。問題沒完沒了。

外洋公使館職員的工作內容，就是處理這些衝突和問題。簡單來說，我們的工作不是針對政府高官，頂著優雅的面具互相刺探，而是解決海上民的紛爭而東奔西走，可以說我們是「爭端排解人」。

這樣的工作爲什麼由外交官出面擔任——因爲在海上，隸屬不同政府的海上民不分領域生活在一起。

大海很遼闊。資源卻集中在少數區域。

環境稍微惡化，魚類就會往人類接觸不到的地帶遷移。

人類除了捕魚養活自己，還要讓全長二十到三十公尺的魚舟有飯吃，必須在海上廣範圍地洄游，尋找充足的食物。雖然不像機械船需要維修，但魚舟也是生物，會貪求食物。海上民爲了確保生活環境，就得回應魚舟的要求。

因此，受特定政府管轄的海上民無法僅待在特定政府的領海內——這是頻繁發生的日常。爲了確保自己和魚舟的生計，海上民前仆後繼進入公海。領海內只會遇到同政府的魚舟，出了公海便會遇上不同政府的海上民，產生衝突。而國籍不同的海上民發生衝突時，一個不好會發展成國際問題。

這就是要外交官出面處理的原因。

雙方外洋公使館各自派出職員，和當事者一起坐下來談，試圖引導事情和平解決。這就是青澄的主要業務。爲了順利，平時就要鋪天蓋地地蒐集資訊，廣結人脈。不止海上社會，與其他政府的外洋公使館也要保持聯繫，確保事發時迅速聯絡。這是配合新社會而誕生的工作。

然而理所當然的，國內的外務省菁英紛紛推說這可不是外交官的工作。

這種程度的小事不過就是爭端排解人。

明明沒有外洋公使館就不可能好好管理海上民，工作卻不受重視，調到此處就形同貶職。而談判需要花錢，動不動就得申請預算，看在那些想擅自挪用機密費的外務省官員眼中，更是礙事的眼中釘。

即使如此，自從來到空間系列的海上都市，青澄過得比從前更有活力。

海上的工作，應該很適合他的個性。

穿過公使館玄關，青澄快步走在人煙稀少的走廊上。他一進入辦公室就打開室內上鎖的保管庫。在保管庫裡等待青澄的，是我的人造身體。我每天早上都像這樣，透過青澄的視覺接近自己的身體，注視著自己。這種感覺有點刺激。

我的人造身體上了鎖，掛在專用架上，像個關閉電源的玩具。清晨時刻從外側觀看自身軀殼，體驗相當有意思。若讓熟悉人類感受的助理智慧體來形容，或許會開個「就像人類『靈魂出竅』」的小玩笑。

青澄舉起手一揮，解除了我的電子鎖。

隨後，我的視覺情報處理系統立刻從青澄的視線轉進人造身體的視線。原本看著人造身體的視野，瞬間變成站在人造身體的角度看青澄。深夜跑出去忙一陣，現在青澄臉色居然還不錯，精神抖擻。短時間就能進入深度睡眠是他一大強項。

走到邊桌前，青澄磨起紫豆，沖工作前喝的咖啡。和一般咖啡豆不一樣，紫豆具有卓越的抗氧化性，即使常溫保存，口味和香氣也不會變差，品質優良。因爲方便，比起高價的咖啡豆，青澄從以前就很依賴紫豆。

磨好豆子，沖咖啡的工作絕對不會假手於我。自己沖才有樂趣。他這麼說。人類這種慣習，我們助理智慧體不能隨便插手。用專用壺沖好後，青澄將咖啡倒進馬克杯，拿到辦公桌前坐下。

我開始將寄到青澄電腦裡的郵件和報告書分門別類。

在空間01工作的日本人要求、造訪此處的觀光客要求、其他政府外洋公使館寄來的派對邀請函、認識的人拜託的一點小事——通常這種「一點小事」背後都是大麻煩——魚舟船團寄來的糾紛報告書、分發海上疾病疫苗的相關文件。我處理著這堆小山高的文件時，青澄喝著咖啡翻閱檔案。我透過輔助腦偷看他在讀什麼，一如往常是環境觀測機構發表的內容。

這幾年來，海平面上升率一直沒變，今早收到的數據也毫無變化。

那場名爲重返白堊紀的變異已完全止息，這是近年主流看法。環境模擬器「影子大地」的演算結果亦與現實事態一致。而海平面停止上升，剩下的土地就不會再受海水侵蝕。

接下來政策方針將會改變——他似乎在思考這件事。

念頭突上心頭似的，青澄開了口：「國際環境研究聯盟IERA日本分部的春原教授組了一個新的研究團隊。他們的觀測地域從環太平洋換成汎亞內陸地帶。這是爲什麼？」

我連上數據資料。上面顯示以汎亞內陸地帶爲中心，描繪地函內溫度分布的變化圖。

青澄問我：「這份檔案如何解釋？」

「汎亞內陸地帶有地函冷柱。根據常識思考，他們應該想調查此事。不過，單獨鎖定這個地點就教人好奇了。教授有發表什麼說法嗎？」

「還沒。影子大地有提出新報告嗎？」

「還沒有能拿來解析的數據。」

「有在SSAI那邊聽到什麼消息嗎？」

「什麼都沒有。」

「去打聽看看。」

這時，竹本的助理智慧體史貝德傳來訊息。

『早安。昨晚獸舟的分析結果送來了。竹本正要過去跟公使報告。』
『了解。』
不久，辦公室傳來敲門聲。我跟青澄說「是竹本」，青澄點點頭一口喝完咖啡。竹本一進來，他就再次致意：「辛苦了，昨晚謝謝。分析結果用訊息傳就好，怎麼親自跑一趟。」
「其實剛才我被桂大使叫住，他要我直接過來跟公使說。」
「說什麼？」
「昨晚的事。他說那種時刻，阻止公使外出也是武官職責在。他不贊成我跟你一起去擊退獸舟。」
「是我下令的，你別放在心上。桂大使那邊我會道歉。」
「非常抱歉，大使並沒有生氣，他擔心公使您，怕負擔太大。」
「我知道，正因爲這樣才要你別放在心上。別提這個了，能讓我看看分析資料嗎？」
竹本點頭，將分析結果投影在室內螢幕上。
資料一列出來，青澄就發出悲鳴。「這是什麼？」
難怪他這麼驚訝，上面的數據實在教人難以置信。
竹本從旁解說：「根據分析，蚯蚓外型的生物全身都有不可燃液體保護。黏液主要成分是負離子液體，即使遇上數百度高溫也不會分解，性質不易燃燒。但通電性因而很高。昨天大概是通電魚槍的猛烈攻擊發揮了成效。若燃燒彈的溫度再低一點就有危險，牠們可能當場逃掉。」
「牠們身體斷裂也能再生吧。」
「又或者增生數倍。像渦蟲那樣。」
「要是幾十隻那種生物爬上來，人類就完了。」
青澄瞥一眼時鐘，從桌前站起來。「我到大使辦公室一趟。這一定得向他報告。」

到桂大使那裡時，青澄把我的人造身體放在辦公室。我留在辦公室裡處理雜務，同時透過青澄的視聽覺器官紀錄下他與大使的對話。

青澄造訪時，桂・MM・節大使正好處理完早晨事務。大使的工作多半與裁示相關。除了檢視情報和談判工作，早上往往都用在文件審核上。這時，桂大使在他的助理智慧體青貓幫忙下處理完事，剛要喘口氣休息。我透過網路跟青貓招呼，青貓「喵」一聲寒暄，我也回了一聲「喵」。

青澄坐在桂大使對面的沙發上。

半年前調派到空間01，我們與桂大使的交情從那時展開。桂大使今年滿六十歲。他的身高從客觀的測量數字來看比青澄矮，但青澄赴任至今，一直有桂大使和自己差不多高的心理錯覺。這跟不講理的高壓態度完全無關。工作上的嗅覺始終領先一步——這是青澄對桂大使的感覺。

關於昨夜獸舟的事，青澄把從竹本那裡聽到的內容告知大使，再爲自己的行動道歉。接著，他正打算詳述獸舟分析數據時，桂大使打斷了他：「關於那件事等一下再慢慢說。更麻煩的工作上門了。」

「外務省總部派來的嗎？」

「對。」

「什麼任務？」

「上頭命令我們讓一個不隸屬任何政府的船團正式歸屬日本政府。」

「那不是法務省跟國稅廳的工作嗎？」

「他們試著接觸了，但沒辦法。對方到現在還誰都不願意見。」

「聽起來像藉口。」

「這次受命談判的船團稍微特殊，是一名叫月染的女性統率的，追蹤起來不容易。」

桂大使要青貓在室內螢幕上投影出資料。上頭映出月染的近期照。青澄仔細觀察她的外表。

月染團長。統領亞洲海域大規模魚舟船團的女性團長——

外表不到三十五歲。

不過，既然是不隸屬任何政府的船團，就不會有關於她年齡的正式紀錄。年紀可能更大，可能更小。

照片是她去海上交易所時拍到的。月染將一頭漆黑長髮綁成一條辮子，垂在背上。穿著一般海上民常穿的粗布衣，但根據胸前編織的金線和華麗珍珠裝飾，她的身分地位與普通海上民不同。古銅色的肌膚散發光澤，令人聯想到強韌皮革。一定很仔細地塗了防曬香油。若是站在她身旁，想必能同時聞到柑橘類的清香和基底油令人陶醉的甜美香氣。勻稱的肉體和深膚色。閃耀堅定光輝的眼神下，透露出不易說服的強大意志。第一眼就可輕易想見她該膽識過人，自尊心高。

桂大使接著說：「月染船團以前就拒絕接受政府的病潮疫苗。他們似乎知道不透過政府就能獲得疫苗的管道。」

「黑市交易嗎？」

「可能。」

一般狀況下，病潮疫苗的生產與接種都由政府管理。無國籍的魚舟船團不被允許接種。而國籍取得和納稅義務則是接種的交換條件。然而，海上仍還有業者與不隸屬任何政府的船團直接交易。他們暗中外流疫苗，抬高價格賣給無所屬的船團。

青澄問：「月染船團所有船員都有接種疫苗嗎？」

「對。」

「那可眞厲害。通常一個無所屬的船團只有幾成船員能有。」

「月染船團好像有獨家海底資源情報。他們販售情報，換取購買疫苗的金錢。」

「她對海上民來說就是救命女神了。」

「確實如此。」

在海上世界，將某種致死性病毒傳播的現象稱爲「病潮」。在特定的氣候條件下，海上都市或近陸的海上也會有此種現象，不可大意。爲了預防病潮病毒，陸上民一定要接種疫苗。這些病毒透過六目水母傳播。六目水母的傘狀部位長有六個圓形斑紋，就像眼珠，因此得名。那是一種深海水母。牠們有時從深海浮上海面，寄生體內的病毒便從易碎的傘下四處散播。

病潮病毒的眞面目，據說是大混亂時代，歐亞大陸使用過的生化武器。考慮到抗病毒劑完全派不上用場、至今無法開發出治療藥物卻能利用人類免疫機制接種疫苗，以及對人類幾乎百分之百的致死率等特性，這一定是人爲設計的病毒——可以想成類似分子機器。

突然從深海浮上水面的大群六目水母被稱爲「病潮」，是海上民恐懼的對象。由於無法預測六目水母何時出現，不止海上民，病潮對居住近海地帶的陸上民也是一大威脅。

桂大使繼續說：

「目前月染麾下有數千隻的魚舟。當然，這麼大量的魚舟不會只聚集在一處。牠們分散成小集團，形成互相聯繫的網絡。即使如此，換算人口也有以萬人爲單位的無所屬海上民隸屬月染麾下。話雖如此，團長和副團長管理方式極爲鬆散。除了提供病潮疫苗，可以說什麼都沒做。」

「普通大船團的團長權力都很大，這裡怎麼不一樣？」

「是啊。這次首度調查月染船團才明白這件事。櫻木書記官很吃驚，說第一次見到這種型態的船團。」

櫻木．MM．凱爾是公安廳外派過來的情報搜查官。在這裡的頭銜和竹本一樣，都是一等書記官。不過他和竹本不同，是徹頭徹尾的行政官，赴任當天就順利融入外洋公使館，發揮他優越的情報蒐集能力，成爲我們的強大後盾。

「若是沒有掌握強大權力，她如何管理超過千隻的魚舟？」

「在月染船團，團長單純是顧問。有人遇到問題就找她徵詢意見，如此而已。」

「這麼鬆散的體制，船團要怎麼維持？」

「根據櫻木書記官的分析，月染船團的型態很接近群體生物。」

「群體生物？」

「不是有一種叫管水母的深海生物嗎？由很小的水母集合而成，總長三十公尺，構成所有部分的都是同一種小水母，但根據部位不同，有的負責捕獲食物，有的負責生殖。櫻木書記官的意思是，月染船團的團長和副團長就和這一樣。」

「他們碰巧負責了團長和副團長的職務，和個人特質或才能無關，是嗎？」

「就是這個意思。」

使用魚舟的海上民，基本上都能自給自足，獨立性極高。海上社會是以「個體」爲中心的社會，不像陸上社會需要依賴嚴密的金字塔結構組織。即使如此，只要聚集一定程度的魚舟，自然就會出現領導人物。我們至今面對過的魚舟船團，團長多半都像陸地集團首長一樣握有大權。像月染船團這樣明明有大量船團成員，卻沒有設下太多限制的集團，可以說是很罕見。

跟這種對象談判，眞有可能說服船團全體成員嗎。

桂大使說：「月染船團很多人以前是日本人，給日本管理過，但不想繳稅就放棄身分。上頭要我們讓他們重回日本管理，用納稅交換疫苗接種。簡單來說就是月染登記爲日本人，並讓全體船團成員繳稅。」

「我不認爲月染會順從。」

「沒錯，這不是簡單的任務。」

海上民厭惡納入國籍管理，抗拒伴隨而來的納稅義務。當然，既然受到社會保障就該以納稅配合，問題是，每個政府的稅政內幕太不透明。日本政府的徵稅一直以來遭人詬病，因爲金額過高。有學者縝密計算稅金，將結果放上網路公開。海上社會則有紀錄了相同內容的海草紙四處流傳。

根據學者計算，現行日本稅制「收得太多」。生產及接種疫苗的成本，加上魚舟生活絕對需要的生活排水淨水裝置、海水眞水變換裝置、太陽能發電裝置等的維修費用等——這些零零總總費用總和，比起換取上述生活保障所繳納的稅額，靠自己支付還便宜得多。僅管財政需要預留彈性空間，將稅金盡可能壓低不符實際，但日本稅額顯然還是「可疑得一看就知道大部分是爲了給官員貪污方便」。

學者的調查公開後，原本隸屬日本管理的海上民開始拒絕納稅，說來可以理解。更何況財務省至今仍拒絕正式回應調查書，僅當毫無根據的中傷文章，絲毫不當一回事。

說的極端一點，海上民根本不需要政府。對他們來說，唯一的麻煩只有病潮疫苗，只要能透過黑市交易買到，就能完全脫離陸地管理，獨立生活。月染船團正好巧妙地滿足海上民這方面的需求。

稅收一旦取消，困擾的只有繼續活在舊體制下的陸上民。因爲陸上民需要與海上民交易取得的海洋資源及疫苗接種換來的稅金，當這兩樣都拿不到的時候，陸地經濟將一口氣惡化。

青澄說：「我認爲海上民的思考也是一種生存之道。有些船團甚至放棄接種疫苗。在他們的觀念中，遇上病潮就只是運氣不好，只能放棄……他們不怕死，將死視爲日常。對這樣的海上民而言，政府和納稅都沒有意義。」

「如果我是一介市民，也會和你有同感。但我們是公使館職員，不能對外務省的意願視若無睹。要是拒絕這項任務，說不定會被交到毫不尊重海上民的官員手中。那最糟糕。你和我來處理，或許還可以不傷害海上民的權利與自尊心，想辦法協調出好結果。」

說來說去，又落入同一個模式。總是明事理的人居中協調，爲了守護雙方立場而努力……

不要碰這種事比較好吧？我忍不住想這麼說。接下這類工作最難受的會是桂大使和青澄。至今不知道有過幾次經驗了。

然而，青澄學不會教訓。

「這次的任務是哪位交付過來的？」

「公使館管理局的錦邑局長。站在避免衝突的角度，他刻意選擇我們。我個人很希望回應他的期待。」

「我明白了。那在正式談判前，我先探探狀況吧。」

「你能這麼做最好。身爲大使的我馬上出手，恐怕會造成月染心理壓力。我還是希望由身爲公使的你，以非官方的立場打探她眞正的想法。她想和日本政府對立，還是願意視條件好壞歸屬日本。我想釐清這點。站在月染的立場，船團規模變大，她一定會遇上一些棘手的問題。單靠團長和副團長能注意到的範圍有限。」

「如果可以找到利害平衡，說不定就能打動她。我該如何和月染聯繫？」

「有些打撈業者和月染有交流往來。事前調查的名字裡，有個叫路因．MM．村野的人，他應該能搭起會談的橋樑。」

「會談時使用密閉浮球吧。在海裡就不用怕被打擾。」

「可以。以防萬一，你帶瑪奇一起去。這場會談不太安全，事前也無法預測對方出什麼招。」

青貓說聲『寄出囉！』就把月染的資料傳給我了。他大概是要我趁青澄和桂大使擬定詳細計畫的時間，再次分析月染。當桂大使和青澄轉爲討論昨晚獸舟登陸和IERA日本分部時，我已經按照順序整理起月染的資料了。

沿著海岸驅車向前。吊卸貨櫃的機械船映入眼簾。隔著一段距離的巨大機械船彷彿玩具，人類僅剩指尖大小。傷痕累累的老箱子從機械船的船腹往停在陸地的搬運車跑，像有生命，遵照設定好的路線進入車中。港灣作業員與非人型智慧體在一旁監視機器，除了預防失控，有時也上前協助。

青澄開著車，懷念地眺望港灣風景。我默不吭聲，不介入他的感傷。

我的人造身體留在大使館，改以連線支援青澄今天行動。陸上民與陸上民見面時，通常採用這種模式。當人們與值得信賴的對象談公事時，彼此都不會帶助理智慧體的人造身體出席，這是禮儀。

打撈業者的工作，是從沉沒水中的昔日都市裡回收資源。過往曾是大地上繁榮的大都會，如今沉入海底，而大部分人造資源經過海水腐蝕已無法使用，只有一部分能透過再生技術循環再生。要是沒有打撈業者，人類不可能重新取回今日繁榮。

有些沉入水中的都市成爲突變性海洋生物的巢穴，因此，潛水作業需要相應設備和敏銳直覺。擁有優秀人才與器材的業者，不止資源回收，還能在物流市場上占有一席之地。打撈業者雖是陸地上的人，但基於工作性質經常出海，與陸上民、海上民都有交流。因此，他們在情報管道上的位置非常重要。

青澄和對方約在港口附近一間時髦的料理店碰面。走進店內，和工作人員打聲招呼，他就被帶到一間包廂。路因．ＭＭ．村野已經來了，正在裡面等待。

身穿灰綠色西裝，頭髮梳得光潔整齊，村野形象與打撈現場的作業員不同，散發成熟洗練的氣質。不過，西裝裡露出的手和臉，還是有著長年在海上曝曬的顏色。他的皺紋比同年齡者更多，從中可窺見他將公司推上軌道的辛勞，以及見識過大風大浪特有的強悍。

「歡迎，青澄公使。」村野握住青澄的手，浮起豪邁的笑容。「總覺得和你不像第一次見面。沒想到會用這種形式和邦弘的兒子會面，命運眞是不可思議。」

「您認識家父嗎？」

「老資歷的打撈業者沒人不認識邦弘。你沒繼承他的公司？」

「我排行老三。」

「原來如此，把家業交給兄長，你選擇走自己的路啊。」

「很榮幸見到您，村野先生。」

「別說這麼生疏的話，坐吧。不是什麼了不起的菜色，但保證食材新鮮。」

從餐前酒到前菜，村野述說起與青澄父親邦弘之間的種種回憶。

青澄曾祖父創辦的青澄企業集團以打撈與物流起家，後來發展成一股龐大勢力。不負獨力打撈沉沒都市資源的歷史，青澄企業集團鑑賞打撈物的能力獨到。他們對敷衍了事的打撈業者態度嚴格，但東西品質優良，集團就願意出好價錢收購。即使尙未找到用途，一旦判斷能賣就願意高價收購，在打撈業者之間評價很高。父親邦弘如今已經過世，集團由長男圭司擔任董事長，次男愼司負責指揮第一線。只有三男誠司當了公務員，不過這是有理由的。

「外洋公使館的工作有趣嗎？」村野問。

「很有成就感。」

「不覺得綁手綁腳嗎？」

「確實是這樣沒錯，但若不先熟悉政府組織，日後獨立時就傷腦筋了。」

「喔？」

「父親友人中有一位獨立外交官，見到他工作的模樣，我才對這一行產生興趣。」

獨立外交官不隸屬特定政府，收取報酬接受聘僱，誰出錢就為誰工作。大規模政府很少聘用獨立外交官，自然而然地，他們多半都為國際發言力較弱的政府或海上民效力。青澄企業集團因為工作性質，常有這種獨立外交官出入。與其中一位——間宮．ＭＭ．祐一的相遇，為孩提時代的青澄打開了國際觀。

青澄夾起淋上綠色雞尾酒醬汁的冷盤小蝦仁：「我起初想當獨立外交官，但那位先生阻止了我。他說如果不先弄清楚政府組織和手法，成為獨立外交官也沒有戰鬥力。」

「很有道理。」

「他告訴我隨時都可以轉換跑道，但先在國內奮鬥吧。所以我才進入外務省。但開始從事這份工作後一直找不到機會辭職。現在的崗位上，也還有許多應該做的事。最近我覺得不如等退休後再當獨立外交官。」

「很聰明的想法。」

「也在想與其以獨立外交官的身分工作，不如建立人脈網絡，從事對陸海都有貢獻的工作。」

「資金呢？」

「現在正在努力儲蓄。不過，光是腦中編織各種想像就很有意思了。」

「很好的主意啊。沒錯，人類最好花時間慢慢成長，別揠苗助長。起步就能得到稱讚的只有少數天才。大多都悲嘆著不成材地緩緩邁步，這才是常人的路。不要急，慢慢來就好。」

豆子湯、海藻沙拉。每道菜都如村野所說非常新鮮，滿足味覺。主菜是香草烤鯛魚，隨盤附上的麵包咬一口就能嘗到高級小麥的香氣。食物都不是模擬食品，以眞正食材製成。肯定要價不斐，村野出手很大方。

村野已經大致掌握青澄今日目的。他喝一口在玻璃杯裡的綠茶，含一會才嚥下。接著慢條斯理地開口：「跟月染會談這件事不容易，她不是會輕易行動的人。」

「您經常和她見面嗎？」

「最近一年僅見面幾次。交易都維持著，次數減少是因爲有穩固的信賴關係。」

「該如何跟她聯絡呢？」

「不要用電子文書，把重點寫在海草紙上，在信封上蓋公使館印章，她就會知道這是可信的文件。最好在信裡寫明要去見她的不是桂大使，是你。她是頭腦很好的女人，這麼寫，她就明白外務省的意思了。」

「您和月染認識很久了嗎？」

「剛出道就認識了，當時受了她很多照顧。」

剛出道？

青澄和我幾乎同時感到疑惑。如果村野的話可信，月染的實際年齡幾歲？村野將近六十歲，這麼算起來，以現在月染的年紀怎麼可能見過年輕的村野。難道月染年紀更大？若是如此，她外表爲何那麼年輕。月染是海上民，不可能接受過陸地上的逆齡手術。

青澄問：「會長，您何時開始現在的工作？」

「十六歲左右。我從小不愛讀書，對社會更感興趣。很快就自己創業了。不過，當時是間小公司，和朋友一起做個小生意。簡單來說，就是接其他打撈業者發包的案子。」

「您和月染當時就認識了嗎？」

「創業三年左右的時候吧，我心想那樣下去不是辦法，中間抽成抽太多。心一橫就找月染商量。」

「當時月染的年紀大約是……？」

「應該超過三十歲了。總之不像二十幾歲。」

這麼說來，她現在已經超過七十歲了。整件事愈聽愈奇怪。

大概看到青澄臉上複雜的表情，村野在他發問前便說明。

「月染外表不會老這件事在海上社會很出名。光靠化妝無法有那種效果，海上民整天在海上被紫外線曝曬，原本就比陸上民老得快，但月染不會老，不管是臉還是身體，總是光采動人。」

「不可思議。」

「有人說她做了逆齡手術，不過，我不這麼認爲。我認爲她是特別的存在。」

「特別？」

「她是女神，辯才天女。歌聲也很優美——換句話說，她不是人類。」村野的語氣不像認眞也不像玩笑，他豪邁地笑了。「海上民的身體構造本來就和我們不同。吃的東西也不一樣。現在的海洋和重返白堊紀前的海洋也不同了吧。沉入水中的都市排出毒素污染大海，海水的化學成分和昔日相異。能滿不在乎地住在這樣的海上，是因爲海上民改造了基因。光是身體結構就和陸上民不同，更何況長年暴露在嚴苛海洋環境下，身體出現特別進化也不是怪事。你認爲月染是個什麼樣的女人？」

「女中豪傑。率領這麼大規模的船團縱橫四海——雖然外務省裡也有人揶揄她是『女海盜』。」

「我想也是。從陸上民的角度，海上民的船團團長頂多就是這種程度。就算遣詞用字有品，也僅會形容成亞洲的葉卡捷琳娜大帝或迷你版的慈禧太后吧。不過，見了面就會顚覆想像。」

「她比想像更可怕嗎？」

「相反。她比眾人想像得更平凡，令人跌破眼鏡。除了莫名年輕，就是個普通的豪爽女性。」村野望向遠方。「該怎麼形容好呢，她和那種『大家的媽媽』形象也不一樣，最貼近的形容應該是女巫。總之，我認爲她是女神，將我從不必要的重勞中拯救出來的恩人。」

他將刀叉放在盤子兩側，用餐巾擦嘴。「我想外務省無法輕易說服月染。不過，海上生活確實有各種辛苦之處，這是不爭的事實，若是能拿出好的交換條件，應該能引起她的興趣。」
「月染現在最想要什麼？」
「一座海上交易都市。」
「她想打造海上民的國家嗎？」
「不、不是那樣的。她單純想要交易站。海上民沒有陸上民腦中的國家概念。所謂交易站，純粹就是集中管理物流的場所。他們在海上的市集規模都非常小，包括設置生產病潮疫苗的產線在內，他們渴望有提供各種貨幣與物資交易的場所。要是眞有這樣一處，我都想運用了。不過，首先得賺到足夠的建設費用才行。」
「如果提出交易站當交換條件，她願意歸屬日本嗎？」
「我只能說『有可能』，就我跟她的接觸看來，不是完全不可能。」
月染的要求不是小事，必須說服日本政府。想說服日本政府，就得找到雙方都有利的解決方法。
村野繼續說：「年輕時我和月染聯繫是要獲取海上情報。爲了脫離只能承包案件的現況，我需要海上民的資訊。哪裡的海域有哪些資源，怎麼做才能避開妨礙打撈的危險魚類，月染教會我一切。當然，那是我用一半收益換來的。她手上有驚人的資料，到現在仍然不變。我猜，她或許有重返白堊紀前的資源分布圖，她用這當基礎，遊走各種業者之間。」
「有沒有可能使用了助理智慧體呢？如果是這樣，可以從各種地方查出情報也不奇怪。」
「就我所知她沒有。雖然應該有通訊機器，但海上民有他們獨立的訊號基地，無法和陸地上的資料庫連結。」甜點是橙色的冰沙。村野兩口就吃完了。「月染的船團成員不止有前日本人，來自各海域的人聚在一起生活。想要這群人統一登記爲日本國民難如登天。又不是自己的祖國，誰想只爲了換取接種疫苗的權利就乖乖納稅呢，說起來太強人所難了。」
「我知道是強人所難，但這是我們的工作。」
「你眞辛苦。在外洋公使館工作，就得做違背心意的事啊。」

「長遠來看，歸屬日本對月染還是有好處的。透過黑市交易買疫苗絕非長久之計，現在月染的方法或許可行，本質上還是走鋼索。她應該很清楚才想要交易站吧？」

「唔……」

「這就是我談判的重點了。」

「……總之，我只能做像這樣扼要說明重點及引見月染。剩下靠你努力了。邦弘是個勇敢的男人，你身上流著他的血。今天見到你，我很開心。」

「非常感謝您，今後還請多照顧了，多多指教。」

青澄按照村野說的格式寄出公文書，約莫兩星期後，他透過村野收到月染的回信。海草紙上龍飛鳳舞。那不是陸地文明的文字，而是海上文明的文字。月染的意思是「讀不懂的人就別來找我談了」。

青澄笑吟吟地望著信紙。和國內外務省的官員不同，輾轉世界值勤的青澄讀寫海上文字毫無問題。他還能說不同海域的方言，連海上文字怎麼寫才算「一手好字」，他也充分理解。

「這封信應該是用特殊文法寫的，是古語。」青澄一副樂在其中。「她的意思是『看得懂得話就看看吧』、『我不跟連這都看不懂的人談判』。」

「你沒問題嗎？」

「得花一點時間，但不至於讀不懂。回信得用這種文法寫才行，否則無法博取她的信任。聽起來很有品味不是嗎?字典和解析支援就交給你了，瑪奇。來吧，打起精神寫信。」

根據翻譯出的書信內容，月染不願意見桂大使，但可以和青澄見面。這透露出雖然有所警戒，但不是官方會談，她還是樂意出面。或許她也打算試試水溫。

青澄微笑著說，感覺應該有譜。

從使用生化燃料的水上飛機眺望大海，海面就像起伏的深藍地毯。不見島影也不見都市殘骸，與其說眼前是美景，不如說蒼茫得令人不安。從飛機窗戶俯瞰下頭景色，青澄喃喃低語：「瑪奇，你還記得嗎？我們小時候看過很久很久以前的地球照片。」

「當然，你想看的話，我可以調出當時的畫面，連鑑賞日期一起秀給你。」

「不了，現在不用。現在我還能回想起來。」

見青澄沉浸在記憶中，我就不打擾他。每當人類連結自己的生體大腦時，出現的反應總教我驚嘆。資訊的細節固然有缺失或扭曲，受到情感強化的記憶卻能在人類腦中以超乎現實的鮮明形象呈現。

我體內存有當年青澄看到的原始資料，隨時都能連結世界網路叫出來看。那是毫無缺失或扭曲，原原本本的資料。不伴隨任何情感，完整保存且毫無缺陷的記憶。

那年他讀的是海平面上升前照片集結成的電子書。書籍老早就失去版權，那些美麗的照片至今仍在各地流傳。分散海面的點點島嶼、珊瑚礁上廣大的白色土地、海濱與近海、從蔚藍到鈷藍的美麗漸層……那片海域裡有著豐富海洋生物，快等於世界的天堂。

青澄落寞地說：「那個時代的大海沒有一個角落不美麗。我們失去多麼美好的事物。」

「是啊。」我靜靜回答。

現在的地球，已經很少和那些照片裡一樣平靜的海洋。當然，有太陽照射處，海水藍色一如往昔。因爲那是吸收太陽光後反射的顏色，純粹是物理上的顯色效果。

然而，海水的性質變了。

上升了兩百六十公尺的海毫不留情威脅人們生活。尚未沉入海中的陸地受鹽害侵蝕，每當大型颱風接近時，高高掀起的波浪還會破壞沿岸城市與小規模海上都市。

久遠前沒入水中的大都市內部累積多年有害物質，如今持續朝海中釋放，產生了全球規模的流動性有毒海流，其中夾帶大量化學物質和分子機器促進了海洋生物突變，至今不斷催生出奇形怪狀的海洋生物。變動性高的海洋會生出什麼新突變，我們完全無法預測。

不規律發生的病潮一出現，瞬間就會包圍魚舟集團，致命性病毒不斷奪走海上民的生命。病潮要是出現在沿海地帶，連陸上民健康都蒙受威脅。

到處都見得到並非藍色的大海。

褐色的海、黑色的海、灰色的海、紅如血色的海，黏稠的綠海。溫暖的海水裡，海洋雪沉降途中黏結而成的黏質物體形成巨大塊狀物漂流，海上民嫌棄這些有機塊狀物，稱之「苦雷」。內部有大量細菌繁殖，因爲有白色外觀，在海中遇上時就像碰到幽靈。要是不小心接觸到了，那散發惡臭的黏膩物質還會附著身體，招來傳染病。它如無法分解的垃圾在海中漂流，是細菌最舒適的溫床。

海上民懂得避開危險海域，住在安全的場所。

但海洋再廣闊，能讓海上民安心生活的區域仍然不多。人口都集中在豐饒的海洋區域。人口一多，衝突爭端也多。我們就是到處收拾善後的調解人。

水上飛機飛往一處澄淨美麗的海域，月染正搭乘她的魚舟前來。我們預計約在海上碰面，再一起到密閉浮球中。約定場所是廣大海洋一隅，月染信中卻寫著她能準確抵達。大概是使用ＧＰＳ一類的裝置。

水上飛機駕駛員呼喊我們：「差不多要到約定海域了，你們有看見什麼嗎？」

青澄舉起手，手指一揮，眼前就開啓一道螢幕，顯示鮮明影像。

一隻魚舟背部浮出海面，乘風破浪悠然自在地游來。上了年紀的魚舟全長可達三十公尺左右，月染的魚舟也很大。根據螢幕角落顯示的測量數據，牠的體長三十二點六六公尺。

飛機駕駛員按照青澄指示開始下降。水上飛機一度超越月染的魚舟，再掉頭減速。

從水上飛機下方突出的浮球，伴隨著一陣振動落入海浪。而飛機機體隨著外海巨浪，和海水摩擦後倏地降速，拉出一道白色軌跡後停下。

接到水上飛機訊號，密閉浮球漂浮在附近海面上。直徑大約四公尺的圓盤狀上半部，設置著類似潛水艇的艙門。密閉室就像冰山一樣隱藏在圓盤下。房間呈球體，從圓盤上的艙門進出。整體是曳航式浮游體。

我打開水上飛機的機艙門，比青澄快踏出機外。一股熱氣撲面，混雜濕氣的空氣悶重。我跳上密閉浮球，用鋼絲將水上飛機繫在圓盤邊緣的金屬鉤上。青澄也跳上圓盤，眩目的陽光讓他瞇起眼睛，打量著接近的魚舟。

魚舟來到密閉浮球旁，掀起更激烈的浪頭。從魚舟上甲板沖開的海水像瀑布一樣流過魚舟表皮。受到水流牽動，浮球大幅搖晃。我和青澄驚嘆地望著這形同小丘的海洋生物扭動身軀。

不久，一位女性帶著隨從，從居住殼的出入口現身。

外表就和照片一樣。是月染。

在強烈日照下也不瞇眼，直率的眼神朝這邊投來。身上粗布衣的胸口，有彩線與金線的刺繡裝飾。她挺直背脊氣質兼具雍容華貴與凜然英氣，使我們震懾。雖然外貌年輕，還是能感覺到她比我們年長許多。事實上，如果村野說得沒錯，她的年紀確實大我們非常多。

從魚舟上甲板往密閉浮球縱身一跳，月染昂首闊步走向我們。隨從是個年輕纖瘦的男人，從他犀利的眼神感覺得出擅長武術。

月染停在離我們有段距離處，青澄主動低頭致意：「謝謝您百忙中撥冗前來，月染團長。」

月染沉穩回應：「我很期待今天會談有好結果，請別客氣，說出你的眞意。」

與年輕的外貌相同，她的音質青春朝氣。而一如我的想像，她散發柑橘類清香與甜美基底油香氣。

「密閉室從這裡進去。」青澄朝圓盤角落伸掌說明。「您第一次使用這類設施嗎？」

「是的。」

「腳下有一個壺狀的空間，那就是會議室。」

「連這個圓盤都會一起沉入海中嗎？」

「是。」

月染好奇地看著自己腳下。青澄繼續說明：

「海中也有出入口，不過那是逃生口。那扇門只有緊急狀況時，才會用炸藥強制炸開，正常不會因水壓而開啓，請別擔心。浮球全體以浮力材質製成，就算不受控制也會浮在海面。密閉室底部有可引入海水的壓艙水槽，水槽裝滿時整個球體可潛降到海面下三十公尺深處。」

「海上民一個換氣就能上下三十公尺了。倒是你們，沒問題嗎？」

「我生於陸地長於陸地，但身體經過改良，所以沒問題。身爲外洋公使館職員，出海機會很多。」

聽了這話，月染不是露出放心的表情，反而饒富興味。接著，她朝我的方向問：「這位是你祕書？看起來不像人類？」

月染的敏銳讓我稍感吃驚。如果是膚色蒼白的汎用型人造身體就罷了，我是外務省配給的特別訂製型，更何況青澄還幫我戴了面具。一般人看不出我的眞面目。

青澄回答：「他是我的思考輔助助理，請允許他同席。」

「應該沒有帶武器吧？我們可是按照約定雙手空空來喔。」

「不介意的話，請檢察看看，不用客氣。」

月染做出指示，她的隨從立刻上來觸碰我的身體。摸遍全身，還伸進衣服裡檢查，我動都不動一下。我什麼都沒帶，絲毫沒必要心虛。事實上，當我遵照青澄命令行動時，空手就能把人類撂倒。隨從放開我，在月染耳邊低語。月染點頭後，他退下一步。接著，她對青澄說：「我就相信你的話吧。」

「謝謝。」

「這個人身上沒味道。」月染挑明了道。「連一點生物的氣味都沒有，很容易被發現的。今後最好研究一下這方面如何僞裝。」

「感謝您惠賜意見。」

我們打開艙門，沿內部梯子進入密閉室。艙門自動關上後，我操作牆上面板，將潛水深度設定爲二十公尺。密閉室開始安靜潛降。爲了不隨海潮漂流，浮球藉著維持中性浮力的推進器固定位置。如此一來就能阻斷外部一切干涉。室內設有桌椅。雙方面對面坐下。

桌上空蕩，沒有食物沒有飲料。就算準備了，月染他們也會出於警戒而拒絕吃吧。

月染很快切入正題：「一如公使所知，我們不隸屬政府，既沒有歸屬日本也沒有納稅的義務。」

「您們今後都不打算歸屬任何政府嗎？」

「是的。」

「我們打從內心歡迎海上民與我們交流。唯有陸地與海洋互補，經濟才會運轉得更順暢。」

「陸地上的人或許如此，但對我們海上的人來說就未必了。這點你應該很清楚。」

「我認爲現在到了攜手合作的時期，這次的事，可以想成合作的第一步。」

「將人類區分成陸上民與海上民是陸地上的人。我們可沒拜託你們改造身體。事到如今，來自不同種類生物的指示，我們沒必要聽從吧？」

「當時的政府想的只是區分居住地。住在海上就能獲取更多食物，有了魚舟，生活起來也比較不困擾。」

「海洋固然有資源，但生活起來並不輕鬆。」

「比起相互搶奪所剩不多的地球資源，許多人自相殘殺，我們的祖先選擇擴大生物的生存方式。我認爲那是明智的判斷，也確實抑制世界規模的互相殘殺。若非如此，地球或許不會有現在的繁榮。」

「如果說你這番話是對的，那只不過就是結果論。人類的確克服重返白堊紀，但伴隨社會安定，也產生了階級和歧視。我們厭倦那些事了。」

「這麼說來，你們只想各過各的生活？」

「我們想要兩件事。一是陸地上的人不要干涉海上民的生活方式，二是要政府放棄對病潮疫苗的統一管理，讓海上民能夠自行生產疫苗。」

「光靠海上民，有辦法建設獨立的疫苗產線嗎？」

「可以。」

「要設在哪裡呢？」

「我們想建設一座海上都市。一座只供海上民使用的海上都市。」

她提到的，正是村野說的交易站。青澄冷靜問月染，想要什麼樣的海上都市。

月染繼續說：「我們的理想是海上交易站。將疫苗產線設置在此，就不須依賴陸地對抗病潮。其他商業交易也可以在交易站上進行。」

「製造藥劑需要藥學和安全管理方面的知識，取得專業執照的人才能從事。」

「海上民向陸上民學習這些知識不就行了嗎？難道你們拒絕教我們嗎？」

月染淡淡微笑。

以分享知識的方式來詮釋「海陸共存」，很符合邏輯。

「學習到一定程度，海上民就能靠自己。總之，首先要請你們從海上都市的建設開始著手。」

「您打算怎麼出這筆費用和材料呢？」

「等海上民生產疫苗的能力上軌道後，就能將販賣疫苗的部分收入繳納給日本政府。請你們把這筆錢想成稅金代替品。海上民想用這筆錢交換廢除體內植入歸屬標籤的做法，保持我們的獨立性。你覺得如何？」

「換句話說，您想建立的制度是用部分交易站收入，取代個人繳納的稅金？」

「沒錯。」

「這主意不錯，只是，無所屬海上民產生的利益讓日本獨占會出現別的問題。」

「利益分配的事，你們陸上民自己商量就好。站在我的立場，利益只給日本或日本和其他政府分享都無所謂。只不過，涅捷斯統轄部和汎亞聯盟不可能默不作聲，這請你們陸地上的人協調吧。」

利益只給日本也沒關係，交換條件是承認他們無所屬的獨立身分。雖然有用金錢買自由的難堪一面，確實好過拙劣又迅速地破壞陸海關係，避免引起糾紛。若想慢慢脫離陸地管理，改變雙方的意識，這其實是很好的提案。然而，站在日本的立場，要好好處理這個提案並不容易。涅捷斯統轄部一定會立刻發現日本和月染建立密約，爲了獨占利益，他們會在公開指責日本，或要求分一杯羹。其實月染應該料得到事情這麼發展。同時，涅捷斯不會希望汎亞聯盟介入此事，儘管不會給日本和月染好臉色，但或許願意投資建設交易站，只要收入能完全落入自己的口袋。

月染的想法乃是以經濟活動爲主軸，迫使陸上民認同無所屬海上民的生存之道。幫海上民從陸上民無法排除的「國家/國民」束縛中解套。然而，青澄很謹愼。他並未馬上贊同月染的計畫。「這是非常困難的提案，光靠外洋公使館無法決定。請給我們一點時間討論。」

「我明白，就等你們幾天吧。不過請你了解，交易站和疫苗產線的事不成立，今天的會談就當流局。」

「我能理解您的想法。但打造一座都市，創造出一定程度財富後，勢必會引起爭端。必須有人出面防止或制裁這種事。管理制度總有一天會演變成名爲政府的存在。」

「我們不會成立政府。」月染重申。「這正是海上民在海上學到的生存方式。日本政府或許很擅長拖延戰術，但如果想盡早獲取利益，就該愈快給我答案。」

「我會好好處理。但建設交易站的事姑且不提，認同各位繼續保持無所屬的這個條件，恐怕很難達成。」

「我知道。這我們可以再談。等你們有具體方針就聯絡我，我隨時願意上談判桌。對了，公使你有搭乘魚舟的經驗嗎？」

「有的，我上過幾次魚舟。都是受船團團長邀請上魚舟參加餐會。」

「哎呀，想不到你頗受信賴。既然如此，要不要上我的魚舟看看？」

「若有機會承蒙您邀請，我隨時願意。」

「我要你現在搭乘。」

「現在嗎？」

「對，想不想轉換一下心情？」

「這是我的榮幸。請讓我造訪。」

我用腦波通訊問青澄：『這樣好嗎？』

青澄即刻回應我：『有什麼問題嗎？』

『我讀不出對方的企圖，無法保證一定安全。』

『她是個已經在思考具體都市建設計畫的人，不會輕舉妄動。我和你保持連線，上了魚舟後的事從頭到尾都會紀錄，如果真出了什麼事，不利的是對方。她應該很清楚。』

『能否讓我也隨行。』

『我想她不會反對。』

青澄問了月染，她說帶我隨行無妨。

看來她不太喜歡密閉室的狹隘氣氛，想到空間開闊的地方進一步討論。

密閉室浮上海面後，我們走了出來，青澄命水上飛機駕駛員在原地等待。我們從設在魚舟表皮的梯子爬上去到上甲板。魚舟上甲板是將居住殼表面削平而成的區域，長度約七公尺，寬度約五公尺。甲板表面漆有防滑塗料，兩側也設置防止跌落海中的船舷。

月染站在魚舟的上甲板上，從喉嚨深處發出類似口哨的高亢聲音。簡短的旋律。僅置於此，魚舟就擺起尾鰭，滑向蔚藍大海。魚舟似乎很習慣這種只有上甲板露出海面的游法。然而，對站在甲板上的人來說，要是平衡感不夠好就危險了。不小心就會翻落船舷外。

魚舟乘風破浪前進時，我們得用力站穩腳步才能平衡。我除了控制自己，同時介入青澄的身體機能，協助他調整平衡。月染和隨從駕輕就熟，不管魚舟搖晃劇烈，還是站得直挺。見到我們順利平衡後，月染唱起另一首「操船歌」。

心曠神怡的旋律在天地間迴盪。

那是如鳥鳴啼囀的歌曲。配合她的歌聲，魚舟徐徐加速。

青澄的頭髮和上衣隨風激烈拍動。我用感測器測出魚舟的速度是時速六海里。

「很舒服吧！」月染望著青澄。「沒有比在那種狹窄空間談嚴肅的事更糟了！我帶你去更棒的地方。你們如果暈船要告訴我，我會叫讓葉停下來。」

「讓葉？」

「這隻魚舟的名字。你第一次搭乘魚舟行進嗎？」

「是的。」

「平衡感還不錯嘛。」

「我的助理會幫我掌控。」

「掌控？」

「他能夠介入我的身體機能，我們身心一體。」

「那不就跟我和讓葉一樣嗎？」

「或許可以這麼說。」

雲層並未遮住強烈照射陽光，富含大量濕氣的海風吹得我們身體濕黏。

海風的氣味總令青澄感傷。

那是與他最尊敬的人——間宮．ＭＭ．祐一有關的回憶，也是與死亡相關的情緒。

讓葉往前游了將近一小時。不久，前方出現奇妙景象。

遠看像數根粗大的木樁並列海面，靠近一看才知道不是木樁，是巨大的塔。

巨塔筆直突出海面，外牆受風吹雨淋，嚴重風化。這些巨塔可能是沉沒都市裡的部分廢墟，也可能是在都市之上重新建設的建築。

塔周圍有許多小舟交錯往來。那並非魚舟，而是各種手動式或電動式扁舟。

綠色與紅色的蔬菜水果新鮮欲滴，在太陽下閃閃發光。扁舟與扁舟交易頻繁，裝在麻袋裡的商品看上去沉甸甸的，也有用繩子綁起來賣的海產。朽木般荒廢的塔牆上布滿塗鴉。

〈歡迎光臨！〉
〈超便宜！金屬．木材．錨石！生活雜貨，應有盡有！〉
〈承包資源回收．〉
〈新鮮！水果．蔬菜．果汁，全面七折〉
〈緊急到貨！來自沉沒都市的資源材料！要什麼有什麼！〉
夾雜在這些廣告中的還有——〈涅捷斯解散！〉或〈汎亞聯盟滅亡倒數××天！〉等噴漆寫成的挑釁標語。更高則有一張如拼圖碎片般的世界地圖，地圖下方寫著〈反對世界統一國家。地球不屬於任何人〉。
牆面上也畫著美麗花鳥圖，而描繪裸體男女性感交纏的現代藝術旁，有數個別人畫上去的心形圖樣。
塔頂排列著蜂巢般的小壺。那是一種風力發電裝置，壺內塞滿小小扇葉，巧妙攔截海風，快速旋轉。構造類似噴射機，比風車型發電裝置更不占空間，發電效率又好，僅有微風也轉得起來。這是應用航空技術誕生的裝置。
讓葉來到巨塔附近後就自動減緩泳速。牠很常來這裡。
聚在巨塔邊的多是穿粗布衣的海上民，其中也有乘著扁舟來和海上民交易的陸上商人「浮萍」。除了賣糧食和資源的人，還看得到出租扁舟的男人。月染從上甲板開口招呼，借了一艘扁舟。我們從讓葉跳到扁舟換乘。月染高亢歌聲一響，讓葉就心領神會地從市集旁游開了。爲了不打擾眾人，牠和其他等待操舵者的魚舟一起在稍遠處洄游。
青澄問月染：「不進塔裡嗎？」
「要進去啊。」月染回答。「裡面很多小房間，天氣熱就會在那裡休息。有賣水和果汁的商店，也提供一些簡單餐飲。最上層還有附設床鋪的休息處。」
原來如此，牆上那些心形圖樣指的就是這麼回事吧。
月染要隨從停下扁舟，挑選食材商人賣的食物。她買了許多表皮長有粗糙褐毛的水果和豆類，發現番茄時還高興得跳起來，請商人裝了一大袋。食材商人即使看到我和青澄的服裝也沒有改變態度。像賣普通商品給普通人一樣，他殷勤地對月染道謝，一手收錢一手交貨。月染也開朗回禮，要隨從開船往下個賣場移動。

青澄默默觀察交易情形，包括聚集在這裡的人和交易商品的品質。他似乎也很在意那些人放在我們身上的視線。雖然其中有非海上民的浮萍，我們的穿著打扮還是格格不入。以這種場合來說太過正式了。就算脫下外套穿一件襯衫，我們的膚色也無法融入這裡。

青澄喜歡在外面四處跑的工作，經常曬太陽。但和海上民相比，他的膚色還是難以稱得上受過陽光洗禮。更別說我，調製我的膚色時，設定是生活在室內的人。但這裡的人並未明顯警戒，只表現出看到有人跑錯場子的感覺。他們會和月染親密交談，而沒有一個海上民向我們兜售商品。

浮萍偶爾與我們攀談兩句。問我們有沒有什麼好東西，他願意收購，尤其想要陸地的電子儀器等資源或器材。他說什麼都可以收購，我們回答剛好什麼都沒帶來婉謝，對方還是回答想賣的話隨時可以找他。

月染說，差不多該納個涼了。隨從將扁舟駛向巨塔入口。我們的扁舟穿過開放式水門，進入巨塔內部。內部停泊處裝有照明設備，將室內照得微亮。黑色海水上整齊停放一列扁舟，沉睡般輕輕搖曳。

我們依序下扁舟，月染的隨從將扁舟停好，上鎖後拔下鑰匙。

前方的建築構造是一道上樓的階梯。

這裡似乎設有業務電梯，但不對來客開放。不知道是省電，還是建材不夠。交易場規模看來可能兩種原因都有。月染帶我們到二樓餐飲店。石材外露的地板上放著看似不堅固的桌椅，除此之外沒有多餘裝潢。已過午餐時間，店裡客人不多。天花板吊著緩慢旋轉的大風扇，攪動室內混濁空氣。

青澄和我點了苦茶，月染他們點了水果和豆類打成的果汁。

「你常去海上民的市集嗎？」月染問。

「是啊。」青澄回答。「通常都跟工作有關。這個市集我第一次來。」

「你很熱中工作嘛。一般當上公使的人不會來這種地方。」

「說是公使，我的工作比較接近在地調查員。」

「就算是這樣，你這種人很罕見。你的信眞讓我嚇一跳，文法正確，字跡漂亮。我第一次遇到能寫那麼流暢海上古文的陸上民。」

「您過獎了。」

「讀那封信就知道你多理解海上文明，我才答應會面。噯、肚子餓了吧？要不要隨便吃點東西？」

「好像不錯。」

「什麼都吃嗎？」

「交給您決定。」

端上桌的餐點是透明的細麵，裡面加了切碎蔬菜及貝類。所有人的份裝在一個大盤裡端上，想吃多少自己拿。不是用筷子或叉子，而是用像紙一樣薄的麵包捲起來吃。

我放一點麵包和菜餚入口。月染的隨從露出錯愕的表情。

月染眼神發光，問我：「你也能吃嗎？」

「我體內有分解裝置。」我這麼回答。「沒辦法吃太多，但少量有機物質可以分解成能源。」

「和人類一樣呢。」

「倒不是。就我看來，人類的組成結構複雜得難以置信，我完全比不上。」

一邊和月染說話，我用感測器分解料理成分，整理成數字。這是萬一青澄身體不舒服，可以根據他吃下的成分選擇藥物。話說回來，不止食材，這道食物連鹹淡和香料多寡都符合青澄的喜好。青澄專注吃著。這也與好奇心推波助瀾有關，他把吃看得比什麼都重要。不管被調派到怎麼偏僻的地方都不挑食。

月染問青澄：「這裡氣氛如何？」

「是間好店，缺乏裝潢，料理卻很美味。」

「不是問這個，是問你對整個市集的意見。」

青澄用小碗裡的水清洗手指後回答：「和料理一樣，市集也很好。貨品都很新鮮，價格也實惠，只是規模小了點。」

月染唇邊浮起淡淡微笑。青澄說出她想說的話。當然，青澄是投其所好。現在這番對話實質上是剛才會議的延續。

從口袋裡拿出手帕擦拭雙手後，青澄接著說：「如果只有這種規模的市集，買不到東西的海上民肯定很多。買得到的人和買不到的人之間就會產生階級落差……或許可以規定購買日和購買方法，讓每個人各買一點，大家一起分享。」

「我們船團是按照順序輪流買，讓大家都能買到想要的東西。市集除了這裡，其他地方也有，目前還沒問題。孩子都很期待父母上市集的日子，糖漬點心這天才買得到。」

「有了交易站，就能解決這個問題了。」

「能捕獲海產就不怕營養不均衡，比較大的問題是日用品。居住殼平時需要維修，住在海上也需要海水眞水變換裝置和生活排水淨化裝置，這些都消耗品。我們船團勉強買得齊，但很多船團物資不足引起搶奪淨化裝置的爭端。再說，人口也增加了。」

「海上民的人口嗎？」

「無國籍海上民的人口增加了喔。這些人沒有歸屬標籤，陸地上的戶籍統計數字顯示不出來吧。可是，出海捕魚或到市集就知道。透過物流爭議，我可以確實感受到人口增加了。想不靠疫苗克服海洋生活的人也增加了。」

「不接種疫苗的話，遇上病潮撐不了多久。即使如此，人口還是持續增加嗎？」

「運氣好的話，或許可以順利避開病潮。有些海域是病潮不容易發生的地帶，可能只是我們不知道而已。再說，就算存活的人數少，但活到成年就會確實增加人口。食糧與資源不足的時代很快就要來臨了。還有一點，出生率上升平均壽命變短的時候，你認爲會發生什麼事？」

「出生的孩子數量雖然增加，卻沒有接種疫苗而死於病潮，或是死於物資不足。會陷入這種下場對吧。如果又是無國籍民，死於這種事的機率更高……啊、原來如此。」青澄喃喃地說：「這麼一來，魚舟和海上民的比例會失衡。」

月染點頭。「海上民和魚舟是一起出生的雙胞胎，出生率上升就代表魚舟數量增加。目前為止兩者的存活率還算平衡，因為魚舟無法能順利成長和一去不回的比例差不多等於兒童死亡率。可是，一旦兒童死亡率繼續上升，兩者的比例就會失衡。原本和死去的孩子訂有契約的魚舟會因無人乘坐而突變，成為獸舟。多出來的獸舟，又有一部分會爬上陸地。」

青澄腦內浮現前幾晚的事。受此牽引，舊時記憶跟著復甦，他回想起遭獸舟消滅的村莊慘狀。

月染隔著桌子往前探身。

「為了防止這個下場，需要為無所屬海上民打造一個讓孩子安心長大的環境。不止病潮，食糧不足和其他疾病也會造成兒童死因。為了盡可能不讓魚舟突變為獸舟，需要確保海上民生活水準。交易站必須設立。說到這裡你應該明白，這不止是海上民的問題，也攸關陸上民的生活。」

我暗自讚嘆月染的公平。她照顧的不止是自己的船團，整體海上民的環境狀況都在她掌握中。連將來可能面臨的問題，她都有精密的沙盤推演。只要和她好好談過，就會明白只想徵稅的日本政府方針多麼短視近利，相較之下，她的方法能為亞洲海域帶來更多好處。

傍晚，月染再次帶我們搭上讓葉，回到密閉浮球所在處。

離去之際，青澄問月染：「下次聯絡您時，可以直接和您的通訊機器連線嗎？」

「不。」月染回答。「請和這次一樣寫古文信給我。無論多忙，請務必用海草紙與我聯繫，否則我無法信賴你。」

「明白了。我會這麼做的。」

「今天很開心，很久沒遇到能好好溝通的陸上民了。真希望政府內部多點像你這樣的人。」

搭上水上飛機時，月染一直站在讓葉的上甲板凝視我們。

水上飛機的門關上那一刻，青澄再次鄭重地對月染低下頭。月染嫣然一笑，回應致意。水上飛機起飛，月染和隨從消失在讓葉的居住殼內。這次她從裡面對讓葉唱歌，啓動讓葉。讓葉的鰭緩緩擺動，身軀跟著扭動。速度慢慢加快，揚長而去。

我們隔著水上飛機的窗戶目送她們離開。

乘坐水上飛機的回程中，青澄默默思考。我的ｉ探針感應到他對月染有強烈敬意與好感。那當然不是戀慕的情感，而是確定月染值得交涉談判後的知性喜悅。

我主動對青澄開口：「海上民的出生率和獸舟的關係，得好好思考清楚才行呢。」

「是啊。」青澄回答。「獸舟試圖登上空間01的事是個前兆。各海上都市都該加強戒備了。」

「沒錯，回去之後，這必須優先討論。」

「法務省一定沒準確掌握無所屬海上民的數量，如今要具體確認海上民出生率也很難。這棘手了。」

「月染生活在海上，憑經驗就能親身感受到人口增加的危機。」

「但要跟上層談這件事就要提出數字。我們找尋適當人選組成調查小組吧。雖然是麻煩的任務。」青澄望著水上飛機的窗外。「陸地上的人想照自己的想法管理擴大生活圈的海上民，但這有極限。不依賴政府爲生的她們活得眞痛快啊。」

「不過，上面的人不會認同吧。」

「是啊……邊境海域語言的混雜化愈來愈嚴重，有些集團的語言發展已經到了無法與陸上民溝通的地步。在那裡，陸地與海洋文化完全斷絕，一旦船團遇上病潮，瞬間就會全軍覆沒。然而，他們將這視爲命運，總有一天會死，差別只在早晚。他們就是看得這麼開。當然，不是不怕死，只是不會畏懼死亡就尋求長生。他們接受死亡，認爲這能換來靈魂的自由。我有時候很羨慕。」

「不然，你放棄陸上民的公民權，住在邊境的海上好了。」

「可惜我沒辦法這麼想。」青澄落寞笑了。「我無法想像放棄現在的工作。我是無可救藥的陸上民。」

「那下一步怎麼做？」

「回去跟桂大使討論，我要休息一下。」

青澄改變椅背形狀，頭和背部深深陷入其中。我來不及答腔，他就睡著了。

回到外洋公使館，青澄和桂大使開始擬定戰略。

月染的計畫，看在陸上民的我們眼中也很有魅力。邏輯合理，又不會傷害任何人的尊嚴。是陸地與海洋理想的共生方式。然而，直接對外務省提出這件事，法務省和國稅廳一定會駁回。

建設交易站耗費金錢，錢要從哪裡生出來？若將病潮疫苗交給海上民生產，誰能保證安全性？如果海上民發展出獨立經濟圈，會不會乾脆不跟陸地交流？獸舟發生率會提高是眞的嗎？如果是眞的，會發生在哪些海域，產生多大規模損害？這一切都需要驗證。

「交易站的事要通過比較好。」青澄對桂大使說。「讓海上民獲得利潤，長期來看能幫助陸上民獲利。只是，上面的人就算願意接受獲利，也不會允許她們保持無歸屬身分。他們一定會說，交易站的建設和歸屬標籤必須綁在一起談。」

「是啊，要是建設了交易站，最後海上民不把利潤交出來，日本政府怎麼可能忍受。歸屬標籤絕對是無法妥協的交換條件。」

「這部分將成爲爭執到最後的焦點。月染已明白表示他們絕對不在體內植入標籤了。但是，日本政府不可能爲沒有標籤的海上民建設交易站。」

「要是雙方意見始終沒交集，就要眼睜睜看這件事流局了。你有沒有什麼好主意？」

「有。把植入歸屬標籤和納稅分成兩件事。而且還要正式制定這樣的法律。」

「你說什麼？」

「現在的狀況是，植入歸屬標籤就能得到疫苗，但必須納稅。因此，海上民寧可選擇不繳稅，去找黑市買疫苗。結果就是造成黑市蔓延。要斬斷這個惡性循環，只要免費提供部分疫苗就行了。將法律改成不分海陸，植入日本歸屬標籤的人都能免費或以極低價格接種疫苗。我認爲差不多到該建立這種社會福利的時期了。使用這個方法還有另一個好處，那就是能消滅黑市管道。想一一破獲黑市業者是不可能的事，斬草不除根，春風吹又生，根本破獲不完，那些人會一直出現。所以，製造出海上民不需要依靠他們的狀況，大半的黑市交易管道就會慢慢減少。」

「可是，把歸屬標籤和徵稅分開來，這種事國稅廳不會答應的。」

「所以，交易站的事這時就能派上用場了。月染說的海上貿易營收，只要交易站一開張，利潤總會以交易形式成爲稅金，確實進入國稅廳口袋，只要強調這一點，就能讓國稅廳讓步了。」

「在那之前，生產疫苗和接種所需的經費怎麼來？誰可以先出這筆錢嗎？」

「請月染提供海底資源的情報。根據村野先生的說法，她手上握有這方面的情報。先確定眞有此事，再讓日本政府的海底開發省擁有海底資源的開採權。這麼一來，就能確保交易站開張之前的經費了。」

「月染會接受嗎？」

「她當然知道不可能免費獲得交易站吧。我想她已經做好拿什麼來交換的心理準備。只是以她的立場來說，自然希望把支出減到最低，這就是需要談判的地方了。」

「執行作戰計畫需要花錢，得請參事官計算了。」

「如果可以，希望錦邑局長也能有點動作。不管怎麼說，歸屬標籤的事總有一天必須和各省廳商量，很快就得回本島談這件事了。」

「我明白了，日期就交給我來決定吧。」

討論告一個段落後，我們開始商量能夠說服外務省及其他省廳的有哪些人，哪些人可能會認同這個計畫。外務省裡存在多股勢力，彼此反目成仇。找上不同勢力合作，事情的進展可能完全不同。像我們這種在體制末端工作的人，對這方面的事得小心謹慎。順序搞錯了，打得通的環節會打不通。

當初外務省交辦下來的命令只是內容死板的冷淡計畫，不分青紅皀白要我們強制無所屬船團接受植入標籤，納入日本管理接受徵稅——青澄和桂大使進行改造，使其有了溫度，成爲陸海雙方都有益處的計畫。

第二章　亞洲的波濤

一

太陽昇上微暗的天空，金黃色的刺眼光芒撒上廣大海面。天空與海洋找回燦爛，早晨的氣味趕跑眷戀不去的夜色。萬里無雲的晴空中依稀可見白色月亮。遠方傳來魚舟鳴叫聲。這是早晨第一次的發聲。喜歡唱歌的魚舟醒來便會開嗓，從喉嚨裡發出力道強勁的咆哮。那聲響遠播整片海洋，可以傳到好幾公里外。

月染走到讓葉的上甲板，深吸一口富含海潮氣息的空氣。從味道就能得知天氣狀況，今天一整天都是晴天。性急的海鷗圍繞讓葉。揮手趕走想停在肩頭的鳥，月染開始唱歌，這是她與讓葉的晨間寒暄。

按慣例，早上是捕魚時段。月染和讓葉總是在所有人面前率領大家追趕魚群，不過，今天是她休假的日子。每個月，月染會休息一天不捕魚。這天就靠副團長沙凱帶來的漁獲度日，這是船團長年規矩。

眺望日出，月染想起好久以前。自己還是個小孩的時代。

當時月染還沒有住在海上，也不知道魚舟生活是什麼情況。她沒有家人，被一個代替父親身分的男人帶在身邊，旅遊世界。帶著月染旅行的男人自稱「艾德」。他不隸屬任何國籍，絕口不提遇到月染前過著什麼生活。

月染完全不記得何時開始與艾德一起生活。有記憶時已經和他一起，行遍世界。因爲旅程太長，長得月染忘了家在哪裡。艾德很少回家，年幼的月染也無法記得家在何方。

艾德走遍許多土地，他的步伐總是非常緩慢。那不是爲了配合年幼的月染，只因爲他就是想慢慢走，走得那麼慢。旅途很悠閒，只是艾德那雙透徹的眼睛總像在找尋什麼。像在尋找寶藏，又像在尋找能賣錢的原石。他總是凝視著遠方。

月染和艾德一起到過各種地方，包括一般人避開不踏的土地或海域，以及住有罕見民族的聚落。無論到哪裡，艾德很快就能和當地人打成一片，彷彿在當地居住多年。他還會說無數種語言。艾德到底怎麼學會那麼多種語言呢，月染匪夷所思。月染只會講和艾德溝通時的那種語言，她完全不知道該如何學會其他語言。她問艾德怎麼辦到，艾德笑著指指自己的側頭部。

「在這裡放入轉換辭典，這麼一來，就什麼語言都會說了。」

那是什麼意思，月染無法理解。見她疑惑，艾德溫柔摸摸月染的頭說：「不會痛的，只是從外部補足關於語言的資料，妳要不要試試？」

月染用力搖頭。她才不想嘗試那麼可怕的魔法。能跟艾德說話就夠了。

月染總是站在後方望著艾德開心地與陌生民族交談。她個性內向怕生，很難要她主動和出現在陌生場合的陌生人搭話。偶爾對方主動攀談，她也馬上躲到艾德背後。這樣的個性幫她省了些麻煩，但也令她失去交朋友的機會。

旅途中吸引月染的不是人與人的交流，而是壯闊的大自然。在受到鹽害而荒蕪的大地盡頭，她見到西沉時的橘色夕陽。她見識過波濤大海、凍結平原和漫天沙塵的灼熱沙丘。這些景色強烈撼動了深藏月染內心深處的東西，像一把火，點燃她全力奔馳的衝動。

她還在非洲大陸見到奇異民族。他們與自己至今見過的人種都不一樣，甚至沒有人類外表，就像一顆直立長條形的蛋。顏色是黑色，岩石般排成一列，綿延聳立大地。高度和人類差不多，大小可讓成人輕鬆環抱。他們星羅棋布於荒原土壤外露的斜坡。那姿態就像外星怪物產下的巨卵。約莫五十個左右的黑色巨卵等距約兩、三公尺排列，乍看就像一排路標或墓碑。

艾德說他們是「袋人」。「這是放棄適應海洋，選擇荒原或高山地帶的人類最後演化的樣子。」

「裡面有人嗎？像簑衣蟲那樣？」

「不，與其說裡面有什麼，不如說袋子內外融合一體。他們只要有陽光、水和礦物質就能存活，還能進行比植物更有效率的光合作用。顏色之所以是黑色，是因爲這種顏色能捕捉波長範圍最廣的光線。根據計算，袋人單一個體可生存千年。到了這種地步，都不知道該說他們是生物還是礦物了呢。」

在艾德建議下，月染試著觸摸袋人表面。觸感類似粗布，感覺得到下面組織強韌，猶如厚皮革。以人類來說，他們的表皮溫度過低。艾德和月染一起觸摸袋人的表皮，告訴她這些人爲了不浪費，會將能量全部儲存於體內。

兩人摸著袋人時，忽然響起低沉呻吟。月染發現聲音來自腳下。

——是袋人發出的聲音嗎？

下個瞬間，月染正在撫摸的表皮上浮雕般浮現栩栩如生的男人臉孔。那人睜大雙眼，張開嘴巴，翕動著鼻孔朝月染低吼。月染尖叫著往後跳開。

艾德笑著說：「不要緊。這不是眞正的臉，圖案而已。」

「可是他在動！」

「妳就想成會動的圖案就好。和動畫一樣。這是袋人特定條件下的反應，用意是突顯自己。」

「突顯自己……」

「他想告訴我們，有這種姿態的自己也是人類。」

艾德輕輕捏住表皮浮現的臉孔鼻尖。眞正的人類被這樣捏住鼻子，肯定會因爲無法呼吸而痛苦掙扎。但袋人表情不爲所動，嘴巴一開一闔。月染這才理解，嘴巴的開闔沒有意義，那張臉也不會透過表情傳遞特定感情。只是浮出與人類相似的臉，說明自己也是人類罷了。

艾德將袋人的個體數與分布範圍紀錄在地圖上，並錄下那個人的低吼聲。他說要把聲音輸入解析器，確定意思後製作成辭典。比起表皮浮現的臉，低吼聲更有意義。非洲大陸到處都有袋人的族群。來自世界各地各國，想成爲袋人的人類群聚此處。非洲和南美的環境特別適合袋人棲息。

非洲與南美大陸沿海都是普通陸上民居住的都市。重返白堊紀後，分別由稱爲「非洲海洋聯盟」和「新南美聯盟」的組織統治。然而，一旦進入這兩塊大陸的內陸，住的全是袋人了。與改變基因繁衍的動植物共存，選擇這種既不同陸上民也不同海上民生活方式的人類就是「袋人」。

他們把自己封閉在厚實的袋子裡，轉換最低需求量的能量，藉此緩慢活過千年歲月。

月染不知道這是否說得上是最適合人類的生活方式。

袋人無法抵禦外來攻擊，但他們身體的化學組成無法消化，這樣就能回避來自動物或獸舟的攻擊。事實上，他們早已脫離地球上的食物鏈。這正是他們選擇的生存之道。像一座岩石佇立原地，直到人類歷史結束那天來臨。

月染認爲，就連那嗡嗡的低吼，說不定也不像艾德以爲的代表什麼意思。不與其他人、其他文明或其他生物扯上關係——這樣的生物需要語言嗎？他們會想用語言表達什麼嗎？他們能從語言中讀取任何意義嗎？月染和艾德一起慢慢造訪許多袋人族群，陷入一種奇妙感，彷彿自己不在地球上，而在其他星球旅行。

兒時月染喜歡在遼闊大地上奔馳，速度快得連艾德都追不上。

「妳就像狼的孩子。」艾德氣喘吁吁地笑著。「放開手，妳就不知道跑到哪裡。好像就此融入地球，成爲地球的一部分。」

「我哪裡都不會去喔。」月染說：「我喜歡艾德。」

艾德凝視月染，輕輕擁抱她。

被成人男子擁抱的溫暖，讓月染覺得很舒服。甚至覺得一直這樣下去也沒關係。艾德什麼都沒說，他的溫柔如春陽般傳入月染體內。

自己和艾德是出於何種關係結合的，年幼的月染無法想像。是艾德像撿到被人丟掉的小狗般撿回自己，還是受誰所託收留自己的呢？艾德對此從未說明。月染也不問。他們之間不需要過去。只要現在快樂，就不需要更多了。艾德的愛撫不含任何暴力要素，只有父親般的體貼、誠懇和溫柔。

艾德到處造訪海上民社群時，月染親眼見證各種魚舟。

基礎形狀固然相同，每隻魚舟的顏色都不一樣。體型、鰭的形狀完全沒有重複。就像沒有兩個長得完全一模一樣的人類，魚舟也各有特性。白色魚舟、黑色魚舟，還有銀中泛藍的魚舟。

不同海域或社群的魚舟有不同特徵。

某個海域裡有一種名為「萬花筒魚」的魚舟。這種魚舟身上有七彩馬賽克圖案，美麗得不像世間該有的事物。性格也溫馴善良。為了看清萬花筒魚舟，艾德和月染潛入海中。只有從海中仰望魚舟，才能清楚觀察全身模樣。這是月染第一次發現自己和艾德身體構造不一樣。和能潛水幾十分鐘的月染不同，艾德必須依賴潛水裝置，為了預防氮氣產生的麻醉作用，他潛水的時間還得受限。

身體使用氧氣的方式不一樣啊……

有生以來，月染第一次好奇自己的身世。

自己的「母親」是否還活在什麼地方呢？如果她還在世，現在人在哪裡。

「妳的母親已經不在這世界上了。」某天，艾德告訴月染。「她很久以前就死了。妳父親也是。我不是妳的親生父親，不過，我是在生活中扶持妳的父親。」

艾德有時會前往大規模的海上都市。這種時候，他會買一套簇新筆挺的衣服換上，將月染留在飯店房間，獨自外出。月染在城裡見過艾德的熟人。對方穿著比艾德更正式的西裝，胸前口袋塞著折好的手帕。男人有一頭白髮，很適合穿深色西裝。

艾德的熟人說月染被他全世界帶著走很可憐。

「我可以介紹地方收留她。要不然，帶著這麼小的孩子到處跑，根本是虐待兒童。」

月染覺得這人多管閒事，自己一點也不可憐，更沒有被虐待。自己只是和艾德一起旅行罷了。

像代替月染說出內心話，艾德拒絕了對方的提議：「不用了。有這孩子在，旅途開心多了。有時帶著孩子有帶著孩子的好處，不會妨礙工作。就讓我們保持這樣吧。」

「我可沒聽說你有喜歡女童的嗜好。難道說，你想靠這樣贖罪？」

「照顧一個孩子長大，我不認爲這就能一筆勾銷過往的錯。你穿得光鮮亮麗在陸地上工作，但說到把都市弄髒，你和我沒什麼兩樣。只不過是躲在腐壞的東西裡面，露出空虛的笑容罷了。我可不想讓這孩子留在這種地方。」

「你說話最好小心點，沃雷斯。」

「你也是。」

「關於這孩子的事我會報告上去，之後上頭應該會再指示。」

「我不會讓政府擅自對這孩子做任何事。」

「你是個在公文上簽名，誓言效忠政府的人，政府不會允許你有感情用事的脫軌行爲。」

聽著對方和艾德談話，月染得知艾德並非單純流浪各地的浪人，他走訪不同土地，有特定目的。月染那時沒有上學，也完全不懂世界結構，她想像不出艾德從事的工作。只是，從艾德熟人的穿著打扮推測，應該是很不得了的工作。

那人離開後，艾德對月染說：「我還能動就會繼續照顧妳。但代價是妳將一直過著脫離人世的生活。這樣妳也願意嗎？如果不願意，我馬上改變方針。」

月染回答：「現在這樣就好。」自己沒有其他地方可去，也不覺得海上都市比其他地方好。人又多又髒，海上都市和其他群落差不多。

那天傍晚，一名女性造訪月染和艾德住的飯店。她的年紀和艾德相似，有一雙天空藍的眼睛，合身藍洋裝令人印象深刻。頭髮是閃亮的金黃，皮膚如瓷器般滑順。靠近她還能聞到甜美的花香。

她稍微蹲下來，視線與月染齊高，臉上綻放純粹的笑容：「我叫琳迪，請多指教。」

「妳好。妳是艾德的太太嗎？」

「不是的。」

「那麼，你們是朋友？」

「比較接近朋友吧。我很清楚妳的事喔，妳很小的時候，我們見過一次。」

「眞的？」

「眞的，我也算是妳的朋友。」琳迪雙手包住月染的手，那溫柔又溫暖的觸感令月染吃驚。和艾德及旅途中遇見的那些骨節粗大、皮膚粗糙的人們雙手完全不同。琳迪肌膚水潤柔嫩，像會吸附在手中。

「有什麼事都可以找我商量，妳願意的話，我會很高興的。」琳迪這麼說，輕吻月染的臉頰。

傍晚，艾德在附近食材店買來食物，三人在飯店房中用餐。他們吃用長方形麵包層疊夾起蔬菜和魚肉醬，看似簡單的食物，滋味卻絕佳。月染盡情吃著，艾德和琳迪吃得不多。比起食物，艾德喝了更多酒。琳迪喝不加糖的茶，再吃一點點麵包和蔬菜。

酒意加深，艾德難得地發了牢騷。「我被部長挖苦了，站在他的立場看，我大概是個僞善者。」

「還是不要太違逆上面的意思比較好，沃雷斯。」

「說的好像我是叛逆期的小孩。可是，不這麼做我會受不了，快被罪惡感壓垮了。」

月染吞下嘴裡的魚肉醬，問他們兩人：「艾德做什麼工作。白天見到的那個人爲什麼欺負艾德？」

艾德苦笑，溫柔撫摸月染的頭。「妳不用擔心，我沒弱到會輸給他。」

「艾德很強嗎？」

「很強喔。守護妳的時候，我是世界上最強的人。」

「是喔。」

琳迪微笑著打開果凍蓋。「是芒果百香果的綜合口味！要不要吃？」

「要吃！謝謝！」

把湯匙和容器一起拿給自己時的琳迪手勢，讓月染不由得想像起人生中空白的「母親」。我的母親也像琳迪嗎。溫柔、身上香香的、摸起來軟軟的，還是像旅途中遇到的異民族媽媽，有結實體格、一雙因家事變粗糙的手和不斷喊小孩而沙啞的聲音，氣質野性且堅強？

艾德和琳迪繼續說著月染聽不懂的話。「進行調查這件事本來就會破壞異文化。過去部長不也這麼說嗎？打從最初就沒有單純的善意，要我們學著當個大人。我成爲一個與他所說不同意義的大人了，只要內心還有這份心情在，我就無法放開這孩子。」

「還沒找到嗎？這孩子的故鄉。」

「是啊。」

「一直找不到怎麼辦？讓她正式取得陸地上的戶籍？領養她？」

「不，那樣不好。考慮到這孩子的特徵，我想讓她選擇生存的場所。她不是適合生活在都市的類型，跟她一起旅行過就會明白。」

「既然如此，你必須趕快找到能接受她的地方。」

「嗯，我想拜託妳調查一下。不要內陸地帶，最好是海上。這孩子擅長潛水，一定是大海的種族。」

「了解。我會以此爲重點調察看看。」

「給妳添麻煩了，那就拜託囉。」

當天晚上，月染和琳迪睡同一張床。艾德調整沙發形狀，睡在上面當床。

躺在琳迪身邊，月染問：「艾德是悲哀的人嗎？」

「妳爲什麼這麼想？」

「他有時會露出很寂寞的表情，明明一直在旅行，表情卻像在說他很討厭旅行。」

「艾德起初旅行，是爲了工作——」琳迪靜靜地說。「可是，不知不覺中，管理艾德工作、地位更高的人利用他的工作。艾德沒有惡意，但他調查成果被用在不好的地方。許多人受到傷害，被迫離鄉背井。」

「那爲什麼艾德還是要做這種工作呢？既然那麼討厭，不做不就好了嗎？」

「不辭掉工作繼續下去，反而可能找到拯救他人的方法喔。只要持續，就有機會知道壞人在打什麼主意，想採取什麼行動——持續下去，艾德就能將一切看得一清二楚。只要將這些事告訴別人，至少可以減少受害者。艾德有很多夥伴，他們和艾德想法相同，也會幫助他。艾德想和那些人一起打造眾人都能幸福的社會。」

聽起來是比想像更沉重的工作——月染胸口苦悶得喘不過氣，眼淚差點滾落。

琳迪戳了戳月染的臉頰：「艾德總有一天會讓妳獨立。或許是痛苦的體驗，可是，請妳一定要接受。」

「爲什麼。」

「那是他最大的心願。沒有做錯事，卻因大人的利益遭受波及，失去家人和故鄉——世界上有許多這樣的小孩，妳大概是其中之一。所以，他想好好養育妳長大，成爲可以獨立生活的大人，再好好與妳道別……他覺得這麼做，才能爲自己的過錯稍微贖罪。這能拯救他的心，讓他過得幸福一點。」

「眞的嗎？這樣就能幸福？」

「是啊。這一定能點亮他心中的溫暖燈火。就算等在前方的事再艱難痛苦，艾德也能依靠著這股溫暖撐下去。」

隔天，和來的時候一樣，琳迪笑咪咪地回去了。月染沒有將昨晚兩人的話告訴艾德，總覺得說了艾德會很爲難。

一個人活下去的決心。

獨立的心。

琳迪告訴她的事，在月染心中刻下複雜的情感。

月染在漫長的歲月中緩慢成長。

艾德變老的速度比月染快許多。

艾德急速衰老，月染知道那代表無論身心，他都無法再承受現在的工作。

必須使用身體輔助硬體才能走路時，艾德安排月染見了一個人。那是名叫哈尼的中年海上民。哈尼有艘大型魚舟，與妻子及五個孩子一起生活。他說要將月染當成第六個孩子。

月染的外表已經是青春期少女。胸部隆起，身體呈現獨特的渾圓曲線。如果要讓她進入某個社會群體，現在是最後機會。

「妳去跟他們住在一起吧。」艾德冷靜地告訴月染。「我無法和妳一起生活了。最適合妳的地方不是陸地，是海上。不是海上都市周圍狹隘的海域，而是橫越整顆地球的遼闊外海。前往那裡自由自在地生活，妳一定能獲得幸福。」

琳迪說的那一天終於來臨。

月染原本打算默默接受。然而事情一旦發生，她卻辦不到了。

腦中明白唯有獨立，艾德的靈魂才能救贖。即使一瞬也好，只要有人能告訴這個一生都在受罪惡感折磨的人「你做的事沒有白費」。這就是拯救他的最大機會。明知如此，內心深處幾近發狂的情感仍令月染抗拒。不願離開艾德。想永遠和他在一起。

月染哭著說，自己無法丟下艾德離開。

艾德露出落寞的笑容告訴她：「我不想讓妳看到我死的樣子。」

死亡——和艾德旅行世界各地時，月染跟他一起見過許多死亡景象。野生動物之死、魚舟之死、因貧困與疾病倒下的人類之死。

艾德說：「總有一天我們會被同樣的死亡羽翼包圍。但不能拒絕。愈是拒絕，對死亡的恐懼就愈會侵蝕我們的精神。我們必須接受死亡。不是對抗死亡，而是接受自己也是會死的存在。這麼一來，就能找出為何而生的理由。如果感到悲傷，那就哭泣無妨。要一直想念死去的人也沒關係。但現在我還不希望妳為我哭泣。妳沒必要為我哭泣，一點也不需要。把妳帶在身邊是我的自私，曾幾何時朋友那樣對我說過，說的確實沒錯。事到如今，我連放手也是出自自私，但只能趁現在了。妳去吧。我不想看到死亡拆散我們，就當妳很普通地出門旅行吧。」

月染只能點頭。這是艾德最希望自己做的事——毫無疑問的，爲了證明自己對艾德的愛，這是月染唯一能做的事。和艾德分開時，他給了月染一個小盒子。「海上生活陷入困境時，妳就打開這盒子。不過，絕對不能輕易打開。走投無路時才能打開。可以答應我嗎？」

「嗯，我答應你。」

「乖孩子。」

兩人一起走到海邊。這段路途比過去任何一次的旅途都短，卻是月染一輩子都無法忘懷的一段路。月染一再回頭望著艾德，乘上來接她的哈尼魚舟。海岸邊是始終目送月染不走的艾德。直到身影如豆，幾乎看不見爲止，月染都不願離開上甲板。

哈尼的家人大方地接受了月染。他們簡單扼要地將海上生活的知識全教給她。如何在外洋捕魚、如何分解漁獲、如何整理維修魚舟，以及在海裡遇到有害細菌團塊苦雷時如何逃離。他們也嚴格教導月染如何和年齡相仿的少年少女相處，還有船團之間交流的規矩。月染很清楚，哈尼一家絕對信賴自己，也以寬大的胸襟接受自己。

自己不是被賣給他們，也沒有交換條件。他們將自己當成一個人類接受……

艾德爲自己找了適當的船團，託付給哈尼一家，月染深深感謝。

使用魚舟捕魚很有意思，哈尼的船團會分成幾個小組，輪流出海捕魚。

哈尼一準備，月染就會坐在音響孔旁，側耳傾聽哈尼唱的操船歌。歌是人類與魚舟溝通的語言，以陸上民也聽得見的七個音階，以及海上民才聽得見的五個超音波音階組成，操船歌行雲流水刻在心頭，令聽者深處震撼。

讓魚舟聽歌有兩種方法。

一種是人類站在上甲板唱歌。儘管魚舟身體大半在水面下，聽覺器官還是能清楚聽見操舵者的聲音或來自音曲棒的聲響。白天上甲板浮出海面時，就用這種方法唱給牠們聽。

另一種方法是人類進入居住殼，從裡面唱歌給魚舟聽。魚舟頭部有個稱為「音響孔」的壺狀空隙，人類從居住殼內進入這個空隙後，等同於從魚舟體內唱歌給牠們。

魚舟在海裡移動時，會從喉嚨深處發出相當於一百三十千赫的高頻波，再利用高頻波反射回來的聲音掌握海中目標物。這稱為「回聲定位」。藉此測得與目標物的距離、對方大小、形狀和表面軟硬度。

反射回來的聲波，以骨傳導方式送達魚舟體內的聽覺器官，再傳到後方音響孔。海上民的大腦和魚舟一樣能聽到這個聲音，透過音響孔內滿滿的振動膜，在自己腦中建立與同伴的相同光景。

不是用眼睛看，而是用聲音看。

原理和醫療用超音波診斷裝置可將體內狀況轉變為圖像，藉由超音波反射，海上民腦內可轉換出立體圖。這是陸上民沒有的腦部功能。就這層意義來說，對海上民而言，魚舟正是和自己同胎出生的「同伴」，和海上民擁有同樣的耳朵和處理資訊情報器官的「海洋生物」——

為了讓歌聲更鮮明地在海面或海水中傳遞，操船歌使用二十千赫左右的音頻。海上民的喉嚨有時能發出超過三十千赫的音頻，魚舟的聽覺器官能清楚區分海上民發出的音律。基本上都是單音音樂，集團移動時會合聲唱歌。遇到操舵者發不出聲音的時候，就敲打音曲棒來發聲。

操船歌一唱起，魚舟就會遵從人類指示橫越大海或潛入海中。那令牠們想起歃血盟約的音樂，是在海洋這過於嚴苛的環境確保雙方利害關係一致的方法。高頻波的唱和像一襲肉眼不見的外衣，當海裡無數魚舟披著這件外衣乘風破浪時，那光景簡直可用「悠游海中的巨大交響樂團」來形容。

早晨是捕魚時段。

一大早爬到上甲板，海浪間不知何時漂浮著許多魚舟。這些都是輪到牠們出海捕魚的魚舟，途中已經吃了一肚子小蝦小魚，聽著操舵者的操船歌，安分地擺動魚鰭。

哈尼進入音響孔，當他唱歌，魚舟就紛紛游開。魚舟用回聲定位找到獵物後，朝操舵者發出口哨般尖銳的聲音。音響孔內兩相呼應的聲音也會傳到孔外。飽滿的反射波和振動膜傳來的振動，總帶給月染刺激雀躍的高昂感。

歌聲如雨水籠罩全身，激動的節奏高響——傳出孔外的聲音成分在月染腦中轉換爲魚群，她甚至能掌握魚群動向、游泳速度和魚的種類。這天早上捕到彩虹沙丁魚及雙葉梭子魚。

哈尼朝魚舟發出簡短的「去吧！」歌聲，那是激勵人心的明快旋律。魚舟高亢回應，擺動大大的尾鰭。以此爲號令，其他魚舟同時游起。海水在尾鰭的攪動下形成巨大水流。魚舟競相擺尾，扭動身軀。不斷釋放的超音波如驟雨般落在牠們目標的魚群上。

魚群察覺魚舟進擊時已經太遲。被四面八方包圍的彩虹沙丁魚驚慌失措，魚舟將牠們追得無處可逃，在魚群下方吹出大量泡沫。不必唱歌一一指示，歷經日復一日的捕魚生活，魚舟早已習慣如此追趕。牠們扁平的大嘴裡吐出泡沫，沙丁魚陷入混亂。

等待沙丁魚跳出海面的是其他魚舟。人們從上甲板拋出漁網，將彩虹沙丁魚一網打盡。收起漁網，拉上大量沙丁魚。生鏽的捲網機將漁獲拉往上甲板。出來捕魚的人回到船團後，將今日漁獲分給其他夥伴。每戶人家按照人數配給足夠一家人吃的漁獲。還有一團採海藻和貝類的魚舟，轉眼間，上甲板堆滿食物。

混在沙丁魚裡一起捕到的雙葉梭子魚則分給有需要的人。對必須補充營養的病人或孕婦，雙葉梭子魚能提供寶貴養分。也會分給即將死去的夥伴，這是禮儀，代表人生最後大餐。

所有魚舟一齊將背部浮上海面，海上宛如出現平地，就像一片隨波浪上下搖晃的遼闊平原。

魚類都在上甲板處理。用刀子去掉內臟，再用眞水清洗。從居住殼中拿出烤魚器具燒烤。海藻、貝類跟香料一起裝進瓶中油漬。剩下的魚和花枝掛在旋轉式乾燥機上。按下開關後，機器高速旋轉，利用離心力有效去除水分。加上強烈日照，很快就能做出大量魚乾。上甲板常備的太陽能發電裝置除了提供通訊儀器動力，也是所有工具的動力來源。

義父義母要求，孩子都會幫忙。自己的食物自身準備，這是海上民的習慣。除了生病或受傷而無法行動時，孩子都會幫忙煮飯。

烤魚的香氣在早晨的空氣中飄散。月染負責烹煮穀類食物。將幾十種小顆粒穀物混在鍋中，煮熟後跳動著發出豐郁香氣。

不以追捕方式捕魚時，就到「藝術之葉」捕魚或採貝類。

藝術之葉是陸上的環境工學家為海上民打造的人工藻礁。在水深不超過三十公尺的淺海域，用巨大網子和陶瓷做的立體柵欄繫在沉沒都市裡原有的高樓大廈，再將海藻及珊瑚移植其上，繁殖後就有多得捕不完的魚類、貝類和海藻類，供海上民食用。

最初的階梯狀人工藻礁又成為維繫其他人工藻礁的底錨，慢慢擴張成廣大的海洋生物樂園。搭乘水上飛機，從上空俯瞰海域時，能見到整片發光的藍綠色領域，宛如過去陸地的原野。有時還能從飛機上目睹來追捕獵物的海生哺乳類。

月染至今仍能鮮明記起首次和義兄弟一起潛入藝術之葉的情景。

那天，月染從哈尼手中獲得新的人工鰓和海中燈。海上民一次呼吸可以潛入海裡超過一小時。平日有普通潛水鏡與足鰭就夠了。只有在潛入海中洞窟或須在海裡處理複雜工作時，避免危險而裝上人工鰓。人工鰓的形狀像海鳥嘴喙，完全覆蓋口鼻。海上民藉此便能完全化身海底生物。

月染、哈尼及兄弟們一起在魚舟甲板上穿好足鰭。戴上人工鰓，眼睛下方到下巴都罩在裡頭，上面再戴上潛水鏡，然後將海中燈纏在手腕。

孩子按照哈尼指示，一個一個跳入海中。

在廣大的海中藻礁上，月染眺望下方光景，感覺自己像飛在半空。

色彩鮮艷的魚群游過腳下。藝術之葉每片「葉子」都巨大得無法一眼看出面積。不同深度棲息的海藻顏色也不同。軟珊瑚隨海搖曳，銀色魚影流竄而過，射入水底的太陽光照得整座藝術之葉熠熠生輝。

游在遠處的魚僅豆粒大小。連梭子魚都這麼小，這片葉子的另一端離這裡到底多遠啊。

哈尼帶著孩子緩緩游向藝術之葉最上層。到達後，又以朝下層展開的葉子爲目標，鯊魚般扭動身軀游開。月染和兄弟立刻跟上哈尼。每朝下層葉子移動，水壓都會壓迫鼓膜，月染等人得壓出耳內空氣才能潛入深處。在澄澈的海域往下潛水五十公尺，周圍只會比水面略暗。一路潛到藝術之葉最下層，還是看得清海的風景。

月染他們實際感受到海水的深度，是哈尼向他們招手，大家一起游往葉子底部後的事。當葉子完全遮住頭頂，月染和兄弟們倒抽一口氣。太陽光完全遮蔽，海中黑得伸手不見五指。海水變得冰涼，就像進入海底洞窟。要不是哈尼很快點亮手上的海中燈，一定會有人失去方向。

孩子陸續點亮海中燈。一舉高手臂，頭頂呈現鋪天蓋地的華麗光景。原以爲葉子底下一片漆黑，原來棲息滿滿珊瑚、海葵和卷貝。舉著海中燈靠近，身體透明的蝦子快速逃離。月染他們在葉子底下慢慢移動。孩子難以想像那些附著豐富生物凹凸不平的葉子底端，到底藏著什麼。

最大的哥哥好像突然有了發現，他湊上葉子。不料，下一瞬間就像彈開似後退。大家都見到裡面有一條大蛇正在扭動身體。是瘤蛇。大哥不小心刺激了海蛇的巢穴。哈尼指示，所有人一起朝大哥方向舉起海中燈。強力光線中，浮出萬頭鑽動的條紋圖案。瘤蛇對著大哥張大嘴巴。

瘤蛇無毒，但有強力下巴和尖銳牙齒。被咬到就不得了了。

大哥從腰間拔出小刀，刺向瘤蛇頭部前方，整張臉便像印章壓在刀刃上。

下一刻，瘤蛇臉部扭曲。

長在瘤蛇嘴邊的瘤狀器官也是嘴的一部分。牠的臉有彈性，能用那張臉壓在獵物上，張開複數嘴巴啃噬對方，把肉咬爛再吃掉。不過，不管多凶狠，瘤蛇也無法咬碎特殊加工過的防鏽合金小刀。

大哥不斷揮舞手中刀，瘤蛇靈巧閃避。

哈尼迅速靠近大哥，一刀斬下纏著他不放的瘤蛇頭。

烏雲般的鮮血在海水中擴散。那一瞬間，其他瘤蛇放棄攻擊大哥，轉頭啃咬同伴身體。牠們將失去頭部的同胞當成食物，貪婪啃噬。其他瘤蛇戳刺著，那隻瘤蛇皮肉分裂。月染他們將瘤蛇留在身後，從葉子底下離開。支配頭頂的壓迫感消失後，陽光重新到來。仰頭看，藍色海面微微晃動。只見游過的海龜投下黑影，也穿過光針狀的金黃光線。

哈尼若無其事地帶領孩子游向其他葉子。無言地指出棲息在那裡的藻類、珊瑚和長滿棘刺的魚類，教他們學習當地生態。不能用手觸碰的，哈尼就用刀尖戳刺。藝術之葉裡也有塊狀細菌苔雷繁殖。尺寸雖小，卻像變形蟲一樣長出扭動的手腳，漂浮在海中。形體小，但早因細菌作用而腐敗。哈尼做出「不要摸」的手勢。

大哥再也不敢朝一片葉子探頭。其他孩子也是。只有哈尼不時抓可以吃的魚蝦貝類，放進帶來的籃裡。花了一個半小時結束海中散步，哈尼帶著孩子浮上海面。

回到魚舟甲板上，大哥立刻向父親道歉。

「對不起，爸爸。我看到碧珍珠貝了，想說採下來可以賣錢。」

碧珍珠貝和普通珍珠不同，珍珠並非長在貝殼內。滲出貝殼的珍珠成分使貝殼表面呈現綠色金屬光，和貨幣等值。賣掉一個碧珍珠貝的錢，買得起一家五口六個月所需的穀類。也可以直接拿來購買造船的原料和生化燃料等。

「不用道歉。」哈尼平靜道。「是不是好好上了一課？比起道歉，更別忘了大家幫了你。要不是一起舉起海中燈，我也無法順利斬下瘤蛇的頭。」

一個大意，大海就會毫不留情地殺死我們——

這是月染第一次實際體會到這件事。

習慣海洋生活後，月染從長老們口中得知關於魚舟的祕密。

據說海平面大規模上升前，大部分的人類住在陸地。陸地沉沒後，人類在海洋上拓展了另一個新世界。海上民在海上有了名爲「魚舟」的居住空間。長老告訴孩子們——海上民會自行產下魚舟。

海上民的孩子出生時，一定誕生雙胞胎。

其中一方是人類。另一方是名爲魚舟的異形生物。

女性海上民生子時，同時生下人類和他們乘坐的舟。

剛出生的魚舟有著扁平的頭和兩對大鰭及尾鰭，類似體型較小的山椒魚。

母親會哺育初生的人類孩子，魚舟則立刻被放入大海，完全不加照顧。

魚舟得靠自己在外海生存。很多魚舟遭外敵侵襲，失去生命。

然而，具有智慧和體力的個體就能在廣大的海洋世界存活。

度過嚴苛海洋環境考驗的魚舟，在經過漫長歲月後，能回到另一半所在的船團。回來之後，牠會和另一半訂下歃血盟約，允許對方成爲自己的操舵者。另一方的人類嬰兒長到青春期時，克服苦難活了下來的魚舟就會回到身邊。彷彿受到強烈寫在意識深處的引導。

人類與魚舟，只有雙方都存活下來時，兩者才能再次結合。身爲「操舵者」的人類和爲人類提供居所的「舟」相聚，再次成爲彼此的同伴。到訪的魚舟會是哪個孩子的「同伴」，只要採取彼此血液，用試劑檢驗就能察明。

聽完長老這番話，哈尼的孩子們無不大爲興奮。想想看，竟可能擁有只屬於自己的舟！而且會在某天從海的另一邊翩然造訪！

一起聽完長老說的話，月染卻有強烈的疏離感。

從陸地被領養來的自己，大概不會有同伴。再怎麼等也等不到屬於自己的魚舟。適合住在海裡的身體證明過去在海中生活——但究竟是哪處海域，魚舟又怎麼找到自己？

月染很快死心了。畢竟不是每個人的魚舟都會回來。

相當數量的孩子一輩子都無法與自己的魚舟重逢。若非如此，全世界的海洋將被魚舟占滿。成年魚舟體長超過三十公尺，不可能存活太多。孩子順利長大成人，魚舟卻沒有一起存活的例子較多。大家族同居的魚舟也未必是父親的同伴。那可能是母親的同伴，又或是屬於住在一起的親戚。魚舟會不會回到身邊，須靠運氣。

表面上配合雀躍不已的兄弟，月染悄悄拋開感傷。魚舟有沒有來都無所謂，只要有自己，不管什麼形式都能活下去。在這個充滿魅力的世界。

不久，兩隻小魚舟來到哈尼的魚舟附近。體長都只有三公尺左右。起初牠們只敢遠遠觀看，接著慢慢嘗試靠近，發出啾嚕啾嚕的叫聲。

大人看時機差不多了，就把這件事告訴月染和兄弟。

「跳下去和牠們一起游泳吧。」大人說。

孩子歡呼著，從上甲板跳入海中，水花綻放。明知不會是自己的魚舟，月染也想跟魚舟玩。她跟在兄弟後面，朝蔚藍的水面往下跳。兩隻魚舟，一隻灰藍，一隻黑色表皮上長有褐色斑紋。孩子觸摸魚舟的背，或是潛入水中撫摸牠們側腹。魚舟不太驚訝，沒有抗拒，像好奇心的海豚般接近孩子，在身邊游來游去。

「牠靠近我了，牠是我的魚舟！」

「才不是呢，是我的！」

孩子紛紛大喊，乘上魚舟背部，想讓牠們按照心意行動。雖然還沒正式學過「操船歌」，也模仿大人哼唱起來。魚舟對不成調的操船歌毫無反應。牠們隨心所欲游泳，很快地，似乎厭倦應付孩子，掉頭離開哈尼的魚舟。

孩子浮上海面，拍打海浪大聲呼喚：「喂！回來啊！」「別想逃！」魚舟愈發嫌惡，加速離開。

月染立刻知道怎麼做。她深吸一口氣，雙手圈在嘴邊，發出笛子般尖銳高亢的聲音，從喉嚨裡發出的聲音拖得長長的。有時還加上有節奏感的短音。這是艾德帶她環遊世界時，在某個海上民社群中學會的歌。一個有著綠色條紋肌膚的年輕女人說「這首的話很簡單，小孩子也學得會」，溫柔地教了月染這首歌。那個女人全身都有美麗刺青般的魔幻圖案，她比手畫腳教月染唱歌的模樣溫柔大方——

孩子看傻了眼，專注聆聽月染的歌聲。很快地，遠去的魚舟翻個身游回，看到這一幕，周遭響起喝采。大家開始模仿月染唱歌，笑看魚舟愈來愈近。過了一會兒，有人發現異狀，顫抖地說：

「數量增加了，不止兩隻，來了更多。」

回過神才發現，孩子的歌聲引來約十隻左右大小不一的魚舟包圍。數量多得教人不明白牠們到底從哪裡湧出？每一隻都很年輕，也沒有專屬的操舵者。最大頂多五公尺。

「會不會襲擊我們？」

其中一個孩子不安地問。

「牠們該不會來吃我們的吧……」

兄弟臉上在笑，但更像抽搐。在回應前，孩子們朝哈尼的魚舟猛游回去。十隻魚舟衝破海浪追趕，速度比鯊魚襲擊更快，孩子全要哭了，爭相撲向哈尼的魚舟，鰕虎似地跳上設置在外皮的梯子，尖叫著往上爬。

月染沒有逃，望著朝自己湧來的大浪，眼神入迷。

和波浪化爲一體的魚舟彷彿集合成更大的生物，發出刺穿鼓膜的尖銳叫聲直線前進。

月染在海面附近站著游泳，觀察這群魚舟。在魚舟即將撞上來之前，她倏地潛入海中。

魚舟群快游到哈尼的魚舟旁便改變方向，朝魚舟兩側兵分二路。海水形成漩渦，冒出沸騰般的白氣泡。

哈尼的魚舟並未威嚇，沒有逃開，悠閒地漂浮在藍黑色海浪間。

孩子與大人從上甲板往外探出身子，屏氣凝神地等潛入海中的月染浮上。

月染的頭和小小的氣泡一起出現在海面。

眾人倒抽了一口氣。

十隻魚舟靜靜游向月染身邊，將她圍繞起來。靠近身旁時，魚舟似乎想表現親暱，輪流用扁平的頭頂觸碰月染身體。簡直就像對敬愛的女王獻吻的家臣。

在愣愣呆望這一幕的眾人面前，月染發出笑聲。

那是非常快活的笑聲。

月染回到哈尼的魚舟後，魚舟當場散去，僅剩初來的兩隻跟在後面游。

不久，船團長老找了月染過去。月染造訪長老魚舟，被請進居住殼裡大母蘇芳的房間。蘇芳年齡超過百歲，瘦小衰弱的身體穿著數件薄衣，胸前掛著貝殼和珊瑚製成的護身符。滿是皺紋的臉和手腳經過長年曝曬而變色，皮膚長滿黑斑。不過，多虧每日仔細塗抹香油，蘇芳身上還保有幾許生命光輝。

外表是衰老婦人，蘇芳頭腦清明智慧，她博得「大母」的稱號，集眾人尊敬於一身。蘇芳凝視月染：「哈尼啊，這孩子可能是『結手』。」

蘇芳那被眼皮蓋住一半的眼瞳深處閃著澄淨的目光，始終直視著月染。

聽到結手兩字，哈尼表情疑惑：「大母，那是什麼？不祥的預兆嗎？」

「沒這回事，結手指具備罕見才能的人。」

蘇芳告訴兩人，結手原本指專門織網的人。

「在締結歃血盟約前就能與魚舟親暱交往的人也稱爲結手。他們天生就受魚舟尊敬，不止特定魚舟，結手能與所有魚舟心連心。」

在海上生活的歲月一長，就能聽到來自全世界的故事。那些事乘著風，在人們口中流傳。

蘇芳說，南方海域有個全由結手組成的民族。

在那個族群，母親生下的魚舟不會放回海裡，而是習慣和嬰兒一起扶養。剛出生的魚舟不會像北方海域那樣遭到放流的命運，一開始就與人類視爲一對「同伴」。不過，即使用這種方式扶養，還是很多魚舟半途夭折。據說這是防止海洋被魚舟佔據，魚舟體內的「自毀程式」會以相當高的機率自動發動。

在結手的社會中，魚舟一生下來就是同伴，孩子從小就懂得駕馭魚舟。他們很快學會操船歌，也能直覺理解魚舟的心情。結手甚至可以駕馭別人的魚舟。

蘇芳依然凝視著月染，露出微笑。「我猜妳大概在嬰兒時期與族人分散了。可能是在暴風雨中失去家人和魚舟，被陸上民救起來。又或者是病倒的家人將妳託付給陸上民。」

結手——將所有關係編織起來、聯繫一切的人。

自己身上什麼地方吸引了魚舟呢？月染心想。童年都和艾德一起度過，從未有過與魚舟深入交往的記憶。如果出生眞如蘇芳所說，魚舟又怎麼分辨呢？靠氣味嗎？還是外表、髮色和膚色？或者是歌聲？

那天起，月染率領魚舟的力量未曾衰退。然而無論怎麼等，自己的同伴卻一直沒有出現。儘管許多魚舟主動靠近，向她表達愛慕，與她歃血結盟的半身終究沒有來到船團。

除了魚舟，哈尼也告訴孩子關於獸舟的事。

獸舟是偶爾會出現在海上，沒有人乘坐的魚舟。牠們靠自己的意志生存，靠自身的意志獵捕食物——牠們的巨大和粗暴雖然令人畏懼，但絕對不是邪惡的生物。哈尼一再這麼告訴孩子。

「當同胎的孩子沒有長大成人就夭折時，魚舟將無處可回。魚舟與人是一對一的關係，無法和不同胎出生的人締結盟約。無人搭乘的魚舟會自行成長，產生突變。不久，牠們跑到陸地上，成爲獸舟。獸舟會吃掉陸地農作物，還會襲擊人類，深受陸上民厭惡。」

海上民不會獵殺獸舟嗎？孩子這麼問。哈尼回答：「絕對不會。」

「無論多麼凶暴，無論獸舟的存在對人類造成多少困擾，獸舟都有活下去的權利。就算失去了操舵者，牠們無疑是海上民的同伴。我們絕對不會主動殺害獸舟。反過來說，我們不反對陸上民殺害獸舟。陸上民也有活下去的權利，雙方都是爲了生存而彼此廝殺，這是生命的天理，沒有人能改變這種命運。」

哈尼還說，獸舟從前沒有現在這麼龐大。以前，獸舟頂多長到五、六公尺。年長獸舟也不會超過八公尺。牠們不會上陸地，活到二十年就算長壽。當時，獸舟上陸很罕見，陸上民看到牠們只當成是住在溪谷裡，大得不像話的山椒魚。

曾幾何時，獸舟體型急速變大，一再突變。

魚舟需要經歷漫長歲月，體長才能長到三十公尺，而大多數的魚舟都不會那麼大，頂多二十公尺就停止生長。以前到現在，魚舟本質都沒有太大改變。

然而，明明同爲棲息海中的生物，獸舟卻變化異常。原本介於魚類和兩棲類的外表，不知何時轉變爲類似鱷魚等爬蟲類的長相。爬上陸地前的體長可達十五公尺左右。獸舟智商高，或許是在反覆嘗試與錯誤中學會了爬上陸地。隨著體型巨大化，開始啃食陸地上所有東西。

哈尼對孩子說，光用突變的概念無法說明獸舟身上發生什麼事。陸地學者雖然有解釋，但至今尚未找到突變的原因。身爲海上民更是無法理解。經歷多次突變後，獸舟連基本構造都變了。爬上陸地前，牠們會拋棄原本的身體，釋放體內小型生物。這種變化令陸上民驚愕不已，比從前更痛恨獸舟，採取嚴厲的驅逐手段。陸上社會幾乎沒有人憐憫獸舟了。

海邊也好，內陸地帶也好，每天都上演著陸上民與獸舟之間的戰爭。

海上民只能旁觀，至今依然如此。正因爲都能理解雙方立場，所以海上民絕不插手。即使眼睜睜目睹同伴遭殺害，也只能默默接受。這就是海上民的價值觀。

聽了哈尼的話，月染彷彿在獸舟身上見到自己的影子。這世上沒有一個安身立命的所在，無法奢望誰伸出援手，沒有同伴的孤獨存在。這樣的獸舟，和自己有共通之處。

不止魚舟，要是對獸舟能有一套馴服方法就好了。月染不經意地想。比起魚舟，獸舟更適合自己。不以同伴的身分，而以彼此都是孤立個體來相互尊重……要是能有和牠們交流共存的方法就好了。

哈尼的魚舟有時會遇上獸舟，月染也曾在藝術之葉附近見過獸舟。這時，她會偷偷對獸舟唱歌。聽著兄弟練習操船歌，不知不覺月染記住旋律。沒有同伴的人絕不能唱的歌，月染卻比誰都更早學會。

嘹亮悠長的操船歌沒有傳入獸舟耳中。牠們看都不看月染一眼，憤怒粗魯地搖擺身體，掀起狂風暴雨般的巨浪，遠離月染他們身邊。

獸舟發出不耐又嘶啞的叫聲與刺耳咆哮，無論如何都不與人類交流——然而，這樣的獸舟在月染眼中無比神聖。牠們高傲孤獨，遭陸上民嫌忌排斥。牠們沒有同伴，明知周圍只有敵人，仍不斷吶喊活下去的權利，有捕食的權利。那毫不動搖的自信與直率的思考，難道不正是生命的本質嗎？

爲什麼海上民遠離獸舟又保持對牠們的敬意，月染漸漸明白了。

——不能害怕孤立。

獸舟的生存之道教會了月染這件事。

月染的魚舟讓葉，是亡夫淺木留給她的遺物。

長大成人後，月染和剛當上船團長的淺木結婚。結手只能說是個人特性，與古代宗教沒有關係，即使月染是結手，依舊可以擁有男女婚姻，這在海上社會毫無問題。

只是無論兩人交合幾次，月染都無法懷上淺木的孩子。月染悲傷失望，但很快得知不孕症在海上社會很常見。因爲吃了被毒性海流污染的魚或每日暴露在海上特有的疾病，很多海上民女性罹患不孕症。比月染年長的女性告訴她，就算沒有懷孕生子，女人還是可以堂堂正正活下去。女人溫柔地說，收養失去母親的孩子也是一個途徑。

月染和淺木決定這麼做。兩人收養了三個一出生就失去母親的孩子。

從照顧小孩起，嬰兒就等同眞正的家人。可愛的嬰兒令月染著迷不已。難以置信有這麼柔軟、這麼小又這麼溫暖的生命。對沒能與同伴相遇的月染而言，孩子是另一層意義上的分身。

最大的孩子八歲那年，船團遇上了可怕的事。

無止盡延伸感染範圍的病潮，出現在淺木船團正下方。病潮最可怕的地方在於驟然從深海浮上。如果是隨海潮而來，總有辦法預先察覺徵兆而回避。如果只在特定海域繁衍，躲開那個海域就好。

然而，病潮不一樣。

病潮病毒的宿主六目水母平常生活在深達數百公尺的海底。深得連太陽光都照射不到——人稱深海的區域。六目水母靠吃從海上降落海底的海洋雪及棲息深海的小魚爲生。

牠們棲息在平常魚舟不會潛下的領域，所以通常在海中並不會遇到六目水母。此外，就算魚或海龜吃了六目水母再被人類吃下肚，人類也不會生病。海洋生物的消化器官輕易就能破壞病潮的病毒。

六目水母爲何突然大量繁殖——沒有人知道。六目水母又爲什麼不會絕種——沒有人知道。

大量繁殖期的六目水母在消化完食物後，體內會產生許多氣體。密度較輕的氣體令六目水母身體膨脹，這時牠們就會如斷了線的氣球，從深海朝海面直線漂浮。當六目浮到船團下時，海上民已經來不及逃離。

月染他們遇上的情形正是如此。海面下出現黑影，瞬間包圍船團，當黑暗的大群水母現身，彷彿要將整個船團吞噬。形似閃亮寶石的紫色水母沉浮波浪，驚人氣勢足以用「水母炸彈」形容。六目水母的傘狀體直徑有三十公分，牠們漂流到魚舟與魚舟之間，接著便靜止不動了。

淺木接獲報告，有人在漁網裡裝了重物丟下去想把水母壓沉。他急得脹紅臉大罵：「馬上住手！不能弄傷那些水母！病毒會擴散！」

周遭的海水氣味中，漸漸混雜一股類似勉強擠出青澀柑橘類果汁時發出的氣味。那是身體破裂的六目水母發出的體味，對人類而言是死亡的氣味。當氣味瀰漫海面時，淺木露出絕望的表情低喃：「太遲了啊。月染，妳要有心理準備。」

「是。」

「再過不了多久，這裡會變成地獄。我跟妳未必能得救，孩子也是。」

月染和淺木的船團不屬任何政府，當時也還無法讓所有人都接種病潮疫苗。半數以上團員上一次接種的疫苗至今已進入無效期，六目水母散播的致死病毒開始襲擊這些沒有抵抗力的人。

感染後約一天，罹患者就會高燒病倒，大量血液與淋巴液從皮膚滲出，全身劇烈疼痛的患者只能躺在血泊中。病毒還會造成大腦障礙，出現夢遊症狀的人跳進海裡，如果之後再爬上別人的魚舟，又會將病毒繼續傳播。受病毒感染者，不出三天全會死亡。

病潮病毒是在重返白堊紀那場大混亂中，某國開發出的生化武器演化而成的致命病毒。不帶感情的分子機器唯有一個目的，那就是殺死人類。沒有人能制止分子機器按照最初植入的程式，精確地將人類一一殺死。淺木的親朋好友陸續死去，他和月染的孩子也感染病毒。兩個女兒與一個兒子發出微弱的哭聲喊痛，在束手無策中死亡。

淺木發病了。

認為很快會跟著發病的月染，與疫苗生效而沒有發病的人一起踏上載滿病人的魚舟，鑽進居住殼，照顧即將死去的人。月染在看護舟中處理輪番喪命的遺體。也讓還活著的人服用鎮定神經的藥物，減緩他們的痛苦，有時用柔軟的布擦拭病人全身滲出的血。只是，無論用多柔軟的布擦拭，病人還是喊痛。

好痛、好痛、好痛、好痛。

救救我、救救我、救救我、救救我。

這是戰場。

見不到敵人，但就是人類必須盡全力搏鬥的戰場。

看護舟的居住殼裡瀰漫血液與淋巴液的氣味，充滿病人臨死前的嘆息。有時，有人會在居住殼裡焚起氣味強烈的香。那融合甘美與清新的氣味，能誘導病人進入夢鄉，安撫照護者緊繃的精神。

操舵者已經死去，不再是誰同伴的魚舟陸續被挪用當看護舟。

明明一直和病人待在一起，月染卻不知為何始終沒有死。甚至沒有發病。

爲何——從前好幾次感到自身與世界格格不入，現在再次受到那種感覺折磨。

開始海上生活後，已經過了一段不算短的歲月。生活在陸地上時，艾德曾帶不知情的自己接種過病潮疫苗，現在早已過有效期。和淺木在一起後，月染只接種過幾次疫苗，從最後一次接種日期倒推，自己現在應該要在死者行列中。

然而，她沒有死。

因爲自己和海上民不同種族？

因爲自己是不屬於結手的種族？

還是在陸地時，艾德對自己的身體進行過特殊處置？能半永久對抗病潮病毒的抗體植入體內？

看護舟的居住殼內，全身沾滿鮮血躺在那裡的淺木，臨死之際喘著氣告訴月染：「讓葉就由妳繼承了，請妳接受牠。」

「咦？」

「妳是結手，能自在操縱任何人的魚舟。妳應該會唱操船歌吧？」

「每天聽你唱，我早就學會了。可是我沒獨自唱過，讓葉不會聽我的。」

「妳對聲音的直覺很敏銳，讓葉一定會喜歡妳的歌。」

「如果無法順利操舵呢——」

「到時候就任憑妳處置了。失去同伴的魚舟遲早會忘記如何與人類交流，如果妳認爲化身獸舟在陸地上被人類殺死的下場很可憐，就請妳守護讓葉吧。」

淺木又說「和妳在一起的生活很幸福」。

他沾滿鮮血的臉上露出堅定的微笑，那勇敢的笑容令人忘記他是將死之人。

「我會在另一個世界好好照顧孩子，妳慢慢來就好。一定要慢慢來，千萬不要急。」

不久，死者的數量不再增加了。除了疫苗生效的人，夥伴都死了。

月染和眾人一起蒐集魚油和工業用油，用厚厚的布料吸飽，接著分別用這些油布包起死去夥伴的遺體，牢牢綁緊以免鬆開。最後，將遺體一字排開。

眾人默默進行時，一個男人大叫起來：「我受夠了！」他哭著說：「爲什麼輪到我包的都是小孩子，都是些三歲左右的孩子啊。我家人全都死了，我眞的受不了了……」

中年女人拍了拍哭得蜷縮身體的男人，在他耳邊輕聲安慰：「休息一下吧。」

「還有很多工作得處理，你做不會造成負擔的事就好。這裡就交給我們。」

包完遺體，月染和大家一起抱著遺體走上甲板，將遺體丟向聚集在一處的六目水母。

接著，朝海面丟下火把。爆炸聲中，海上冒出橘色火焰。火勢瞬間擴散，遺體都著了火。

想將與病毒共生的六目水母全數殲滅，又要處理染病者的遺體，這是最符合邏輯的方法。

然而，即使海上民一直以來都採用這種措施，六目水母始終沒有絕跡。不知道牠們維持著什麼樣的生命循環，六目水母在深海不斷繁衍，明天依然會出現在某個海域。

好像在替暖爐添柴，油布包裹的遺體不斷投入火海。

大家默默處理，無人哭泣，眼淚早已流乾。一切結束後的現在，倖存者該思考的是今後的生活。如何重振船團，選出新團長與副團長。

遺體都丟下海後，海上民餵看護舟吃麻醉藥。這些被病毒污染的魚舟已經無法使用。麻醉生效後，人們再用大型獵槍射穿魚舟頭部。失去操舵者的魚舟，有的安分接受命運，有的察覺危險而失控掙扎。海上民處置了這些同伴。魚舟的屍骸，和人類一樣推入火海。

居住殼上撒了油的魚舟身體，被大火燒得冒出熊熊火光。

燃燒、燃燒、燃燒。人、水母與魚舟都在燃燒。

濃重的柱狀黑煙像被吸進藍色天空，若要將那當作憑弔，殺伐之氣未免太重。濃煙更像宣告世界終結的不祥記號。

人們凝視著濃煙思索，世上再也沒有事物能療癒自己受盡創傷的心。

孩子和淺木一發病就移到看護舟上，讓葉的居住殼並未受到太多污染。不過，這畢竟是病人住過的魚舟。可能還有哪裡殘留了病毒。

水母釋出的病潮病毒在找不到宿主時會進入休眠期，據說很少再度活動。話雖如此，不知道觸發再次活動的因素是什麼，還是將病毒全部殺光比較好。能燒的東西都燒了，不能燒的就用藥水擦拭。全部處理完後，月染引導讓葉離開船團。

除了讓葉，還有幾隻魚舟也一起。

伴隨平靜歌聲游泳的魚舟群，就像一列長長的送葬隊伍。

讓葉很願意聽月染唱歌。彷彿牠察覺了淺木的遺言。

月染一行人的目的地是北方海域。只要泡在沉沒都市溶出的化學物質中，殘留的病毒外膜蛋白質就會消融死滅。北半球有許多適合進行這項手續的海域，這就是他們朝那裡出發的原因。

沉沒都市附近的海上有幾座木頭和鐵搭建的簡易人工島，數個簡陋貧瘠的浮筏聚集在此，只有暫時造訪海域的魚舟和操舵者會上去歇息。但還是會有一些浮萍看上這裡的人潮，前來兜售，形成市集。這裡使用珍珠貝取代貨幣交易，而有人的地方就會吸引更多人。

月染他們在出租行租了潛水衣和氧氣筒。這帶海域不止對病毒有害，對人類也有點危險。不會當場死亡，但最好還是不要讓毒素進入體內。

他們穿上從頭覆蓋到腳的潛水衣。這像太空衣，只有臉部透明，接上氧氣面罩後就能保護全身不碰到海水。重複使用的潛水衣染上人類體臭。就算掛在通風處、曬過太陽再擦上除臭水，還是殘留著奇異的甜膩油脂與汗水味。忍耐著這氣味，月染從上甲板走入讓葉的居住殼。

讓葉的居住殼裡，承載回憶的物品和家具已事先清空，空虛的海浪聲迴盪其中。

音響孔上貼好油紙後抹一層油脂固定。這是防止海水灌入內部。月染雙手拿著音曲棒，站在音響孔前敲出節奏。聲音在空洞的居住殼內蕩漾，穿過油脂與油紙傳進音響孔內側。如此一來，讓葉就能接收到操船歌。

對聲音產生反應，讓葉開始朝海底緩緩游去。

靠著傳回音響孔的反響音，月染腦中逐漸浮現海中地形影像。因爲隔著潛水衣聽到聲音，形成的影像也比較模糊，但仍能隱約見到崩塌的建築群集蕭條海底，彷彿墳場。事實上，眞正的墳墓也一起沉入海底了，就這層意義來說，這裡確實是墓地。

不必潛得太深。含有大量化學物質的海水像淡淡的烏雲，漂浮在深度約莫二、三十公尺的深處。潛到這附近就行了。月染從居住殼內側打開通往外側的艙門。

海水立刻灌入居住殼。瞬間，居住殼裡充滿海水，月染的身體也沉入水中。待在灌滿海水的內部，月染保持中性浮力漂浮了一會。這股近似無重力感的感覺，溫柔鬆懈了這段失去家人期間緊繃的神經。

——無論發生什麼事，都要活下去。

這是孩提時代，和艾德一起旅行時，他一再告誡的話。

這個世界到處都是死亡——艾德這麼說。

無論到哪裡，都會看到生物死去。人類不想死，因此見到其他生物死亡時，都會觸動悲傷而影響心神。透過其他生物的死亡再次體認自己會死，因而恐懼。

然而，不能被恐懼擊垮。

就像在嚴寒的北風中忍耐著向前。持續前進著，身體就會慢慢暖和，體會到自己還活著。

活著——只要珍惜這件事就好。

對生物而言，活著就是無比美好的事實——

艾德這麼說。月染希望自己也能這麼認爲。

在海中漂浮的月染，用刷子輕刷居住殼內側。花了約一小時半刷乾淨後，再次敲響音曲棒，讓葉浮上海面。她回到海上浮筏，把潛水衣及氧氣瓶還給出租業者，隨即租了排水幫浦設置在讓葉的上甲板，抽乾積在居住殼內的海水。即使全抽乾，居住殼內還是有濕氣。到炎熱海域後，還是得暫時打開門窗，好讓內部完全乾燥。買了大量吸水棉，月染一行人再次朝炎熱地帶的海域前進。將吸水棉鋪滿整個居住殼，打開通往上甲板的門，不到一星期，居住殼內就會乾燥。完成這件事後，才能回到原先一起生活的夥伴群體。

重返群體，新的副團長們拜託月染繼任團長。

這個要求令月染意外。自己眞的能勝任嗎？面對疑問，副團長們說「繼承了讓葉的人就有資格」。

「頭銜雖是團長，其實不需要強大的支配力。」年老的副團長說。

「妳和淺木共度時應該已經明白，這個船團需要有智慧的顧問。此外，今後若想重振船團，擔任團長的最好是年輕人，這樣才能長久肩負起團長職務。妳的丈夫是淺木，又曾養育孩子，這些都是適合擔任團長的條件。如果妳堅持無法勝任，那我們可以拜託別人。不過，目前我們認爲妳是第一人選，請好好考慮。」

月染考慮了一陣子，決定接受眾人的請託。

如果判斷標準是讓葉而不是自己，那這個決定應該沒錯。

月染當上團長後的第一件工作就是補齊副團長，再徹底掌握購買病潮疫苗的黑市管道。她決定要讓船團團員隨時保持在疫苗有效期內，再也不讓任何人未接種疫苗而死。購入大量疫苗需要一大筆錢。淺木無法讓所有人接種疫苗，正是光靠船團在海上交易所得，買不起那麼多黑市賣的疫苗。

這時，月染想起艾德給她的小盒子。

月染拿出裝在完全防水袋中珍藏保管的小盒子。打開一看裡面是個小型電子機械，無法單獨使用。月染問了副團長們，大家都說可能得連上別的機器才能讀取資訊。

淺木留下的通訊器材無法讀取內容。副團長們手邊的機器也不行。船團內的機械性能不夠好，陸地上的器材似乎比海上民想像的更進步。

月染打算去市集購買能讀取的機器。問問浮萍，應該馬上就會知道該用哪種機器。和副團長們商量後，大家便一起出錢。船團差不多該購買新的通訊裝置，就趁這次機會買回最新型號吧。

帶著兩名隨從，月染久違前往陸地附近的市集。那裡有許多浮萍，販賣多種陸地商品。物資價格雖然偏高，但能買到不少新鮮食材和罕見商品。月染把艾德給的裝置拿給商人看，和他們討論該買什麼才好。

一個賣機械設備的浮萍見到月染的裝置，眼睛一亮，滿臉笑容問能不能直接賣給他。

「我可以用接下來幾年份的病潮疫苗跟妳交換。當然，一定會準備好船團都能接種的數量。我認識賣疫苗的傢伙，會跟他們交涉，妳覺得這樣如何？」

「我想買能讀取這個裝置的通訊機器。」月染微笑回答。「不需要其他的東西。」

「可是新型機器很耗電喔，你們那邊的發電裝置應付得來嗎？」

「既然如此，我就連太陽能發電板一起買。可以在你這裡買，若你不想做這筆生意，我找別人買。」

討價還價一陣，月染終於買到最新型的通訊機器。追加購入太陽能發電板雖然是一筆過大開銷，但新的效率良好，買了不算損失。

回到讓葉的居住殼中，月染和副團長們一起把買回來的機器接上艾德留下的裝置。

螢幕上顯示出海洋圖時，其中一位副團長歡呼起來。

「團長！這是重返白堊紀前的海底資源分布圖啊！」

「那是什麼？」

「是寶山啊！海平面上升兩百六十公尺後的現在，以前預定開發的海域都成了深海，不是輕易能進入調查的地區。可是，那裡沉睡著數量龐大的礦物資源，稱其海底礦脈也不爲過。不但有錳結核，熱水礦脈裡也可開採出金、銀、銅、鋅、鎳、鈷。只是，通常這類脈礦情報掌握在政府手中。」

「這麼說來，若將這些情報賣給民間企業，能賣得很高的價錢囉？」

「正是如此。」

「不過，民間業者有辦法潛到那麼深的地方嗎？他們也有採礦船？」

「知道有寶物，他們拚了命也會造出能潛入深海的潛水船。您等著看，這消息一傳出去，民間企業的開發速度將飛快。到時候，做事拖拉的政府就比不上他們了，即將掀起民間企業的爭奪戰！」

打開另一個資料夾，副團長又發出驚嘆聲。「這是沉沒都市的分布圖。對照這個就知道什麼樣的都市沉在多深的海底。對於沒有潛水船，無法潛入深度海域的打撈業者來說，這就是他們最想要的情報。」

艾德留給自己多驚人的珍寶啊。月染一陣激動，心揪了起來。這麼大規模的情報，艾德不可能獨力獲得。這是動員組織調查而得的結果，被他以某種形式拿到手中。爲此，艾德不知道經歷了多少艱難、耗費了多少金錢——

月染近乎流下眼淚。

爲什麼不在與淺木結婚時就打開這些資料呢。一心認爲團長是淺木，自己僅是他的妻子，連副團長都不是，忘了自己該爲船團運作盡心力。如果當時馬上打開檔案，船團就不會苦於疫苗不足。許多夥伴、淺木及孩子都不會死於病潮病毒。

察覺愚昧，月染想哭又想笑。

或許這就是人生。事情永遠不會按理想順序發生。

人類總是活在後悔之中。

得知獲得資金的途徑，月染積極與業者接觸。不止海上民，她也與浮萍聯繫，靠交換情報與物資買賣累積資金。從此，船團再也不缺疫苗。

在海上商人龍爭虎鬥的世界，月染低調打響名聲。

「有個年輕但豪爽可靠的團長」、「美麗的女團長」。

在第一線與商人談判交易的男女都散發出野性氣息，這是不容做錯任何一步決定的世界。掉以輕心就會被洞悉弱點，不止手上的商品或情報跌價，自身亦會身價下滑。月染嘗過無數次恐懼，但一一克服了危機。

和艾德行遍世界，又和淺木共度過一段海上生活的月染，對體力很有自信。靠游泳鍛鍊出的肉體，就像鯊魚矯健強韌。月染不怕刀刃，也能輕鬆使用獵槍。市集裡的人很快接受這樣的她。經驗與訓練淬鍊，她體格孅美戰士，表情和眼神逐漸改變。站在鏡子前，她不再是昔日只懂得養育年幼孩子的自己。該用「變粗野了」來形容，還是該說「朝不同方向成長了」呢，月染很難找到適切用詞。

只是，現在的自己需要這樣的外表。

腳踏實地地耕耘，月染掌握到數條不同的疫苗購買管道。如果掌握複數購買管道，其一被政府破獲也不用擔心。再者，知道不同價差也能成爲講價時的籌碼。海上交易這種事，找到一個入口鑽進去，就能拓展一連串出路。打開每一道新的門都需要一種新資格，月染就這樣敲開一扇又一扇潛力之門。

工作告一段落，船團生活安穩下來時，眾副團長爲月染舉辦一場宴會。會場就設在其中一名副團長的魚舟上。夜晚，居住殼裡舉行盛大酒宴。月染和三十多個夥伴圍成一圈，品嘗新鮮魚類、果實和穀物，享受蜜酒。暢談至今船團發展的成果和最近群體近況。年長的女性團員忙進忙出，慰勞月染平時的辛勞。

好幾個年輕女人抱來嬰兒。剛出生一個月左右的嬰兒包在柔軟的布料，接受月染祝福。月染還用朱筆在孩子額頭畫下祈禱健康長壽的花紋。

毛筆輕撫額頭時搔了癢，白胖嬰兒皺起眉頭，扭動身子哭起來。那憐愛的反應惹得大家哄堂大笑，歡快拍手。男人喊「別哭別哭」，戳戳嬰兒的小手或紅通通的臉頰安撫，嘴上嚷著「好乖好乖」。

母親和幫忙上菜的女人溫言安慰孩子，她們的聲音讓月染重新體認到，自己現在身處的世界和她們比起來是如此蠻荒。不是一定要待在哪個世界才能活得像個人。世界本就混沌。自己體驗過兩邊的世界，就某種意義來說非常幸福。

年老的副團長上前，往月染杯中斟酒。「您平時辛苦了，團長。」

「謝謝，副團長都平安嗎？」

「託您的福。」老副團長開心地瞇起眼。「您一直從各種狀況中學習成長呢。」

「幸好有大家教導，我只是按照大家的期待工作。」月染對老副團長深深低下頭。「我很慶幸大家選擇了我當團長。如果沒有做團長的工作，我一定鎮日沉浸在悲傷與絕望，慢慢變成無用的人。正因必須當團長，我才能跨越悲傷。不是我幫助了船團，是船團的大家讓我踏上活下去的路。」

老副團長露出微笑搖搖手說：「別這麼見外，對群體來說讓每個人獲得幸福是理所當然。」他接著道：「有了這麼多疫苗，暫時不用擔心六目水母來襲了。對了，讓葉乘坐起來感覺如何？」

「沒想到牠一開始就很願意聽我唱歌，不可思議。」

「牠是特別的魚舟，前一位團長沒告訴過您嗎？」

「沒有。」

「那是很久以前的事了。」

老副團長說起月染亡夫淺木與讓葉相遇的往事。

操舵者與同伴的關係通常不會告訴外人。畢竟兩者締結盟約前的種種，是操舵者與同伴之間的考驗。因此，除非發生了特別令人感興趣的事，否則不會在群體中口耳相傳。

淺木與讓葉就是如此罕見的例子。

淺木十二歲那年與自己的同伴相遇了。

現身時，淺木的同伴非常衰弱。牠在回返故鄉的路途遭大魚襲擊，體側的肉削掉大塊。

雖然當時已經止血，耗盡體力的牠依然疲憊不堪。發現同伴狀況的淺木拜託父親從上甲板拖曳一艘小舟，在海上形影不離地照顧起同伴。青春期的孩子認為能否擁有自己的魚舟關乎尊嚴，淺木無論如何都想救起同伴——

不負淺木拚命照顧，同伴漸漸恢復活力，願意直接吃淺木餵食的魚了。

大人認爲這是好兆頭，紛紛爲淺木開心。操舵者與同伴順利締結盟約，往往得耗上很長時間。即使雙方從同一個母親腹中出生，一方是受盡家族疼愛的孩子，另一方卻是在大自然中孤獨生活的野生子，想建立感情沒那麼簡單。只有當深切感受到對方與自己不同的特性，卻又深受彼此吸引時，兩者距離才得以稍稍縮短。要走到這一步很漫長，因此，大家都認爲淺木有好的開始。

沒想到太過樂觀了。

痊癒後的同伴不知爲何排斥淺木，聽都不願意聽他唱歌。有時還離開船團周圍。

淺木怒罵同伴說牠「忘恩負義！」他的唱歌方式很普通，絕對不是音癡，但同伴就是不聽。

大人也搞不懂爲什麼這麼不順利。最後，淺木找群體中的長老商量。他把目前狀況告訴長老，問該怎麼做才能讓同伴親近自己？

長老笑咪咪地回答：「不要唱歌給牠聽，在牠身邊游泳看看，如果什麼都沒發生，你再來找我。」

淺木按長老說的做了。

與同伴保持伸手不及的距離，淺木默不吭聲，緩緩在牠身邊游泳。游了兩、三圈後，淺木開始聽見某些聲音。有時像冒出氣泡的聲音，有時像不明意義的低喃，有時是刺耳短促的尖聲。

那是同伴的聲音。淺木默默在牠身邊打轉。

同伴的聲音愈來愈大，變化爲帶有獨特音節的旋律。那聽起來很像海鳥啼轉、風聲低吼或雷鳴轟隆。後來，不止淺木，魚舟上的大人也聽見了。站在上甲板眺望這一幕的長老呵呵笑著對眾人說：「那是『鳴舟』，用普通方法對待牠，牠不會親近的。」

長老又慢條斯理地對從海裡上來的淺木說：「你的同伴是條特別的魚舟。」

「特別？」

「雖然很罕見，但偶爾會生出發聲器官非常發達的魚舟。那就是『鳴舟』。這種魚舟自己會唱歌，人類強迫牠聽操船歌時，牠會生氣離去。比起聽操舵者唱歌，牠們更想唱自己的歌。接下來你每次下海，都要先讓同伴唱歌。然後，你要配合牠的歌聲創作自己的歌。剛開始就像伴奏，絕不能妨礙同伴的旋律。當同伴發現你把牠的歌聽進去了，就會對你敞開心胸。你要把大人教你唱的操船歌改編成同伴喜歡的曲子。這是與鳴舟相遇者的宿命。絞盡腦汁吧，經過這段旅程，你將獲得與眾不同的操船歌。加油。」

淺木照長老吩咐的，每天側耳傾聽同伴唱歌。

起初，那與人類歌唱方式迥異的歌聲令淺木不知所措。有時刺耳如金屬摩擦，有時彷彿氣泡冒出，有時類似磨牙。一點也不像音樂，只能說是噪音。即使如此，淺木還是堅持傾聽，漸漸地，他的感受變了。

海上民的操船歌由優美的七音階加五音階構成。但那只是排列海上民認爲好聽的音符，爲創作合聲而精心挑選不同頻波數的音符組合。不在這些音符行列中的聲音，人們便說「那不是音樂」，但這是站在人類立場的傲慢發言。魚舟有魚舟的美學，牠們從大自然嚴苛環境中存活下來，對美學的標準當然和人類不同。

淺木自然而然感受者同伴的歌唱方式，也能自由自在地與同伴一起唱歌了。配合歌聲，他將操船歌的音律一點一滴重組。同時，讓船團夥伴也能聽出歌曲原型，又不能超過人類耳朵能聽見的音域。淺木費盡苦心，最後終於改寫成屬於自己的操船歌。這首歌兼具燦爛輝煌和粗獷蕭條，極具個性。

只有自己能唱的操船歌。只成立於淺木和同伴之間的牽絆。

海上民與魚舟藉著音樂溝通結合。正因兩者擁有道理無法說明的共鳴，關係才能維持一輩子。

淺木爲同伴取名「讓葉」。逐步重寫操船歌的過程如新葉逐漸取代舊葉，讓他想起名爲讓葉的植物。

從宴會場提早告辭，月染獨自走上這條魚舟的上甲板。

明明已是深夜，四下卻透露微光。

今晚天上掛著滿月，漆黑海面到處散發綠色螢光。是成群的夜光蟲。

月染一唱起音律柔美的歌曲，在不遠處待命的讓葉就游了過來。讓葉游來，自然地推開成群的夜光蟲。過一會兒，散開的夜光蟲又聚集成塊，一邊發光，一邊隨波浪悠然起伏。像曳光彈一樣拖著長長光芒，讓葉準確停在舉行宴會的魚舟身側。月染並未從這邊的上甲板跳到讓葉上，她跳進海水中。夜光蟲隨水花四濺，對攪亂的海水起了反應，如信號般改變光芒亮度。

月染游到讓葉頭部旁邊，抵著牠輕聲低喃：「今天我聽到很有趣的事喔，是你和淺木的往事。你和淺木生活在一起的時間比我更長久，也比我更了解他。」

讓葉喉嚨深處發出類似鋸子鋸物時的刺耳鳴聲，像在說「那種事不重要，快讓我睡覺吧」。

「抱歉、抱歉，我馬上進去。」

從設置在讓葉表皮上的梯子爬到上甲板，月染脫下溼透的衣服擰乾，抱著衣服走下居住殼。

她懷著滿心的安詳入睡。

那天起，漫長歲月流逝。

現在月染率領的船團有超過數千隻魚舟。這麼大量的魚舟不可能聚集在同處，十幾個群體分布在廣大海域上各自洄游。彼此聯繫機會只有關於病潮病毒疫苗的事和海上通訊，集團關係鬆散。而所有人都能接種疫苗後，船團經營也輕鬆了不少。

當然，該解決的問題多不勝數。

眼前最重要的，就是前幾天與日本政府公使見面提到的事，得有更進一步的結論才行。捕魚回來的沙凱乘著自己的魚舟靠近。他有張結實臉龐和精瘦結實的身體。每次看到他，月染就會懷念起淺木。淺木常這樣一臉開心地帶著漁獲回來，讓全家人塡飽肚子。

「魚腸清乾淨了。」沙凱把網袋放在甲板上。「也清洗過，放進迴轉乾燥機就能作成魚乾了。」

「哎呀，今天有章魚啊。」

「想說讓您嘗嘗章魚生魚片。」

「太棒了，一大早就有章魚生魚片可吃。」

沙凱幫忙把魚掛進迴轉乾燥機。月染忙著在章魚身上抹鹽，放入燒了滾水的大鍋中快速汆燙。再用小刀片成薄片，排在盤上。完成後，她整盤端給沙凱。

「這個你帶回去跟家人一起吃。我一個人吃不了那麼多。」

「不好意思。」

「小事情。我等一下要外出，作成生魚片也只能吃一點點。剩下的都要作成佃煮了。」

「您要上哪去？」

「去跟浮萍碰面，有事拜託對方。」

讓葉高速游過陽光下的炙熱海洋。利用強力的海流，擺動身體一口氣游過深藍大海。這片海域游起來很輕鬆，不會遇上苦雷或毒性海流，搖尾擺鰭的讓葉心情很好。出發兩小時，抵達浮萍聚集的社群。海上商人把曳航式海上浮筏拖到這裡，等待訪客造訪。

月染要讓葉在社群外圍待命，自己向浮萍借一艘小舟，往浮筏移動。

這裡的浮筏構造類似竹筏，雖然設有防止翻覆的重心，但耐久性沒有海上都市那麼高。海面不平靜時會跟著搖晃，遇上颱風直擊就會毀損沉沒。因此，這類浮筏多半設計成曳航式。颱風靠近時，就用大型船舶將浮筏拖到安全地點避難。

月染正前往類似設計的浮筏。上面只有浮萍的辦公室和倉庫，形式簡單。外洋地區日照強烈，建築外牆泛著白光。

她把小舟繫在停泊場，告訴管理員自己的名字，對方就問：「妳能自己到辦公室嗎？」

「我聽說辦公室是一棟有藍色屋頂的建築。」月染一這麼回答，管理員就朝西側一指。那裡只有一棟藍色屋頂的建築，不可能找不到。敲敲辦公室門，門內登時傳來回應。出來應門的是個曲線渾圓的胖女子。她臉上堆著親切笑容，帶月染到最內側的房間。

那雖是一間辦公室，但裝潢舒適，在這裡午睡也不成問題。沙發用摸起來很舒服的布料做成，竹編窗簾遮住窗外陽光，木製隔板營造出安穩閒適的氣氛。

月染坐在沙發上等待，門再次打開，走進來名叫薩里斯的浮萍。

薩里斯身穿頗有品味的襯衫和長褲，朝月染恭敬行禮。

「歡迎您來，月染團長。」

「百忙叨擾了，不好意思。」

「別這麼說，我才要道謝。我有些熟人常受您關照。」

薩里斯從擺在角落的冰箱拿出浸泡多種水果的飲料壺，和玻璃杯一起放上桌面。他親自倒好飲料，推到月染面前。「請用，別客氣。」

「那我就享用了。」

飲料壺中漂著鮮艷紅色與橘色水果切片，冰得徹底。喝一口，清爽的酸味和甜味中夾有淡淡酒香。薩里斯也給自己倒一杯。「青澄公使是青澄企業集團創辦人家的小兒子，上面有兩位兄長。您知道他們家上一代的邦弘先生嗎？」

「聽過名字，他很有名。」

「沒有和他交易的經驗嗎？」

「沒有。青澄企業集團不會和我們這種船團交易吧。」

「是不會直接交易，但畢竟是間大公司，說不定您間接受過他關照呢。」薩里斯把紀錄資料的平板放在桌上，接著說：「這是您委託案件的報告書。」

「非常感謝。」

月染將平板收進提包問：「你見過青澄公使嗎？」
「見過啊。有一次南東地區發生麻煩事，和他稍微接觸過。」
「你覺得他是什麼樣的人？」
「以任職於組織末端的人來說，他是不可多得的人材。」
「他沒有爬到高層的能力？」
「不是的，現在日本政府這種狀況，他往上爬只會被打壓。」
「原來如此。」
「我接觸到他的事件跟藝術之葉有關。那是鄰近印度洋海域、大洋洲共同體管轄的藝術之葉，您知道那裡嗎？」
「知道。」
「那座藝術之葉大得嚇人，是海上民的重要根據地之一。有一次，那裡發生大規模病潮。雖然六目水母只會對人類造成影響，當牠們大量出現覆蓋海面時，日光受到遮蔽，會造成植物性浮游生物全面死絕。換句話說，整座藝術之葉陷入缺氧。植物性浮游生物死光後，動物性浮游生物跟著死了，接下來，輪到靠吃這些浮游生物爲生的魚類死亡，吃小型魚的大型魚也開始死去。依賴這座藝術之葉生活的船團不得不搬遷至其他地方。問題是，那是一座巨大的藝術之葉，據此爲生的海上民數量龐大。這些人全向北移動，和其他政府管轄的魚舟船團起了衝突。海上民不是喜歡引戰的愚蠢民族，但事情牽涉到食糧時另當別論。在海上生活，儲備糧食很困難。因爲海洋生物只要環境一惡化，就會撤退到人類接觸不到的地帶。」
「沒錯。」
「有日本國籍的魚舟集團也受到影響。當時，出面解決問題的人，正是青澄公使。」
「他怎麼解決？」
「他不止介入衝突現場仲裁排解，還主動協助，去除了原始肇因的病潮。燒掉水母，在海中放出專吃魚蝦貝類屍體的人工生物，藝術之葉機能就此恢復正常。眞不知道他從哪裡籌來這麼龐大的費用。日本外務省長年缺乏經費，財務省又很小氣，我不認爲那筆錢來自國家預算或外交機密費。我猜，大概是青澄公使運用人脈籌來資金，再請義工集團協助處理。當然，做這些事前，他一定保證各方面人馬事後都能獲利。青澄公使對應事件的速度比涅捷斯統轄部還快，最後他說服了統轄部出馬支援。」

「他也可能借助青澄企業集團的力量吧。拿資源當交易籌碼，跟企業談條件。」

「這當然有可能。不過，光是這樣不可能說服那麼多人爲這件事行動。他的強項是什麼，您知道嗎？」

「既然是個外交官，人脈應該很豐富。除此之外還會有什麼強項？」

「他最強的，就是一定會給別人利益。」

「給？你指物品或金錢嗎？」

「物質方面是這樣。不過，我這邊說的利益超乎您想像。海平面上升後，陸地與海洋的物資流通出現落差。海上生活需要的物資哪些足夠，哪些不足，每個海域都不一樣。但青澄公使完整掌握各處狀況。他接下談判任務，就一定會重新確認該海域缺乏的物資，即使是小事，他也會當作自己的事，以官方角度提供支援，不厭其煩地造訪第一線。他正是不惜如此努力的人，才有能耐打動人心。」

「聽起來，他做事的方式與其說是外交手腕，更像商業手段……」

「沒錯，這或許和他老家是青澄企業集團有關。他行事很商業化，沒有官僚氣息，難怪本島外務省裡那些菁英份子這麼討厭公使作風。可是，貧困地區的人認爲，像他這樣積極了解第一線的人難能可貴。正因如此，當他提出『能不能也聽聽我想說的話』時，大家比較聽得進去。至少，比起擺出官老爺架子，拿一張公文來說『法令已經這麼決定，明天就這麼辦』的官員有效率得多。」

月染默默思考。

相較第一次見面的印象，青澄公使似乎是個對工作更有熱情的人。只是，他這份熱情投注的對象是哪一邊呢。身爲外洋公使館的人，自然得聽外務省命令。一旦高層收回成命，他也得跟著改變原本方針吧。那種時候，他會怎麼行動？

薩里斯往空杯裡補滿飲料，繼續說：「他被貶到偏遠地區不是無能，反而是太有影響力，高層認為他是威脅，擔心青澄公使妨礙他們爭權奪利。」

「那些人真愚蠢，何不拉攏他當夥伴就好？」

「他們當然試過，但您認為公使會乖乖聽話嗎？他這方面還是相當叛逆的。遭人事報復貶到偏遠地區時，他還笑著說，這下終於可以脫離那群無聊的傢伙了。事實上，我也覺得在第一線工作的公使看起來非常樂在其中，只是——」說到這裡，薩里斯的語氣變得有些猶豫。「我不知道那是否稱得上最佳選擇。在現今政府體制下，他確實不是能出人頭地的類型。可是，像他這樣的人更應該往上爬，您不這麼認為嗎？這樣才能從內部改善組織。」

「的確……」

「在第一線工作，公使自己或許甘之如飴，甚至更有幹勁。然而，為了彌補組織本身的問題而讓末端人員工作量過重，說起來實在不值得嘉許。幾近分崩離析、機能失常的組織，只靠第一線人員拚了命工作才得以苟延殘喘……這種情況卻被當成美談傳頌，我不太喜歡這種風氣。像青澄公使這樣的人材應該要進外務省核心。如果他這種人能在外務省內找到一個容身之處，那個容身之處總有一天會擴張成兩個、三個，最後或許可以超過一百個。我不希望公使放棄這樣的努力，就這層面來說，公使現在的態度和言行舉止還有檢討的餘地。」

「不過我總覺得，就算你直接這麼告訴公使，他也會笑笑當成耳邊風。」

「是啊，我也很難開口。那個人看起來固執，其實本性還滿直率的。我想，他總有一天會從外務省正式離職，轉為獨立外交官吧。到時候，我就真要請他多多關照了。」薩里斯凝視月染。「建議您最好不要將公使視為敵人。追根究柢，公使的工作原本就是談判和擬定進退策略。好好和他談，您的船團一定會獲益。」

「前提是他要能遵守諾言。」

月染在桌上放了紅珍珠貝，又說：「我還想請你多說一點關於公使的事。」

薩里斯點點頭說下去。

從浮筏回到讓葉的居住殼，月染拿出從薩里斯那裡拿到的平板，接上通訊機讀取內容。裡面的文件記載了青澄公使的生平和職歷。循官方管道就能查到的部分，和她與青澄初次見面前自己蒐集來的資料差不多。

只有一條是這次獲得的新資訊。

因為外務省內部派閥鬥爭而失勢的青澄——當時身分還不是公使，只是二等書記官——被派到一個位於汎亞及西汎歐聯盟邊界的貧困地區，在那裡發生了一起事件。愈往下讀，月染的表情愈是嚴峻。這份資料生動如實地記載了身處孤立中的人堅定意志，秉持自尊工作，掌權者卻不惜一切手段打垮他。

青澄公使因為那次的事件，失去左膝關節以下的左腿。利用陸地的再生醫療技術就能恢復原狀，他卻拒絕，選擇裝上人工腿。

月染嘆口氣。

她能想像青澄公使的想法。他一定不想忘記那些因自己失策而死去的村民。決定揹負所有人的死，與自己所屬的組織對峙。月染肯定，對這起事件的悔恨決定了他現在的性格與工作方式。

他是政府官員，卻似乎不會表裡不一。月染有這種感覺。如果彼此都生活在海上，現在說不定會成為一起工作的夥伴。不過，目前他和自己立場差異太大。只要他還是陸地陣營，公使就必須以陸地的利益為優先考量。他當然會思考能讓海上民獲得何種利益，但當外務省高層介入，事情發展鐵定會轉向。

話雖如此，如果這邊一直單方面抗拒與他合作，又可能導致青澄公使被調離談判桌。事情走到那個地步，反而得應付其他無可救藥的無能官員，那倒也是月染不樂見的事態。那些無能官員對海上文化毫無理解，更不抱持敬意，只會帶著文件來說「上面這麼吩咐」。老實說，月染一點也不想跟這種人溝通。如果想留談判餘地，最好和青澄公使維持一定程度的關係。問題是，下一次談判的時期該訂在什麼時候。

月染重重嘆氣。

我們僅僅想平凡度日，問題卻接連不斷，無窮無盡。

II

魏明傑率領的海上強盜團，今天也襲擊了弱小的魚舟船團。搶海上民的食糧與財產，還順便擄回數名年輕女人。這些有著光滑肌膚的女人全都是十幾歲的少女，其中一定有幾個還純潔得沒嘗過男人滋味。

夥伴興奮期待，準備享受以激烈暴力蹂躪花朵的喜悅。販賣人口容易被盯上，因此魏明傑這夥人不打算再把女孩賣掉。只要她們滿足自己的欲望，等玩膩後再享受殺死她們的樂趣。大群男人壓住女人，圍毆那柔軟的肉體，毫不留情折斷她纖細的指骨。將陰莖塞進哭叫的女人身體，粗魯擺動腰部射精，那種時候的快感就像置身天堂。這是隸屬普通魚舟船團無法獲得的至上歡樂。

他們竄逃到某處海域鬆口氣，酒足飯飽之後，魏和幾個同夥開始玩弄那些女人。

剩下的團員待在其他魚舟把風。在魏和同夥的饗宴結束前，他們會安分等著輪到自己。

沒有任何隔間的寬敞居住殼中，五花大綁的女人被丟在地上。一一脫光她們的衣服，好幾個男人同時姦淫一個女人。強迫其他女人在旁目睹，煽動她們的恐懼。如此一來，她們就會放棄逃亡，乖乖順從，認為與其賭命反抗，不如選擇哭泣受辱。行使暴力時最大的樂趣，就是對方精神逐漸崩潰的過程。

一邊暢飲濃稠酒液，魏欣賞同夥玩弄女人。那些等著輪流被上的女人緊緊閉上眼睛流淚，嚶嚶啜泣。其中一個正在啃魚乾的男人站起來罵「吵死了，哭什麼哭」，踢向女人的頭，把她踢得飛出去。

魏成為海盜已經好幾年了。

童年時，他是普通的海上民。雀躍期待自己的同伴魚舟返回家園，非常平凡又純粹的少年。魏現在乘坐著在那樣期待中相遇的同伴。魚舟乖順地聽從他唱的操船歌，只要是魏的指示，牠什麼都照辦。

現在牠甚至會聽從魏的命令，襲擊其他魚舟。因爲魏以嚴格手段調教了牠。要牠用身體衝撞弱小的魚舟，不惜撕咬對方，用鮮血染紅大海——凶暴得像獸舟的魚舟。魏認爲這可愛的同伴做得很好。

曾經隸屬的船團遇上病潮，陷入毀滅後，魏就成了海盜。團員所剩無幾的船團找尋新漁場，航行過各個海域。然而，有些藝術之葉嚴格限制人們進出，力量強大的船團還會欺負弱小船團。

魏這才知道，並非所有海上民都是善人。

以前過得很幸福。自己隸屬的船團擁有專屬漁場時，大家都很和善。捕獲的魚會分給團員，沒東西吃時就一起餓肚子。不過，後來魏明白了。這麼做只因「大家都是同一個船團的成員」。想和其他船團和平相處，需要智慧、策略和遵守約定的誠實。在海上世界，做到這些才代表長大成人。

年輕時就被強大船團欺負的魏，從未實際感受過活在海上社會必備的「信任感」。如果沒有互信前提，智慧與策略都無法運用。少了這些經驗的累積，魏始終沒有成爲眞正的「成人」。放縱自我情感與賭氣，魏選擇脫離社會離經叛道。他年輕時就發現，即使不遵守海上社會的規矩，還是有辦法活下去。

因爲海平面上升造成的混亂，世界總人口一度下降到不到五億人。

然而，過幾百年，現在世界又變了。社會政策實施，陸地人口不斷增加。海上社會也一樣。現在如果不遵守海上規矩，不按計畫行動就捕不到魚。採用有效率手段捕魚的結果，使魚學會逃離人類的方法。

不是每天都有東西吃，這在魏小時候是天經地義的道理。海平面上升兩百六十公尺後的世界，海洋面積無比遼闊。但魚舟能追捕到魚的範圍卻很有限。海上生活隨時與飢餓及危險相鄰。魏理所當然地接受了這種嚴苛的生存環境。

然而，當所屬船團遇上病潮以致規模縮小，又遭到海上強盜團襲擊，他改變了想法。

家人被殺死，夥伴被殺死，勉強逃離的自己身負重傷，整整作了一星期惡夢。恐懼與打擊令他瘋狂。克服恐懼，魏得出結論。那就是——讓自己令人恐懼。

已經沒有人阻止得了他，因為本該阻止他的家人和夥伴都死光了。

——我是對的。今後我只做自己認為理所當然的事。

魏召集意見相同的人，擬定襲擊其他魚舟船團的計畫。找尋一夥人可以打倒的對象——女人、小孩和老人多的船團，或是男人比較弱的船團、武器不夠多的船團等等。裝作友善的樣子接近，再拔刀砍下對方的頭，這種方法也用過。雖然卑劣，但很有效。不習慣戰鬥的海上民目睹有人被殺就會陷入混亂，很容易就能殺死驚慌的老弱婦孺。

當魏發現輕易就能殺人時，他生出自信。一有自信，更能滿不在乎地胡作非為。

總而言之就是到處殺人。武器還不多時，除了不斷殺戮造成眾人恐懼外，沒有其他掠奪方法。他連後悔的時間都沒有。不持續殺人就會被內在的恐懼吞噬。

大量殺戮是人類祖先的罪業，這麼一想就豁出去了，女人小孩都能一刀砍成兩半。

賣掉搶來的東西，有了錢就更游刃有餘。用存下來的錢買下更強大的武器。

浮萍也賣槍砲。只要有錢，就算是魏這樣的人，他們也肯賣。商人不會挑客人，也不會區分人類的種類。商人的態度只隨客人有錢或沒有錢而變。魏開始確信有金錢和武力就能活下去。

有了槍砲，精神不再那麼緊繃，不用再像以前見人就殺了。

魏的日常生活，就是反覆掠奪。

他已經無法想像靠自己捕魚度日。

他沒有新的家人。

在他腦中，已經沒有家人這個概念。

不需要夥伴。

人生就是不斷襲擊與侵略，唯有襲擊與侵略，就像瘋狂的鯊魚。

拿女人下酒的隔天，魏一行人遇上黑色的機械船。魏在魚舟上甲板用望遠鏡見到的船頭有黑鱘造型標誌。背脊竄過涼意。這表示船隸屬汎亞聯盟的海上警衛隊「海上」。他們由武裝警察管轄，火力比水上警察更強，要是被他們盯上，絕對逃不了。

怎麼會被發現，難道魚舟在什麼地方被暗中發射了追蹤標籤嗎。

魏逃進居住殼。抓住音響孔邊緣，身子滑進孔洞下方，大聲指示同伴。

同夥紛紛逃回各自魚舟，全速逃亡。然而，機械船不知疲倦爲何物，始終和魚舟保持距離，從容不迫地追蹤海盜團。魏的魚舟音響孔發出異樣聲音，尖銳得像在海中打出一個洞。第一次聽見這種聲音，但魏立刻明白那是什麼。

是魚雷。

隨後，附近海中傳出驚人爆炸聲，聲音直擊魏的大腦。被日常中絕不會聽到的頻率衝擊，魏腦中透過聲波建立的海中地圖四分五裂。

彷彿連腦漿都能炸碎的衝擊，魏發出哀號，在音響孔裡打滾掙扎。

什麼都看不到，什麼都聽不到！

夥伴的魚舟被魚雷炸成肉片，將海水染成紅色，一邊往海底下沉。操舵者和魚舟還來不及發出最後嚎叫就碎成片片，成爲海底生物的食糧。

夥伴近乎吶喊的操船歌和驚恐魚舟發出的鳴叫交錯，魏全身噴出冷汗。

——那些人甚至不確認被擄來的女人安危就發射魚雷嗎？不，他們才不管女人死活。這種事完全不在他們考慮範圍。

正如魏的想像，海上警衛隊毫不留情，接連狙擊魚舟。從機械船甲板上發射的全是誘導型魚雷。魚雷鎖定目標就會窮追不捨，追上後即刻引爆。這種武器前端扁平構造形成氣穴，能在海中高速發射。即使沒有命中，在魚舟旁爆炸都能發揮威力。

頭部被擊碎，脊骨斷折，四分五裂的魚舟一隻隻沉入海底。

魏摀住劇痛的頭，拚命地逃。

快逃！總之逃就對了！

怎能死在這種地方！

魏的魚舟同伴以令人讚嘆的速度往前游。身旁夥伴陸續被擊沉，牠卻毫髮無傷。

起初魏還以爲特別幸運。然而，逃著逃著就發現了眞相。

自己被當作「最後的目標」，故意留下來的。

——警衛隊知道我是海盜團的團長，故意把我留到最後，打算等我極度恐懼時再下手。指揮官現在一定站在機械船的艦橋上，笑著看我竄逃……

他的深處爆發一股怒意。我是犯罪者，可不是要猴戲的。你以爲我想成爲這種人嗎，要不是被其他海上強盜團襲擊，我也不會變成這樣。

要是沒有那件事就好了。

要是海上社會能更親切和善就好了。

要是日子能過得更富饒就好了。

這樣我就不會殺人了——

魏哭喊著自私的藉口。機械船終於瞄準他的魚舟，發射最後的魚雷。像遇上大地震，整條魚舟劇烈震動。音響孔裡的魏被甩得飛起，一次又一次撞上魚舟內壁。胃液從喉嚨深處冒出。

大量海水灌入居住殼。

平息下來後，魏的視線落在自己肚子。只是，他的視線再也無法從那裡抬起。因爲他已經無法隨心所欲行動了。心窩下方的軀體像抹布般詭異扭轉。不過，他的大腦連這代表什麼都無法判斷。神經細胞僅存些許作用，但身體已無法整合它們，一切無意義地散落。

黑色海水流進音響孔。魏的魚舟包覆著失去生命的主人，緩緩下沉。

等在下方的是和他一起爲非作歹的同夥，以及即將把他們遺骸當營養來源而聚集的海洋生物。

機械船的艦橋上，曾太風正透過螢幕觀看海上強盜團遭擊沉的情形。

操作機械船的是部下，身爲隊長的太風只負責指示。

海上強盜團雖持有刀槍，但畢竟魚舟生活，上頭無法設置砲彈魚雷等武器，不費吹灰之力就可擊潰。最麻煩的是找出他們藏匿處。

手上只有武裝警察蒐集來的情報，如果直接出海，無法輕易發現海上強盜團的所在處。因爲魚舟可以潛行海中，想找到牠們並不容易。只能一邊和普通海上民或浮萍打探消息，慢慢找出藏匿地點。大型警衛船太引人注目，有時會在海中放下小型潛水艇，暗中搜查。當潛水艇發現目標船團，就會偷偷把追蹤標籤打在魚舟身上。這麼一來就不用擔心追丟了。

接下來的過程很輕鬆。

從警衛船上發射魚雷，追上目標將其擊沉即可。

太風一臉不悅地坐上艦長席。

在他臉上，從雙眼下方到臉頰都布有刺青般的明顯斑紋。那深綠色的烙印令人聯想到老虎。但這種紋路並非後天製造的人工產物，而是與生俱來的印記。

頭髮剃得像草皮一樣短，髮色不是黑色，而是枯草色。這也是與生俱來的顏色。

因爲遺傳突變，偶爾會出現太風這樣的人種，他們稱「綠子（註）」。海上民有綠子誕生並不稀奇，陸地上卻很顯眼。外表也使他們備受歧視。儘管看不到，衣服下的身體和臉上一樣有綠色神祕斑紋。就像異國文字寫成的咒語，綠色的曲線、直線及漩渦狀圖樣分布全身，誕生那一刻便浮現皮膚。

若是遇到不熟悉綠子的陸地女人，目睹異樣外表時，全會拒絕肌膚相親。「好像全身都受到了詛咒」——太風在買春場合實際聽過好幾個女人這麼說，但他從未怒罵或毆打她們。他只會微微一笑這麼回應：是啊，我被詛咒了。不過，詛咒的對象是傲慢的歧視者，和不遵守海上規則的強盜團。

長年生活海上鍛鍊出的強健體魄與遍布全身的紋路都是太風的一部分。海上民認爲綠子是榮耀，絲毫不需隱瞞。但武裝警察相關人士中，偶爾有人建議他接受整容，或貼上人工皮膚。遇到這種事，太風只會笑著注視他。這麼一來，對方就會察覺說了多失禮的話。

太風的助理智慧體燦從控制台前起身。她有著人類美女的五官，加上身材纖瘦的人造身體，每個看到她的人都會被美麗外表吸引。唯一宣告她非人類身分的，是那雙冷靜澄澈的雙眼。

燦到艦長席旁蹲下，在太風耳邊低語：「今天要不要就此結束？」

「不、朝下個目標前進吧。」

「根據我的i探針探測結果，主人需要休息。」

太風盤起雙手，雙唇緊抿，沒有回答，僅僅盯著超音波反射出的立體海中影像。

眼中閃動凶險目光，彷彿還在對攻擊區域裡那些正在消逝的生命碎片窮追不捨。那不是對海上海盜團的憤怒，也不是對自己的。真要說，引起他憤怒的是人類種族的愚昧——不，不是憤怒，是嫌惡。根據燦的判斷，這種情感正超乎必要地侵蝕太風的內在。

燦續道：「我幫你調藥吧？」

「不用，這就行了。」太風微笑。「這常有，別操心。」

「要不要休個假？這陣子工作負擔太大，現在申請的話應該會獲得許可。」

註：讀音爲翡翠。

「好吧……那就申請一星期休假。」

「好的，請等一下。」

燦透過網路連上北京海上都市，爲太風辦理休假申請手續。這時，盯著觀測裝置的船務士開口了：「左舷前方四十度，距離五百公尺處發現海洋生物。是獸舟。請艦長指示。」

太風問：「對方朝這邊過來嗎？」

「沒有，牠們應該是來吃被擊沉的魚舟，對我們沒什麼興趣。」

放大螢幕上的影像。

全長十五公尺左右的巨大生物乘風破浪，根據不時露出海面的鮮艷背部和整體形狀，那確實是獸舟。扭著比魚舟狹長，形似鱷魚的身體，牠們總共三隻。大概聞到血腥味聚集而來。跟牠們靠得太近，被撞上的話就不妙了。機械船也經不起獸舟或魚舟全力撞擊，有時船腹或船底還會破洞。儘管獸舟和機械相比是血肉之軀，牠們仍非常危險。

太風下令機械船掉頭。留下喜孜孜啃食起海上強盜團魚舟與人類殘骸的獸舟，警衛隊撤離現場。

最近，獸舟多得不尋常。這是太風實際感受。

常見的情形是一擊沉海上強盜團魚舟，就會有不知來自何處的獸舟聚集啃食。牠們狼吞虎嚥，肯定非常飢餓。在其他地方找不到東西吃了嗎？還是出現了大量準備登上陸地的獸舟？

按捺不祥預感，太風指示警衛船朝另一個目標前進。

燦告訴他，休假申請已經獲准。

按照申請內容，得到一星期假期。

隔天，太風和燦抵達北京海上都市，駕駛電動車前往市中心。

太風不開車，駕駛都交給燦。和魚舟比起來，陸地再大的車都只像小玩具，太風根本提不起勁。反正他很少登上陸地，不會開車也沒太大問題。

昔日陸地上「眞正的北京」，如今已完全沉入海底。海拔只有四十三點五公尺的北京，面對重返白堊紀時毫無抵抗能力。人類費盡心血建立起文明都市，瞬間便被大海吞沒。

人們在沉沒都市上建立新的巨大海上都市。連結式超巨大浮閥組成的海上都市北京，宛如雪花結晶般朝四面延伸，在地球規模變異後仍有幸不斷發展，如今是一座環境維護到近乎潔癖的大城市。即使化爲海上都市，北京依舊是週邊地區中心並持續發展。她是不死的大都會。

兩人正前往太風親哥哥曾．ＭＭ．利的宅邸。

太風指示，燦身穿合身的華麗刺繡禮服，用翡翠髮簪綰起一頭黑色長髮。這種散發溫潤艷麗色澤的綠寶石，是名爲「瑯環」的最高級翡翠。

收到太風送的髮簪時，燦爲其品質和價格吃驚。不，她應該是按照寫在人工智慧體腦中的程式做出驚訝反應。太風見到燦的反應便說了句：「別放在心上。把妳打扮得漂漂亮亮是我唯一嗜好。我要妳成爲人類女人遠遠比不上的大美人。」

「爲什麼？」

「比較有趣啊。被人當成醜惡怪物的我，帶著世上最美的女人，豈不是一幅美好又噁心的景象嗎？我最喜歡惡搞這種事了。」

燦的皮膚好得難以想像那是人造身體。那由太風精挑細選，請最高級的廠商和設計師打造。

一般來說，海上民不能使用助理智慧體。

但太風是例外。

任務特殊，加上住在陸地上的親兄長，他獲准使用助理智慧體。說得更正確，是汎亞聯盟政府硬塞給他。使用透過網路工作的助理智慧體，政府很容易追蹤他個人行動。燦就像一個裝了追蹤器的項圈。就算太風的哥哥是現任汎亞聯盟政事院上級委員，不知何時會與政府作對的低級海上民——曾太風，還是需要戴上一個項圈。太風當然不願意，他最初只把燦當成普通電腦，收發電子郵件或解說新聞。至今都未允許她和內心連結，原因也就在此。

起初因爲連結程度淺，燦的說話方式和普通助理智慧體不同，生硬且不通順。太風故意讓她這般說話。理由是——只能如此說話，妳才會知道自己不是優秀的人類，只是機器。燦沒有反抗，遵照他的指示限制語言學習機能。然而，知道可在網路與燦之間插入僞裝智慧體「ＤＡＭ」，太風漸漸對燦產生興趣。使用「ＤＡＭ」，燦和自己的行動紀錄就不會被聯盟保安部竊聽。

燦表面反對安裝ＤＡＭ。

「那是違法行爲。」燦警告，太風笑著說：「誰管他啊。」

太風從此讓燦言聽計從。ＤＡＭ的性能完美，聯盟保安部至今連一次都沒有約談太風，亦沒有警告。雖然可以解釋成聯盟暫時放水，但眞要擔心起來沒完沒了，太風決定相信ＤＡＭ。

正因徹底將她視爲機器，太風更珍惜燦。就像漁夫仔細保養拿慣的魚槍，勤於調整燦的功能。太風暗自預感，以汎亞的行事作風，自己總有一天會和他們正面衝突。陸上民讓他在孩提時代嘗過的屈辱記憶，即使至今年過四十，太風仍孩子氣地執著不放這股心魔。

他不打算忘記。

永遠不會忘記。

曾・ＭＭ・利的宅邸位於海上都市最高層。這裡是普通海上民不可踏足的領域。不過，太風是利的家人又以海上民身分在陸地工作，特別准行。

利的妻子出面親切迎接兩人，利則在客廳。

比起太風上次見到他的印象，利顯得有點疲憊。平日繁忙的公務帶來過多疲勞了吧。剛踏入政界時，利因爲長相俊美被揶揄成京劇花旦。對照弟弟的醜陋，眞不明白到底怎麼回事。陸上民還謠傳兩人不同父母。

利和太風見面講起這件事都會不禁失笑。

——在海上時從沒被這樣說過。眞搞不懂陸上民的價值標準。明明像你這樣的綠子才最強壯美麗，陸上民竟然無法理解，他們的標準眞怪。

利說的並不是場面話。

海上世界的價值觀就是這樣。

小時候，曾家兩兄弟得到父母平等對待，不管是不是綠子，其他海上民對兩人一樣疼愛。

在海上民世界裡，生下綠子可喜可賀。造就他們身上那些印記的多種遺傳基因，與對抗海洋病毒及病原菌的身體免疫結構有關。

天生有綠色胎記的人不容易生病，身強體壯。所以被稱爲綠子——名爲翡翠的寶石。

然而陸地不是這樣。忘記是哪一次和利一起在陸地上接種病潮疫苗，當時太風終於體會到這件事。

太風和利靜靜擁抱彼此，喝一點夫人備好的餐前酒。

他們喝酒時，夫人著手準備今天餐點。

利望著太風：「你竟然休長假，眞稀奇。身體哪裡不舒服嗎？」

「整治的是海盜，但殺死同胞可不是舒服事，偶爾想讓身體休息一下。」

「既然如此你何不乾脆來陸地，憑你的資歷可以找到很好的工作。」

「得看一堆妖魔鬼怪張牙舞爪的陸地工作，恕我敬謝不敏。」

「又沒叫你從政。你可以找個更穩定的工作，存點錢，娶個好妻子。」利瞄一眼隨侍在側的燦。「你到底想在這種機器娃娃上花錢到什麼時候。」

「我還活著，就會一直這麼做。」

「不管性能多好，終究是人工智慧體。」

「燦很優秀，和人類女人一樣出色。如果只看頭腦，甚至更好。不討好，不抱怨，不會情緒化，還可以進行邏輯對話。這種人類女人要去哪找，有看到的話還請你告訴我。」

太風延著燦的肩膀輕撫到背部。「我的基因資訊已經全部交給衛生科學技術部了。總有一天，綠子的基因會被抽掉，補上人工基因後跟別人的基因混合，生出優秀的孩子。那孩子不會像我一樣是綠色的，會有正常膚色。既然如此，我這根沒用的陰莖想怎麼用就是我的自由了吧？在已經無法正常生殖的人類眼中，這種器官除了用來享受一時的安詳和快樂之外，還能派上什麼用場？我有說錯嗎？」

利搖搖頭笑了。「你還是老樣子。走，我們上餐桌。今天有很多好吃的。」

餐桌上排開的菜餚全用眞正食材烹調。肥美的肉、新鮮的貝類、魚類和蔬菜，沒一樣是模擬食品。不過，最令太風驚訝的是裝在醒酒瓶裡、散發紅色光輝的酒。

利拿起玻璃杯，將酒倒入醒酒瓶說：「這是土裡種出葡萄釀成的葡萄酒，和工廠生產的不同。你喝了一定會嚇一跳。」

「眞驚人，這葡萄哪裡種來的？」

「現在地球到哪都找不到地中海型氣候和半乾旱氣候地區了。從大海升起的大量水蒸氣形成雨雲，北半球有下不完的雨，到處土地濕氣都太重，最不適合種植葡萄。不過，聽說找個小空間蓋溫室便能打造適合種植葡萄的環境，世上就是有這種好事之徒。稍微降低氣壓，用微生物調整土壤，溫室裡就可以重現地中海型氣候了。」

「太講究了吧。」

「花費的金額之多，正好張顯人類欲望無窮的一面。眞正深重的罪孽，都濃縮在這葡萄酒的滋味。」

太風接過酒杯，慢慢品嘗杯中物。濃郁果香刺激鼻腔，含一口酒液，立刻感受到葡萄酒獨特的強烈澀味和酸味。不過，這種刺激不會刺痛舌頭，在口中和緩擴散，滑順落入胃中。除了葡萄外還用了多種水果與辛香料，豐盈氣味從喉嚨深處湧上鼻腔。兼具纖細與濃厚的風味令人忍不住感動得嘆氣。

或許從反應讀出太風想法，利一臉欣慰地笑著：「多喝點，要多少有多少。」

「你膽敢這麼說，我可會把你酒倉裡的酒全喝光喔。」

「無所謂。我和生產者搭上線了，再下訂單就好。」利喝著酒：「如果能接受合成葡萄酒，市面上有很多。用果實工廠或水耕栽培場製造的葡萄，一樣能製出好喝的葡萄酒。不過，這和那些完全不同。」

「我不會講什麼艱澀大道理，只知道喝好酒的欲望。」太風喝乾杯中酒，自己取來醒酒瓶。「可以不付錢就不想付，哥哥請客最棒了。」

連同燦和利的妻子，四人吃吃喝喝閒聊一會。燦吃得很少，偶爾喝一點玻璃杯裡的礦泉水。

「大哥最近都吃這麼上等的餐點啊？」

太風一問，利笑著搖頭：「說什麼傻話，你來才準備的。平常很節儉，只吃合成食品。和過去一樣。」

「陸地眞不方便，要是在海上，每天都有吃不完的新鮮魚蝦貝類。」

酒足飯飽，利帶太風到客廳坐。吩咐妻子準備白蘭地和巧克力，就要她暫時別進來。

「把燦的網路切斷。」利說。「以防萬一，接下來的話不能傳出。」

利不知道太風用ＤＡＭ控制燦通訊機能，他今天不打算說，以後也不會告訴利。

做出形式上的指示，燦便配合太風裝作執行。她手背上表示待機的燈號慢慢閃爍。

太風問利：「這間房間的通訊環境如何？」

「我下令就會完全阻斷。」

「沒有被放竊聽裝置吧？」

「每天都有檢查。那麼，我要讓這裡成爲密室囉。」

利揚起手，接著坐在沙發上。太風在他斜對面坐下。

利拿起白蘭地酒瓶，往杯中倒酒地說：「即使新鮮，現在海上要獲取食糧也不容易了吧？住在商品流通良好的陸地就不用擔心這種事。」

「我想活得隨心所欲。再說，老爸和老媽都在海上，不能離他們太遠。」

「安排他們住進陸地安養設施就好了。他們可以有營養食物、清潔環境和不會隨波搖晃的床。現在的我什麼都可以準備好。」

「你敢跟老爸提這事，他一定氣得七竅生煙，痛罵你一頓。」

「等他虛弱到罵不了人，就會來投靠我了……」

這無情中帶刺的語氣，讓太風心頭蒙上一層陰霾。

「海上有太多比陸上美好的事物，我們只是不想捨棄而已。大哥，難道你忘了嗎？」

「沒有忘記，要是忘記的話，今天不會叫你來家裡了。」

「既然如此，你也聽聽我想說的好嗎？」太風拿盤裡的巧克力。「我工作上處理掉的那些人不過是嘍囉。沒東西吃而犯罪的海上民在我眼裡僅是軟弱的好人。老實說，到處虐殺這樣的人令我痛苦。但放著不管，更弱小溫和的海上民將成爲這種人掠奪的對象，我無法忍受才做海上警衛。這種工作只能解決一時的問題，大哥一天不改變陸地政治，我的工作就無法結束。我希望大哥快點斬斷惡性循環。」

「你能把兩者分得這麼清楚，話就好說了。事實上，最近汎亞內部決定實施新政策。」

「喔？」

「站在我的立場，無法違抗上頭命令。事前試著阻止，但對抗勢力太強，還是沒辦法。這是汎亞最高層下達的正式命令。今天叫你來，就是想兩人獨處談談這件事。」

太風緊盯著利。

「還不能告訴任何人。」這麼叮嚀，利接著說：「高層現在命令，不止海上強盜團，今後其他魚舟船團也要視爲剷除對象。」

「你說什麼？」

「保護政策做得太好，現在亞洲海域的海上民太多了。爲了確保自己能獲得的海洋資源，船團間產生爭執。拜此之賜，外洋公使館業務爆增。隨著富裕海上民增加，海上強盜團也增多了。病潮疫苗的黑市管道建立後，無所屬船團不斷增加。沒有植入標籤的新生兒正比成長。無所屬船團保育海洋環境的概念很差，調查報告顯示，未經處理的生活排水往往直接流入海中，引起水母螺旋。結果造成現在亞洲海域環境變得容易發生病潮。」

「但也不能因爲這樣就剷除船團吧，高層的腦袋在想什麼，他們瘋了嗎？」

「汎亞盡可能發給海上民淨水裝置。不單用出租，有時甚至免費。然而，一部分海上民非但不感激這樣的厚意，還對環境保護毫不在意。他們盲信海洋夠大，不需要淨水裝置也無所謂。最後說淨水裝置是政府榨取海上民金錢而實施的策略，完全不用淨水裝置了。導致現在亞洲海域的病潮發生率不斷攀升。」

「病潮和生活排水間的關係並未完全證實。就算海上民停止生活排水，只要海洋以某種形式持續優養化，水母仍會增生。難道浮萍或陸上民就沒有污染海洋嗎？」

「話雖如此，只要能減少一個因素就該做。不可能再免費提供更多淨水裝置了。」

「那些說不可能的傢伙，少喝點眞正葡萄釀的酒，少吃點眞正的肉不就好了？至少能省下這筆費用。」

「別模糊焦點。這已經是上頭決定的事了，你一個人發洩再多不滿，也改變不了什麼。」

太風把杯子用力放在桌上。「大哥，你可別小看海上民。要是整個亞洲海上民團結起來，甚至能推翻一個小型政府。是啊，像日本群島這種程度的小地方，輕易就能攻陷。你知道嗎？我們也可以讓日本無法再跟極東生產工廠交易。」

「海上民雖多，卻是無法團結。日本海軍出動，海上民根本無法抵抗。」

「所以你要我去殺無罪的海上民？」

「這件事繼續下去，那天總會來臨。你要是不想，現在馬上辭掉海上警衛隊的工作。我今天叫你來，就是告知你這件事。等計畫執行，你想辭都辭不了。要是批判政策，就等於犯了汎亞的判盟罪。」

「……一旦我被逮捕，大哥的立場就危險了是吧？原來如此，這確實很教人頭痛啊。」

「這點事不會動搖我的政治基礎，不過，麻煩事愈少愈好。」

「一旦海軍或海上警衛隊開始屠殺海盜團之外的平民，汎亞將失去海上民的信賴，針對這點，汎亞有擬定什麼策略嗎？」

「現在負責解決汎亞聯盟海上民問題的，是外交部的外洋公使館。之後，他們一部分工作將分給國防部新設立的管理組織，一個叫海洋安全管理部的部門。計畫一啓動，原本隸屬武警管轄的海上警衛隊，就要馬上轉移到這個部門下。從組織圖上看來會隸屬海軍。只要是以維持亞洲海域治安爲目的，海洋安全管理部想捏造什麼藉口來逮捕或處分多少人都可以。他們大概會導入密告制度。想也知道，這樣的制度一定會被濫用。政府打的就是海上民爲了報酬出賣同類的算盤。只要根據密告掌握目標，就能用擾亂國家治安等罪名，將魚舟船團一一解決。」

「具體目標已經決定了嗎？」

「預計要讓海上民總人口數降到現在的百分之八十——首先，將集中擊潰拒絕歸屬國家的無所屬船團。按照這份計畫進行下去，推測最終死亡人數將以百萬人爲單位。不過，一定有很多海上民會選擇植入歸屬標籤。這些人當然會正式隸屬汎亞聯盟，但植入標籤就等於一定要納稅。逃稅或滯納者等同無所屬，依然會是處分對象。汎亞聯盟怎麼做都不吃虧。別說吃虧了，若想確實降低海上民人口，取得標籤的條件一定會制定得更嚴格，故意造成海上民被迫成爲無所屬的局面。這麼一來，想怎麼攻擊就能怎麼攻擊了。」

「怎麼會有這種人。」

「不止如此，爲了預防失去乘坐者的魚舟化身獸舟，聯盟預定大規模屠殺魚舟。趁魚舟還未成年時連根斬除。」

「不先確定哪條魚舟的操舵者是誰嗎？這樣豈不會變成倖存海上民的困擾。」

「上面說，海上民久了就會發展出適應方法。只要人與魚舟之間培養出新的關係就好。」

「他們眞的是瘋了。這樣的計畫，國際社會不可能允許。」

「這方面早就打點好了。想調整海上民數量的可不止汎亞聯盟。」
「涅捷斯和大洋洲共同體也是？」
「病潮是個大問題啊，畢竟海洋資源有限。」
「計畫何時展開？」
「兩星期後。抱歉，我一直反對到最後一刻，但無論如何也擋不下來。爲了牽制反對派，贊同派那群人推動計畫時很小心。這麼亂來的計畫，其實汎亞內部反對的人不少，只是推動派在適當時機提出了議題。計畫開始一段時間後，想再中斷也有可能，但就說不準什麼時候了。」
太風停止吃巧克力，改抓起白蘭地酒瓶。利什麼也沒說，只是注意著弟弟的動作。太風默默往杯中倒酒，不久才低聲道：「假設我眞的辭掉海上警衛隊，之後又能找到什麼工作。」
「我打算開一間打撈公司，找來優秀經營陣容，直接讓你當上董事長。你只要每天在海上玩樂，錢就會進口袋了。」
「只有玩樂的人生太無趣。我的心願是改變這個國家，你不是答應過我？不記得了嗎？」
「當然記得。就是爲了實現對你的承諾，無論看到多骯髒的事，我還是留在政治圈。」
「告訴我一件事。」
「什麼？」
「大哥你想守護的，是海上民還是陸上民？」
「我想守護這片海域的未來。」
太風一口氣喝光杯中的酒。把杯子放回桌上，低聲說：
「讓我考慮一下，這不是能立刻有答案的問題。」
「可以，不過，你得在離開這裡前有結論。」

在宅邸寬敞的浴室沖澡，太風難以言喻的迷惘情感仍未消失。

他並不是猶豫。只是愼重自問，今後該如何思索這些事。

在浴缸裡泡了很久，太風才離開浴室。站在大鏡子前檢視剛洗好的身體，綠色斑紋顯得更鮮明，散發光澤。那異樣的曲線彷彿帶有自己的意志纏繞身體。太風問自身你是哪邊的人。雖然借用了陸地的機械船，印記卻說明無法逃離海。我是海上的人，無法在海洋以外的地方生存。

生於海，死於海。

既然如此，唯有一條路可選。

穿上浴袍，走向兄長準備的寢室。打開房門走進，在裡面待機的燦立刻從椅子上站起來。她在小桌上爲太風泡了一杯涼茶。太風接過茶杯，一口喝光。

「明天的預定計畫是什麼？」燦問。

「上午就離開這裡，話談完了。」燦的表情有些憂鬱。太風沉穩說：「無論我的大腦怎麼動，妳都不要在意。和杏仁體或額葉狀況無關，有些事就是必須有決定。」

「這我知道……」

「今天先睡覺吧。妳也好好休息。」

將茶杯放回小桌，太風脫下浴袍，鑽進被窩。

燦再次坐回房內的椅子上，進入休眠模式。

說了要睡覺，太風卻睡不著。一開始思考利的話，腦子就停不下來。

太風無法想像在海上之外的地方生活。但利從小就不一樣。

「我不是討厭海，可是，總覺得陸地上也有很多有趣的事物……」利老是這麼說。

汎亞聯盟在爲海上民接種疫苗時，順便透過測驗甄選海上民的小孩。因爲只用陸地上的人材太偏頗，便透過這個制度選出海上優秀的小孩。話雖如此，選出的小孩並不會受到全面照顧。這套制度只給他們在陸地生活的權利，剩下得靠自己努力往上爬。

利就是被這套制度選上的孩子。除了智商高，利對陸地文化很感興趣，這也成了加分的重點。太風打從一開始就不是這套制度的對象。他連測驗都沒能參加。十歲那年——在接種疫苗的會場，接種完疫苗的孩子都前往測驗考場，唯有太風被工作人員叫住，帶到會場角落，給了他一份甜點。

「你是很乖的小孩，所以給你甜點。來這邊，一個人吃。」

「其他人呢？他們沒有嗎？」

「聰明的小朋友才有喔，你是特別的，可以吃。」

太風看了看被塞進手中的甜點，再看看其他孩子離開的方向。才十歲的他明顯察覺不對勁。甜點還給工作人員，太風問：「不吃這個的話，我也可以去那邊嗎？」

工作人員表情爲難：「怎麼？討厭甜點嗎？不然水果如何？你知道桃子嗎？很好吃喔。」

「我才不要那種東西！我要跟哥哥去同一個地方！」

太風扔掉甜點追往利的身後，但馬上被大人抓住。大人壓制揮舞手腳耍賴的太風，七嘴八舌罵：「綠子果然沒用。」「毫無社會性！」太風最後被甩了一巴掌，工作人員不再用哄騙的語氣說話，大罵：「不聽話就什麼都不給你，滾出去！」將太風丟出接種所。

充滿好奇心的陸上民，視線一齊投向被丟到馬路旁的太風身上。

輕蔑的眼神像看到怪物。

所有的視線都來自大人。

嘲笑與憐憫從四面八方湧來。

帶著小孩的婦人一與太風四目相接，立刻用手掌矇住孩子眼睛，匆匆跑開。她的聲音清楚傳入太風耳中。「不能看！看了會被傳染！」

不知該對誰發散的怒氣，在太風心中掀起狂風暴雨。

太風衝向來接他們的船停靠的港口。眼淚流不停，他用手背拭淚，繼續奔跑。好不容易抵達載他們回家的船上，卻還沒有任何人上船。船艙靜得像棺材，太風不穩地走進客艙，坐在冰冷的椅子上。雙手摀住臉，蜷縮身體。

在安靜的船內，他一個人大聲哭泣。

優秀的人材，外表也要出色——這就是陸地的選拔標準。太風的一切都和其他人不一樣。無論肌膚或髮色，同時包括特殊的遺傳基因。

成績出眾、長相端正的利，是陸上民最樂於選擇的人。選拔委員親自造訪曾家所屬的船團，試圖說服父母。父親強烈反對。他說我們不要錢，不要名譽。利是長子，絕不會讓他去陸地上。如果無論如何都要帶走他，就先斷絕父子關係——

最後，利讓選拔委員提出即使前往陸地也會援助家人的條件，成功說服父親以外的親友。站在利的角度，來自陸地的邀請是難以抗拒的誘惑。誰也無法阻止他。最後，利決定忽略反對的父親，選擇前往陸地學習，踏上出人頭地的路。

前往陸地前，太風和利兩人在深夜中獨處談話。

那是沒有月光的夜。站在魚舟上甲板，仰頭便能看見數量多得可怕的星星。

適逢流星群季節，往天上看，流星頻頻畫過天空。那一瞬間的光芒宛如燃燒鎂時發出的青白色火焰，下一霎那就消失了。兩人一起目睹好幾次轉瞬即逝的光。

望著在星星間穿梭的光點，利告訴太風，那是人工衛星。

可能是通訊衛星或氣象觀測衛星。

他還說，重返白堊紀過後，地球只剩下這類技術。

——如果連那種技術都沒有，陸上民就無法用世界網路，人工智慧體也不能使用了。我們海上民也一樣，如果沒有就無法使用海上無線通訊。這是人類在那場大災難後拚命守住的科學技術之一喔。雖然失去了在月球或火星居住的技術，至少還知道如何管理人工衛星……

利告訴了太風各種事。那都是他在陸地上接受智力測驗時，管理官教他的。

——很久很久以前有最新科學技術的NASA甘迺迪太空中心，因爲土地標高只有一百五十公尺，終究躲不過重返白堊紀，沉沒海底。不過，美國尚未放棄開發宇宙，其他發射基地現在仍在運作。

——汎亞的發射基地幾乎都在內陸，那裡也還有。至於其他國家的發射基地，因爲營運困難，幾乎都關了。現在有宇宙航太科技的僅剩涅捷斯和汎亞。日本種子島太空中心標高是兩百八十二公尺，也有辦法將設施移到安全的地方，但政府內部意見無法整合，最後還是決定不運作……

按照利的說法，昔日人類能前往月球和火星，也發展住在月球和火星的技術。只是重返白堊紀發生後，因應災害，除了發射人工衛星的技術，其他宇宙開發科技全部凍結。現在遺留在地上的，只有最低限度所需的科技設施。

不顧太風能不能理解，利說個不停。

他非常開心。

太風想，利看見和自己不同的世界。世界在利的眼中完全不一樣。

利說，他想從陸地上拯救海洋。改變陸地政治，讓海洋生活更富裕。

太風說，既然這樣，自己就要留在海上，從海上助利一臂之力。

那晚夜風在上甲板流動的氣味，即使已經超過三十年，太風依然能鮮明憶起。潮濕的海風、滲入上甲板的魚貝腥味、含有毒素的大氣及大海散發的潮味。

利在陸地上打拚，確實獲得了權力。

然而，童年時代天眞無邪的理想，終究無法輕易實現。

有一次，利告訴太風說：「我進入政界終於明白，試圖改變世界的人往往須拿犧牲者的血來換。差別在流自己的血，還是別人的血。」

利說，權力腐敗或社會腐敗的說法都不對。人類的本質就是腐敗，那是人類本質中無法撇清的要素。人類不是獲得權力才腐敗，是權力讓人類腐敗的部分裸露得更清楚。

即使如此，總有辦法改變什麼吧，只能改變一件事也好。利說，因爲這麼想，他才堅持留在政界至今。無論身上濺上多少人的血，有些事就是非得改變。否則就失去走到這個地步的意義了。

汎亞政府狀況如何，只在警衛隊工作過的太風也能輕易想像。

在那裡展開的，肯定是一場激烈駭人的鬥爭。

有用投票或選舉等光明正大排除政敵的方法，也有用醜聞打擊對方的方法，不實指控、醜惡的暗殺戲碼……政府內不斷上演這些黑暗的權力鬥爭。一個海上民出身的官員要能擠進那種地方，甚至爬上汎亞聯盟政事院上級委員的位置，沒有超乎尋常的行動力和判斷力，絕對不可能成功。

這不是字面上的比喻修辭，太風從謠傳中得知，利眞的參與過某些奪去人命的謀略。然而，知道了又能怎樣。自己一樣殺人，他一點都沒有責怪兄長的意思。

關於利的流言蜚語可多了。畢竟他和其他陸上民委員作風明顯不同。出身商務部的利，在經濟界很吃得開，一方面願意給業者各種通融優待，一方面對資產階級莫名嚴厲，尤其無法容忍高所得者逃稅。他經常以支援人民的名目，要求資產階級提供財產。藉此累積的金錢，也會毫不吝惜地用來做海上公益。這就是爲什麼直到現在，利在海上民之間的評價還能維持得不錯。不過，因此討厭他的海上民也不少，他們認爲利想用錢討海上民歡心。

利不僅特別關照海上民，他也常爲下級陸上民服務。

在汎亞及西汎歐內陸，山岳地帶的土地開發案被當作斂財手段，各種組織在檯面下行動，強行收購土地引起的糾紛不斷。被奪走土地的居民失去生活空間，湧入都市，又和當地人產生文化衝突，經常演變爲犯罪。

即使那些事不在利的管轄範圍，他還是很關心，自行成立了調查委員會。起因是十幾年前，西汎歐邊界上發生一樁土地開發糾紛案。當時，利得知獸舟遭人利用而注意到此事。聽說一位與當地居民友好的日本書記官被捲入那起事件，身負重傷失去左腳。從那時起，利便蒐集那起事件的詳細情報。

追蹤調查的過程中，利發現一個利用獸舟強奪土地的集團，也得知那夥人用同樣方式引起其他事件。利運用司法界人脈，全數逮捕集團相關人士，並陸續揭發當地掌權者、官員、土地開發業者、資源流通業者及生產者、與建設相關的政府官僚等等——釐清了整件事背後，與山岳地帶開發案錯綜複雜的關係。

那些官僚中，也有利的政敵。

這當然是剷除政敵的大好機會。說不定，利主動成立調查委員會，就是想要這樣的結果。

法院對各個主嫌做出判決，那是利樂見的局面。主謀等級皆判處死刑且不得緩刑，其他被告的刑期也都以十年爲單位。以這類型案件的判決來說，這起案件的刑責異常嚴厲。因爲這夥人只因貪圖從土地開發中獲得的利益，不惜毀滅整座村子，這種手段被法院認定爲極端不人道的虐殺行爲，必須處於最大刑責。

儘管被告哭求饒命，死刑執行者仍將他們推進汎亞政府自豪的處刑裝置，瞬間絞成了肉泥。逃過極刑的其他被告被迫在處刑裝置外側等待，死刑執行的當下，隔著擴音器聽見裝置內部傳出哀號。處刑結束後，更命令他們入內清掃。遭處極刑的人類殘骸最後拋入海上都市的近海，成爲鯊魚的食物。從頭到尾目睹執行過程的其餘犯人中有五人精神失常，其中三人後來自殺。

比起對利的感謝，人們對這起事件留下的，反而是恐懼。原來曾．MM．利喜好嚴刑峻罰，要是和他作對，不知道會有什麼下場。像他這樣的人或許會是可靠的夥伴，然而一旦敵對，說不定哪天也會被毫不留情地處刑。他就是這麼嗜血的政府官——

太風認爲，該集團之所以激怒了利，大概是因爲他們利用獸舟奪取土地。獸舟原本是魚舟。因此，海上民並不憎恨獸舟。明知獸舟會爬上陸地造成損害，大部分的海上民也不發表意見。無論魚舟或獸舟都是海上民的同伴，除非受到病潮感染，海上民不會主動奪走牠們性命。海上民心中有著這樣根深蒂固的想法，對獸舟只有同感與同情，不曾想過下手排除，更別說利用獸舟做出強搶土地的勾當。

在海上民的觀念中，誰也不希望獸舟出現，但出現了，牠們就是自然產生的存在，「因為出生了所以活下去」。人類無權對牠們的存在置喙，否則過於傲慢。試圖驅逐或消滅獸舟更是妄自尊大。

何況，雖然那起強奪土地事件中受害的只有陸上民，但也造成人類與獸舟非自願地互相殘殺。利要那些一心想坐收漁翁之利的貪婪人類用自己的鮮血償還，或許也是天經地義。

在彼此互扯後腿的醜陋政界待這麼久，利學會了殘忍。太風認為這很悲哀，但不意外。人類輕易就能因應不同環境改變自己，一方面保留別人認識的自己，一方面建立一個與原本性格完全相反的外殼，這對人類並非難事。人類就是無法抵抗自我矛盾。或許，矛盾才是人類的本質。

躺在床上，太風安靜思索。

以整頓環境的名目處分海上民。

按照利的說法，這件事已經無法回頭。

陸上民想像不到這種事吧。他們只需悠哉度日，電視新聞出現海上強盜團遭討伐時瞇起眼睛，笑著對彼此說「海洋要是更安全就好了」、「世界要是更幸福就好了」。並且吃著海上民不會放進嘴裡的食物，穿漂亮衣服，想睡多久就睡多久。

虐殺同胞是人類共業。連在海上都無法避免喋血殺戮，人類的腦袋已經徹底瘋狂。

只是太風認為，利既然特地把自己叫來說這番話，就表示他一定想盡力阻止。

但大概不會用正規方法。

大哥難道期待這件事透過不被陸上民發現的方法，在海上民之間散播嗎？如果利自己指示散播，難保不被敵對勢力抓住小辮子。不過，身為弟弟的我擅自傳播，他至少可以保住自身。

太風發出不羈的笑聲。

利的表現有時很難判斷是出於好心還是狡猾。現在的利是政治家，也許只能這樣做。

——假使我們只能有一方留下，保全在政治中樞的哥哥比較有利。話雖如此，我也沒必要乖乖犧牲。

隔天早上，太風比利更早醒來，收拾好行李準備出發。

帶著燦到客廳，他一見到利就說：「我這就找個溫暖海域好好休息，一個不是觀光海域的地方。」

「那樣很好，你就休息一陣子。」

「還有，關於昨天的事。」

「嗯。」

「至今我一直爲哥哥努力工作，除了小事，一次都沒反對過你。今後不打算改變方針。」見利表情依然嚴肅，太風率先微笑：「我會繼續留在海上警衛隊，不管上頭換成哪個組織，都會和過去一樣工作。」

「眞的好嗎？」利的聲音很嚴肅。「要是你討厭打撈公司，還有其他職業。」

「得算錢的工作太麻煩了。再說，如果我只做一個掛名董事長，公司裡很快就會出現打壞主意的人，那種事我也不喜歡。」

「——好，我知道了。就和過去一樣，你繼續留在海上。」

「有任何爲難之處，都可以跟我討論。我就是大哥你海上的左右手。但遇上危險，你隨時可以壯士斷腕，我不介意。我會好好思考自己的事。」

「我清楚你頭腦好。」利露出悲哀的神情。「爲什麼當年政府沒挑上你呢。若是如此，這個國家一定會變得更好。」

「以前的事別再提了。」太風俐落地說。「該做的事好好做就對了。」

離開北京海上都市，太風乘上魚舟，朝父母船團航行。

太風家的船團遍布北緯二十度到三十度附近海域，要找到他們很容易。綠子太風的同伴魚舟月牙，和他有一樣紋路。月牙黑中帶綠的巨大身軀表面，覆蓋著猶如咒語的條紋與漩渦圖案。那既美麗又不祥的外觀，在亞洲海域並不罕見，只是月牙魔幻莊嚴的氣質特別出色。這也是太風自豪的地方。

不用太風一一下指令，憑著氣味，月牙找到扶養長大的自家船團。久違地回到海上民群體，感覺一點也沒變。不特別富裕，不特別貧困，悠閒徜徉大海。

太風出居住殼，往上甲板一站。隨著月牙愈來愈接近海上民群體，視野裡慢慢出現各種小型魚舟，以及在牠們身邊享受游泳樂趣的孩子及年輕人身影。魚舟背部一浮出海面，海水就像遇到分水嶺似往兩側分流。水花在強烈日光下閃閃發光，魚舟發出響亮鳴叫。

太風憶起年輕，不由得面露微笑。與魚舟的信任關係就建立於這樣的交流碰觸——月牙和自己也是如此。想起當年，心頭便有騷動起來的甜蜜感傷。那是無法對任何人訴說的酸甜回憶。

月牙一游近，魚舟們就安分讓出一條路，同類間發出銀鈴般的聲響，相互溝通。

正在上甲板曬魚乾的老婦向太風寒暄：

「好久不見，回來探親啊？」

「好久不見，請問我家的人在哪裡？」

「靠西側的外圍喔。你最近工作如何呀？」

「在政府機關工作挺麻煩，勞心勞力的事愈來愈多。」

「差不多該回來了吧？家中長輩身體不是很好啊。」

「您指家父嗎？」

「兩個人都一樣，畢竟年紀大了。」

這時，另一條魚舟靠近。見到波浪間隱約浮現的魚舟背部，太風不由得讚嘆。

那條激起白色浪花朝這邊游來的魚舟背上，有著茶色偏紅的條紋圖案。從頭部延伸到尾端的無數條紋令人聯想起瑪瑙。這麼顯眼的魚舟，看過一次就不會忘記。既然自己一點印象都沒有，表示這是最近才加入群體的魚舟。

兩個男人站在那條魚舟的上甲板站。一個是太風熟悉的資深副團長，另一人很年輕。成年沒多久，是散發清新氣質的年輕人。

副團長站在甲板上朝這邊大喊：「太風，不好意思，方便聊一下嗎？」

「沒問題，你們要過來嗎？」

「可以的話就太好了，勞駕。」

對方願意移駕，就表示有事相求。副團長親自出面拜託的事，太風絕對不可能拒絕。太風站在魚舟上等待，副團長要年輕人取出一塊長長的板子，架在對方的魚舟與月牙中間。

到月牙的上甲板後，年輕人恭謹地向太風行禮。「我叫白諭安，久仰曾隊長您的大名。」

副團長在旁邊補充：「能讓他加入你的警衛隊嗎？這孩子很想加入。」

「做海上警衛隊很危險，他年紀太輕，我很爲難。而且加入者需要機械船有相關知識。他幾歲？」

「剛滿二十不久。」

太風皺起眉頭，轉向諭安：「你再把體力練好一點，補充多點大海知識再來吧。資質夠了，我隨時可以接受你申請入隊。現在還不行。再說，比起大海，你該守護家人的安全。」

「家人都不在了。」諭安回答，有點緊張。「我們家的船團受病潮侵襲，又遇上海上強盜團，現在剩幾個人倖存。我和這些夥伴失去容身之處，一起漂流在海上時，這裡的船團長接納了我們，大家分給我們糧食，又讓我們接種疫苗，卻不求回報。」

「既然如此，你不該加入警衛隊。」

「爲什麼？」

「心中受過創傷的戰鬥者，總有一天會被自己的情感拖累。一旦站上討伐海上強盜的第一線，那些烙印在你胸口的憎惡火焰會熊熊燃燒，直到把自己燒盡為止。這種情感無法帶來好下場，無論對你自己或對警衛隊夥伴都不是好事。」

「我已經完全冷靜下來了。」諭安不肯放棄。「來到這個船團後，大家對我們非常親切。拜此之賜，我受傷的心痊癒了。接下來輪到我報答大家了，請別客氣，儘管差遣我。」

「別把事情想得這麼複雜，別人對你好，你接受就行了。」

「今後海上強盜團只會愈來愈多，海上永遠需要更多的警衛隊。我一定能派得上用場，和我一起逃出來的夥伴，大家都希望加入警衛隊。」

「他們和你差不多年紀嗎？」

「不，有比我年長的，其中有人熟悉機械船，還有擅長判斷氣象的人。我也會馬上學會這些技能，請帶我們一起去吧！」

太風考慮了一下。

帶諭安一個人成不了什麼事，但一口氣獲得一支預備軍，倒是挺吸引人的主意。畢竟從利口中聽到的事——面對那件事必須有作為，該做的事還很多，自己一個人肯定左支右絀，得有幫手。

人手再多也不夠，這點諭安倒說的沒錯。

「……我知道了。不然，你先把所有夥伴帶過來。我回陸地時就會把有潛力的人帶回去，只是——」太風嚴肅叮嚀：「加入警衛隊也不一定馬上幹大事。不可能一來就擔任航海士或水雷長。你們可能得在補給長手下整理紀錄，或是幫忙煮飯，耐得住這些嗎？若要你們在衛生長手下處理船上組員的排泄物或做消毒工作，你們也有不逃跑的決心嗎？」

「有，在徹底剷除海上強盜團之前，我絕對不會逃跑。」

「很有志氣。不過，一旦我判斷不適合就會請你們下船。要是船上其他警衛隊員對你們不滿意，你們連反駁的自由都沒有。這樣無所謂嗎？」

諭安抬頭挺胸回答：「我明白了。」

諭安和副團長一起告辭時，太風看著他的同伴說：「這條魚舟眞美，紋路很特殊。」

「和隊長的魚舟比起來遜色多了。」諭安羞赧地微笑。「牠叫沙多尼卡，乖巧親人，不管帶牠到什麼地方，都絕對不會給月牙帶來困擾。」

「沙多尼卡……好奇妙的名字。」

「意思是紅紋瑪瑙，因爲跟牠背上的圖案很像，取了這個名字。我背上也有一樣的紋路。」

「我是第一次看到這種紋路，很漂亮。」

「南方海域住了很多這種條紋的魚舟。不止茶色，也有黑色或青色的。我身上流的似乎是那個地方的血。不過，隊長和月牙的壯麗程度才是驚人。原來這邊的海域有這種類型的紋路啊。」

「說來算同類，都是條紋圖案。」

諭安害羞地笑了笑，隨即跑回自己的魚舟。回到上甲板的諭安高聲唱歌，沙多尼卡緩緩從月牙身邊游開。聽著兩條魚舟相互應和，太風知道月牙對沙多尼卡有好感。牠應該是在說「今後也請多多指教囉」。

太風唱起歌，帶著月牙往船團後方前進。

一指出方位，月牙就找到太風父母的魚舟。

那條魚舟和親戚的魚舟一起漂在海面上。太風靜靜地帶著月牙前進。

將燦留在月牙的居住殼，太風跳上父母魚舟。堂妹桂花正在上甲板晾衣服。那大量的泛黃布巾證實魚舟裡有重病患者，太風蒙上陰霾。發現太風那一瞬，桂花睁大雙眼，隨即露出看似發怒的扭曲表情。太風走近，她低聲說：「大家都在裡面。」太風默默點頭。打開設在上甲板的艙門，走下居住殼。

內部飄出煎藥和消毒藥水味。雖然利總會送化學藥品過來，太風的父親依然堅持服用海上民傳統草藥。

太風出聲招呼，那些圍繞著墊布上父親的親戚便一齊轉頭。

叔父廷夫注意到太風便說「你來得正好」，對他招招手。「你爸今天狀況不錯，快跟他說說話。」

太風父親建年臉色蒼白，雙眼緊閉，連太風靠近也不為所動。穿著睡衣的領口露出明顯鎖骨和乾燥瘦削的皮膚。母親怡惠陪在枕邊。她湊上建年耳邊輕喃：「孩子的爸，太風回來了喔。」

建年慢慢睜開雙眼。混濁的眼珠盯著太風，嘴唇艱難掀動，他沙啞說：「你一個人嗎？」

「對。」

「利呢？」

「工作很忙，暫時還回不來。」

「這樣啊。那我所有財產都給你。」建年一邊喘，一邊說。「珍珠貝和繡金線的衣服都給你，海底資源地圖也給你。別客氣，全拿去。只是，你母親就要交給你照顧了。」

「不用給我這些寶物，我也會好好照顧媽媽。」

「你很好，很乖……是我的驕傲。你跟桂花結婚吧，也要好好照顧廷夫。」

廷夫為難苦笑。「大哥，這不好吧。」

「有什麼不好？難道你想讓桂花就這樣過一輩子？」

「不是啊，但她還在服喪……」

一旁的太風插嘴：「桂花的先生過世了嗎？」

「被紅繩海膽刺到了。」建年難受地說。「近來這附近的藝術之葉多了不少紅繩海膽，可能跟海流變化有關。這跟六目一樣啊，都是上個時代遺留的毒物。稍微刺到就會中毒身亡。整個身體長出瘤狀物，手腳骨頭扭曲，整個人不成人形，痛苦至死。什麼藥都不管用。」

「竟然遇上了這種事……」

「你要多安慰安慰桂花。」

「她討厭我啊，我是殺人凶手。」

「你殺的是海賊，這有什麼錯。」

「受政府命令殺人這點讓她不高興吧。奉政府之令，我們警衛隊一發現海上強盜團就得攻擊，甚至不確認船上人質安危。如果我留在這個船團，以自家防衛隊的身分擊退海賊，她說不定就會喜歡我了。」

「自家防衛隊力量有限，不依靠陸地上的武力不可能擊退海賊。要是先就人質狀況斡旋，也只會被對方乘隙攻擊罷了。你們那麼做也無可奈何，她應該能明白。」

「是嗎？」

「桂花和我一起聽擊退海賊的新聞時，都會一直問『太風不要緊吧，警衛隊有沒有人受害？』別聽她嘴上嚴厲，其實還是很擔心你。她真的是心地善良的女孩。像你這種自願前往危險地的男人，最需要她那樣的女人當後盾。你們兩個很相配。」

廷夫笑著打圓場：「好了好了，這件事之後再說——太風，你今天會住下來吧？」

「我是這麼打算。」

「那很好，這麼久沒回來了，盡盡孝道。連利的份一起。」

晚餐後，太風盤腿坐在上甲板乘涼時，母親提著酒壺上來。酒壺放他身邊，再擺上杯子和下酒菜。「你喝那點一定不夠，這些也給你喝。」

「媽，爸身體很不好了嗎？」

「是啊。」怡惠笑得豁達。太風從母親臉上看見盡力照護病危病人後，預先有心理準備者特有的達觀。

「都活到這個歲數，算安享天年了，不管怎麼樣，你爸對這一生心滿意足。」

「要是現在讓魚舟長距離移動，會不會縮短爸爸剩下的壽命？」

「你想帶我們去哪裡嗎？」

「不是那樣。」太風呑呑吐吐。「關於這件事，之後我會跟團長說——我們最好逃出這片海域。」

「發生什麼事了？會有海上強盜團來襲？」

「比那更可怕，政府要來殺我們。」

怡惠一時聽不明白，愣愣地張大嘴。太風說：「我們既不是無所屬船團，又有利這個親人在政府任職，或許政府不會明目張膽動手。但政府內部有很多壞人，那些人會做出什麼事就很難說。誰也無法保證只有我們船團會是安全的。表面說要討伐海上強盜團，誰知道那些人會不會把魔手伸向一般船團。我看還是南下逃到赤道附近比較保險。」

「你是怎麼了，太風。從哪聽來的消息？」

「汎亞打算開始處理亞洲海域過剩的海上民。等我這次休假結束，就得開始執行任務。如果我反對，會被政府以判盟罪處刑。」

「他們連海上強盜團之外的海上民也要殺？」

「沒錯。」

「你打算當這種事的幫凶？」

「如果我逃跑，哥哥的立場會很不妙。我打算表面上贊同新任務，暗地裡欺騙政府，盡可能幫助更多海上民遠離汎亞控制範圍。今天就是跟大家說這件事才回來的。」

「既然如此，你跟我們一起走啊！」怡惠抓住太風肩膀晃著。「你才是非跟我們一起逃不可，現在正是脫離政府的好機會。」

「不行。我逃離第一線，政府內就少了一個可以幫助海上民的人。上面都是垃圾人渣，根本不把海上民的性命當一回事。我留在內部至少把正確消息傳出來讓海上民知道，盡量多幫忙。」

「這種事交給利吧。他不就是這樣才進入政府嗎？」

「利一個人管不到警衛隊第一線的事。他就是希望我這麼做，才刻意提前把政府的計畫告訴我。」

「他太自私了！」

「不是這樣的。我們兄弟倆從前一起立下誓言，要站在各自崗位上改變這個國家，一輩子守護社會上立場最弱的人。要是現在退縮了，我會後悔一生。」

怡惠縮著身體哭泣。「我養育你不是要看你死去。」

「不要擔心，我身在其中，有危險馬上能察覺。一旦有異狀，我會逃出來。妳就想成我只是比其他人留久一點。我絕對會珍惜生命的。我也想照顧媽到最後一刻，不用爸爸交待，原本就打算那麼做，這不是謊言。」緊抱老母親，太風用力摩挲她的臉頰。「謝謝媽這麼擔心我，不過，我年紀不小，是大人了。不止保護家人，我希望自己不要忘了保護別人。」

笛子與打擊樂器的聲音隨風飄來。太風放開母親，朝聲音的方向望去。

太陽已下山，籠罩在夜色的海上點起燈火。那是吊在魚舟上甲板的燈。尖銳笛聲與貝殼串成的打擊樂器發出唰啦唰啦聲，某條魚舟上有人過世了。有誰比父親先走一步了。

燈火以閃爍方式傳送訊息，通知船團成員死者的名字，也說了魚舟隨死者逝去。雖說海上民與魚舟心靈相通，兩者畢竟是不同個體，死亡降臨的一刻自然不相同。一般魚舟和人類死去的時間有落差，魚舟通常比操舵者長生。所以，多數狀況都是沒能等到同伴回來的人繼承死者留下的魚舟，照顧老舟到生命結束。

然而，極偶爾的會有魚舟追隨操舵者死去，也有陪伴衰弱魚舟一同死去的操舵者。

今晚發生如此罕見之事。海上民認爲，死亡固然悲傷，但也值得慶幸。因爲，這對有著強大牽絆，彼此信賴的同伴，攜手邁向另一個世界。

自己死時，月牙不知道會怎麼樣呢。太風想。雖然希望一起安詳死去，但或許無法如願。

桂花從居住殼裡上來就看到怡惠哭成那樣，一張臉垮下來。

她快步走向兩人，手放怡惠肩膀將她從太風身邊拉開。

「嬸嬸，妳怎麼了，太風又說了什麼過分的話？」

怡惠揮手否認：「不是的，不是這孩子的錯。我太愛哭了。」

「不要再縱容他了！」桂花語氣強硬。「得有人對他說重話才行。利也是。都是大家把他捧在手心，他才得意忘形跑去陸地。」

太風神情不悅：「妳批評我沒關係，但不許說哥哥壞話。不想想拜誰之賜才能維持今天的生活。」

「他不過想施恩罷了，那種援助隨時停掉也無所謂。」桂花往太風面前一站。「你們兄弟是海上民之恥，在陸地上搖尾乞憐，陸地民施捨一點什麼就興高采烈。」

「我們又不是政府養的狗。」

「你們或許以爲自己巧妙利用陸地權力，但還不是按那些人的遊戲規則走。其實被利用的人是你們。」

「很多事情沒有金錢或權力根本推不動。」

「那是陸地上的遊戲規則吧？與我們無關。」

「這事沒有妳插嘴的餘地。」

「看吧，你們就是這樣，講到對自己不利的事就逃了。」

「妳說什麼？」

「我只希望你回海上，把那些加入警衛隊的男人也帶回來。我聽說了，你要帶走諭安？」

「他自願加入。」

「距離滿二十歲才過四年，他還是個年輕孩子。考慮到年輕人的將來，應該讓他成家。現在是怎樣？你竟然要帶他殺人？你到底在想什麼？一個正常的大人不是應該好好勸他回夥伴身邊才對嗎？」

「他已經不是小孩了，來我身邊的事是他自己決定的，就要負起責任。如此而已。」

「要跟海上強盜團戰鬥，就用我們海上民的方式戰鬥！不要借助陸地的力量！」

桂花拉起怡惠的手催促：「嬸嬸，我們進去吧。待在這裡對身體不好。」

怡惠一再反覆：「別生這孩子的氣。他是擔心我們……」桂花當作沒聽見，拉著怡惠走下居住殼。

獨自留在上甲板的太風又坐了下來，一口氣喝光酒壺的酒，仰躺在甲板上，忍不住嘆氣。自己的生存之道是不是錯了呢。正因爲花了那麼多時間走到今天這一步，更添內心空虛。

醉意稍微消退，太風造訪團長海藍的魚舟。

他等到夜深人靜，想等葬禮結束，且不願引起太多注意。

海藍在太風十幾歲時當上團長。他的就任儀式上，人們滔滔不絕唱起咒語般的歌——聽到那歌聲的魚舟，一起發出低沉粗重的叫聲，聽起來就像機械船的霧笛。情景至今歷歷在目。那宛如吹響卷螺的重低音，使得海上空氣爲之震動。莊嚴肅穆中，剛滿四十歲不久的海藍走到每個副團長面前敬酒，擁抱，最後用自己的血在同伴魚舟的居住殼內寫上咒語。接著，再用防水顏料在同伴外皮寫上一樣的文字。

海藍現在年紀很大。太風自從從事海上警衛隊，一年頂多和海藍見上幾次面。不過，海藍一直很關心太風。如今他臉上沒有一絲不悅，歡迎太風進入自己同伴的居住殼。

太風恭敬低頭：「很抱歉這麼晚才來。」

「不要緊，我反而一直很期待你來呢。坐吧。」

海藍邀太風進入居住殼內用裝飾布隔起的角落，要妻子暫時帶其他家人到甲板上。這種事在團長魚舟上很常見，家人立刻就退到居住殼外了。

太風在海藍對面的墊布坐下，盤起雙腿。

「今天來，是想把從家兄利那裡聽到的事告知團長。」

太風一五一十對團長說出汎亞聯盟的虐殺計畫。海藍從頭到尾都帶著冷靜表情側耳傾聽，彷彿他趁月黑風高前來時就已摸清來意。太風最後補充：「形式上，我會聽從政府執行海上警衛隊工作。那是命令，我不能違抗。不過，就算那是命令，我也無法討伐不在的對象。」

「原來如此。」

「計畫將在兩星期後啓動。我的假期還有五天。五天過後，我將回到陸地，隸屬海軍麾下。之後很難再回來了，有件事想請團長協助。」

「什麼事呢？」

「希望您盡可能將我說的轉達給亞洲海域無所屬船團。當然，必須私下說，也不要提及我和利。隱瞞情報來源雖然不容易取信於人，但若說出我們的名字，政府就會拘捕我們。這麼一來，今後就沒有人能把政府內部的情報傳到海上來了。在此我想借助團長之力。既然是出自海藍船長的話，願意相信的人一定不少。」

「唔……嗯，不相信的人也只好任由他們了。聽了這個消息後，要不要移動是個人自由，我可以傳遞訊息，但不保證之後的事。」

「這沒關係。」

「好吧。我會挑幾隻鰭比較強壯的魚舟，盡可能廣範圍地與無所屬船團的團長接觸。我們船團也需要同時有逃離準備，剩下這段時間能做多少不確定……總之，先跟中南海的索姆納提提看好了。他廣受各方信賴，希望靠他的力量，順利把這件事帶給更多無所屬船團。」

「謝謝您。」

「比起這個，你們兩兄弟一定要注意安全。雖然消息私下傳播，但這種事很容易找出源頭。我擔心你們出事。」

「請別擔心，很多方法可以逃走。」

「你在工作上一定有下屬，也有在工作上照顧你的人，政府可能利用人際關係威脅你，到時候想逃就難了。對方會找出你最大的弱點，請小心。」

「我明白。」

「也得思考逃走之後的事。涅捷斯和大洋洲共同體可能會對汎亞這次的計畫視若無睹，要是那樣的話，你不管往哪逃都危險。除了逃離，必須擬定其他策略。海上民若是沒看準反抗時機就草率行動，政府的取締行動將更嚴厲。靠人權擁護機關解決不了問題，需要有擅長談判的專家協助。我們得找一個能站在中間，引導事情公平發展的人。」

「外洋公使館或許有這樣的能人。不巧我缺乏這方面的人脈。」

「應該拜託哪個外洋公使館才好，我會跟其他船團的團長討論看看。」

「如果我打聽到哪裡有適合人選，會試著找對方談。」

太風身爲海上警衛隊的成員從事陸地政府工作將近三十年。然而，他在陸地上沒有這種時候可以依賴的人脈。以前總認爲秉持在他人面前無愧於心的價值觀，活得正直就能過上美好人生。因此，太風從來不增加無謂的人際關係，也不理會只想攀附太風或利身分地位的人，一路上僅跟真正信任的人來往。

海上民的價值觀就是如此簡單。

但一旦跟陸地上的政治扯上關係，這種做法就行不通了。想大幅改變人或社會時，自己至今與社會群體用何種形式聯繫就成了關鍵。就這層意義上，太風近乎孤立無援。除了所屬船團，他沒有能依靠的對象。和在陸地上建立起強大人脈的利不一樣。

喜歡沒有累贅的自在，選擇在海洋上活下去，做出這種選擇的確實是自己。

然而，這個選擇在此時候完全派不上用場，太風不由得後悔不已。

第三章　虛無之殼

進入六月，我的思考速度就掉了一點。因爲青澄每年都很抗拒這個月到來。

每逢這時期，空間01會舉行空間設立紀念派對。各政府外交人士齊聚一堂，舉辦一年一度盛會。加上今年又是特殊公使館統轄官交接的一年，即使只爲了致詞也絕對不能缺席。

特殊公使館和我們任職的外洋公使館不一樣，在那裡工作的，都是涅捷斯統轄部外派出來的人。日本現在隸屬涅捷斯，我們蒐集來的部分情報必須上呈特殊公使館。此外，當特殊公使館對外洋公使館發出特別指令時，比起來自本國政府的指令，我們必須優先執行他們的指令。當然，只要說得出合情合理的原因，想拒絕也可以拒絕，只是多數時候，我們還是會優先處理特殊公使館的指令。

遵循這個規定，青澄數次延後當下任務，優先執行來自特殊公使館的命令。在他腦中，那幾次任務只留下不愉快的記憶。即使指令確實重要，青澄也有好成績，但原本任務延宕而讓他不快。

『——總有一天，我會把那些傢伙的工作推到一邊去。』

這麼抱怨的青澄心頭滿溢窩囊的陰沉感，他不是開玩笑，是認眞這麼想的。這對升官沒興趣才說得出口。當他產生這種情緒時，我總是特別留意他的狀態。要是一個沒處理好，這念頭可能毀了他自己。

外務省總部也會派人來參加派對，接待他們是我們的任務。派對正式舉行前，桂大使和青澄爲這事忙得焦頭爛額。在同時，日常業務仍要照常執行。青澄的確擅長壓抑內心情感，有能力在表面上應付那些官員的，但不免認爲在浪費時間。

看在外務省那些官員眼中，桂大使和青澄不過是個招待。說得露骨一點，跟服務生沒兩樣。

爲了接待這些官員而荒廢日常業務，青澄十分厭惡。過去有一次，海上民正好在派對期間發生糾紛，嚴重到不趕往調解，說不定還會死人。接獲通知的青澄向外務省官員仔細說明原委，才從派對上離席，趕往海上排解糾紛。那牽涉到海洋資源，沒有處理好很可能演變成海域間的紛爭，而青澄趕到後很快地解決了這起問題。

然而，不久後，青澄的派駐時間從原訂的三年被延長了三倍。只因爲青澄沒有出席派對接待官員，外務省的高層大發雷霆，以報復人事的形式延長了他貶職外洋的期間。拜此之賜，我們成了空間系列海上都市最資深的外交人員，派駐時間甚至比桂大使還長。連下次會被調到哪裡都不知道。

青澄倒笑著說：「算了啦，反正這裡住起來舒適，工作到退休也不錯。」我卻心有不甘。現在的工作很適合青澄個性。然而，我希望他經常前往不同地方。儘管沒必要回外務省，但除了空間系列的海上都市，一定有更多讓他發揮才幹之處。再說，要是能改變工作內容，我的性能也可以再提昇。

站在鏡前拉好禮服領子，青澄嘆了口氣：「唉，眞煩。」

「每年都要面對一次嘛。」我安慰他。青澄的表情卻更憂鬱。

「今年又多了月染的事啊，感覺要被挖苦了。」

「眞稀奇，你竟然會在意這種事。」

「當面聽到別人把她說得好像下等生物，這種事你也體會看看啊，一定會覺得噁心的啦。那群人對自己瞧不起別人的事毫無自覺，正因爲毫無自覺，才滿嘴都是低級無極限的話。」

懷著難以發洩的陰鬱，青澄走出家門。搭上等在路旁的公務車，命司機開往派對會場。

我的身體今天也放在保管庫內待機。因爲助理智慧體的身體很占空間，不能帶進派對會場。一般會來參加這種派對的人平時都有助理智慧體，若受邀賓客都把助理帶來，會場將比平常擁擠兩倍。所以，通常這種場合都禁帶人造身體。

可是也不表示派對會場只有人類。事實稍有不同。

人類在宴會場中依然能運用助理智慧體，參加者透過我們查探彼此個資，交換手頭訊息。換句話說，在現實派對會場上，存在一層肉眼見不到的電子空間，我們助理智慧體就在那層空間裡遊走，支援搭檔思考。

或許可以想成現實空間上有另一層數位虛擬空間。

當人類站在水晶吊燈下刺探軍情，我們助理智慧體也從彼此的情報防禦牆縫隙中打探。

宴會場聚集上千賓客。空間01有許多外洋公使館，包括亞美利堅統合、汎亞、汎歐、大西洋聯盟、大洋洲共同體、阿拉伯海機關、非洲海洋聯盟等等。隸屬這些政體的外交人士及財政界人士齊聚一堂。

很快地，空間01管理委員及財政界名人陸續上台，以英語簡短致詞。流程緊湊，致詞迅速結束，很快進入舉杯階段。參加者享用餐酒，會場內響起不同語言的交談聲。英語不用說了，也有自古使用至今的少數民族語言和人工語言，世界各地的語言紛紛展開交流。

我將情報防禦牆稍微打開一條縫，瞬間取得一份清單。清單顯示出我能與站在哪裡的誰的助理智慧體接觸。上頭還包括數個我熟悉的助理和對方情報防禦牆敞開程度。有隨時歡迎交談的，也有打出「現在很忙請稍候」訊息的。

即使報上名字，有些助理仍拒絕與我接觸。像這樣的對象，只要青澄與對方搭檔有了交流，我就能跟對方的助理搭訕。我的工作之一便是找出這類對象，提醒青澄。比方說，我會告訴他「××的○○現在也在場內，這是第一次接觸的大好機會，上前打個招呼吧」。青澄一接觸對方，我就有機會和對方助理說話。我會把自己手上「可交換的情報」和對方釋出的情報品質放在天平兩端衡量，若判斷對方可靠，就會將情報交給對方，也以同樣方式從對方手中獲取情報。

交換情報的原則是公平競爭。不過，有些腦筋動得快的傢伙會在情報裡巧妙加入假資訊，或是暗藏間諜軟體。即使助理智慧體本身不帶惡意，使用助理的人帶有惡意，助理智慧體就會成爲難以想像的凶器。

協助青澄與月染搭上線的路因．MM．村野也到會場。只見村野笑容可掬，手放在青澄背上，輕推他到會場角落。村野的助理智慧體將情報公開範圍設定爲「等級三」。這是一般派對會場正常設定的數值。我從自己的防禦牆縫隙後向他打招呼，對方給了我善意回應。

村野一和青澄獨處，立刻低聲說：「我請相熟的建築師試著畫了設計圖，費用也算出來了。明天就把資料傳給你。」

「非常感謝。」

「打造正式交易站，這種規模的建設費用可觀。月染的願景比想像中還大。」

「若能按照計畫進行，一定會先發包給村野先生的公司。」

「這是國家主導的計畫吧，發包給特定業者是不是不太好？」

「以何種形式建設尚未定案。或許不會由政府主導，而是全面交給民間單位也說不定。外務省和財務省向來不和，與其讓政府主事，不如從企畫階段就交給民間單位處理比較好。」

村野微笑。「等內容整理好，我就跟你說。」

青澄和村野告別後，前往公使館管理局錦邑局長身邊打招呼。

錦邑局長是位沉著穩重的紳士，總是戴著造型時髦的數位眼鏡。鏡片下炯炯有神的雙眼散發比實際年齡更年輕的光采。公使館管理局位於日本群島東都SC，直接和他碰面的機會不多，但從他推動工作的方式來看，不難理解桂大使爲何如此信任他。青澄一上前寒暄，錦邑局長就隨和地招呼回應。

「關於月染的第一次報告書我看了，似乎有不錯的起步。」

「謝謝局長。」

「這任務不簡單，你可得好好協助桂大使，拜託了。」

「我才要請局長多多關照。」

局長促狹微笑，湊向青澄耳邊低聲說：「別顧慮我，快應付那些囉唆的傢伙吧。這樣你才能早點回家。」

「是。」

承蒙錦邑局長好意，我馬上尋找他口中「囉唆的傢伙」。

日本外務省代理事務次官桝岡・MM・庫羅正在會場中央，和圍住他奉承的人們高聲談笑。明明是個身材走樣的中年男人，不知爲何身邊一群美女環繞。他隨口說點什麼，花樣美女就笑得花枝亂顫。到底有什麼好笑，我想不通。

青澄喝光一杯雞尾酒，慢慢走向那群談笑風生的人。

今天上午，我們已經和造訪外洋公使館的桝岡代理打過照面。當時，桝岡代理的助理拒絕與我交流。他關上縫隙，我連他叫什麼名字都看不到。這也表示對方無從得知我的名字，但桝岡代理根本不在意。意思就是「沒有任何需要從青澄助理身上得到的情報」。

桝岡代理造訪外洋公使館，是要告知事務次官將缺席派對，由他代理出席。

這麼做有兩個目的。

第一是來傳達事務次官缺席的意義——「次官根本沒把桂大使看在眼裡」。要是對事務次官有事相求，那就自己去拜訪他。第二是來視察空間01的外洋公使館業務。

白天，桂大使以輕描淡寫的態度接待了桝岡代理。這不失禮數，但也不容他瞧不起人。

桝岡參觀了公使館內設施，檢視正在討論的案件。他仔細翻閱關於月染案的資料，但對內容什麼都沒說。他把桂大使爲他準備的午餐吃得乾乾淨淨，諷刺地說了句「就算是這種地方，食物還是堅持用眞材實料啊？」接著表示業務狀況還可以，要大家繼續努力，桝岡代理就搭上公務車離開了。

我對他只有平凡小官的印象，青澄卻說：「別看他一副人畜無害，這種人最可怕。」

我試著看了派對會場上那些笑得花枝亂顫女人的個資，發現她們都是在不同公使館工作的情報搜查官。不能對這群女人掉以輕心。桝岡代理看似毫無戒心，相談甚歡，但只要好好觀察就能明白爲何青澄說他「可怕」。桝岡代理乍看散漫，又一臉樂在其中，實際上遣詞用字都很小心。無論女人想誘導他說出什麼，他都四兩撥千斤化解。和他外表印象不同，桝岡很懂如何把人耍得團團轉。

女人各個有著白皙無暇的肌膚和云稱體態，這完美的外表要是不仔細看，還以爲是人工智慧體的人造身體。青澄一靠近她們，我就著手探測她們身上香水與體味融合的特殊氣味。光看化學成分，她們和月染的味道差異不大。然而，若看青澄內心反應，月染氣味的價値寶貴得多。面對女人笑靨，青澄一點也不心動。

青澄上前招呼，桝岡代理連頭也不點一下，簡單「喔」一聲就要青澄跟他一起去陽台，說要和他單獨談一談。外面濕氣很重，海潮強烈。快要下雨，大氣裡瀰漫來自海洋的魚腥味。桝岡代理嘖了一聲。但是自己提議出來，又懶得馬上退回室內，他就這樣倚靠在陽台欄杆上，問青澄：「你來這裡幾年了？」

「半年。」

「其他海上都市呢？」

「大概都派駐過了，前前後後加起來差不多十年。」

「眞久。」

「我自己覺得一轉眼就過了。」

「差不多想調動了吧？」

「上頭下令調動，我當然遵從。不過，我不會主動爭取。」

「爲什麼？」

「異鄉住久了也成第二故鄉。」

「太可惜了，你才三十多歲吧？難道想在這種地方孵蛋到超過四十歲嗎？」

「是啊，我天生不太適應社會。」

「桂大使是很難了，你倒有機會回外務省總部。要不要試著積極爭取看看？」

青澄微笑搖頭。

桝岡代理說：「月染那件事，我讀了草案，那怎麼一回事？」

「有什麼不恰當的地方嗎？」

「她可是逃稅者，最好態度再強硬一點，該取締的地方就要取締。」

「他們也要生活，太強硬會帶來不好的結果。」

「這是桂的想法吧？你可以按照自己想的做啊。你拿得出成果，該給你打幾分我就會打幾分。」

看來桝岡代理不喜歡慢慢處理事情。月染這件事，他希望馬上有成果。

青澄沉默不語，桝岡代理又接著說：「不分海陸提供病潮疫苗免費接種的想法，是你提出來的？」
「是的，日本經濟狀況愈來愈好，差不多該讓人民有這種程度的社會保障了。」
「這是越權行爲。外洋公使館應該沒有做這種提案的權限。」
青澄不動聲色。但我很清楚，他已經開始火大了。
「站在杜絕黑市疫苗的立場，我認爲這個提案有價值。」
「只有日本這麼做也沒用。」
「那麼，若以世界規模動起來就行了吧？需要的話，我也會和其他政府交涉。」
「別多管無謂的閒事。你連自己的職務範圍都搞不清楚嗎？擅自判斷，總部會很困擾的。」
瞬間，我感到青澄腦中閃過一道光。不是因爲對方不通情理而理智斷線。我想，他大概察覺桝岡代理堅不退讓的原因了。
——桝岡代理並不樂見黑市疫苗管道被全數破獲……
複雜的情緒在青澄體內擴散，有如漣漪。這種情緒，和他親眼目睹小村被獸舟毀滅時的陰沉情緒很像。
隨後，我感應到桝岡代理的助理傳來訊號。一直緊閉在殼內的他，現在將情報防禦牆打開一條隙縫。
我警戒起來。對方該不會想丟出間諜軟體吧。我加快防禦牆的掃毒速度。
這時，對方從縫隙後方發出低沉聲音：『抱歉啊，我家搭檔講話粗魯無禮，這是他的缺點。』
『你是桝岡代理的助理嗎？』
『是的。』
『我叫瑪奇。』
『我叫史科普。請多指教。』
史科普沉重陰暗，感覺像加裝太多機能，卻因規格不足跑不快的機器。不過，他的動作不笨重，畢竟是外務省高層的助理智慧體，基礎架構應該建立得很紮實。我總覺得他就像一隻豎起毒針等待獵物的焦糖色蠍子。或許他名字的由來不是顯微鏡（microscope），而是蠍子（scorpion）也說不定。

我問：『爲什麼突然打開防禦牆？』

『這是自動設定。我家搭檔跟別人一言不合時，我的防禦牆就會自動打開。』

『可以透過你改變桝岡代理的態度囉？』

『最終判斷的還是他，我只能給他建議。』

『我家搭檔地位雖低，但很有原則。』

『嗯，分析他說的話，我也得到同一結論。』

『你家搭檔想以出人頭地爲誘餌，誘導我家搭檔採取某種行動。但我們青澄公使最討厭人家用這種引誘手段。再者，公使很尊敬他的上司桂大使……』

『原來如此，我來提醒我家搭檔。』

『謝啦。』

『我家搭檔經常用這種方式試探別人，請別太介意。』

『麻煩你了，我們公使對外洋公使館的工作很自豪，並不打算回外務省總部內。』

『我馬上跟他說。』

『不需要爲剛才的態度道歉，畢竟要顧及代理次官的面子，而且我們很習慣這種待遇了，不會動不動就生氣。若無其事結束話題，回到會場就好了。』

『明白了。我就跟桝岡說快下雨了，以此爲由回屋內吧。』

『萬事拜託。』

史科普個性直率冷靜。我們助理智慧體的作用就是透過對話辯論促進人類智慧發展，性格必然朝與搭檔相反的方向成長。

青澄表面超然冷靜，其實內心熱血沸騰，容易激動。他這種情緒上的陰暗面，有時甚至足以毀滅自己。

因此，身爲他搭檔的我，漸漸成長爲冷靜的觀察者。爲了輔助他的思考走上適當道路，我必須適時提出與他性格相反的言論。同樣的道理，史科普的性格非常誠懇正直。這倒值得慶幸。

史科普關上防禦牆，似乎開始與栂岡代理對話。

幾滴雨水落在陽台欄杆扶手上。

栂岡代理露出厭惡神情，說了聲「好吧，反正就是這樣，你好好幹吧。」不耐煩地走回會場。

青澄一進室內就拿起雞尾酒，仰頭喝乾加了濃薄荷的琥珀色酒液，筋疲力盡地嘆口氣。

『栂岡代理是不是在黑市疫苗買賣上參了一腳？』我發動腦波通訊問青澄。『業者應該是竄改了帳簿，將沒有留在紀錄上的疫苗存貨偷偷賣給海上民的。帳面上不存在的收入——如果其中一部分進了栂岡代理手中，推動免費疫苗會擋到他的財路，這樣他就拿不到黑市業者的回扣了。』我繼續說。

『你判斷下得太快了，瑪奇。』

『是嗎？』

『他也可能繞著圈子給我忠告。站在代理事務次官的立場，知道什麼也不能隨便透露。』

『我還以爲他就是講話難聽而已。』

『人類就像強效藥。』

『強效藥？』

『根據立場差異，可能是救命良藥也可能是致命毒藥。和當事人本身的善意毫無關係。差別只在——在某個立場上展現何種作爲，別人又如何看待。當事人可能認爲自己是良藥，周圍卻可能認定是毒藥。反過來也說得通。爬到一定程度地位，腦筋也還可以的人，說起話都多繞兩三圈。最好別傻傻地接收字面意思。』

我沉默一下，青澄微微一笑。『對身爲人工智慧體的你來說，可能有點難懂。』

『不，很值得參考。謝謝。』

『栂岡代理的話有兩種可能。其一，就是如你所說，他參與了黑市疫苗的販賣。另一種可能，是參與黑市疫苗販賣的人和他關係斐淺，不是仍有交流就是對他有恩，所以他無法輕易告發對方——換句話說，他雖不贊成黑市疫苗，但以他的立場無法輕易行動。這樣你懂了嗎？他現在可能是既無法和我們作對也無法站在我們這邊，正在傷腦筋呢。』

『如果是後者，他爲什麼要主動跟你接觸？』

『他可能想暗示我，涉案者是地位相當高的大人物，若是輕舉妄動，下次可就不是貶職了事。就某種意義來說，確實是給我的忠告。』

『那不叫忠告，應該是威脅吧？』

『有一點微妙差異。等你能理解其中差異，你也稱得上是「人類」了。對了，你和桝岡代理的助理說上話了嗎？』

『嗯。』

『感覺如何？』

『滿隨和的傢伙，但沒提到黑市疫苗的事喔。』

『可能不說而已。人工智慧體難道不懂如何裝傻嗎？』

『就我接觸的印象，他不是這種人……』

『好好檢查一下，說不定他在跟你交談時偷放了間諜軟體進來。』

『咦？按照你的判斷，桝岡代理不是可以信任的人嗎？』

『這跟那是兩回事。他們肯定想從我們這裡獲取情報，只要容許接觸一次，就能讀取這邊的結構了。你先把情報防禦牆重組一次吧。』

『知道了。這件事要跟桂大使報告嗎？』

『在揪出對方小辮子前，暫時不要告訴桂大使。掌握確定證據再說。』

這時，另一個助理智慧體接觸了我。我立刻告訴青澄。

『南西敲我，克涅斯·ＭＵＰ·米拉好像到了。』

米拉是特殊公使館高層的人，頭銜是副統轄官。不過，眞正的職銜是什麼就不確定了。因爲他是涅捷斯統轄部外派過來的人。青澄說，米拉身上嗅得出類似情報省或公安警察出身者的味道。不是從眼神或遣詞用字，而是從他的穿著打扮和消除存在感的方式判斷出來的。青澄說他一邊跟你有說有笑一邊留有這些習慣，有時眞教人毛骨悚然。

涅捷斯聯盟的統轄部由三個組織構成。

位於太平洋、印度洋和大西洋上三個海上都市的三個統轄部——名稱分別是「普羅透斯」、「涅羅斯」和「忒提斯」。

涅捷斯是超級龐大的聯盟組織，爲了順利推動決策，必須成立統轄部，又名ＮＯＤＥ。

ＮＯＤＥ原本是亞美利堅統合爲了確保涅捷斯中立而設立的組織。

亞美利堅從本國送出優秀人才進入ＮＯＤＥ，企圖藉此掌握涅捷斯。其他隸屬涅捷斯的政府察覺亞美利堅的企圖，提議將ＮＯＤＥ分成三部分來營運，並藉由會議投票迅速通過此一提案，於是普羅透斯、涅羅斯和忒提斯——有這三個分部的組織結構就此成立。

其他政府也紛紛將本國人才送入ＮＯＤＥ，打算用與亞美利堅統合想出的同樣方法制衡對方。結果普羅透斯、涅羅斯和忒提斯因爲複數政府打的不同算盤而陷入混亂，成爲權力鬥爭的場所。在這場權力鬥爭中，外交能力貧弱的日本完全跟不上其他政府的腳步。

經歷數百年鬥爭，ＮＯＤＥ完成最終型態——可笑的是，那是各地政府最忌諱也最恐懼的型態。和反覆進行生物改良最後產生突變，出現人類難以駕馭的怪物那一瞬間極爲相似。原本被固定在實驗台上的怪物掙脫束縛，將周圍的研究者一一殺死吞噬。又像找不到治療方法的生化武器因細菌外漏引起的事故——在各政府的權謀策略交織下，某天起，ＮＯＤＥ成了誰也控制不了的單位。

既然各國爭相將本國人才送入NODE，出現這種結果是必然。確立內部地位的職員們，在NODE中建立起獨立權力架構。普羅透斯、涅羅斯和忒提斯緊密合作，化作巨大組織，反過來用巧妙手段控制介入的各政府。將受掌控的人才反送回政府內部，擔任重要職位，以NODE為核心基地建立起世界規模的權力網路。

他們的強項就是維持政府機關的機能，卻不眞的是政府。經過大量人才與能幹助理智慧體的努力，NODE蒐集分析全世界情報，發展成專門管理世界各地政府的極端先進組織。

NODE的目標是「維持涅捷斯全體的和平」。為此，他們對所有與涅捷斯聯手的政府皆平等對待。徹底拒絕僅給少數政府好處，堅持以冰一般的理智與邏輯掌控所有政府。同樣不會讓任何一個所屬政府出現漏洞。或許可以說NODE名符其實是「涅捷斯統轄部」。儘管缺乏人性，作為統轄涅捷斯的組織卻表現完美。完美得如同機械。

米拉就是從這麼一個組織外派到特殊公使館的人。他來自人稱「第一NODE」的普羅透斯。

我一回應南西，遠方喝酒的米拉視線立刻對上青澄，露出笑容。他放下喝空的杯子，慢慢朝我們走過來。青澄也將杯子放回桌上，對走過來的米拉點頭致意。

米拉的禮服胸口沒有打標準領帶，取而代之是在口袋裡放了變形蟲花紋、折得像朵盛開芙蓉的口袋巾。他栗子色的頭髮梳得光潔整齊，高瘦身材和比我更俊美的長相是否與生俱來就不得而知了。

因為，普羅透斯外派者因應任務改變外表乃家常便飯。

希臘神話裡的普羅透斯是波賽頓出現前治理海洋的老神。他會預言，還能變身不同生物。普羅透斯使者就像這位神祇，沒有固定容貌。他們能配合狀況改變長相和體型，潛入任何組織，埋下對涅捷斯有利的種子。

米拉的中名雖然是MUP，但我們沒聽過他的花邊新聞。不止異性，他連同性戀人都沒有。至少我們沒聽說過。儘管從目前為止的合作中，我們很清楚他是個認眞工作的人，但青澄至今仍對米拉藏匿的神祕氣息抱持戒心。

米拉的助理智慧體南西自己敲了我又不說話，還在情報防禦牆上打出「讓我暫時休息一下」的閃爍訊息。明明自己先敲我的，這麼做不對吧。但防禦牆既然已經關閉，我也拿她沒轍。

米拉叫住服務生，取一杯新的雞尾酒。青澄陪著拿了一杯，但一口也沒喝。

「月染是什麼樣的女人？」連個開場白都沒有，米拉開門見山。「跟謠傳一樣才貌雙全嗎？」

「你消息眞靈通。」青澄苦笑。「普羅透斯是不是在我們公使館裡裝了竊聽器？」

「什麼啊，你現在才發現嗎？到處都有普羅透斯的竊聽器，連你們館內職員的心跳聲都在我們監控中。」米拉喝一口橄欖色的酒。「剛才跟你在陽台上的是日本代理事務次官吧？終於輪到你回外務省了嗎？」

「怎麼可能。他在鞭策我，要我日益精進。」

「做人坦率點會比較輕鬆啊。」

「在海上生活很開心，月染的事是日本政府的問題，沒什麼好跟你說的。」

「我們那裡最近也開始討論是否該壓低亞洲海域的病潮發生率了。」

「淨水裝置分發沒有做得很徹底，這是事實。不過，問題沒那麼容易解決。」

「汎亞那群人似乎不這麼想。」

「病潮的問題只能一點一點改善，不能太急躁，否則會弄巧成拙。」

「所有海域都一樣，亞洲海域也有好幾個大型船團。海洋雖然廣大，有藝術之葉的地方卻有限，海上民只會聚集在特定海域。人一聚集就產生社會性集團，集團與集團之間又會發生衝突。海洋環境愈來愈惡化，海上民必須爭奪海洋資源和疫苗。現在的亞洲海域就像住了數隻性情激烈的龍，自相殘殺。涅捷斯和汎亞對這些龍都退避三舍。」

青澄聽懂米拉想說什麼了。他正在壓抑翻騰的情緒，平靜回應：「海上民有海上民的權利，我們不該侵害他們的權利。」

「什麼事做過頭了都不好，無論是幫助他人或是干涉他人。」

「我倒是一直嫌不夠，尤其是援助。」

「好好把道理講清楚，我們也不會吝於援助。能幫得上忙的事，都會盡力協助。」

米拉的言下之意是「所以你要把我們需要的情報奉上」，但不能給的東西就是不能給。

青澄回答：「我會考慮看看。」米拉卻不放棄地說：「月染這件事，總有一天得跟我們納賽爾統轄官坐下來談。日期決定後，我會再通知你。」

「這是我們的工作。」

「普羅透斯有普羅透斯的判斷，會正式提出委託的，到時候就麻煩你了。」

「無法認同的事我不會提供協助，這就是我的作風。」

「如果你拒絕，我們就找其他人幫忙，如此而已。」

「月染的船團和你們有什麼關係嗎？」

「有啊。正確來說，是月染本人。」

「到底是什麼關係？」

「這個還不能說。」

「既然如此，我也無法給你明確的答案。」

「這我明白。不過，如果你不希望把這件事交給別人，最好有和普羅透斯聯手的打算。我可是非常期待和你一起工作。」

說完，米拉微微點頭，從我們面前起身離開。

青澄把不冰的雞尾酒放回桌上。接下來好一段時間，既不拿酒也不吃東西，僅止默默思考。

青澄一爲月染這件事行動，相關情報一定會透過我們想像不到的管道傳到米拉耳中。普羅透斯對月染感興趣，且米拉毫不掩飾這件事，這似乎令青澄不安。

外部人士對他的工作插手時，背後多半隱藏著重大意圖。如果沒有充分的理由，隸屬涅捷斯的日本無法拒絕來自普羅透斯的要求。米拉的行動表示我們這次的任務不止是日本外洋公使館的業務。我的ｉ探針偵查到青澄隱隱燃起叛逆火焰。傷腦筋，別以奇怪的方式槓上米拉啊。

青澄問我：『爲什麼普羅透斯要介入月染船團植入標籤的事。就算和交易站有關，米拉出手的時機未免太早了。』

『或許只是因爲遲早都要出手，不如來打聲招呼？米拉把海上民比喻成龍倒是讓我有點在意。難道他們想擊退惡龍嗎？』

『那些傢伙自以爲是屠龍騎士？那我就當一個傾聽龍聲音的使者吧。不會讓他們稱心如意。』

宴會結束，青澄仍有點坐立不安。總是在回程公務車中打盹的他，今天一直保持緊繃，陷入沉思。大概在想月染的事。不過，他沒有主動找我討論，我不會自己提出意見。

人類有時需要這種獨自思考的時間。

病潮疫苗的製造由政府管理。政府經營生產線，將生產好的疫苗直接送往醫療設施。沒有限定接種期間，人民隨時可接受接種。每天都會有一定數量的市民，因爲疫苗即將過期而前往醫療機構。因此，疫苗隨時都有可能從產線上運往醫療設施。疫苗可能是在生產線上外流的。然而，就算是這樣，事情也不是只有調查生產線員工這麼簡單。

每天都有各種業者進出生產工廠。比方說，運來疫苗原料的業者、送疫苗容器來的業者、將新的生產機器搬入廠內的業者、定期維修機器的業者，維修生產線上設備的業者……這些人都可能將疫苗外流。

就算逮捕了一個生產線上的員工，疫苗馬上又會從別的管道外流。只要醫療設施那邊的暗樁配合製作假資料，察明外流出去的數量就不容易。

司法省經常像靈光一閃般破獲一條黑市管道，但這根本達不到嚇阻效果。一如栂岡代理暗示，這件事或許眞的和高層官僚有關。想查出幕後人士斬草除根更是難如登天。

桂大使與青澄每天都在修改對財務省的提案內容。

一個能讓財務省願意從「植入標籤就要負納稅義務」的現行規制做出改變的提案。

就算海上民不定期納稅，只要從其他地方獲取利益，就能籌齊疫苗的製造費用。只要讓海上民認定與陸上民的交流是有益處的，他們就會把現在送進黑市業者口袋的錢轉投日本政府口袋。這不必是定期支付的稅金，而是以經濟活動附加價值的方式回收——這樣就能阻斷黑市疫苗的無謂惡性循環。

就因為現在植入標籤與納稅被視為不可分割的一體，海上民才會拒絕植入標籤。後果是導致無所屬船團大量出現，間接造成黑市疫苗業者的生意興隆。想斬斷惡性循環，該將體制改成「植入標籤就能免費獲得疫苗」和「但不必定期繳稅」。

如果不要海上民定期繳稅，生產疫苗的錢又該從哪裡來呢。

青澄不斷試算，提出了可行的方案。他的方案奠基於從月染那裡拿到的海底資源分布數據，確保日本政府海底開發省能獲得這些資源。另一個資金來源，則是為海上民建設交易站，協助海上經濟發展，令日本政府從中獲利。

要執行這些計畫，就非得和財務省討論不可。

桂大使久違地前往日本群島海上首都「東都ＳＣ」。將這份計畫提交給外務省總部的是公使館管理局的錦邑局長。他通知桂大使「計畫需要審議，請你儘速趕往東都」。

外務省總部雖然能視若無睹個別外洋公使館提出的議案，但不可能忽視公使館管理局長的議案。接獲審議預定通知時，青澄在我面前做出勝利手勢，大喊「太好了！」

從空間01到東都ＳＣ，搭乘輕型飛機來回只要花上兩天。然而，事先取得聯絡許可，財務省那些人也不一定會馬上和桂大使碰面。明明約好時間卻讓你等到天荒地老，這就是官僚慣用的整人手段。考慮到桂大使可能遭到這種對待，在他出差這段期間，青澄代理他的職務，負責主持外洋公使館。

大使從東都SC回到空間01，已是一個星期後的事。儘管途中幾次傳訊表示得讓我們久等，回到外洋公使館的大使心情倒意外開朗。他苦笑著把紀錄用的平板遞給青澄。

「這是會議的情形，你先看一看。」

透過青貓紀錄下來的會議內容，是桂大使與財務省談判的過程。

畫面中出現豪華的接待室，有著豪奢沙發茶几組，外洋公使館裡那套便宜家具完全比不上。青澄好奇地瞇起眼睛，發出「喔……」的低喃。不過，這可不是在感嘆家具的華麗。他有這種反應，是因為見到桂大使面前高檔座位上，那些擺出一副不甚認同表情的大臣官房審議官。

桂大使才剛說明計畫，兩名審議官——次官和局長立刻反駁。

為海上民植入標籤就等於徵稅。要讓腦中只有這個念頭的財務省官員理解用長遠角度思考談判方針，這不容易。他們逼問，若對海上民免費提供疫苗又免除繳稅義務，陸上民一定會抗議不公，到時該怎麼辦？

桂大使說：「把陸上民的疫苗接種也改為免費或幾乎免費就行了。或許無法全面免費，部分區域收低廉費用，符合一定條件的市民則免費優惠。這樣的措施應該可行。」

「你知不知道政府為整個疫苗事業投入多少經費？這不是慈善事業。」

「這我當然知道。但考慮到現在日本經濟狀況，其實差不多可以推動近乎免費接種的社會福利了。」

桂大使提交與交易站相關的文件。包括目前預測可得的收益，以及如何與疫苗製造、接種經費取得平衡。

「光看這份模擬書，對陸地與海洋都沒有不公。計畫的底線是讓海上民取得疫苗，他們依然無法過上如同陸上民般豐饒的生活。即使如此，對海上民而言，生活水準已經大幅提昇。恕我失禮，請問總部的各位有多少人在海上長期生活過？不是海上都市，而是生活在魚舟居住殼內——只有貧瘠的物資可利用，每日暴露在強烈紫外線下，隨時可能遭遇奪命的超大颱風，也可能被海洋生物襲擊喪命，還要靠自己捕獲維生的魚蝦貝類。請問多少人有過這樣的生活？陸上民從他們身上買走多少光靠養殖產業無法獲得的外洋資源，怎還能說這樣的計畫對我們不公平？」

接著，次官不悅地說：「說什麼豐饒的生活，我們陸上民的生活水準和重返白堊紀前的文明相比根本低得可憐。再說，海上民不都改造為適應海洋生活的身體了嗎？我不認為他們有你說得這麼辛苦，反而覺得那是悠閒自在的生活。」

「既然次官您這麼說，那您願意改造自己的身體過海上生活嗎？」

「這跟那是兩回事吧。」

桂大使不屈不撓，努力說服這些除了自己部門之外，對其他事務毫無興趣的公務員。

今後想提昇陸上民的生活，一定得和海上民聯手。此外，陸上民太看輕海上市場的經濟規模了。只要我們這時積極參與海上經濟發展，開拓新市場，財富流入陸地社會的可能性非常高。桂大使反覆說明。

他也提到，若免費接種疫苗的計畫成功，就能杜絕黑市疫苗交易。如果順利說服國際間聯合起來推動這個計畫，一定能破獲主要海域的黑市業者，透過司法制裁將他們徹底殲滅。

住在海上的不止海上民，也有靠小型船隻與筏船生活水上的陸上民。他們就是浮萍。

浮萍在紀錄上的分類屬陸上民。他們都有植入標籤，都按時納稅給所屬政府，從未逃稅。雖然沒有定居在海上都市，但也不是住在魚舟上。浮萍因為工作性質，對海上民文化有很深的造詣。他們是陸上民與海上民的中間人。海上民多半透過浮萍買賣資源。陸上民也可利用這個管道，從海上民手中購買海洋資源。相較之下，陸上生產的物資只有極小部分進入海上社會。

結果造成陸與海的巨大經濟落差。海上民養成自給自足的習慣，沒有太大物欲。即使如此，他們還是經常苦於缺乏物資。比方說維修居住殼的材料、藥物、新鮮蔬菜水果等。

只要陸地方面更認真思考如何與海上民貿易往來，透過這些交易創造的財富一定能從海上流入陸地。這些錢就足以用來支付疫苗生產。為了說服審議官，桂大使這麼解釋。

不管怎麼說，人類文明繼續發展，人口就會增加。

重返白堊紀造成的海平面上升現象已經停止了。

今後等著人類的只有和過去一樣的安穩繁榮。

若政府再不有作爲，民間企業經營的簡易浮筏或大型船將實質發揮「新型海上都市」的作用。月染帶我們看的海上市集將會更發展得更正式，數量也會更多。

在這件事上，政府該提早行動才是。

說服慢條斯理的審議官，讓他們願意點頭放行的桂大使眞有兩把刷子。站在財務省的立場，本來不可能允許這種不把國稅廳要求看在眼裡的計畫。然而，如果不先爲月染船團團員植入標籤，事情就無法繼續推動。說不定官僚打這樣的算盤：先口頭答應給予免費疫苗，等他們植入標籤後，想怎麼推託都可以。

大使也提出月染警告的「獸舟發生率上升」問題，最終博得官員認同。青澄命書記官製作的那份模擬資料實在逼眞。假設目前地球上僅存的少數土地與海上都市都受到驚人數量的獸舟侵略，書記官依據青澄計算的結果做出動畫，光看到模擬數據就能令人不寒而慄。

幾十年前開始，獸舟突變成在登陸時大量散播小型怪物的生物。一頭獸舟爬上陸地時可以散播的小型怪物個體大小與特性不盡相同，不過數量約在三十隻。如果無法在水陸交界阻止牠們上岸，這些小型怪物將入侵內陸。今後獸舟仍會突變，小型怪物的數量說不定會增加。青澄的模擬動畫將登陸及分裂時的狀況都呈現出來，看到這個還不害怕，只能說毫無掌理政治的天分了。

包括交易站的建設問題在內，官員答應桂大使擇日進行第二階段審議。

這次的審議，可說是桂大使占上風。

當然，我們的工作不是到此爲止。必須思考植入標籤後，如何確保月染他們的權益。要是植入管理標籤後外務省總部就無視海上民的人權——那時候，我們必須站在船團這一邊守護他們。這是中間交涉人的義務，如果有必要，我們甚至得協助他們脫離標籤控制。

不過，目前看來，我們的工作還算順利。

只要一切都能按照預定計畫進行。

一星期後，青澄在外洋公使館辦公室執勤時，突然接到桂大使的電話。將我留在辦公室，青澄獨自前往大使辦公室。進去後，等著他的大使坐在書桌前，一臉爲難。青澄察言觀色，默默等待大使開口。

桂大使開口：「剛才公使館管理局錦邑局長聯絡我，說他要調回外務省總部了。」

「這是升官，應該恭喜他……」

「爲什麼偏偏選在這個時期，應該是爲了月染那件事故意調他回去的。接任局長位置的是枡岡・MM・庫羅。」

「咦？」

我差點嘆氣。這不是前幾天派對上那個態度高傲的人嗎——枡岡代理事務次官竟然成爲我們新局長。事情變得棘手起來了。

「枡岡先生已經卸下事務次官的輔佐工作，正式就任公使館管理局局長。上次他來參加派對，或許是來做事前調查。」

「我們什麼時候得去打招呼？」

「他已經指定你去了。說我不用前往也沒關係，要跟你兩個人單獨談。」

「我有不祥的預感。」

「他在派對上跟你說過什麼嗎？」

「關於免費疫苗接種的事，他好像很介意，但不知道原因。」

桂大使沉思半晌。他沒有馬上認定枡岡新局長直接參與黑市。謹慎小心地思考所有可能性。「直接指定你去未必是壞事。不過計畫本身可能多少得延後執行了。」

「畢竟目前實在太順利，我們恐怕得做好最壞的打算了。」

「是啊。」

青澄帶著我前往日本群島。

來到東都SC的外務省，在櫃台接受ID檢查。我被指定在專用房間等待，因爲這邊的辦公室除了人類之外禁止進入。外務省配給的人造身體也須在特定場所等候。

在走廊與搭電梯上樓的途中，青澄好幾次和外務省職員擦身而過。不過，其中沒有他認識的人。應該說，就算遇到認識的人，彼此大概不會交談。外務省總部和外洋公使館的職員地位天差地遠，即使青澄不會因地位高低而妄自菲薄，但不會甘於接受顯而易見的輕蔑態度。

抵達目的樓層，青澄恭恭敬敬地敲局長室的門。裡面有了回應，青澄開門入內。

桝岡新局長坐在辦公桌前看文件。青澄一走上前，他抬起視線，文件放到旁邊。

「不用特地打招呼了。」他的態度還是不親切。「隨便坐。」

隨後，桝岡局長的助理智慧體史科普與我連上線。『上次謝謝你了。』

『我才要謝謝你。』我回應。

『沒想到會以這種形式一起工作呢。請多指教。』

『局長今天心情如何？』

『不壞。你看我的動作不也輕盈多了嗎？』

『確實。』

『因爲配合工作內容調整了機能，我現在的心情，就跟女人減肥成功時一樣。』

『桝岡局長對我們來說，會是好上司嗎？』

『這很難說。畢竟他的位置夾在高層和下屬中間，希望不要遇到什麼讓他沈不住氣的事。』

青澄坐上沙發，桝岡局長仍未離開座位。他雙手交握桌上，用法庭上法官看被告的目光注視青澄。

「你對無所屬船團策畫的計畫，我讀過了。就是錦邑先生上呈的議案。計畫很不錯。至少比我上次派對前看到的好很多。」

「我和桂大使一起修正多處。」

「爲了獲得財務省認可？」

「對。」

「這份計畫很合邏輯，道理都講得通。」桝岡的語氣聽來卻非讚許。「不過，這不是一份理解過省廳意向提出的議案。就這層意義來說，簡直破綻百出。」

桝岡局長從桌上文件中拿起一張紙。對青澄做出上前拿取的命令。青澄沒有一絲嫌惡，他從沙發起身走向辦公桌。他接過那張紙還來不及看，桝岡局長就立刻宣布：

「與月染的協商暫時中止。在重啓指示下來前，你們乖乖在外洋公使館待命吧。」

青澄在驚愕中抬起頭，望向桝岡局長。桝岡局長嘆口氣：「你的頭腦雖好，做事要領卻很差。老實說沒想到這麼差。」

青澄還說不出話，桝岡局長又繼續：「你以爲符合邏輯，上面就會認同嗎？你應該知道總部裡那些亂七八糟的鬥爭吧。爲什麼不謹愼一點，把那些都處理掉？」

「——如果計畫有缺陷，請指正。我會重新擬一份議案。所以……」

「我現在不是在說這個。」桝岡局長撇了撇嘴，像忍不住失笑。「桂大使在外務省總部樹敵眾多，我是要你提案時也考慮到這事。你以爲總部那些人會接受這種不給面子的提案？」

即使青澄再冷靜，聽到這句話不由得失去理智。外洋公使館當然清楚總部內鬥爭，這次的行動也事先掌握內部情報，並非什麼都沒想過就提出議案。正因事先考慮過總部的權力關係，才提出這份應該行得通的計畫。事實上，順利通過了初步審查。關於這一點，實在沒有被桝岡局長譏諷無能的道理。不管怎麼想都是要壓下已通過議案的那群人不對吧。

我的i探針感測到青澄情緒激動。不過，他還是冷靜地繼續對話。「我的工作是和海上民溝通談判，總部內的調整不在我工作範圍。」

這是刻意改變論點的回答。青澄想藉此摸清桝岡局長眞正的想法和如何出招。

桝岡繼續說：「所以我說你這種做法不行啊。要是事前知會我，我就會幫你把計畫裡不需要的部分拿掉，用修正過的議案徵詢上面的意見……」

「這份計畫中的所有要素都不可忽略。組合起來才能發揮最大效果。」

「這種講法高層聽不進去的。你也知道總部裡有一派人馬很討厭桂大使吧。」

我和青澄調到空間01才半年，不過，桂大使的經歷和個資當然已有掌握。

「謠言是有聽過一些。」

「這回答可眞狡猾。不過算了。既然你知道，話就好說了，那派的人馬現在正打算抹煞這份計畫。如果這份計畫成功，桂大使居功厥偉還可能衣錦還鄉、重回外務省總部。這是那群人最擔憂的事。重回總部對桂大使來說可是升官，他們當然要在那之前雞蛋裡挑骨頭，擊垮這份計畫。」

「既然您都知道是這樣了，還眼睜睜看不義之事發生嗎？」

桝岡局長冷笑：「插手才眞的是『不在我工作範圍內』呢。我有什麼必要這麼做？那些無聊鬥爭從重返白堊紀前就腐蝕日本政府了，非一朝一夕能解決。」

青澄凝重地拿著文件，局長說：「我不知道會要你們待命到何時。如果希望重啓計畫就好好行動吧。我給你的忠告就這樣。好好掌握總部內的人際關係，事先排除可能造成阻礙的要素。話說回來，你要是有做這種事的權力和人脈，也不會被派到外洋處理海上糾紛十年都回不來。」

「我是因爲喜歡這份工作才做的，從來不覺得無趣。」

「你受到總部內派閥鬥爭波及才被貶的事，我清楚得很。」桝岡局長隻手放在桌上，上半身往前探。「不過，差不多該考慮怎麼回總部了吧。這次的事或許是你的良藥。聽好了，總部內沒有後援的話，提什麼案都不會過。這幾年這種趨勢會愈來愈嚴重。以前行得通的方法，今後可能不適用。你寫出再縝密、再崇高、再有價值的計畫都派不上用場。」

青澄默不吭聲，什麼也不反駁，他將文件疊好，收進正式西裝的口袋。

桝岡局長又說：「不求饒，不發抖，很有骨氣。不過，光靠骨氣無法在社會上生存。」

「感謝指導。」青澄客氣道謝。「您還有什麼要說嗎？」

「沒了。對了，多補充一件事吧。關於黑市疫苗，也有人提出要更嚴加取締的意見。司法省會稍微用力一點。不過，到時候被檢舉逮捕的只是好抓的人。到時不必特地開放免費疫苗，一旦做這件事，失去黑市疫苗管道的海上民想活命就只能植入標籤了。」

這是故意放掉「大尾的」黑市疫苗業者，同時逼得海上民走投無路。海上民植入標籤，政府就容易徵稅了。用標籤追蹤，將來國稅局不怕找不到已登錄標籤的船團。

青澄冷靜回應：「海上民的生死觀和陸地不同。他們有選擇不植入標籤赴死和放棄植入標籤的權利。」

「我知道啊。不過，要是那種狀況多了，你的工作會變得更難做吧。這次也是海上民觀察外洋公使館的機會……總之，你好自爲之啦。」

「請容我告辭。」

靜靜關上門，青澄踏進走廊。走廊上，他一次都沒跟我連線通訊。不過，並不像受到打擊或被空虛吞沒。各種情緒交織心中。i探針感測到的東西令我有些困惑，不知如何歸類。跟櫃台領回我的人造身體後，青澄離開外務省。取消預約好的飯店，直接訂最後一班飛機。他在機場餐廳裡提早吃了晚餐，就坐在候機室椅子等待出發。

「果然有人出手阻撓。」青澄放在腿上的雙手交握，喃喃低語。「雖然早料到會有妨礙，沒想到整個計畫都要中斷。」

「對桂大使難以啓齒。」

「這不是大使的錯……但知道原因，他一定會很難過。」

「還是……瞞著他別說？」

「我不會瞞他。就算不說，大使很快便會察覺。」青澄想起什麼似地說：「難怪桝岡局長指名我來。他不想當面跟大使說這種話。」

「他怕被大使追問或反駁嗎？」

「不太可能是這樣……」

青澄凝視雙手道：「煩惱也沒用。局長其實給了我幾個提示，好好思考接下來怎麼做吧。」

回到空間01的青澄向桂大使報告與月染的協商必須中斷。聽到計畫受阻的原因，桂大使很鎮定，還反過來道歉：「抱歉啊，因爲我的私人恩怨，造成你工作困擾。」

「大使請別介意，有問題的是插手阻礙的人。我擔心繼續下去會對海上民不利。就算生產疫苗的事無法推動，至少要實現建設交易站的承諾，這樣才能不失信於他們。這事關海上民對外洋公使館的信任。再說，建設交易站不管怎樣都得借助民間的力量。」

「沒錯。接下來好好思考怎樣正式推動交易站。對了，你不在的這段期間接到個壞消息。中南海域一位船團長索姆納通知我們一件嚴重的事，你先看看對話紀錄。」

桂大使舉起手，手指一晃，眼前出現紀錄影片。畫面裡的人年紀相當大，有著長期生活海上者特有的粗糙和失去光澤的皮膚。手腳瘦得像枯木，胸膛很薄。不過，黑眼珠散發強烈光采。證明了如此高齡的他雖然沒有使用輔助腦卻仍不失智慧。

『……這個裝置是向浮萍借來的，我目前在浮萍船上與您通訊。我叫索姆納，在北緯十五度附近率領無所屬船團……』

桂大使的助理青貓傳了一份資料給我，是索姆納的個人檔案。我要青澄看一看。影片中，索姆納和桂大使繼續通訊。『雖然不能透露情報提供者的名字……』索姆納聲明完才進入正題。『汎亞聯盟正著手掃蕩亞洲海域的無所屬船團。以討伐海上強盜團的名目，不止海上警衛隊，連海軍都出動了。他們的目的應該是整頓亞洲海域。他們向來認爲無所屬船團會造成環境惡化，現在已將我們視同海上強盜團，不由分說地掃蕩。海軍的機械船活動範圍廣，長期航行外洋，一見到無所屬船團就擊沉。』

『這是眞的嗎？』

『官方書面說詞和原本一樣，僅討伐海上強盜團。然而，根據私下證詞，我們漸漸發現事情不是那麼一回事。』

『有沒有可能是誤擊？』

『不可能。受到攻擊的船團都是捕魚或休息當下。』

『您沒有聯繫汎亞的外洋公使館嗎？』

『有受害者向公使館提出抗議，但完全沒收到回應，也沒有前來調查受害狀況。畢竟，遭到攻擊的是無所屬船團。』

『爲什麼要告訴我們這件事？』

『我們一直在聯絡其他政府的外洋公使館，希望有人伸出援手。聽說空間01的公使很有能力，解決不少海上糾紛。如果您們能和其他公使館聯手幫我們向汎亞政府施力，那就太感謝了。』

『植入汎亞的標籤納稅就不會受到攻擊。汎亞是否釋出這樣的宣傳訊息？』

『沒有。政府並未積極宣傳這類訊息。更何況，目前狀況是無所屬船團根本無法接近汎亞的海上都市，一靠近就會遭攻擊。』

『竟然有這種事……』

『這樣下去，海上民總有一天會暴動。我認爲這對海洋和陸地都不是好事。海上民掀起暴動，汎亞政府一定會利用機會將無所屬海上民徹底殲滅。海洋上的虐殺會比現在更嚴重，無論如何都得避免。』

『您希望不要用暴力，靠談判解決問題，是嗎？』

『正是如此。』

『我明白了。這邊會盡快行動。但外洋公使館不像您認爲得這麼有權力。要對汎亞高層施力得花上很多時間，您可能要久等。在那之前，可否請您安撫海上民，協助他們避難到安全場所？』

『已經有不少船團逃離這海域了。問題是，能逃的地方有限。沒有藝術之葉或海上市集的海域很難自給。另一方面，特定海域突然湧入大量外來海上民，一定會和原本民眾起衝突。到時候也想請外洋公使館的各位協助處理。眞的非常冒昧，請多多關照了。拜託拜託。』

索姆納對著螢幕深深低下頭。那誠懇的姿態就像在說，只要能幫助夥伴，把頭垂得多低都願意。

『請別客氣。』桂大使接著說。『這種暴行不該容忍。我會馬上跟各部門聯繫，盡力解決。您今後仍會繼續使用這個通訊裝置嗎？』

『這是借來的，可能用不了太久……』

『請著手準備同樣的裝置。如果眞的沒辦法，可直接到我們公使館來。一個的話能馬上準備給您。』

『太感謝了，那麼我會再跟您聯繫。』

影片到此結束。青澄看完後開口：「這根本稱不上是整頓環境……汎亞難道是擔心無所屬船團集結成一股勢力？」

「有可能。要是浮萍和海上民結盟，會形成足以推翻陸地政權的勢力。陸上政府或許想防患未然，將可能性消滅。」

「可是，都發生這麼大的事件了，還沒有看到任何反對的官方聲明……」青澄想起前些日子派對上米拉的話，趕緊告訴桂大使。「涅捷斯和大洋洲或許默許汎亞的行爲，不但不積極援助，甚至裝作沒看見——」

如果眞是這樣，談判將陷入困境。和月染協商的事都有人要阻撓了，更何況牽涉到其他政府。一定有太多無法掌握的勢力。

桂大使說：「不管怎樣，月染那件事得暫停。多出來的時間，你能幫我處理一下這件事嗎？想對汎亞施加壓力，最好先和涅捷斯有共識。但各政府的態度未必和涅捷斯統轄部一致，這還得探聽清楚。」

「好的，我會請櫻木書記官和竹本書記官探查，我試著聯絡其他政府的外洋公使館。如果有其他公使館行動，就跟他們合作。」

「萬事拜託。我這邊會試著從外務省總部及駐外公使館推動看看。」

離開大使辦公室，青澄透過我連結空間系列的外洋公使館，詢問對方是否接獲索姆納團長的救援。回答知情的只有少數公使館。不過，這未必代表他們沒收到救援請求。就算知情，如果不想扯上關係，也會乾脆回答「沒聽說」。此外，青澄提出合作邀請，大多數公使館卻回覆「正在討論」或「考慮看看」，沒有人願意馬上行動，也沒人答應聯手。

極少數外洋公使館告訴我們，他們已經對汎亞提出抗議，打算透過自己政府或經濟管道跟汎亞高層談判。這些都是不隸屬涅捷斯的政府外洋公使館——都是小規模政府組織的代表。青澄和他們交談後，約定今後彼此繼續交換訊息。雖然大型政府動作向來遲緩，但這次異常遲鈍，非比尋常。證實自己直覺沒錯的青澄懊惱地咬牙切齒：

「這就是涅捷斯的方針嗎。裝作很爲難，對無所屬船團見死不救……」

我問他：「連第一線的外洋公使館都這麼無動於衷，外務省總部或駐外公使館更別說了。下面和上面都不動就一點辦法也沒有。你打算怎麼辦？接下來該做什麼？」

「等一下，我正在想。」青澄揮揮手指，整個視野便被檔案占滿。他雙手翻動文件查詢，讀過內容後拉出其中一個檔案。「找到了，就是這個。」

「這什麼？」

「汎亞聯盟政事院上級委員名單。」青澄快轉附有大頭照的個人資料，抽出數人資料。「汎亞有個不太一樣的政治家。他出身海上民卻一路當到上級委員。這人在身邊建立起汎亞內部少數族群組成的人脈網路。」

青澄放大其中一個人的資料。

「曾・MM・利。出身商務部的上級委員。他在聯盟政事院裡負責經濟事務。跟他接洽看看，改變汎亞政策的可能性相當高。」

「你要跟他接觸嗎？怎麼做？」

「問題就在這裡。這種程度的大人物，我的地位要直接聯繫對方很難。任職總部或駐外公使館的人才有直接對話管道。只能從他身邊的人下手，找到能爲我引見的對象。」

再次快轉資料，青澄檢視了好幾個人的檔案。拿出許多人的資料又放回去，最後選出兩個人。

「最可能幫助我接觸到曾委員的，應該是這兩人。其中一個叫那青・MM・學嵐。此人和曾委員交情很好。因爲是外交部出身的官員，我去見他並不會太突兀。不過，他的層級和曾委員一樣高，我無法直接找上他。地位差太多了，得另外找人幫我引薦學嵐委員才行。」

「你有這方面的人選嗎？」

「我打算拜託大哥。」

「青澄企業的圭董事長？」

「對。請他幫我找找經濟相關人士裡，有沒有跟學嵐委員搭得上線的人。」

「嗯，這下又要欠你大哥人情了。」

「沒辦法。這種時候借得到的都得借。另一個管道是這位，海上警衛隊的曾太風上尉。他是曾委員的親弟弟，雖然爲陸地組織工作，上尉本人的身分登記依然是海上民。」

上尉大頭照特徵鮮明。從雙眼下方延伸到臉頰的深綠色條紋──這是我第一次看到有綠子當上軍官。能爬到這個位置應該是拜其兄長所賜，同時，這個年紀卻只爬到這個位子則和他出身有關。

「曾上尉正在討伐海上強盜團。以他的階級，我找上他也不算異常，而且彼此都在海上工作。透過他的協助，看能不能與曾委員說上話好了。」

「他是汎亞海軍的人嗎？」

「海上警衛隊不是海軍，隸屬武裝警察管轄——不、等等，這怎麼回事？」青澄從個人檔案資料跳到另一個頁面，打開其他檔案。「海上警衛隊有一部分納入其他組織了。武警應該歸聯盟政事院才對，這到底是……海洋安全管理部？汎亞外洋公使館的工作也被畫到這邊了。而且，這個組織本身也納入汎亞海軍麾下……」

「這麼說來，還是得將曾上尉視爲海軍的人？」

青澄雙手環抱胸前，思考半晌。

「海洋安全管理部剛成立，從成立日期看來，恐怕是爲了掃蕩無所屬船團特地成立的部門。這麼說來，曾上尉現在隸屬這邊嗎。這樣跟他接觸就要小心了，一不小心會搞砸。」

「爲什麼？」

「我只是組織末端的小角色啊。如果彼此上頭的高層官僚還沒談過，我們這些下層官員就先出手——被發現的話，我們外務省總部那些人又要大生氣了，說什麼害他們顏面盡失。」

「哎呀。」

「另一個問題，上尉可能站在海上民那一邊。說不定把消息洩漏給索姆納的就是他。」

「這有可能。」

「若是這樣，我擅自跟上尉接觸，可能礙了他的事。不過，上尉要是本來就想跟外洋公使館搭上線，那我主動聯繫就很關鍵了。說不定會成爲扭轉局勢的大好機會。」青澄把曾委員、學嵐委員還有曾上尉的檔案資料轉給我。「這兩個管道我都探探看，首先幫我聯絡曾太風上尉吧。」

「你要直接見他？」

「可以的話想這麼做，看對方意願了。」

我用公用線路撥打汎亞海上警衛隊的代表號，詢問對方事務處理智慧體，可否與曾太風上尉聯繫。接電話的電子接待小姐確認了青澄的個人資料後，要我們稍等。或許青澄外洋公使的立場對汎亞警衛隊還是有點作用，竟然沒讓我們吃閉門羹。

然而，等待時間就長了。

原本以爲馬上接通，等這麼久實在有點詭異，但我們還是繼續等。對方或許在仔細調查青澄來歷，但即使如此，還是有點久。

「怎麼這麼慢。」青澄有點不耐煩。「到底怎樣了。」

「上尉或許在執勤。」我說。「說不定正對海上強盜發射魚雷，要怎麼來跟你通話。」

「你說的也有道理。」

一小時後，電子接待小姐幫我連上另一個助理智慧體。那位名叫燦的助理用不帶感情但彬彬有禮的語氣，請我打開情報防禦牆。這意思是，要是我敢放出間諜軟體，她會瞬間將我擊垮。以人類行爲來比喻，大概就是隔著衣服拍拍對方身體，檢查有沒有武器。反正我沒打壞主意，就隨燦檢查了。燦客氣地道謝，幫青澄和曾上尉連線。

辦公室的投影螢幕上，映出曾上尉的身影。背景是艦長室，曾上尉果然在執勤。

「百忙中打擾您非常抱歉。」青澄緩緩低頭致歉。「我是在空間01日本外洋公使館擔任公使的青澄．N．誠司。」

「自我介紹就不用了，這種資料透過助理就能拿到。直接說正事，我很忙。」

曾上尉沒有一絲笑容，嚴肅地望著青澄。語氣僅管不善，但他眞的很忙又何必連線通訊。對方大概也想試探我方來意。雖然無法抱太大期待，但有一試的價値——青澄似乎這麼判斷。

「空間系列的外洋公使館接到來自海上民的救援要求。關於這件事，想請教曾上尉您的意見。」

「救援要求？」

「聽說，有普通船團被誤認爲海上強盜團，遭到攻擊。」

「被哪裡的政府攻擊？」

「根據目擊者的證詞，是汎亞聯盟的海軍。只是，我們公使館尚未取得證據，我的看法是其他組織也可能喬裝成汎亞海軍。」

青澄刻意隱瞞直接從索姆納那裡聽到消息，也不斷言發動攻擊的就是汎亞海軍。在還沒確定曾上尉立場前，現階段最好不要直接提及。

青澄繼續說：「上尉率領海上警衛隊，一定很熟悉海上，這件事能否聽聽您的看法呢？或許您親眼目睹過。現在亞洲海域到底發生了什麼事——我們外洋公使館無法掌握。爲了守護海洋的安全，只好借助曾上尉您的力量了。」

「我是警衛隊的人。」曾上尉不爲所動。「只懂得執行上頭任務，解決海上問題。除此之外，不打算做別的。」

「不用官方身分也沒關係，要不要私下吃個飯呢？上尉您指定的任何地點，我都可以過去。」

「你難道不用處理日常業務？」

「我將與上尉見面的事排在最優先。就算總部命令我去普羅透斯，我也會以和上尉的約定爲優先。」

「你做到這個地步，我仍可能因爲接到緊急任務而爽約。」

「這不要緊。我會一直等到您能和我見面爲止。」

「你這人挺有意思的。」曾上尉嘴角浮現淡淡笑意。不仔細看不會察覺，但確實微笑了。「我還沒在其他外洋公使館碰過你這種人。換句話說，目前情勢就是大家根據海上狀況做出適當的判斷。難道你不認爲自己杞人憂天嗎？」

青澄想開口，上尉登時伸手制止。「不過，如果你眞的擔心，該找的不是我，應該找更上頭的人。上面握有正確情報，眞有什麼狀況就能立刻行動。」

「您的意思，我應該接洽聯盟政事院？」

「沒錯。」

「聽說上尉的兄長在聯盟政事院工作？」

「沒錯。我大哥很願意聽人說話，即使不是汎亞的人民，他也樂意聽。他叫曾・M・M・利——你應該拜託曾委員才對。比找我有用多了。」

「上尉可以為我引見嗎？」

「抱歉，我不幫任何人做這種事。因為很麻煩。」

青澄和曾上尉隔著螢幕注視彼此好一會兒。

曾上尉沒再說更多。我想，他認為只要自己和青澄接觸，汎亞就會注意到他的動向。這麼一來，不止他自己，連青澄也會被追究。青澄雖然不會擔心己身安危，上尉卻不樂見。他這番話同時暗示青澄，想見曾上級委員最好不要透過自己，但有其他管道可循。只要青澄主動，委員一定願意聽他說。

聽懂這一切的青澄恭敬低下頭。「非常感謝您的建議。這麼一來，我也可以確定大方向了，一定會在能力所及盡力。上尉，請您小心保重。」

「工作告一段落後，希望找個地方見面。只要跟空間01外洋公使館聯繫，你隨時都會在那嗎？」

「是。如果不會造成困擾，可否讓我的助理記住聯繫您的通訊號碼？」

「不要好了。這樣對彼此都好。這次跟你通訊的紀錄，我等結束後會全部刪除。可以吧？」

「悉聽尊便。對我來說，只要能讓上尉記住我這個人，就不敢奢望更多了。」

「我記性很差的，不管誰來問我，我回答不認識的可能性都比較高。」

「不打緊。有緣分，總有一天能在哪碰面。」

「是啊，我會期待那日。」

曾上尉主動中斷連線。燦不再掃描我，隨著通訊結束靜靜退出。

青澄低聲說：「……瑪奇，上尉和我們站在同一邊。把消息洩漏給索姆納的十之八九是他。拒絕與我們合作，是怕他的立場被汎亞發現。」

「他故意留在汎亞內部，繼續把消息帶給海上民。」

「應該是。眞有勇氣，竟然做出這麼危險的決定……」

汎亞內部除了曾上尉之外有沒有其他情報提供者，光就今天對話無從判斷。這麼一來，即使遇上最糟的狀況，受處罰的只會有曾上尉一人。這個不用青澄說，我都推測得出來。

青澄接著要我聯繫青澄企業的圭董事長。

青澄・ＭＭ・圭司是青澄企業董事長，比青澄大八歲。父親邦弘過世後，兩位哥哥——圭司和愼司繼承青澄企業，只有老三誠司離開家。雖說三人一起繼承也很好，但只有一人離開，反而讓三人關係變得更好。工作上，身邊有財界的人對青澄是一大好處。青澄企業也很樂意透過青澄拿到政界情報，可以說是雙贏。

我撥通號碼後，圭董事長的助理立刻轉接給董事長。

傳來圭董事長開心的聲音。『好久不見，最近過得好嗎？』

「託大哥的福。」

『大白天就打電話給我，是不是又要拜託什麼事啊？』

「嗯。我想認識汎亞高層的人。」

『不能透過北京的駐外公使館幫你牽線嗎？』

「照理說應該這麼做，但那裡的大使和公使是總部派去的菁英官僚，就算我去拜託，對方也不會給我好臉色。」

『這樣啊。那你的目標是誰？得看對象是誰才能決定介紹人找誰好。』

「我想認識聯盟政事院的上級委員——那青・ＭＭ・學嵐。」

『學嵐委員啊，他是外交部出身的委員吧。你的人脈接觸不到他嗎？』

「到了聯盟政事院這個層級，我的地位比較難接觸。我想透過哥哥介紹和學嵐委員有交流的經濟界人士，再請這個人幫我牽線——目前想的途徑是這樣。」

『準備好給學嵐委員的伴手禮了嗎？』

「當然。」

『我想你應該很清楚，不經由駐外公使館跟對方接觸，對方一定會大大起疑。一個不小心，你又要引起總部抗議了。』

「這方面的事，就請哥哥好好向對方說明囉。」

『我可告訴你，學嵐委員對這種事很嚴厲的。』

「我知道，不過我非和他見面不可。其實我想透過他再認識另一個人，這才是我眞正的目的。」

『你想見的人是誰？』

「整個汎亞政府內，最了解海洋和陸地的人。」

身爲青澄企業董事長，圭司不可能不清楚最近汎亞內部的動態，他肯定就聽懂了。『原來如此。不過，確定牽線路徑需要一點時間，我知道你很急，能等嗎？』

「我會等的。與其拜託別人，還是拜託大哥最快。」

『好。那過幾天再聯絡你。要是你等不及了，就來催我一下。』

「謝謝大哥。」

『這件事可不好辦，你要好好謝我才行。』

「我自有打算，這個我們再詳談。」

結束通話後，青澄指示我：「我會繼續斡旋這件事，你去一趟SSAI，任何資料都好，多找一點關於汎亞和海上民的資料回來。關於月染的資料也要繼續追。就算計畫暫時凍結，月染應該會自己判斷並持續行動。不要停止追蹤她。尤其是定位資訊，因爲魚舟隨時可以移動。」

『收到。』

我的工作通常是輔助青澄思考。我們助理智慧體要幫助面對選擇時猶豫不決，或是不斷反省內省的人，加深他們思考，提昇層次。如此淬鍊後的思考更容易獲得別人理解。就像條理分明的嚴謹論文比信口開河的嘴上言論更能正確傳達訊息。話說回來，人與人的關係當然不是只靠正確傳達訊息就能建立。

我們助理智慧體一天當中，有幾小時不用陪在夥伴身邊，優先處理自己的工作。

那就是連上名為「ＳＳＡＩ」的網路——獨自進行蒐集情報的工作。

ＳＳＡＩ可說是我們助理智慧體的社交場所。一如人類外交官或情報局員在大使館或宴會場上刺探或交換情報，我們在網路上做一樣的事。我們助理智慧體會一邊衡量自己想獲得的情報與能提供的情報，思考彼此握有的機密等級是否相當，藉此判斷交流優先順序，與其他智慧體交換。

ＳＳＡＩ的構造和海裡的藝術之葉很像，以層級結構的方式組成，不同層級設有限制。我是外交官助理，可以連結到比較高的層級，連結下方層級時也幾乎不受限制。相較之下，主要活動範圍受限於下層的助理智慧體就無法到上層。舉例來說，一般學生使用的助理就無法與我直接交流。用人類來比喻，就是「不能進入同一個房間」。

不過，即使無法進入同一個房間，還是可以發送訊息。在ＳＳＡＩ中，不同層級間仍有連結，下層可透過傳話方式將訊息傳入上層。話雖如此，想做到這點還是得找到能幫忙轉介訊息的「集線器」，而這需要人脈。同樣舉學生為例，侷限在學生族群間流通的訊息很難直接傳到我這裡，但若某位學生將資訊傳給教授，教授再傳給系主任，系主任又跟其他大學的系主任說了這件事，那麼內容就很有可能傳到我這裡來。

青澄很少在白天命令我去ＳＳＡＩ，由此可知是緊急判斷。如果索姆納說的是實情，最壞會發展成亞洲海域的內戰，血染大海的殺戮不知何時結束。必須阻止這樣的狀況。

連上ＳＳＡＩ後，我掌握了正在連線的助理智慧體個數。大家都是一邊掛在這裡，一邊協助搭檔。也有暫停與搭檔連線，專注在這裡蒐集情報的夥伴，那些都是進入夜晚時區的智慧體，利用搭檔睡覺的時間，像拖網捕魚似搜尋資訊，再篩選過濾。被他們篩落的種種電子情報掉在ＳＳＡＩ的情報葉上，閃閃發光。

我陸續檢查允許彼此連結的夥伴，看對方手上有沒有我想要的情報，也看看自己手上有沒有值得拿出來交換的東西。檢視過去交流、確認彼此立場及想要的情報清單……在一瞬之間清查這些事項，計算交易是否成立。如果是人類，以上行爲通常透過對話談判，我們智慧體則根據數位數據演算。

關於海上民及月染的情報，我在青澄第一次與月染見面前就查過一次了。現在還看不到更進一步的新情報，雖然有不屬於月染個人，而是與船團有過往來的人提供情報，但都不是太重要。

我再次回想青澄的話。只要放下對早死的恐懼，海上民就能完全脫離陸地。這樣的海上民認爲遇上病潮是命中注定，將死亡視爲理所當然，接受命運。月染的船團裡一定有這樣的人，認爲既然沒有疫苗，死亡也無可奈何，比起植入陸地的標籤，他們更希望有完整的自由。但是，一定也有一樣多的人不這麼想。他們或許會認爲自己這一代就算了，但希望下一代過得更好。想突破僵局就要從這些人下手，可惜在清查訊息的過程中，我沒找到有幫助的情報。另一方面，關於汎亞海軍對無所屬船團的攻擊，倒有許多錯綜複雜的情報四處流竄，多半是陸上民透過網路發出的訊息。

即使地球已經從重返白堊紀的打擊中振作，因爲資源不足，擁有能連上民間網路裝置的人類數量有限。正因如此，會積極在網路上傳播情報的人，都是對現實社會有高度敏感的人。因此，具有價值的情報在網路上大量流通。

以個人身分傳上網路的證詞都是第一線的寶貴報告。網路上也找得到其他人閱讀這些報告後寫下的分析，還有對照分析結果，指出矛盾的紀錄。反過來說，其中看得到試圖操作錯誤情報，明顯帶風向的假消息。傳播這種假消息的人，毫無疑問來自政府情報局，試圖以假消息誘導輿論。我把這些文章小心地加上了分類標籤。

有些記者選擇不在大眾媒體上發表，直接在網路上爆料。這些逃過政府施壓的情報幾乎都採匿名發表。一旦用眞實姓名，只會讓自己暴露在社會暴力下，或是立刻被政府機關撲滅。網路上充滿這種等級的可怕證詞。

我使用過濾器過濾情報，並將情報分類分析，找到一大堆足以證實索姆納所言不虛的消息。無名氏們的第一線報告非常優秀，他們躲過政府的攔截網，把血淋淋的現況告訴大眾。其中有浮萍從海上民那裡聽到的第一手消息，也有記者實際住進魚舟，採訪同居的海上民，將眞實生活報導出來。這些都是正確得知世界現狀時不可或缺的情報。

情報皆指出汎亞海軍確實發動了無預警攻擊，而且是在事先掌握船團資訊的狀況下發動攻擊，並非誤擊。發布情報的群眾大聲疾呼，這是刻意發動的民族虐殺。同時，另一群情報發布者反駁，認爲全世界都有聯盟組織，現在是政府穩定發展的時代，不可能發生那種事。爲了比較兩個情報群的訊息來源，雙方的意見我都不偏袒地接收了。

被過濾器篩掉的情報，落在情報葉上發出亮光。也有來自其他地方的助理發現並撿回情報。現在我不需要的情報，對身處其他局面的助理而言可能派得上用場。

我花了好幾天，在ＳＳＡＩ上四處遊蕩。

青澄一臉凝重地讀我帶回來的資訊。往下調查，愈察覺事態嚴重。

在青澄指示我前往ＳＳＡＩ調查約莫十天後，我在ＳＳＡＩ上遇到櫻木書記官的助理智慧體羅德西亞．里吉貝，他正以驚人速度穿梭情報網間。過濾及分類情報的速度是我五倍快。因爲他安裝了情報分析專用程式，處理資料的能力高超。那高速穿梭於好幾個情報葉上的身影，就像他名字由來的羅德西亞脊毛獵犬一樣出色。羅德西亞將用不到的資料高速丟棄，廢棄的情報彷彿快速轉盤上的金屬粉般朝四周撒落。

我正想打聲招呼，羅德西亞就開口了。

『找我有事嗎？』

『沒啦，想問問你收穫如何？』

『要看嗎？或許有公使感興趣的東西。』

羅德西亞對我開放閱覽資料的權限。我也打開自己找到的資料和他分享。羅德西亞瞬間讀取了我這邊的資料，我還在磨蹭時，他已經重回ＳＳＡＩ搜尋起新情報了。等我好不容易整理完羅德西亞的情報，正想對龐大的資訊量抱怨幾句時，羅德西亞頓時「噓」了一聲。

『幹麼？』

『厲害的傢伙來了，我就是在等她。』

『誰？』

『南西啊。特殊公使館的。』

原來是米拉副統轄官的助理。在創立記念派對上沒能跟她說上話，現在看有沒有機會聊一下吧……我如此期待，找尋她的身影。馬上就找到了。只是，目睹她運作速度的同時，我忍不住驚呼。不愧是羅德西亞口中「厲害的傢伙」，南西蒐集情報的能力驚人。就像海中怪物斯庫拉，傲然伸長探索臂，搜尋咀嚼大量數據。

斯庫拉是傳說中的生物，上半身是美女，下半身是魚，身上有六個狗頭，有些地方的傳說則有章魚腳。南西正如這傳說中的怪物斯庫拉，以自己爲中心朝四面八方射出複數探索臂，手臂前端是有著巨大下顎的大嘴，不斷將流過身邊的ＳＳＡＩ情報吞入口中。派不上用場的情報群散落周遭，熠熠發光。

『你看仔細了。』羅德西亞低聲說。『她腳下出現奇妙的東西。』

『哪裡？』

『逃過探索臂掃描，在情報葉上竄逃的情報。不過速度很慢。似乎有用迷彩掩蔽的機能。不過，南西的探索程式正慢慢把外皮層層剝掉，那東西逃不掉的。在它被吃掉前，我要撈過來。』

『重要情報嗎？』

『我設的搜尋關鍵字起了反應。』

『你設了什麼？』

『海底資源情報／海上民／月染。』

『把它拿回來！羅德西亞！』

『光靠我一個人很難，幫我。』

『我該怎麼做？去跟她搭話，讓她停止動作？』

『這麼明顯的手法不行，你等一下，讓我做個準備。』

羅德西亞像全身濕漉漉的大狗弄乾身體般激烈抖動。

他就這樣把兩個程式送到我手中。

『把這個丟過去。』羅德西亞說。『要按照順序，絕對不能搞錯。』

『哪個先？』

『容量大的先，隔兩秒再丟小的。兩個都要瞄準她的中央部分。因爲探索臂有對抗程式，要是被那東西全方位掃描逮住就會失敗。』

『ＯＫ。』

我屏氣凝神，像個狙擊手似的，朝南西丟出程式。

程式還沒碰到南西就爆開了。起初我還以爲是被南西發現擊落，結果不是。這種程式會像煙霧彈一樣在目標面前破掉，如煙霧般散播妨礙搜尋的小程式。南西的探索臂動作倏地減慢，最後完全停下來。她臉色大變，發出魔女的咒罵。她明白遇上什麼事，惡狠狠詛咒，開始驅除妨礙。不過就在這時，我丟出的第二個程式已經抵達，又引起一次小型爆炸。

我不知道這次的程式做了什麼，因爲南西的動作沒有太明顯的改變，不過羅德西亞對我說『這樣就行了，謝謝。』

探索臂下方咚咚滾出幾個像小石頭般的東西，閃著蛋白石似的七彩光芒。迷彩機能已經被破壞，底下的數據露出表面。羅德西亞對那小石頭說『過來！來這邊！』自己也跳到它前面。南西完全沒察覺，她一臉殺氣騰騰左顧右盼，但完全看不到我們。

這時，陌生的助理智慧體正好經過，這一連串過程引起他的興趣，只見他迅速找到小蛋白石，打算從旁掠奪。我說著『抱歉啊』，強行在他面前打開情報防禦牆。

對方被眼前驟現的防禦牆嚇一跳，罵了聲『你想做什麼啊！臭傢伙！』祭出對抗程式試圖打碎牆。

羅德西亞乘機快速撿起小蛋白石，往我們身邊丟出新程式。我同時放棄防禦牆，把衝得太快差點往前跌倒的陌生人丟在原地，和羅德西亞一起跳到另一層情報葉。接連三次爆炸，ＳＳＡＩ引起一陣騷動。這裡無人管理，但助理衝突時，會自動啓動介入程式排解。要是程式搜尋到我們，把個人資料拿走就麻煩了。

『會不會做得太過火啊，羅德西亞。』

我這麼問，羅德西亞淡淡回答：『這種程度對公安來說家常便飯，別擔心。』

繼續跳了兩、三層，我們來到完全看不見南西之處。一如羅德西亞說的，介入程式沒追上來。

羅德西亞讓我看那顆小蛋白石。『非常小，相較於本身的意義，它想誘導的對象才是關鍵。』

『數據很有意思。你總是像這樣監視著南西嗎？』

『是啊。她的搜尋能力很強，躲在她附近，時常能撿到好東西。她畢竟是特殊公使館的助理嘛。喔喔，南西開始講話了。』

『跟誰？』

『當然是米拉副統轄官啊，這還用問。』

『你說什麼？爲什麼你能接收到他們對話內容？』

『你第二次丟出去的是竊聽程式。能淺層接收到助理與搭檔的思想交流，情報量不大，只能聽到聲音。』

羅德西亞也讓我連上訊號。一般來說，我們助理僅能處理自己和搭檔的思想。人腦和機械大腦不同，就算我連上其他人類大腦，也無法像連上青澄大腦那樣深層交流。不過，如果只是淺層溝通，有時會接收到其他助理正在處理的資訊。羅德西亞就正這麼做。他駭進南西的資訊處理系統，打算接收淺層思考。

『我被妨礙了，米拉。』南西聽起來非常不高興——也很不甘心。『我很少被硬塞入這麼強悍的程式，覺得很屈辱。眞想知道誰丟出來的。』

『能令妳暫時停止機能，應該是相當優秀的助理。』米拉說。『就這點上値得稱讚。或許是某些組織的情報機構吧。總有一天會揪出對方狐狸尾巴。』

『要是找到對方，能任憑我處置嗎？』

『好啊。要植入間諜軟體還是介入對方迴路大鬧一番都隨妳便。如果對方機能出問題就全破壞掉吧，不必客氣，讓他再也不能接觸到妳。』

『知道了，眞期待。』

『對了，妳在調查什麼時被妨礙？』

『海底資源的事，差一點就要挖出情報了。』

『不能改從其他方向下手嗎？』

『很難。不過，這條路斷了，或許代表方向正確。重新調查月染是對的，絕對沒錯。』

他們也在追查月染嗎——

我想起米拉在紀念派對上說的話。爲什麼？爲什麼米拉這麼執著月染？

南西接著說：『她是大型船團的團長，但普通海上民竟然有那種資料，實在太異常。她絕對握有國家等級的機密，毋庸置疑。否則不可能掌握深海底層的礦物資源分布。』

『不知道是透過交易得到，還是背後有陸上民撐腰。即使如此，能拿出那種一級資料絕非易事，這女人不可小覷。』

『要改變調查方式嗎？』

『好，最好將她逼得無路可退。船團維持不下去，她自然得靠陸地。到時就有機會接觸她。最有效的手段是斷絕所有黑市疫苗管道，但這很難。阻斷日用品或一般醫藥管道也是方法，但得收買浮萍。那些人看似金錢至上，其實未必能用錢買通。浮萍有他們獨特尊嚴和價値觀，我們得謹愼，否則很難打動他們。』

『如果是外洋公使館說的話，浮萍就願意聽了？』南西忿忿地說。『在組織裡，特殊公使館地位明明在外洋公使館之上，我們說的話他們卻只肯聽一半。人家很討厭我們呢，因爲我們是菁英。』

『這也沒辦法。外洋的人就是這樣，妳最好將他們當成不同人種。』

『我知道，可是很火大。』

『冷靜點，總之得想辦法見到月染。見過一次後要再追蹤她就簡單了，偷偷在魚舟上打標籤即可。』

『青澄公使眞笨，爲何不在第一次見月染時這麼做。這樣的話，現在要怎麼追蹤月染都行啊。』

『和海上民談判時不能不尊重他們的人權，否則談判很難進行。他們不能輕易動用間諜手段，妳就別太責怪青澄公使，他挺可憐的。他太熱中工作，認眞到死腦筋。我倒不討厭這種年輕氣盛的天眞，反而覺得很可愛，滿討喜啊。』

『知道了啦。我再試著想想辦法。』

『我不希望日本的外洋公使館搶先一步。海底資源情報和月染之間有什麼關係，這件事得由我們完美查明才行。只要掌握這個情報，就能用擅自買賣國家機密罪逮捕月染……』

這句話後，通訊唐突切斷。南西的自動掃描掃出竊聽程式，當場破壞了。

她的反向追蹤也沒有成功。因爲羅德西亞在反擊程式還很遠時就將它擊墜，切斷所有連結了。

確認沒有追兵後，羅德西亞低嘆：『陷入討厭的狀況了啊。』

『……是啊。』

『若將這件事報告上去，公使絕對會發火。』

『沒錯，要是知道自己被批評「笨」和「年輕氣盛的天眞」，他一定會氣死。』

總而言之，回去分析剛才撿到的情報吧。不知道會跑出什麼來，但根據南西和米拉的對話，今天收穫應該不差。

我們帶著小蛋白石，離開ＳＳＡＩ。

第四章　龍宮

1

距今十年前，國際環境研究聯盟的伊原．ＭＭ．富雄直奔赤道海域進行環境調查，調查六目水母的生態，希望降低病潮發生率。他從支援母船上派出無人潛水調查船深入海底，觀測六目水母的活動。

過去，六目水母一直是神祕生物。

根據病潮，確定六目水母棲息於深海，但巢穴在哪裡始終沒有確定。

想在幾乎由水分組成又容易破碎的水母身上安裝追蹤器並不容易。理想的工具是不會弄破水母身體，小巧且能利用潮流發電，還能持續發射強烈電波以利海上追蹤。但開發出這種工具又是艱難任務。然而，有少數成功案例——潛水調查船碰巧目擊六目水母集團及在海洋生物胃部發現六目殘骸，研究者終於推測出六目水母棲息在深度兩百公尺以下的深海處。此外，也證實六目水母不會零星分散，通常過著群體生活。

在重返白堊紀發生前，肇因於甲烷的全球溫室效應導致現今海洋深層循環減弱。地球暖化造成極地冰山大量融化，局部海水鹽分濃度降低，冰冷的海水下沉速度減緩。換句話說，深海洋流——從極地海洋表面朝深海下沉，在深海底展開長距離移動，至低緯度海域湧昇表面的海水循環——也比過去弱。海洋表面的潮流——也就是風成循環受溫室效應影響程度較弱。然而，深海洋流——又稱溫鹽環流的現象則大受地球暖化影響。海水中的營養鹽湧昇程度減弱，海中生態系失調，出現了生物無法棲息的無氧層。

無氧層接著擴大，因爲受到海平面上升的影響。現在地球上的海平面上升了兩百六十公尺，這代表海洋深處的水壓也增加了這麼多。水深每增加十公尺，水壓就會增加一氣壓，過去曾經是海平面的地方，現在已增加了二十六氣壓。

多數海洋生物為了迴避環境變化，遇到海平面上升時就會跟著往上升。連原本活在海底的生物也會踩著沉沒都市往上移。除了不在乎壓力增加的物種外，大多生物都跟著海平面上升改變居所。

溫鹽環流的減弱與海洋生物的大遷徙。這兩項要素重疊，使部分深海地區出現無氧層。在這個領域中，沒有任何能產生氧氣的生物——對普通生物來說，這是死的世界。

六目水母就在這樣的領域裡繁殖。待在這裡面就不用擔心受天敵襲擊。

多數以六目水母為食的大型生物只要缺氧就會死亡，所以牠們不會硬闖無氧層。此外，水壓超過二十氣壓就不舒服的生物也不會靠近這個海域。六目水母本身有氧無氧皆可活動，牠們順利適應環境變動，逃進無氧層中，展開爆炸性的繁殖。

人類對這情形不是完全袖手旁觀。為了將六目水母驅趕出無氧層，人們採取某種措施。

重返白堊紀後，全世界都開始發展積極改造地球環境的技術。名為「環境工學士」的職業應運而生。環境工學士參考地球環境模擬器「影子大地」的測量數字，縝密計算地球能承受多少程度範圍的人為改造，也預估改造後的風險，最終設計出一套改造計畫。政府則根據演算結果執行計畫。

對重返白堊紀後的人類而言，地球環境不是用來保護的。是要積極改造。

伊原不是環境工學學者，但學習過相關知識。因此，關於人類對六目水母採取的措施成效不彰的原因，他有些推論。到赤道附近海域調查，就是想證實這項推論。歷經十年調查，他終於得出了一個假設。

伊原率領的研究小組一如往常駕駛著機械船前往印度洋。赤道附近的海域以前發生病潮的機例就偏高。而六目水母棲息深海，照理說任何海域都可能增加，不知為何就是這帶特別多。

這裡是不是有某種特定條件？伊原的課題就是找出這個特定條件。

在印度洋上調查一星期後，伊原率領機械船前往某個魚舟群體所在地。那裡有他認識的臨床醫師——安東．優瓦。優瓦現在專門在那裡爲海上民診療。優瓦一直保持海上民的身分。他到陸地上大學，將醫學帶回大海。

海上民生病或受傷時多半靠自己療傷診治。有時會向浮萍購買藥品或治療器具，簡單的外科手術也自己進行。不過，遇到難以治癒的症狀時，還是得依賴陸上民。優瓦這樣的醫生，就是爲了幫助少有機會上陸看病的海上民而存在。海上醫生會主動造訪海上民群體，檢查健康。若海上民罹患束手無策的疾病，就勸他們上陸地治療。若是病情在醫治範圍，就開藥給他們，或爲病人動手術。

伊原到處問那些在魚舟上甲板晾衣服、曬魚乾的海上民，打聽優瓦在何方。

問完五、六個人後，總算找到優瓦所在之處。一找到他，伊原獨自跳上魚舟的上甲板。魚舟居民引領，伊原鑽過居住殼的艙門。攀著梯子往下時，聞到濃烈焚香。伊原忍不住皺起眉頭。海上民焚這種香時，往往是明白病人藥石罔效。這種香可以鎮定患者和照護者的心情，達到類似鎮定劑的效果。

居住殼中，三個海上民躺在墊布上。優瓦坐在身邊，正在打針。聽到伊原打招呼，他轉過頭但沒有一絲笑容。原本就黝黑的臉長滿鬍渣，額頭滿是汗水，一眼就意識到他的工作量一如往常龐大。

「抱歉，在你這麼忙時打擾。」伊原不好意思地說。優瓦收拾器具，疲倦回答：「不會，沒關係。已經結束了。」

伊原悄悄窺看病人，倒抽一口氣。

那三個人不成人形。別說全身，臉上和頭上都長出大顆肉瘤，紅腫發黑，表情也無法確認。身體嚴重變形得像仙人掌。器官莫名突出，血管浮凸，看似內臟的東西出現在手腳上不斷抽搐。

即使如此，聽著從喉嚨發出的呻吟，他們毫無疑問是人類。唾液哽在喉頭，他們哭泣、呻吟、從原本應該是嘴巴的地方湧出偏黃的體液。模樣連他們的家人都不忍直視。

優瓦對病人家屬說了些什麼後當場站身，要伊原一起到居住殼外。「我幫他們注射了鎮痛劑和阻礙細胞分裂劑，效果不大，剩下時間就讓他們和家人安靜度過吧。」

「我明白了。」

兩人走出上甲板。優瓦說還有別的地方得去，但他眼看就要過勞倒下。

伊原說：「到我的機械船上休息一下吧。備有消暑的飲料，也有營養劑，請別客氣。」

優瓦推託著：「可是……」

伊原推著他，將優瓦帶到機械船。請隨同研究小組一起來的醫師開了幾樣速效營養劑。喝一大杯水，服用營養劑後，優瓦總算舒服一點。伊原從冰箱中拿出加大量薄荷的果汁和酒，快速調製清涼消暑的雞尾酒，放在優瓦面前。

優瓦道謝接過喝下一口，嘆氣說：「情形很嚴重，這附近海域有許多那樣的病患。那是紅繩海膽造成的病，這種病從以前就有，但最近快速增加。」

「增加了？」

「對，部分海膽隨海流飄到北半球的藝術之葉，今後這種疾病也會在你們的海域普及。」

優瓦說那種毒素無藥可醫，市面上的藥品完全派不上用場。「海膽透過棘刺發射毒素，碰到牠們的瞬間就被注入體內。毒素會以驚人速度侵蝕人體，使人變形如怪物。變形過程伴隨劇烈疼痛，一般止痛藥毫無用處。即使將變形的部位切除，身體還是會不斷變形……無計可施。」

「這次也可以讓我拷貝一份病歷帶走嗎？」

「請便。幾份都可以，你早日開發出治療藥物就好。」

「抱歉，一直沒有實現你的願望。」

「和我道歉也不是辦法，承受痛苦的是海上民。我的心痛和過勞，跟他們比起來不算什麼。」

優瓦舉起手，揮了揮手指，將病歷資料傳送給伊原的助理智慧體。同一個檔案夾已保存大量病歷，這次又添上新的一筆。

伊原說：「特定生物大量增加一定有原因，紅繩海膽也是。找到原因就能驅除牠們了。」

「雖然我也希望盡快驅除牠們，但要驅除海膽，又得借助環境工學士的力量了。」

「光用拖網無法根絕牠們啊。除非在棲息環境裡創造出牠們的天敵，或是散播專門攻擊海膽基因的分子機器。」

「我總覺得這種做法根本上還是不對。」優瓦手指撥弄著玻璃杯。「人類徹底改造了生物、調整環境，創造出配合人類需求的世界。魚舟也好，藝術之葉也好，海洋淨化生物也好……說不定，紅繩海膽就是在過程中突變的生物。」

「這可能性很高，我也正在調查這件事。」

「魚舟無預期地演化出獸舟這種副產物，對環境工學來說，獸舟是不受歡迎的生命。看看我們人類對獸舟做了什麼？殺、燒、掃蕩，如此而已。你不認為這非常可怕嗎？」

「陸上民的生活確實受到獸舟破壞，他們不得已才抵抗的。」

「獸舟只是出於本能想要活下去。既然誕生在這世界上就得想辦法活下去，這有什麼不對？和人類拚命想活下去一樣。為什麼人類對獸舟不能像對魚舟一樣相待？既然都是人類創造的生物，人類就該對他們負起責任。或許不需要有這種義務感，假如這份義務感沒有意義，至少該把牠們視為罕見的野生動物，思考和平共存的方式吧？價值觀不同、吃的東西不同、在獸舟眼中人類只是食物，這就是獸舟這種生物的生存法則——如果我們能單純這樣想，如果我們能夠接受牠們……地球空間有限，這裡是有限的世界，無論思考方式多麼不同，無論那是多危險的生物，只要共同活在一個世界上，就該擁有活下去的權利。鯨魚和海豚可愛所以保護，殺人鯨和鯊魚凶暴所以趕盡殺絕，這難道不就是我們現在做的事嗎？」

「你對紅繩海膽說得出一樣包容的話嗎？看到那麼痛苦的病人，你還認為紅繩海膽有活下去的權利？」

「有治療藥的話，我就可以這麼說。」優瓦難掩不悅，用拳頭敲自己的掌心。「如果有辦法治療被海膽刺到的人，就沒必要消滅海膽了。這就是共存的方法。人類的智慧不該發揮在這種事上嗎？」

「開發醫藥品需要時間，正式上市前還得經過臨床實驗，制定實用化的相關法令。比起開發治療藥，找出驅逐紅繩海膽的方法或許快得多。環境工學士會選擇後者。」

「這就是爲什麼我這麼厭惡人類。」優瓦不屑地說。「人類只會厚顏無恥地把犯下的罪推給其他生物承擔。我告訴你，牠們眞的、眞的只是想活下去。就像海上民在海上生活。就像陸上民享受美食，與傷害自己尊嚴的東西搏鬥。如果人類殺死獸舟和紅繩海膽時都沒有罪惡感，那人類絕對無法迎向光明的未來。這些最後會報應在自己身上，人類會自己害死自己。」

「醫生，你累了……但不能怪你。」

「有藥就好了……只要有藥，一切都能解決……」

這時，年輕的研究員從門口探頭。「主任，可以耽誤您一點時間嗎？」

伊原轉身，朝研究員望去。「什麼事？」

「出現了。紅繩海膽的消化管出現了ＯＸ１０５。跟主任預測的一樣。」

「眞的嗎！拍下照片了嗎？」

「完美拍下細胞膜還沒溶解的狀態。這樣就能提出論文了。」

伊原再次轉向優瓦，手放在他的肩膀上：「……查明紅繩海膽的生態了。分析這份數據，就能確定驅逐牠們的方法。你可以輕鬆點了。」

優瓦沒有說話，再次體認到自己這一番熱切的言論對世界沒有任何幫助。

人類做了值得被詛咒的事——這想法伊原能理解。然而，面對眼前的威脅，盡可能想辦法驅除，這也是爲了人類的進步。殺死病原菌或害蟲來治療疾病——這和殺死野生動物一樣。身爲臨床醫師的優瓦不該不懂這個道理。陸上民以殺死病原菌或害蟲的想法殺死獸舟，對此毫無疑慮，今後必定仍是如此。

會同情獸舟的只有海上民。因爲他們對獸舟和魚舟一視同仁，絕對不會主動殺害。就連看到獸舟入侵陸地也放著不管。反過來說，明知獸舟上陸會遭陸上民殺害，他們也不會阻止獸舟。

海上民選擇了什麼都不做。

這是他們唯一能對獸舟付出的尊重——

要優瓦再休息一下，伊原就前往船內的研究室。一進研究室，他立刻被在顯微鏡下拍到的照片吸引。畫面中清楚拍到名爲ＯＸ１０５的細菌。因爲具有製造氧氣的能力，所以取了ＯＸ開頭的名字，ＯＸ１０５是大腸菌改良而成的兼性厭氧生物。牠們會在沒有氧氣的地方繁殖，透過代謝製造氧氣。此外，牠們即使停留在這樣的環境中，也能抵擋自己製造的氧氣毒性，是非常便於生存的生物。ＯＸ１０５是環境工學士改善深海無氧環境而製造的有用生物之一。

伊原低聲讚嘆：「竟然能保留這麼完整的樣貌。」

「推測是被剛吃飽的海膽撿入腹中。一般海膽攝取ＯＸ１０５後會迅速消化。在這個調查海域捕獲的紅繩海膽都是那樣。」

「正常來說，應該無法在消化管中找到才對，眞幸運。捕獲海膽的深度是？」

「非常深，海平面下五百二十公尺。」

「竟然在那麼深的地方嗎！」

「是的，很驚人。因爲普通的紅繩海膽多半附著在沉沒都市表面或藝術之葉上。」

一樣說是深海，其實深海還可細分爲上層、中層及下層，分布於各層的生物種類迥然不同。一般深海指水深兩百公尺以下的地方，而深海生物中，也有某些生物因爲生活方式，能在不同深海層間移動。

紅繩海膽雖然名爲海膽，其實是海星的一種。牠們不是爬行而是游泳，身上有類似花枝或章魚的漏斗構造，能噴氣推動海水前進。因此，在藝術之葉到深海中層見到牠們並不稀奇，然而在這麼深處找到卻是史無前例了。它們也許是利用深海環境躲避天敵。

「這處海域水深七百公尺處，有大片無氧領域，就在斯里蘭卡深海平原附近。推測也是世界最深的六目水母棲息地帶。」研究員打開資料檔案說：「我查了紀錄，以前果然在這附近大量散播ＯＸ１０５。最早一次約在八十年前。」

六目水母在深海形成無氧層聚落。爲了讓整片無氧層消失，人類經過數度嘗試。其中一個手段是將能製造氧氣的OX105放進無氧層，將海域改造成有氧層，逐出六目水母。然而出乎意料，成效不彰。OX105屬於兼性厭氧生物，大量散播應該能吃掉海中的有機物，快速繁殖。但深海未如預期有氧化，頂多從無氧改變爲低氧層，轉變速度慢到更令環境工學士詫異不已。

伊原對此現象做出了假設，他想證實假設而開始調查，才有了這次的發現。

按照原本的計畫，OX105確實在深海無氧層中大量繁殖。多次從潛水調查船取樣的海水中發現OX105，證實牠們並未從深海中消失。可是，如果以OX105爲食的生物同樣在這個海域繁殖了呢？

如果那種生物就是紅繩海膽？

——持續活躍繁衍的OX105是否助於紅繩海膽繁殖？OX105不斷增加，紅繩海膽也以相同比例增殖——因此，無氧環境無從顯著改善，應該驅逐的六目水母也一直留在深海。

在紅繩海膽消化管中找到的OX105指出了這個可能性。

在特定的深海海域中，六目水母、紅繩海膽及OX105形成相互扶持、相互依存的關係。

紅繩海膽急速增加也代表OX105急速增加，而OX105大量增加的原因可能是海水溫度上升。

若思考印度洋深海處水溫突升的原因，可以想到什麼？伊原認爲是海底熱泉噴發口變多了。印度洋下有個大規模洋脊，那裡隨時都在噴發攝氏三百六十度的熱泉。海水被地心岩漿加熱，在水深超過兩千公尺處噴發。

洋脊是海底受到推擠往左右兩側擴張而形成的海底山脈狀，這時下方較淺層的上部地函緩升。這是因爲海底被兩側拉扯出現縫隙，它便從中湧出。解釋這個現象的學說是板塊構造論而非地函熱柱論。接下來，上部地函融化，成爲玄武岩岩漿。滲透的海水接觸到這片岩漿，被加熱成熱泉再度從海中噴發。

伊原從電子資料中搜尋，確認查戈斯．拉克代夫洋脊、嘉士伯洋脊以及中央印度洋脊的數據。

和伊原共同在IERA工作的春原教授研究集團中，有個由姬乃博士率領、專門調查印度洋深海的小組。他們從支援母船上派出無人潛水調查船，陸續發現許多新的海底熱泉噴發口，但是……

搜尋過程中，伊原找到想找的資料了。

就是這個。這是最新的發現。

姬乃小組發現數個新的熱泉噴發口，難道是最新誕生的噴發口加溫了印度洋深海水？

或許OX105正是受到水溫上升的影響，開始大量繁殖。

和大量繁殖卻持續停留在無氧層的OX105不同，過度繁殖的六目水母會定期朝海面上升；過度繁殖的紅繩海膽則為了找尋新的食物來到藝術之葉，其中有一部分順著潮流飄到北半球海洋——

伊原腦中靈光一閃。

漂流的目的地只有藝術之葉嗎？如果牠們在漂流途中遇上了什麼呢？

找尋新的檔案，伊原突然背脊發寒。捉摸不定的念頭逐漸成形——然而，他從來沒有這麼迫切希望自己預測錯誤。

不經意地，他想起與優瓦的對話。

共存。與危害人類的生物共存。

這句話重重地壓在伊原背上。

II

國際環境研究聯盟IERA的日本分部在東都SC。隸屬IERA的研究者分別派駐到國內固定型海上都市、洄游型海上都市及陸上都市，分頭蒐集當地數據資料並分析。分部也設有行政部門，負責支援管理營運。來自全世界分部的數據資料，透過網際網路與各地研究者分享，即時交換最新資訊。

春原・FM・美玲教授今年六十歲，她在東都SC大學定期授課而有教授頭銜。她很注意逆齡保養，外表比實際年齡年輕許多。即使到堪稱老婦的年紀，春原仍提醒自己穿形狀美好的鞋子和時髦套裝。頭髮放著不管可能早已花白，她便透過色素細胞移植技術維持著漂亮的栗子色。但皮膚鬆弛和皺紋倒無可奈何，她還是花了一番心思讓自己看不出實際年齡。春原有丈夫、小孩，還有孫子。她重視假日，放長假時會和家人朋友一起旅行。一年發表幾次論文，工作成果廣受矚目，過著幸福學者人生。

她的工作是關於日本週邊板塊與地函內部觀測及分析。

重返白堊紀後，地球板塊依然持續移動。日本的文化中心轉移到海上都市，海溝型地震及引發的海嘯仍是難以逃避的災難。海平面上升後，震央所在地相對變深，但這仍不改地震釋放強大能量的事實。相反地，移住海上都市後，海嘯對社會影響更巨大。

春原挺直背脊坐正，快轉眼前電子檔案。那是環境模擬器影子大地演算的數據檔案。

「影子大地」——重返白堊紀後唯一殘留在世界上的高速環境模擬器。

IERA能不從屬任何政府，始終中立，都歸功於這套模擬器。

影子大地這個名字代表這套模擬器就像地球的「影」。它和戲曲《影子大地》同名，這部戲曲描繪著寫下《納尼亞傳奇》等故事的知名作家C．S．路易斯晚年。

「無須悲傷。因爲這世界不過是個影子國度。」

戲曲《影子大地》中有這麼一句台詞。劇情描述心愛的妻子因癌症離世，失去愛妻的路易斯藉宗教超脫痛苦，說了這句話。春原有時會想，模擬器影子大地裡模擬出來的生物們會不會也這麼想。被放在假想世界的環境巨變中，夢想著身處世界外還有另一個世界——一個不是影子而是眞實的世界。

重返白堊紀使科學發展受到侷限。海平面上升後，人類的科學研究都優先思考如何適應新世界，其他研究全延後。

首先被大幅削減預算的是宇宙開發。通訊衛星、氣象觀測衛星、天文觀測衛星、宇宙太陽能發電衛星等都獲得預算，開發中的月亮及火星相關科技卻遭擱置，小行星帶的資源採取研究更是完全中斷。「人類前進宇宙空間計畫」和「移居其他行星計畫」預算全部凍結。技術研究水準還停在二十一世紀初期。

春原的研究存活下來，是因爲重返白堊紀和地球深部構造關係密切。也因爲海上都市容易受到海嘯影響，調查地震不可或缺。

即使如此——春原想。如果沒有重返白堊紀那場災難，現在地球行星科學研究一定更進步。雖然留下一台環境模擬器，觀測資料還是一樣少。若海平面沒上升，就能在更多地點設置觀測中心，也能利用地球深部探測船的鑽探機在大量探測孔內建立觀測系統。如今因應海平面大幅上升，若派出地球深部探測船鑽探，就必須加長鑽探時用的升流管長度，如此一來，承受的水壓將大到難以承受的驚人地步，這也是重返白堊紀後地球深部探測研究進度遲緩的原因。

根據二十一世紀初期的預測，現在這個時代，人們本該更了解地球。應該早就開發出埋在地底的觀測系統、散布海洋的浮游觀測中心、飛翔於更高區域的觀測飛行物體、利用人工衛星測量海面高度的感應測量系統，並且運用這些科技掌握地球表面、海中及地殼下方，也能詳細說明「地球這顆行星在生物與無生物的相互作用下如何活動」。

然而，科技發展遲滯阻擋了這一切。

春原現在用影子大地演算出地函內的熱對流數據。冷流沉入底端，反作用力造成熱流從外核與D"層的交界處上湧。這和水或空氣對流現象相同，冷的往下，熱的往上，固體狀的地函內部產生熱對流。

春原特別注意到的並非現象本身，而是現象發生所需的時間。不管模擬幾次，結果都一樣。試了再多次也一樣。春原呼喚自己的助理智慧體，請助理幫她聯繫同一研究小組的姬乃．FRL．比呂。

「抱歉休假日打擾妳，現在有時間嗎？」

接到春原的聯絡，姬乃不以爲意。「沒關係啊，有什麼新發現了嗎？」

「我對影子大地的演算結果很疑惑。不知道是數據輸入時有誤，還是程式有問題。但也可能答案正確——想聽聽妳的意見。」

「ＯＫ。告訴我妳用了哪個程式去跑。」

春原透過助理智慧體，將執行資料的號碼傳給姬乃。

姬乃那頭沉默一會。接著，她激動回覆：「不管試幾次，結果都是這樣嗎？」

「對。」

「理論上有可能發生……不、就地球史來思考，什麼時候發生都不奇怪。只是沒想到竟然眞的發生了……」

「我覺得召集大家一起討論比較好。我會再跑一次程式，確認不是演算失誤也不是程式出問題，就著手聯絡所有分部的人。」

「知道了。」

一星期後，春原搭乘水上飛機前往浮游型海上研究所「阿爾法」。

這座移動式研究所是ＩＥＲＡ開發的自動浮游式研究設施。與其說是都市，說是巨大調查船比較貼切。研究所本身利用洋流持續移動，花一整年時間繞行海域一周，進行調查。同樣的研究所有三座，分別叫「阿爾法」、「貝塔」和「伽馬」。現在春原正前往的阿爾法位於印度洋。

降低空氣阻力，達到更有效率的前進，研究所外觀就像三把立於海面的刀刃。從上空俯瞰，可看出刀刃分別立於三角形的三個頂點。刀刃與刀刃之間以數條橫軸連結，上面的風力發電面板正快速轉動。

刀柄部位沒入海中，爲了維持重心，海面下的長度其實比露出海面的刀刃部分長出好幾倍。三把刀柄以格狀構造相連，這是要穩固全體，使刀刃不會輕易倒下。

三個研究所內除了研究室外，都設有備用的住宿設備和會議室。阿爾法的會議室最大，每逢召集ＩＥＲＡ全體學者討論重要問題時，就會使用這裡的會議室。一抵達阿爾法，會議執行部就問了春原今後幾天的預定行程。因爲移動時間不同，最晚抵達的人要花三天才能到。會議預計等眾人到齊才進行。

第三天，春原在研究所附設餐廳與較晚趕來的姬乃會合。姬乃請春原喝帶來的雞尾酒，那是酒精濃度低，嘗起來有柑橘味的飲料。

「看來事態會變得很嚴重。」姬乃低聲說。「不管演算幾次結果都不變。話雖如此，等那件事眞正發生時，我們老人世代早就不在世界上了。」

「不會親眼目睹那件事發生，我仍無法打從心底慶幸。畢竟我那幾個孫兒都不到十歲，他們一定會直接面臨大災變——」春原凝視杯中飲料。「我不願意想像……那些孩子失去未來的樣子……」

「……我也是啊。好不容易把工作都整理好，正準備要退休，連等待再婚申請書都送出去，上個月才剛把中名改成FRL呢。現在卻得爲了調查這件事東奔西跑！」

「從事幾十年研究，我們能做的還是只有預測。無法阻止現象發生。」

「既然無法改變地球，或許只好改變人類了。」

「改變……人類？」

「這種事已經做過一次，第二次人類應該比較不排斥吧？這方面想必生物學專家會好好思考。」

隔天，研究所內舉行第一場會議。

和春原她們一樣的地球行星專家齊聚一堂，討論影子大地算出的數據資料。眾人以各種方式重新演算，檢討數據正確，但還是無法改變演算結果。

第二次會議只有包括春原在內的幾名地球行星學者代表出席，其他出席者來自各領域。這次討論的中心議題是分子生物學。也重新找出重返白堊紀時代拯救人類計畫的舊資料再次研議。

第三次會議請來的學者領域更廣泛，眾人討論春原小組的觀測數據，預測並分析未來情況對建築工學、社會科學、經濟學等層面的影響。

第四次會議的主題是統整前三次會議資訊，商討具體對策。參加會議、交換意見的都是來自各個領域的主導學者。春原也代表地球行星科學領域出席。長達數十小時的四場會議令春原筋疲力盡。然而，這只不過是準備階段。正式會議訂於一星期後舉行。

正式會議當天。

春原踏入會議室時，IERA各國分部的調整員已抵達。調整員負責分析情報，除了地球行星科學專家外，也與平日和IERA有所交流的各界專家接觸，做出最後的綜合判斷。此外，將IERA根據觀測數據得出的預測結果告知政府高官也是調整員的工作。對研究者或對學者來說，調整員都不可或缺。

春原在桌面螢幕上播放影子大地的模擬結果。這是重返白堊紀後數百年間的觀測結果。她對調查員出示地球深部變化的3D動畫，並說明。

「亞洲海域有複數板塊互相推擠。太平洋板塊、菲律賓板塊、印度澳洲板塊、北美板塊、歐亞大陸板塊。因爲複數海洋板塊潛入大陸板塊下方，橫跨東亞、東南亞和大洋洲的廣泛地底存在著富含大量海水的含水礦物層。雖說是含水，但這裡並沒有地底湖之類的現象。實際情況是，構成水的元素──也就是氫氣和氧氣，因承受地底高度壓力而與礦物產生化學性結合並滯留其中。此外，汎亞大陸下方從以前就有名爲地函冷柱的現象發生。那是朝地球核心下降的冷流，和地函熱柱正好相反。」

3D影片中，顯示低溫區域的水藍色帶狀由大陸下方往地球中心延伸。

「這是『巨石』，一部分的滯留板片崩落，正在下部地函中緩緩下降。」

春原再叫出地球內部構造剖面圖。這看似切下一塊披薩般的扇形圖，用顏色區分出不同層次。從地表依序往地心，分別是地殼、上部地函、過度帶、下部地函、D"層、外核、內核。地球內部以不同種類物質構成，愈往中心部位，環境愈高溫高壓。

一顆用礦物組成的生雞蛋──或許可以這樣比喻地球。

春原繼續說明：「下部地函主要構成物質是矽酸鹽、氧化鐵及矽錳氧化物，形成鈣鈦礦結構，鈣鈦礦層來到與地核的交界，也就是從地表往下兩千七百公里處時，會因爲暴露在壓力與高溫下而引發相變，成爲後鈣鈦礦結構。從這裡到地核上方的兩百公里稱爲D"層。D"層以兩種不同種類的構成物組成。在高溫高壓下，一度變爲後鈣鈦礦結構的矽酸鹽和氧化鐵、矽錳氧化物等到了深度兩千八百公尺附近時，再往下又會變回鈣鈦礦。一般認爲這種逆轉現象是受到核放熱影響而產生的。換句話說，D"層與地核並沒有一個平整的交界，比較可能呈現不均分散的鈣鈦礦和後鈣鈦礦交雜情形。下降的巨石造成地核表面冷卻，在核內部引起熱對流。然而這時，一旦核表面上呈現這種不均分散的構造，可能很容易引發地函熱柱——這就是目前已知關於地函熱柱發生的假設。這次的現象，正好證實了這個假設。」

春原再展示一個從D"層到下部地函溫度急遽上升的示意圖。看得出從地核中冒出炙熱的團塊。

春原指出圖中好幾個地方，每指出一處就在另外一個螢幕中打開新的數據或圖片。

「這個現象可能是受到重返白堊紀時引發的玻里尼西亞熱柱再度活性化的影響。或許是環太平洋正下方地核表面溫度劇烈變化，造成地核表面整體溫度也產生了變化。」

春原接著出示地核表面溫度不斷改變的模擬圖。

那模樣就像反射著光的舞廳鏡球，一刻不停地轉換面貌。

「亞洲地區發生了地函熱柱——這是二十一世紀時已指出的可能性，俗稱『鴻野星川理論』。驚人的是，以當時的觀測技術等級，這個理論得出的模擬結果可說相當正確。」

春原打開另一個檔案。那是一份發表在二十一世紀學術雜誌上的古老資料。

「現在人類可能將面臨第二次的地函熱柱發生。第一次的地函熱柱造成太平洋海底隆起，引發重返白堊紀造成海平面上升。這次的地函熱柱造成的不是海底隆起，而是直擊剛才提到的含水礦物層。熱柱前端一接觸到含水礦物層，上升的溫度就會將礦物層融化，形成大量熔岩，這麼一來，地底將以這種形狀積蓄大量岩漿。」

３D影片動起來，圓柱狀的熱柱從地球中央不斷成長，在地核表面廣大範圍內扎根，朝地表伸展。其前端一接觸到上部地函與下部地函交界，就沿著交界處繼續往外側擴張，增大規模。

春原手指一點，螢幕上顯示出增大規模的數據。

那長度相當於沉沒前的日本列島總長。

地函熱柱前端接觸到以水藍色顯示的含水礦物層，就在那裡形成了一灘橘色的岩漿。炙熱岩漿累積，熱度不斷朝地底擴散——不知不覺中，彷彿煮沸的鍋中物溢出鍋外一般，朝四面八方流淌。

「此外，這個巨大的地函熱柱是以一種名為慶伯利岩漿的特殊岩漿構成。慶伯利岩漿含有水分與氣體，挾爆炸性的氣勢往地表上升。請想像打開香檳瓶栓時的情形，原理就和那相同。被地函熱柱加熱過的上部地函內，慶伯利岩漿宛如爆炸般朝地表噴出。」

將輕輕搖晃過的香檳酒瓶栓拔掉，裡面的香檳如噴泉一口氣溢出瓶外。

慶伯利岩漿的爆發就和這情景非常相似。

春原展示一張類似開放式漏斗前端的圖示。這是地底深處呈圓錐狀擴散的岩漿爆發時的示意圖。

「速度超過時速兩百公里，這就是慶伯利岩漿的上升速度。人類已經無法阻擋這個現象。在所有預測可能發生的範圍內，所有地方都會以無可預測的形式出現這個現象。此外，因慶伯利岩漿爆發產生的地函內部龜裂，則會成為原本累積在下方的大量岩漿外洩通道。地函熱柱前端接觸含水礦物層造成的龐大岩漿，將通過這些裂縫一口氣攀升至地表。按照預測，地球上最先出現此一現象的地點是——」

春原指向地圖上的一點：

「汎亞大陸內陸部的耀星省。汎亞聯盟所屬各省各地行政中心集結於此，是汎亞的核心大城。從不是火山地帶的此處噴發大量岩漿，將釀成不堪設想的悲慘後果。」

這已經不是用燃燒的大河之類濫呑字眼足以形容的慘狀。無止盡的岩漿爆發，將在地表構成一大片灼熱海洋。不止耀星省，周遭都市、自然環境與人類及所有生物無一倖免，全會被迅速燒焦。灼熱的岩漿最終流入海中，海洋生物瞬間滅絕。

3D影片反覆模擬地函熱柱與含水礦物層接觸的情景。海洋底部及大陸下方出現驚人的大量岩漿，以近乎海洋的規模向四方擴散，在慶伯利岩漿噴發的帶動下，朝地表與海底一口氣噴出——

噴發的火柱不止一條，幾十條灼熱的火柱從岩漿池內不斷往上伸出，朝地面延展。

那幅光景，宛如蜷曲沉眠地下宮殿的無數火龍，輕輕抬頭，接著朝天飛起，直線攀升。

龍宮——

從那裡釋放的龐大能量，扯裂了一度逃過沉沒水底命運的汎亞大陸內部，使地球陷入毀滅……

其中一名調整員舉手問：「沒有辦法改變岩漿的流向嗎？」

春原冷靜回答：「要將如此大量的岩漿引流到別處是不可能的。只要無法阻止地函熱柱上升，就不可能阻止岩漿形成。」

「那麼，有沒有辦法降低過渡帶的溫度呢？雖然地函熱柱還是會接觸到含水礦物層，只要不產生岩漿或許就能躲避這次危機？在過渡帶內就制止地函熱柱的話，是不是有遏止災難的可能性？」

「過渡帶的環境條件約為二十萬氣壓，攝氏一千四百度，橫跨好幾千公里，要在這種程度的條件下改變這麼大範圍的溫度也是不可能的事。」

另一個調查員舉手：「如果無法阻止的話，只好討論岩漿噴發後的狀況了。如果眞的發生這麼嚴重的事，毀滅的不光是汎亞內陸吧？」

「當然，除了岩漿噴發外，還會有更嚴重的事會襲擊人類。那就是氣膠擴散造成的太陽光量遽減、地球整體的寒冷化以及重金屬造成的海洋及土地污染。」

再度切換圖片。這次顯示的是以汎亞大陸上空為中心，黑雲瞬間擴散的圖示。

「岩漿噴發後，瀰漫到平流層的粉塵將覆蓋地球整體，阻絕陽光。這是一般火山爆發時常見的現象，但這次的岩漿噴發規模不是一般火山爆發所能比擬，瀰漫到平流層的氣膠數量更是非比尋常，現行太陽能發電系統恐將失效。依賴陽光生存的生物也將死滅。陸地上的植物就不用說了，包括植物性浮游生物也在此列。海洋中的食物鏈將慢慢崩壞，從表層到深海，海洋生物盡皆滅絕。以這些生物為食糧的我們人類當然也逃不過——此外，還來不及喘口氣，更進一步的災難『全球寒化』也會隨即降臨。」

「溫度會降到什麼程度呢？」

「一八八三年印尼曾有喀拉喀托火山爆發，光是這一座火山爆發，北半球的平均氣溫就下降了攝氏零點八度，而這僅是一座火山爆發造成的結果。關於白堊紀末期生物大量滅絕的原因，其中一項假設是隕石撞地球，形成的粉塵覆蓋地球全體導致溫度下降，最多下降了三十度——」

春原打開一張新的圖片。

「氣膠也會形成烏雲。雲的反照率是百分之七十，經陽傘效果加倍，地球平均氣溫將降至形同冰河時期。自然環境起了這麼大的變化，地球上近乎全部生物都將在刹那間滅絕。換句話說，也不用擔心之後的溫度變化了，因爲具備一定程度智慧的高等生物都在這個初期階段絕種。」

「其中包括人類嗎？」

「很遺憾的，正是如此。一旦發生了這種災害，人類的生存機率無限接近零……」

春原頓了一頓，接著問眾人：

「人類對這場災難可說束手無策。如果過去不曾發生過重返白堊紀，科學或許能順利獲得發展，現在已進入理論與科技驚人進步的時代，然而依然無法抵擋這次的危機。地球規模的能量不可能配合人類的方便轉變，光靠現在的科學理論還不夠，技術層面也難以支援。更別說重返白堊紀後人類專注於適應海洋，其他領域的科學研究停擺，放棄前進宇宙，選擇依賴地球與海洋環境苟延殘喘。最終必須面臨的事態——就是這個後果。凍結了太空人宇宙航行及對其他行星開發預算的人類，現在已經沒有逃往宇宙這條路了。就算現在開始研究也來不及。我們無路可逃，所有災難都將由全世界所有人類共同承受……」

「目前的科學水準，完全不可能操控地球內部的能量循環嗎？」

「是的。」

「也無法逃往宇宙……」

「既出不去，又無法改變地球環境——這麼一來，我們唯一能做的是再次配合環境改變身體了。考慮到預算和現有資源的問題，這最實際。」

「我們還有多少時間？離現在最近一次慶伯利岩漿爆發，預估會在幾年後發生？」

「最遲會在五十年後發生。」春原回答。「人類剩下的時間就這麼多了。更何況還可能提早。十年後出現這現象也不奇怪。空汗之冬或許會持續幾十年，甚至幾百年。」

「這麼說來，在人工環境方面，最好就現有體制進行改良。已經沒有時間重新在地底或深海打造收容設施了。只能加強現有設備，期待將效能大幅提昇。」

「您說的沒錯。以現在海上都市的構造，勢必會被降落的粉塵覆沒。因此，首先得打造一個圓頂狀的建築，覆蓋在全體都市上方。圓頂表面必須使用能讓粉塵自然滑落的建材，因爲絕對不可能爬上圓頂打掃。一旦進入空汗之冬，別說太陽能發電，連宇宙太陽能發電都無法使用。平流層裡的粉塵形成障礙物，引發散射或將光吸收，使得電磁波或雷射光都無法抵達地面設施。波力、風力、海水溫差等因素也會造成發電效率極度下降，或許必須考慮使用核能。」

不止陸上民，從春原的解說中，全體調整員也能想見海上民的未來。

如今已完全適應海洋環境，幾乎像新種類海洋生物般生活在海上的海上民，在遇上空汗之冬後很可能全體滅亡。他們面臨溫度急速下降與糧食危機，即使暫時活了下來，也須湧向海上都市尋求協助。

然而，陸地上的人不會接受。

陸上民光是自己要活下去都很吃力，不可能顧及海上民的死活。

原本就是無法讓他們在陸地上生活，才將他們趕到海上。即使發生了地球規模的災難，事到如今，陸地上的政客怎麼可能答應以此爲由，接受海上民返回陸地？別說伸出援手，他們反而會拋棄海上民。

這麼一來，唯一能拯救海上民的方法，只有再次改造身體了……

另一人用尋求確認的語氣問：「海上民如果不再改造身體，就無法度過這次危機了吧？」

「是的。」春原回答。「海上都市已經容納不下生活於地球全體海中的海上民。就連陸上民想在有限資源中活下去，都必須要改善能量效率和生殖管理等等條件……」
「具體來說，要怎麼改造海上民呢？」
「關於這方面，接下來請生物學專家來說明。伊原博士，請。」
春原坐下後，一位男性學者站起來。他向眾人低頭致意，自我介紹：「我叫伊原．MM．富雄，專攻基因工學與環境工學。我們正在思考如何改造海上民身體，使其成為『海中生活適應型』。簡單來說，應該會捨棄魚舟，讓他們直接在海中生活。」
「請等一下。」一位調整員問。「這意思是，他們會被改造成類似魚類的外表嗎？」
「應該是非常類似了。無法熬過空汙之冬而死去的浮游生物及海洋生物屍體，全都會沉到海底。死亡的海上民和魚舟也是。這將造成整個地球的海底累積大量有機物。空汙之冬發生後，海底想必可觀測到前所未見的龐大海洋雪……海底雖有能分解海洋雪的甲殼類、鰻類和細菌，但那數量會多到消化不完。人類沒有道理不善用這些有機物。包括參與分解的生物在內，這將會成為巨大的能量來源。海中適應型的新人類——我們稱她們『露西』——就是被改造成運用這種能量生存的人類。」
「她們？海中適應型的人類全是女性嗎？」
「是的，想在嚴苛環境中繁衍，不是改造為無性生殖就是雌雄同體。這裡為了方便，統稱『她們』。事實上，深海魚中確實有雌雄同體的種類，比方說深海合齒魚就是。不管用何種形式，強化生殖能力都是必備條件……『露西』這個名字在拉丁語中有『光』的意思。對海上民或對我們人類來說，她們是照亮未來的希望之光。」
伊原繼續說：
「深海的熱泉噴發口周圍，有許多生物能與轉換硫化物為能量的細菌共存。只要將露西也設計成能與細菌共生，將各種物質轉換為能量的生物即可。這麼一來，可以不用擔心食糧問題。」
「可是這樣的話，露西必須生活在很深的深海，人類的眼睛能適應那樣的黑暗嗎？」

「當然，必須配合這點改造感覺器官，像是只需有微弱光線就能感受視覺等等。光是改造視覺還無法適應深海生活，連聽覺和觸覺器官都必須改造得異常發達。爲了逃避災難後存活下來的深海生物襲擊，外型必須改變。改良過後，露西的外表和現在的人類完全不同。」

能在黑暗深海中敏捷移動，及早察覺天敵而逃脫攻擊，舔食海底爛泥，透過與細菌共生的方式獲得能量的新人類——失去現有視覺器官，只靠聽覺、嗅覺和觸覺掌握四周狀況，能在海中無性生殖或以雌雄同體方式交配繁衍的新生物。在場所有人想像出的，是有著黏滑蒼白皮膚，長了巨大尾鰭和舌頭的新生物。光是想像就令人腋下冒出不舒服的冷汗——那是怪物。

其中一人發出呻吟：「雖說是爲了存活……把人類變成那樣眞的是好事嗎？有必要爲了存活做到那種程度嗎，人類……」

「我想無法接受這個決定的海上民一定很多。選擇與空汙之冬一起以目前定義下的人類身分毀滅的人一定很多。我們沒有權利阻止。老實說，露西的人數不要太多比較好。雖然海底累積了大量的有機物，當營養來源仍是有限。儘管殘忍，活在深海環境下的人口必須調節掌控。」

「那麼，假設留在海上都市避難的陸上民沒能逃過空汙之冬浩劫——露西將會成爲未來的人類。一種新型態的人類，在空汙之冬遠去後，成爲地球上的高度智慧體——」

「深海生活能讓她們保留多少程度的智慧，目前還未可知。只是，這個改造計畫若能和殘留在海上都市的我們陸上民配套實施，或許能迎來意外的好結局。露西是大幅改造後的人類，即使空汙之冬結束，大概也不會想移居陸地，建立像現在人類一樣的文化。所以，如果不把陸上民和露西的關係連在一起思考，這個計畫就沒有意義。」

「您的意思是……？」

「只要有任何一個海上都市熬過災難倖存下來，我們就可能將露西恢復爲海上民——甚至是陸上民。現在人類身體的化學組成已得到解讀，科技也可完全駕馭ＲＮＡ的作用及促進進化啓動的機能。當空汙之冬結束，陸上民只要把上述技術運用在露西身上，就能直接將目前的文化水準移植給她們。」

伊原對眾人打開一個新檔案。螢幕上出現一張像鏡餅年糕一樣扁平圓形的生物。那紅褐色的生物形狀類似麵包海星。但是，伊原究竟為何突然出示這種生物的照片，一時之間，調整員全都想不通。伊原也不說明，往下道：

「這是繩海膽的一種。因為是紅褐色，所以也叫紅繩海膽。紅繩海膽是一種棘皮動物，因為外表呈現圓形才被稱為海膽，其實在生物分類上屬於海星。」

圖片切成剖面圖。

「這種生物和一般海星不一樣，牠們不是使用管足移動，而是利用噴射水流來游泳。紅繩海膽身上有像花枝漏斗一樣的口，能吸入海水後再吐出，藉此獲得前進的動力。此外，紅繩海膽體內有海綿狀組織，其中飽含空氣，使牠們像水母一樣漂浮海中。」

3D圖片旋轉，改變角度。放大照片顯示細節，可看到宛如劍山一般密密麻麻的針狀物。「遠看可能看不出來，這種生物表面密集生長許多這種短棘。這些棘刺內部中空，受到外部刺激時會從中噴出毒針。被毒針刺中必死無疑，因此對海上民而言，紅繩海膽非常可怕。一如剛才說明，這種海星生物會在海中漂浮，無法預料會在何處遇上牠。」

伊原打開另一個只有文字的資料夾。「雖然也有患者的照片，怕有些人看了覺得不舒服——想知道詳情的人，可以另外點這個連結看照片。被紅繩海膽刺中的患者全身嚴重變形，內臟機能衰竭，同時還伴隨體液外滲的症狀。為什麼會出現這些症狀，又為什麼一直找不到治療的藥物……原因最近終於確定了。這種海星生物的毒素不是普通化學物質，而是人為製造的分子機器。」

「原來又是重返白堊紀的遺毒嗎？」一個調整員發出低吼。「和病潮病毒同一系統的物質。」

「恐怕是如此。同時我們認為，獸舟產生突變的機制，可能也和這種紅繩海膽有關。我們採取了登陸後被捕捉的獸舟細胞，在實驗室內培養，再加入紅繩海膽的毒素，發現細胞出現異常繁殖的現象。細胞不是活躍地分裂，而是製造出各種不同器官。」

伊原接連打開各種實驗照片。這些照片與二十世紀初期展開再生醫學實驗時留下的紀錄照片十分相似。培養皿或燒瓶中製造出的人工內臟，移植到小白鼠身上的細胞膨脹變形，長出原本老鼠身上不該有的器官。就像這樣的照片。

「流出沉沒都市的化學物質及分子機器滿布在大海中，造成魚舟緩緩進化，誕生出會爬上陸地的獸舟。今日的海洋環境很容易促使生物突變。即使如此，早期的獸舟體型小，性情溫馴。獸舟突然大型化，距今五十年前左右開始產生劇烈突變——當時一定有某種強烈的外在因素引起這種改變，這是非常合理的推測。但是，那外在因素究竟是什麼，很長一段時間都無法解開這個謎團。我們的研究認爲，那是紅繩海膽體內的分子機器對獸舟造成的影響使然。」

「您的意思是，過去當成生化武器的某種分子機器，出於某種原因促成了獸舟的劇烈突變？」

「這個推測很合理，但或許還有其他可能性。比方說，那種分子機器原本並非生化武器，而是爲了抑制獸舟誕生而製造出的東西也說不定。只是分子機器脫離了原本創造目的，往另一個方向發揮作用，反而造成獸舟大量突變。」

「會是哪裡的研究機關擅自製造了那種分子機器並在海中散播嗎？」

「也可能是海上都市或陸地研究所發生意外事故，不小心外洩了。全世界的政府都有自己的研究機構。獸舟第一次被發現已距今超過百年。儘管當時就被視爲問題，海上民卻無動於衷。一隻一隻驅除太沒效率，陸上民想出操作特定遺傳基因的方式遏止獸舟誕生，或是試圖透過這種方式促成獸舟滅絕，或許也很自然。只是反而造成獸舟突變就是了。」

「最近獸舟數量增加，與紅繩海膽增加有關嗎？」

「應該是。」

伊原對眾人說明近來印度洋深海的海水溫度急速上升，造成無氧海域中的ＯＸ１０５增殖，又間接造成紅繩海膽增殖的事。在這片海域接連發現新的熱泉噴發口，或許是因爲上部地函對流速度加快，產生了新的熱泉噴發孔。這個現象可能是受到上升中的地函熱柱影響──如此說明，伊原把話題拉回紅繩海膽的作用機制。

「姑且不論紅繩海膽增加原因，只要解析這種海膽持有的分子機器機制，就可能找出讓露西復原成海上民的步驟──這是我的想法。」

「可是，僅管身體改造具有可逆性，已經適應深海生活的露西能和未來的陸上民友好交流嗎？」

「爲了解決這個問題，我的提議是爲露西設計出與海上民相同的大腦構造。只要大腦基本構造相同，只要在彼此頭蓋骨內埋入有共通語言程式的電子裝置，應該就能互相溝通了。使用這個方法，就算將來露西的身體演化爲喉嚨無法言語的狀態，腦中埋入裝置，語言還是可以共通。」

「空汙之冬結束時，該如何通知露西呢？住在深海底的她們很難察覺吧？」

「改造身體時，會在光線感應這方面下一番工夫。確實掌握空汙之冬結束的要素就是『陽光』。可以事先在她們的基因情報中寫入這樣的內容──當射入海中的陽光超過一定量時，露西就會被觸發，產生上陸的欲望。原本深海中就有不少生物會在深海與海洋表層之間來來去去，只要賦予露西同樣的特性，她們就會每天反覆浮上與潛下的動作──如此一來，當陽光出現極端變化時，她們的器官很快就能察覺。改造身體時，在基因情報中事先設定好，一旦察覺變化，身體就會開始往下一個階段進化。這個方法對陸上民來說也很省事，因爲只要這麼做，陸上民就不必爲了找尋露西潛入深海了。空汙之冬一結束，陽光再次從天而降，熬過苦難時代倖存的陸上民就會見到浮上海面游泳的露西。兩者順利相遇，我們人類的新文明就此展開。露西就像她們的名字，成爲新時代的希望之光。」

「要是陸上民沒有辦法活到那時候呢？」

「那就只能將一切寄託在露西的進化上了。她們或許不會成爲我們想像中的人類，可能不懂得運用我們的文化，只是變成一種新的海洋生物，適應了地球的海洋環境。然而，那樣的未來也不壞。至少，如果不這麼相信，這個計畫就無法執行。有一個說法是，在過去的地球史上，人類可能一度減少到兩千人左右，面臨絕種。但人類又從兩千多人開始繁殖，一直走到今日的繁榮——如果這個說法是眞的，說不定這場災難後倖存的人口不用太多。爲了保留那一點人口，我們將最大限度地投入現有科技力量，這絕對不是毫無意義。」

「就算要將海上民改造爲露西，開發改良技術與執行都需要時間。春原教授，您剛才說離慶伯利岩漿噴發最多還有五十年對嗎？」

「是的。」

「假設不願接受身體改造的海上民生了孩子……獸舟就會如現狀繼續誕生。牠們會對海洋生物造成很大傷害，費盡千辛萬苦改造的露西也會被獸舟襲擊。是否須事先打造一個保護露西不受獸舟侵害的環境？換句話說，在海上民生產的當下就只留下人類小孩，要海上民當場殺掉魚舟，這個方法如何？只要能說服他們接受這個做法——」

另一個調整員吞吞吐吐地開口：「這應該很困難……」

「爲什麼？徹底宣導不就行了嗎？海中除了獸舟之外還有許多凶暴的動物，爲了露西好，多確保一點安全不是更好嗎？」

「魚舟和人類的關係，對海上民而言已是文化的一部分，無法用理論切割。就算我們拿這套道理說服他們，我看也說服不了。」

「那到底該怎麼辦？環境的變化愈是劇烈，生物愈容易突變。空汙之冬甚至可能令普通魚舟變成獸舟，那些傢伙不但會襲擊海上都市或陸地，也會襲擊海上民和露西。必須徹底剷除獸舟。」

另一個調查員說：「或許能從減少獸舟數量的方向思考，將魚舟或獸舟當作食物的想法怎麼樣？」

「你說什麼？」

「空汙之冬過後，陸地上的人不可能再替不接受基因改造的海上民準備食物了，只要宣稱陸上民將把魚舟和獸舟視爲食糧……海上民或許會斷絕與魚舟的關係。一旦知道養大之後就會變成別人的食物，說不定他們會主動放棄養大魚舟……」

「不小心的話，這種發言會引起海上民暴動啊。」

「現在是非常時期，為了活下去，他們只能冷靜選擇了……」

會議結束後，春原的工作告一段落。明天開始，又要恢復過去每天觀測地球深部狀況的生活。這是腳踏實地紀錄數據的單調工作。不過，這份工作左右著人類的命運。

離開阿爾法前一天，春原又和姬乃喝一次酒。這次喝春原帶的雞尾酒，清淡口味滿盈荔枝香氣。

「再重新改造一次海上民啊……」春原嘀咕。「眞是不得了的計畫。」

姬乃說：「沒有足以收容所有海上民的海上都市，只能請海上的人繼續適應海上生活了。老實說，陸上民要在海上都市活下去也很難。在海洋生物近乎滅絕的海洋上，只有人類活下來，這簡直是難如登天的任務。即使人類有養殖和栽培技術，也跟在宇宙自給自足沒兩樣了。」

「可是，只能嘗試所有能做的事。」

「是啊……」

春原眺望窗外。漆黑的大海上，天空遍布星光，宛如宇宙空間。一個拒絕人類生存的空間。我們人類唯有借助建築或基因工學的力量才能在這個環境下生存，眞是脆弱又渺小。就某種意義來說，甚至不如沙丁魚和浮游生物。

春原喃喃地說：「只有一件事可以斷言……所謂保持現在外型才是人類，這才是人類最理想的型態等說法，這種價值觀在往後的時代不過是幻想。當然，思考會受到身體形狀影響，一旦身體產生變化，感受與思考等都無法維持現狀。可是，站在一介生物的立場想，那又怎樣？人類和其他生物相比，沒做出什麼特別了不起的事。就算是唯一去過宇宙太空的生物，離開過地球難道是特別偉大的事嗎？什麼都不做就這樣毀滅，說不定才是生物最自然的對應之道。但是啊，儘管這樣想，我還是會為家人思考。人類既然是生物的一種，或許不能輕易拋棄任何活下去的路……假如開發海中適應型的身體需要人體實驗，那用我的身體也沒關係。

我這個老太婆日子不多了，變成露西也沒什麼。總需要有人跨越既有的倫理身先士卒。我又是個科學家，能夠秉持理性紀錄下發生在自己身上的現象。與其拿普通人做實驗，在我身上實驗應該更有價值。」

「如果妳要這麼做，那我也一起參加。」

「什麼？」

「我才不想當一個眼睜睜觀察妳變成新生物的舊人類呢。我也要和妳一起，以新時代新生物的身分在實驗池內游泳。」

「……謝謝。」

「最多五十年，還可能提早是嗎……」姬乃苦笑。「這段時間人類會怎麼做呢。一定會出現很多毫不積極進取的愚昧行爲吧。在這個世界上，有沒有誰能制止那些愚昧，帶領人類走到最適合的地點呢。」

「有的，一定有的。那樣的人一定會活在我們準備好的未來……」

各地政府領袖接受來自調整員的報告。

得知IERA的預測後，眾人舉行極機密的領袖會議，擬定拯救人類計畫。

這個計畫暫時還會機密進行，因爲一旦公開可能使全人類陷入恐慌。

不過，如果不選擇一個時機公開，計畫將無法獲得眾人協助。

公開資訊的X-DAY，就訂在改造露西技術完成的那日。根據專家預測，那將在十年內來臨。

計畫名稱是「極限環境適應計畫」——又稱L計畫。

III

春原駕駛小型船舶造訪空五倍子的船團時，魚舟上正以樂器演奏著熱鬧音樂。

海上民喜歡音樂，或許和他們以歌聲操縱魚舟有關。日常生活中人人都愛唱歌跳舞，也很重視這樣的文化。春原駕駛小船靠近船團時，聽見高亢的橫笛與低沉的豎笛聲。打擊樂器穩重的音色也在丹田共鳴。

處於高濕氣海洋環境，海上民多半用不易受潮的陶器和貝殼製作成笛子。這種笛子利用空氣渦流發聲，音質柔和，何時聽了都會感到心平氣和。除了笛子外，演奏時還會搭配打擊樂複雜的節奏。海上音樂重視節奏感，節拍組合複雜得驚人，這也造就出魔法般的節奏變化，音色美妙動人。

抵達船團的春原走到小船甲板上，用海上語問那些在魚舟上甲板載歌載舞的海上民：「請問空五倍子團長在哪裡？」

海上民指著北邊異口同聲回答：「婚禮！婚禮！」那裡似乎正在舉行婚禮。原來今天空五倍子團長擔任新郎新娘的介紹人，正陪在他們身邊。春原轉換方向，朝眾人指示的方向緩緩前進。隨著宴會場中心愈來愈近，音樂愈來愈小聲，四下漸漸靜謐。小船抵達時，新人立誓的儀式已經結束。新郎新娘和親朋好友在上甲板圍坐成一圈舉行酒宴。船上架著天棚防陽光曝曬，大家坐在下方吃吃喝喝。

「空五倍子團長！」春原從小船甲板上呼喊。「百忙中打擾您真抱歉，可以耽誤一點時間嗎？」

瘦得像枯木的老人從天棚下走出來。瘦削的他腳步輕盈穩健，俐落地甩甩被海風吹得飛舞的粗布衣下襬，站在魚舟上甲板俯瞰海面。老人一見到春原就露齒微笑。「抱歉啊，這條魚舟只有親朋好友能上來，老夫過去妳那邊吧。勞煩妳將小船停在梯子下。」

「好的。」

空五倍子以完全不像高齡者的矯健身手，沿著吊在魚舟外側的梯子下來。一跳上春原的小船就問：「今天妳自己來啊？」

「是的。」

「和妳單獨相處，感覺好像幽會呢。」

比春原還大十八歲的高壽老人這麼說著，爽朗笑起來。

春原將小船轉向外海：「我今天來找團長，是有正經事得說。」

「老夫知道，我們離船團遠一點吧。祝福的樂曲太熱鬧了，這樣不好談話。」

小船優雅閒適地遠離魚舟。春原問老人，去附近的海上研究所好，還是去海上市集好？空五倍子說：「別顧慮我，剛才吃喝過了，妳隨便找個地點停下來就行。關掉引擎就好說話了。」

天氣很好，雖然有風，但海面平靜，小船停下來不怕搖晃。

春原關掉引擎，船內安靜無聲，耳邊僅有波浪拍上船側的聲音，氣氛正好適合商量事情。

春原從船艙裡的冰箱拿出裝了芒果汁的大瓶子。

「抱歉，團長。要是早知道您今天參加婚禮，我就過陣子再來。」

「不要緊，介紹人的任務結束了。」空五倍子拿起倒在杯裡的果汁，用乾癟發皺的嘴啜飲著。「妳還是一樣每天在那裡挖地洞，調查海底嗎？」

「是啊。」

「有什麼新發現？」

「不好的發現。才想聽聽團長的意見。」

「老夫可沒什麼科學知識。」

「不是專業技術的事……我現在說的只是打個比方，假如海洋環境變得比現在還差，海上民會願意改變生活方式到什麼地步？」

「具體來說像是？」

「放棄魚舟，住進封閉型的海上都市之類的。」

「或許會排斥，但若危及生命，應該還是有很多人願意接受。但他們或許會一輩子痛恨命令他們這麼做的陸上民。」

「我想也是……」

春原神色覆上陰霾。空五倍子像看穿她心思地說：「妳真正想問的不是這個吧？」

「對。」

「別客氣了，直說。」

「這次發生的災難非常嚴重。一個地方起異狀就會死很多人。說不定人類會滅絕。當然，我們科學家會盡最大努力與現實搏鬥，只是在這過程中，獸舟的問題浮上檯面。如今這麼危急，獸舟的行動對我們的計畫產生影響，這件事成了一個問題……於是有人說，為了不讓獸舟誕生，連魚舟都不該出生。當然，即使是獸舟，要是真的發生了那場大災難，牠們大概會在災害中死滅。問題是當人類準備應付災變時，或者災變剛發生時，獸舟的存在都可能造成很大的阻礙。」

「原來如此，這道理是說得通。」

「可是，我也知道魚舟是海上民的同伴，製造出這種海上民文化的本是陸上民，現在又為了陸上民自己的利益，硬是要海上民放棄這種文化……我不認為海上民願意接受這種事。」

「老夫也不認為。大部分的海上民若是得知世界末日即將來臨，應該會選擇不慌不忙地和自己的同伴開心唱歌，等待死亡吧。」

「有人提議要海上民在出生時就把一同誕生的同伴殺死。我不知道該如何遏止這種言論。」

「妳不用逼自己做這件事沒關係。陸上民要求海上民這麼做，我們也不會乖乖聽命的。」

「可是，這麼一來獸舟造成的災害……」

「和陸上民不一樣，我們海上民之所以不殺獸舟，是因為即使牠們變成了那副樣子，對我們而言還是同伴。我們認為人類不能為了自己的利益剝奪生物活下去的權利。在老夫的想法中，如果獸舟出現會致使人類毀滅，那也僅是當下發生在地球上的自然現象罷了。」

「您的意思是，陸上民不該試圖操控改變自然？」

「正是如此。同樣的道理，登上陸地的獸舟被陸上民殺害時，我們只是袖手旁觀。既沒有出手幫助獸舟，也沒有成為陸上民的幫手。這次的災難，希望陸上民能反過來理解我們。」

空五倍子把杯子放回桌上，手放在春原肩膀上說：「妳做妳認爲好的判斷就行了。就算彼此想法不同，或是彼此的行動在第一線起了衝突，有了混亂，總有一天事態也會往該平息的方向平息。最不應該做的就是放棄思考，僅憑別人命令行動。雖然不知道即將降臨什麼樣的災難，但既然是足以令人類滅亡的大災厄，哪種價值觀都未必正確。混亂也是一種結局。就讓我們海上民過我們想要的生活。」

「我明白了。」春原點點頭。「今後，我會努力朝理解海上民意願的方向參與會議。不過，還是可能有很多對各位無益的……」

「沒關係、沒關係，妳做想做的事就好了。我們會過我們的，結束有意思的一生。話說回來，能令人類滅亡的災難還眞驚人啊，老夫有機會親眼目睹嗎？」

「不，我想您無法直接目睹了。我自己可能也看不到那一天。」

「這還眞遺憾。」空五倍子咧嘴一笑。「難得發生的現象，看不到眞可惜。」

「是不是該回船團了？」

「是啊，回去吧。今天的事，有什麼正式決定之後再讓我知道。我會慢慢告訴海上的大家。他們想必無法輕易接受，但還是得讓大家知道世界正面臨什麼危機。」空五倍子望向船窗外，瞇起眼睛這麼說。「地球明明這麼大，僅是一個角落發生變化，就能奪走我們全人類的容身之處啊。太殘酷了。雖說大自然就是這麼一回事，但應該沒有人願意接受吧，無論在陸地還是海上。」

「尤其是年輕人，他們一定很痛苦。」

「不能逃去宇宙嗎？你們科學家沒做這方面的研究？」

「很遺憾，目前的科技還無法讓人類逃出地球。即使逃得出去也只是少數人，相較之下，我們寧可選擇拯救壓倒性的大多數。」

「這樣啊……」

「地球是我們的星球，我們生於這顆星球，死於這顆星球。這或許才符合自然。」

「要是人類滅亡了，我們究竟爲何而生呢——如果年輕人這麼問，妳會怎麼回答？」

「我不知道……我希望能告訴他們直到最後都不要放棄希望，但這種話才說出口，連我都覺得是謊言。人人都怕死，面對死亡，眞正需要的是什麼？愈是鼓起勇氣面對，愈是爲自己的渺小無能感到挫折。」

「到最後，如果只能等待滅亡的話，或許必須找出人類生於這世界的意義，以及該如何走向結束。」空五倍子平靜低喃。「如何減少這條路上的苦難……這正是考驗人類智慧之處。」

他再次望向春原。「雖然不希望迎來不忍卒睹的結局，但安逸的世界終究不是那麼容易獲得。一定會流很多不必要的血吧，一如過往歷史。」

「必須盡可能阻止才行。」

春原將交握在腿上的雙手慢慢放開。

「這正是——對人類智慧最後的考驗。」

第二部

第五章　敲門

一

從SSAI回來後，我和羅德西亞一起帶小蛋白石給青澄。聽完我們報告事件始末，青澄稱讚：「幹得好，羅德西亞、瑪奇。」又說：「羅德西亞，請盡快跟櫻木書記官一起分析小蛋白石的內容，知道之後就跟我報告。」

「收到。」

羅德西亞切斷和我們的通訊後，青澄對我說：「再讓我聽一次米拉和南西的對話。」

我再播放一次錄音紀錄。第一次聽，我以爲青澄會露出不悅的表情——尤其是那個段落——沒想到他保持冷靜到最後。或許早已料到米拉就是會說這種話。與我和羅德西亞預料的不同，青澄並沒有那麼生氣。

青澄問我：「這段對話裡提到的『海底資源情報』，就是村野先生告訴我們的事吧。」

「應該是。不過，沒想到那是非法外流的國家機密。」

「月染一開始拿出來賣的，應該是人人都能獲得的資料。隨著歲月流逝，能賣的東西減少了，她才拿出深海的資源情報。判斷民間業者的技術已有進步，那個區域的東西拿出來賣也沒問題了吧？沒想到當中還是有國家開發省才能調查或獲得的情報。而這個消息輾轉傳入政府耳中，普羅透斯才會行動——」

「普羅透斯展開調查，應該是那份資料來自隸屬涅捷斯的政府。只要知道是哪個政府，我們就能找到月染不爲人知的過去了。」

「紀念派對上，米拉來找我的原因就是這個。在我們與月染協商前，他一定已經查過月染了。所以才來探我的口風。」

「月染馬上答應和你見面，米拉大概很不是滋味。」

「對海上社會不存敬意的人，海上民才不會擺出好臉色。更何況普羅透斯最初就把她視爲犯罪者。這麼一來，月染當然不願意跟他們好好談。我猜月染手邊的海底資源資料不是她從政府拿出來，而是別人給她的。她只是持有，也不知道持有這東西犯了什麼罪，對於這樣的人，陸地法律無法不分青紅皀白拘捕。必須好好談過，確認情況才能著手下一步。」

「按照我們的計畫，爲了籌措建設交易站的費用，必須拿到月染手頭的海底資源資料。但若這份資料是其他政府的機密文件，這個計畫恐怕就得凍結，海底資源也無法用了。」

「……國內外務省總部該不會早就知道這件事了。」青澄皺起眉頭。「插手我們的事，就是不讓海洋開發省使用月染手上的資料？如果眞是這樣，要重啓協商就難了。說不定整個計畫會泡湯。」

「原來如此。」

「如果普羅透斯擊垮的不是獲得疫苗的途徑，而是連一般交易管道都破壞，月染對陸地的不信任將增加。這麼一來，再次談判時會很棘手。得想辦法維持和她之間的互信。」

「要不要寫封信給月染？就說簡單吃飯聊天，說不定她會願意出來。」

「也是，暫時隱瞞協商可能觸礁的事，再試著跟她談一次好了。」

兩天後，櫻木書記官將那顆小蛋白石的分析結果帶到辦公室來。

「這顆石頭果然只是『鑰匙』，用它就能打開更大的檔案。」

「連上另一頭的檔案了嗎？」

「還沒。打開這顆小石頭後，裡面有個虛擬人格，可以簡單對話。你要跟她說說看嗎？」

「麻煩你了。」

櫻木書記官一開始操作，辦公室空間裡就顯示出一個檔案。沒有圖片，只有「請用語音溝通」的提示聲，待機燈號閃爍。

青澄對著螢幕問：「可以請問你的名字嗎？」

『愛蜜莉亞。』對方回答。一如這個名字所示，聲音是女性。

「哪裡的愛蜜莉亞？」

『沃雷斯的愛蜜莉亞。』

「沃雷斯是人名？還是地名？」

『是我搭檔的名字。』

「這位沃雷斯現在在哪裡呢？」

『他不在了，過世了。』

「那妳是管理沃雷斯遺囑的程式嗎？」

『不是，他交給我更多工作。』

「比方說哪些？」

『我只能告訴認識沃雷斯的人。你尚未獲得認證。』

青澄皺起眉頭。櫻木書記官在一旁低語：「到這裡我已經用暗號分析程式嘗試突破好幾次，但都沒辦法往下開啓。」

「她說需要認證，光有密碼應該也沒用。」

「似乎是這樣，或許需要某些個人資訊。」

青澄再次和她對話：「愛蜜莉亞，妳認識一個叫月染的海上民嗎？」

『月染不是罕見的名字，我認識幾百個叫月染的人。你說哪個月染？』

「一名在亞洲海域率領船團的女人。雖然不知道她出身哪個海域，但已經生活在亞洲海域很久。外表三十幾歲，眞實年齡不清楚。給妳看紀錄吧。」

青澄要我從與月染交涉時的紀錄中，剪出一段約三百秒的影片，作成複製檔給愛蜜莉亞。內容是青澄和月染在海上市集一邊吃喝一邊交流的模樣。愛蜜莉亞讀取那段影片，默默咀嚼數據。她看完後問：『這又怎麼了嗎？』

「我的部下在蒐集關於她的情報時遇上了妳。接下來是我們的想像，妳體內可能植有與這個人相關的某種標籤，妳記得那是什麼嗎？」

愛蜜莉亞默不吭聲。原本以爲她的思考迴路當機，約莫七十秒後，她突然說起話：

『謝謝你們讓我看這麼有趣的紀錄。現在你可以連結的內容已提高一個等級。』

櫻木書記官飛快舞動手指，操控電腦試圖介入愛蜜莉亞的機能中。雖然他發動了解析程式，最後還是嘖一聲，停下手指。「可惜，還是有區域上鎖，沒辦法輕易達到本體。」

青澄再次問愛蜜莉亞：「妳喜歡剛才那段紀錄嗎？」

『我從影像中抽出關於她的骨骼資訊、從聲音中抽出她的聲紋。這段紀錄裡的月染有相當高的可能性是我認識的人。不過，從對話內容來看，我判斷你們還不算是朋友。無法完全解除你的連結限制。』

「妳怎麼會認識月染？她是海上民，不懂得使用助理智慧體或網路連線。」

『我還無法回答你這個問題。』

「那我改個問題吧。妳會想跟月染見面嗎？還是想逃離她？」

『條件齊全的話，見面也可以。』

「那是沃雷斯的指示嗎？」

『我不知道。只是我體內有準備這件事的程式。』

「愛蜜莉亞，從剛才的紀錄妳應該也可得知，我們站在月染這一邊。雖然還不是朋友，但是站在同一邊。我希望自己幫助她，最近還想見她一面。妳想去，我也可以帶妳一起去。」

『謝謝，不過我還需要更多足以信賴的資料才能那麼做。以目前的狀態見她，我仍無法開放體內全部資料，對你來說還是派不上用場。』

「瑪奇。」青澄對我說。「再給她看一段紀錄……對了，就用我第一次乘上讓葉時的影像吧。讓愛蜜莉亞看那個。」

我按照青澄指示，再次製作一段影像複製檔給愛蜜莉亞讀取。這次我剪出比剛才更長一段。

愛蜜莉亞默默咀嚼。檢視結束後，再次開口：

『原來如此。你已獲得月染信任，可以和她一起乘坐同伴讓葉。不止如此，你還曾搭乘過其他海上民的同伴。看來，你的工作是與海上社會建立強烈的信賴關係。』

「妳能明白眞是太好了。對了，我可以向妳確認一件事嗎？」

『是什麼呢？』

「透過我們的對話，我已經知道妳認識月染。不過，我才想問，妳眞的站在月染這一邊嗎？」

『我不太能理解這個問題的意思。』

「妳認識月染，未必等同於妳的存在對她有利。就像妳無法從外表判斷我是否和月染站在同一邊的道理一樣。我也會擔心妳眞正的目的是利用我加害月染——這個想法在理論上說得通吧。不論是不是事實，這個想法並非無法成立。」

『原來是這樣，你說得很有道理。』青澄剛才的話，如果聽在人類耳中，現在大概早已面對激動反駁，愛蜜莉亞卻很平靜。這就是人工智慧體的優點。『那麼，你希望我做什麼嗎？』

「像我讓妳看影像紀錄，希望妳能拿出證明自己和月染站在同一邊的證據。這麼一來，我們對彼此的信賴程度應該都能再多提高一點。」

愛蜜莉亞思考一會，最後回答：『我明白了。不過，現階段能交給你的東西有限，而且內容不會是明示，只能用暗號表示。這樣沒關係嗎？』

「沒關係，現在我需要盡可能多一點線索。」

『了解。那麼，請容我從體內截出資料。』

很快地，螢幕上多了新的資料夾圖示。櫻木書記官保存下來，確認內容檔案。

「沒錯，這個得花一點時間才能打開。」

青澄問：「多久？」

「三天就夠了。話說回來，裡面不曉得是什麼。」

之後，我們又跟愛蜜莉亞聊一下。只是不管談什麼，都無法再提高連結等級。青澄結束與她的對話，要櫻木書記官回自己辦公室。接著，他開始在辦公室裡用海草紙寫下給月染的信。他在信中提到，想跟月染進一步談談交易站的事，希望決定下次見面時間。不過，關於愛蜜莉亞的事就什麼都沒寫。青澄再度與村野聯絡，委託他將信交給月染。村野爽快允諾。

然而，雖然這已經是第二次的聯繫，月染卻遲遲沒有回信。第三天，聯絡我們的是村野。

「眞抱歉，公使。」村野打從心底感到抱歉地說：「月染好像出遠門了。不知道何時回來。」

「連副團長都不知道嗎？」

「是啊。聽說是爲了疫苗交易的事出門，她好像打算開拓新的疫苗購買管道……」

青澄臉色一沉。難道她已察覺普羅透斯介入海上交易，打算將船團逼得走投無路的事嗎。「她總有一天會回來，掌握船團位置的資訊就不怕找不到人，還是耐心等候吧。」

「抱歉，這次沒幫上你的忙。」

「別這麼說，我才麻煩您了，百忙之中眞是不好意思。」

關閉通訊後，青澄神色凝重。只要上頭沒有指示重啓協商，我們就不能大動作支援月染。不過，這不代表我們完全沒辦法協助。青澄在陸地及海上社會都有人脈，只要發揮作用，就能在不傷普羅透斯面子下提供幫忙。這天，我和青澄花了很多時間討論與誰聯手、採取何種行動才好。我們聯絡了目前聯絡得到的人，除了月染船團，也著手調查他們所在海域的疫苗流通狀況。

這些事花上不少工夫，一眨眼一星期就過了。月染還沒回來，也沒接到回信。

第十天。

青澄在辦公室裡休息，磨起了紫豆，打算沖咖啡。這時，我透過羅德西亞接到櫻木書記官的聯絡。

『非常抱歉，報告遲交了。現在方便過去嗎？』

停下磨豆的手，青澄說：『時機正好，過來我辦公室。在這邊聽你說。』

『收到。』

關閉通訊後，青澄打開磨豆器的蓋子。剛磨好的咖啡豆飄出美妙香氣，滿溢房間。他再追加一份豆子，蓋上蓋子慢慢轉動磨豆器的把手。磨好後，咖啡粉放到手沖咖啡用的壺裡，注入兩人份的熱水。辦公室裡的邊桌抽屜裡，一直都放著備用的杯子。正當青澄在溫兩人份的杯子時，門上傳來敲門聲。請進。青澄一這麼應答，櫻木書記官便走入室內。他一見到房裡的情形，就略帶點猶豫地說：「眞的可以進去打擾嗎？」

「可以啊。」青澄說。「我連你的份都沖好了，請別客氣。」

「太感謝了。」

青澄倒出壺中咖啡。在將櫻木書記官那杯交給他之前，他一次都沒要我幫忙。無論和誰一起喝，青澄從不讓我沖咖啡。不管發生什麼事，他都喜歡享受自己磨豆沖煮的樂趣。

櫻木書記官喝一口紫豆咖啡，臉上瞬間發光。滿足地喝完最後一口，他道過謝把杯子放回桌面。青澄則徐徐品嘗。他告訴櫻木書記官他要邊喝邊聽，請他報告。櫻木書記官點點頭，在辦公室內打開影像紀錄。

「我分析資料時，另一個問題引起我的興趣，轉而開始調查。因爲想等完成調查再一起報告……所以遲了一點。」

「這是從愛蜜莉亞那裡拿到的檔案資料？」

「不，不是的。這是另一件事。我認爲請您直接看影像比較好，所以帶了過來。看重點也沒關係，請您過目。這件事與月染有關。」

影像紀錄日本某山區中，一個專門驅逐獸舟的集團行動。地方義工組成驅逐小隊，隨該地區負責官員一同前往。小隊成員都是退休老人，但他們擊破許多獸舟巢穴。這份紀錄的拍攝日是一個月前。立體投影在室內的驅逐現場，以現在的測量數據來說，在海拔四百公尺附近——換句話說這個山區從前位於山腹，地點相當於昔日西日本。

「拍攝者是與驅逐小隊同行的政府職員——名叫野田。」櫻木書記官調整畫質地說明。「移動工具是蜘蛛型自走砲。入山時通常四人爲一小隊。」

攝影鏡頭移動，跑在鏡頭前方的「蜘蛛」映入我們眼簾。

靈活移動八隻腳，蜘蛛在森林裡緩步前進。生長在周遭林裡的都是對抗鹽害而種下的人工植物。上面纏繞著從重返白堊紀中存活下來的藤蔓植物。

有時可以看見小型甲蟲類或翅蟲類飛過。某些種類的昆蟲生命力非常強韌。即使生活在這種環境，不知何時已繁殖這麼廣的範圍。相較之下，食性有限的昆蟲種類大多都滅絕了。

蜘蛛的尺寸正好供一人乘坐。這是一種能與人類身體感官連結的裝置，由於與操縱者的身體感覺相通，因此能敏捷行動。與其說操縱者乘坐其中操縱機械，不如說他們化爲機械本身，人機一體奔馳森林。驅逐小隊在這種專門用來開發森林地帶的機械加裝槍砲武器，並且強化用來發現獸舟的感應器。蜘蛛也能在崎嶇地形上行走自如。

拜輔助腦之賜，雙手雙腳加起來只有「四肢」的人類也能操縱「八隻腳」的蜘蛛。輔助腦在操縱者腦中製造出假想體感，使他們能夠駕馭多出來的四隻腳。操縱者坐在蜘蛛內時，大腦對身體的認知已不是「人類」，而是八隻腳的生物。蜘蛛的座艙蓋全方位透明，攝影鏡頭從野田的座位，也就是座艙內側往外拍。肉眼之外感應器捕捉到的畫面，呈現在螢幕上的另一個視窗內。

蜘蛛正小心翼翼地走在沒有道路的樹林，避免撞傷樹木抑或無謂地翻挖泥土。

擴音器裡生動傳出聲響感測器錄到的生物叫聲、樹梢搖曳的沙沙聲、溪流的聲音、鳥類高亢的鳴啼、小動物穿過落葉奔跑聲……

不過，這座森林已經不是重返白堊紀前的森林了。赤松、杜鵑和樟樹都從這片土地消失，不再結出紅中帶紫累累果實的楊梅，竹子、八角金盤和杉樹也全部絕種。森林再也不像從前繁茂。山豬和貂都消失了身影。數不清的野生動物絕種。日本原本鳥類種類最多，但就連這裡存活的種類也已不多，更遑論其他區域。

重返白堊紀帶來的災害不單是土地下沉，在沒有沉沒的剩餘土地上，植物蒙受鹽害，土壤變質，地底細菌與菌類死滅，無法適應鹽分的植物接連枯死。以這些植物爲食的昆蟲和小動物絕種，生態系連環崩壞。

不可能保護廣大土地上的一切不受鹽害。人類能做的，是在沿岸地帶大量種植改造基因的植物，以人工製造的紅樹林守住海陸邊界。

然而，這形同雙面刃。人工植物保住了內陸不受鹽害侵襲，卻在數百年間不斷突變，侵入陸地破壞舊有植物生態。植物生態一改變，靠植物存活的生物種類也改變，活下來的生物爲了適應環境又產生變化。

這片山區完全喪失原有面貌。加上人類過去爲了確保居住用地及資源，不斷開發受保護的森林地帶。

以前必須仰望的山林，現在僅剩小丘。

知道重返白堊紀前山頂標高九百零三公尺處在哪裡的人，如今沒有一個活在世界上。

櫻木書記官接著道：「這個小隊隊長今年七十歲，其他成員年紀相差不多。他們是山中小屋的看守人，原本可以靜靜度過餘生，不過，比起在小屋陽台上曬太陽，他們選擇加入驅逐小隊奮鬥。」

「爲什麼？」青澄問。櫻木書記官回答：

「一想到家人與聚落，這工作也許最能令他們感受到生存價值。有明確目標的人總是能把工作做得很好，儘管是義工，這個小隊的獸舟驅逐率十分優秀，聽說是地方上出名的討伐隊。可憐的是跟他們一起行動的野田，這人是個政府行政官員，原本沒有上第一線的必要。大概在職場上被霸凌，上頭隨便說些『去第一線學點經驗回來』，他只好心不甘情不願地乘上蜘蛛。這就是爲什麼他總是殿後。話說回來，拜此之賜，我們才能看到這段影片。」

我偷偷用i探針探尋青澄內心，擔心他想起當年被獸舟襲擊的事，說不定會心情低落。不過，目前他心跳和腦波都沒有異常。

擴音器中傳出驅逐小隊員對話的聲音。

『阿哲，看來什麼都沒有嘛。』

『是啊，根本什麼都沒看到。』

『是不是白跑一趟了，我們回去吧。』

另一個聲音加入對話，聽起來年輕有活力——應該是野田：『請等一下！我覺得這裡應該有巢穴！獸舟感覺不是躲在樹蔭下，整個氣息都消失了！』

『真的是這樣嗎？野田先生。』

人稱阿哲的小隊長和野田對話。『這傢伙的油費可不便宜，不能脫離固定路線太遠。』

『我沒亂說。那麼大的嘴，絕對不可能看錯！』

『是這樣嗎？』

『請相信我。』

『好吧，那就再找一下。阿八、阿讓，往西邊再搜尋一下！』

『我走第一個，這樣或許比較容易找到。』

『走第一個就等於第一個被襲擊喔。』

『我好歹也會開槍啊，休假時練習過了。』

『會開槍不代表打得中。拜託，別扯我們後腿，害你受傷，被官府罵的可是我們，那太划不來了。』

野田仍有不滿，但乖乖回到隊伍最末端。

櫻木書記官在一旁說明：「這個小隊正在追捕巨嘴鳥，等一下就會出現，相當巨大。」

獸舟經突變後產生的生物，通常依外型特徵命名。巨嘴鳥一如其名，是擁有巨大鳥嘴的突變體。

巨嘴鳥身影消失的地點附近，有個泥土外露的斜坡。那不像被巨嘴鳥啄掉，比較像因故山崩。驅逐小隊操縱蜘蛛謹愼前進，採集斜坡周圍數據資料。感應器立刻找到巨嘴鳥的氣味和足跡，巢穴就在前方。

小隊員繼續交談。

『巢穴果然在這裡！野田先生，這次你要立大功了！』

『麻煩各位好好收拾牠了，大家準備好了嗎？』

『ＯＫ，那要把牠燻出來嗎？』

『交給你們決定。』

走在隊伍前方的蜘蛛腿微微一彎，壓低身子，朝推測巨嘴鳥巢穴的位置射出瓦斯彈。

伴隨爆炸聲，巢穴中傳出叫聲。

聽到那聲音，青澄身子一僵。因爲那聲音中混雜類似人類的尖叫聲。

白色瓦斯從洞口外洩。尖叫著伴隨白煙衝出巢穴的，卻不是巨嘴鳥。

青澄倒抽了一口氣。

櫻木書記官朝他瞥一眼，沒有開口。

人類小孩跌跌撞撞地跑出來巢穴。年紀約莫四、五歲，每個都是裸體。似乎被監禁很長一段時間，皮膚蒼白。有男孩也有女孩，人人髮長及肩，沒有修剪痕跡。因爲瓦斯彈，他們不停流眼淚，又像氣喘般嗆咳，哭著跌在洞穴前。

發射瓦斯彈的小隊員哀號：『喂！爲什麼這種地方會有小孩！』

『一定是被巨嘴鳥抓來的！』另一個人說。『打算吃掉他們吧。那些傢伙的智力確實不錯。總之得救助這些孩子。』

一架蜘蛛靠近孩子們，下一刻，巢穴傳出彷彿刮玻璃時的刺耳聲響，一隻巨大的茶色生物飛出來。受到猛烈撞擊，蜘蛛撞上附近的樹。那是一棵樹齡尚淺的樹，轉眼發出啪哩啪哩的聲音傾斜著倒在地上。激烈的震動使野田的鏡頭跟著晃動。

操縱蜘蛛的小隊員破口大罵，歪斜著身體開槍。巨嘴鳥快得驚人，宛如兩根圓木般的腿踢向蜘蛛座艙。擴音器裡迸出斷喊聲。被踢中的蜘蛛飛到比剛才更遠處，撞上露出斜坡的岩石，就這樣靜止不動了。

巨嘴鳥嘎嘎低吼，傲然環顧四周。野田的鏡頭正面迎上巨嘴鳥的視線。

青澄一口氣緊張起來，強烈的情緒如暴風雨般席捲。

我立刻對他低聲說：「你沒事吧，要不要先停止播放？」

「不用。」青澄低語。「我有點嚇到而已，馬上就會恢復鎮定了。如果我一直冷鎮不下來，你再用輔助腦介入。」

「了解。」

巨嘴鳥整顆頭近乎都是嘴巴。類似鰹鳥嘴喙的後方見得到眼珠。支撐巨大頭部，脖子和腰腿的肌肉異常發達。根據蜘蛛的計測，這隻以雙足行走的凶鳥足足五公尺高，高度凌駕於蜘蛛之上。

牠兩隻強壯的腿朝地面用力一蹬，腳上長著前三後一共四根黑曜石般烏亮發光的爪子。只為保持平衡而存在的粗短翅膀乍看短小，張開卻有兩公尺長。牠不悅地叫著往前衝，模樣就如守山神靈，又像山中死神。

蜘蛛們迅速散開，避開巨嘴鳥的衝撞，並以自動槍展開狙擊。

化學子彈陸續命中那巨大的軀體，削下牠的肉，穿進體內與體液起了反應，燒灼肌肉與神經。巨嘴鳥狂亂地刺耳高叫，彷彿在吶喊「離開這裡！」「這是我住的地方！」

甩動宛如鐵鎚的頭部，巨嘴鳥朝蜘蛛發動攻擊。蜘蛛以跳蛛般矯健的身手向後飛跳，操縱者乘機射擊。渾身是血的巨嘴鳥雙腿一彎，沉重的頭部栽倒在地，激烈喘息。

阿哲停止射擊，慢慢接近剩一口氣的巨嘴鳥。

巨嘴鳥黑色的小眼凝視著阿哲操縱的蜘蛛。他來到身邊的下一秒，巨嘴鳥猛烈抬起上半身，用力撞擊蜘蛛底部。

然而，這擊的力道不大。

阿哲又朝巨嘴鳥頭部發射了好幾發子彈，牠終於不動了。

野田打開蜘蛛的座艙上蓋往外跳。搖晃的鏡頭前方，孩子們縮成一團哭泣。

『大家，已經沒事了！』拍拍孩子的肩膀和背，野田這麼說。

『很快就會帶你們回爸爸媽媽身邊，別哭了！』

這些孩子們絲毫沒把野田的話聽進去，哭個不停。或許是瓦斯彈威力太強，嚇得他們無暇思考。

其他小隊員紛紛提著急救包跳下蜘蛛。一如櫻木書記官最初說明，小隊員果然都是老人。不過，他們比野田靈活，照顧起孩子不拖泥帶水，有人用生理食鹽水幫他們洗臉，有人協助孩子漱口，有人消毒傷口，有人貼上治療貼布。

野田的鏡頭再次大幅晃動。

成員之一提著急救包，跑向被巨嘴鳥擊飛的夥伴。野田跟在後頭。

兩人合力抬起翻覆的蜘蛛，從外面拉開強制解除把手，打開扭曲的座艙上蓋。

一個不是野田的聲音對癱軟在座艙裡的禿頭男人叫喊：『沒事吧！沒事的話就給聲回應！』

禿頭微微睜開眼：『……別這麼大聲，傷口都震痛了。』

『哪裡痛？』

『肋骨中招了，動彈不得……』

『別勉強移動比較好，能撐到救護隊來嗎？』

『應該可以……』

『那好，幫你打止痛針，別亂動。』

確認巢穴內部，再重新數一次，總共十個孩子。八個女孩，兩個男孩。詢問他們住在哪個聚落，父母叫什麼名字，他們卻依舊一直哭，連名字都答不出來。

阿哲對野田說：『野田先生，蜘蛛載不下這麼多孩子，請你跟公所聯繫，派救援隊過來吧。』

『該請他們派哪種交通工具來才好？這種山路……』

『這種事讓公所那些人傷腦筋吧，你負責聯絡就好。要不然靠我們請不動那些人，得有你的ＩＤ認證。』

野田慚愧地垂下視線，要自己的助理智慧體聯繫公所。

播放到這裡，櫻木書記官按了暫停。「接下來是一段救援紀錄影像，可以跳過不看。」

快轉跳過一段影片後：「再來是在收容孩子的醫院影像，地點是山腳下的海上都市。」

再度快轉畫面，櫻木書記官說：「比起受傷狀況，這些孩子更大的問題是營養失調。醫院很快提供高熱量流質食物，再給他們一間大病房，由兩位諮商師安撫他們的心理狀態。然而，就跟驅逐小隊詢問時一樣，孩子完全無法說明自己的事。」

「精神上被打擊造成失語症嗎？」

「一般這樣推斷。即使表面放心，當恐懼還殘留在潛意識時，人會無法言語——住在突變獸舟巢穴裡時，他們可能目睹過很可怕的景象。然而，最大的問題不在這裡。」

「不然是什麼？」

「這些孩子身上，沒有標籤。」

青澄瞪大雙眼。「海上民就算了……除了袋人之外的陸上民沒有標籤可眞罕見。」

「現在的人口調查已經能深入相當偏僻的地區，正常出生的陸上民一定植有標籤，否則無法接種陸地流行疾病的疫苗。除了病潮，陸地上還有許多致死疾病，父母不會抗拒爲孩子接種疫苗。即使把繳稅放在天平的另一端衡量，植入標籤的好處更多。再說，植入標籤的人還有機會透過抽籤取得海上都市的居住權。」

「這麼說來，陸地上還有一些地方全村村民都沒有植入標籤？」

「無法斷言一定沒有。那些地方可能是對人口調查和獸舟襲擊懷有戒備，一直過著與世隔絕的生活——就算眞有這樣的陸上民也不奇怪。畢竟山區還有不少地方未經開發。」

「既然如此，是否就找不到能接回那些孩子的人了？」

「這倒不是問題。如果只是這種程度，我不會特地拿紀錄請您看，把案件轉給福祉課就好。」

螢幕上，從野田鏡頭拍下的紀錄，變成一份文件資料。

「這是醫院檢驗出的孩子基因資料。和普通人的資料放在一起，異常處一目了然。」

圖示顏色區分，鮮明地顯示出兩者共通與相異處。「這份比較圖，不覺得在哪看過嗎？」

我立刻察覺這份資料代表了什麼。隨後，青澄也明白了。

「這是……」

「檢驗室對結果非常驚訝，很希望這份檢驗是錯的，聽說已經委託政府的研究所再次檢驗了。不過，要是結果依然不變，就代表這些孩子不是陸上民，不是海上民，而是獸舟的突變種。」

這些可愛的小孩，竟然是獸舟的突變種——

我們驚訝得說不出話。

青澄近乎呻吟地問：「不會吧……他們怎麼看都是眞正的人類小孩啊。」

「或許可以用『擬態』來說明。事實上，這些孩子和那隻巨嘴鳥一樣。」

「跟那隻大得不像話的怪鳥一樣？實在教人難以置信！」

「獸舟經過突變，變成了人類小孩的外觀。」

「爲什麼會這樣？」

「可能是要提高環境適應程度。『人類小孩』只是獸舟突變出的型態之一。當然，這既然是生物學上的演化，就不會是巨嘴鳥刻意選擇的突變結果。至今獸舟已突變成爲各種生物，像是莫名其妙的多腳生物、蚯蚓、豹、巨鳥——這次可能是一次偶然的突變，長出類似人類的外型。話雖如此，即使是偶發的突變，那姿態仍令人毛骨悚然。怎麼看都是『還需要父母照顧的年紀』、『五官端正的小孩』。只要是善良的人類，誰都會對他們伸出援手。」

「雖然外表是人類，既然他們是獸舟，還是會吃人嗎？」

「這就不知道了。目前這些孩子還沒有襲擊研究員。或許突變成這種外型很罕見。又或許只要有充分的食糧，獸舟意外溫馴。」

「他們沒有弱點嗎？」

「只有一個。他們不會說人類語言，他們大腦中缺乏學習人類語言的機制。話說回來，要是連這個缺點都克服了，人類將拿他們完全沒轍。」

孩子從醫院裡被移送到科學技術省的研究所。文件上紀錄成他們找到養父母，辦好領養手續，事實上是被關進名爲研究所的牢籠。即將在研究所中進行的並非解剖或人體實驗。要調查這種擬態人類是否具有智慧，和人類是否可能溝通。

這麼做的目的也不是爲了追求擬態人類與人類的和平共存——

只是想知道獸舟突變體具備多少程度的智慧。若能知道這件事，就能利用他們內心產生的恐懼和警戒心理，找到不讓獸舟襲擊人類及都市的對策。

紀錄影片中，這些擬態人類的孩子進食後就會笑，在房裡奔跑玩耍，玩累了又像小貓蜷起身擠在一起睡覺。模樣與人類幼兒毫無不同。櫻木書記官說，明知不可產生移情，還是有些工作人員產生感情。

「研究員們也很困惑。光靠表面上看到的，無法區分擬態人類和一般人類的不同。請來各種專家跟孩子們接觸，但他們依舊學不會語言，彷彿這是一種生存策略。他們始終天眞無邪地面對眾人，向人撒嬌，一副除此之外別無所求的表情，藉以尋求庇護……」櫻木書記官說：「接下來，還有更令人頭痛的資料。這是某一特定人物的基因資料，拿來和孩子們的比較之後……」

螢幕上顯示兩者數據一致的比較圖。

「這個人是個成人。目前以海上民的身分住在海上。」

「你的意思是說，海上民裡也有突變體嗎！」

「應該說，沒有還比較奇怪。現在的海洋什麼事都可能發生。受到沉沒都市流入大海的毒素影響，海上發生的突變更甚陸地。畢竟廣大海洋裡有著數量龐大的生物，關係更複雜。」櫻木書記官嚴肅望向檔案資料。「其實，這個成人的數據，就來自愛蜜莉亞那份需要解密的資料。」

「你說什麼？」

「她給的資料以暗號寫成，但順利解開了。只是，根據愛蜜莉亞的對話判斷，這份資料很顯然是月染的基因數據。」

「等一下！」青澄打斷他。「這是怎麼一回事。你是說，月染的基因組成和擬態人類一樣？」

「我試著向愛蜜莉亞確認，問她這是不是月染的基因。她說是。」

「擬態人類不是無法理解人類的語言嗎？可是，月染說話很正常啊。」

「這就是個謎了。不過，也可能有方法讓她學會。比如說，動手術改變神經細胞的連結，將與我們人類相同構造的輔助腦移植進去……只要將建立言語系統的基礎資料一起裝進去，或許能達到和一般人類溝通的智慧水準。說不定月染小時候接受過這種手術。」

「……小時候？說起來，她小時候究竟是什麼時候？」青澄喃喃自語。「擬態人類要長到月染這種程度的成人外表，需要多久？身體構造基本上就不一樣了，成長速度一定和我們不同。一百年……還是兩百年？月染看起來不會老，說不定就是因為這緣故？換句話說，她名副其實『不是人類』。」

我們決定和櫻木書記官一起調查是否還有其他地區出現擬態人類——也就是獸舟的突變體。

然而，四處都沒發現一樣的資料。

倒是世界各地都能找到從獸舟手中救出小孩的情報。然而，不可思議，這類案例都沒有後續追蹤。孩子不是住進育幼院等設施，就是被人收養，但之後不再有進一步報告。這不算值得追蹤的稀有事件，但和這次日本案例及處理手法太相近，我們逐漸感到事有蹊蹺。

「說不定情報是被涅捷斯統轄部控制了。」青澄說。「那些人可能早就掌握這個情報，暗中累積關於擬態人類的資訊。」

我從旁插口：「如果是這樣，爲什麼只有在日本的這個案例被我們發現？因爲是國內的事？」

櫻木書記官說：「可能是第一線的負責官員忘了指定爲機密情報。驅逐小隊獵捕獸舟時，不是帶了個叫野田的行政官一起嗎？他可能忘了把這一連串資料列爲機密，結果流到公安手裡。我就是從公安獲得這條情報的。」

「這麼說來，繼續查下去可能查不出什麼了。」

青澄雙手環抱在胸前，思索半晌。「無論如何，這件事都能用在與月染的談判上。愛蜜莉亞的存在，對我們來說是張王牌。把這件事告訴月染，或許能加深我們和她的信任感。」

「月染不知道是否察覺自己是擬態人類？」

「不清楚。不過，現在不用考慮這個。請羅德西亞繼續找尋關於擬態人類的情報。與月染手上海底資源相關的情報也要繼續追。那些資源如何在海上社會被使用，哪些內容用來和誰交易過等等——徹底清查過去的資訊，或許能從中找到月染得到情報的經緯。」

「明白了。」

「不過，不要做得太過火。被普羅透斯盯上就麻煩了。小心行事。」

「是。」

「我們這邊再和愛蜜莉亞溝通看看，持續提供情報給她，她或許願意再開放連結權限。等到掌握一定內容，就能再跟月染接觸了。」

「知道了。」

＝

汎亞海軍開始注重討伐海上強盜團了——這樣的傳聞從目睹盛大追擊的海上民口中傳開，正在海上社會一傳十、十傳百。傳聞擴散的過程中，沒有一個人深入思考背後意義。

海上強盜團原本就令所有海上民頭痛，光靠民眾自衛抵禦有其限度。能將他們一舉掃蕩，不管出手的是海上警衛隊還是海軍也好，海上民都認為是好事。大部分的海上民都這麼想。討伐對象既然是犯罪者，那就和自己一點關係也沒有。要是真遇上了海軍，我們還可以出手幫忙呢。海上民甚至如此打趣。

這天，堯齊和夥伴一起和魚舟徜徉海中。

快要午睡的魚舟遲緩，啾啾鳴叫，吵著想趕快去「海上的床」。

堯齊的同伴喜歡鑽進褐藻密集的海域睡覺。外皮碰到海藻時的觸感很舒服，也可能是那裡冰冰涼涼很好入睡。牠還是小魚舟時就養成這個習慣。很喜歡把自己包捲在什麼東西裡面的安全感。

一天當中最熱的時段，堯齊往往午睡度過。反正不管怎麼唱歌魚舟也不肯動，不如配合牠調整生活作息還比較輕鬆。海中生活沒什麼要緊事，不是玩就是喝喝茶，睡個午覺打發時間，這就是海上民的小確幸。海上生活貧困，正因如此，若不好好享受人生還有什麼意義。

巨大褐藻扎根於沉沒小島的山頂，宛如海中之王。隨波搖曳的藻葉無止盡朝四面延伸，整個葉狀部綿延海中好幾百公尺，形成雄偉的紅褐森林。孢子體中漂散出無數的遊走孢子，轉變成精子與配子體受精後成為受精卵，在海中漂蕩。大部分的受精卵乘著海潮流動，也有一部分生根同一海域，令紅褐森林生生不息，維持著茂盛景觀。

這片橫跨好幾公里的褐色海域中，有個地方遠遠就能辨識出來，潛入底下，那裡就是海洋生物的寶庫。有絢鸚嘴魚、剝皮魚盡情悠游，海膽、蠑螺和鉤蝦快活捕食。堯齊有時會在魚舟睡覺時隨手抓點魚蝦。那些在藝術之葉看不到的美味魚種都群聚在此。

靠在音響孔的內壁上，堯齊盤算著今天該做什麼好。是和同伴一起睡個好覺，還是抓一堆海膽來下酒？想像那鹹香夠味的下酒菜，情不自禁流了一嘴口水。一邊喝長時間熟成的蜜酒一邊配海膽或烤蝦，光這樣就是幸福的一天。

褐藻森林裡已經有數條先潛下來的魚舟。到處都能見到二十多公尺等級的魚舟，像竹筏一樣漂浮水中。堯齊的同伴身子微微一彎，潛入茂密的褐藻下。不等堯齊指示，牠就找起適合當眠床的地方。

擺動左右兩邊的鰭，撥開褐藻葉狀部向前進。遇到已經睡著的夥伴時，不想吵醒對方，牠還會靈巧地閃開。聽著音響孔傳來的聲音，堯齊腦中也能浮現小魚群輕快翻身游開的景緻。沉睡的魚舟們在褐藻深處隨波漂浮，連扭也不扭一下。音響孔內部的溫度和濕度最適合睡午覺，作著品嘗海膽與蝦料理的美夢，堯齊也快墜入夢鄉。

這時，耳邊爆發震耳欲聾的聲音。

魚舟的哀號傳入音響孔。

堯齊猛地跳起身，額頭撞上音響孔壁。這一撞，使他更加陷入混亂。

到底發生了什麼事？

生物的叫聲夾雜著陌生的金屬音，驚濤駭浪般湧入耳中。根據這些聲音，堯齊在腦中描繪出立體圖，那幅景象是地獄。不知道誰的魚舟巨大身體炸裂，緩緩沉入褐藻森林底部。體液汩汩流出，像黑色烏雲在海水中漫延。堯齊感到舌頭上有血腥味，這是錯覺，但鮮明得令他不住舔。

面對這非同小可的事態，堯齊的魚舟開始急速上浮。即使待在音響孔，堯齊還是能聽見魚舟上其他家人的騷動聲。他盡量不被那些聲音干擾，專注捕捉同伴的聲音。褐藻森林到處都是斷線風箏般的魚舟，有幾十條正逃離這裡，迅速地朝海面游去。魚舟的動作扯斷大量褐藻，失去支撐的葉狀部倒臥海底。

聽到激烈攪動的水花聲與撞擊般的爆炸聲，堯齊終於搞清楚發生了什麼。

是魚雷！

陸上民的機械船發射了魚雷！

堯齊破口大罵。到底是哪裡的政府幹的好事，竟然把普通海上民當成海上強盜團了！

遭到波及的魚隻翻肚死亡，和魚舟的殘骸一起在海中漂流亂舞。這情景就像枯萎的樹上落下大量枝葉。

堯齊的同伴一直游到與褐藻海域保持距離，才讓背部浮出海面。堯齊衝出音響孔，甩開提出各種疑問的家人，直奔上甲板，拿起望遠鏡眺望遠方。視野裡看得到遠方的機械船，是一艘巡防艦。船身上國籍的記號清楚映在望遠鏡的鏡頭。

下一瞬間，堯齊魚舟附近的水裡發生爆炸，將他從上甲板震飛。身體重重摔在海面，捲入漩渦，像小魚一樣隨水流翻滾，失去上下左右的感覺，身子不斷打轉。

漂浮海面的堯齊恢復清醒只能說是奇蹟。他抓住一片居住殼的碎片，勉強保住呼吸，全身疼痛欲嘔。環顧四周，斷裂的褐藻鋪滿整個海面。漂浮其中的白色東西，是被炸死的魚翻身露出的肚子。然而，最讓堯齊毛骨悚然的並不是大量魚屍，而是前方緩緩隆起的黑色背部，與周圍宛如煮沸般冒出白色氣泡的海面——朝這邊逼近的不是魚舟，而是獸舟。爲了來吃這裡的生物殘骸，獸舟像鱷魚一樣扭動身軀。

抱著居住殼的碎片，鞭策疼痛的身體，堯齊迅速逃離。朝與獸舟相反的方向，死命划水。

家人的事完全不在他腦海中，只剩下一股要活下去的直覺。不，或許是對獸舟的恐懼，讓他選擇認定家人已經死去。堯齊想，現在自己應該滿身是傷。所以，像這樣在接近水面的地方游泳，血腥味立刻就會散布水中，或許會引來鯊魚覬覦。這雖然也是可怕事態，比起留在這裡成爲獸舟的食物，只能先賭一把逃離。說不定遇上其他船團就能獲救。

堯齊拚命踢水，有生以來從沒游得這麼快，從沒游這麼遠過——他就這樣不斷不斷地游。

幸而努力沒有白費。

在空腹與脫水症狀下筋疲力竭而死前，千鈞一髮獲救了。別的船團海上民救起了他。

海軍攻擊的不是海上強盜團而是一般魚舟，從堯齊口中說出來後，瞬間傳播開來。一開始大家都問是不是搞錯了？是誤擊吧？或者船團中有一部分人眞是強盜？否則怎麼會遭到攻擊……

然而，當類似的攻擊發生第二次、第三次，誰也看得出事態不正常。同時眾人發現，不知不覺中，已經有許多船團被擊沉了——被徹底殲滅，不會留下目擊者或倖存者。這也是情報在海上民間擴散得這麼慢的原因——得知事實時，人心無不震撼。只剩下兩條路可走。

一是離開亞洲海域。二是去向外洋公使館或人權擁護機構提出抗議，要求汎亞停止這種暴力行爲——行動派的海上民立刻對外洋公使館提出質疑。爲什麼汎亞海軍不攻擊海上強盜團，卻來攻擊普通海上民？汎亞政府很快回應，內容簡單明瞭。

「我們的攻擊目標全是海上強盜團。絕對沒有攻擊一般海上民。被攻擊的那些人乍看一般海上民，其實是海上強盜團。或者是適用叛盟罪的對象。植有標籤的船團完全沒必要擔心，我們會靠標籤的有無來分辨對方是不是犯罪者，請放心。」

實質上，這等於在宣布「汎亞會毫不留情擊潰所有無所屬船團」。

今後，汎亞將不容許無所屬船團在海上生活。現在尚未植入標籤的海上民，最好快速植入——這次的攻擊就是在強制這件事。消息震撼了無所屬船團。明明可以自由生活海上，證明人類不用靠政府也能好好活下去——這就是現在的海上民。然而，汎亞否定了他們的生存之道。

另一方面，已有標籤的船團鬆了一口氣。「太好了，我們是安全的。」他們笑著告訴彼此。

「那些沒標籤的人丟光我們海上民的臉。」有海上民在酒酣耳熱之際說出這種話。「政府最好把他們都收拾掉。汎亞總算下定決心整頓了啊。」

「那群沒標籤的人消失，我們的漁獲量就會增加。把多出來的漁獲拿去陸地上賣就能賺大錢！」

即使同爲海上民，有標籤和無標籤的人想法已經出現落差。知道自己處於安全領域內的海上民不再將無所屬船團視爲同胞，把汎亞的攻擊行爲當熱鬧看。另一方面，無所屬船團則自發性地聚集大批團長舉行會議。少數有標籤船團的團長也加入討論。儘管彼此立場不同，他們也無法容許汎亞踐踏人權。這些團長想利用自己與陸地上的人脈，對人權擁護機構提出控訴及提案。

「我們不想與陸地開戰。」無所屬船團的團長謹慎地說：「對人權擁護機構提出抗議沒關係，但若陸地正式和海洋對立，沒有武器的海上民將陷入不利。」

「大批魚舟同時攻擊，至少能打下一座海上都市啊。」

「若陸地上的聯盟組織眞心想攻擊我們，我們是打不贏的。」

「不，團長。重返白堊紀後，地球上的海洋領域非常遼闊，海上民可以在各地起義戰鬥。」

「難道你打算讓全世界的海洋陷入內戰嗎？就算出發點是爭取自由也不能做出那種事！一旦展開內戰，最先死的會是誰？被捲入戰爭，毫無抵抗能力死去的是我們家人，你得考慮這件事。」

討論不出結果，唯一決定的只有向外洋公使館及人權擁護機構求助，以及尋求汎亞海上警衛隊長曾太風上尉幫助。以海上民身分從事陸地工作的太風，某種意義來說是同胞中唯一擁有武力的人。

曾太風不出任務時，通常住在北京海上都市的灣內居住區。團長之一的蘇三文代表眾人出發拜訪太風。

聽鄧副隊長說，太風提拔進警衛隊那幾個年輕人工作勤奮。他們分別被分發到機關長、補給長和衛生長手下做事，除了對粗重工作任勞任怨，還很迅速地學習起機械船的構造。

「他們再多久能派上用場？」太風問。鄧回答：「我想想，照這效率看來，再三個月就夠了。」

「三個月太久。我想要早點發揮實力的人。誰進步最快？」

「應該是諭安。那傢伙到我們隊上後，馬上就學起機械船知識了。操縱船隻的技術以前就向浮萍學過，來這裡前已經懂得不少。」

「前輩隊員對他的評價如何？在夥伴內的人望和領導力呢？」

「比他年長或年輕的人都對他頗有好評。諭安做事認眞，不會忘記尊重別人。他的表現優秀過了頭。與其說是天生性格使然，不如說展現了遭逢過苦難者特有的同理心。」

「一個人優秀過頭也是問題。」太風嘀咕。「把自己逼得太緊，總有一天會斷線。」

「這也是我的擔心。我教了他一些吃喝玩樂的事，讓他保持良好的彈性。」

「他隸屬哪一科？」

「機關科。」

「調他上艦橋好了，讓他看一下你們在做些什麼。確認他的判斷能力如何。」

「為什麼這麼做？」

「如果他真的夠優秀，我有些事要託付給他。這要足夠的冷靜和決心，我要測試他夠不夠格。」

接獲從機關室調上艦橋命令的諭安，有點緊張地走進室內。太風坐在艦長席上沒有起身，命諭安站在航海長身邊。

「今天你還什麼都不用做沒關係。」太風冷靜傳達命令。「在機關室內學不到的，你要在這裡看仔細。」

「遵命。」

太風一如往常，根據上頭的情報率領警衛船朝目標前進，不費吹灰之力地找到了船團。隸屬該船團的魚舟分散廣範圍海面，正在悠閒休息。太陽高掛天空，船團的人們不慌不忙地準備午餐。

航海長默默將手中的望遠鏡交給諭安。諭安不假思索接過。然而，望遠鏡焦距對準目標船團時，諭安臉上表情大變。望遠鏡中的船團不是海上強盜團，在上甲板休閒的，只是非常普通的海上民。

「準備發射魚雷。」

太風指示砲雷長及水雷長，諭安雙眼離開望遠鏡，反射性地回頭看了太風。太風對諭安的反應視若無睹，繼續下令：「攻擊地點設定目標船團前方二十公尺，水深八公尺處。不須直擊，讓砲彈在水中爆發。」

「了解。」

諭安大聲抗議：「隊長！那好像不是海上強盜團！」

太風冷靜回應：「根據上頭給的情報，那就是海上強盜團。」

「上頭弄錯了！」

「不管發生任何事，我們都須忠實執行命令。這就是海上警衛隊的規矩。」

「第一線的判斷也很重要！」

航海長嚴厲警告：「諭安！一如隊長忠實執行高層的命令，我們警衛隊員也須忠實執行隊長的命令。你的判斷不可能優先於隊長，聽明白了就回位置。」

「可是，那只是普通市民！」

「汎亞高層不再將無所屬船團視爲一般市民，而是當作海上強盜團處置。」

「咦？」

「把接下來我們做的事看清楚，往後你得幫忙。」

在發射魚雷的號令下，目標水域遭到大量轟炸。轟隆巨響中水柱聳立，魚舟猛烈搖晃。跑出上甲板的海上民摔到地板上，有人落水。海上民像不知所措的小魚群，在甲板上東奔西跑，也有人奔入居住殼內，慌忙呼喚魚舟。警衛船再次朝同一地點發射魚雷。

諭安面紅耳赤，全身顫抖。但第三發魚雷擊出時，他察覺什麼，臉色迅速起了變化，情不自禁發出「啊」的低呼。

警衛船並未擊沉魚舟，砲彈魚雷瞄準的地方什麼都沒有……

切換望遠鏡的倍率，諭安觀察船團裡魚舟動向。其中有看似受傷的魚舟，但沒有一條有生命危險。接著，即使魚舟迅速逃離這片海域，魚雷還是瞄準同一處。

只擊出五發，太風就下令停止攻擊。

「任務結束，前往下一個目標。」

「收到。」航海長回答得很乾脆，警衛船掉頭轉向。朝諭安投以一瞥，航海長咧嘴一笑。

太風從艦長席上站起來，對諭安說：「到艦長室來，有些話要說。」

太風離開艦橋，踏上走廊，諭安慌忙追上前。來到艦長室門外，已經有其他隊員在門口排成一列等候。有副隊長、砲雷長、機關長、急救士。每位隊員都是諭安的大前輩，他忍不住有些退縮。這時，拍了拍諭安的背，敦促他前進的是鄧副隊長。「別顧慮這麼多，一起進去。」

在鄧的催促下，諭安第一個進了艦長室。房間狹窄，卻是空氣乾爽的舒適空間。既沒有機油味也沒有霉臭或阿摩尼亞臭，空氣品質良好。

最後一個進房的燦關上門，太風緩緩環顧所有人。

「我等一下要說的內容，絕對不可對這艘船外的人洩漏。就算對方是各位的家人、朋友或恩師也不行。對任何人皆不可提起。請各位認知這件任務的重要性。」

隊員默默點頭。太風說「很好」，接著指示燦在螢幕上打開海圖。

「最近這段日子，我們的工作都是像剛才那樣攻擊無所屬船團。上頭說將他們都當海上強盜團，殺無赦，但身為海上民的我們沒道理照單全收。老實說，我只想叫發布那種命令的人吃屎。」

太風打開另一個視窗，將海圖放大一部分。

「今後我們會持續假裝攻擊，實則放海上民逃脫的戰術。當然，如果遇到了真正的海上強盜團，不用留情。不過，不用像之前那樣一律擊沉，可以倒過來利用強盜團。」

太風指出海圖中的一區。那是換日線附近的海域，複數洋流從這裡分別朝南北向分歧。因為容易受到季風影響，小型洋流的位置變化錯綜複雜。

「得知汎亞海軍攻擊的無所屬船團，大多利用這個海域的洋流往南逃。這裡是南北多數洋流強力交匯處，一旦對海潮交界做出錯誤判斷，很可能會被向北的洋流帶走。當然，只要能判讀洋流，一口氣就能南下逃往赤道附近。不過，汎亞不是省油的燈，想必很快會察覺。不久，海軍就會前進這片海域攔截了吧——話雖如此，南下洋流的分布範圍很廣，要躲過海軍監視順利逃脫亦非完全不可能。魚舟能潛入深水處，可能逃過海軍的探測聲納。我打算協助聚集此地的無所屬船團逃出這片海域。所以，我要從本軍艦隊員中挑選少數精銳，組成特務小組。爲了讓作戰計畫更順利，今後打算放少數海上強盜團也逃到這塊海域。」

「爲什麼要這麼做呢？」

「安插替死鬼。如果無所屬船團快被海軍攻擊了，就讓特務小隊出動，誘導海軍前往眞正的海上強盜團聚集之處。海上強盜團原本就是一群該死的人，死在誰手中都一樣。我這麼說或許很冷酷，但這種時候就讓他們爲我們派上一點用場吧。」從海圖前離開，太風再次環顧眾人。「那麼，我想聽聽各位的意見。你們願意加入計畫嗎？還是反對？」

隊員們異口同聲：「贊成！」「贊成啊！」「非常樂意！」「請務必讓我協助！」

知道無人反對後，太風用力點頭。

「謝謝各位。這艘船上的人員稱不上多，現在又要將一些人調離位，工作一定更吃力。即使如此還是願意嗎？」

「當然！」

「那請各科再次確認可以出多少人。砲雷長，從你開始。」

一邊聽取各科長報告，太風在燦提出的清單上一一打勾。將各科狀況合併衡量，最終確定加入特務小組的成員名單。諭安在驚訝中觀察事態發展，一聲也不吭地呆站在旁。太風最後對他說：「諭安，你也加入。」

「我嗎？」

「沒錯，從艦橋上的行動看得出你適任。在那種狀況下，你還眞有勇氣抗議。比起長官的命令，更相信自己親眼所見……我最喜歡不受框架束縛的人了。不過，在別的船上不能這麼做。面對的人是我才沒事，在一般船艦上，你早就被開除了。」諭安羞愧得面紅耳赤，太風微笑：「與其待在機關科，你更適合航海科。今天起，你就上艦橋工作吧。機關長，不要緊吧？」

機關長回答：「在下沒有異議。」

「很好，那麼諭安，你就跟在航海長身邊，好好學習遠距離航行的技術。等你大致學會，特務小隊就要出發了。我希望你快學會。」

「明白了。」

「聽好了，如果剛才你對我的命令毫不反駁，事後才在同袍間說上司的壞話……我不會讓這樣的人加入。這件事，你要記清楚。」

「是！我會盡全力不負您的期待！」

「明白了就行動。航海長那邊，我事先交待過了。只要跟他說你『已經確定新任務』，他就會把該學的都教你。」

「收到。」

前輩隊員們以期待的眼神，望著提早一步飛奔出去的諭安背影。

太風對鄧說：「副隊長，請將剛才名單中的隊員輪流叫來，我將和各科負責人一起在這裡面試他們。也從諭安帶來的人裡面挑幾個人出來。在抵達下個目標海域前得完成這件事。動作快！」

III

就在我們找尋擬態人類情報、繼續加深與愛蜜莉亞交流，以及持續等待月染回來的時候，空間01的特殊公使館送來請桂大使和青澄共進晚餐的邀請函。

不是午餐而是晚餐。而且只請他們兩人。

我的人造身體留在青澄辦公室內待命。特殊公使館似乎也沒有邀請其他外洋公使。

「會是前幾天派對上的後續嗎？」

靠在辦公室椅背上，青澄撥弄著那張紙製邀請函。

「只邀請我們，這點頗令人在意。應該是想繼續談月染的事吧。別人沒做，我們在進行的工作，想想只有這件了。不過，現在與月染協商的事被上頭勒令中止，這件事特殊公使館難道不知道嗎？」

「大概是內部消息吧。」

「總覺得憑普羅透斯的情報網，應該能掌握這個訊息——原來世上有連他們都不知道的事啊。」

「或許調查資料卡在哪個環節了。」

「唔……總之，這方面的事等見了面再弄清楚吧。」

各政府外交官經常出入特殊公使館。不分午餐、晚餐，也常有數個外洋公使在此齊聚一堂。針對外洋問題需要涅捷斯內部不同政府交換意見時，就會舉行這樣的餐會。

地理上最接近汎亞的日本，在涅捷斯內的立場相當特別，被稱為「架在歐亞大陸脖子上的小刀」。因此，桂大使和青澄平日就和特殊公使館保持頻繁來往。共進午餐不是少見的事，不過，面臨特別棘手案件時才會收到晚餐邀約。

搭職員開的公務車前往特殊公使館。桂大使和青澄一如往常在大門前接受ＩＤ檢查。機械和人類各檢查一次後，車子才開上通往玄關的熟悉道路。開到石階前，兩人下了車。等候職員帶他們進公使館。餐廳裡，統轄官尼可拉斯・ＭＵＨ・納賽爾和副統轄官克涅斯・ＭＵＰ・米拉已經在那裡。桂大使及青澄恭謹問候，他們笑吟吟迎接。

公使館廚師安排的菜單都是功夫菜，用了蔬菜、肉和魚，一次端出少量上菜。放在盤上的料理份量不多，但調味與加工特別用心，口味偏重，全部吃完很有飽足感。話說回來，特殊公使館吃的肉質真好。魚姑且不論，能在畜產品上花這麼多費用，普羅透斯的經濟實力不可小覷。

用餐時，雙方都聊些無關痛癢的瑣事。納賽爾剛調來不久，第一次外派到外洋海上都市，談話間少不了關於海洋的話題。不過，人家可不是為了聊這種事才把青澄他們找來。

晚餐後，四人移駕白蘭地酒間，在這個置放洗練沙發與茶几的房間裡，已經準備好瓶裝白蘭地、玻璃酒杯和下酒的果乾。紅褐色的酒是貨真價實的白蘭地。注入玻璃杯時就能聞到不同於合成酒的豐盈香氣。青澄心滿意足地喝了一口。接下來須面對對方出的難題，趁現在好好享受美酒——他給我這樣的感覺。

第一個回歸正題的人是納賽爾統轄官：「今天請兩位來，是有不能和其他公使館商談的事。日本隸屬涅捷斯政府，協助普羅透斯的工作自然是兩位的義務。這點你們應該很清楚。」

桂大使點點頭，問道：「請問是什麼事呢？」

「亞洲海域有個名叫月染的女性團長，她率領無所屬船團。我們聽說日本政府正在與她協商，希望她的船團能植入標籤。這件事你們可以繼續，唯獨在她身上植入標籤的事能否暫緩呢？」

「爲什麼？我們的協商與談判，一直是以植入標籤爲前提進行的。」

「月染以外的團員都植入日本政府標籤，這沒問題。但別讓她植入，繼續保持自由身。如果她取得了特定國籍，後續的行政手續會變得很麻煩。」

「行政手續？」

「你們的協商成立後，普羅透斯將接手月染。」

「這是怎麼回事？」

「我們預計讓月染移住普羅透斯的海上都市，協助我方事項。萬一她取得日本國籍，手續反而麻煩。」

青澄內心滿懷不信任。不過，表面上還是維持平靜。

桂大使沉穩說：「如果是這樣，普羅透斯自行跟她交涉不就行了嗎？」

「可以的話，我們也想這麼做。但不知道她人在什麼地方。」

「她不在船團內嗎？」

「是的。詢問她的同夥，他們不願告知下落。我們還向浮萍打聽，一樣問不出個所以然。」

桂大使朝青澄望去，他搖晃手中的白蘭地酒杯，懶洋洋地回答：

「這在海上社會很常見，團長經常離開船團，籌措疫苗或找尋資源。」

納賽爾統轄官皺起眉頭。「可是，連去哪都不跟團員說嗎？」

「海上民是徹頭徹尾的個人主義者，絕對不會干涉別人的隱私。團長出門上哪去，他們一點也不在乎。他們說不知道，就眞的是不知道。」

「可是，你第一次聯繫月染就成功與她見到面了。」

「我是按照順序一一拜託認識的人幫忙，最後才找到她的所在之處。在海上社會有一定誠信的人，才能用我這種方法。」

「這麼說來，我們還是需要你們協助。請盡速確認月染身在何方，帶我們見她。剩下各種事，我們直接跟她談就好。」

「在那之前，麻煩兩位再跟我們說詳細一點。」青澄冷靜要求。「要協助普羅透斯，就代表我們必須重新擬定行動計畫。如果不知道背後有什麼事，計畫就擬不出來了。」

「當然，稍後我們會說明。但這件事現在還不能對外透露。這是空間01特殊公使館與兩位之間的祕密。可以嗎？」

「知道了。」

納賽爾統轄官用眼神對米拉副統轄官示意。米拉點點頭，舉起手來揮動手指。下一刻，所有人都看得到的位置就出現了一個資料夾。打開檔案，裡面是地球的剖面圖。桂大使和青澄流露出意外神情。

「我想你們應該有基本的地球科學知識。」米拉說。「這是IERA發現的最新情報，你們聽了或許會有些驚訝。」

米拉朝地圖上某一地區指了一圈。「在亞洲海域下方，因爲複數海洋板塊下沉，地底有著大範圍含水礦物層。富含海水的海洋板塊潛入大陸板塊下方時，大量氫氣與氧氣和岩石產生了化學結合。」

或許是雙方大使都在場，米拉的語氣比在派對上碰頭時客氣多了。

青澄問：「這是發生地函冷柱的地點吧？」米拉即刻點頭：「沒錯。與地函熱柱相反的現象。這裡存在冷卻的下降流，二十世紀末期就已廣爲人知。然而，就在地核上方，產生了新的地函熱柱。」

檔案模擬起地函移動的情形。靠近太平洋的地核上方湧現高溫團塊，其前端一接觸到含水礦物層，立刻形成了含有大量熔岩的岩漿池。不久，在稍微離開一點的位置發生了第一次爆炸——慶伯利岩漿噴出地面。受到噴發的岩漿誘發，岩漿池中一口氣迸發數道火柱。那模樣就像潛在岩漿海底的火龍抬頭，一鼓作氣朝地面攀飛。大量岩漿以驚人速度竄上地面，很快地於地表劇烈爆發——

「位於汎亞內陸中心都市的耀星省，會因這異常大量的岩漿噴發而完全毀滅。」米拉淡淡地說。「蒙受災害的當然不僅這個地區。噴出的黑煙將到達平流層，粉塵籠罩地球表面。和核冬一樣的現象——空汙之冬就此發生，預測這場災難將造成地球上超過九成的生物滅絕。不用說，人類不可能平安度過。」

桂大使和青澄目瞪口呆。

事態實在太駭人，他們一句話都說不出口。

米拉繼續：「然而，我們人類不可能輕易接受毀滅的命運。現在ＩＥＲＡ正在全力商討對策。這件事已經告知地球上所有政府領袖，爲了找出最好的對策，各政府皆將此事當作優先研討事項，成立對策小組，除了領袖之外也找來少數專家。預防媒體爆料和一般人恐慌，我們暫時還須保密。這個拯救人類計畫名爲極限環境適應計畫——又稱Ｌ計畫。」

米拉凝視桂大使和青澄。「爲什麼這會通知到我們這邊來呢——這和剛才拜託兩位的事有關。事實上，實施Ｌ計畫需要月染的身體數據。爲了讓人類再度適應更嚴苛的地球極限環境，我們需要月染的基因情報、免疫機能及神經情報等數據。」

月染的身體數據！

青澄馬上想到愛蜜莉亞給的資料。月染或許是獸舟突變體——普羅透斯已經掌握這個事實了嗎？他們很可能早就從與櫻木書記官不同的管道知道，否則怎麼會提出這樣的要求。

青澄不動聲色地問：「爲什麼是月染？其他海上民的數據不能用嗎？」

「月染年輕時遇過一次大規模病潮，我們在調查過程中找到這樣的紀錄。她當時所屬沒有充分接種疫苗的船團，卻不知爲何在疫病中倖存了。她很有可能有特殊體質。」

……被四兩撥千斤了。

我們登時察覺，要不是聽了櫻木書記官的調查報告，今天一定不會意識到米拉隱瞞。或者，他想從回答中判斷我們對月染的事已知多少。

青澄繼續說：「她當時也可能獲得了優先接種疫苗的機會啊。既然現在能當上團長，可見當時她應該是昔日率領船團者的身邊人？」

「可能性當然不是沒有。正因如此，更有調查她的必要。須釐清究竟是疫苗救了她，還是體質救了她。」

青澄提出確認：「調查月染的身體之後，數據當然會對全世界的研究機關公開吧？」

「這是當然。」米拉答得理所當然。「調查結果出來，日本也會受惠。既然隸屬涅捷斯，在ＮＯＤＥ的方針下，日本絕對會受到保護。」

一瞬，青澄和米拉交換了一個緊繃的眼神。

能相信對方到什麼程度？該相信什麼？

他們兩人都沒有驅使助理智慧體，但我感覺到雙方都靠直覺判斷了對方心思。

「那麼。」青澄率先冷靜開口。「下次我們和她談判時，也讓兩位同席——這樣可以嗎？其他各種事，你們自己和她談。」

「好的。方式不拘。如果她希望擇日再談，我們無所謂。知道她身在何處，隨時可以配合她調整行程。」

青澄看了看桂大使，意思是問：「這樣好嗎？」

桂大使點點頭，對納賽爾統轄官和米拉說：「日本是涅捷斯的一部分，工作上彼此互通有無。只是，月染要不要接受就是另一回事了。就算她願意和我們談，說不定會拒絕和你們見面。」

「包括這點在內，希望你們盡力說服她。」

「她不答應呢？」

「那就請你們提供她所在之地，我們自己找她談判。」
「知道了。以她的個性，這麼做的可能性比較高。」
「她是這麼不和善的女人嗎？」
「海上民的自尊都很高，小看他們會吃癟。」
關於我們與月染的協商遭外務省制止的事以及後續發展，桂大使和青澄一個字也沒有提。
這眞是奇妙的狀況。
日本外務省內部的鬥爭，照理來說普羅透斯不該不知情。既然找上桂大使和青澄，對方應該對他們背景徹底調查過一番。哪裡出了小差錯，情報沒有即時更新嗎？還是普羅透斯未能掌握公使館的動向？另一個可能是，與月染協商中斷的事不是政府的正式決定，只是外務省高層惡整我們——換句話說，我們被上面的人「騙了」？
桂大使和青澄沒有主動提起這件事，溫和有禮地接受對方委託，展現配合態度。納賽爾統轄官和米拉也像沒事似地接受了。
喝乾杯中的白蘭地，桂大使和青澄從特殊公使館離開。
回程公務車上，青澄用腦波通訊跟我說：『透過青貓把我和桂大使連結起來。』
『收到。』
我呼叫青貓，要他準備讓青澄和桂大使腦波通訊。我們在他們兩人的輔助腦中開啓幫助成立腦波對話的共通語言系統。通訊手續一完成，青澄就和大使說話。『今天的事，您有什麼看法？』
『不能不接受。問題是，不能老實照他們說的做。』難得見到桂大使爲難。『幸好事前聽了櫻木書記官的報告，要是沒聽他說，今天會被米拉唬過。』
『對方刻意隱瞞了情報。可能懷疑我們已和愛蜜莉亞接觸過，故意試探。也沒提到海底資源的事，來委託我們大概是因爲找不到足夠逮捕月染的證據。不管是浮萍還是海上民，都不願意輕易協助普羅透斯。海底資源的流通對海上民來說很重要，不會那麼簡單出賣月染的。』
『沒錯，若要找人協助，找我們最快。透過我們找出月染所在地，他們之後想怎麼做都可以。』
『也沒提到與月染協商被勒令中止的事。』
『這究竟是他們還沒察覺，或認爲沒必要特地提起，那就不得而知了。不管怎麼說，普羅透斯一施加壓力，日本各省就非得配合不可。剩下就看行動的時機了。』
『普羅透斯打的主意是獨占月染身體數據吧。NODE似乎早就在蒐集與擬態人類的資料，能說人類語言，又能與我們溝通的擬態人類，目前只有月染。』
『是啊。爲了調查大腦構造和神經細胞如何連結，他們無論如何都想拿下月染。逮住她，NODE就可搶先研究擬態人類了。』
『米拉副統轄官說會把數據公開，但沒言明公開範圍和時期。我認爲這就是他們的計畫。當全球規模的災難降臨，NODE一定會以涅捷斯的利益爲優先。這本就是NODE的核心思想。如果空汙之冬來了，海上都市能收容的人數非常有限。站在NODE的立場，除了涅捷斯以外的聯盟當然全滅最好。』
『這不無可能。』
『以下充其量是我個人的意見——與其先給普羅透斯，月染的身體數據最好先交給IERA。這麼一來，才能讓全世界共享。』
『你的意思是要背叛普羅透斯？這不是小事。』
『不是背叛。一方面與普羅透斯協調，一方面把數據交給IERA。』
『怎麼做？』
『首先，我們自己跟月染談判，說服她出自個人意願取得日本國籍。只要她贊成，就安排她取得日本國籍，然後前往IERA。用什麼理由都可以，可以說她對獸舟出現有獨特看法，想和IERA的學者討論，也可以說讓葉身體出了狀況，她想請生物專家幫讓葉診治。等月染一到IERA，就讓他們蒐集她的身體數據。之後，我們再聯絡普羅透斯，說找到月染了，請他們自行找她談——這麼一來，除了國籍問題，我們答應普羅透斯的事都有做到。同時，一旦月染成為有國籍的人，普羅透斯就不能強制帶走她。不管要做什麼，都得按照日本法律走。用這個方法大致上就能保護她的安危了。萬一因為海底資源情報的事被逮捕，她處境可能有點艱辛，但既然普羅透斯都找上我們了，可見他們的證據還不夠。』

『國籍的事，該如何找藉口？』

『就說月染自己想植入日本政府標籤——至於為什麼，得再想個理由。只要取得國籍的事是出於月染本人意願即可。如果月染表示主動爭取，普羅透斯也無法反對。普羅透斯僅要求日本不主動為月染植入標籤，因為他們認定月染不會自己提出。現在這一點，有我們能自由掌控的協調空間。』

『……公使，我想你應該很清楚，政府官員必須忠實執行上層的命令。如果不認同上層，就要透過努力談判改變，或調換職位，基本上不能喪失組織對我們的信賴。為了符合最大利益，運籌帷幄的算計雖然可以容許，但絕對不能說謊。你的做法已經踏入灰色地帶，要是讓普羅透斯判斷，你已經黑掉了吧。』

『我明白。但站在我個人的立場，我想那麼做。』

『現在違抗他們，當大災難來臨時，普羅透斯或許會斷絕日本援助。最理想當然是全世界都能得救，但結果可能只是日本被逐出涅捷斯聯盟而毀滅……不能讓這種事發生。』

『利用現在與月染協商凍結的局面，政府還可以把責任推到我們身上，就當作我們擅自行動，碰巧發現月染在哪裡，讓她去了一趟ＩＥＲＡ——這樣不但保全了日本政府的顏面，又能防止普羅透斯獨占月染的身體數據。』

『你這點程度的花招，很快就會被普羅透斯識破。』

『是嗎……正如我剛才說的，這只是我個人意見。大使如果看法不同，我不會反對。』

桂大使噗嗤一笑。『我要是反對你，你辭了外交官也會做一樣的事吧。這我可不答應，既然要做，就當成政府的工作做。』

『眞的可以嗎？』

『我的意見和你相同。既然有能拯救全人類的數據，當然必須公平公正公開……然而不能因此不把普羅透斯放在眼裡。我們擅自行動，會令他們將全日本視爲敵人。必須好好思考對策。』

『是。』

『總之，觀察政府是否認同我們再次展開協商吧。』

隔天，我們著手新工作。

青澄最先要我確認關於與地函熱柱的資訊。儘管不認爲普羅透斯扯謊，但仍須和我們找到的情報比較是否有矛盾。

但不能直接找ＩＥＲＡ確認。特殊公使館告訴我們ＩＥＲＡ的預測結果，是因爲我們在月染事件中是當事人。整個消息還是機密，ＩＥＲＡ內部可能有情報控管，我們自然不能隨便找人問。我們轉往ＩＥＲＡ之外的研究機構探問。受政府管理的機構中，有些自行研究分析、成果頗有貢獻的科學家，從中找了幾個值得信賴的對象。

我們問，假設不限場所與時期，亞洲地區是否可能發生地函熱柱，如果有，可能造成多大災害。

根據答覆，與地函熱柱相關且最有名的例子，就發生在非洲大陸正下方。

距今一千萬至五百萬年前，非洲大陸出現一條大地溝帶，那正是受到大陸正下方地函熱柱的影響。那是被稱爲超級地函熱柱，規模非常龐大的熱上升流，至今仍將地溝帶左右兩側的地殼向外推擠。預計數十萬年至數百萬年後，非洲大陸將以這條大地溝帶爲界，朝左右分裂成兩塊。聽起來非同小可。

我們又問，假設人類現在的科技足以觀測地函熱柱的活性化，從觀測到發生大概會經過多久。換句話說，我們有多少時間準備對策？

科學家的答案各不相同。

有人回答，五十年。

有人說那天更早來臨。

也有認爲至少以一百年爲單位的人。

不過，眾人一致同意，災害一旦發生就無法防堵。

看完蒐集來的資訊，青澄筋疲力盡地靠在辦公室椅背上。

「這下沒救了，這次人類絕對躲不過浩劫……」一手蓋住眼睛，他喃喃低語。「而且，這等於推了汎亞正在做的事一把……一旦汎亞得知地球面臨危機，絕對會更強力屠殺海上民。爲了儲備糧食和資源，他們會把能殺的人都殺光。其他聯盟也一樣，危機來臨時，他們會告訴自己這麼做是對的。那時，我們再也無法阻止汎亞的虐殺。盡再多的努力只是白搭……」

因爲青澄實在太沮喪，我便對他的輔助腦做出指示，稍微調整了單胺類神經遞質的分泌量。這是讓他忘記心理上的痛苦，維持精神安定。沒想到，青澄放下遮住臉的手，一臉難受地對我說：「……瑪奇，不用這麼做沒關係，別管了……」

「爲什麼？放著你不管會妨礙工作的。我認爲這是合理處置，不是嗎？」

「……今天不工作了。」

「這樣會影響到明天的工作行程。」

「眞羨慕你這麼無關緊要。因爲不是人類，無法體會我的心情吧。」

「批判我也不能解決你的問題。」

青澄略顯急躁地用手指敲了敲桌面。「傷腦筋……該怎麼說明……」

我們眼前的資料夾一一消失。是青澄的指示。

「你能理解死亡的意義嗎？瑪奇。」

「就生物學來說我能理解，若你指哲學意義，對我們來說有點難懂。」

「我想也是。畢竟連人類都不是很明白。自己……種族滅絕究竟代表什麼……」

螢幕上圖示消失，一切回歸爲無。

腦內化學物質經過調整的青澄顯得冷靜多了。因爲沒必要調整到人格爲之一變的地步，我也就停手了。

雖說青澄不喜歡我介入他的大腦，我自認只做了最小限度的干涉。放著那樣的他不管，很快青澄就會陷入憂鬱，無法保持平常心。就算什麼都不做，平常他都已經過勞了。

「……這場大災難，最進步的先端科技也無法阻止。」青澄沉重地說。「不，就算再給我們一百年、兩百年……再多時間也不可能阻止。我們人類在不遠的將來就要死去。偉大的人類還是渺小的人類，努力的人類或不努力的人類，一律平等，每個人都會死。從大地和海洋上消失得一乾二淨。」

「所以你就不工作了嗎？」

「怎能不工作呢。但要維持幹勁很難……」

就算生命剩下幾年，身爲公使的青澄該做的工作還是堆積如山。每一個瞬間都有人正爲現實問題所苦，正在面臨難題，這些人還在，青澄就無法放開手。不想工作只是青澄自己的心情問題。對實際上已經受傷倒下的人來說，他的心情才眞的是無關緊要。

要是可以的話，那些人一定想扯著嗓子對青澄大喊：救救我的命！

請幫我解決生活上的痛苦、社會對我施加的暴力和壓力、生命面臨的危機——

青澄被賦予的權限和智慧就是這麼大。隸屬外務省的他，比一般人或義工能照顧的範圍更廣。當然，即使想要有效率完成工作，障礙還是很多。但不能因此停步。

青澄靠在椅背上一動也不動，假寐般閉上眼睛。

過一會，他睜開眼指示我：「幫我叫一下櫻木書記官。」

我呼叫羅德西亞，請他立刻安排櫻木書記官與青澄連線。

青澄問櫻木書記官：『傍晚有空嗎？一小時左右就行了。』

『月染那件事有什麼進展了嗎？』

『跟工作無關。或許會聊到一點……但主要不是工作。』

『我知道了。別說一小時，幾小時都行，今天完全沒事。』

『那就一起吃個晚餐聊聊。去冰塔飯店的餐酒吧如何？準備好就叫我一聲，我隨時能外出。』

『好的。』

下班不久，青澄和櫻木書記官一起走出公使館。在馬路旁攔了無人駕駛計程車，朝飯店出發。這個時段的我和羅德西亞已經在保管庫裡。我們以連線方式交換兩人情報，默默守護。

羅德西亞嘀咕：『眞稀奇，公使竟然私下約書記官出去。』

『是啊。』

我不是很確定如何解釋青澄目前的內心。用i探針探索青澄內心，和熱中工作時的感覺不一樣，但稱不上放鬆。眞要說，比較接近筋疲力盡時思考速度低落的狀態。

「抱歉。」青澄說。

「不會。」櫻木書記官回答。「我反而放心了點。」

「放心什麼？」

「還以爲公使永遠不會停下來休息。」

「我也有非喝兩杯不可，否則幹不下去的時候啊……」

無人駕駛計程車的窗外已可見白色尖塔密集的建築。那是空間01上的B級飯店冰塔。不是氣派到令人坐立不安，反而隨性自在。參加前幾天那場派對的人不會住這種飯店，但一般旅行者就很喜歡。外觀這麼奇特有其原因，這種有尖頂的飯店建築最上層通常設計成酒吧或餐廳。青澄選的這間也是，有著大大的玻璃窗，一覽無遺海上和空間01的景色。

打開菜單，青澄點了琴湯尼，再點幾樣養殖海鮮製的前菜，以及夾了肉醬與蔬菜的麵包。櫻木書記官點了莫希托，加點兩樣焗烤。兩人喝著氣泡豐富的餐前酒，等待料理上桌。靠窗位看得見清楚海景，太陽沉入水平線另一端，西方天空仍有夕暮微光。微亮的天空逐漸被黑暗吞沒，令人產生某種念舊之情，充滿寂寥。

「記得你應該比我晚一個月到職？」青澄問櫻木書記官。

「對。」

「在這裡工作得還順利嗎？」

「長官不會亂下命令，工作起來很開心。我在駐外公使館時，遇過不少瞎透了的事。」櫻木書記官原本在陸地及首都海上都市的駐外公使館間輪調，這是第一次調派外洋公使館。「像我這種等級的，經常得四處奔波。好使喚，就像出租品，哪裡需要就得去哪裡。因爲厭倦了這種事，才想說來外洋公使館。」

「你是自願請調的？」

「是。」

「來了之後感想如何？」

「我很慶幸自己在桂大使和青澄公使在的時候調過來。」

「客套話就不必說了。」

「不，我是說眞的。過分的地方眞的很過分，即使頂著一等書記官的頭銜，做的事跟打雜差不多，很多公使館待遇都是這樣。我接觸過不少政府官員，唉，有些人的小奸小惡可恥得連我都看不下去。那種人在政界隨便抓都有一把呢。」

「陸地上的情況，現在這麼糟啊？」

「從以前到現在都這麼糟吧。有好人有壞人，應該說很平均。遇到上面只會用不合理權威壓人的職場，不管做了再多事也不覺得痛快……我經常想，自己到底是爲什麼工作。」

「我們這邊沒問題嗎？」

「是的。這麼說或許有點失禮，或許因爲業務範圍受到限制，比起駐外公使館，在外洋公使館更容易看到自己的工作成果。」

「你也這麼認爲？其實我也喜歡外洋公使館這一點……」

料理陸續擺上桌。前菜和麵包都很好吃，最吸引人的還是焗烤奶油起士和焗烤蕃茄雙葉梭子魚。烤得咕嘟冒泡的起士要溢出容器，飄散的香氣連青澄也爲之心動。

櫻木書記官咧嘴一笑：「這裡的焗烤很不錯吧？」

「是啊……」

「吃熱食能趕跑疲累，來，公使也多吃點。」

兩人分著吃了焗烤，料理一下就吃光了。櫻木書記官叫來非人型智慧體，加點口感輕盈的葡萄酒和西班牙海鮮燉飯。別看他外表清瘦，櫻木書記官食量酒量都很大。

青澄默默品嘗熱食，酒一杯接一杯喝。他又問櫻木書記官：

「愛蜜莉亞怎麼樣？有再進階嗎？」

「我跟她關係大有進展，餵她吃了大量與月染相關的數據資料。進度不能說飛快，但腳踏實地前進中。輸入獸舟資料時，她的反應特別強。愛蜜莉亞還會主動詢問我們知道多少獸舟的事，人類面對獸舟時如何處置。這方面的情報應該是重點。」

「月染知道自己是獸舟突變體嗎？」

「可能不知道。她那麼接近普通人類，就算懷疑，恐怕會封起這個念頭，選擇融入人類社會。」

「如果她不知情，是不是不要告訴她比較好。」

「這個嘛，等安排愛蜜莉亞和她接觸時，讓愛蜜莉亞決定或許比較好。就算有再多數據，我們隨便提起這種事好像不太好。不小心還會激怒她。」

「也是。」

「再說，就算她眞的是突變體，也是幾近人類的存在。我總覺得沒有必要特地跟她說『妳不是人類』。

無論基因情報多麼不一樣，我還是想稱她人類。率領龐大船團，和眾人和平生活，給予疫苗接種，救了這麼多人——這不是非常人性嗎？誰敢說不能稱這樣的她爲人類？」

「沒錯……不過，如果要這麼解釋，我們今後面對獸舟時又該怎麼想？爲了保命，陸上民現在還是滿不在乎殺害獸舟。我也是如此。但一旦知道獸舟有可能突變爲人類外型，我們眞有辦法繼續屠殺嗎？獸舟原本就是人類運用科技製造出的產物，我們卻對牠們出現新的進化不抱罪惡感，也不認爲是我們的責任，這眞的正確嗎？」

「好難啊。現狀是人類對同類都能滿不在乎自相殘殺了，光是符合『外表像人類』或『牠們也具有智慧』的條件，人類未必會產生移情……」

「人類疼愛貓狗，即使彼此想法不同，還是希望和牠們和平共存。有人主張對其他生物也該秉持相同態度，但獸舟會吃人，該在哪裡畫出一線區隔，說實在很難拿捏。」

「即使有人站在個人立場希望和平共存，站在人類全體的立場思考又是如何？如果有人說獸舟該殺，我無法堅持反駁到底。所謂平等共存，難道不包括保障平等相殺的權利嗎？總之，關於獸舟突變體的研究，今後才要開始，萬一那些孩子和獸舟一樣會吃人——我們不是被迫殺死他們，就是得改造他們的大腦了吧。」

我的i探針感應到青澄想起很久很久以前，地球上出現過殺戮智慧體的事。殺戮智慧體以美麗的外表引誘人類，乘機將人類殺死。這個形象與獸舟突變體——與那些孩子有異曲同工之處。明明能將月染視爲人類，對海中的獸舟或還無法與人類溝通的突變體卻抱持戒心——這般矛盾讓青澄陷入自厭。

這是將生命分級。

生物都有權利平等生存。然而，現實中誰也無法保障這個權利。更強大更暴力的一方會擊垮弱者。

兩人把葡萄酒喝光時，窗外天色全暗，點了燈的海上浮閥在波浪間綿延相連。店內照明調暗了些，覆蓋天花板的屋頂緩緩掀開，隔著一片強化玻璃就能窺見星空。這是冰塔飯店自豪的星空秀。

屋頂全開後，照明再調暗一階，撒落的星光鮮明。每逢流星群盛行的季節，這間餐酒吧通常預約全滿。

預約到便能像這樣坐在空調完善的室內仰望夜空，盡情欣賞。

青澄單手拿著酒杯，仰望星空許久。人類被星空震懾時的心境很有趣，陷入背離日常的不可思議浮游感中，彷彿腳不點地般輕飄飄的心境——現在的青澄就是如此，今天心情比平時更強烈。

不能前往那裡嗎？

不能逃到那裡嗎？

他思考著這些事。

要是地球不行了，人類還有宇宙。問題是，前往宇宙的科技早遭凍結——人類做了多愚昧的選擇啊。應該一邊守護海上與陸上的生活，一邊開發前往宇宙的技術。目光該放在一百年、兩百年後——人類的想像力難道不是爲此而生嗎？

「眞美。」櫻木書記官低語。「星空不管看幾次都不會膩。還有……除了美好之外，爲何星空同時令人畏懼呢？我每次仰望星空，都深感自己在宇宙中的渺小，不由得背脊發涼。人類的生命如此微不足道。」

青澄將杯子放回桌上，注視櫻木書記官：「……你已經結婚了吧？有小孩嗎？」

「還沒。」

「差不多該生了？」

「已經提出申請了，但我老婆說公所要我們等等。」

「咦？」

「大概正逢人口調整期。我們領了序號，政府指示暫緩生產的事。聽說偶爾會遇到這種情形啦。」

青澄噤口不語，他似乎想到原因。日本政府已經採取對策了嗎——

地函熱柱引發的災難一旦降臨，如何保持資源與人口——平衡將是關鍵問題。不能再增加無謂人口，必須檢視數據，選擇適合留下來的子孫。櫻木太太被勒令暫緩生產，是L計畫的一環吧。然而，站在青澄的立場，他不能透露消息。即使櫻木書記官總有一天會得知，但還不能說。

壓抑的情感攪亂了青澄的心。他可以清楚想像這個好脾氣的部下在得知事實時將多麼震撼。對於什麼都不能做的自己，青澄感到憤怒。

櫻木書記官年紀只小青澄幾歲，人生中如果沒發生什麼大事，晚年一定能親眼見證大災難。要是他知道人生最後將以如此形式結束，不知道作何感想。像現在超脫豁達地接受呢，還是跟青澄一樣深受苦惱煎熬。

這時，櫻木書記官說：「不好意思，請容我問個失禮的問題。」致歉後，他問道：「公使今後想一直保持N的不婚身分嗎？」

「我是這麼打算沒錯……」

「眞可惜。」

「畢竟從事這種工作，有了家人難免會讓他們擔心，我想避免。」

「人是很堅強的，不會爲這種小事退縮。我要是MU而且還是P的話，一定現在馬上向公使求婚。」

「櫻木書記官，你是不是喝太多了？」

「有了家人，你就會懂得好好休假。也不會再不知節制。公使您肩上揹了太多工作。」

「我怎麼覺得這半年自己沒做什麼。」

「我說的是整體，從您入外務省以來……的意思。」

青澄微微揚起嘴角，看來想起櫻木書記官原本隸屬公安的事了。考慮到他的背景，要調查青澄過往經歷並非難事，想瞞也瞞不了。青澄玩弄手中空杯說：「我一開始工作，心情就會平靜下來。爲了談判東奔西走，反而感覺救贖。這樣就不會想起討厭的事了。」

討厭的事。

青澄最不願想起的，就是那日的記憶——

「不能讓別人爲您分擔這樣的心情嗎？」

「和你或竹本聊聊，我就會輕鬆點了，不求更多。」

「這樣啊……」

「和家人生活開心嗎？櫻木書記官。」

「是啊。」

「爲了守護像你們這樣的人的生活，我什麼都願意做。我就是因此才待在外洋公使館。」

「公使，您是不是也喝太多了。」

「沒錯，我們該離開了。今天很盡興，謝謝你。」

「這點小事，我隨時都願意奉陪。」

青澄自己掏錢付了餐酒費，走出餐廳。櫻木書記官低頭道謝，青澄說：

「等月染那件事告一段落，我們再出來喝兩杯吧。下次也找竹本一起，那傢伙酒量很好。」

「我知道。跟他喝過一次就醉倒了，我是說我。」

在飯店前道別，兩人各搭上一輛無人駕駛計程車回家。臨去之際，羅德西亞對我說：『今天辛苦啦，很開心的餐會呢。看到平常看不到的公使另一面，眞有趣。偶爾這樣出來也不錯。』

『這種機會應該不多……』我回答。『要是再有的話，就請多關照了。』

回到居住區自家，青澄脫下正式套裝，立刻走進淋浴間。他洗乾淨身體和頭髮，穿著浴袍喝了杯冷水，接著進入寢室。

『心情好一點了嗎？』我問。青澄以帶有睏意的聲音說：「嗯……」

『眞難得，竟然找櫻木書記官一起喝酒。』

「他爲人冷靜，一起工作過就知道。他不會說多餘的話，也不會做不必要的安慰。他能察覺我的內心，與我淡然共處……我很慶幸有這樣的部下。」青澄躺在床上說：「我不希望世界變得令他這樣的人陷入不幸。就算毀滅人類的大災難即將到來也一樣。」

『是啊……』

「你還記得我們第一次見面時的事嗎？瑪奇。」

『助理智慧體不會忘記任何資訊。你想看的話，我還可以調出你兒時的照片，一邊說一邊投影。』

「不，這倒不用。」青澄苦笑著說：「最初我一直沒辦法好好使用你，還被大家說這孩子要領眞差。」

『你只是比其他小孩更謹慎。目睹並非人類的存在做出人類的反應，你不但沒有產生親近感，反而警戒。這不稀奇，是好奇心旺盛的證據。當時你腦中的想法是這傢伙怎麼說話？什麼樣的機制讓他對人類反應？』

「我不記得自己想過這麼複雜的事。」

『我這裡的紀錄確實是這樣喔。』

「是嗎……」

那天起，已經過了三十多年。青澄小心翼翼使用我，不投射過多無謂情感，也不把我當作沒有靈魂的低等工具。決定進外務省工作時，青澄本來有機會獲得除了我之外的新機種。

外交官因職務所需，經常接觸許多機密事項，爲了配合工作，外務省裡很多人擁有兩個助理智慧體，一個公用，一個私用。因爲如果把所有事都交給同一個助理智慧體處理，離職時爲了保守機密，必須刪除助理體內部大量數據。對助理智慧體來說，失去的不止是機密資料，還包括工作過程中產生的思考紀錄。被刪掉後，我們智慧體會出現人類「記憶喪失」、「記憶障害」的症狀。

換句話說，搭檔離職時，助理智慧體會陷入輕微的癡呆狀態。

當然，在日常生活中重新學習，建立新的思考模式並非難事。我們的學習能力遠比人類有效率。但抗拒這一點的人類，打從最初就會配合公私領域，將兩具助理智慧體分開使用。離職時，報廢公用助理智慧體即可。然而，青澄選擇了「不區分使用」。他認爲外交官的工作不止靠工作上習得的知識，必須用上自己整個人生培養出的價值觀進行判斷。使用從小和他共享思考經驗的我，工作效率會更高。從青澄往後的職歷看來，這確實是最佳選擇。

我們是兩人一體。我想今後大概會一直如此。

我對青澄說：『可以問你一件事嗎？』

「什麼？」

『白天我想介入你的情緒時，你好像很抗拒，爲什麼？』

「……我不想忘記那種傷痛。沒錯，那種時候如果你介入，工作效率就能提升。可是我不想成爲那種人。面對事實時感受到的絕望、痛苦、混亂——我不願捨棄身而爲人的這些情感。」

『原來是這樣啊……』

「可是，又無法全面拒絕你的介入。否則，一旦想起腳被獸舟咬掉時的事，恐慌症又會發作。」

『嗯。』

「我害怕肉體上的疼痛，希望你幫我控制肉體上的痛楚，所以無法完全捨棄你的介入機能……很矛盾吧。無論嘴上說得再好聽，根本上我還是脆弱的人……」

不願忘懷精神上的痛苦，又不願面對肉體疼痛的恐懼。兩種情緒糾葛，令青澄內心呈現複雜面貌。

就化學物質反應的意義來說，精神上的痛苦和肉體上的痛苦等價。在大腦裡是一樣的東西。疼痛沒有差異。

無論是精神上的痛楚或是肉體上的痛楚，就我看來，都只不過是數據的羅列。然而，在人類的思考中，兩者大不相同。該如何區別，該如何判斷兩者價值，這是我無法理解的領域。

青澄忽然丟出一句：「我最近經常想起間宮先生。」

『爲什麼？』

「我在想，自己有沒有做得像他那麼出色。當時的約定是否好好守住了。」

『就我看來，你做得夠好了……』

「做得再多，總還是覺得不夠。到底該奮鬥到什麼程度，這個社會才能獲得一點眞正的和平。要怎麼樣才能打造一個人與人不互相憎恨的地方……」

間宮・MM・祐一是一位與青澄父親有交流的獨立外交官。青澄兒時就認識他了，並且對他的職業產生嚮往。面對眼中閃爍好奇心的青澄，間宮先生不時會閒聊般教他許多世界運作的原理。那副模樣就像拆開一個精緻的高級手表，對每個零件的性能高談闊論後，再傳授他重新組裝手表的技術。

間宮先生從不誇大其詞，但連我也能明白他說的話深深打動青澄的心。

我們最喜歡的，是間宮先生話語中傳達的「實在」感。

認識青澄時，間宮先生受雇於大洋洲共同體，與浮萍和海上民談判就是他的工作。

有一次，解決海上民之間的糾紛，間宮先生負責居中協調，以雙方代表的身分出席，試圖展開和平談判，卻在席間受反對派攻擊而身受重傷。

那年青澄十六歲。

和間宮家人一起趕往醫院時，間宮先生已無法靠自身力量說話，必須透過助理智慧體，將大腦中的想法轉換爲言語輸出。身體連接生命維持裝置，已經連一根手指都無法動彈，間宮的話語化爲機械合成音傳送。那光景難以形容。『……是誠司嗎？連你都爲我擔心眞是抱歉，不必爲我這種中年大叔哭泣，這也是宿命。別擔心。』

「海上民都是笨蛋！」青澄不屑地說。「不思考和平的意義，也不想想誰才站在他們那一邊，難怪一天到晚引起紛爭。我們陸上民沒有義務幫助他們！」

『不可以說這種話。』完全不像臨死之人，間宮先生以清醒的態度堅定地說：『陸地與海上的差別只是居住地點。大家都是人類，所以我才會和他們協商談判。大家基本上智慧構造相同，能用道理說服的空間很大。價値觀的不同僅是微不足道的差異。』

「可是……」

『聽好了，誠司。我最初並非這樣進步。剛進入外務省當官，我滿腹高傲偏見。那之後，我前往各種地方，見過各式各樣的人，聽了不同意見，受過打擊也受過感動，我改變了。當然，改變不是突然發生，改變像烏龜爬行。正因如此，我相信其他人也能變。』

「……我不太能理解。」

『嗯。你還沒正式出社會啊。你還無法想像人類有多複雜。人類這種生物啊，不像你想得那麼邪惡。但也沒有世間說得那麼善良。不過，現在還無法理解也無妨。』

青澄帶著複雜的表情站著不動。間宮先生強硬地催促他：

『聽懂了就快走吧。你還年輕，不必在這裡看老兵凋零。』

「不要，我想一直待在間宮先生身邊，一直這樣……」

『你的好意我心領了。然而，人死沒有那麼體面。』

「我更怕不知道那是什麼情形。毫不知情地別離更苦。」

『這樣啊……那你得先告訴醫生這件事，取得他的允許，才能在我臨終時待在身邊。醫院只允許死者家人這麼做。』

「談判就行了嗎？」

『沒錯。既然你將來想當外交官，這是測試實力的好機會。這是你第一次談判。如何打動對方的心，如何站在對方的立場思考，怎麼做才能不損及對方面子又能說服對方慨然允諾——冷靜下來想想，強迫是行不通的喔。再怎麼樣都要冷靜。』

「是。」

『所謂談判，就是和價值觀不同的他者對話。所以，談判有時無法解決問題。甚至會有不管怎麼談都是兩條平行線的時候……但你還是得面對問題，絞盡腦汁，用盡詞彙，擠出最後一絲力量摸索雙方應該前進的正確道路。這樣的行爲，是人類將智慧發揮到極致的瞬間。就算當下的情況再暴力，吐出的話語再激情，都要堅持到最後一刻，不能輕言放棄。雖然是間接的，但言語有時能終止暴力。你千萬不要忘記。』

……話雖如此，間宮先生的理論正是害他失去生命的元凶。害他喪命的不正是他的信念嗎？青澄胸中如此吶喊。十六歲少年被人類這矛盾的存在撕裂，無法順利找到解答而激憤難平。

無論能否理性判斷，死亡與危機還是會毫不留情地襲擊個人。青澄當然很清楚。同時，當人類面對現實的殘酷時，不論好壞，都需要能夠克制自己的存在。那對象可能是尊敬的人，可能是神，可能是信念，甚至是某個人的笑容……青澄很確定，間宮先生和自己的價值觀在同一處。

青澄用心底擠出的聲音回答「我知道了」。其實他沒有完全認同，但不得不認同——

間宮先生不可能不知道，青澄正在面對太過殘酷的現實，但並未再給更多建議。最後他這麼說：『去取得許可，再來這裡，靜靜地看我離開。這是我能爲你上的最後一堂課，你得盡量從這堂課中學習更多。』

這是青澄第一次談判。親眼目送尊敬的老師臨終，他必須說服主治醫師答應。

青澄找間宮家人協議，因爲是透過父親介紹認識的對象，談起話來毫不躊躇。

青澄不自己找主治醫師，改請間宮夫人代替自己出面。這是最近的捷徑，而且相當有效。

間宮夫人向來知道青澄和間宮先生感情親密，她耐心傾聽說明，反問：「你眞的想這麼做嗎？不害怕嗎？不會因爲打擊太大難以控制自己？」聽了青澄的決心和間宮先生說過的話，夫人考慮一下，答應讓他在場。條件是不能讓我拍下影像紀錄。

「我希望你留下那人最健康時的紀錄。」夫人淡淡地說。「不要把他死去時的紀錄留在你的助理中。葬禮時也不要拍那人在棺木中的臉。我希望你記住他的笑容就好。明白嗎？」

「我答應。」青澄說。「我絕對遵守這個承諾。」

夫人告訴主治醫師，這孩子就像我們夫妻的兒子……取得了醫生的同意。對於選擇不生小孩的間宮夫妻而言，青澄的存在確實接近親兒子。夫人對間宮先生兄弟表達青澄的請求。那時，青澄也加入溝通，將熱切的心意傳達給對方。兄弟們說：「既然嫂子都這麼講了，我們沒理由反對。」青澄敏感地讀出言外藏著消極反對。對他來說，這也是很有意義的一次經驗。

由於夫人不同意，我無法在資料庫中留下間宮先生到死亡爲止的一連串紀錄。那段記憶只存在青澄腦中。儘管沒有紀錄，二十多年來青澄仍將當時的體驗記得一清二楚。烙印著的情感，留下彷彿昨日的情景。

葬禮結束，和家屬一起參加海上散骨儀式，青澄對我低喃：「……間宮先生果然了不起。」

『是啊。』我回應。想不出其他適當的話。

青澄凝視著水平線說：「間宮先生就算被別人毆打，他也不會出手打人。要做到這一點，需要常人難及的決心。但間宮先生用一輩子做了這件事，靠言語的力量搏鬥。他活在這個信念中，死在這個信念中——」

在外洋的大風大浪和海潮裡，我們無法不痛切體認人類的渺小。碧藍大海與一望無際的青空是那麼壯闊粗獷，無暇顧及現在那片天空下正有一條生命消逝。面對地球壓倒性的巨大，人類的心情好壞毫無意義。

「我想成爲像間宮先生一樣的人。」青澄輕聲說。「人類生存所需的最低限度條件——舉例來說，有足夠乾淨的水喝，隨時能吃到美味的麵包和水果，能在溫暖的地方安心睡覺——我想犧牲奮鬥，只爲守護這些微小幸福。我願相信言語的力量，只靠言語的力量戰鬥……」

青澄依然躺在床上，盯著天花板。

「……無論人類全體滅亡還是少數倖存，大災變後的地球必將混亂，光靠言語談判無法解決的事件會頻繁發生，像間宮先生被殺那時。不、或許會更嚴重……我能克服這些困難嗎？這就像鄰居互相殘殺，憎恨破壞一切，陷入這種局面的社會，將退化到什麼地步……」

『別想那麼遠，會頭暈腦脹的。』我給予忠告。『先想想怎麼找到月染吧。找到她後，還要帶她去IERA，成爲全世界共通的財產——光這項工作就夠吃力了。』

「我當然知道，但也希望自己能想長遠一點。」

『差不多該睡了。』我判斷別讓青澄繼續想比較好，強硬催促。

『明天又是一場硬仗，好好休息。』

「也是啦……」青澄大概發現太多話了，靜靜閉上眼睛。

「睡吧……晚安……」

『最後再讓我確認一件事好嗎？』

「請說。」

『聽了櫻木書記官的話，我也有個想法。』

「什麼？」

『不用結婚沒關係，不過，你要不要找人同居？在地球浩劫來臨前，你的工作會非常非常辛苦。無論體力或精神層面，負擔都會比過去更重。靠我大概支撐不住。』

「那方面的話沒問題的……」

『不、我能支援的充其量只是理論邏輯。對情感層面的照顧也只限於化學性質。人造身體只能在固定時段使用，我顧及不了的部分，如果能有個人類伴侶來照顧你，好像也是好事。異性或同性都沒關係，這個家要不要再多找個人來住？』

「這件事以前也說過了吧。」

『我知道。』

「既然如此，那就維持現狀。」青澄毫不讓步。「住在一起就會產生感情，不管對方是同性還是異性，有了感情就會想要進一步的接觸。最後跟結婚還不是沒兩樣，到那時候就糟了。」

『為什麼？關係親密的兩個人想互相擁抱是人類的本質，天經地義的事啊。』

青澄緩緩搖頭。「……我年輕時對那座村子做了無可挽回的事。我的失策，害那麼多人死了，連倖存者都死在我眼前。我這種人沒資格享受有家人的幸福。我一輩子做個N就好了，這是最好的選擇。」

『那起事件眞正有錯的不是你。該受懲罰的人也不是你。你的思考一點都不符合邏輯。』

「我知道你的邏輯才是正確的，但這就是我的邏輯。再說……」

『再說？』

「不、沒什麼。是跟你無關的事。」

『什麼嘛，這樣豈不是教人更在意。』

「沒事，別在意。別擔心我，總之我不需要家人。我一個人就好，有你就夠了。無論如何都需要人手的話，我會再買個汎用型人造身體。」

『我會有另一個身體？太浪費錢了——』

「你現在的身體是借來的，離職時必須歸還外務省總部。不過，都用得這麼順了，要是以後沒有身體也很捨不得，我前陣子就開始思考這件事了。」

『我是覺得不要買人造身體，你應該跟眞正的人類住在一起比較好。』

「有緣再考慮吧。至於現在，我覺得翻看人造身體的目錄比較有意思。好了，不聊了。我差不多要睏了。」

青澄打斷對話，進入睡眠。不管跟他說什麼都沒反應。

新的人造身體啊——我想。

那個身體的外表還會跟現在一樣，一直保持年輕嗎？

還是青澄打算配合他自己的年紀，讓我跟著一起變老呢？

一點一點變老。

就像眞正的人類伴侶。

IV

出一趟遠門，剛回船團的月染從副團長手中拿到一封信。那是外洋公使館青澄公使寫來的，想再進一步討論交易站，順便決定下次見面的日期。

月染出這趟遠門是因爲幾個收購疫苗的途徑遭取締而中斷，此外，這片海域上生活所需的資源最近莫名短缺。陸地政府經常不定期取締黑市疫苗業者，而物資流通不順也是海上社會常有的事。

可是，這次的嚴重程度和過去不同。顯然有人出於某種企圖，計畫性地強行介入。

月染想不出對方目的。總覺得打從上次和日本政府協商後，事情就朝這方向演變。

青澄公使光明正大，從薩里斯那裡拿到的資料也證明這一點。他應該不會在背後用卑鄙手段陷船團於不利，也不太像打著其他主意。月染不認爲他是這種人。

既然如此，最近這些狀況的原因會是什麼？

除了他，有其他人強行介入這場協商嗎？

青澄公使無法掌控對方的行爲？

月染猶豫著如何回信。煩惱了一陣子，決定把這問題放在一邊，開始檢查讓葉的身體。從淺木繼承讓葉至今，已經過了很長一段歲月。成爲老魚舟的讓葉，何時出事都不奇怪。這趟遠門回來後，她發現讓葉的動作顯得有些遲鈍。雖然牠還是會聽操船歌行動。讓葉自己也會歌唱。

但是——

月染在居住殼裡換上薄布衣衫，把海中燈捲在手腕上，匕首插在腰間後戴上人工鰓。

她從上甲板垂直跳下海。

沒濺起太多水花，身體沉入海中，月染靠近讓葉頭部，花時間審視。

長在扁平頭部兩側的小眼睛凝視月染，輕微的咕嚕咕嚕撒嬌聲，聽起來在表達牠的不適。

讓葉下巴附近長了密密麻麻的藤壺。爲了去除附著的藤壺或寄生蟲，魚舟的皮膚會定期剝落，但過一陣子又會像這樣長滿。讓葉現在新陳代謝變差，皮膚無法好好剝離。藤壺與寄生蟲不至於危害生命，但弄不掉一定很不舒服。

月染用匕首的刀背敲打讓葉皮膚。讓葉很遲鈍，似乎不太痛。

月染慢慢游開，撫摸讓葉全身，展開觸診。從鰭的根部到腹部，依序用海中燈照亮察看。再從腹部下方游向尾部，一路用手觸摸檢查。讓葉弓起身體，這是爲了讓月染觸診脊椎骨。讓葉很習慣了，乖乖按照月染的指示行動。

即使身體大幅扭動彎曲，讓葉也沒有露出痛苦的模樣。看來脊骨沒有異常。身上並沒有較大的傷口或腐爛之處，也沒被特殊生物寄生。月染從頭到尾檢查過讓葉全身，並未在外觀上發現異常。

還是年老體衰了吧。

讓葉不是月染的同伴，牠是淺木的同伴。考慮到年齡，生命差不多快到盡頭了。可能是內臟衰弱。如果眞是如此，自己無法爲牠多做什麼，僅能讓牠服用對老魚舟身體有幫助的丸藥，直到生命最後一天。這樣至少走得輕鬆一點。

——下次去市集時，買幾盒丸藥回來……

月染浮上海面，游到讓葉頭部旁邊，緩緩唱起感謝的歌。

——至今謝謝你了。

——別再勉強自己也沒關係。

——明天不用捕魚了，請夥伴把魚分給我們，你好好休息吧……

讓葉發出宛如生鏽門鉸鍊般悲悽的聲音。彷彿在說，妳要拋棄我了嗎……

「我不會拋棄也不會離開你。」月染靠在讓葉身上。「你爲我做了太多，是我和淺木自豪的魚舟喔。不過，現在可以好好休息了。」

回到上甲板，正用眞水清洗人工鰓時，副團長的魚舟游了過來。

「團長！」副團長從對面甲板上喊。「不好了。去褐藻海域捕魚的夥伴被汎亞海軍攻擊！」

「你說什麼！」

「請過來看。現在大家正在幫他們療傷。」

汎亞海軍致力討伐海上強盜團，月染當然有耳聞。只是，至今的攻擊限於汎亞領海內，現在連公海上的無所屬船團都遭突襲，這代表什麼……難道我們也將成爲攻擊對象嗎？

副團長的報告並不誇大。乘著讓葉趕回船團內時，目睹眼前的慘狀，月染不由得倒抽一口氣。

有側腹撕裂流血的魚舟，也有魚鰭破碎的魚舟，還有居住殼破洞、內部進水的魚舟。操舵者和他們的家人撞傷、割傷，皺著眉頭呻吟。迎接眾人的夥伴紛紛幫忙冰敷、清洗傷口，或是忙著爲傷者擦藥。手邊還有空的人，就幫魚舟止血。船團員唱起操船歌，指示健康的魚舟潛入負傷魚舟側腹，直接鑽到受傷魚舟底下，用背部將癱軟無力的牠們拱起一些，好讓傷口露出海面。

男人用粗布擦拭魚舟的傷口，塗上止血的油膏藥。油膏藥曬了太陽會凝固，有助傷口癒合。充分曬過太陽後，眾人再唱一次操船歌，支撐受傷魚舟的夥伴便退下。敷完藥的魚舟靜止不動，得這樣漂浮一陣子。

到底發生了什麼事。月染輪流詢問受傷的夥伴。

——大家都說，事情發生在一瞬間。有一家人只是聽見夥伴大喊逃跑和唱操船歌的聲音就跟著逃了。有人受到攻擊，判斷該衝出褐藻海域，也有人從海底浮上水面確認敵情。

「不過，說攻擊是有點奇怪。」受傷的夥伴這麼說。「我們確實受到了攻擊。但是——對方沒有要追擊的意思，隨便攻擊幾下就掉頭了……還有，發動攻擊的船，外型不太像是汎亞的機械船。」

「外型？」

「對，該怎麼形容……是黑色的，船頭有黑鯙造型的標誌。」

月染睜大眼睛。「那是汎亞海上警衛隊的船啊，黑鯙是警衛隊的隊徽。」

「和海軍不一樣嗎？」

「隸屬單位不同，船組員人種也不同。警衛隊從隊長以下都是海上民。」

「同爲海上民怎麼會分不出海上強盜團和普通船團，還發動攻擊，到底有什麼目的？」

那與其說是攻擊，不如說是威嚇再放船團逃走……月染如此直覺。儘管打傷了船團員，卻沒有致命一擊，這顯然是出於某種目的的行動。

或許是指示系統變了，現在海上警衛隊隸屬海軍旗下？他們不願聽從上頭的命令，做做樣子隨便攻擊？或者如果不攻擊，警衛隊本身會受到處罰？爲了留下紀錄只好輕微攻擊，暗示船團這片海域很危險。會是這樣嗎？如果想法沒錯，現在必須馬上撤離這片海域。最好到更安全的公海，或是南下到大洋洲海域。

沙凱來到月染身邊，低聲說：

「海上警衛隊會錯把我們當成海上強盜團嗎？」

月染搖頭。「從攻擊場所就知道不可能，出現在褐藻海域的通常是一般船團。大概知道我們是無所屬船團才做這種事。」

「那是爲什麼？」

「我猜，亞洲海域所有無所屬船團，現在都成了汎亞殲滅對象。」

「我們雖然無所屬，但只是普通人啊。連警告都不警告就發動攻擊，難道不怕國際輿論嗎？怎麼做得出這種事。」

「各聯盟之間可能已經達成共識。畢竟，海上還有無所屬船團，黑市疫苗就不會根絕，海洋污染的問題也無法解決。強硬派的政府想剷除我們也不是奇事。」

「就算是這樣，手段實在太過分了。」

「要是國際上有反對聲浪出現，再適時中斷，裝作沒發生過這種事就好。汎亞這樣打算的吧。攻擊後一段時間內可能誰都不會插手，等到人權擁護機構出聲了，汎亞再裝明理的樣子接受建議收手——在那之前，已經不知道殺死多少海上民了。根本就是一齣鬧劇。」

釐清船團員受害狀況，月染回到讓葉的居住殼內。

將無所屬船團視爲剷除對象——到底要採取多強硬的態度，才能在現實政界中推動這種政策，只能說汎亞高層徹底腐敗。這種政策能通過，恐怕不僅出於一個聯盟的判斷，否則涅捷斯或別的聯盟早就發出反對聲明了。但是，月染不記得看過相關新聞。

明知唯有逃脫一途，但愈安全的海域愈可能是未經開發的海域。沒有藝術之葉或海上市集，該怎麼維持全體船團員的生活呢。萬一遇上病潮怎麼辦。

月染想起淺木的船團遇上病潮時的事。一想起來至今還會發抖。死了那麼多人。不想再遇到第二次。必須離開。

繼續留在這個海域只會遭到汎亞攻擊，這已經很清楚。

月染用通訊裝置聯繫每一位副團長，請他們到自己的魚舟來。

原訂與副團長討論的會議，臨時加入一位其他船團的團長。並不是月染找來的，只是這位在南緯二十度附近率領船團的達卡利團長正好來訪。他來找月染商量籌措病潮疫苗的事。

達卡利的同伴是顏色偏紅的大魚舟，牠乘風破浪，和副團長們的魚舟一起游到月染的魚舟旁。

站在上甲板的達卡利穿著使用大量布料的服飾。這種服飾設計罕見，以粗腰帶固定的薄布隨海風翻飛。看來他們直到現在仍相當重視舊時代海洋民族的傳統。達卡利個子不高但身材結實，一臉慓悍，散發出認真正直的氣質。

月染也站在上甲板對達卡利喊話：「您要過來嗎？還是我過去？」

「我過去拜訪您。」達卡利響亮低沉地說，並唱起要魚舟前進的操船歌。

衣袂飄飄的達卡利踏上橫渡板走近，背後跟著一名比他體格還要健壯的隨從。

達卡利彬彬有禮地向月染低頭致意。

「月染團長，久仰您的大名。我的船團也是無所屬，長年為了獲取疫苗和資源煩惱。」達卡利伸出雙手，上下翻轉示意。本該植入標籤的手腕上什麼都沒有。「如果您懷疑的話，全身都可以讓您檢查。」

「不用這麼做。」月染微笑。「我有對千里耳，早聽聞過您的事蹟。請進。到裡面和大家一起談。」

眾人在讓葉的居住殼中圍成一圈坐下。照理說達卡利遠道而來，應該拿酒出來請他喝，但顧慮到今天會議不適合喝酒，只端給眾人裝在茶杯裡的苦茶。

會議從達卡利的發言開始。

「我們船團的病潮疫苗來源斷絕了，船團裡連一個庫存都沒有了。」

月染船團副團長之一，黃橡開了口：「您的心情我們能夠體會，但關於這件事，我們愛莫能助。」

「聽說疫苗業者被破獲，和月染團長與日本政府協商的事有關。這個謠言是眞的嗎？」

月染沉默了。

黃橡代替她回應：「如果您以為解決我們船團的問題就能再買到疫苗，事情恐怕沒這麼簡單。」

「是嗎……」

「比起我們團長和日本政府接洽那時，現在亞洲海域狀況更惡化。汎亞似乎想從這片海域消滅大量海上民。不少急著前往申請標籤的船團被汎亞公所刁難，開出嚴格條件，聽說不管怎麼做都拿不到標籤。」

「汎亞想讓我們在無法接種疫苗的情況下死光嗎？」

「很遺憾正是如此。不僅如此，他們還積極發動攻擊。」

黃橡告訴達卡利船團部分團員遭汎亞攻擊，以及無所屬船團可能已成為汎亞剷除對象。「趕緊南下比較好，雖然生活會變得比較辛苦，也會更難取得疫苗。」

「萬一在這種狀況下遇上病潮，我的船團會全軍覆沒。」

「現在，我們海上民或許正面臨生活方式的考驗。該為了取得標籤而接受陸地管控，還是繼續尊重自由卻可能短命的海上生活。」

月染說：「只要還買得到疫苗，我打算繼續維持船團。我向日本外洋公使提出的要求是，讓海上民自行經營生產疫苗的產線設施，以及請他們協助建設交易站。不過，就算這件事通過了，要建設一個海上交易站仍需要數年歲月。另一方面，汎亞可能無視日本動向，光靠日本政府也無法抵抗汎亞蠻橫的決策。」

「那我們到底該怎麼辦？」

「一邊和陸上民鬥智一邊共存，還是拋棄一切徹底當個海上民……這不是團長能決定的事。我會將判斷權交給船團內各個魚舟上的家族，請他們自己決定。我也不認爲亞洲海域所有船團都要取得共識，您可以自己判斷行動。如果您的見解和我一致，那我們再互相合作。」

「逃往其他海域，人口集中的地方也是那幾個。一定會因爲食糧和資源問題產生衝突。」達卡利苦惱地說。「資源最充裕的是赤道以南，但那裡經常發生大型颱風。再者，移居人口集中的海域，一旦遇上病潮將一口氣死幾十萬人……逃走也未必能過安穩生活。若是逃往未開發海域，那裡又缺乏維生的藝術之葉。」

「沒有就只能自己打造。海上市集買得到簡易材料，我們船團能提供的資金及資源有限，但所有知識都能與各位分享。這方面就讓我們提供協助吧。」

「我的船團沒有庫存疫苗了。在已接種的疫苗失效前，得快處理這件事。」

和達卡利討論了幾小時，彼此舉出幾個可能買得到疫苗的管道，達卡利也同意目前做法後離開。之後，仍不時有其他船團團長前來求見月染。

近海小船團的團長陸續乘著魚舟趕來，每個人都想逼問月染亞洲海域到底出了什麼事。他們都是主要活動在日本週邊群島的船團，打從心底恐懼汎亞海軍的攻擊將超越領海範圍，擴張到公海上來。

每個前來的船團長都這麼說。

——我們聽說汎亞海軍展開攻擊，是因爲月染的船團規模太龐大。這是眞的嗎？

——我們聽說月染解散船團，汎亞海軍就會收手，這是眞的嗎？

即使組成群體，海上民基本上還是獨立生活。所以，並沒有發生其他船團團長聯手施壓月染的情事。可是受到不正確情報干擾，不斷有個別團長前來確認。

月染用相同態度接待每位上門的團長，不厭其煩地說明。事關人命，不能敷衍。

不像陸上民使用助理智慧體，透過網路一口氣送出相同情報。這樣的文化在海上並不發達。雖然海上民頭頂也有通訊電波交織，手頭有機器就能通訊，但通訊網路上沒有能讓所有使用者齊聚一堂的地方。

一邊請副團長著手南下避難，月染與不斷前來的眾多船團長對話。儘管副團長恨不得早日南下，又不能拒絕前來造訪的其他團長。再說，準備不夠充分，向南移動也很危險。月染要副團長一方面累積充足食糧、彈藥和資源，一方面蒐集南下時的路徑資訊。

亞洲海域有幾道由南往北的強烈洋流。萬一遇上，南下的速度就會被抵銷。因此，必須找到由北往南的洋流才行。有些北上的洋流在日本群島附近分歧並開始南下。只要帶領船團往換日線移動，總有一天能抵達分歧點。

分歧點附近有多股往南方擴散的洋流。如果順利掌握南下，魚舟速度加乘洋流速度，應該就能在短時間內抵達赤道一帶。即使如此，還是得花上幾個星期，這將會是漫長旅程。

是否該從赤道附近繼續南下，越過赤道逆流，抵達赤道暖流，就等到了那片海域再說。那邊的藝術之葉數量和規模都是未知數，還可能無法取得足夠的疫苗。若是在疫苗過期後遇上病潮，船團就會全滅。

然而，考慮到眼前的狀況，前往還是比停滯好。

該如何回覆青澄公使？

猶豫一番，月染決定將無法見面的原因寫在海草紙上交給浮萍，透過他們與陸地的定期交流，將信交給路因．ＭＭ．村野。

雖然有太多想與青澄公使見面商量的事，但連自己的船團都遭受攻擊，船團都很緊繃，必須離開這片海域一段時間。或許會往南逃——她將種種情況寫在信裡，最後以「等亞洲海域重拾安全後再見」爲總結。

現階段就算歸屬日本，也無法保證船團一定不受汎亞攻擊。日本外交官再優秀，也不可能立刻改善其他聯盟的政策。政治家和水母不同，無法輕易驅除。

就算可以，也得花上漫長時光。跟他們協商的期間，能保亞洲海域的安全嗎？要是擦槍走火陷入內戰怎麼辦？或許會有血氣方剛的魚舟船團拿起武器與汎亞對抗。如果發生這種事，自己的船團說不定會遭到波及，因爲汎亞可能會比現在更激烈地攻擊無所屬船團。那時再逃就太遲了。有些無所屬船團或許會呼籲大家群起抗爭，但月染不想介入戰爭。比起來，不如早點逃離這片海域。月染也想到交易站的協商可能得喊停了。總之，船團必須先到沒有汎亞海軍的海域。能多遠就多遠，當務之急是逃離汎亞。和青澄公使的談判，等事態穩定再重啓也不遲。

月染和副團長討論後，將船團分成幾個小隊。大船團一旦同時移動，難免引人注意。魚舟雖然潛入水面下前進，不過小心爲上。再者，將船團分成幾個小隊也可避免危機時全軍覆沒。

月染畫入第一小隊，乘著讓葉游在最前面帶領船團，這是要能在第一時間覺察危險。

月染小隊的魚舟潛入海面下二十公尺深處，持續向前。入夜後才讓魚舟背部浮出海面休息，白天則不斷前游。船團首次如此遠距航行，幸好魚舟都願意跟著操船歌游動，聽從指示前進。

航行一半時，突然有五條魚舟鬧起彆扭，說什麼都不肯前進。月染令全體小隊暫停，等待那五條魚舟改變心意。然而，或許不願離開住慣的海域，又或是討厭溫度與海水氣味的變化，五條魚舟始終不願跟隨操舵者的歌聲移動。

「沒辦法，團長，請你們先走吧。」五位操舵者低下頭道歉，表示會再觀察魚舟狀況，如果眞沒辦法就返回原本的海域。「只有五條魚舟的話，應該不太容易受到攻擊。畢竟對少數魚舟發射魚雷也划不來。」

「我知道了。你們千萬要小心。」

月染留下夥伴再度啓程。沒說出口的是，說不定他們根本不想南下。表面上是魚舟鬧彆扭，其實是人類暗自對魚舟做了什麼。

當然，出發時他們可能眞的打算南下。

只是，經歷長程航行的嚴苛，筋疲力竭而喪失意願了。那就沒必要勉強他們。確實如同他們所說，小型船團不太容易遭到攻擊。

今後船團或許會逐步分裂。即使如此，月染無法阻止。生命終有一死，聚集在一起的人類也會分道揚鑣。這是生物適應環境的方式。

即將抵達南下洋流時，月染請所有魚舟暫停。白天，她讓包括讓葉在內的兩條魚舟浮上海面，環顧整體海域。天氣很好，萬里無雲，海面風平浪靜。海風炙熱，空氣比過去待過的海域都乾燥。

海上沒有船影，上空也沒有探索機的蹤影。

就這樣前進嗎？真的沒有問題嗎？

月染正想回居住殼，讓葉突然尖銳高亢地叫著。這是警戒的聲音。

月染立刻唱歌回應：「怎麼了？有什麼來了嗎？」

讓葉發出磨牙般的嘰嘰聲，牠感應到有什麼正在接近。發出這種聲音時，通常是接近的東西並非善類。會是海軍的探測聲納嗎？月染朝居住殼飛奔，鑽入音響孔下方。振動膜果然在動，她全身感到一陣頻率間隔很長的低頻音。

果然是聲納。而且是長距離探測用的聲納。

低頻聲納能探測到幾十公里外的敵人，這種頻率的聲波通常用於軍事。讓葉感測到這個聲波了，牠的身體抗拒起來。怎麼辦？要是繼續前進，可能會正面遇上海軍。如果遇上汎亞以外聯盟的海軍，或許會放我們通行。但若對方是汎亞海軍，就很可能被攻擊。

月染猶豫半晌，無線電聯絡副團長，再度奔上甲板。副團長紛紛乘著魚舟靠近讓葉，站在各自的上甲板上大喊：「出什麼事嗎？團長！是否要改變南下路線？」

「不行！」月染回答。「錯過前方那股南下洋流，很難短時間抵達南方海域了。拖拖拉拉待在北方海域不是辦法，總有一天還是會在別的地方遇上海軍，結果還是一樣。」

「強行通過嗎?還是等到入夜?趁大型魚類夜間巡游時移動,對方的注意力可能會被混淆。」

「也對……」

這時,耳邊傳來爆裂聲。從聲音脆硬的程度可知是槍響。月染迅速望向聲音來源,一位副團長趴倒在魚舟上甲板上。跑出居住殼裡的家人抓住他身軀,死命往裡面拉。即使隔了這麼遠,暗紅色的血跡仍然清晰快速地染紅副團長的粗布衣。

讓葉大聲鳴叫,連帶引發了其他魚舟的叫聲。那喧騷的鳴叫就像發現食物的海鳥齊鳴。月染一陣緊張,繃緊身體保持戒備,環顧四周找尋「敵人」的身影。

映入眼簾的不是海軍,是一群海上強盜。兩頭魚舟破浪而來,上甲板站著好幾個男人。他們發射手上的槍砲一面靠近。察覺對方使用遠距離狙擊槍,月染彎下腰跑進居住殼,從放在房間角落的箱子裡取出一把長槍。確認充塡的子彈數,將第一發子彈送入槍膛。

提槍回上甲板,月染以船舷掩護,朝海上強盜團開槍。

月染開槍,其他魚舟的夥伴也展開攻擊。不止槍彈,團員朝海上強盜團拋出裝有可燃液體的瓶子。裡面裝有接觸到氧氣就會自燃的藥劑,起火後,專用滅火劑才能撲滅。將瓶子準確丟進海上強盜團,就能發揮很有效的攻擊效果。

月染和團員攻勢順利進展,不料,一股自海面下的衝擊,將船側及船首的人們撞得飛出甲板中央。遠距操作的水雷轟炸。海上強盜的水雷不如海軍威力,爆炸氣流依然驚嚇了魚舟,要讓船團員受傷已綽綽有餘。這是海上強盜團常用的武器。

見船團攻勢出現破綻,海上強盜團更近了。知道攻擊見效,海盜歡呼,開槍掃射。

月染再度躲到船舷邊,剛才的位置外側因槍傷受損,她稍微換了地方找到掩護。

海上強盜團已經離得很近,清楚聽見他們發出下流叫罵。月染冷靜槍擊。一個男人被她射中胸口,像高喊「萬歲」般舉起雙手往後倒。海盜叫罵得更大聲,數發槍彈掠過月染身側。忽然間,一種被燒燙鐵鉤畫破頰骨的感覺竄過皮膚表面，溫熱的液體從臉頰流向脖子。他舉起手臂擦拭臉上汗水，卻抹下一把血。月染滿不在乎，繼續朝敵人射擊。子彈用光了，迅速裝填新彈藥。

距離稍遠的海面傳來爆炸聲，水柱高高升起。對方似乎引爆了第二發小型水雷，魚舟嗚嗚哀號。和永無止盡自相殘殺的人類不同，魚舟很快就厭倦爭鬥，比起戰鬥，牠們更想逃。

月染唱操船歌安撫魚舟，打量四周。

轟炸後，一條魚舟不動了。幸而周圍海水很乾淨，牠應該沒有受傷，只是嚇得不敢動或一時失去方向感。海上強盜團逼近那條魚舟，大概是對月染等人頑強的抵抗失去耐性，想從這條魚舟上搶點東西就撤退。

月染帶著讓葉往那條魚舟游，自己繞到讓葉頭部側面，舉起長槍，朝正想跳上夥伴魚舟的海上強盜一一發射子彈。讓葉加快了速度，海風吹得月染髮絲飛揚，衣角激烈拍動。每發射一發子彈，反作用力都將她用力往後拉，月染一次一次站穩雙腿挺住。槍托壓在臉頰，整個人彷彿與槍合爲一體，流暢扣動扳機。

對手開始集中攻擊月染，不知道第幾發子彈擊中她的側腹。

就像被人用力揍一拳，衝擊將月染轟上甲板。背部著地，猛烈的撞擊使她瞬間無法呼吸。

傷口如燒灼般痛，好一會月染只能蜷起身體忍受。晴空下，響亮槍聲不斷。從槍擊聲聽來，海盜將武器換成了衝鋒槍。爲了殺死船團魚舟上的人，海上強盜團大量發射子彈。

無法阻止他們。他們就要侵入魚舟甲板了——

按住滿是鮮血的側腹，月染好不容易起身。爬到船舷邊，頭靠在船緣觀察海上狀況。

魚舟漂浮於外洋激烈起伏的海浪間，然而，那裡並未發生想像中的殺戮。海上強盜在自己魚舟甲板上驚慌奔跑，急著逃進居住殼。

剛才的連續槍聲既不是月染夥伴反擊，也不是海上強盜團的攻擊。

一艘機械船逼近。

那不是海軍機械船，是更小型、整艘漆成黑色的船。甲板上的機關砲正砲轟海上強盜團。強盜躲進居住殼，魚舟旁掀起水柱，伴隨驚人爆炸聲。

海上強盜團的魚舟開始迅速逃離，機械船尾隨。船將海上強盜團趕往讓葉感應到的海軍聲納方向。

——打算夾擊海盜團嗎？

月染從船舷邊探身，對船團其他魚舟的人高喊：「請報告受害狀況！請協助需要藥物和治療的人！」

「團長您呢！」有人這麼回應。「您不要緊嗎！」

「我沒關係！」月染的聲音凜然無畏。「請先幫助傷勢嚴重的人！」

這時，海浪間浮出一條素未謀面的魚舟。擔心那是海上強盜團的餘黨，月染頓時心生警戒。然而，海面上那條魚舟背部寶石般閃閃發光的紅褐色震懾了她。

魚舟背部浮現紅褐條紋，濕漉漉表皮上的海水折射著陽光，美麗得如光滑璀璨的瑪瑙。

體長不太長，連讓葉的三分之二都不到。大概還是年輕的魚舟。居住殼艙門打開，走出一名青年。青年肩上揹著一件很大的裝備，原來是發光信號裝置。

有紅褐條紋的魚舟乘著操船歌游向讓葉。不過牠沒有游得太近，保持一定距離。

這樣的距離足夠看清對方的表情和服裝。站在上甲板的青年穿著類似工作服。仔細一看是海上警衛隊的制服褲子，配一件短袖襯衫。

讓自己的魚舟和讓葉維持距離，青年將發光信號裝置設置於甲板上，開始用明滅的燈光傳送信號。對方穩重平和，可以理解他是爲了讓月染放心才特地如此。

燈光信號的內容是這樣的：「這片海域已經安全。我們的船和更前方的海軍爲了追捕剛才逃走的海上強盜團，會暫時離開這片海域。你們可乘機再往下走一些，順朝南的洋流南下。海軍接到我船聯絡，已經開始追蹤剛才的海上強盜團，一時半刻不會回來。請好好利用這個海軍兵力分散的機會。」

月染驚訝之餘深受感動。這名青年明知自己率領無所屬船團，依然願意放過她一馬。海上警衛隊原本該和海軍共同擊沉我們，不知爲何卻放我們往南逃……

「感謝！」月染大聲回應。「幫了我們大忙。請問您是？」

『抱歉無法報上姓名，請見諒。我們是守護大海的人。我也是海上民，和各位一條心。』

「您應該隸屬於海上警衛隊吧！請告訴您的上司，恩情一生難忘，希望有機會能向他道謝！」

『我會爲您轉達。隊長聽了一定很高興。如果有缺什麼，我們可提供協助，請別客氣。』

月染稍事猶豫，決定厚著臉皮提出要求。

「如果可以，請分給我們一些醫藥品和彈藥。剛才那場戰鬥消耗了不少。」

『知道了。請等一下。』

青年回到魚舟居住殼後不久，和另一個與他年齡相仿的年輕人扛著幾個箱子回到上甲板。

月染帶領讓葉主動靠近。近到無法再靠近後，對青年說：「非常不好意思，我傷口痛，無法拿出橫渡板，方便的話，從您那邊架設橫渡板好嗎？」

青年表情一驚，大大點頭。迅速在兩條魚舟間架上橫渡板，抱著物資跑過來。他來到讓葉的上甲板後，目睹月染的那一刻，趕緊放下物資，攙扶她坐下。

「請不要動，血會流個不停。」

「一點小傷，不要緊的。」

「請躺下來休息。」

「可是……」

「幫您療傷而已，如果不想讓男人動手，可否從您的船團中請一位女性來協助？我負責準備藥品。」

「我不想讓大家擔心，若您手邊有藥和工具，能請您幫忙嗎？」

「好的。」

青年打開搬到上甲板的箱子，取出必要的東西。他用裝在瓶裡的清水清洗月染臉頰和側腹傷口，塗上凝固傷口的含藥蛋白質。在臉上貼好紗布，腹部纏上繃帶。

「動作眞俐落。」月染這麼一說，青年落寞地笑。「我很有經驗。」

光聽這句話，月染察覺青年經歷。

包紮好後，月染確認分到的物品。彈藥正好符合海上民常用槍械，這令月染大吃一驚。這表示對方一開始就挑選適合的子彈帶來。不知他受命於誰，青年和他的夥伴應該打算用非官方的形式協助無所屬船團。

月染再次注視青年。「不能透露你們隊長的名字嗎？」

「非常抱歉，我們被嚴格下令不能說。」

「這樣啊……怕我們不小心聯絡的話，造成他麻煩吧？我猜他的地位不低。」

「不好意思，恕我無法回答。」

「不，沒關係。能免費提供這麼多物資，想必有一定身分地位。在亞洲海域能有如此實力，我想像得到會是誰。在某些狀況下，他的立場或許須與我們對立。」

月染刻意不提自己的船團一度遭到汎亞海上警衛隊襲擊。這位青年和當時的海上警衛隊是否有關，光憑今天對話無法確定。看似出於善意行動的那位隊長是否是好人也很難判斷。在政府內部權力拉鋸中，海上民往往是犧牲品，有時被攻擊，有時獲得生存機會。眞正能相信的人是誰——這是海上民的難題。

月染繼續說：「這次的事眞的非常感謝。請代我向您的隊長致意。」

「好的，一定轉達。」

「我名叫月染。原本在日本附近的公海上率領船團。不過，船團人數眾多，有時會進入靠近汎亞的海域。隸屬我們船團的多半是不見容於各地政府的海上民，爲了小心起見，現在正打算逃往南半球。要是往南下洋流的道路遭封鎖就傷腦筋了，今天非常感謝出手相助。」

「幫上忙是我們的榮幸。」

「等亞洲海域穩定下來，希望有機會再見。到時請讓我報答各位。」

「謝謝，那麼，航程中請多保重。」

青年朝月染一鞠躬，回到自己的魚舟。

寶石一樣美麗的魚舟和出現時一樣敏捷地消失在海浪間。

月染目送他們離開，感覺如同作了一場夢。

過了一會兒，她再次唱起操船歌，讓葉大聲應和。這是對夥伴宣布再次出發的號令。

跟隨率先游出的讓葉，夥伴們的魚舟也迅速遊了上來。乘上強力洋流，已經帶頭來到安全海域的第一小隊，在海水速度減緩時停下來等待後面的夥伴。然而，途中開始接到無法順利南下的小隊以無線電傳來聯絡。

月染船團有三分之二的人無法突破汎亞海軍的警戒網，有的小隊被發現後遭到攻擊，有的小隊被迫折返原海域，也有人遇上海上強盜團而無法前進。救了月染小隊的警衛隊人數似乎不多，無法幫助所有小隊。月染心想，或許不是汎亞內所有警衛隊都願意幫助無所屬船團，僅有少數樂意。自己的小隊遇上他們是運氣。

月染原本打算盡可能留在原地等夥伴趕上，副團長們勸阻了她。被擋在南下洋流前，無法前進的夥伴也傳來聯絡。他們說，希望第一小隊不要等待，保持前進。他們還說，自己會看狀況應對，要第一小隊在能順著洋流南下時趕緊離開。

「真的沒辦法，也只好回到原本的海域和汎亞對抗了」——聽到這樣的話，月染心痛不已。

明明不該爲了那種事而死。

能逃最好還是快逃，不希望他們面對戰爭——

懷著歉疚，月染帶著身旁的夥伴再次啓程。

吹過甲板的海風熱得宛如灼傷。

V

對我們來說，什麼都不做確實比較輕鬆。

普羅透斯要我們幫忙找出月染。像隻獵犬般把她叼回來，普羅透斯就會給日本獎勵——你們也是涅捷斯的一份子，會跟你們分享月染身體的數據，到時你們想怎麼運用都行，只是不能洩漏給外人。

普羅透斯行動時僅考慮涅捷斯的利益。他們認爲涅捷斯能靠L計畫存活就行了。很單純，但說得通。一旦進入無法保證資源有無的極限環境，若還妄想全世界相親相愛攜手共生，可能會落得同歸於盡的下場。和其他聯盟一起搭上泥船無濟於事，相較之下，確保涅捷斯活下來就好。普羅透斯的算盤一點也不怪。

但是，青澄刻意違逆普羅透斯。他打算將月染送到IERA，讓全世界共享數據。在他看來，唯有讓全世界公平享有數據，今後遇到光靠涅捷斯無法解決的問題時，才能靠全世界協力度過。反過來說，若今天涅捷斯獨占，往後只能一路與世界爲敵。

根據在特殊公使館晚餐席間的談話，青澄判斷普羅透斯正在施壓日本外務省，要他們重啓中斷的月染協商計畫。面對施壓，總部和桂大使對立的官員能抵抗到什麼地步，我們也不知道。

不過，外務省總部的抵抗，意外持續了很久。

等了數天，我們都沒收到重啓協商的命令。這倒是值得慶幸。

只要上頭堅持不下令重啓協商，我們就可以慢慢準備日後談判。沒想到和我們對立的勢力會用這種形式幫上一把，眞是始料未及。青澄苦笑著說。原本擋在面前的障礙，如今成了爲我們擋下普羅透斯無理要求的盾牌。還有比這更諷刺的事嗎？但不知道能擋到何時。

這段時間，月染終於回信了。不是催促我們協商，她說船團受到汎亞海軍攻擊，必須逃往南方海域。她似乎還沒放棄交易站，信上寫著等亞洲海域恢復安全，船團會再遷回來。

青澄呼了大大一口氣。

不管怎麼說，月染至今平安無事且認爲與我們合作有價值，明白這些就能稍微放心。

青澄判斷月染的船團如果要逃難，應該會逃往大洋洲海域，要我跟那邊的情報網保持緊密聯繫。反正見面地點未必要在亞洲海域，可以找尋別的碰面方法。青澄命我找出船團的位置，只要掌握這點，我們就比普羅透斯更具優勢。

那天，青澄企業的主董事長聯絡了我們，說是找到可靠管道引見汎亞的學嵐委員。居中介紹的是一位叫杜安．MM．蔡的人。他是與青澄企業關係斐淺的經濟界人士，和學嵐委員有多年交情。杜安要青澄前往北京海上都市，但不能讓助理智慧體同行。因此，我會和青澄一起去北京，但抵達後就連線支援他。對方僅告知青澄會談場所，那竟是一家運動俱樂部。青澄說學嵐委員邀他一起打壁球。如果青澄陪他打，他就願意聽青澄說話。

我驚訝反問：『運動俱樂部？壁球？也太復古了！』

「資料庫有紀錄嗎？」

『我找找看喔。』我連上外務省的伺服器，找到資料。『保險起見，我還是確認一下，他不是說虛擬壁球嗎？』

「不是，真的要拿球拍打球。聽說學嵐委員是壁球高手。」

『你借得到球具嗎？』

「對方叫我準備球衣就好。」

我將記載了壁球規則的文字檔與運動輔助檔一起從資料庫裡拉出來。

『那我把運動輔助檔上傳到你的輔助腦，可以吧？』

「麻煩你了。要是連規則和打壁球的正確姿勢都不知道，就什麼都別提了。」

青澄同意接受檔案，我將檔案上傳到輔助腦。結束後，青澄做出握拍姿勢，分別試了正手擊球和反手擊球和發球的動作。「好，身體可以順利做出正確的動作。不過，這好像是相當激烈的運動啊。」

『要是委員問你，最好回答以前嘗試過這種運動。畢竟靠下載記憶跟詐欺沒兩樣。』

「知道了，我會編個合理的故事。」

青澄舉起手，揮揮手指，在眼前打開一個螢幕，上面是壁球賽事的紀錄影片。

在四面玻璃的小房間中，兩個人互相朝對方打一顆小球。我的感應器測出小球飛出時的速度，最高可達時速兩百公里。光看這段影片，青澄也掌握到球速了。「原來如此，眞厲害。或許得戴上護目鏡才行。」

球除了打向前方牆壁反彈外，也會從側面牆壁反彈。擊球時要利用四面牆分散方向，目的是讓對方不容易反擊。似乎是很複雜的運動。

我對青澄說明：『地上不是有畫線嗎？站在這個T字中央——也就是球場中央是最有利的位置。因爲從這裡最容易把球打進死角。把球打向牆壁和地板的交界處……換句話說就是打向死角，這樣球就不會反彈，只會從地面上滾回來。這種球對方絕對無法再反擊。這叫死角球，想得分就要這麼打。還有，如果遭對手從斜對角殺球，球從正面朝側面後方飛去時，想反擊也很困難。』

「原來如此。沒搶到中央位置，就會被對方耍得團團轉了。」

『如何盡量保持不動，讓對方疲於奔命接球，這就是勝負的關鍵。』

「我單靠下載記憶眞能應付得來嗎？」

『你的運動神經還可以，來回傳接球幾次就能掌握訣竅。我比較擔心義肢能不能跟得上這速度。』

「應該沒問題。」青澄說得輕鬆。「你不是說這運動比的不是速度快，而是盡量不動來進攻？球場不大，方法正確，左腳的性能應該夠了。」

輕輕跳了幾下，青澄當場試著朝前後左右快速移動。

「狀況和當初拜託圭董事長幫忙時又不一樣了。要請求對方協助的事加倍，除了海軍的虐殺行爲，還得深入談及L計畫的事才行。就看看他願意聽到什麼程度……」

青澄受邀前往的北京運動俱樂部管制森嚴，一般人如果沒有許可證，連門都進不去。難怪我會被禁止同行。我在附近公園待命，觀察青澄狀況，萬一出了什麼事，就從這裡趕過去幫他。

青澄在置物間換上運動服，前往設施內的咖啡廳等待杜安．ＭＭ．蔡。不久，杜安按照約定抵達。青澄起身恭敬行禮，杜安態度大方地說：「不用這麼拘禮。」

「圭董事長向來很照顧我，能幫上他是我的榮幸。」

「還請多多關照。」

杜安將租來的球拍及護目鏡交給青澄。「你今天的立場就是我的朋友，來陪學嵐委員打球——只要表現得讓委員滿意，休息時間他應該會聽你說話。對了，你知道爲什麼是打壁球嗎？」

「觀察對手的人品吧？」

「眞有兩把刷子。」杜安笑著說。言下之意是誇獎青澄不愧是個外交官。「壁球這種運動並非是光靠體力就能決勝負，智力也很重要。一交手就能明白實力。從戰略到戰術擬定、對戰習慣，面臨危機時的挽回方式——這些都將忠實反映出一個人的實力。這就是壁球被稱爲運動界西洋棋的原因。想在球局中獲勝，需要戰術和邏輯。冷靜計算球的入射角和反射角，思考怎麼做才能占中央位置。有時還得故意打出方便對方反擊的球路，引導自己之後的勝利。得考慮到好幾手後的局勢，決定當下該擊出什麼球。遇到出乎意料的狀況時，臨機應變的反射神經也不可或缺。這是用智慧支撐體力與毅力的運動喔，關鍵在讀出對方多少心思，以及讓對方讀出多少自己心思——心理拉鋸戰就是勝負的關鍵。」

「我明白了。」

「祝你好運。」

數座以四面玻璃牆隔起的壁球場另一側，設置著休息長椅。

杜安帶領青澄到長椅邊，那青．MM．學嵐上級委員坐著等候。他穿著白色馬球衫款式的球衣和短褲，稍微熱身過，正用毛巾擦拭脖子上的汗。杜安向他寒暄，他隨性回應，目光直視青澄。

五十五歲的學嵐委員全身湧現霸氣。立體影像新聞中看不出的氣質，在這現實空間中清晰可辨。眼裡散發自在溫和的光芒。不過，青澄察覺這種溫和只是僞裝。

「歡迎來到北京海上都市。」學嵐委員坐著說，朝青澄伸出手。青澄低下頭，微微彎身上前與委員握手。學嵐委員說：「壁球是我的嗜好，也是生活的一部分。只可惜因為職業，無法參加世界壁球大賽，總是苦於沒有好對手。你有多少壁球經驗？」

「學生時代選修的古典教養課程中上過壁球課，其他就是和朋友打好玩的……要跟委員對打，我恐怕實力還不夠，既然要打會全力以赴，委員請不用手下留情。」

「看來你是個值得期待的好對手。」

學嵐委員把毛巾放在長椅上，戴上護目鏡，拿起球拍站起來。

青澄也戴上護目鏡。杜安似乎要待在球場外觀摩。

青澄進入球場，關上玻璃門後，學嵐委員便在腳邊拍了幾下球。

壁球用的球不像網球那麼有彈性，頂多反彈到膝蓋下方。

「用這種球可以嗎？還是要換星號較多的初學者用球？」

「這種就可以了。」

「愈來愈期待跟你對打了。」

學嵐委員朝青澄左腿的義肢投以一瞥，不過沒說什麼。

「球局採回合得分制，三戰兩勝。你先發球吧。」委員把球丟給青澄，青澄單手接球，走進右側的發球區。就在他把球拋高前，委員補充一句：「不能用助理輔助。」

「明白了。」

青澄打出上手發球。他原本好像打算讓我控制他的運動機能，現在不能使用，青澄似乎覺得很可惜。話雖如此，這個球發得眞漂亮。

預測青澄採低手發球，沒想到他一上來就擊出上手發球，學嵐委員露出滿意的表情。他輕輕鬆鬆以反手拍擊向前壁反彈的球，球打上前壁再彈上右壁。接這一球，青澄不得不後退，委員立刻站上中央位置。他截擊青澄從後方打回的球，一路將青澄困在後方打擊區。

青澄好幾次試圖往前，每一次學嵐委員都將球往左右兩邊分散，青澄只能在他背後奔跑接球。不過，青澄的左腿動作依然敏捷，無論軟硬體，他的義肢都應付得了壁球激烈的運動量。

反覆打了幾次後，委員一個短球削弱擊球力道，青澄來不及追上落在前方的球，就此失分。

「打得不錯嘛。」學嵐委員游刃有餘。青澄報以微笑，回到發球區。透過輔助腦下載的資訊和青澄從剛才那一回合中獲得的經驗值，正在他腦中構築出新基準。

和第一次發球時一樣，青澄高高打出上手發球。這次球擊上前壁反彈至左壁，接住這個偏右反彈的球，學嵐委員不得不後退。趁學嵐委員反擊時，青澄一個箭步躍向中央，用一記強勁的截擊再次將前壁反彈回來的球擊出。透過青澄的背部，連我也能感覺到後側的學嵐委員正快速後退，將球打向右壁再反彈回前方。接下來，青澄接住朝較低位置反彈的球而往前。學嵐委員跟著前進，當球彈回他面前時，揮出氣勢如虹的一拍。

剎那間，青澄抓不準球到底會往哪個方向飛。不靠視線捕捉，只靠身體感覺揮動球拍，球正好落在球拍正中央。看來，下載記憶融合了剛才的經驗，得出很好的成果。

沒想到青澄接得住這一球，學嵐委員下一擊力道偏弱，青澄又確實地打回這球。

不知何時起，賽局成了中央位置爭奪戰。

雙方都不願離開T字區，就算爲了接球前後左右跑，移動範圍也不大。這一回合以青澄得一分作結。進入下一回合，學嵐委員擊出死角球。從前壁角落滾回來的球，不管怎樣也無法接起。青澄連吃了四記死角球，失分達五分。

學嵐委員的第五發死角球沒有成功，青澄回以一個強勁斜角擊球，得了兩分。之後在他不屈不撓的對戰中，分數攀升到六分，但這時起，青澄的呼吸紊亂，注意力急速下滑。在他連續失分六次後，第一局結束。比分是青澄六，學嵐委員十一。

第二局從委員的發球開始。即使青澄已顯疲態，委員仍未手下留情，開局就打出強力的上手發球。青澄無法接應，連續丟三分，從學嵐委員改成低手發球的第四次發球開始，青澄才終於展開追分。

再次進入中央位置爭奪戰。

青澄嘗試擊出死角球，但不是打到紅線下方判定成界外球，就是反過來讓球彈跳得太高導致失敗。

即使如此，他總算擊出一次成功的死角球，獲得學嵐委員的稱讚：「你是不輕言放棄型的選手，不畏失敗，身體隨時都在行動，腦袋也很好。再把動作練得精準一點，就能輕鬆擊敗我了。」

學嵐委員流了不少汗，和青澄不同，他始終呼吸穩定。只用最小限度的動作將球往左右兩側打，令青澄疲於奔命。他也一直瞄準角落擊球。青澄只能靠體能和毅力反擊。他明知理論上該怎麼打，身體卻微妙跟不上頭腦判斷。

第二局結束，青澄和委員的比分是三比十一。

學嵐委員連續取得兩局勝利，比賽結束。

走出球場，杜安在長椅邊準備了瓶裝水。青澄和學嵐委員道謝接過瓶子。

坐在長椅，學嵐委員說：「打得很開心，謝謝你。」

「我太丟臉了。」青澄上氣不接下氣。「我比委員年輕，竟然完全追不上。不，或許和年齡無關……」

「以一個只上過古典教養課的人來說，你打得不錯了。你自己應該沒發現吧？比起第一局，你在第二局時更敏捷。」

青澄難以置信地說：「可是我在第一局的得分比較多……」

「剛開始你的打法就像教科書一樣中規中矩，預先在腦中輸入了什麼知識吧。打得不錯，就是少了點意思。」

青澄默默聽學嵐委員分析。利用下載記憶的事，委員早就察覺。

學嵐委員繼續說：「不過，第一局後半起轉變很大。第二局後，改變更多了。我不知道你自己有沒有發現，在第二局中，你得分的回合時間比第一局拉長許多。儘管你在第二局只得三分，表現比起第一局卻有深度多了，更有意思。」

「得到高手如委員的稱讚，我承受不起……」

「你出手的方式愈來愈有特色，這個過程很有趣，帶給我很大的刺激。」

原來如此。青澄在第二局時變得看似失去章法，並不是出於疲勞。而是青澄憑自身直覺行動，輔助腦下載的記憶無法對應，出現類似程式錯誤的反應。自主動作和腦內程式有衝突，這就是失分的原因。

青澄慚愧地說：「不，我還差得遠……」

「不必這麼謙虛。你擅長這種球賽，今後該保持自信。」

察覺委員話中之意，青澄身子微微一僵。抱著接近學嵐委員的企圖前來打球，該不會反而拉遠彼此距離。學嵐委員溫和地說：

「你是個輸得很痛快的人。」

「輸得很痛快？」

「輸得全力以赴？落敗的方式騙不了人。正因你是這樣，才能一再反敗為勝。」

學嵐委員津津有味地喝下瓶中水。

青澄也默默喝水。擔憂著這場比賽對會談帶來什麼影響。

「休息一下，再打一局如何？」學嵐委員主動提議。「這次不要管勝負輸贏，盡可能拉長來回對打的時間，你覺得怎麼樣？」

「我很樂意。」青澄將水瓶放在一旁，拿起毛巾擦汗。「委員想打，我一定奉陪到底。」

「這樣才對嘛。」

青澄和學嵐委員再次進入球場，打了長長的一回合。和競爭分數的比賽不同，兩人悠閒地反覆擊球。不過，委員偶爾還是會打出一記犀利殺球，威力足以把青澄嚇出一身冷汗。即使球速不快，球反彈的方向常常出人意表。

青澄似乎從學嵐委員的打法中學到難度更高的反擊法。看到青澄回以球路彎曲的變化球，學嵐委員就愉快地反擊。兩人像認識很久的老友一起打球。

不久，學嵐委員說：「差不多到此為止吧。」青澄也贊同。兩人都滿身大汗，決定直接前往淋浴間。運動俱樂部似乎為學嵐委員準備專用的淋浴室。

青澄用一般浴室，獨自沖洗身體，一邊從頭上淋浴，久久地享用思考各種事的時光。

擦乾身體走出淋浴室時，等在走廊的杜安叫住青澄。

「委員要你到他的個人休息室。你及格了。快去吧，別做出失禮的事。」

杜安告訴青澄，委員的休息室在六樓。那是僅能容納四人左右的小房間，但仍擺設了豪華的沙發組。

室內沒有窗戶。

完全是一間密室。

休息室除了通往走廊的出口還有另一扇門。門後應該是委員的貼身保鑣。

屋內溫度涼爽，還飄散著香木味。

學嵐委員已換下馬球衫，改穿一襲休閒襯衫，沒有穿外套，這表示接下來的會談是非正式的閒聊，沒有官方立場也沒有約束力。青澄毫不介意，他在委員邀請中坐上沙發。這時，佇立在學嵐委員身邊的女性工作人員當場為兩人泡了涼茶後退到走廊。

連杜安也無法進來，兩人獨處的會談就此展開。

「我聽青澄企業的圭董事長和杜安社長稍微提了一些。」學嵐委員率先開口。「你說有話想跟我說，是什麼意思呢？」

「汎亞聯盟的耀星省，是座很棒的大城市。」青澄平靜開口。「大陸內部的智囊聚集於此，食品加工產線也設立於此，文化或教育層面都無話可說。耀星省甚至有汎亞第二心臟的美譽。然而，如果這座城市發生大規模天災，居民是否有能立刻移居的地方呢？」

「最近有地震預測報告嗎？沒記錯的話，那附近確實有個大斷層。」

「不是地震。是更大的天災。」

「更大的天災？」

青澄沒有解釋。他不確定委員是否知道L計畫，得釐清這一點。身爲上級委員，照理說應該知情，但聯盟政事院裡或許有派閥，他說不定尚未得知此事。要是委員不知情，我們就不能任意透露。若是如此，這次就只能請他協助處理汎亞海軍。

學嵐委員慢慢再問了一次：「會發生什麼事？」

青澄開口：「是地函柱。」

故意不提地函柱的種類，他觀察著委員的反應。

委員不動聲色：「汎亞大陸底下確實很久以前就有地函冷柱，但我從未聽說那會引發天災。」

「和地函冷柱無關。」

「喔？那麼又是什麼？」

青澄故意改變話題：「如果那個地方發生大型災害，居民們能移動到哪裡呢？我擔心這一點。既然是那麼大的都市，光靠周遭都市或海上都市也容納不下人口。更何況周遭都市未必安全。更糟糕的情況是連周遭都市居民都必須一起遷移，如雪崩般紛紛湧入更外圍的都市。對於這種情形，政府已經有對應方案了嗎？」

「不知道你是聽哪裡的研究機關說的，我沒聽說這種事。」學嵐委員不改鎮定。「再者，就算眞的發生了，那也是汎亞的內政，輪不到在日本政府工作的你操心。」

「我預測一旦發生災害，大量難民將直接移居海上。」青澄態度無動於衷：「周圍城市能容納難民的地方不多，海上都市的收容人口數有限。這麼一來，只能暫時利用船隻在海上生活。但是，這個做法等於無預警侵入浮萍和海上民的生活圈。幾十萬個毫無海上生活知識的人湧入海洋，糾紛全都會成爲外洋公使館的工作，這裡說的外洋公使館，當然包括汎亞與日本的外洋公使館。我怎麼想都不認爲有足夠人手處理。」

學嵐委員默默拿起茶杯，慢慢喝一口茶，接著問：

「所以呢？」

「若已經得知會發生災害，是否能夠盡早公開資訊，展開移居計畫呢？如果部分居民無論如何都得進入海洋生活，現在就該教育民眾認眞思考如何與浮萍及海上民共存。我這邊則會負責說服浮萍與海上民。」

「這種事不是我一個人能決定啊，公使。」

「我很清楚。我今天來並非拜託委員答應什麼，只要哪天災難發生時，委員還能記得日本也有像我這樣的人就好。」

「『像我這樣的人』，說得眞籠統。意思是事情發生時，你可能不在日本外務省工作了嗎？」

「是的。外洋公使館的工作經常伴隨危險，不確定什麼時候會發生什麼事。災難發生時，我或許已經不在這世界上。但我還活著就會全力援助。就算被解除第一線的工作，我也會親自趕到協商談判的現場，回應難民委託。但一定還是會發生很多光靠外洋公使館無法解決的問題。如果有陸地方面能夠控制的事，希望委員堅持到最後。這麼一來，無論哪一國的外洋公使館都會得到幫助，也會深深感謝委員您。」

「你的判斷太天眞了。」學嵐委員冷冷回覆。「汎亞這個政府沒有你以爲得善良。多出來的難民，恐怕在移居海上前就會被快速處理掉了。不會出現海洋方面擔心的事。」

「比方說，像現在海軍擊沉無所屬船團那種方式嗎？」

「你這話我不能裝作沒聽見。海軍攻擊的只是海上強盜團。」

「傳到我耳中的實情不是如此。這也是我今天來的另一目的。」

「怎麼，難道海上民委託你來抗議嗎？」

「我想知道聯盟政事院的想法。遭到海軍攻擊的人中，包括一般海上民。政事院有什麼補救措施嗎？如果有的話，我想告訴海上民。」

「這是你份內的工作嗎？公使。」

「當然是。海上所有糾紛外洋公使館都必須處理。現實中有人正在流血，尋求協助，我們外洋公使無論如何都得爲他們解決問題。」

「汎亞的問題有汎亞外洋公使館解決，隸屬日本政府的你不用想這麼多。」

「那麼就當作我出於個人判斷，對汎亞外洋公使館提供協助吧。」

「你爲什麼這麼執著於這件事，而且這還是其他政府的業務。」

「在海上世界，所有事情都是牽一髮動全身，緊密相連的程度更甚陸地。」青澄小心翼翼選擇用字。「一個地方發生了不幸的事，就會連環產生更多不幸。我希望跨聯盟解決問題。即使眼前的事與日本無關，無所屬船團遭遇的不幸，總有一天會變成與日本政府相關的問題，反彈到我們身上。不幸帶來新的不幸，很快就會侵蝕現有的幸福……這種例子我看太多了。」

「公使，我們不是什麼都沒做。然而，現狀無法解決的問題太多了。」

「解決不了的問題，就要閉上眼睛當作不存在嗎？」

「如果已經盡力，那也只好如此。」

「我認爲也有能靠委員的力量重啟議題的方法。」

「你沒有資格對我指手畫腳。」

「失禮了。」

「不用道歉，反正現在我們在閒聊。今天的談話，絲毫不會影響汎亞政府任何方針。」

學嵐委員不願聯手，想把主導權留在自己手上吧——我們判斷。

「要是哪天我當上國家元首，事情或許另當別論。」學嵐委員說。「只是，現狀我跟國家元首無緣。讓你失望了，眞抱歉。」

「請別這麼說。」

「不過，和我一樣屬於上級委員的人中，有個叫曾・ＭＭ・利的男人。他原本是海上民，頭腦很清楚。

到陸地工作也不曾忘記海上，視野遼闊。他或許能提供協助。眞遇上什麼事，我也會找他商量。他是商務部出身的官員，負責經濟事務，關於資金調度應該能有不錯的建議。」

「那眞令人安心。謝謝您。」

「這只是我的推測。曾委員對這事有沒有興趣，我就不知道了。有時間的話，歡迎你今後再來北京玩啊。」學嵐委員舉起手，揮揮手指，靠走廊的門就從外面打開。看似護衛的男人在走廊待命。

今天會談結束。

青澄起身，對學嵐委員深深低下頭。「百忙之中，非常感謝您撥冗接見。」

「你還會在北京待一陣子吧？」

「是的，我在這裡有幾個熟人，想見見他們再回海上。」

「公使，你想不想從日本外務省離開？」

青澄露出訝異的表情，學嵐委員面露微笑：「如果你有打算的話，不妨來我們這。我希望你能擔任我的祕書。當然，國籍就得變更爲汎亞了。」

注視青澄的學嵐委員眼中，充滿蠱惑人心的驚人魅力。那是憑藉權力及言語之力打動過無數人類所淬鍊出來的眼神。被困在這種眼神中，區區凡人應該當場就會點頭答應。

然而，青澄不愧是青澄，他平靜回應：「一旦時機到了，我會自己考慮。」

這不是謊言，但沒透露一點眞心。同時，對在場任何人而言，這句話沒有好處也沒有壞處。

學嵐委員從喉嚨深處發出滿意的笑聲。「下次再見吧，青澄公使。我很期待再跟你打一場球。」

第六章　擾亂

一

在隸屬海軍麾下之前——還是武裝警衛隊長時，太風就住進北京海上都市一隅了。

那是位於海上都市沿岸，形狀就像朝海上突出的突堤，三面環海的細長住宅區。在這個住宅區中，家家戶戶門口相當於一般陸地住宅「庭院」的位置，皆設有圍欄和閘門圍起的海水池，用來停放小船。

方便月牙進出，太風將自家門前的圍欄與閘門拆掉一小部分。因爲月牙體型太大，無法穿過圍欄游到家門前，於是太風請來業者改建。業者睜大眼睛說「第一次接到這種委託」，一聽到太風表示費用將當場現金支付，馬上歡天喜地完成工作。

不讓月牙妨礙陸上民小船的進出，太風選了地形最前端的房子。

不過，他這種體貼的考量一次也不曾博得陸上民稱讚。本來僅有陸上民的居住處多了一個海上民和一條魚舟——這足以讓陸上民對太風報以異樣眼光。

太風是綠子，同伴月牙體表有和他一樣有綠色紋路。陸上民毫無理由地畏懼全身浮現魔幻咒語般圖案的太風及月牙。人們竊竊私語，說北京海上都市第五突堤是「怪物」的住處。然而，沒人敢當著太風的面要他搬離。大家都知道他的哥哥是聯盟政事院上級委員，鼎鼎有名的曾．ＭＭ．利。

面對那些在背後風言風語的陸上民，太風本人沒給過好臉色。他不會勉強擠出笑容，也不會主動拉近距離。邀請陸上民來自家院子舉辦烤肉派對等積極交流的做法也不是他的風格。

出於好奇心，幾個頑童會躲在暗處偷看太風，彼此耳語：「你看！是綠色的老虎！」太風不會生氣。他照燦教他的方法，模仿老虎叫聲喊：「老虎來了喔！」逗弄那些小孩。孩子尖叫著跑開，太風發出樂在其中的爽朗笑聲。

家門前常有人亂撒果皮或魚骨等食物殘渣。不過，太風並未發怒。通常都是年紀老大不小的大人幹這種事。若沒有證據，他也絕對不會把孩子抓起來。

住宅區位於灣內，但突出的防波堤外就是廣闊海洋。太風可以見到大海就心滿意足。一唱起操船歌，在近海待命的月牙總是立刻游進家門前的水池，發出渾厚的叫聲迎向太風。

太風有時會在夜晚乘著月牙，從堤防前端出海。眺望閃閃發光的月亮和星星，坐在上甲板喝酒，與月牙高聲唱和。這是不假虛飾的單純快樂。

有時他會和警衛隊夥伴一起喝酒。大城市的餐飲店固然沒有禁止海上民，但不太歡迎。有些店家露骨地把上門消費的海上民帶到位置不好的座位。因此，太風他們偏好買齊酒菜，帶上魚舟前往灣外享用。在海上，再怎麼喧嘩也不會被人怒吼，更不用聽陸上民的嘲諷。儘管夥伴的魚舟上少了漂亮的服務生——太風絕不會讓燦做這種事——能和推心置腹的夥伴把酒言歡，是太風最開心的事。

警衛船上的各科長多數都與太風同齡，他們來自同一個船團，一起進入陸地組織工作。

大家都認為光靠海上民的武器不足以對付海上強盜團，才願意跟隨太風加入海上警衛隊，聽從陸上民的指揮討伐海上強盜團。剛進警衛隊時，太風常對鄧副隊長抱怨：「我不覺得自己適合當隊長。」也曾說：「我比較喜歡待在團體角落做不起眼的工作，警衛隊長的制服我穿起來太彆扭了。」

「你站出來率領眾人有模有樣，這樣不是挺好嗎？」鄧這麼說。「再說，你有了不起的哥哥。你在上面帶領我們，跟政府比較好溝通。別想得太複雜，你願意當全體海上民的窗口，對我們就有幫助。」

他這麼說也有道理。

同樣進入警衛隊，和其他隊員不一樣，上頭對太風就是會另眼相看。除了外表異於眾人，還有個擔任聯盟政事院上級委員的哥哥——這兩點發揮出超乎太風想像的威力。

不過，太風不想完全依賴這些。

因爲這兩件事而對自己有顧忌的陸上民，他們的心態說起來跟歧視又有什麼兩樣？只因爲不知道太風會有什麼反應，站得遠遠地觀看，如此而已——其中絲毫沒有尊重，也沒有友情或交流。然而，太風還是穿著這套警衛隊制服將近三十年，爲的不是別的，正是海上的夥伴。

從燦那裡拿到的攻擊行事表中，除了將海上強盜團當成目標，被列爲攻擊目標的一般海上民船團一天比一天多。判斷基準不是船團行爲，而是船團規模。太風很清楚，政府是要分裂大型船團，讓他們失去團結。目前警衛隊採取的做法是輕微攻擊後放船團逃離，再對上頭辯稱對方逃跑速度太快。但藉口快不能再用了。現在上級已經對無法每次都擊潰對手的太風多有怨言。

最初上級訕笑海上警衛隊的實力果然不如海軍，最近終於懷疑起太風效率低落的原因。他無可奈何地加重力道，不得不讓船團員受傷。雖然不是致命傷，但到這個地步時，心理負擔也夠重了。

當上級下令加強攻擊時，自己如何是好？

無法再下更重的手——說得出這種話嗎？

乾脆帶著部下一起離職好了。

就算要辭職，也非要和平辭職不可。否則會給利添麻煩。身爲聯盟政事院上級委員，利的家人不能是罪犯。要是眞出了那種事，利當上國家元首那一天將永遠不可能來臨。

太風算計過數種離職後的逃亡路徑。因爲就算離職，政府也不可能放任熟知內部事務的自己自由。或許該不顧一切往赤道以南跑。雖然不知道能否順利逃離，唯一可以確定不逃就會有危險。

只要活下去，或許能找到對抗汎亞的機會。只能把希望賭在機會上了。

太風原本的生活節奏是在海上工作一定期間後，回自家休息三天再出海。然而，自從警衛隊畫入海軍麾下，不但出海期間變長，攻擊對象增加，勞動時間也拉長了。難得的放假日，太風躺在家門前海水池旁的簡易床放鬆。池子旁的樹木形成涼爽樹陰，燦和論安站在身邊。燦報告完海事新聞後，換論安提出報告。

「為數不少的無所屬船團開始移往南方海域。汎亞海軍堵在南下洋流附近攔截，攻擊這些船團。」

太風慵懶低喃：「這樣啊……」

「我們利用之前趕到那附近的海上強盜團引開海軍機械船的，但無法解救所有船團，還是教人非常不甘心……」

「你做得很好。我們不是政府不是軍隊，能做的超有限。就算幫助一個船團也是好事。」

「是。前幾天我們救了一個名叫月染的女船團長，她說原本船團活動範圍在日本近海，最近亞洲海域不平靜，被迫率領船團南下。她的船團很大，由她和少數幾位副團長一起統率。」

「這名字我聽過，是個怎樣的女人？」

「英姿煥發，使用武器的手法很高明。她不懼戰鬥，說有機會很想見隊長，親自道謝。」

「是嗎。」

「等政情穩定，您能否和她見上一面呢？我也很想再見見她。保護海上民不受強盜團侵害，她應該願意盡力協助。」

諭安熱切說明，太風默默傾聽。

無論月染團長表達多少感謝，他都不認為有哪一點值得自豪。雖然只是寫表面工夫報告，自己率領的警衛隊向海上民開砲仍是不爭的事實。有時會害人類或魚舟受傷。如果站在被攻擊一方，那頂多比被海軍砲擊好一點，稱不上什麼愉快經驗。這件事太風要自身絕對不能忘記。

月牙一心想到外海，在近海處發出好幾次低吼。太風都不回應，只對諭安說：

「謝謝。為了下次任務養精蓄銳，你好好休息吧。」

「是。」

「休假期間就用力玩。跟副隊長打聲招呼，他就會帶你去好玩的地方。你偶爾該那麼做才好。」

「……他已經帶我去過了。」

「什麼？」

「副隊長帶我去了一個有很多漂亮女人的地方，那些女人都好看得嚇死人……帶我去……有點……太浪費了……我們喝酒、吃水果，還做了很多事……像是、那個……」

「盡情享受你的初體驗了嗎？」

「……是。」

「很好。總之，人生必須經歷這種事。有時候啦。」

「謝謝隊長。」

諭安離開後，太風放心地鬆一口氣。休假結束後，諭安將再度回到特務小隊，過著情勢嚴峻、一觸即發的緊張生活。希望假日出遊的日子能爲他留下一點美好回憶，或許能帶來心靈平靜。

發現燦注視著自己，太風皺起眉頭。「怎麼？妳還有事要報告嗎？」

「沒有，主人難得和諭安聊私事，我覺得這是寶貴的資料，紀錄下來了。」

「少多管閒事。刪掉、刪掉、全部刪掉！」

燦露出忿忿不平的表情，太風語氣更強硬：「我叫妳刪掉，燦。妳不聽我的命令了嗎？」

「知道了。」

聽見刪除資料時的電子音，剛才和諭安的對話已完全刪除。

和諭安見面交談這件事會留下紀錄，但對話內容只會保存在太風腦中。

太風躺在簡易床上，靜靜閉上眼睛。

雖然身體沒有累到需要小睡片刻，精神重擔卻碾壓著靈魂，太風很清楚這點。

今天比昨天更糟，明天又比今天更糟，在海軍手下工作，太風深切感受到未來一天比一天灰暗。那是無法用言語說明的氛圍。一個不小心說出什麼不該說的，將名副其實丟掉這顆項上人頭。他身處如此危險的世界。像被無形的繩索束縛，又像有看不見的手掐住脖子。他打從心底厭惡汎亞內部這種氛圍。

——這不是一個正常政府該有的作風。得想辦法讓汎亞恢復正常……

燦倏地揚起視線，凝視水平線說：「有艘船朝這邊來。是浮萍的機械船。這不在今天預定內。」

「來推銷東西嗎？」

「不清楚。」

「發出警告訊號。難得的假日，我可不想跟這些人周旋。」

「知道了。」

用閘門旁的信號燈打出訊息，對方的船也回覆了。海上民船團長求見太凪。因爲對方報上了全名，太凪要燦查詢那是什麼人。燦報告結果：「蘇三文，亞洲海域的船團長之一。他率領的船團魚舟數量約五十到六十條左右。」

「沒聽過這號人物。」

「根據對方發光信號，他想找主人商量海上警衛的事。」

這個時期想討論的事項不出那幾條。太凪要燦發出進入許可，繼續躺著等待訪客。

機械船通過閘門，進入家門前的海水池。將船停在池子角落，蘇三文沿著船舷的梯子爬下，來到池旁。外表年紀和太凪差不多。長年的海上生活爲他鍛鍊出不輸太凪的強健體魄。

現在是非常時期，燦解除了射擊鎖。蘇在射程外停下腳步，單膝下跪，恭謹低頭。這是海上民表達最大敬意的姿勢，同時表明沒攜帶武器。「在此爲我唐突造訪致歉，曾上尉。」

「我不是你上司，敬稱就不用了，跟一般人一樣用名字相稱。不過，妨礙了我的午睡，你可得給我一個適當的理由。」

「汎亞海軍攻擊了海上強盜團之外的魚舟船團，此事您可知情？」

「海軍的事應該去找海軍說吧。」

「我聽說海上警衛隊已隸屬海軍麾下。」

「聽誰說的？」

「海上的情報網四處流傳這樣的訊息。」

太風心不甘情不願地起身。「我們警衛隊的工作就是討伐海上強盜團，除此之外沒有接到其他命令。」

「但是，現實就是有一般船團受害。」

「這件事你應該找別人商量才對。」

「我們希望上尉勸海軍不要做這麼亂來的事。」蘇的語氣變得強硬，他又說：「如果您願意通報曾上級委員這件事，應該可以靠他的關係獲得通融。」

「那不可能。」

「爲什麼？」

「能這麼做我早做了。現在就是不可行，請明察。」

見蘇沉默回應，太風舉起手，搖了搖手指。燦往蘇身後一站，抓住他的雙臂。「奉主人之命請你離開。如果你不自行離開，我只好用蠻力執行。」

蘇的口吻更冷硬：「同爲海上民，您就不能協助嗎！」

「我只能說，可以的事就是可以，行不通的事就是行不通。」太風無動於衷。「總之，別想那些沒用的事了。覺得危險就快點逃離，海洋很寬廣，還有很多汎亞無法顧及的海域。」

「人權擁護機構已經答應會爲我們行動。人們聚集起來就會開始抗議。」

太風皺起眉頭。「那是最糟糕的。」

「這又是爲什麼？」

「示威抗議這種事，只有在對方聽得進不同意見時才有效。這次不一樣。」

「不發出聲音就不會有人聽見，就算汎亞聽不進我們的聲音，至少得讓全世界知道現狀。」

「你們熱切的心意我能理解。其他地方或許行得通。但汎亞高層極其冷酷，最好別對他們有期待。解決這問題要靠純粹的理論，在談判桌上取得上風。這樣至少能減輕受害程度。」

「要是看不到效果顯著的方法，大家無法放心。」

「你聽仔細了。如果我是汎亞高層，只要派自己豢養的間諜混入示威群眾，讓那傢伙引起糾紛就好。一旦成功製造示威群眾失控的假象，汎亞就能殘酷剷除抗議群眾了。萬一事情發展到這個地步，你認爲會流多少不該流的血？」太風一臉打從心底厭惡的表情，他再次搖搖手：「燦，不用等了，執行命令。」

不願被燦揪出去的蘇自行起身。

「既然您無法協助，今後我們會把海上警衛隊當成海軍同夥。這樣沒關係嗎？」

「想怎麼做隨你們。」

「那好，我回去告訴大家。」

「見到大家，希望你補充一件事。海上警衛隊雖然被歸入海軍，但離職是個人的自由。若我的部下提出離職要求，我不會挽留。請各位不要爲難或指責回鄉的前警衛隊員。離職回鄉的人心中都受了傷，請顧慮他們的心情。」

蘇盯著太風，面對眼前存有人性又冷酷無情的對手，不知如何解讀他的思緒。

太風表情不爲所動：「就這樣。」

「我知道了。百忙打擾，謝謝。」

和來的時候一樣，蘇搭上浮萍的船，迅速朝近海離去。

燦擔心回頭：「你說了那些，對方聽得懂你想傳達的嗎？」

「當得上團長的人，應該能解讀我的意思。剩下交給他判斷了。」

「主人心中沒有幫助示威群眾的選項嗎？」

「我若幫助示威群眾，就等於給了群眾武器。汎亞肯定會緊咬這點攻擊。一旦海上民獲得正式武力，高層就不可能袖手旁觀，大概會以叛盟罪名徹底擊潰示威群眾。那時就沒救了，無論有標籤還是無所屬，汎亞將屠殺本國國民。現狀最有效的手段是言語談判。雖然不起眼，但這種時候利用利害關係鬥智最有效。只能期待外洋公使館和他們上頭的官僚政治家好好努力，我們能做的就是盡量爲他們爭取時間。」

太風再次躺上簡易床。「我要休息一下，傍晚再叫我。」

月牙的叫聲喚醒了太風。根據西沉太陽的位置，才睡了兩小時左右。

「您醒了嗎？」燦把電子資料夾放在面前，正在分類資料。「離傍晚還有一段時間。」

「發生什麼事了？」

太風眨著眼睛支起上半身。近海處傳來許多魚舟爭相鳴叫的聲音。月牙就是起了反應才吵吵鬧鬧的。其中有類似指甲摳抓金屬時的刺耳聲響，也有宛如機械船汽笛的低沉聲響。毫不間斷的叫聲和不明所以的聲音，顯示大量魚舟聚集在離北京海上都市很近的地方。

「示威群眾集結了。」燦把電子資料夾移到太風面前。「應該就是那名團長說的抗議。」

「他們讓夥伴等在近海，預計警衛隊不打算協助就展開行動。沉不住氣的一夥人。」

螢幕上映出北京海上都市的海洋牧場。魚舟不斷用身體衝撞海上養殖池的外牆。這樣的攻擊還不至於破壞外牆，撞擊時發出巨響，在海面上激盪出扭曲漩渦。養殖魚驚慌失措，跳出海面。

工作人員乘著小船來到養殖池外牆邊。聽得見震耳欲聾的「嗡嗡」聲，應該是工作人員按下音響槍了。這是利用魚舟厭惡的聲波驅逐牠們。不過，相位一致的單調聲波趕不走聰明的魚舟。魚舟發出叫聲正是抵銷聲波攻擊。叫聲傳遞出不同相位的聲波，能令音響槍的攻擊失效。操舵者唱歌操控魚舟，讓牠們發出特定相位的叫聲。聲音時而低沉時而響亮，因爲發聲時機不同，對雙方聲波起了干涉作用。

電子資料夾的螢幕顯示魚舟陸續聚集在離養殖池稍遠處。逆流翻湧的波浪間有十幾條魚舟不斷潛下又浮上。也有將背部露出海面的魚舟，上甲板擠滿了海上民，大呼口號。

「反對暴力！」

「海軍滾回去！」

太風命令燦聯繫直屬上司姚．MM．成少校。螢幕上映出表情嚴峻的少校。

「你的消息未免太靈通了吧，曾上尉。」

「我家就在堤防最前端，聽到不得了的魚舟叫聲。情況很不妙啊。」

「你能出動警衛隊嗎？目前還不想讓海軍出面，最好想辦法勸離那群人。」

「他們背後有人權擁護機構撐腰。勸離沒弄好，馬上就等著被抗議……這樣沒關係？」

「沒關係。別讓海軍在這種地方殺死國民。否則會引起暴動的。」

「收到。」

太風跳下床。進入室內換上警衛隊長制服，戴上制服帽。同時命令燦利用這段時間召集部下。引擎聲中，警衛隊的機械船來到太風家門口。太風乘小船移到警衛船邊，跳上在外洋波浪與海風中搖晃的舷梯衝上船。燦將小船停在閘門附近，追隨太風上了機械船。

警衛船的艦橋上，鄧副隊長以下的隊員都到齊了。太風要航海長直接將船開往北京近海的示威群眾前。從螢幕上聚集在魚舟上甲板的海上民狀況看來，太風估計人數約萬人。其中並未發現武裝人士。不過，可能是把武器藏起來或放在居住殼內。萬一他們拿出武器來就糟了。人權擁護機構不知道對汎亞的事掌握到什麼程度，令人不安的要素太多。

來到示威群眾前，太風隔著擴音器喊話。明知沒有效果，還是得按照正規程序走，事後落人口實就更麻煩。「這是警告。未經許可的示威抗議將受到處罰。請立刻離開本區海域。若有任何要求，請透過外洋公使館派代表前來，與政府冷靜會談。再重複一次……」

觀察第一排的影像，用擴音器反覆呼籲時，映入眼簾的景象令太風倒抽一口氣。是桂花——他在上甲板密密麻麻的群眾中發現堂妹桂花的身影。海風吹亂她的頭髮，她正和身邊的夥伴大呼口號。沒看見其他親戚，她是一個人來的。

一股怒氣從丹田湧上，怒火熊熊燃燒。

都特地回去要他們逃離了，跑來這裡做什麼。偏偏還站在示威隊伍的第一排！

「再重複一次。請立刻離開本區海域。」太風的語氣也激動起來。「汎亞聯盟不容許這種形式的抗議活動。如有任何訴求，請循正當管道提出！」

「哪裡正當了啊！」

一句海上民的怒吼，透過機械船的收音裝置響徹艦橋。那是長年受海風侵蝕，完全沙啞的男人聲音。同樣身爲海上民的警衛隊員一聽就知道這位長者在海上吃過多少苦。

「殺死不是海上強盜團的人民就是汎亞的正當嗎？這絕對不該原諒！人權擁護機構也站在我們這邊！」另一個聲音響起。「海軍滾回去！派政府代表出來！」

眾人齊聲大喊「滾回去、滾回去」，情緒愈來愈高亢。隨後，收音裝置中傳來警衛船外牆撞上東西而破損的聲音。在這聲音的帶動下，後排的示威群眾朝警衛船丟來各種物品。石頭、貝殼或裝滿油漆的瓶子。不過，沒有造成船身太大損傷，與其說是出於憤怒，不如說他們帶著挑釁丟出這些東西。然而，太風的表情嚴峻起來。

這下不好了——

就算是玩具，一旦海上民出手，汎亞就可大做文章，誣陷海上民丟炸彈或燃燒彈，展開集體攻擊。

太風對著麥克風疾呼：「想好好討論的話，請立刻派代表出來！請找專門的協商人士過來！」

然而，呼籲沒有得到回應。抗議群眾不斷喊口號丟東西。

「主人——」燦厲聲說：「這樣下去，在港口待命的海軍就要發動砲擊了。」

「我知道！等一下！」

這時，在「快滾！」的叫喊聲中，一個瓶子飛了過來。從飛出的速度判斷，那應該不是徒手丟出，更像用了發射裝置。瓶子擊中警衛船船腹，瞬間碎裂。瓶中液體飛濺，發出爆炸聲起火燃燒。原來是接觸氧氣就會燃燒的液體。被液體淋到的部位冒出熊熊火光。

太風嘖一聲，就在這時，耳邊傳來砲擊。

威嚇彈飛過警衛船上方，落在魚舟集團附近。在海上都市附近待命的海軍迫不及待攻擊了。雖然相隔充分距離發射，水中爆炸引發驚人水柱，海面被震得劇烈搖蕩，海上民發出哀號與怒吼。

太風的心情就像被人甩了一巴掌，對艦橋上錯愕不已的部下喊道：「繼續說服也沒用了。開始投擲催淚彈和噴水。快把那群人逼出本區海域，別用眞槍實彈，威嚇彈也不行。只要發出任何一發都會引起示威群眾暴動。」

燦冷靜反問：「桂花小姐也在那裡，要發射催淚彈嗎？」

「她在才要這麼做！不能讓他們遭受海軍攻擊，流點眼淚鼻子刺痛就算了，忍耐一下。」

「收到。」

警衛船朝魚舟上甲板發射催淚彈，接著噴水，毫不留情地將發出叫聲的海上民掃下船。

海上民落海也不會溺水，不用擔心。人權擁護機構派來的陸上民或許會溺水，但太風認爲海上民會救他們。何況溺水是自作自受。

從監控螢幕裡觀察現場情形，太風指示鄧副隊長：「派出小船，把這附近的人帶回來。」

「這算逮捕嗎？寫形式上的偵訊報告就好？」

「對。」太風指出的那些人包括桂花。他壓低聲音對鄧說：「聽好了，這個女人一定要帶回來。我有話要跟她說。」

「了解。」

驅趕示威群眾，又從警衛船甲板放下一艘小船。小船很快逼近魚舟集團。周圍傳來批判聲浪，警衛隊員對他們舉起音響槍。刺激神經的聲音逼得海上民不得不摀住耳朵，狼狽奔逃。沒有人站出來反抗。

這時，小船甲板上的警衛隊員發現腳下浮現巨大黑影。比小船大好幾倍的黑影急速浮上，打算用力撞上。警衛隊員轉動船舵，千鈞一髮躲過撞擊，眼前出現一條挾帶大量水花的巨大魚舟。

海水如瀑布般從深咖啡色的外皮上流洩。魚舟的小眼睛狠狠盯著小船，低吼聲令周遭空氣微微震動。小船加速逃離。但浮出水面的魚舟不止一條，海水冒出宛如沸騰的無數白色氣泡，魚舟自海浪中現身，數量好幾倍。牠們似乎一直在水面下觀察示威抗議的狀況。

從螢幕上看到小船離桂花所在之處愈來愈遠，太風不由得嘖一聲。命航海長將警衛船開向示威群眾。

機械船橫衝直撞而來，魚舟仍不輕易讓道。魚舟全長約警衛船的三分之一，如果真的撞上了，損傷無法避免。然而，太風毫不畏懼，命令航海長前進。

「提高噴水的水壓。」太風盯著螢幕上海上民的動向做出指示。「把魚舟上甲板上那群人撂倒，這麼一來他們就不得不思考別的對策。」

「可是繼續前進會撞到魚舟。」

「發射音響彈，魚舟數量太多，小心別射中身體。」

「收到。」

朝海中發射音響彈。這是一種保持中性浮力，且發出高頻率音波的子彈。這個頻率的聲音魚舟聽得到，但牠們自己發不出。換句話說，魚舟無法用相同相位的叫聲抵銷高頻音波。一般音響槍發不出音響彈的聲音，這是經常與海上強盜團魚舟作戰的警衛船常備的武器。

魚舟回應的叫聲愈來愈激烈。甩動魚鰭和魚尾，扭動身體，發出令海水震動的聲音。不聽音響孔中死命唱歌的操舵者號令，試圖逃離海域。難以承受的高頻音波不斷折磨魚舟聽覺，無論操舵者如何下令，魚舟憑本能逃離令聽覺器官疼痛的聲音。

不久，魚舟已背對警衛船朝外海游去。掉落水中的海上民被魚舟捲起的漩渦和波浪吞沒，載浮載沉於大海。有些拚命浮上海面的人唱起操船歌，想喚回遠離的魚舟。然而，少有魚舟折返。因爲警衛隊朝海中發射的音響彈仍保持中性浮力漂浮水中，響了整整十分鐘。聽力正常的魚舟都無法留在原地。

魚舟遊到離海上都市較遠處，但仍沒有消失在水平線的另一端。追上同伴的海上民似乎打算暫時待在那裡觀察事態，留在不會妨礙船舶航行的位置抗議。

太風嘆口氣。示威群眾還在，警衛隊就不能撤退。保護他們不受後方海軍攻擊，警衛隊必須站在中間當盾牌。眼前局面實在稱不上好，下錯任一著棋，海軍就會砲擊海上民。

小船上的夥伴聯絡警衛船，通知已捕獲數名海上民。太風將艦橋交給部下，要燦留在現場，自己前往艦長室。在艦長室裡的等待的只有鄧副隊長和桂花。

「其他人怎麼辦？」

「他們的偵訊報告交給你處理。」

「是。」

鄧離開後，太風背著手走向桂花。

桂花全身溼透，因爲催淚彈而雙眼充血，臉上滿是淚水與鼻水。

「漂亮的臉蛋都糟蹋了。」太風冷冷地說。「誰唆使妳來示威的？那群氣急敗壞的笨蛋嗎？」

以爲桂花會激動反駁，她卻意外冷靜。她正面迎向太風，注視著他說：

「我們的魚舟受到攻擊了。海軍下的手。」

「妳說什麼！」

「事情就在我們按照你的提醒，逃出亞洲海域時發生。」

「大家平安無事嗎？」

「利用洋流順利逃脫了，受傷的人不多。只是，勉強魚舟用遠超過平日的速度游泳，你父親……」

「死了嗎？」

桂花點點頭。

儘管稍微有心理準備，太風還是感到全身力量被抽走。那個老是自說自話，想做什麼就做什麼的老爸，撫養自己長大的無可替代的骨肉血親。喪失感比想像中更強。然而，植有標籤的自家船團被攻擊，原因唯有——政府想挾持曾家人當人質，威脅自己和利。事態惡化程度出乎意料……

「——所以？」太風問。「妳該不會只爲了告訴我這個就跑到這裡來吧？」

「我想，如果參加示威抗議，一定能見到你。」

「見我做什麼？」

「帶你回去啊。」

「帶我回去？」

「示威抗議的人都說警衛隊不能信任了，說你們隸屬海軍，已經不是大海的夥伴。這樣下去，你們警衛隊也會攻擊海上民。就成了海上民自相殘殺。事情眞演變至此，你媽會有多難過。」

「事情不會這樣。示威群眾的武力和警衛隊相差太多，這妳很清楚。我們警衛隊不可能輸給示威群眾。我擔心海軍出面干預，那對你們更麻煩。我們警衛隊擋在海軍面前，至少能控制在今天局面。」

「繼續做這種事下去，你什麼時候才能逃離？」

「情勢眞危險了，我就會逃，別擔心。等一下小船會再把妳載回去，妳馬上回家人身邊。不要回示威群眾了，回到有家人在的船團。再也別出來參加抗議。」

「太風，光是逃無法改變現狀。得讓汎亞知道我們的意願。」

「汎亞聽不進海上民的話。」

「那就逼得他們願意聽。示威不就是爲此嗎？」

「一個正常的政府會願意聽，但現在的汎亞不可能。」

「爲什麼？」

「支持虐殺海上民行爲的不止汎亞高層。包括涅捷斯和大洋洲共同體在內，各政府都袖手旁觀。因爲他們希望減少亞洲海域的海上民數量。」

「既然如此，海上民該團結起來！」

「桂花，世事沒這麼簡單。示威群眾裡一定有汎亞派出的間諜。爲了造成海上民與海軍衝突的事實，間諜會煽動人群，製造政府全面攻擊的藉口。妳心中的理想，在現實的政治場域是找不到的。」

「怎麼會有那種事……」

「聽好了，現在很多專業談判者正在暗地裡行動，包括外洋公使館的人或稍微明事理的官僚和政治人物。他們才能直接影響政局。不用依賴示威或武力抗爭，他們知道該用什麼方式和政府斡旋，改變政策。這些人正爲了實現這個而努力。我知道表面上看不出成果會讓人民不耐煩，但是，你們願意靜下心來傾聽，一定能以某種形式找到這些消息。等到有成果，你們再回這片海域就好。在那之前快逃往安全的地方。」

桂花悲傷地望著太風。「原來在你的想像中，普通人無法撼動政府……」

「道理我不是不懂，但現在局勢太糟了。正因爲我待在陸地，這種狀況就算不想看也看得太多。」

「爲什麼不跟我一起回去？」

「我決定要守護海洋的安全。只要狀況還不算太嚴重，我不打算離開第一線。」

太風伸手輕撫桂花的臉頰。「我媽就拜託了。其他家人也是。我相信妳一定做得到。妳都有勇氣來這裡了，回去一定能幫到大家。還有——既然要回去，我想請妳做一件事。」

「什麼？」

「妳應該會在示威群眾裡遇到一個叫蘇三文的男人，如果沒遇到他，跟其他帶領示威者的負責人說也可以。就說，希望他們解散現在聚集近海的抗議群眾。人們繼續待在那裡，我們警衛隊就無法離開。警衛隊不能離開，我就無法打探陸地的狀況。妳要確實把示威群眾中可能潛藏間諜的事告訴團長們。懷疑夥伴很難受，但包括這種事在內，要讓團長們知道現在再不行動就危險了……」

「不知道大家聽不聽得進去……」

「聽不進去只好隨他去。等妳辦完這件事，就要離開示威群眾。不要跑到第一線。」

桂花默默點頭。以爲她還想說什麼，半晌卻不吭聲。太風無法想像桂花胸中多少衝突糾葛。

將桂花帶出艦長室，來到甲板上時，鄧和其他被捕民眾站在那裡，似乎快要等不及了。太風問鄧偵訊結束了嗎？他回答已經完成。太風讓被捕的民眾坐上小船，命兩名警衛隊員同行，送他們回近海。如果有不想回到示威隊伍中的人，就送到附近海上都市。

眼前的海面上，還有許多在強力水柱掃射下從上甲板掉入海中的海上民。有些人自己爬回上甲板，但今天看來沒有力氣繼續了。見到太風現身，有人露出厭惡的表情，有人破口大罵。「明明是綠子還站在陸地那邊！」即使聽到這種指責，太風也當沒聽見。

大批魚舟駐守在離這邊有一段距離的近海處，身影變得很小，仍沒有退去的意思。

站在拉出一道白色軌跡航行的小船上，桂花始終凝視著太風。

太風目送一會，望著愈來愈小的船影，用腦波通訊命令燦：『燦，幫我連上姚少校。』

『收到。』

連上姚少校後，太風報告鎮壓示威群眾的狀況，同時詢問海軍情形。

『不太樂觀。』姚少校回答。『雖然我向上級說明示威群眾只丟出一顆燃燒彈，上面一副隨時都想開打的樣子。』

『示威隊伍還留在近海處，不確定他們會不會離開。我們還是暫時守住這裡，您能否以警衛隊會監視群眾爲由，想辦法按捺上面的人？』

『我試試看。不過，不要太期待成果。』

『我明白。』

『海軍一旦開火，你們就得盡速脫離海域。別想阻止。要不然海軍魚雷下一秒對準的就是你們。』

『這我很清楚。還有，關於離職的事想跟您商量……』

『我知道。你有時間就把離職申請寫好交上來，我一收到就會辦理。會讓你們所有人沒有前科地清白離職。放心吧。』

『非常感謝您，拜託了。』

汎亞警衛隊和示威群眾起衝突時，那青．MM．學嵐上級委員正在老友曾．MM．利的辦公室內。

聯盟政務院上級委員的任期一屆三年，利和學嵐於同一年就任委員。只要任期中沒有任何問題，得連選連任三屆。

學嵐出身外交部，和商務部出身的利不同領域。不過，兩人以前便交情深厚。同樣不屬於主流派是加深關係的主因。在聯盟政事院裡，少數派不是低頭加入主流派，就是聯合其他少數派與主流派對抗。兩人都選擇了後者。此後，相互扶持至今。當選上級委員時，除了官方舉辦的慶祝會，兩人曾私下喝酒慶祝。

學嵐這次來，是告知青澄公使提及的事。利坐在桌前辦公，興致勃勃地聽學嵐分享。他一會後開口：

「那位公使說的話，能信任到什麼程度？」

「老實說，也有我不明白之處。」學嵐交握在腿上的雙手放開又握起。「他沒有透過日本大使館來與我接觸，這令人非常在意。日本外務省內部派閥眾多，他似乎不屬於任何一派。」

「單打獨鬥嗎？」

「從他的經歷可清楚看出。他一直在空間系列的海上都市之間輪調，任期最短一年，最長不過三年。這種不長不短的派遣顯示日本外務省並未將他視為外交官，只想讓他把精力用來處理海上糾紛，直到退休。」

「原來如此。」

「不過，他出身青澄企業創辦家族。現在企業由長男繼承，發展得很不錯，在經濟和金融界擁有強大背景。他找上我時，也是透過財界的管道。」

「聽起來滿吸引人的。」

「青澄企業在他曾祖父那一代就是出名的海運王，第三代已經過世，公使是過世第三代的三子。」

「血統很好。但聽起來，就更讓人搞不懂他為何不屬於外務省內任何派閥了。」

「個性不適合當官吧。雖說進入外務省工作是出於個人意願。」

「他父親沒教他怎麼圓滑處世嗎？」

「聽說他們的家庭教育是尊重個人興趣。」

「了不起的家長啊。那麼，他本人的工作能力如何？」

「他在大洋洲拯救過一個瀕臨病潮危害的藝術之葉。那次事件看起來是涅羅斯和空間03聯手解決，但暗地奔走協調的是青澄公使。檯面上看不見，他才是私下協商時關鍵。他從青澄企業借來資金，迅速處理了問題。最後這筆錢順利清償了。青澄公使在這方面的行事作風非常耿直又乾淨俐落。我想你應該會中意他的工作態度。」

學嵐舉起手，搖了搖手指。透過助理智慧體，在利面前打開一個電子資料夾。裡面是青澄的個人資料。讀著青澄的資料，利瞇起眼睛。想起昔日往事，露出懷念的笑容。「……我會中意的工作態度，應該也是你會中意的吧？那筆借款後來怎麼還清的？」

「他站在涅羅斯及空間03的幹部中間協商，讓他們付了這筆錢。那原本就是這兩個單位該付的錢，但在處理過程中先由他代墊，這既不會造成對立，也方便事後留下書面紀錄。最後以青澄企業無息出借的方式成立。對青澄企業來說，與其賺取那點利息，不如利用這次機會打通各界人脈，還可順便向忒提斯或其他海上都市宣傳一下自己。善用這次機會，或許可以繼續發展出環保急救部門。」

「聽起來是很不錯的營運方法。」

「站在我的立場，我希望公使恢復自由之身後可以僱用他。不該讓他待在末端的公家機關，應該賦予他直屬聯盟政事院組織的機密任務。我總覺得他更適合這類工作。話說回來，就算離職了，人家也未必願意來我這邊就是。」

「他拒絕了你的邀請嗎？這人個性有點彆扭。」

「倒不是彆扭，就是做事比較謹慎。雖然謹慎，一旦決定的事就會做。他是這種類型。而且，決定好了不會隨便改變。」

「你說他幾乎待過空間系列海上都市，那在那片海域人面一定很廣。」

「是啊。如果每轉調一個地方就培養一個地方的人脈，現在不容小覷。」

「假如耀星省發生岩漿噴發的災難，遷移居民確實是大問題。若能爭取到青澄公使這樣的人材替汎亞工作，對陸方幫助極大。問題是，他能影響涅捷斯內部及其他外洋公使館到什麼程度？」

「離地函熱柱引發的災難還有幾十年。公使這期間的環境可能變化很大。當然，也可能是負面變化。」

利咧嘴一笑。「不止他，我們身邊的情勢也可能惡化。」

「這是當然。但考慮到年齡，空汙之冬來臨時，我們可能已經不在第一線掌權。該為那一天打好基礎，來臨時須有一套避免人民陷入混亂的完善計畫。公使想拜託我做這件事。只要地基打好了，即使退休，頭腦好的人仍能善用結構接手做下去。」

「確實如此——」

「多數政治家僅想著自己任期中的事。唯有這次必須以十年為單位來思考，否則大陸將從腳下崩垮。青澄公使的提案與我們目標一致。重返白堊紀時，世界被破壞得慘不忍睹，不能再重蹈那種愚蠢的覆轍，尤其這次比上次嚴重。但如果這件事與公使聯手，他或許會要求我們協助其他事。」

「比方說汎亞海軍？」

「是啊。這次他未深入提及，但思慮周密，一定不可能默許目前亞洲海域的狀況。我想，下次見面時，他就會提出這件事了。」

「那周旋起來更麻煩。總之，我會思考看看。雖然方法不多，放著不管的確會造成問題。」

「謝謝你。」

「怎麼和公使聯絡？」

「邀他陪我打壁球，他就會趕來囉。」

「他的球技一定不錯，才能讓你滿意。」

「基礎應該是靠下載記憶。不過，現在更進步了。他說會暫時逗留北京，說不定人還在這。」

「先看看日本大使館怎麼應對，再重新思考和他接觸的方法。究竟該把公使跟日本政府的動向合起來看，還是單純視爲公使個人的行動，必須琢磨一下。如果是後者，姑且不提變更國籍，最好把他拉到我方陣營才是上策。」

利消除螢幕顯示，從辦公桌前起身。走到學嵐面前的沙發上坐下。

「——換個話題。上午，聯盟保安部的局長來找過我。」

「什麼？」

「沒有事先聯絡就來了。來的是對內偵查局的局長。聯盟保安部有這種行動時，通常都是來做不好的交易。這次，他們打算拿舍弟的事當交換條件。」

「曾太風上尉？」

「對。無論海上警衛隊是否隸屬海軍，舍弟的表現都很好。只是，有人散播了難聽的謠言。」

「什麼樣的？」

「說他和部分海上強盜團私下交易，外洩國家機密。」

「有證據嗎？」

「有捏造出來的。局長說得信誓旦旦，但舍弟絕對不會做出這種事。全是信口雌黃。」

「爲什麼跑來跟你提這件事？」

「聯盟保安部說，他們打算以叛盟罪逮捕舍弟。不過，看在舍弟過去功績，正在考慮免除極刑。只要我願意合作。」

「合作什麼？」

「放棄再次出馬競選上級委員。接受這個條件，舍弟就能減刑。」

「要你回商務部的意思嗎？」

「對方說，我想去其他部門也可以——實質上就是命令我從政治第一線上退下，不然就要殺了舍弟。」

「手段還是那麼骯髒啊。」

「某種程度來說，我早就預測到對方會做出這種事。舍弟也很清楚。」

「喂，你該不會……」

「除非得不到民眾選票支持，否則我不打算離開現在崗位。當然，若家人出了犯罪者，我會毫不徇私地把他交出去。對從事政務者來說這是理所當然。我是這麼跟對方說的。」

「這怎麼行。再怎麼樣也不能對家人見死不救啊。」

「我和舍弟事前談過很多，他一定能明白。」

「可是！」

「這次答應他們的條件救了舍弟，下次他們還是會拿這次的交易來脅迫我們。那時候就無法翻身了，再也別想往上爬。」

「可是，光是家人犯了叛盟罪，你的立場就會變得很難爲了吧？」

「正因如此，才須表現出毅然決然的切割態度。你不可能不明白這個道理吧？」

「我當然明白，可是這實在……」

「我想改變汎亞。爲了這個目標，必須留在國家中樞，愈久愈好。就算總有一天會被鬥倒，還是要把該種的種子撒下。青澄公使這件事是件美事。我或許終於有機會做一件能受全世界人類感謝的工作。如果眞能辦到，不枉費投身政治多年。我身上已經沾了太多鮮血，至少想完成一個不需滿手血腥也能留下的成果。」

「但不能這樣就捨棄自己的弟弟——」

「我沒有捨棄。這是我們認同的方式。有什麼萬一時，我希望能聯絡上他。能請你幫我這個忙嗎？」

「我從來沒見過上尉。」

「要不要相信你，就交給舍弟判斷。這是他的聯絡號碼。」

不是以電訊方式傳遞，利將太風的電話號碼寫在紙上交給學嵐。

「那傢伙應該在他助理智慧體和網路間安插了ＤＡＭ，即使和你聯絡過，要刪除通訊紀錄對他來說是輕而易舉。」

「我明白了。」

「若我被困在局中，請你告訴舍弟發生什麼事。不用具體指示，只要給他訊息，他會思考行動。無須擔心。就像放出聰明的獵犬，他知道接下來該做什麼。」

這時，傳來敲門聲，門隨即被人打開。

進入兩人視野的，是幾名身穿深藍制服的公安。

看似主任搜查官的人開了口：「百忙打擾了，曾上級委員。」

「二話不說就闖進來，有什麼事？」

搜查官禮貌性地一鞠躬後，對利宣稱：「在此昭告聯盟政事院上級委員曾・ＭＭ・利，您涉嫌接受打撈公司霍安控思賄賂，希望您主動跟我們走一趟公安部。您可接受？」

「我拒絕。」利很快回答。「――話雖如此，你們早就準備好下一步了吧？」

搜查官從胸前掏出寫在紙上的逮捕令。

「非常抱歉，曾委員。不過，您遵守法律規範，聘請律師的權利仍受到保障。」

「你們上司對掌握到的證據很有信心嘛。」

伸手制止打算抗議的學嵐，利起身。

「我會乖乖隨你們離開，應該可以不用上手銬了？」

「上頭交待要對您保持敬意和禮儀，這也是對曾委員至今功績的尊重。」搜查官恭謹行禮。「只要您像這樣配合，我們就不會失禮。」

「我知道了，走吧。學嵐，抱歉啊，我得暫時離開。很快會回來，剩下就拜託你了。」

「知道了。各方面我都會進行。」

「別太勉強。」

「你才是，多保重。」

利點點頭。和搜查官一起走出辦公室。

結束和姚少校的通訊，太風接到燦的聯絡。

『聯盟政事院有人要求和您通訊。我沒有和此人的交流紀錄，但對方表示是您兄長的朋友。名字是那青．ＭＭ．學嵐。職稱是上級委員。訊息裡加上了極祕和緊急的標籤。』

太風對名字沒有印象。然而，本來就不清楚哥哥的交友狀況。雖然有些憂慮誰會在這種時候聯絡，但事出必有因，太風不顧一切與對方通訊。

對方選擇影像視訊。有光明正大出示身分的意思，也希望太風相信今天的通訊內容。

如果是陷阱，對方未免太大費周章。太風亦選擇影像回應。

打開螢幕上的影像，映出一位和利年齡相仿的中年男性。他穿著質感高級的正式套裝，散發出和利相似的獨特氣質。對方所在處似乎不是辦公室。根據背後照到的景象，不是飯店套房就是高級俱樂部的包廂。他一定考慮到在職場通訊的風險，特地藏進熟悉設施裡，以個人身分和太風通訊。

『你那邊狀況應該很緊急，臨時要求聯繫非常抱歉。我是汎亞聯盟政事院上級委員那青．ＭＭ．學嵐，和令兄一起工作。令兄託我帶話給你。』

「家兄出了什麼事嗎？」

『公安部以收賄嫌疑帶走了他，他本人主張誣陷，但要證明清白可能得花上一段時間。』

太風倒抽一口氣。以為政府會對自己下手，沒想到他們帶走了利。

學嵐繼續說：『聯盟保安部拿對你的處分做交換條件，找上令兄談交易，他拒絕了，公安部就上門。』

「我的罪名是什麼？」

『叛盟罪。說你把機密情報透露給海上強盜團，妨礙海軍討伐。當然，這一定是誣陷。』

「請不用擔心我，家兄更令人擔心。這麼說來，妨礙虐殺行動都會被汎亞限制行動。」

『我有同感。不過，令兄反而要我們別擔心。他似乎早已察覺公安部的小動作，也做好釋放對策。比起他，我現在才知道你那邊的狀況。請你立刻逃走。你們兩人同時被捕，政府會利用你們的立場逼供，事情將無法挽回。』

「示威群眾還停留在近海。警衛隊現在撤退，海軍就會出手攻擊他們。」

『比起示威群眾，你還是多擔心自己的安危吧。』

「請恕我拒絕。」

『為什麼？』

「這時拋棄示威群眾，我撿回一條命，但警衛隊所有人都會失去歸處。失去海上社會的容身地。我不希望我的部下面臨困境。」

『唉，難怪令兄這麼擔心你。我知道了，那你就照自己的判斷做吧。我會盡可能牽制公安部和聯盟保安部。只是壓不了太久。你上司裡有值得信賴的人嗎？』

「只有姚少校站在我們這邊。現在他正在海軍和警衛隊之間為我們斡旋。」

『好的，那我就去助他一臂之力。不過，你千萬別忘了自己的處境有多危險，祝你幸運了。』

「謝謝聯絡。請幫我問候家兄。等一下我就會刪除今天的通訊紀錄。」

『麻煩你。』

結束與學嵐的對話後，螢幕消失。眼前僅剩大海喧騰。

望向載桂花遠去那艘小船，太風撇了撇嘴角。桂花都特地來接自己回去了，看來不該拒絕——太風要燦到甲板上來。燦趕到艦橋時，太風正將另外一艘小船放下海面。

燦說：「如果你的兄長被帶走，公安部一定會來要你自首。繼續執行任務太危險。」

「怎能對那些傢伙見死不救。」太風朝近海的魚舟群投以一瞥。「一旦警衛隊撤退，海軍會攻擊他們。只能在這等桂花說服眾人了。我們要撐著。」

「我是你的助理，不可能答應做危害你生命的事。」

「既然如此，妳就下船。我和妳解除契約，不會使用妳了。」

「這不行。」

「我是不知道妳腦中有什麼準則，但助理不就是得絕對服從主人的命令嗎？思考是人類的工作，妳輔助人類思考就好。以後不准妳插嘴我的決定——不知道我這樣講，妳的程式能接受嗎？」

燦露出為難的表情：「我的思考迴路沒有主人說得那麼單純。不過，大概能理解。主人現在的意思是說，就算你有生命危險，在危險程度還沒達到最高等級時，都不會接受我的提案或對策嗎？你是否希望我將準則重新設定成這樣。」

「妳為什麼老是要繞這麼一大圈，我有時實在不懂妳在說什麼。不過，算了，大致沒錯。」

「明白了。但把耐危界線提到極限，我將無法全力輔助主人思考，這樣沒關係嗎？」

「沒關係，麻煩了。」

「收到。」

「設定改好，我就要妳執行命令，搭上這條小船前往第五突堤，把等在那裡的月牙帶來。」

「我叫不動月牙啊。」

「我現在把操舵歌唱給妳錄音。按指示放給牠聽就能帶月牙來了。萬一月牙懷疑妳或不肯動的話就立刻聯絡我。真沒辦法我就自己叫牠。不過，那傢伙頭腦很好，聽到我的歌聲應該就能分辨狀況。」

「知道了。」

讓燦錄音後，太風獨自回到艦橋，召集部下報告現狀。告訴他們，假設示威隊伍依然不動，那就會跟海軍衝突。到那時候站在海上警衛隊的立場將無法幫助海上民。

「所以。」太風接著說：「想退出警衛隊就趁現在。要留在陸地上殘殺海中夥伴，還是要跟他們一起逃，或是加入示威群眾都是你們的自由。不過，我不建議你們加入示威。不管是海上民的示威還是海上強盜團的動向，多少都有被汎亞間諜煽動的痕跡。即使政治正確，要是結果還是被殺掉就划不來了。站在我的角度，我希望各位最好一起逃。我很希望和大家逃到清楚看見南極老人星的地方。之後再用電訊方式將離職申請書傳給姚少校就好，他答應會幫我們處理。我已經派人帶自己的同伴來了，一旦事情發生，我就會直接乘上同伴逃出。讓同伴等在附近海域待命的人也可以這麼做。不過，避免被陸方發現，最好讓魚舟深潛。所有動作都要提防被陸方發現。我要說的就是這些。」

太風說完這番話，將船組員的離職申請書傳給燦。接著，太風叫來鄧副隊長，要他出艦橋說話。

「剛才沒告訴大家，家兄已被公安部帶走，嫌疑是收賄。十之八九是誣告，但他得費點力才出得來。」

「你說什麼？」

「公安部或聯盟保安部很快會拿這件事來找我麻煩。不過公安只能向我問話，聯盟保安部手上卻還有以叛盟罪逮捕我的王牌——我想來的應該會是聯盟保安部。」

「既然如此，你怎麼還有空在這裡磨蹭！請快點逃吧！」

「說什麼蠢話！隊長哪能第一個逃。我留到最後，大家先逃。那群人的目的只有我和大哥。等大家的同伴都到了，就讓牠們陸續出發吧。這種話當著大家的面說只會一團混亂，每個人都搶著自己留下來，事情沒完沒了。他們都是只會爲別人想的好傢伙。」

「這倒是沒錯……」

「你能不能幫忙一個一個勸他們？我希望他們輪流逃走。拜託了。」

「——拜託你抬起頭，太風。你這樣低頭我很爲難啊。你的心情我明白，但他們一定想奮戰到最後。」

「我還是希望愈多人得救愈好。否則對大家的家人無法交待。」

「送他們出船團時，家人都有心理準備了，你別想那麼多。」

「可是！」

「特務小隊怎麼辦？應該要他們別回來，各自逃離比較好吧？」

「就這麼辦。那裡也有年輕人，希望他們第一個先逃。告訴他們別再回這裡了，馬上啓程南下。我來想公安部或聯盟保安部找上門時的對策，我可不想被帶走。」

警衛船在海上等了整整兩天。近海的魚舟數量減少許多，但還沒有歸零。桂花究竟能說服多少人，太風不得而知。他甚至不知道桂花是否還在示威隊伍中。

海浪間仍隱約可見魚舟露出水面的背部。之後雖然沒有大規模抗議，上甲板上偶爾還會出現人影。似乎是上去洗曬衣物和做日光浴的。沒見到交易船通過，倒是不時注意到勇於靠近示威群眾，打算買賣的浮萍小船。

太風警衛隊的船原本就習於長期航海，備有充足糧食與水。還能撐幾個星期。

太風擔心另一件事。

觀察近海，腦中不斷浮現利。公安部不知道會怎麼對付他。會像聯盟保安部那樣，拿我當條件威脅他退出政壇嗎？利不會屈服，但他是否承受得住肉體折磨呢。誰也不能保證那群人不會做出這種事。

基於使用助理智慧體所需，利和太風頭蓋骨內早已埋入輔助腦。

輔助腦最方便用來嚴刑拷打。

利用神經連結裝置介入腦中，就能在身體沒有受傷的狀態下製造痛覺。透過電訊的傳送，製造出和折斷手指、敲碎骨頭或刀割全身相同的痛覺。神經傳達了錯誤資訊，在大腦中製造「現實中發生了這種事」的錯覺，活生生地感受到不存在的痛苦。

這種方法不會在身上留下傷口也不會留下證據。最能逃過人權擁護機構追究。政府內部都有精通此道的人。能捱得過這種嚴刑的人不多。太風認爲自己如果受到同樣對待，大概只會慘叫哭泣，說不定會發瘋。聯盟保安部那群人能夠滿不在乎地這麼幹，公安部不知道怎麼樣。比保安部正派一點，但很難想像他們會有多正派。

——可以的話想馬上奔回陸地，想辦法把利救出來……

騷動的情緒不斷撕扯太風。不能拖累對方——即使過去和利互相承諾，太風卻無法對可能遭受酷刑的兄長見死不救，他還不夠無情。同歸於盡也想救利……雖然這麼想，但也清楚不切實際。

太風不斷回想利託學嵐告訴自己的話。

這是唯一能原諒自己獨自逃離的咒語。

第三天上午，北京海上都市派出一艘小船，航向太風的警衛船。

燦即刻向太風報告：「船上有聯盟保安部的職員，對方要求登船。」

「終於來了。發現大哥無法稱他們的意了。」

這也表示學嵐和姚少校的協助已到極限。太風在心中向他們兩位低下頭。感謝您們盡心盡力。接下來，就讓我自己處理吧——

燦問：「要怎麼辦？」

「如果拒絕他們上船，對方一定會攻擊警衛船。讓他們上來吧，我在艦長室聽。」

「收到。」

太風也對鄧做出同樣指示，然後自行前往艦長室等候。警衛船上已有一部分船組員和同伴一起離船。不過，鄧告訴太風，他們沒有先走，而在附近海域待命。這是隊員的選擇。

得知部下作爲，太風勃然大怒。鄧輕描淡寫說：

「換成你站在他們的立場呢？一定一樣吧？別拿自己做不到的事要求隊員。」

進艦長室的聯盟保安隊職員是身穿高級套裝的三人組。他們對太風出示文件，告訴他今天來不是要求他自願同行，因爲這是正式逮捕。接過文件確認，太風微笑：「我對海上強盜團洩漏國家機密情報？判我叛盟罪？好大的罪名啊。虧你們捏造得出來。」

「反對國家政策的海上民一律視爲海上強盜團。若你拒絕跟我們一起走，甚至反抗，我們獲准擊斃你。還請上尉乖乖跟我們走。」

「燦。」太風叫她：「照預定計畫。」

燦沒有回應，她在下一秒擊向那三名職員。燦對職員動手，對方還來不及拔槍就被撂倒在地。但他們似乎穿了防撞擊衣，重新起身，短槍從上衣袖口滑出，瞄準太風。

燦閃身至太風前，盾牌般擋住他，打開手腕部位的構造。變形爲電擊棒的雙手抵上其中兩名職員的脖子。伴隨著一陣通電聲，兩人完全昏迷。同時，燦將麻醉藥注入兩人身體。

太風抽出腰間的槍，對剩下那個人發射荷電彈。這是側腹吃上一記就無法動彈的子彈，對方來不及哀號便昏倒在地。雙腿一彎倒地時，燦也給他打了麻醉藥。

太風將槍放回槍袋後命令燦：「把他們綁起來，綁牢一點，別讓他們輕易掙脫。」

「是！」

「處理好後，我們也要逃離這裡。他們只是小嘍囉，來下馬威的。要不然不會身手這麼差。眞正的殺戮才要開始。」

「留在近海的示威群眾怎麼辦？」

「沒辦法了，靠他們自己了。」

太風透過燦指示艦橋上的部下，自己走上甲板。對著大海唱出操船歌，在警衛船正下方等待的月牙猛然浮起。月牙從海面下現身時，警衛船被掀起的海水衝得劇烈搖晃。如瀑布般從牠身上流洩的海水閃閃發亮，沿著呈現漩渦圖案的外皮滑落。

太風翻過船舷，從警衛船甲板往月牙上甲板跳。燦跟著他跳過去。

穿過滿地海水的月牙上甲板，太風跑向居住殼艙蓋。打開艙蓋往下跳，要燦下來後從裡面關上艙門。他朝音響孔走，脫下身上的警衛隊上衣和帽子。命燦在居住殼內待命後，他鑽進音響孔。孔內充滿令人懷念的濕度和溫度。月牙以回聲定位方式傳進來的海中音，透過振動膜如音樂般自頭頂降下。太風腦中浮現海中立體圖。

太風告訴月牙：「抱歉冷落了你這麼久，不過，接下來我們每天都能在一起了。」

月牙撒嬌的聲音通過振動膜傳進來。太風唱出渾厚的歌聲，月牙便微微下潛，開始朝近海游去。

潛入群聚的示威群眾下方，太風要月牙發出尖銳叫聲。這是顯示有危險逼近的警示聲。只要魚舟與牠們的操舵者察覺意思，應該會馬上從這片海域撤退。

月牙在那裡盤旋洄游，不斷尖聲鳴叫。太風打算在這裡等到所有魚舟離開。月牙輕輕碰撞有些動作比較遲緩的魚舟，在月牙的催促下，那些接受操舵者命令停住不動的魚舟意志漸漸動搖。當魚舟本能察覺危險時，比起操舵者的指令，牠們更相信同伴判斷。牠們認為比起音響孔裡的人類，直接接觸海洋的魚舟更正確掌握現況。

魚舟們焦慮地擺動魚鰭，慢慢游向外海。群眾放棄示威，漸漸遠離北京海上都市，游到幾股洋流匯聚處時就三三兩兩分散了。

太風從傳進音響孔的聲音察覺魚舟行動，安心地鬆口氣，也要月牙往外海游去。見到示威群眾願意移動，海軍察覺有異，下一步便會對自己窮追不捨了。究竟能逃多遠呢——

月牙高速前進，太風根據回聲定位發現前方有另一群魚舟聚集。那不是示威隊伍的魚舟，從魚舟朝彼此發出的叫聲聽來，是從警衛船先行撤退的部下。叫聲中，也出現了諭安的魚舟沙多尼卡。明明要鄧指示他們先逃，特務小隊的部分隊員還是乘著沙多尼卡回到北京。到底在想什麼。太風嘖一聲。好不容易送到安全的地方，為何甘冒危險跑回這片海域。

沙多尼卡獨特甜美的聲音，溫柔地與月牙共鳴。月牙彷彿在問「要一起來嗎？」沙多尼卡和其他魚舟發出同意的聲音。隨後，不等太風指示，魚舟們團結一致，一起高速游出。超過十條魚舟游在一起掀起宛如海嘯的巨浪，彷彿能傳到世界任何角落。

離開北京近海不到半小時，太風就從音響孔中聽見追蹤而來的機械聲。那規律的節奏再熟悉也不過，來自小型巡防艦的引擎。十之八九是汎亞海軍的巡防艦。政府早就計畫好了，只要太風拒絕隨聯盟保安部的人離開，就會在近海處發動攻擊。這麼一來，太風逃脫的可能性很低，就算活下來，只要被抓回去，面臨的就是名為偵訊的拷打。不能讓他們拿自身性命來威脅哥哥。無論用上什麼手段，這點非避免不可。

太風讓月牙發出尖銳的聲音。意在通知其他魚舟提高速度，往下深潛。應和了月牙的呼籲，魚舟用力擺尾，一齊朝深海潛降。超過時速二十六海里，猛力游去海底的巨軀像子彈，一口氣下降至兩百公尺深處。全長數十公尺的生物攪亂了海水，在身後製造出強力水流與漩渦。

音響孔中的太風聽見來自海面的魚雷著水聲。魚雷穿過黑暗海水，夾帶螺旋攪亂海水的聲音垂直前進。雖有覺悟，但不免寒毛直立。太風原本站在討伐海上強盜團的一方，很清楚接下來發展。自己和夥伴手無寸鐵，應對方法很少。無須太風下令，月牙加快了速度往前游。

海水的溫度因深度而變。稱為溫度邊界層的區域是水溫急速下降的位置，這個邊界層每天又會隨海域、天候及時段而不同。溫度邊界層會干擾導引魚雷的聲納準確度，因為聲音傳播方式改變而降低追蹤能力。太風要魚舟一口氣潛降就是希望達到作用。

此外，沉沒深海的巨大構造物——地面都市的殘骸也會妨礙敵人搜索。

然而，魚舟還是無法輕易逃開巡防艦的追擊。

背後傳來鈍重巨響。激烈水流從後方壓湧，腦內海中立體圖支離破碎。不用確認也知道。那是夥伴魚舟被擊中了。

保持一定間隔響了幾次同樣的魚雷爆炸聲，衝擊力使水流混亂。

太風在最前方領隊，咬緊牙根默數。一條、兩條——忽然間，後方幾條魚舟刻意放慢速度落後。腦內海中立體圖中，數條魚舟愈離愈遠。魚舟發出幾聲響亮鳴叫。這是操舵者方便彼此在海中溝通，訓練魚舟發出的特定叫聲。其中有諭安的沙多尼卡。

再見了。

請快逃。

請保重——

察覺他們意圖的太風，在音響孔中吶喊。

笨蛋！

月牙也使盡力氣大叫，想阻止沙多尼卡。彼此的叫聲在音響孔中交錯迴盪。那音量大得能傳到正在遠去的魚舟耳中。

別去！

回來！

諭安！

諭安當然聽不到太風在音響孔內的吶喊，即使如此，太風仍一再吶喊。最後一次在家裡見到諭安時他那難爲情的神情浮現腦海。說起鄧副隊長帶他玩樂，說配不上那麼好看的女人——這個連女性經驗都不夠的可靠年輕人爲什麼要爲自己而死！應該反過來！我這種活累了的大人才應該守護年輕人！

讓夥伴盡可能逃遠一點，那幾條魚舟子彈般衝向巡航艦。明知絕無勝算，還是用身體衝撞。魚舟上沒有武器，但體長相當於三分之一艘小型巡航艦，體型與重量是牠們唯一的武器。

巡航艦發射數次高速魚雷，打碎魚舟們的鰭、擊碎魚舟的身體，也粉碎了牠們的頭部。深黑色的體液在海中擴散，魚舟卻未停下。他們擺動魚鰭，以驚人的氣勢持續前進。頭部已完全瓦解的沙多尼卡朝巡航艦底部撞去。像是碎裂的瑪瑙石，沙多尼卡粗大的脊骨受此衝擊而斷裂，堅硬的居住殼碎成片片。

海水灌入巡航艦，迅速衝進隔間。丟下無法航行的這一艘，兩艘巡航艦繼續駛進。汎亞海軍派出三艘巡航艦追殺太風他們，擊沉一艘，兩艘依然不放棄。

諭安他們爲夥伴爭取的時間和距離，轉眼又被巡航艦縮短了。

巡航艦展開準確的攻擊，魚舟跟沉沒海中的建築物一起被擊碎，僅剩半副軀體，掙扎著落入深海。

突如其來的，月牙淒厲的聲音響徹音響孔。

月牙嚎叫，但不是自己被擊中，而是爲夥伴數量減少一半而憤怒。

聽著振動膜受刺激發出的聲音，太風就像被人徒手掐住心臟。

想起犧牲的夥伴，無論如何都得逃離。但逃得掉嗎？巡航艦不斷發射魚雷，總有一發會將自己擊沉。既然都要被擊沉，不如同意月牙。我方還有五條魚舟，就算贏不了，至少能跟對方同歸於盡，報一箭之仇。

然而——

那樣的話，月牙一定會死。

「回頭就會死。」太風告訴月牙。「即使如此還是要去嗎？想戰鬥嗎？」

月牙再次大聲鳴叫，拖著長長尾音。聽著從腳底湧上來的聲音，太風下定決心。

這時，待在居住殼裡的燦聲音迸入腦中。『回頭太危險！絕對不行！』

「閉嘴！」太風怒吼。「不要擅自闖進我的思考。下次妳再多嘴，我就搗爛妳的通訊機能！」

『我們赤手空拳。』

「敏捷和重量就是我們的武器。要給那些傢伙好看。」

『無論如何都要戰鬥嗎？』

「對。」

『這樣的話，請主人解除與我之間的濾波器。』

「妳說什麼?」

『解除濾波器，我就能進入主人生物腦的深處處理情報，分析海中立體圖。』

「能做這麼複雜的事嗎?」

『規格足夠。允許我同步資料，我就能與主人同時掌握海底狀況，爲你思考因應對策。』

至今一次也沒讓燦的i探針進入過內心深處——太風對此懷抱深深恐懼。

在燦面前攤開脆弱的內在，自己承受得了嗎?

身爲助理智慧體的燦對人類內心應該不會抱持特殊情感，只會分辨價值。即使如此，太風還是抗拒向別人展示世界。他一直以來都使用多重濾波器，對燦隱藏起內在。

對這樣的太風來說，敞開心房比在人前赤裸更羞恥。

然而，如果能對戰鬥帶來一點好處——

「好，我解除濾波器。」太風簡短下令。「讀取吧。」

『收到。』

腦中聽見模擬解鎖的聲音。太風很擔心連結加深會不會產生腦漿被吸走的感覺，幸好沒太大變化。只是「緊密相連」感比以前更強。跑過腦內的電子訊號產生變化，讓人實際體驗到解除濾波器時的模擬體感。

『謝謝你。』燦的聲音直接於腦中響起。『這麼一來，我就和你合爲一體。請盡量使用這機能，同時，請避開眼前的危機。』

月牙、太風、燦透過聲音情報合而爲一，化爲一體。

用回聲定位清晰掌握海中情景，宛如性能優越的半人工海洋生物——

太風要月牙一百八十度掉頭。他沒有對夥伴們做出任何命令，獨自游向巡航艦。但夥伴們立刻察覺，全部一起一百八十度掉頭。太風讓月牙發出一次代表「別跟上來！」的叫聲。雖然不認爲這樣就會退，但還是得說一聲。自己有燦的輔助，他們什麼都沒有，太風希望減少犧牲。然而，夥伴沒有折返，理所當然追上太風。五條魚舟就像發現世界末日即將來臨，不斷發出驚人複雜的旋律彼此呼應。宛如憑自己的意志失控鼓譟的太鼓，在海中敲響激烈的節奏。那正是魚舟用對鰭拍打海水的聲音。

太風對燦說：『燦，想想擊沉巡航艦的辦法。敵人有誘導型魚雷，正面對幹沒有勝算。』

『把魚雷誘向敵人船底。順利的話，水中爆炸的魚雷就會波及對方。不過，我們會一起被擊沉。』

『果然只有這個方法了嗎？』

朝巡航艦直線前進，對方發射魚雷的同時我方兵分兩路散開，急速潛降，引誘追上來的魚雷射向巡航艦底部——不管怎麼想都是自殺攻擊。

『魚雷發射後，朝發射方向九十度角掉頭，再一口氣朝深海衝下。之後，從海底沿橢圓軌道急速浮上，或許就能順利誘導魚雷射中巡航艦。魚舟的強項是比船艦靈活，可動範圍也大。潛降與浮上的速度都是船艦比不上的，只能賭這一把了。』

『萬一敵人察覺我方企圖，半途引爆魚雷呢？這麼一來，在爆炸壓力中被擊沉的就是我們了。』

『只能祈禱不會變成這樣。我可以演算巡航艦的航行速度和前進方向，預測出魚雷到達的位置，即時修正誤差……至少，有我處理資料的這條魚舟或許能逃過最壞的狀況。』

只有這條魚舟——太風不禁苦笑。燦是自己的助理，使命就是保護搭檔的生命。只要太風沒有其他命令，無論必須犧牲什麼，對燦而言最重要的就是讓搭檔免於危機。

『妳難道不能想想連其他魚舟一起救的方法嗎？』

『那不可能。』

『別說得這麼快！想想看啊！』

『沒有詳細資料也沒有和牠們溝通的裝置，我們無法把戰術傳遞過去。請放棄，主人。』

靠魚舟傳遞的情報有限，無法傳遞太瑣碎的內容。夥伴們僅靠狀況和直覺行動。

音響孔的振動膜捕捉到魚雷發射的聲音。從巡航艦甲板發射的魚雷，先往空中飛一小段距離後落水，接著開始追蹤目標。太風讓月牙九十度掉頭，急速潛降。魚雷預測抵達點的位置因此偏移，等到接收了來自巡航艦艦橋的修正訊號才改變前進方向。爲了趕上被月牙拉開的距離，魚雷暫時垂直往下，等累積了一定深度後才回頭，從太風他們的下後方開始追趕。

月牙改爲由深海處急速浮上。沿著橢圓軌道上升，與改變方向時浪費了一段時間的魚雷保持距離。然而，魚雷最大速度比魚舟快。太風要月牙全速朝巡航艦底游去。

抵達船底前的時間長得可怕。後方的魚雷隨時會爆炸，太風坐立不安。這麼單純的戰術，敵人不可能不會發現。用聲納掌握魚舟的動向，就會發現我方的意圖。

剎那，下方傳來驚人爆炸聲。激烈水流與水壓襲擊月牙側腹，像被巨人打了一拳，整條魚舟撼動起來。月牙抽搐掙扎，張大的嘴裡吐出大量血液。魚鰭不斷拍動，背部撞上近在眼前的巡航艦底部。

金屬破裂的可怕聲響傳遍整個音響孔，那是月牙的背部和巡航艦船底同時裂開的聲音。

魚舟全身最堅硬的居住殼就在背部。即使是機械船，被魚舟背部狠狠撞上時也難免損壞。

月牙扭動身軀，痛苦叫著。

撞擊時背脊骨與肋骨完全折斷。居住殼也無法保持完好，裂了大縫，海水灌入其中。

因撞擊而瞬間失去意識的太風醒來，踉蹌起身。不知是否因爲頭部用力撞上音響孔內壁，身體站不直。周遭天旋地轉。巨大爆炸聲再次透過振動膜傳進來，整條魚舟激烈搖晃。倉促間，他舉起雙臂試圖保護頭部，手上流下溫熱的液體。太風發現頭上有撕裂傷。比太陽穴高一點，血隨著脈動噴出。骨頭似乎沒有異常，但頭非常痛。

擦著血，太風皺起眉。剛才的爆炸聲，肯定是往另一個方向散開的夥伴魚舟被擊中的聲音。我方現在還有多少人倖存？

振動膜再次振動，傳來低吼般的聲音。瞬間，太風身子一僵。

這不是魚舟的聲音……

忍著劇烈疼痛，腦中專注描繪出海中立體圖。隱約可見的身影，正是太風猜到的生物。

獸舟來了——

聞到被擊沉的魚舟血腥味了吧。獸舟一如往常聚集。但不止如此，牠們似乎正因憤怒而發狂。

不止是因爲飢餓。

想吃東西的話，這裡食物多得是。

換句話說——誘導型魚雷命中的並非月牙和夥伴的魚舟，而是碰巧靠近的獸舟。這眞的是非常偶然——一條獸舟游進了魚舟與魚雷之間，爆炸在那時發生。受到直擊的獸舟當場粉碎，爆炸產生的氣壓則推動月牙撞上了巡航艦底部。

海中充滿魚舟不安的叫聲。不止月牙，剛才的爆炸使不少魚舟受重傷。這些魚舟都將成爲獸舟獵食的對象，操舵者一定正陷入混亂。獸舟們並未立刻襲擊魚舟，他們的怒火對準機械船熊熊燃燒，認定剛才的魚雷意圖攻擊牠們。獸舟反覆撞擊因月牙衝撞而破損的巡航艦。

「月牙……」太風從音響孔中呼喚牠。

聽見虛弱的聲音回應。然而，月牙說的並不是救我。牠平靜地說：我已經不行了……別管我了……

「眞的動不了嗎？眞的不行了嗎？」

月牙以彷彿金屬交疊的低沉聲音對太風鳴叫。

——去吧，我的同伴。長久以來，和你在一起很快樂……

太風手心壓在音響孔的振動膜上，振動膜傳來的觸感還有一絲生命氣息。

那是尚未完全燃燒殆盡的生命光輝，月牙最後的聲音。

「……謝謝你，月牙。」太風額頭靠在振動膜上低語。「你是最棒的同伴，絕對不會忘記你……」

太風唱起短短的操船歌，月牙氣若游絲卻仍發出一次高亢的聲音。那清麗的聲音響遍太風全身，在他耳朵深處留下長長殘響。

爬出音響孔外，太風環顧居住殼內的狀況。室內陰暗如日落天黑，天花板上的燈幾乎破損，只奇蹟似留下一盞。海水像一道細細瀑布，從黑色的天花板縫隙流進來。撞擊時的裂縫遍及魚舟全體，這條裂縫逐漸形成破洞。再不到三十秒，整個魚舟內部就會滿是海水。

海上民和陸上民不同，不會馬上溺水。然而，月牙失去生命，正在不斷下沉。爬出居住殼時，外面的深度不知是水深幾百公尺處。在高達二十氣壓甚至三十氣壓的水壓下，海上民的身體能否承受得住？可以肯定，至今從未有哪個笨蛋嘗試這種賭命的事。

冰如刀割的海水淹到腰部。拿起潛水鏡和人工鰓，水中燈插在腰間。太風走到注入海水的洞孔正下方。燦站在水裡。爆炸時的衝撞使她身體破損，不知是否這緣故，她不斷搖晃。

太風抓住燦的手臂讓她站穩：「妳能游泳嗎？」

「我身上有游泳用的浮力球，但是……」燦冷靜回答：「衝擊使海水灌入身體，不久，我的電子零件就會短路，停止機能。」

瞬間，太風瞪大眼睛。「這樣啊……」事到如今才懊悔似咬緊唇。

「是我的責任。早知道該讓妳也進入音響孔。」

「這沒辦法。那裡面容不下兩個人，兩個人都進去，振動膜就無法好好運作了。」

「就算是這樣，應該有其他辦法。」

「請別在意。」燦依然笑得寧靜。「我是人工智慧體，機能停止時不會痛苦。身體就這樣沉入深海，能防止與你的交流紀錄被人發覺，記憶裝置將被海水完全腐蝕。」

「原來如此，我可以放心逃命了呢。」

「沒錯，請放心逃吧。兩艘巡航艦似乎皆已損壞，只是還沒沉沒。船上的人還得應付獸舟的追擊，那艘船就算能逃過獸舟，想在海上追到海上民已幾乎不可能。只是，無法守護你到最後一刻後，我非常遺憾。」

「妳別操不必要的心。」

「非常抱歉。不過，無論何時都要支援主人，這就是我們人工智慧體的使命……使命未達，我眞的非常遺憾。」

海水升高到燦的胸口，還在上升，眼看就要淹到脖子。到時，燦將說不出話，就算想說，發聲機能也出現異常了。把燦留在水裡，太風開始直立游泳。等待海水不再流進來後，他必須游入一片漆黑的深海。

太風反覆深呼吸，望著燦的身影消失水底。持續深呼吸是盡可能在體內累積氧氣。人工鰓可能會因深海水壓破損，儘管海上民的身體不會以陸上民的方式溺斃，最好還是在血液與肌肉中累積愈多氧氣愈好。

停止深呼吸，迅速穿戴上潛水鏡和人工鰓時，天花板上那盞燈正好熄滅。

黑暗中，居住殼沉沒在水底。

數十氣壓的水壓沒有當場壓垮太風。

他驚訝地想，原來自己是比想像中更強韌的生物，不得不略表感謝爲海上民打造出這種身體的陸上民。

打開腰間的水中燈，再次確認天花板洞穴的位置。出去前，再用水中燈照亮一次腳下。

燦還站在居住殼底部。

燦挺直背脊，帶著爽朗的笑容停止了機能。她面朝太風舉起手就像在說「再見了，請保重……」

太風眼眶一熱。

根本沒有命令過她做這種事。

一次也沒要她這麼做。

這是她自己經過「思考」的「行動」嗎?爲了什麼?爲了讓我高興?

就算短暫，燦與太風大腦深部連結，終於得以理解他的心了嗎——他不確定。

太風將燈光從燦身上移開。下定決心，雙手抓住洞孔邊緣，一個用力，身體朝外鑽出。

必須活下去。

無論如何都要活下去。

伸手不見五指的海中，太風朝自己吐出的氣泡攀升方向逕直游去。

離下沉的月牙屍體愈來愈遠，離留在居住殼中的燦也愈來愈遠。

隨後，太風全身感受到一陣敲打金屬的尖銳聲響，伴隨著轟隆震動的水聲。

又一顆魚雷在身邊爆發。已經死去的月牙身體，在這次轟炸下完全粉碎。

太風並未親眼目睹水中爆炸的瞬間。

因爲爆炸氣壓襲擊時，就像有數百把巨大柴刀同時劈來，他的身體已經四分五裂。胴體破裂，脊椎彎折。大腦霎時失去意識，包括他本身強烈的意志力、對未來的執著，都像對著沙漠澆水般，轉眼消失無蹤。

烙印了燦最後身影的那雙眼眸與盤旋熱情思緒的腦髓——全都成爲蛋白質碎片撒落海底。他的所有回憶，化作第三者難以辨識的形狀沉沒海中。

曾經組成太風這個人的殘骸，和碎成片片的月牙肉塊一起，緩緩落入深海底。月牙體內因爆炸衝擊而損壞，燦那扭曲變形的身體也在那裡。過去，這三種生物各自擁有自我意志，如今他們再次結合爲一大塊物體，沉入海底，於海泥中融合。

再過不久，棲息深海底的甲殼類和鰻類將聚集此地。日復一日以堆積成山的魚舟及人類屍塊爲食。

II

我們逗留北京期間，和幾個熟人見了面，互相交換情報。不止汎亞外交官，還有住在北京的其他政府外交官、商社人士、對文化交流有貢獻的大學教授等……大家都不滿汎亞強硬的政策。身爲人民卻無法阻止國家失控，他們心有不甘，熱心提供意見，希望改變汎亞政策。

青澄也聯繫了駐北京的日本大使館職員。大使或公使等級不願意接見青澄，但他找得到願意交換意見的書記官等級職員。青澄約了一位平常就有聯絡的二等書記官，問他日本大使館對汎亞的態度。

「海軍開始討伐海上強盜團時，大使和汎亞的外交部長立刻會談了。」二等書記官這麼說。「不過，沒特別談什麼。只確認彼此仍維持友好吧。」

「檯面下沒其他動靜嗎？」

「這是大問題，大使不可能毫無想法。只是，我們公使館不能輕舉妄動，一定會被外務省總部阻止啊。只能暫時觀察狀況了。」

「北京這邊集結了大舉反對勢力，不能想辦法跟那邊巧妙合作嗎？」

「是有聯絡。可是，從我的層級還看不出大使下一步。顧慮其他政府的動向展開抗議，還是保持沉默？畢竟沒弄好，不止大使丟官，還可能破壞汎亞和日本的關係。不能不小心謹慎。」

青澄分析反對勢力整體網絡，思考哪邊和哪邊聯手，就能以更強大的力量抑止汎亞。不必一擊見效，至少踏出一步——

要如何組織海外勢力，才能最有效也最快阻止海上虐殺？

連駐外公使館都不是，在外洋公使館工作的青澄能做的事有限，地位和權限也比不上駐外公使館的職員。在有限範圍中，他拚命盡己力，盡可能讓事態走往好一點的方向。

北京一帶，不管哪個灣岸或海上設施都擠滿了人。船腹繪有華美圖案的高速汽艇遊走灣內灣外，載運著大量觀光客。有天晚上，我們住的飯店窗外傳來煙火聲。聽說是慶祝北京周圍如衛星般分布的中規模海上都市開港記念日。

隔天下午，我們正在茶店喝冷泡白茶時，店裡螢幕播出新聞快報。英語播報汎亞海上警衛隊在北京海上都市近海處，與海上民示威群眾起了衝突。

青澄很快對我下令：「調查更詳細的情報！」

我維持與青澄的連線，當場連上ＳＳＡＩ。衝進情報群裡時，大量情報湧上。我用最大速度處理。待在抗議現場的人不斷上傳即時訊息。除了港邊看熱鬧者，跟海上民一起乘上魚舟的人權擁護機構的人也透過自身助理智慧體，將現場狀況即時傳上ＳＳＡＩ。不久，我們收到海軍開砲的消息。不過那似乎只是威嚇，海軍尚不動聲色。此時，湧入ＳＳＡＩ的情報急速減少。看來是汎亞出動情報監視系統，不利政府的情報統統封鎖了。網路上的集線器一一受限，有些地方連我的權限都無法連上。

青澄問：「有辦法靠近嗎？瑪奇。」

「不行，往港口的道路被封鎖，不可能通過。就算通過，一旦被發現是外交官會更麻煩。說不定被當成間諜逮捕。」

「那你跟竹本書記官聯絡，他那邊應該能掌握軍事情報。」

我聯絡竹本書記官的助理史貝德，告知青澄的指示。

過一會，竹本本人傳來聯絡。『海上都市還安全嗎？公使。』

「和平常沒兩樣，好像只在近海衝突。我不大清楚現況。」

『在汎亞那邊看不到新聞嗎？』

「最初還能看到一點，現在完全被略過了。我連國外新聞都看了，幾乎找不到相關報導，乾淨得令人作嘔。你那邊如何？」

『日本這邊差不多。不過，網路上倒不斷有一般市民拍攝的影像。雖然汎亞的情報監視系統到處巡邏，徹底銷毀上傳的影像。但民眾從原始檔案備份的影像依然朝全世界散播。你要看嗎？』

「傳給我。」

『了解。』

「我想聽聽你的看法。你認爲汎亞海軍和警衛隊接下來會怎麼做？」

『目前出動的警衛隊負責人是曾．ＭＭ．太風上尉。他率領的小隊全體都是海上民。接下來的關鍵就看上尉站在哪一邊了。根據我的情報，警衛隊沒有太大動作，曾上尉應該打算和平處理。就不知道海軍容許他做到什麼地步……』

「我知道了。如果等一下你還有新消息，請告訴我。海軍接下來舉動將決定我是否續留北京，協助這邊的人對汎亞政府施壓。」

三天後，竹本傳來曾上尉率領的警衛隊在北京外海遭擊沉的消息。

「這是真的嗎？」青澄顫抖地追問竹本。「汎亞連審問都不審問，直接殺死曾上尉嗎！」

『很遺憾正是如此。』竹本沮喪回應。『上尉違抗海軍。這做法很不妙，但或許發生了什麼將他逼得非這麼做不可。』

命令竹本持續蒐集情報後，青澄切斷通訊。一陣暈眩襲來，他蜷起身體，雙手抱頭。

我持續找尋情報地說：「各地政府對此事都沒有正式抗議。上尉是曾．MM．利上級委員的親弟弟吧？汎亞高層竟然這麼決絕。」

「……曾委員沒有發言嗎？」

「關於這個，櫻木書記官傳來了。你要看嗎？」

「整理給我聽。」

「根據櫻木書記官的說法，在這件事發生前，曾委員與聯盟保安部之間有過一次協商。」

「爲了殺死他的親弟弟嗎？」

「不是這樣。曾委員在那之後，以收賄嫌疑被公安部帶走了。現在拘留中。」

青澄驚訝地抬起頭。「你說什麼？」

「這還沒公開，不過你大哥也寫信來了。」

「讓我看！」

我在青澄面前顯示電子檔案，青澄讀了青澄企業主董事長寫來的信。「這下糟了……非常糟……要是曾家兄弟一起從第一線消失，汎亞內部阻止海上虐殺的勢力將一口氣濾減……」

「在他弟弟這件事上，曾委員應該與聯盟保安部意見不合吧？公安部拘留委員，就是不想讓他私下對弟弟伸出援手。我猜，他們原本打的是拘捕雙方當人質威脅的主意……曾上尉也許想避免，才以攻擊海軍的方式自我了斷。」

「儘管如此，光憑壓不下示威群眾的罪名就能這樣對付他嗎……更何況他才剛提出離職申請。」

「聯盟保安部對曾上尉發出逮捕令。叛盟罪，罪狀是洩漏機密。」

「他將情報流給海上民的事曝光了？」

「根據官方發表，他遭指控洩漏情報給海上強盜團。這種污衊死者名譽的手段眞是骯髒。」

青澄痛苦閉上眼睛，搓揉眉心。

我問：「你接下來打算怎麼辦？再來要做什麼？我們對汎亞無計可施了。亞洲海域亂成這樣，月染不可能回北半球了。不、狀況若再惡化，她將完全與陸上民決裂。」

青澄輕喃：「……那樣說不定比較好。」

「什麼？」

「如果把月染交給ＩＥＲＡ，確實能將情報公平交給全世界。可是，那些人也會一起得救啊！」青澄朝床上用力一搥。「那群完全不在乎海上民的人！那群滿不在乎地將致力維護海洋安全的本國民殺死的人！根本沒有必要連他們一起救！」

「……哪些人救，哪些人不救……我們沒有偉大到能選擇。」

「我明白！但至少可以這麼想。人類有史以來經歷過好幾次種族滅亡危機。環境劇變、核戰威脅、重返白堊紀……這些都平安度過了。可是，來臨的是比之前都嚴重的浩劫，說不定是將人類一視同仁全體毀滅的好機會。」

「……別說這麼令人毛骨悚然的話。」

青澄陰沉笑。「我只是比喻。」

「如果你覺得好，我不會阻止。不過，眞的好嗎？如果間宮先生還在，他看到現在的你會說什麼？」

「別在這種時候提起他！」

「就是這種時候才要。」

青澄沉默良久，低聲說：「我知道了……我也不想放棄至今累積的成果啊。」

「既然如此……」

猛地抬頭，青澄自言自語般：「——委託ＩＥＲＡ搜索月染的下落吧。」

「你說什麼？」

「不能再拖下去了。在月染這件事上贏回一把。」

「ＩＥＲＡ找得到她嗎？」

「他們有海洋生物追蹤技術，是辨識個體的專家。能搜尋到司法省或情報省找不到之處。」

「ＩＥＲＡ又不是警察或諜報機關。」

「把魚舟特徵告訴他們，說不定意外順利。找到月染，就以捐贈研究經費的方式酬謝。這他們一定願意。找到月染就跟她協商，當場讓她植入日本政府管理標籤。」

「要植入標籤，得到日本群島的地方法務局辦手續，要不然就得去東都ＳＣ的民事局。」

「沒時間那樣了。中途普羅透斯插手就更不妙。最好在協商現場就讓她登記成爲日本公民。」

「怎麼做？」

「請法務省協助，出發時請民事局民事第一課長跟我一起去。月染答應植入標籤，當場請課長爲她辦理。採取派遣公務員到場辦理的方式。」

「從來沒聽過這種方式！」

「只能以超越法規的特例獲得許可了。植入標籤本身很簡單，用攜帶型裝置一下就能完成。普羅透斯若強行擄走植入標籤的人，將是跨政府的綁架。人權擁護機構不會袖手旁觀。」

「我不認爲這樣普羅透斯就會收手……」

「暫時牽制而已。乘機把月染的資料交給ＩＥＲＡ就搞定了。阻止涅捷斯獨占資料，等於我方獲得勝利。」

青澄要我查詢當天飛往日本的最後一班飛機。還有空位，我預約了機票。我們迅速整理行李，到飯店櫃台辦理退房，趕往機場。

回到空間01和桂大使商量。

III

離赤道還很遠，月染仍感到每天都更靠近南方。不僅是溫度或降雨量改變，還有不容易捕到魚了。一邊判斷洋流邊界一邊前進，海水逐漸變色，無論用釣竿或漁網都常捕到罕見的魚，只是數量非常少。附近沒有藝術之葉。現在月染船團航行的海域，更接近原始大自然。因此，魚巧妙躲過捕捉，躲過回聲定位的鎖定，紛紛朝深海竄逃躲避。這裡的魚泳速也比較快，不像以前住的海域輕易就能發現魚群。

汎亞和涅捷斯在北緯二十度以北的領域積極設置了許多藝術之葉。海上都市周圍也有廣大海洋牧場，更大型的魚爲了捕捉聚集的魚，就會往附近海域游。食物鏈順利發展，海洋資源豐富。

現在地球上的富饒，大致都出於人造。經過人類加工，製造方便魚類繁殖的條件，正因如此，海上民得以生存——愈靠近赤道，大海的樣貌愈是野蠻。

洄游魚類活動範圍廣泛，又對捕獵者非常敏感。雖然不是六目水母，有些海域漂浮著數量多到異常的毒水母。在海上民排放生活用水的地方，因爲海水優養化，產生大量微生物。爲了吃這些微生物聚集而來的浮游生物和小魚就是毒水母獵食的目標。因此，這些地方的毒水母數量爆炸成長，無法分解的有機物連成大片地毯狀的巨大苦雷，散發出腐臭味漂浮海浪。

尋求更富饒的海域，月染帶著船團四處移動。召集魚鰭強大有力的魚舟，找尋有天然魚礁的地方。

海平面上升後，太平洋中存在著許多下沉島嶼。只要有大型海藻於此處生根，就會形成很好的魚礁。

讓葉帶領的魚舟勤奮工作，馳騁大海，發現天然魚礁的蹤影，船團就能暫時過上一段安穩的生活。月染指示團員，遇到好漁場時盡量多採集海藻，盡可能多捕魚。南洋強烈的日照最適合用來曬魚乾。有用海水做的鹽和日光，就能做出保存期限很長的食物。將補充維他命與礦物質不可或缺的海藻和海水一起放入罐內養殖，要多少有多少。能儲存的盡量儲存，無法久放的東西就吃掉。

就這樣，勉強不會餓肚子，船團一路朝南前進。

某天，一如往常尋找魚礁和魚群時，一頭魚舟尖銳叫著。讓葉與其他魚舟受到牠的影響而齊聲鳴叫。響遍音響孔內的聲音，帶給月染難以言喻的不安。魚舟很少發出如此激烈的叫聲。身爲巨大海洋生物，很少讓牠們恐懼的存在。發出警戒叫聲時，多半是察覺洋流異常、發現六目水母現身或是暴風雨即將來襲。

月染把注意力放在魚舟的叫聲上。

腦內的海中立體圖上出現龐大身影。來自前方的不明物體高速逼近。根據扭動身軀，可知那並不是潛水艦或機械船。說鯊魚太大了，又不像海棲哺乳類。月染全身緊繃。唱出尖銳歌聲，讓葉急速浮上。讓葉以回聲定位捕捉的巨大身影，正如野獸般猛地咬上來不及逃離的魚舟夥伴。

耳邊傳來魚舟哀號，咬住牠的是獸舟，且不止一條。第二條、第三條陸續咬上同一獵物，啃食牠的肉。聲波在月染腦中清楚描繪出獸舟。魚與鱷魚混種，比鯊魚或虎鯨更散發猙獰凶猛的氣息。這群扭身游泳的凶獸非常飢餓，比見過的獸舟都殘暴。

即使魚舟的體型有獸舟兩倍大，獸舟仍上前啃咬。溢出的血染黑了大海，遮蔽了視線，獸舟就用還保留魚鰭形狀的前腳撥開黑水，上前啃食。咬下的肉片和內臟四散，引來其他分食的魚類。獸舟連這些魚一起吞下肚。啃咬魚舟，張口又把其他魚類吞食。

月染等人趕緊離開。

從受害魚舟居住殼中脫逃的操舵者和他的家人浮上海面。有些船團員想救起他們而來到上甲板，正好目睹巨大黑影出現在海面的夥伴身後。大聲喊叫無濟於事。突變而發展出長條大嘴的獸舟，將夥伴連人帶海一口吞入。沒吞下肚的人體卡在獸牙縫隙，當獸舟闔上嘴時被活生生咬成兩截。

眾人驚訝得忘了呼吸，茫然凝視海面。

不等人類唱起操船歌，魚舟為了逃離獸舟而死命游泳。

月牙和夥伴這才發現，他們前進的這片海域已成為未上陸獸舟的巢穴。

沒想到獸舟那麼積極襲擊——

牠們和北半球海域的獸舟不同，月染大感訝異。或許因為北方的安全海域範圍明確，即使遇到獸舟也很少受襲。獸舟通常以上陸為目標，不太會積極攻擊海上生活者。

然而，公海領域上藝術之葉的數量太少，能吃的東西不多，這裡的獸舟總處於飢餓。

獸舟在這片海域四處洄游。沒遇上牠們只是運氣好。

月染和夥伴之後又遇到數次獸舟。獸舟飢餓，狼吞虎嚥。被牠們盯上，就算魚舟全速逃離，獸舟仍窮追不捨。獸舟分食一條魚舟時不會襲擊其他魚舟，但拋棄夥伴逃離，在船團內引起非議。

憤怒的團員打算用槍砲火藥攻擊獸舟。

月染嚴厲勸阻：「沒錯，火藥或許可以趕跑獸舟。但沒必要拿護身用的武器做這種事。可怕的不是獸舟，而是海上強盜團和汎亞海軍。他們和獸舟不同，會把我們全體趕盡殺絕。現在無法自由交易物資，槍砲火藥都是貴重品。」

「那就要犧牲魚舟和夥伴，換來前進嗎？」

「想離開船團的人，趁現在離開。我不會阻止。單獨或集體，哪一種方式比較不容易被獸舟發現，現在我還無法斷定。不過，我們的船團不會用義務束縛個人，想要集體還是單獨，請大家好好思考。」

一方面安撫眾人，月染也開始想是否能往海裡撒出獸舟忌避的東西？她和副團長們討論。除了火藥，派得上用場的東西有散發刺激氣味的藥劑和含毒海藻。然而，這些都不是能大量補充的物資。

其中一名副團長提議用聲音。

「聲音？獸舟不會聽操船歌啊。」

「不是用聲音操控，而是讓牠們聽不舒服的聲音。我們是船團，所有魚舟一起叫就能匯聚強大聲壓。我不清楚獸舟聽覺器官，既然在海中生活，聽聲辨音的器官應該相對發達。利用這點逼退牠們。」

和陸上民使用音響槍同樣的原理——

月染認爲值得一試。高頻率的聲音具有高度指向性，聲波可以集中對準獸舟。魚舟在進行回聲定位時使用超過十萬赫茲的高頻音，只要用操船歌訓練，牠們就能學會發出特定頻率。

月染對讓葉唱歌，引導牠發出高頻率的叫聲。月染唱歌的方式引起讓葉興趣，很快就像模仿似發出鳴啼。用這種方式，月染教會讓葉如何連續發出特定頻率的聲音。

覺得有趣的讓葉開始用高頻率的叫聲創造節奏，迫不及待地發出如小鳥啼囀般尖銳高亢的聲音。不愧是人稱「鳴舟」的魚舟，上了年紀，對聲音的感受度依然出色，讓葉學得又快又好。月染試著將低頻聲也教給讓葉。打算使用在高頻音中加入低頻音干擾獸舟的策略。

等讓葉叫聲穩定，月染要副團長也讓其他魚舟學習。魚舟對讓葉的叫聲饒富興致，合唱般鳴啼。

「你認爲要讓幾條魚舟一起叫才有效果？」月染問那位副團長。

副團長盤起手臂：「十條或二十條吧。當然，盡可能讓更多魚舟學會。」

月染要讓葉游在最前面，其他學會新叫聲的魚舟跟在後面。

不久，出現讓他們測試訓練成果的機會。讓葉透過回聲定位發現獸舟來襲，月染安撫發出警戒聲的牠，要牠嘗試發出新叫聲。跟在讓葉身後的魚舟也配合著一起鳴叫。齊聲鳴啼造成的驚人聲壓成功襲擊了獸舟。連海水也爲之激盪的聲波不止侵入獸舟的聽覺器官，還傳遍牠的身體，使牠痛苦得無法靠近。

高高低低，噪音般的叫聲一響起，獸舟游泳的速度就變慢了。雖然牠嫌惡地顫動著身軀，卻不想離開月染的船團。像閃避聲音般游來游去，時而發出不耐煩的尖銳叫聲。

月染指示副團長再追加十條魚舟。魚舟叫聲不休。

音響孔中的月染懷著祈求的心情對獸舟喊話。

——我們並不恨你，請什麼都不要做，離開吧。彼此都在嚴苛的環境中求生存不是嗎？所以，讓我們繼續往前吧……

在三十條魚舟用盡全力的叫聲攻擊下，獸舟似乎決定放棄。不久，牠發出不甘心的聲音，從船團旁離開了。月染與眾人鬆了一口氣。只是，長時間鳴叫的魚舟疲勞地放慢泳速。船團盡力撫慰魚舟，這天前進的距離依然有限。

後來又遇上幾次獸舟，但不是每次都能用叫聲趕跑牠們。成群來襲的獸舟膽子大，魚舟的聲波反而令牠們更焦躁殘暴，不顧一切衝撞上來。有時能逃走，有時逃不開，這樣的事重複不斷，月染的船團還是持續向前。前進、前進、再前進——不管發生什麼事都要前進。這就是生存。

夥伴被獸舟襲擊死去的日子，船團便舉行憑弔儀式。告訴眾人失去了哪條魚舟上的誰，一同悲傷。

不應該恨獸舟。

他們求存而掠食，海上民也是大海的生物，無法避免成爲牠們掠食的對象。

除了運用智慧逃脫，兩者沒有其他共存之道。

海上生活自由，但現在船團員深切理解，這樣的自由很大一部分來自陸上民的技術支援。道理早已明白，事實還是教人沮喪。

北半球豐饒的海洋是人工製造的結果。

現在船團投身的海域才是原始的自然。因此，這裡的自然環境對人類毫不留情。

好不容易脫離獸舟巢穴，船團又遇上了海上強盜團。儘管月染在所有魚舟的上甲板布了崗哨看守，強盜團仍無情來襲。他們鎖定一、兩個家族，悄悄從海面下摸上魚舟，破壞上甲板的艙門侵入居住殼，快速殺光所有人，搶走想要的東西便撤退。這就像飢餓的小魚偷偷靠近瀕臨死亡的大魚偷咬一口。

留意剩下的子彈數量，月染只在非開槍不可時射擊。海上強盜團不小心從海浪間探出頭時或侵入上甲板時，她二話不說舉槍狙擊強盜的頭部。望著噴血倒下的強盜，月染壓抑情感，專注瞄準敵人開槍。

每殺掉一個人，心中都像破了黑色的洞。然而，那破掉的洞有多黑多深，月染無暇顧及。

一個月圓之夜。

結束不知第幾次憑弔儀式，月染和副團長沙凱一起走到上甲板。

稍早前，船團進入大洋洲共同體的巡迴警衛海域。到這裡，遭海上強盜團攻擊的次數減少許多，好不容易到喘口氣之處。雖然還沒找到安居場所，至少可以暫時休息一陣子。

「您辛苦了，請喝這個。」沙凱拿出不知道珍藏在哪裡的高級蜜酒。「本來想等到旅程結束再享用，但嚴苛的狀況延續這麼久，途中喝一點也不錯。」

「謝謝你，我就不客氣了。」

兩人坐在甲板上，將酒倒入小杯子，一點一滴品嘗蜜酒。高濃度酒精對消除疲勞最有效。

月染喃喃地說：「……決定南下是不是做錯了？」

「沒有這回事。」

「說不定有辦法直接留在北方海域生存……」

「看那個樣子就知道，汎亞高層沒這麼好對付。」

「早知道應該多利用日本政府。」

「那裡內部也很鬆散。雖然屬於涅捷斯的一部分，內政已經無可救藥了。」沙凱仰望星空。「來到這裡之後，天上的星座分布大不相同了呢。南十字星到了這麼高的位置。我們的船團有人受害犧牲，大家還是活著來到了這裡，請不要妄自菲薄。」

「聽到你這麼說，我就稍微放心了。」

月染把空酒杯放在甲板上。沙凱問：「還要再來一杯嗎？」月染拒絕了。「有些事想趁現在告訴你。」

「什麼事呢？」

「我希望你擔任下任船團長。」沙凱想反駁，月染立刻制止。「我和其他副團長談過，舉出好幾個候選人，商量很多次。結論還是你最適合。」

「我還太年輕了。」

「年輕才好！這樣才能長久肩負起團長任務。現在我們需要這樣的團長。」

「那您呢？」

「我暫時還會留下來負責對外協商。不過，差不多想退休了。其實，讓葉到極限了。」

「牠的狀況這麼糟了嗎？」

「是啊，我想靜靜陪牠走。等牠走後，我就沒有魚舟了。沒有魚舟的人怎能繼續當團長。」

「同伴比團長更早引退，這種事很少見。」

「讓葉比普通魚舟還長壽許多，牠是這個船團裡最高齡的魚舟了，和我一樣。」

「團長您看起來還很年輕。」

「只有外表，事實上，我是這船團裡最老的人。」

月染平靜地望著一頭霧水的沙凱。

自己不會老——原因是什麼，月染無法對沙凱說明。和艾德一起時，這就是月染身上最大的謎。遲緩的成長、遲來的老化。在海上世界，沒有知識或文獻能說明。

船團解釋是「月染是結手，所以有別於常人」。這麼說，海上的人就能接受。眾人不需要解開謎團，而是好好和眼前的神祕共處。

月染繼續說：「到了有藝術之葉的海域後，必須和既有居民好好協商。資源再怎麼豐富，多了我們這麼一大船團的人加入捕魚，會和既有居民衝突。甚至演變爲嚴重的紛爭，說不定我會在協商中喪命。」

「請別說這種不吉利的話……」

「那時候才開始培養下一任團長就太遲了。不能等事情發生了才決定下一任團長，我希望現在就交接。

連你也有個什麼萬一時的接班人，也都要進入教育階段。」

沙凱低下頭想很久。「您這麼說就沒辦法了。請將團長必須學習的事項都教給我吧。我也會準備隨時繼任。不過，在您主動表明引退之前，我還是會繼續擔任副團長。」

「當然，沒問題。接下來你要訓練自己站在團長的角度看待副團長與其他團員。自己一個人無法負擔時不用客氣，盡量找副團長們商量。成爲好團長最重要的條件就是善用人才。」

航行數星期，月染的船團終於找到藝術之葉。這是以往高緯度海域也有的大型藝術之葉。

發現豐饒的海域令夥伴驚喜，月染卻要求他們不可立刻捕魚。

既然有這麼大片的藝術之葉，表示一定有龐大集團生活此地，他們必不樂見突然出現的船團橫奪這片海洋資源。得找到在這附近巡游的船團，和他們協商才行。

指示船團員暫時仰賴保存食品維生後，月染和副團長帶著魚舟四處找尋既有居民的船團。要找到他們並不難，以藝術之葉爲中心，共三個船團在這帶悠閒生活。月染和幾位副團長乘著讓葉，站在上甲板上靠近既有船團。站在上甲板是讓對方看見自己，這是全球海域的共通規則，用意在告知對方沒有敵意。這麼一來，即使是語言不通的海上民也能放心。

既有居民的船團一察覺月染他們接近，立刻改變魚舟的配置。船團代表讓自己的魚舟上前，要夥伴們後退。距離拉近，月染拿出音曲棒敲響訊號，表達對話意願，詢問對方是否願意。

慶幸的是，對方很快回覆。月染要讓葉繼續前進，離對方的船團愈來愈近。

既有船團的海上民膚色與月染他們完全不同。除了皮膚更白，瞳孔的顏色也偏綠。

語言完全無法溝通。月染和副團長用了他們所知的各種海上語，仍無法讓既有船團的海上民理解。這是在完全切斷與陸地接觸，只靠海上民夥伴相互扶持生活的船團中常見的現象。因爲只習慣用群體內的共通語言溝通，久了就不會用其他語言了。

「無法溝通到這種程度真罕見。」沙凱低聲對月染說。「對方可能也是無所屬，否則不會發生這麼極端的狀況。」

月染從袋子裡拿出海草紙與鉛筆，試著畫了捕魚的畫。瞬間，對方露出凝重的神情。看來這裡的人口已經飽和，藝術之葉資源無法再養更多人了。

月染繼續畫圖，同時比手畫腳。『捕一點魚，我們會盡速離開，可否請您同意呢？』

對方激動搖頭，用力揮手，肢體語言傳達了威嚇之意，似乎在說不住這裡的人不能捕魚，要是擅自獵捕就會毫不留情地攻擊，出人命也在所不惜。

『沒有食糧我們就無法前進。』月染不放棄，試著說服。『捕魚時你們可派人監視，這樣好嗎？』

即使如此，對方堅持拒絕。月染換了個問題。『如果我船團中一小部分人留下，其他大多數人離開，可以讓留下的人捕魚嗎？』

對方比手畫腳地問「留下多少人？」月染伸出雙手，攤開十指，表示「十條魚舟和住在上面的家族。」

既有船團的居民快速討論起來，大概在討論可以接受的人數。

不久，對方表示『十條可以』，但不能免費留下。

『給你們海上貨幣或珍珠如何？』月染問。對方點頭答應，對月染彎折手指表示數目。

『海上貨幣要五百萬，珍珠的話要六十顆。』

月染的副團長發出悲鳴，太貴了……月染神色冷靜，心中卻在嘆氣。自己和副團長不是拿不出這麼多，只是會花光積蓄。

不是拿不出手但很難拿出手——這是個微妙的數字。試著討價還價，對方不退讓。

表示得和夥伴商量後，月染帶著副團長離開。

回船團途中，沙凱說：「不能從公基金中拿出五百萬。」

「是啊。」

「如何是好……」

「召集各魚舟操舵者，確認多少人想留下來，看看數量是否超過十條魚舟。如果超過，就看他們是否能各拿出五十萬……」

「好，明白了。」

「留下來也未必安心。語言不通，怎麼獲得疫苗……況且，留在這裡就成了少數族群，很可能被歧視或攻擊而喪命。站在我的立場，不想把夥伴留在這裡。可是前進也有危險——只要有一絲希望，像這樣慢慢把船團分散開來也是個選擇。」

「是啊。繼續往下可能還會遇到其他藝術之葉，大家不必留在同一處，考慮逐步分散。」

「只要彼此還能聯絡，花點時間還是可以傳遞最低限度的訊息。一定要在留下來的魚舟上設置副團長的通訊裝置。」

徵求志願留下的人時，有超過十條魚舟。長途航行果然令超過半數的船團員筋疲力盡。月染先確認有多少人拿得出對方希望的金額。接著，告訴眾人這裡不是樂園，留下來後察覺危險，不要管支付過多少昂貴代價，必須快點離開。

這時，一位一直側耳傾聽的船團員說：「當我們那樣逃走，下次再有新住民來時，他們就知道可以用這種方式留錢不留人了吧。說不定他們早就有過經驗，食髓知味。十條魚舟五百萬這個數字就是這麼算出來的。」

「是啊……或許正如你所說，但也可能不是。然而，我們之中確實有不想再長途跋涉的家族，因魚舟身體狀況無法再前進的家族也不少……我希望大家能認真考慮這件事。」

有財產的家族衡量各種條件，態度謹慎。渴望留下來的大多是沒有財產的家族，也不用期望有錢人願意援助沒錢的人。此外，大家對語言不通的海上民還是有恐懼。因此，最後留下的只有六個家族，主因是魚舟疲憊不堪，無法前進。

副團長黃橡主動表示要和這六家人一起留下來。黃橡對月染說：「您和對方談判時我從頭到尾在場見證，這樣的我也一起留下來，對方比較不敢隨便亂來。一旦察覺危險，我會負起責任帶領大家逃走，往南前進，找更安全的海域落腳。」

「千萬不要硬撐，撐不住了，隨時回到我們船團。」

「您打算越過赤道逆流嗎？」

「看情況可能會。」

「這樣……那團長請保重。」

「謝謝。」

黃橡和那六家人始終站在上甲板，目送月染等人遠離藝術之葉。彼此道別的歌聲相互繚繞，拖著長長的尾音直到聽不見。

繼續前進。

忍受著飢餓與物資不足，船團不斷南下。每次發現新的藝術之葉，月染都會留下一部分疲憊不堪的夥伴，也每次都會留下一套通訊裝置和一位副團長。進入赤道逆流後，小規模的藝術之葉數量逐漸增加。船團分散得更細，已經沒有多的通訊裝置了。

差不多從這時起，除了海上民外，船團會遇到陸上民的機械船，或在上空發現水上飛機的蹤跡。說來理所當然，嚴謹管理藝術之葉的海域都在陸上民監控下。另一個煩惱壓得月染心情沉重。赤道附近的海域隸屬大洋洲共同體，如果想在這海域住下，接下來勢必得與大洋洲共同體交易。

目前爲止，大洋洲共同體還沒有攻擊無所屬船團。但不久的將來，他們恐怕會贊同汎亞政策而那麼做。大規模海上都市都有汎亞的外洋公使館，政府間亦有交流，情報網一定保持運作。

就算順利遊走於藝術之葉間，安全藏身大海，總有一天還是會有人發現他們來自亞洲，那時還能保有平靜的生活嗎？或者……

IV

我留在青澄辦公室，觀察青澄和桂大使交談。

青澄說明想委託ＩＥＲＡ搜尋月染，並請民事局派人陪同好爲月染植入國籍標籤的大膽計畫，桂大使都認眞傾聽。等青澄說完，他表示這不錯。「問題是重啓協商的時期。現在完全看不出來上面會怎麼做。面對普羅透斯的施壓，反對派能抵抗到何時……這之間會持續多久？再者，如果要說服法務省協助，必須取得外務大臣的首肯。先不提要不要請示首相，如果不能過外務大臣這關，我們無法直接向民事局提出請求。」

「該如何是好？」

「只能說服公使館管理局長，請他說動外務大臣對法務大臣提議了。不管怎麼說，想重啓與月染的協商，還是需要直屬上司舛岡協助。」

「舛岡管理局長願意聽我們嗎？」

「只有說服他一途。面對這種問題不能迂迴，最好正面進攻。局長那邊我來跟他商量，你將月染船團資料準備齊全，提案一過才能行動。」

「明白了。」

「某種程度來說，我們想得到的事，普羅透斯遲早會看透。這要和時間賽跑。」

青澄和我研判桂大使的交涉恐怕需要一段時間，而且避免在管理局長這關就觸礁，似乎還得想一個備案。顯而易見，現在運用我們自己的情報網已經找不到更新的資料。要進入沒有連結權限的地方探索，青澄甚至考慮在我身上加裝諜報程式。身爲助理智慧體，他叫我去哪我就得去，這是我的工作。只是，我希望最好不要這麼做。我不想在青澄的履歷上留下瑕疵。

不過，這些似乎都是不必要的擔憂。舛岡局長的回應來得比想像中快。我們大吃一驚。他說，總之聽聽我們怎麼說，要桂大使和青澄一起到公使館管理局找他。

「這吹的是什麼風啊。」青澄問。

桂大使沉吟著：「或許L計畫傳到舛岡局長那裡了。畢竟那人和外務大臣聯繫密切。」

「這麼說來，他願意協助的機率很高囉？」

「很難說。舛岡局長立場偏向高層，我不確定他敢不敢反咬主子一口。再說，我們現在是否能對局長提這件事還很難判斷。」

「要是局長對L計畫不知情，我們說出口就等於違反保密義務。另一方面，他自己不知道的事，身爲下屬的我們竟然知道……想來局長不會太開心。」

桂大使和青澄來到公使館管理局後，沒等多久就被帶往舛岡局長辦公室。我留在保管庫內觀察情況。

舛岡局長坐在桌前查閱電子檔案，不時揮動手指移動資料，或是指示助理智慧體史科普。

『嗨。』史科普向我打招呼。『你們好像還是一樣辛苦啊。』

『還好啦。搭檔心情如何？』

『應該可以說普通吧。』史科普低聲說。『一如往常都在想一些很難的事。最好別激怒他。』

『我知道了。』

舛岡局長轉動魚一樣的眼睛看了看青澄和桂大使。高壓態度一如往常。這種態度或許可以說是局長承受外務省內部鬥爭與來自外界媒體的攻擊，給自己設下的厚厚保護殼。政府官僚多多少少都有這種保護殼，要褪去外殼並不容易。

舛岡懶洋洋地說：「辛苦了。自己找地方坐。」

桂大使和青澄在沙發上坐下，舛岡局長仍不離開辦公桌，一直讀他的電子資料。要不是桂大使開口，他或許會一直讀下去。桂大使不改穩重的態度，主動開口：「百忙打擾，感謝局長撥冗接見。請問局長可曾聽聞影子大地的預測？」

「嗯，我知道啊。」舛岡局長回答得很乾脆。「像我這種地球科學的門外漢也明白事態嚴重。不過，浩劫正式來臨時，我應該不在人世了吧。要說這件事與我無關，也眞的是與我無關。」

青澄想說點什麼，桂大使輕拍了拍他的大腿制止，代替青澄說：「我年紀也不小了，早就放棄長生。不過，那畢竟還是會造成年輕人嚴重威脅的大災難。空汙之冬非常嚴重，是人類現在的課題。」

桂大使要青貓在他和舛岡局長中間顯示電子檔案。「這是我們情報分析官掌握的情報，內容是月染的基因數據。這份數據顯示月染擁有異於常人的特殊體質。」

「那與我又有何干？」

「請您看一下這份調查吧。根據專家，若想度過空汙之冬，我們人類的身體有必要再做一次改造。月染的基因數據可能有所貢獻。我們認爲普羅透斯只想把這份資料留在涅捷斯內部，但這應該是全人類的財產。這份資料應該與全世界的政府及研究機構共享。於是，我們想在將月染交給普羅透斯前，先把她交給ＩＥＲＡ。爲此，希望與月染的獨家協商能快點重啓。」

「既然如此，你們強行帶走她不就好了嗎？她敢抵抗就逮捕。」

「一旦發動國家權力，月染一定會反抗到底。最糟糕的局面，她可能沉入無人能及的深海底。」

「擁有特異體質的海上民多得是吧？爲什麼這麼執著月染。」

「月染很特別。地球上沒有任何與她相同的存在，她獨一無二。」

「你們想去拜託她成爲研究材料嗎？」

「交換條件是答應讓她的船團自由，同時給予病潮疫苗、承諾建設交易站。未來，交易站還能成爲海上民的避難場所。有了這些條件，月染應該會同意。」

「就算是爲了船團，她會願意躺在床上接受人體實驗嗎？」

「我們當然也會把空汙之冬告訴她。一旦知道人類正面臨毫無退路的危機，她不會用狹隘的眼光看待這件事了吧。」

「她不同意呢？」

「那協商就到此爲止。普羅透斯應該會強硬擄人，將她帶走。不過，以她的個性大概不會屈服，或許會選擇自我了斷。這麼一來，得不到她基因數據的人類只能在空汙之冬中滅亡。」

「但就算取得她的基因數據，我們一般人的身體也可能無法適用。花費金錢與時間研究的結果可能只是一場空。」

「我無法否認。可是，若有一點希望，難道不應該賭賭看嗎？」

舛岡局長望向青澄。「實際協商的人是青澄，我想聽聽你的意見。」

「是。」

「你有自信說服月染嗎？保證她願意聽你說話？」

青澄與舛岡局長四目相對，平靜說明：「……我只是別無所長的外交官。既不像學者那樣擁有改變人類生存能力的知識及技術，也無法阻止地球災難。我所能做的，就是避免人類衝突，盡可能維持和平——如此而已。如果再過五十年人類眞要走向滅亡——要讓這五十年成爲一個搶奪僅存少數資源的殺戮時代，還是大家互相體諒，靜待浩劫來臨的時代……我總覺得，我們正站在一個重要的轉捩點。如果人類無論如何都會滅亡——我們想選擇活在前者那樣的社會還是後者？我想創造人類不用爲了多活眼前的一天而自相殘殺，到最後都能安穩度日的世界。或許無法讓所有地區及海域達到目標，至少多一個地方也好，多一個人也好，我希望創造人與人不互相憎恨的世界。這就我的心願。」

「你一個人再怎麼努力，也無法達成這麼巨大的成就。」

「有人起頭，就會有人跟進。人類是受資訊情報影響的生物，必須先有範本。」

「明知再過幾十年就要滅亡了，不覺得爲這些人奮鬥很無意義嗎？」

「這是我們僅存的最後智慧。與殘餘時間長短無關，我希望人類文明最後留下的不是悲憤與憎恨，而是豁達的笑容。」

「外務省裡絕大多數人都不會和你同感……他們只會認爲人類在這種異常狀態中自相殘殺、互相欺瞞是理所當然，這就是人類的本質。他們一心想著怎麼樣比別人多活一天。」

「如果這件事無法成爲外務省的工作，我打算即刻辭職，成爲自由談判人，繼續完成爲人與人搭起橋樑的任務。」青澄低下頭。「請給我們機會。沒有我們從中斡旋，月染不會出面。現況看來只要日本外洋公使館再次要求月染協商，事情應該得以順利。」

舛岡局長沉默一會，緩緩開口：「上頭現在還在爭執。前幾天，普羅透斯派人來詢問。發現你們與月染的協商遭總部下令中斷了。總之現在各種麻煩，總部其中一派人馬，明知普羅透斯找你們會談，卻故意不讓你們重啓協商。一方面敷衍普羅透斯，一方面放著你們不管。打算等日後對方催促時，把毫無進展的責任都推到無能的外洋公使館身上……如此一來，桂大使將顏面掃地。不過，這些打算都被普羅透斯看透。現在對方強烈指責，要總部配合普羅透斯。」

「我們希望能提早動起來。把月染送到ＩＥＲＡ之後再聯絡普羅透斯也算不上欺騙。」

「日本隸屬涅捷斯。月染這件事，其實也可以事後再請普羅透斯提供她的基因數據就好，你們爲什麼硬要反過來做？」

「面臨地球危機時只考慮所屬聯盟的利益——我認爲這非常可恥，我不想做可恥的工作。」

「普羅透斯不會認同。若不小心，連日本的外洋公使館都得退出空間01。」

「我不認爲當浩劫來臨時，普羅透斯會保護日本利益。反過來說，您不覺得這種只想獨占數據的聯盟，打從一開始就不值得信任嗎？」

「你爲何肯定他們想獨占？或許哪天就會對全世界公開了啊。」

「在特殊公使館談到時，他們隱瞞部分情報沒告訴我們，這是刻意的。無法保證今後是否還會出現情報落差，事實上，他們將日本逐出涅捷斯聯盟也不是不可能。我的主張聽起來或許像所有人一起坐上泥船，然而，唯有眾人平等生存的權利受到保障時，才可能激盪出生存下去的智慧。這樣的智慧或許能將泥船改變爲鋼鐵打造的船。這不正是相信他人的眞正價值所在嗎？」

舛岡局長嘆氣，手一晃，消除了電子檔案。

「一邊讓普羅透斯空等，一邊由你們找月染是嗎……虧你想得出大膽計畫。被發現就糟了，他們不知會怎麼報復。」

「要是遭到報復，我一個人承擔。不會讓外洋公使館或日本政府負起責任。」

「哪可能像你說得順利——不過，你說涅捷斯可能切割日本確實是個問題，必須保持戒心。日本也該開始思考不被逐出涅捷斯聯盟的方法，或是眞的脫離涅捷斯後怎麼行動。這議題值得與外務大臣討論。」

即使舛岡局長和自己的觀點略有不同，青澄認爲還在可接受範圍內。這位局長不能用人情打動，就這層意義來說，今天的談話還算成功。

舛岡局長接著說：「我過陣子會告訴你們結果，不過，別抱太大期待。」

V

以純粹的陸上民來說，很少人像藤堂外務大臣這樣擁有機械船。這是一艘有豪華客廳與廚房，可以舒適過夜的大型遊艇。外務大臣一年頂多開這艘遊艇出海一兩次，平常多半在海上都市周圍海域繞繞。和少數可信賴的朋友一起上船把酒言歡，或是非官方形式地與人會談。

這是公使館管理局長舛岡入外務省後第一次獲邀上藤堂外務大臣的遊艇。之前，就算有機會見到外務大臣，地點都在海上都市。不是飯店酒吧，就是外務大臣辦公室，或餐廳裡的包廂。

對舛岡而言，藤堂外務大臣是他進入這世界的恩師。他從外務大臣身上學習外交，學習政治，學習政界人際。兩人交情親近，但舛岡也被外務大臣嚴厲斥責過幾次。不過，彼此關係並未變壞。

年輕時像隻跟在外務大臣身邊的小狗，壯年後成爲外務大臣的忠犬，一路走來，舛岡追隨著他。自己最終爬到的地位是公使館管理局長，舛岡認成績不錯。想爬得更高的人，就得走上更艱辛的道路。

光靠人際關係與工作實績是不夠的，還得有超乎常人的運氣、廣泛的人脈及毫不留情踹下別人的冷酷，同時須肩負得起重責大任的脊骨。

舛岡早就領悟資質不足。他從不勉強，僅在設定的目標內全力以赴。藤堂三年前當上外務大臣，那時舛岡從沒想過要靠外務大臣的關係往上爬。

決定走哪條路，就一步也不會踏歪，腳踏實地往前——這就是舛岡至今的人生。

鎖定的目標從未落空的人生。

現在，這樣的自己稍微偏離軌道，令舛岡感有些恐懼。

並不是被外洋公使館那兩人的熱情打動。只是當他凝望未來，冷靜計算哪些事對日本有利時，發現最令人憂心的是：「若今後地球環境不斷惡化，普羅透斯會在危急時與日本割席斷交嗎？還是到最後都將日本視爲涅捷斯的一份子，給予優待呢？」

不久前，舛岡還從未懷疑過涅捷斯的恩惠。然而，聽了外洋公使館的報告——關於普羅透斯可能想獨占月染基因數據的懷疑，舛岡嗅到了某種味道。

追根究柢，聯盟這種組織一直都有各政府勾心鬥角。和孩子純粹的友情不同，不管發生什麼都要當好朋友的承諾不可能發生在現實政治場域。就算想，情況也不允許。積極的背叛更是不得不的決定。這個世界就是這樣。

外洋公使館是否可能顧全普羅透斯顏面而行動——舛岡一直在思考。值得慶幸，青澄公使具備付諸行動的性格，好好善用他，或許能獲得意想不到的好結果。

人類至今面臨過多次危機，只是從來沒有一次像這樣既不出於人爲，也沒有方法挽回。既然面臨前所未有的危機，或許需要用與過去不同的價值觀應對。不管外洋公使館的計畫對錯，舛岡認爲有討論的價值。

不管結局怎麼走，自己應該都有地方可逃，雖然會陷桂大使和青澄公使於不義就是了。

即使正值忙碌時期，舛岡提出見面要求，藤堂外務大臣並未拒絕。

外務大臣捎來聯絡，建議在遊艇上談話。

這時，舛岡立刻察覺外務大臣某種程度已掌握與外洋公使館及月染相關的訊息。

如此就簡單多了。就看外務大臣是否願意協助，還是要自己壓下計畫。這點不實際談過說不準。

大型遊艇的顏色有著木蘭花瓣的白色，形狀類似烏賊部分身體，尖尖的船頭予人優雅印象。最多容十二人搭乘的艇上有五個豪華套房。放有桌椅的三層甲板以寬敞階梯相連。設置了大量有金屬窗框的玻璃窗，白天室內不開燈也很明亮。

外務大臣帶了警衛和幾個照顧他日常起居的佣人一起上船。那些人都像看門狗一樣守在不會打擾兩人的地方。品嘗用眞正水果做的果汁，藤堂外務大臣聽著舛岡說話。不管說什麼，藤堂外務大臣的表情都不爲所動，不怒不喜。舛岡說完後，他說一句：

「果然愈優秀的外交官，愈該派到海上去。」他的語氣帶有些許喜色。

舛岡小心翼翼問：「除了普羅透斯本身也在緊鑼密鼓追蹤月染的下落，其他政府的情報局員或許也察覺動向了。」

「那些人找不到的東西，我們外洋公使館找得到嗎？」

「運用IERA的個體識別系統，應該能順利找到。魚舟能潛入水底，要發現牠們的行蹤並不容易。但是，IERA最擅長追蹤海洋生物。」舛岡對外務大臣說明從青澄那裡聽來的方法。「月染對青澄公使的印象不錯，公使出面尋求聯繫，應該能得到回應。這是我們的優勢。根據外洋公使館的計畫，拿到數據後對全世界免費公開。」

「放棄獨占利益嗎……」

「我們似乎沒有計較利益得失的餘地了，出一點差錯都會導致人類滅亡。」

「還是得顧及普羅透斯的面子。違反答應他們的事，他們不可能默默接受。」

「聽說是月染自己『想順道去一下ＩＥＲＡ』，最後還是帶她見特殊公使館的統轄官，我方就不算說謊違背承諾。她只是順道繞去別處。植入標籤是不讓普羅透斯爲所欲爲的苦肉計。」

藤堂外務大臣不發一語，望著玻璃窗。好一陣子，瞇細眼睛凝視波光粼粼的海面。「……所謂地函熱柱，從這裡看過去會是什麼樣子？海的顏色會改變嗎？」

「肉眼看不到地函熱柱的，那只是地函內的熱對流。我們僅能見到地函熱柱引起的岩漿大噴發。汎亞大陸分裂，地面噴出無數火柱……」

「根據影子大地的計算，我和你有生之年見不到。」

「可以這麼說，但未必絕對。」

「這麼不精確啊。」

「影子大地的模擬計算精準度不是百分之百。」

「任期中什麼都不要發生，比任期中發生了什麼好——這就是日本的傳統思想。外洋公使館那群人偏要反其道而行。一旦違背與普羅透斯的約定，對方一定用別的方式打壓日本。這怎麼處理？」

「這方面大使和公使都很清楚。但他們並不打算退縮。如果國家不允許他們去做這件事，他們大概會私下行動。既然政府不允許，普羅透斯在對付他們時絕不會手下留情。我們不能至少保障他們的安全和權利嗎？我認爲這是該做的事。當然，光靠外交特權未必能完全保護，但讓他們手無寸鐵上戰場，後果會有多悽慘也可預見。」

「一旦激怒普羅透斯，得去向對方低頭賠罪的人可是首相，這你應該知道吧？」

「考慮到涅捷斯與日本之間關係重建問題，我自己是認爲不妨在這個時間點做這件事。」

「普羅透斯認眞起來，不難讓日本政府完全失去機能。」

舛岡不顧一切地說：「乍看是普羅透斯的勝利。但是，空汙之冬很快就要來了，到時全人類會毀滅。至少現況看來，那天政府和人民都無法維持下去。趁現在試試各種做法未嘗不是好事。這是我個人的想法。」

「『試試看』不是政治應有的態度，政治不能做不負責任的事。」

「我們現在正面臨生存之道的考驗。人類這個物種即將毀滅——這種事幾千年來一直有人在說。有些危言聳聽，有些時候眞正降臨危機。至今每一次的危機，人類都勉強撐過了。但這次是貨眞價實的浩劫。」舛岡喝光杯中飲料，把空杯放回桌上。「……就像這個杯子一樣，什麼都沒有了。人類將從地球上消失，如果不努力——不、就算努力應對，成功也是未知。這種時候，難道只爲了普羅透斯是統轄組織的理由，就要把日本命運交到他們手中嗎？」

「目前維持得很好啊。日本將經濟及技術貢獻給涅捷斯全體，做爲對日本的回報，普羅透斯爲日本提供不足的部分。你不能將日本與普羅透斯想成對立，我們和他們一心同體。」

「一心同體這個詞彙，只能用在對等的兩方身上。現在日本受到的待遇並不平等，我們只不過是普羅透斯的忠犬，全面遵守指示，等待對方給予好處……」

「主人是對的，忠犬追隨主人又有何妨？雙方幸福就好了。難道你想反咬主人的手一口嗎？人家都這麼照顧我們了。」

「我們現在談如何讓國民活下去。把這件事交給別人全權處理眞的好嗎？」

「不管是人類面臨的危機還是什麼，聯盟內的承諾非遵守不可。正因聯盟有信賴關係，我們才能放心擬定對策。外洋公使館的提案就像踩在薄冰上。我無法積極贊成。」

「那麼，其他方案……」

「日本充其量只能配合普羅透斯。我希望你們能協助他們尋找月染下落。」

「明知對方可能獨占月染的基因數據？」

「總比被其他聯盟拿走好吧。」

「公使館的人不會認同的。」

「不能認同就把他們換掉，這是你的工作。」

舛岡沉默下來。藤堂外務大臣不再說更嚴厲的話。

射進玻璃窗的陽光弱了一些。雲朵遮住太陽，窗邊把手映在地上的影子淡了一點。

舛岡冒出一個念頭。說不定，藤堂外務大臣也想讓外洋公使館的人以非官方的方式行動。表面不違逆普羅透斯，實質上搶先行動。要是一開始就不允許，外務大臣不用特地要自己上遊艇。願意見面談就證明大臣感興趣。無法對外公開的事就用不對外公開的方式做，他還是會暗中支援。是這個意思嗎？如果是如此，事情會如何發展尚不明朗，光是舛岡要付出的代價就不便宜。

但既然要這麼做，那就得獲得大臣最大限度的支持才行。就連政府公認的行動都很難稱得上安全，這個任務既然要在檯面下，桂大使與青澄面對的負擔和危險將非常人所能及。

舛岡確實打算讓桂大使和青澄鞠躬盡瘁。無論事情按照普羅透斯預定計畫進行，還是他們兩人獨家確保月染下落都好。站在高層的自己敏感察覺風向，就可朝有利的方向翻身。重要的是必須對日本政府有好處。但他不認為這樣就能不顧大使與青澄的生命安全。這是舛岡心中最低限度的基準。一旦跨越了這條基準，自己將不再是人——這是身為人最低限度的倫理。

舛岡伸出舌頭舔了舔乾燥的嘴唇。「在這個提案通過前，我不打算離開。」

「身為管理者，你應該要學會冷酷，舛岡。」

「即使政府不援助，大使他們還是會執行。或許會超乎期待的成果。然而，讓他們獨斷執行任務，任務結束後，您想會發生什麼事？」

「大概會收到辭呈吧。」

「他們為了政府和世界拚上自己的性命——要是知道政府甚至不願支援他們的任務，在第一線工作的其他職員會怎麼想？他們會領悟到，原來對工作貫注熱情根本沒意義，無力感將侵蝕第一線。當組織末端的人放棄工作，日本這個組織就會像被蛀空的樹木一樣瓦解。」

「又不是第一天發生，以前就這樣了。可日本還是維持到現在，你知道為什麼嗎？」

「不知道。」

「因爲，大家都覺得那樣就好了。管理者與被管理者都一樣，儘管嘴上抱怨，還是接受了現狀。好，這件事就談到這裡。」雙手往腿上一拍，藤堂外務大臣就要起身。舛岡急忙追加一句：「——請告訴我，要用什麼當交換條件您才願意協助？」

「你說什麼？」

「政治就是利益交換的算計，如果拿出一張好牌交換，外務大臣是否願意考慮呢？」

「沒有哪張牌能取代涅捷斯。」

「自從我進入這個世界，透過藤堂先生的工作目睹眾多事物。該受制裁的人沒受到制裁，逃離法網，這種例子我看了很多。其中不少仍在時效內。關於病潮疫苗的例子更是——」

「這可眞驚人。」藤堂外務大臣苦笑著望向舛岡。「你區區一個公使館管理局長，竟然想威脅我這個外務大臣嗎？」

「倘若檢方現在調查，會有許多人拿不到L計畫後移居圓頂都市的居住權。那些人本身就算了，他的家人可眞値得同情。」

「你敢這麼做，我不會讓你好過。」

「我無所謂。既然人類已將毀滅，接下來沒幾年可活。至少在人生最後，我希望能放下工作上的考量，做出自己想做的判斷。只要能使日本變得更強大——我願意逞強一下。」

藤堂外務大臣沒有說話。

舛岡也是，靜待對方出招。

藤堂大臣先開口。「爲什麼……爲什麼你要爲外洋公使館那些人想這麼多？什麼都不做對我們來說不是比較輕鬆？爲什麼你特地給自己找麻煩？」

「——身爲治理國家的一份子，我工作超過三十年了。年輕夢想大半消失。在這個世界裡，理想派不上用場。這個世界爲了取得平衡總是隨時變動，每一個當下都必須臨機應變才能保持平衡，不然什麼都做不到，連自己是否能存活下來都很難說。但是……即使用我如此培養出的平衡感來看，還是有想守護的東西。外洋公使館那些人現在正爲這些東西拚命。我還視而不見，就是違反身爲人與組織管理者的義務。」

「你是說，你不是出於個人情感，而是以守護組織的立場判斷？」

「是的。」

「挺不切實際啊。」

「是嗎。」

「世上任何事都不可能有正確判斷。有的只是碰巧正確。在去做之前，誰都不知道會不會成功。」

「長遠眼光下愈是爲大眾利益著想的行動，愈能改善我們的立場。在狀況惡化時，第一個被大眾拋棄的是什麼樣的人？就是什麼都不做的人。現在我們在這裡什麼都不做，將來就會被當作那種人。一點也好，爲他人利益行動……或許能讓我們的將來更安穩。」

「——你完全站在利益主義上說這番話嘛。」

「正是如此。我心中沒有美好的理想，沒有値得自豪的倫理。我現在談論的只是短視近利與將目光放長遠的差異。不過，基本上，我認爲這樣就行了。」

藤堂大臣再度沉默。不久，他確認地說：「……這就表示要與普羅透斯對立，你明白吧？」

「當然。」

「既然這樣，那就絕對不能讓他們失敗。要做就要拿出成果。如果你能負起這樣的責任，我可以跟首相談一談。」

舛岡從沙發起身，對藤堂外務大臣深深低下頭。

「現在道謝還太早。」藤堂大臣冷冷地說。「表面上答應普羅透斯，暗地裡讓外洋公使館獨自行動。這非常亂來。普羅透斯的情報網很快就會發現他們的企圖了。只要他們的行動未獲日本政府正式認可，外洋公使館遭海軍或水上警察攻擊時，我們就無法出手保護。連一艘潛水艇都無法提供。你懂這代表什麼吧？」

「他們說會靠駐任武官想辦法。」

「這些人到底想胡搞到什麼地步。民間也能買到高速潛水艇，甚至有搭載魚雷的款式。這種程度的人情就做給他們吧。」

「謝謝大臣。」

「千萬不能讓普羅透斯發現。」

「我明白。」

藤堂大臣靠上沙發椅背，意思是話題結束。「不枉費我特地開船出海。要是你剛才輕易放棄，我已經命令手下把你丟進海裡了。沒有比浪費寶貴時間更火大的事。」

「……非常感謝。」

再次低下頭，舛岡背脊發涼。

還以爲賭上人生懇切地說服了他，其實藤堂大臣最初就知道自己肚子裡的主意。這邊掌握到多少情報，知道哪些消息，做好賭到什麼程度的心理準備……全都被看穿。任務一旦付諸實行，自己是否眞能派上用場，還是會途中放棄責任逃離——這些他都在冷眼旁觀，暗中算計。

自己是逃不出外務大臣手掌心的膽小鬼。說到底只有這點程度罷了。

倘若今天這場對談失敗告終，大臣肯定不會輕易放過得知這麼多內情與要事的自己。不是下令嚴密封口，就是消除記憶，甚至可能再也開不了口。

舛岡想，丟進海裡恐怕不是比喻，不由得暗自顫抖。

其實舛岡是個旱鴨子。

知道這點的人不多，藤堂大臣正是其一。

第七章　戰果

我們等待回覆時，舛岡局長要青澄再次前往公使館管理局。

他並未要求桂大使同行，只叫了青澄。

「我們是不是被當成跑腿的啦？」

「是也沒辦法。在局長的價值觀中，我不是外交官，只是處理糾紛的。」

青澄抵達公使館管理局時，舛岡局長已在等待，這次他坐在沙發上，對青澄說「坐吧」。青澄一在他對面坐下，他開門見山：「月染那件事，藤堂外務大臣已經和笹山首相談過。笹山首相指示日本政府必須配合普羅透斯。在搜尋月染這件事上也一樣。外務省幹部皆同意這個看法，接受配合普羅透斯的路線。這個結論也已經告知對方了。」

青澄默默傾聽。

舛岡接著說：「關於這件事，藤堂外務大臣預計近期與特殊公使館的納賽爾統轄官正式會談。包括今後日本外洋公使館與普羅透斯將以何種形式合作，進行月染協商——到時都將具體討論。」

天平往對面傾斜了嗎……青澄一定非常失望吧，不過，他並未將情緒表露在臉上。

非常感謝您各方面盡力協助——青澄正想這麼說時，舛岡局長又開口：

「不過……大臣和普羅透斯的會談訂於十一天後的下午。意即嚴格來說，你們獲得了十天緩衝期。今天起的十天中，這件事還未正式拍板定案。我打算接到大臣告知後再對外洋公使館發出正式通知。日後普羅透斯如有詢問，我也會這麼回答。」

青澄驚訝地抬起頭。

舛岡局長咧嘴一笑。「這十天內找到月染並植入管理標籤，讓她主動取得日本國籍。普羅透斯無法隨便對持有日本標籤的人下手。關於標籤的發行，我跟法務省談妥了，找民事局仁川局長即可。今天叫你來東都SC，就是趕快辦這手續。民事第一課課長有標籤發行權，去找仁川民事局長談請他隨行的事。不按程序走也沒關係，上頭會睜一隻眼閉一隻眼。」

「這是首相的意思嗎？」

「首相什麼都不知道。就當他不知道。你一旦失敗得負起全責，不可殃及桂大使，你可有覺悟？」

「是。」

「很好。需要什麼這邊會盡量準備，不用擔心費用。當然，若你要求買一艘護衛艦，我也會爲難。」

「我明白了。」

「明白就快去，別浪費時間——不、別浪費了大家的好意。」

「謝謝局長。」

青澄衝出局長室時，我用腦波通訊對他說：『好意？什麼叫好意？講難聽點不就是出事的話，你就成了被斷尾逃生的蜥蜴尾巴嗎？上面把責任全推給你還裝作不知情，不管發生什麼，他們就僅想著保全自己！』

「可是，如果什麼都不做，等於把勝利拱手讓給普羅透斯。做法好壞不論，你不認爲能搶在他們前出手就有一試的價值嗎？」

『不認爲！』

「我們得到機會就盡全力。我可不想被普羅透斯牽著鼻子走。」

青澄撥了IERA日本分部的洽詢電話，說明想合作海洋相關事業，希望與地球深部研究專家春原・FM・美玲教授見面。IERA也負責海洋開發調查，外洋公使館和他們接洽沒有不妥。青澄說想先打聲招呼。一如預期，對方答應見面，約定今天下午三點左右一起喝茶。

「你在飯店等。」結束和對方的通話後，青澄下令。「我不想讓對方有壓力，最好避免留下靠政府特權行事的印象。我和教授一對一談。」

「好的。」

青澄和春原教授約在ＩＥＲＡ日本分部內的咖啡廳。簡單寒暄後，向服務生點了茶便交談。

「今天想委託您的，是關於海洋生物的個體識別調查。」青澄舉起手，手指一揮，在咖啡廳桌面上打開電子資料夾。不愧是ＩＥＲＡ內部的咖啡廳，投影硬體品質很高，螢幕上清楚顯現月染船團的照片。「我聽說ＩＥＲＡ這套系統技術最進步。」

ＩＥＲＡ的識別系統開發目的是調查鯨魚等大型海洋生物。拍下識別對象的照片，從體表圖案和魚鰭形狀等辨識個體，找出位置。這不必發射標籤就能追蹤個體。因爲會將取得的資料先作成立體模型，也能從各個角度拍下照片比對。

鯨魚和魚舟一樣潛水游泳，得耗費時間精力蒐集資料才能使用這套識別系統。像翻車魚那種往來海面與深海的生物調查起來就很費力。

青澄接著說：「希望您協助我們找到這群魚舟洄游的所在地。我們大概知道牠們生活海域，但魚舟集團隨時都在動，靠公使館很難鎖定正確位置。」

「……這不是學術調查，是要委託我們尋人了吧。」春原教授的聲音嚴肅起來。「ＩＥＲＡ是學術機構，即使是來自政府的委託，這類要求我們必須拒絕。」

「這件事將決定人類的未來——即使如此也不行嗎？」

「什麼意思？」

青澄解釋始末。包括我們已經知道L計畫，以及想將月染研究交給ＩＥＲＡ的事。

春原教授神色凝重。等青澄一說完，她便嘆大大一口氣。

「非常感謝您告訴我。不瞞您說，您不是第一位委託我們調查魚舟下落的人。」

「外務省以前也來委託過嗎？」

「不、全世界都有人來委託。出於保護海上民隱私的原則，我們全都拒絕了。」

「這麼說來，NODE或其他聯盟來委託過？」

「最近正好有人來。對方的目的應該和你一樣。」

不用問也知道，一定是普羅透斯。青澄接著說：「普羅透斯想獨占月染的基因數據。可是，日本政府可以答應IERA主導對月染的研究。盡可能解救更多人，我們認爲必須公平地將數據對全世界公開。」

「即使和你們合作，也無法保證一定能公開數據。日本是涅捷斯的一部分，違抗普羅透斯形同自殺。你一個人的判斷說不定會大大改變全日本的命運。」

「這不是我獨自判斷。雖然不能說出名字，但有好幾個人爲這件事奔走商談，最後決定這麼做。這件事必須在期限內完成。我須在十天內找到月染並說服她。十天一過，我們就得無條件配合普羅透斯了。」

春原教授皺起眉頭。「這樣啊……有期限……」

「是的。如果我與月染團長的協商成立，就會當場讓她取得日本國籍，然後造訪最近的IERA分部。請分部確保月染基本情報，包括血液與細胞的採集、大腦掃描……特別關鍵的是關於她語言能力的大腦結構。這只有她才具備。取得數據後，就能提供給IERA分部，研究費用日本會全面支援。」

「這計畫太魯莽了……」

「普羅透斯怎麼跟您說的？在要求您協助時，他們一定沒有答應這些條件吧？」

「現在說的這些，獲得日本高層許可了嗎？」

「您可向公使館管理局的舛岡局長確認。這計畫並非公使館擅自進行，也是外務省的意向。」

「……IERA成立目標就是成爲超越政府、不受政府箝制的機構。不讓政策阻礙研究，原則上不接受任何來自政府的指示。各政府內部都設有負責對應L計畫的單位，有要求請透過那邊提出吧。」

「我明白，但太耗時間。」

「我雖然是日本人，但不能因此特別重視日本委託。但我能理解事情的嚴重性。請問您還會在這裡停留一陣子嗎？」

「在得到回覆之前我都會留在這裡。」

「請告訴我如何與您聯絡。」

「好的，有勞您了。」

我們在東都SC的飯店裡等待IERA。但傍晚仍未接到來訊，青澄便到飯店餐廳簡單用餐，又把自己關回房間等待。試圖消除緊張，青澄打開電視。不過，眼睛和耳朵完全沒用在電視上。晚上九點左右，春原教授連上我的線路，在青澄腦中響起通話要求，他立刻接通。「您好，我是青澄。」

『很抱歉這麼晚聯絡。』春原教授的聲音依然冷靜，但有些疲倦。漫長的討論令她筋疲力盡。『這個通話線路安全嗎？』

「您擔心的話我可以過去與您見面。您現在在哪裡呢？」

『還在分部。不過，要您特地跑一趟太過意不去了。』

聽她這種說法，青澄登時知道結果必不樂觀。不過，他並未失望，回覆「請別介意，我馬上就過去」。

我們再度前往IERA，被帶到其中一間研究室。因爲分部兼有研究設施，二十四小時都有人在。

春原教授開門見山說：「非常抱歉，無法如您所願。很能理解您的苦衷，但站在IERA的立場，我們還是無法接受委託。」

「……別這麼說，非常感謝您盡心盡力。」

「只是——有職員看到您提供的資料時，說他似乎見過類似的魚舟。根據他的說法……」

說到這裡，春原教授揮了揮手指，在眼前出示地圖。她依然保持沉默，只用手指在南洋海域某部分畫了一圈。青澄明白她的用意，點點頭。因爲無法協助，所以不能留下言語紀錄。但想回應青澄的誠意，希望至少提供一些情報——這就是IERA的判斷。青澄低下頭道謝：「非常感謝，各方面都給您添麻煩了。」

「提供資料的話，我們隨時接受。」春原教授微笑著說。「只要不是來自政府的要求，分析各種資料本來就是我們的工作。如果她自願來ＩＥＲＡ看看，我們很樂意迎接。」

衝出ＩＥＲＡ分部，青澄聯絡桂大使，請他著手下一階段。

隔天早上，青澄前往一趟民事局。說出舛岡局長的名字，請求與仁川民事局長會面。這次我留在飯店待命，在線上觀察狀況。拜舛岡局長事先打點，仁川局長很快見了青澄。他的年紀大青澄很多，已經快退休。民事課的課長是一位名叫向木・ＭＵ・智的溫厚紳士。我試著向課長和局長的助理智慧體打招呼，但只得到平淡無奇的回應，防禦牆滴水不漏。政府官員助理多半這樣，不具備人格，只是純粹的輔助工作。遇到這種情形時，我就不會多接觸。

與局長和課長會談時，聽到要自己出差植入標籤，向木課長臉色大變，慌張直說肩負不起如此艱難任務。安撫課長情緒，青澄溫和地說：「非常抱歉，我隸屬不同部門，實在無法獲准擔任國籍認可的職務。植入標籤的裝置需先讀取法務省職員的ＩＤ才能啟動。沒有您在場，無法植入標籤。」

「既然如此，就用委託權限的方式，在裝置裡追加公使的ＩＤ情報吧。」

「如果這樣就能解決的話，我也希望這麼做。不知是否可行呢？」

面對青澄的疑問，仁川民事局長搖了搖頭。「追加ＩＤ的限制很嚴格，就算能夠追加，還要先到各個單位跑文件流程，等結果出來大概一個多月。而且不一定會許可。即使是首相直接任命，也得花這麼久。」

青澄無可奈何地望向木課長。「事情就是這樣了。能否請您隨我一同前往發行標籤呢？當然，您有拒絕的權利，請別客氣。我再拜託其他人。」

「……既然這樣，那也沒辦法。」向木課長嘆氣。「我是這裡的課長，不能把這種工作硬塞給部下。我知道了，我會有心理準備。不過，請恕我不參與危險行動。遇到危險，我會當場逃走。」

「這我明白。」

「我現在就準備。在機場會合吧。」
「好的。」
我們回到飯店，完成退房手續。
走上街頭，我想起來東都ＳＣ這麼多次卻都沒空觀光和休閒，眞是沒有比這更無趣了。
下午，接到桂大使聯絡，說明駐任武官竹本將前來支援我們。敲定和月染會談的地點後，竹本就會在附近守衛。他向防衛省借調數人，組成特務小隊。因爲是機密任務，成員包括竹本在內只有六個人。不過，大家都會帶著助理智慧體，因此實際人數是兩倍。我們的交通工具是兩艘小型高速潛水艇，一行人直接在當地會合。
青澄差不多要意識到一腳踏入不知往後局勢的時候了。興奮激動的熱切情緒席捲他的心，我默默地稍微調整他腦內化學物質的分量。
在機場等待不久，準備出發的向木課長快步走來。他瞥了一眼我們，微微點點頭。課長的助理智慧體沒有人造身體，連線輔助，仍然沒有與我接觸。
我以腦波通訊對青澄低語：『對方的助理態度不太配合。或許還有警戒。』
『在不惹惱對方的程度下保持接觸。』青澄回應。『有萬一時，他們不幫忙就麻煩了，先打好關係吧。』
『知道了。』
我們搭乘小型專用飛機。這是商業特急班機，可供搭乘的人數少，但比觀光班機更早抵達目的地。我的人造身體已有搭機準備，坐在青澄身邊的位置。
飛機一起飛，向木課長就問：「到底要去哪呢？」
青澄回答：「首先飛往摩斯比港。」
「那是大洋洲共同體管理的地方吧？」
「是的，我去過幾次，那裡有值得信任的幫手。」

「到那種地方工作？」

「因爲我的工作得走遍世界各地。」

向木課長沒再追問。青澄是哪種類型的外交官，即使是不同部門工作的課長也很清楚。

我們抵達的海上都市是巴布亞紐幾內亞首都所在地的海域。

都市名稱延續摩斯比港這個名字，但陸地早已沉沒海底，至今仍使用殖民地時代的地名有其原因。因爲建設海上都市的資本來自希望保留名字的人物之手。

周遭的深海地區，至今仍在挖掘採集礦物資源。陸地沉沒前的巴布亞紐幾內亞主要出口品就是礦物，與過去相比，現今產出數極端減少。不過只要有少數剩餘資源，就依然會業者派出潛水採礦船。精煉資源的專門設備就設置在海上都市旁，大洋洲共同體或涅捷斯會買下處置好的資源。

過往被評爲世上治安最差城市的摩斯比港，在海平面上升後土地已完全沉沒，現在的摩斯比港是建設在沉沒都市上方的大型海上都市。這是完全斬斷過往歷史的全新都市。不讓巴布亞紐幾內亞再次成爲過去的犯罪天堂，大洋洲共同體制定出森嚴的居住條件。最後誕生出南半球首屈一指的廉潔都市，這也是忠實重現北半球人不負責任想像中「南洋樂園」形象的漂亮都市。

分布附近的小規模海上都市上有涅捷斯、汎亞和大西洋聯盟的外洋公使館，也有日本的公使館。這區的公使館稱爲密克羅尼西亞系列，比空間系列規模小，卻是南半球情報流通的重要據點。

我們並未前往政府的公使館。雖然得多花一點住宿費，仍選擇隱私受到保護的飯店豪華套房。接著聯絡竹本，將我們的住處告訴他。

平常都在辦公桌上辦公的向木課長，從北半球旅行至此已失去力氣。「抱歉，請讓我睡一下……」留下這句話，他腳步踉蹌地走向寢室。

青澄坐在沙發上。房內備有咖啡機，我問他：「要沖一杯嗎？」青澄搖頭拒絕了。「有西格里莊園的改良豆喔，應該很好喝吧？」

「不了，先不要。我想冷靜一下。冰箱裡有水，給我水。」

將水瓶交給他，我沉默地站在房間角落，不打擾青澄思考。

一邊喝冰水，整理該做的事和思緒，我透過 i 探針感受到他致力於此。儘管出發時意志堅定，他的心中仍有不安。不過，這不是壞事。衝動行事，任務不會成功。和過往相比，現在他更需要冷靜。

約等兩小時，竹本帶著兩個年輕男人抵達。

「久等了，公使。」

「抱歉啊，還讓你們跑來。」

「別這麼說，這是我們的工作。」

「潛水艇停在港邊嗎？」

「不，僞裝成海洋調查船的母船停在公海上，內部收納兩艘小型潛水艇。一等公使指示，我們就在港口租借小船出海與母船會合。潛水艇中一艘我負責駕駛，另一艘——」說著，竹本指向他帶來的其中一個男人。「這位神崎少尉負責駕駛。」

青澄從沙發起身，主動和少尉握手。「接下來要麻煩你了，請多關照。」

神崎少尉用力回握他的手，微微低下頭：「能派上用場是我的榮幸。請您多關照。」

「另一位是……」

竹本朝另一個男人投以一瞥，皺著眉頭：「這是我的助理智慧體，史貝德。我素來不用人造身體，但這次人手愈多愈好，讓他用人造身體同行。這是汎用型人造身體，外觀沒有調整過，穿上衣服而已。」

「長得不錯啊，是防衛省的備用品嗎？」

「是的。原本是用來當格鬥訓練對手的機種。我啊，連帶在身邊都難爲情。」

青澄以面對人類的態度和史貝德握手：「史貝德，要麻煩你了，多多關照。」

史貝德伸出手，握住青澄：「有吩咐請僅管說，能派上用場是我的榮幸。」

青澄重新轉向竹本，繼續問：「小型潛水艇上有多少裝備？」

「各有八個誘導型魚雷，兩座四門發射砲管。雖然是跟豆子沒兩樣的小型砲彈。」

「那夠用了嗎？」

「潛水艇規模頂多這樣。普羅透斯察覺我們動向了吧。不過，這附近是大洋洲共同體管理的海域，雖然月染只會出現在公海，但位置很接近大洋洲共同體，普羅透斯不能隨便派出潛水艦。但很可能派出大型潛水艇。大型潛水艇比潛水艦體型小且靈活，還有無聲化功能。用這個就很難用被動聲納找到他們。」

海中戰非常依賴聲波，必須從對方聲音確定位置。潛水艇或潛水艦的無聲化裝置是以數位方式保護引擎及艙內聲音不被發現的裝置。有時還會多加一層自然海中聲掩蓋，就像為潛水艇漆上音響迷彩。

青澄問：「我們的潛水艇有無聲化能力嗎？」

「有，和對方的程度差不多。」

「在海底遇上了，彼此可能都不會發現？」

「考量到地點，就算發現也不會突襲。我反而認為對方如果要出手強奪，不會攻擊我們而是攻擊公使您。」

「我？」

「對。我猜月染不會答應在海上都市或陸地見面，協商地點應該是她的魚舟上甲板。一旦情勢發展對她不利，魚舟就能迅速潛降逃離。當我們忙著救助被丟到海裡的你們時，她就可以和魚舟一起逃走。國籍標籤是敏感問題，即使用盡全力還是可能被她拒絕。向木課長或許可獲准和你一起上魚舟，但身為武官的我一定會被拒絕。」

「那種時候，普羅透斯會以何種形式介入？」

「如果他們派出大型潛水艇，應該會直接浮上海面制止公使。」

「我會被攻擊嗎？」
「攻擊前會警告，但不能肯定對方絕對不會攻擊。最好還是在西裝下穿防禦衣。我來準備吧？」
「沒關係，我自己有帶。」
「若普羅透斯公開表明身分並強硬阻止，我們的潛水艇就沒有用武之地。但是，只要他們高層指示協調——無論採取何種方式協商，那都會是隱密行動。因爲得考慮到國際間的誠信問題。一如我們是非官方的檯面下行動，對方也不能太明顯。因此，應該會是很低調的武力行動。不過如果他們正面衝突，接下來就與戰爭沒兩樣。彼此都會毫不留情。我本職是軍人，希望公使有這種程度的心理準備，這樣我們動起來才不會綁手綁腳。」
「問一個問題。我們發射的魚雷會造成大型潛水艇多大損傷？」
「根據擊出數量，直擊還是在水中引爆，這些都會影響結果。水深也有影響，無法一概而論。」
「若潛水艇遭魚雷擊中，對方船員有時間逃離嗎？」
「……公使。一如我剛才所說，一旦正面衝突就形同戰爭。潛水艇毀損程度確實影響逃生。不過加入海軍，必要條件就是改造成適應海洋環境的身體，船艙內一定有潛水器具。但不能保證百分百逃生。誰都不知道海裡情勢。」
「有沒有可能只瞄準推進器發射魚雷，讓潛水艇不能前進，沒必要殺人，我們也能逃離現場。」
「雙方艦艇無聲化，不可能瞄準單一部分位置發射。發射必會造成艦艇損壞。」
「這我明白，但不能想想辦法嗎？」
「海中戰鬥和陸地不同，無法使用電擊棒或閃光彈之類無殺傷力的武器。技術上不是不可行，但現今這個社會沒有人使用這種方法，只有擊沉對方的手段。這就是我們的現實。」
「……我希望月染的數據對全世界平等公開，才會策畫這次任務。」青澄說。「然而，爲了這個目的而殺人，豈不就和普羅透斯或汎亞那些政客一樣了嗎？救一部分人，不在意犧牲其他人的生命……」

「我明白您的意思。可是我的看法和您不同。就算道理相似，實際上公使的本質和他們不同。」

「但是……」

「請您理解，如果攻擊，被究責的是我或防衛省，公使您不用介意。」

「戰鬥現場交給你負責，我也無法裝作毫不知情。下手的不是自己，反而更卑鄙。」

「請別這麼說。如果必須攻擊，躊躇不前只會讓我們喪命。」

「竹本。」

「什麼事。」

「我至今受過你不少協助。老是有無理要求，帶你到談判現場擔任護衛，讓你身陷險境不止一次兩次。但我一次都沒有命令你殺掉相關人士。一次都沒有。你知道爲什麼嗎？」

「……不知道。」

「因爲只要那麼做，身爲外交官的我就沒救了。不是說會被總部懲戒處罰，而是當一個人滿不在乎殺人時，他就無法勝任談判工作，無法站在公平的立場說服對方。」

竹本痛苦地垂下視線。「您的心情我能理解，但請放棄。」

「無論如何都不行嗎？」

「對。如果公使要我去死，我樂於赴死。有利戰情，什麼事都願意承受。但我不能讓部下白白送死。身爲率領他們的人，我絕對不答應這點。」

青澄默默坐上沙發。撐在額頭上陷入沉默，苦惱不已。

我試著從內側推了推青澄：「我可以表達意見嗎？」

『……隨便你。』

『竹本說的很正確。你的堅持只是根據你個人的價值觀，欠缺客觀性。』

『那種事我當然知道……』

青澄嘶啞回答，再次靜默下來。

我很清楚他堅持的原因。純粹靠語言的力量奮鬥，絕對不訴諸暴力——這是他身為外交官的信念也是驕傲。因爲這是他與曾爲獨立外交官的恩師間宮・MM・祐一氏最後的約定——

『所謂談判，就是和價值觀不同的他者對話。所以，談判有時無法解決問題。甚至會有不管怎麼談都是兩條平行線的時候……』

——『但你還是得面對問題，絞盡腦汁，用盡詞彙，擠出最後一絲力量摸索雙方應該前進的正確道路。這樣的行爲，是人類將智慧發揮到極致的瞬間。就算當下的情況再暴力，吐出的話語再激情，都要堅持到最後一刻，不能輕言放棄。雖然是間接的，言語有時能終止暴力。你千萬不要忘記。』

想打破這個信條嗎——這是青澄最大的猶豫。

我再度開口：『你聽好了。無論普羅透斯有沒有阻止我們，他們利益得失的差異不大。順利阻止，就是他們獨占月染。不能阻止，事後月染的數據還是透過IERA公開給全世界，默默收下就好。之後，涅捷斯在世界上的地位變成如何，應對的政治方法多得是。普羅透斯現在滿手好牌，可以根據情勢積極出手或消極等待。我們不同，我們的計畫一旦失敗就全盤皆輸了。月染被奪走，日本被涅捷斯切割，我們生命危險。打從一開始，我們與普羅透斯就實力懸殊，正因如此，來了就要求勝。反過來說，不想贏就該中止計畫。不止是爲了你自己，也爲了竹本和大家。』

青澄更不吭聲，很是頭疼，手指按壓著額頭。他過一會才放下手，端正姿勢，望著竹本靜靜道：「我知道了。這樣也沒辦法，竹本，以你的意見爲優先吧。不過，有件事想拜託你。」

「是什麼呢？」

「若非發動攻擊不可，請聯絡我。我希望留下我判斷攻擊的紀錄。」

竹本倒抽一口氣。青澄選擇揹起責任。

日本遭普羅透斯批判時，青澄要正面接下指責。沒有竹本和防衛省居中墊背。

竹本張口想要反駁，青澄舉起一隻手阻止。「當然，突發狀態下無暇聯絡我時，你自己判斷。我會負起連帶責任。」

「我的意思不是要你做到這個地步！」

「既然要做就不想逃。」青澄不肯退讓。「瑪奇說得沒錯，不能贏，計畫就沒有意義。我們打從一開始就揹負著罪惡到此……雖然還有和汎亞交涉的問題，我現在無法馬上辭職——但一旦交戰，我一定會讓你獲勝，我自己將以此爲由離開外務省。」

「爲什麼事情會變成這樣！」

「外交官的工作只能用言語說服對方。動過一次武力，那個人就失去外交官的資格了。我必須付出代價，放棄自己的工作。竹本，老實說，我不認爲罪惡會消失。縱使法律上判定爲正當防衛，奪走他人性命的罪就是這麼重。」竹本欲言又止，青澄微笑制止了他。「沒時間了，快找到月染。這件事就討論到此。」

「我……我希望公使走在正直的道路上，才說責任在我。武官不就是爲此存在嗎……」

「謝謝，竹本，很高興聽到你這麼說，我心領了。來吧，擬定作戰，沒時間了。」

滯留摩斯比港，青澄尋找月染下落。利用生活在這一帶的浮萍與海上民之間的聯絡網，地毯式搜索最近南下的亞洲面孔魚舟船團。調查的範圍已經從ＩＥＲＡ那裡得知，過濾出可能的地點不難。經歷漫長旅程的月染船團一定會選擇確保糧食之處，這種海域數量有限。

到摩斯比港第六天，其中一個浮萍傳來好消息。月染船團就停在大洋洲共同體領海與公海的交界。從報告看來，船團規模縮小許多。

青澄讀著資料陷入沉默，他一定是在顧慮走投無路的月染。現在月染船團最需要食物和休憩場所，但輕易給予這些將會傷害他們的自尊心。奪走他們容身之處的是陸上民，即使凶手不是日本，月染對陸上民青澄等人抱持的看法可想而知。即使如此，目前這仍是與他們接觸的最好裡由。

青澄一一拜訪浮萍，找出與月染船團有交流的海上商人。交給他一封信，信封上畫有外洋公使館徽章。青澄付了訂金，承諾事成再支付報酬。

月染曾說，無論狀況再緊急都要用海草紙寫的信跟她聯絡，否則得不到她的信任。這種時候還用這種方法教人心急，但不按部就班無法獲得回應。事態緊急，強硬行事反而可能搞砸。

青澄並未在信中說明太多。只提到自己來到附近海域，不會停留太久，期限前就得離開。如果她有需求，請務必與自己聯絡，可以馬上提供。

竹本提議浮萍送信過去時以潛水艇暗中跟蹤，好打探船團情形。青澄駁回提議。跟蹤曝光，月染將會拒絕協商。雖然心急如焚，總比情急破壞，事後後悔莫及好。

我們持續等待月染回覆。

帶信的浮萍一直沒有回來。

我們耐著性子等。要是得不到回應就只好放棄。這本就是沒有勝算的賭局，不能抱怨什麼。失敗有失敗的做法，轉換方向思考與普羅透斯協調，配合他們，一邊盡量朝自己的理想靠攏。

「怎麼一直沒回來……」

從日本出發後第九天晚上，竹本在飯店房中低語。我們吃過晚飯，酒也不喝，等著回信。時間將近晚上十點。神崎少尉和向木課長神情五味雜陳，難道要徒勞無功返回日本嗎？

竹本說：「我去港口看看情況吧。」

「最好不要。」青澄勸阻。「沒有以前那麼危險，但夜晚的港邊還是不安全。獸舟也可能上岸，在房裡安分地等吧。」

隨後，飯店櫃台傳來聯絡，說青澄有訪客。我們馬上提起裝了紙筆等用具的提包衝出房間。到一樓櫃台前，之前幫忙送信的浮萍正等在那裡。青澄衝上前抓住他的雙臂：「辛苦你了，謝謝！」

那位名叫聶拉的浮萍搔了搔頭，一言難盡地說：「非常抱歉，我中途捲入麻煩事才這麼晚回來。我這邊的限制很多。」

「請讓我看回信。」

「請便。」

青澄當場打開月染的回信。一如上次收到的信，這封信也以海上古語寫成。青澄激動不已，心急地查字典翻譯。我加入輔助，提高翻譯速度。

「——有回應了，她願意跟我們見面。」

從提包取出海草紙與筆，青澄在靠牆的矮桌上寫起信。這封信除了指定見面地點，連取得國籍的事都提及了。說明目前狀況和想拜託她的原因，但尊重月染意願，只是若行，希望當場為她植入標籤等等——

在事先寫好的文章加入必要事項，很快成信。他在信末署名，將海草紙裝入信封並封好，交給聶拉：

「非常抱歉，可以麻煩你現在幫忙送這封信嗎？送到即可，不用等回信。剩下的報酬我會寄放在飯店櫃台，你有空再過來拿就好。」

「飯店的人不會騙我，說你沒寄放？」

「別擔心，要是他們敢這麼做，我會告他們。」

「嗯……那我就相信你好了。眞的沒拿到也請你再付一次。」

我們回到房間，竹本嚴峻地說：「公使，收到回信値得慶幸，但我們與月染見面會談時，已經超過約定期限了。我們奉命十天後就得撤退……」

青澄坐在沙發上雙手置於大腿交握。他抬起眼睛望向竹本：「……我一個人赴約，這樣就沒問題了吧。」

「怎麼能這麼亂來！」

「這你一開始就該知道了。」

竹本無奈地搖頭。

青澄用腦波通訊對我指示，說要和竹本無聲通話。意思是，他和竹本的對話不能被其他人聽見。

我敲了史貝德，請他準備好竹本與青澄對話的環境。我們在兩人的輔助腦中開啓對話成立的共通語言程式。準備好，青澄對竹本說：『外務大臣和特殊公使館的會談日訂於十一天後的下午，會談結束前都還算在期限內。』

『您以爲這種藉口說得通嗎？』

『不通也得通。月染似乎來到舊所羅門諸島海域，會談場所離空間01有大約兩小時的時差，這點可以拿來利用。我們現在出發，不用等月染回信，直接前往指定海域等她。』

『被拆穿會受到懲罰吧。』

『是啊，你和我恐怕都無法全身而退。我才說我一個人就好。』

『別說這種見外的話，事到如今我們已在同一條船上。』

竹本自己切斷通訊，對神崎少尉和史貝德說：「馬上出發。目標海域爲南緯十度，東京一百七十度附近，詳細指示等青澄公使下達。動作快。」

兩人沒有反問，迅速著裝準備。向木課長緊張地穿上外套，提起放有標籤發行裝置的皮包。

青澄對課長說：「我們先到港口借小艇，開往外海與潛水艇會合。到時候，請課長和我搭乘同一艘潛水艇。您有上過魚舟上甲板的經驗嗎？」

「完全沒有。」向木課長臉色發青，嘴角抽搐地笑著說：「我連船梯都不太會爬呢，有沒有問題啊。」

「瑪奇會協助您，請放心。我們走。」

潛水艇來到約定會談的海域，已是隔日早晨。青澄命竹本浮起小型潛水艇。

放掉壓艙水，憑自身浮力往上浮的潛水艇很快露出海面。

青澄打開艙蓋探身。太陽高懸在水平線之上，遙遠另一側的海面如撒上金粉般發亮。

對我們身上的事一無所知，風景兀自悠閒。

此時此刻，地球仍美得與人生毫不相關，散發著殘酷的靜謐。

濃烈海潮味隨海風飄近，不見魚舟身影。離指定時間還有點久，不過，她早點來對我們比較有利。雖說是小型潛水艇，一直浮在水面上有可能會被涅捷斯的衛星系統發現。竹本催促青澄「請快回來艙內」，青澄心不甘情不願地下來。

「讓葉一靠近，我們的聲納就會探測到。」竹本這麼說。「艙內狹小，但潛行等待比較安全。」

竹本在螢幕上出示海圖，對青澄說：「月染指定的地點位於大洋洲領海邊境，稍微朝公海突出一點點。身為無所屬海上民的月染無法進入大洋洲領海。大洋洲的警衛系統監視嚴厲，不容外人侵入領海。空中有觀測衛星，海中有警戒網，魚舟體型這麼大，一進領海就會被發現。不過……」

說著，竹本打開另一個資料夾。那是只有文字和數字的報告書。「魚舟不小心闖進領海的比例很高，有些是飢餓的魚舟追捕魚類時不小心，有些是午睡或生病的魚舟隨洋流漂來。海底警戒網發現魚舟時，不會立刻派出軍艦或潛水艦嚴厲驅逐。拖拖拉拉不走，還是會毫不留情攻擊就是了。」

「原來如此……」

「這就是月染指定這個地點的原因吧。如果會談被人盯上，她打算利用大洋洲的警戒網避開攻擊。射偏的魚雷一旦進入大洋洲領海，發動攻擊的一方就吃不完兜著走了。」

「把領海和公海的邊界想成一道牆，某種程度也能分辨出敵人攻擊的方向。」

「海中攻擊不分上下左右，無法預測敵人從哪個方向出手，但如果能盡量靠近邊界，至少可確定公海側是安全的。」

竹本說得沒錯，約定快到時，另一個船艙的聲納探測員傳來「掌握到魚舟」的聯絡。螢幕上顯示出探測物正繞著環狀軌跡洄游，就像在打招呼。一看就知道對方很清楚我們是誰。

周圍沒有其他可疑的船影。竹本對航海員下令：「半速前進，啓動音響訊號。」

音響訊號是能透過魚舟讓操舵者聽見的訊號。原本是海上民使用的音響訊號，後來陸上民也導入機械船。海軍遇到民間船或魚舟時，通常用這種訊號溝通。配合潛艇發出的音響訊號，魚舟緩緩浮上。竹本將潛水艇的速度陸續切換爲微速、最微速，讓潛水艇剛好停在讓葉身邊。

青澄低聲說「走」，催促我和向木課長離艙。

從艙門下探出頭，魚舟外皮近在眼前。讓葉的背部浮出海面，海浪拍上身體，碎成浪花。浪花在海面上製造出白色漩渦。魚舟外側掛著梯子。我從潛水艇上跳上魚舟的梯子，朝青澄伸出手，把他拉過來。讓青澄先上了魚舟，再一樣拉向木課長。

向木課長不時發出「嗚噫」、「哇啊」的聲音，勉強從搖晃的潛水艇往梯子跳。腳踏上梯子，剩下就輕鬆了。我提醒課長「絕對不要往下看」，要他慢慢爬上。魚舟晃得很厲害。儘管梯子的扶手和腳踏處以鯊魚皮製成，但都被海水濡濕，向木課長應該很害怕。

月染在讓葉的上甲板等待我們。

今天她自己一個人。沒有隨從，周圍海面上沒看到其他夥伴魚舟。

月染顯得非常憔悴。

臉頰上有類似鐵鉤畫破留下的褐色傷痕，粗布衣下的手腳傷痕累累。命運無情地奪走了她的夥伴，逼著她與海上強盜團戰鬥。來到新海域，面臨與原來住民的對立，她居中奔走協調——生活的考驗累積無數疲憊，在她臉上落下暗沉陰影。

我們早已有被她開口責難的準備，然而，聲音出乎意料溫柔。

「感謝各位特地來此。和你們僅僅見面二次，卻毫不生疏，雖然老是覺得第一次見面已好幾年前。」

「……您辛苦了，團長。那麼，今天的會談就讓我們速戰速決。」

「我已將船團交給別人，現在船團沒有我也能自行判斷移動。我如今完全自由，多得是時間，慢慢談吧。」月染朝向木課長一瞥：「這位就是你在信裡提到的，負責植入國籍標籤的人？」

「是的，如果可以，請您允許他一同列席。」

向木課長緊張地望著月染，害怕自己得再次爬下梯子回潛水艇。月染說：「我不打算使用居住殼，這個人留在這裡也沒關係。」

向木課長放心地吁一口氣。

青澄臉上表情有點複雜。考慮到接下來的機密會談，他希望讓葉潛入海中，在居住殼內和月染交談。不過，現狀很難這麼做，他也什麼都沒說。

月染說著「那邊曬不到太陽」，帶領我們往前走。月染在上甲板一角，靠近居住殼艙門的地方搭了個簡易帳篷。鯨魚骨做支架，上面鋪了布，沒有牆壁隔間。

「若今天的協商不順利，或是誰露出攻擊態度，我會立刻要讓葉潛降。」月染說。「這代表什麼，各位應該明白吧？我是海上民，不會溺水。但各位若被丟在外海，想脫身可就不是那麼簡單。穿著正式套裝也不好游泳，更何況，大概在脫下衣服前就會溺水了。」

鑽到簡易帳篷下，月染盤腿而坐。青澄也走進帳篷，我跟在他身後。

四人圍成一圈坐下，望著彼此。

沒有茶水招待，協商就此展開。

第一個開口的人是青澄。「汎亞動向正如您所知，我們沒太多時間。首先，能讓我們確保貴船團的安全嗎？只要身為團長的您取得日本國籍，日本政府就會負起責任保護船團，不讓各位受汎亞攻擊。」

「我的船團已經到安全場所了。」月染的態度和第一次見面時一樣堅定。「都逃到這裡來了，我不認為汎亞會特地追來。」

「大洋洲共同體不一定什麼時候會改變態度。沒有大洋洲共同體的許可，無所屬船團無法進入領海。再說，共同體可能會默許汎亞海軍在他們的領海內『處分無所屬船團』。此外，涅捷斯統轄組織普羅透斯正在追查妳的下落。」

「咦？」

青澄將月染因爲買賣海底資源情報而被普羅透斯盯上的事告訴她。他又說了關於L計畫的一切、地函熱柱將引起的地球浩劫、拯救人類的關鍵情報或許能在月染基因及身體構造中找到線索，以及普羅透斯企圖獨占月染身體數據。不過，月染可能是獸舟突變體，他略過不提。月染專注傾聽，沒有反駁及提問。我們看不出她是否理解。只是，現在沒有時間慢慢確認了。

青澄急著進行下一步：「阻止普羅透斯獨占數據，最好將您帶往IERA。這麼一來，無論多弱小的政府都能平等拿到數據資料。當然，海上民能自由蒙受其惠。取得日本國籍後，我就帶您去IERA。雖然之後還是得請您也去一趟普羅透斯……」

「我得一個人去普羅透斯嗎？」

「您希望我去，我就會一起。不管發生任何事，一定會保護您的安全。」

「你能保證日本政府不背叛你嗎？」

「我人現在在這裡，這個事實應該能回答您這個問題。」

「我認爲公平公開情報是好事，就我看來理當這麼做。可是，海上民眞能得到公平的幫助嗎？會不會只有陸地社會公平處理，海上民還是被放棄？」

「我會盡力讓事情不要變成這樣。」

「大家都這麼說。但往往說這些話的人會被組織剔除……陸地社會一路走來的歷史皆是如此。你的下場或許一樣。」

「是，我確實不知道能不能活到明天。但一定還有其他一樣想法的人。即使我半途消失，一定會出現繼承意志的人。這是人類社會的基本機制。萬一我壯志未酬身先死，請您務必和下一個出現的人共同守護人類最後的希望。我相信扶養您長大的那位一定也如此希望。」

月染神情微微一改。不是青澄的話觸動心弦，而是輕微憤怒。隱私被人無預警觸碰時勃發的怒意。

青澄問：「您認識一個名叫愛蜜莉亞的助理智慧體嗎？」

「不認識。住在海上的人不會用人工智慧體。」

「愛蜜莉亞認識您，您願意和她說說話嗎？」

「怎麼做？」

「透過瑪奇和她連線。」

利用各地的網路，再透過通訊衛星，我與愛蜜莉亞連上線。接著，愛蜜莉亞借我的嘴巴說話。改變人造身體的聲音頻率很簡單，我的口中發出女性說話聲。

『好久不見，月染。妳還記得我嗎？』

「……抱歉。」月染沉著回答：「光聽聲音，我不知道妳是誰。」

『難怪，我身上還有未解開的鎖。但和妳連線就能讓妳見到眞正的我。我可以和妳連線嗎？』

「連線？」

『公使有連線用的機器。』

青澄將小小的裝置遞給月染。裝置上附著類似頸環的帶子。「這種裝置不用埋入體內，請放心。放在脖子後面，用那條帶子固定就行了。」

「這是用來做什麼的？」

「用來接收您腦中的資料。」

「會不會痛？」

「完全不會。」

「會不會控制我的思想？」

「它只會幫助彼此傳遞情報，因爲是非侵入型的裝置，您不舒服，隨時可以拿掉。」

月染接過裝置，但沒好好裝上，只將感應器抵在後頸，她仍充滿警戒。不過也表現同等的好奇心。隨後，我感應到愛蜜莉亞體內最後一道鎖解開的聲音。

來自月染腦內的資料獲得認證，愛蜜莉亞身上的限制完全解除。

『月染……』聲音頻率改變，彷彿人類的流暢口吻：『認得這聲音嗎？記得嗎？是我，琳迪。』

月染神色驚人地變了。宛如時光倒流數十年，她的語氣宛如稚子：「……琳迪？琳迪！眞的嗎？」

『是啊，沒錯。幾十年不見了吧，好懷念啊。』

「我記得妳，我在飯店裡和艾德一起見過妳！」

『沒錯，我就是那個琳迪。』

「爲什麼名字不一樣？妳的本名叫愛蜜莉亞嗎？」

『這是艾德爲我取的名字，來自一位歷史人物愛蜜莉亞・艾爾哈特。她是世界上第一個成功橫越大西洋的女性飛行員，被譽爲女版林德伯格，人稱「琳迪夫人」。因此，艾德將只有網路連線時的我稱爲愛蜜莉亞，以人造身體行動時的我稱爲琳迪，像這樣區別稱呼。愛蜜莉亞和琳迪的任務也不一樣。』

「任務不一樣？」

『琳迪以艾德代理人的身分行動。代替他去不能去的地方，做他應該做的事。執行違反亞美利堅統合行動的就是琳迪。』

「艾德他……他到底是什麼樣的人？爲什麼撫養我長大，那時又爲何安排我離開？」

『現在妳已經是能獨當一面的大人了，聽到什麼都不會驚訝的年紀。我的任務，就是哪天與妳重逢時，把一切告訴妳。要是沒有機會遇到妳，這份紀錄將就此消失。不過，我最終還是遇到了青澄公使，經過他的解讀而來到這裡。如果沒有與青澄公使的緣分，我們就不會重逢了。緣分眞不可思議。』

月染望一眼青澄，明白事態。要和愛蜜莉亞連線不容易，她察覺我們在資訊戰中獲勝才有今日。

『關於艾德，接下來我要告訴妳的，是妳不知道的他另一面。可以嗎？』

「好的。」

『有句話須先說。艾德深深關心妳，無論接下來妳聽見什麼，請妳相信這點。』

「我明白了。」

青澄揮了揮手指，顯示出一個檔案。

那是西裝男子的照片。那是令月染懷念到心痛的照片。艾德的肖像。

『艾德的本名是亨利．ＭＵＰ．沃雷斯，國籍亞美利堅統合的文化人類學專家。他的調查範圍遍及地球所有地域與海域，研究重返白堊紀後地球上人類分布狀況就是他的工作。他發表過許多論文，但在學會的評價，只能說是普普通通。不過，他還有另一個身分，那就是亞美利堅統合的諜報員——』

畫面上顯示好幾份論文和各地區照片，其中也有艾德和當地人拍的照片。身爲學者的艾德個性溫厚穩重，不管到何處都能和當地人打成一片。

『與其說艾德是假扮文化人類學者的諜報員，不如說是本來就是學者的人從事諜報。爲了換取研究經費，艾德將田野調查時獲得的情報交給國家。關於土地與海域的資源、生物突變、不同族群的社會狀況等等。這些情報都需要和當地人交流才能掌握詳細，艾德深受國家重用，他對工作充滿熱情。「艾德」是他的代號，本國人都這麼稱他。他不對妳透露本名，是害怕他的眞面目曝光。』

「既然他認眞工作，爲何總是那麼痛苦？我還記得，他與上司起了衝突。」

『艾德出於純粹的善意開始工作。根據政府說明，他調查各地族群的工作使重返白堊紀後斷絕的文化重新聯繫，爲世界帶來和平友好。然而，那不過是亞美利堅統合對外發表的漂亮話。亞美利堅統合政府利用艾德蒐集來的情報破壞土地與海洋，遂行政治目的以軍事手段介入，積極發展各地經濟的結果也破壞了地域固有文化。這樣的結果令艾德深受打擊，這不是他樂見的結果。促進文化融合與破壞對方文化是兩回事，艾德對上司抗議，換來斥責。上司說「進入地域調查這件事本身就是破壞文化的行爲，別那麼幼稚了，當個成熟的大人吧」。』

「被如此批判，艾德仍繼續嗎……」

『是啊。我之前說過，討厭的話可以辭職，唯有留在內部工作，艾德才能清楚得知亞美利堅統合在打什麼主意。在亞美利堅統合中，很多和艾德共感的人。他們伸出援手，讓我們自由行動。艾德他們一方面援助受害者，一方面嘗試改變國家。儘管是微小的力量，他們堅信總有一天能使改變成眞。』

艾德以自己的方式「成爲大人」。不隨別人強制價值觀起舞，而是找尋自己成爲大人的方式。

『蒐集情報的旅程中，艾德前往一個結手組成的社群。結手是獨特的海上群體，他們不會將剛出生的魚舟放流海中，而是與嬰兒一起扶養長大。在那裡，一對老夫妻撫養著妳。第一次遇見艾德時，妳外表大約十歲。』

「……我果然在結手群體中生活過……」

『對，不過，妳的長相和膚色都與那裡的人不同，艾德很快就察覺妳不屬於結手民族。他詢問那對老夫妻，不出所料，他們說妳是在海邊撿到的孩子。老夫妻將妳視爲掌上明珠，但他們也對艾德坦白，已經無法再撫養妳了。不知是否營養失調，不管養育了妳多少年，妳一點也沒有成長，而且不會說話。聽了他們的話，艾德誤以爲妳是在亞美利堅統合政策下失去故鄉的孩子，於是從老夫妻手中收養妳，帶著妳尋找出生時的故鄉。他帶妳一起走遍世界各地，正是他相信妳的故鄉一定在世界某處。』

「可是，沒有那種地方……」

『是的。那是艾德的誤解。調查過妳的身體數據後，艾德發現自己誤會了。不過，他沒有拋棄妳。我想，他一定是對妳產生感情了。』

「琳迪……不、愛蜜莉亞，我到底是什麼？不是陸上民或海上民，也不是結手的我，是屬於哪裡的人？」

『的確，妳不是陸上民也不是海上民。但毫無疑問，妳降生地球，是經過進化而成的生物。完全無須介意沒有夥伴。人類也好，魚舟也好，人工智慧體也好，其他的生物也好，就擁有生命這點來說，大家都一樣。既然有生命，無論用何種形式生存，活下去都是最優先事項，所有人都有權利賭上自己的一切，與威脅生存的人戰鬥。妳究竟是什麼一點也不重要——至少艾德那麼認爲。他把自身和妳視爲同樣生物，教會了妳語言。賦予妳人類語言的，是我和艾德。』

「賦予語言？怎麼做？」

『在妳腦中鋪展人造神經細胞，重新構築大腦。這是讓妳獲得人類語言而物理變造大腦構造的手術。』

「獲得語言——」

『對，妳原本的大腦構造及作用和一般人類不同。無論怎麼教，妳還是不可能學會人類語言。但我們確認過妳大腦神經細胞的可塑性，發現可以插入控制裝置，與人造神經連結。如此變更大腦結構，再由艾德的助理我積極介入妳的大腦，就能改變成接近人類的大腦——這是艾德的想法。說起來，就是以「語言」重建妳的大腦，希望使妳擁有人類的人格，改變妳對這世界的認識。我協助艾德完成這個歷程，成功改造了，我便停止介入妳的大腦。』

以語言建立了我——月染靜靜低喃。語言改變了我，語言建立了我的世界……讓我可以看到和艾德及其他人類看到的東西，共同體會美麗與令人心動的事物。

『改造成功時，艾德非常高興……噯、月染，妳願意再用一次剛才的裝置嗎？』

「咦？」

『剛才接觸中，我只得到解鎖的資料。這次我想試著和妳連結。如果艾德埋入妳腦中的裝置還保持作用，現在我和妳還能連得上線。』

月染盯著裝置好半晌。猶豫一陣子，終於將裝置放在後頸。

頭蓋骨下幾十年未使用的裝置是否還能順利運作？雖然我這麼擔憂，月染腦中的裝置似乎在製作時就考量到長期休眠的可能，透過我接收到愛蜜莉亞發出的啓動資料後，出現輕微但確實的反應。

愛蜜莉亞透過我呼喚月染，這是直接從她腦中發出的呼喚。

月染驚愕地睜大眼睛。

這應該是她懂事以來，第一次擁有直接從腦中接收聲音的體驗。這種感覺令她吃驚。

艾德應該很早就將愛蜜莉亞從年幼的月染體內抽離，如此一來，她才能不依賴助理智慧體發展智力。爲了讓月染成爲在陸地和海上都能生存的人類，艾德故意不讓她使用助理智慧體。

愛蜜莉亞再次開口：『艾德非常疼愛妳。我沒想到他會放開妳。』

「他說不想讓我看到他的死。」

『那或許不是生物性質的死亡，而是不想讓妳看到他在政治意義上遭殺害的情形。對妳而言，那是人生中首次體驗到家人之死，他不希望用別種印象殘留在妳的記憶，不想讓妳看到人類輸給社會體制。』

「他輸了嗎？」

『很少有人耐得住嚴刑拷打。就我所知很難說是贏了。不過沒有輸。』

「爲什麼妳能肯定？」

『我見到妳了啊。如果他完全輸了，我的數據就會納入亞美利堅統合管理，無法重見天日……』

「告訴我，艾德怎麼死的？亞美利堅統合做了什麼？」

『聽了不會很愉快。』

「無妨，告訴我。我想知道眞相。」

『好，妳聽了可能會大受打擊，但請聽到最後。察覺妳是特別生物的艾德，很怕被亞美利堅統合或ＮＯＤＥ知道這件事。要是被他們知道了，妳會成爲活體實驗對象。所以，艾德不留下與妳有關的電子資料和紙本紀錄。和妳生活在一起時做的筆記，也在海上民哈尼一家收養了妳之後銷毀。他切斷與我的連結，把我藏在不容易被發現的地方。當世上一切證據都處理好後，艾德打算舉槍自盡。』

月染神色痛苦。並不是因爲得知艾德的決心，而是從愛蜜莉亞的語氣察覺艾德未能死得其所。

『可是，亞美利堅統合情報局在艾德自殺前抓住了他。之後的事不是我親眼所見，是幫助過艾德的人後來告訴我的。唯有那個人知道怎麼連上我，他將艾德生命最後的一段紀錄留在我之中。他是個陸上民，說從前艾德救過他。他強忍哭泣將紀錄打下來傳送到我體內，再按照艾德的遺言封印我整個系統。最後，把小型開鎖程式設定爲休眠模式丟進網海，希望哪天妳有機會接觸網路時能找到程式。青澄公使部下撿到的，就是這個開鎖程式。』

「那位最後幫助了艾德的人，現在……」

『已經過世了吧。畢竟都已經是五十六年前的事了。』

「他是正常死亡嗎？還是也被亞美利堅統合……」

『我不知道……但繼續說回艾德吧。拷問艾德的是亞美利堅統合，當時這件事還沒傳到NODE那裡。情報員用藥物和拷打，想從艾德腦中挖出妳的事情……可是，雖然自殺沒有成功，艾德還是設想萬全。他已將自己大腦記憶領域用分子機器燒過，以防情報局抓住他——亞美利堅統合手段殘忍，從腦中拿出破碎資訊，復原到可判讀程度。不過，他們並未得到有用的情報。關於妳個人的資訊完全隱藏在濃霧中，情報局只得放棄追查。他們對艾德最後的處置慘無人道……我不想讓妳知道。艾德臨終的事，請容我保持沉默。』

月染靜靜點頭，雙眼浮現淚光。「告訴我一件事就好，艾德直到最後都是堅強的嗎？」

『是的，當然。他直到最後都爲妳著想。』

「謝謝，聽到這就好了……」

雙手摀住臉龐，月染頭垂得很低，近乎無聲地哭泣。

青澄和向木課長默默守候，沒有出聲，靜待月染恢復平靜。

啜泣逐漸消失，月染擦乾眼淚，直到她恢復堅毅的表情爲止，在場都沒有人開口。

愛蜜莉亞說：『普羅透斯推測妳手上的海底資源情報是艾德擅自從亞美利堅統合攜出的。以此爲線索，他們查出五十六年前的事件。當時相關人士中少數人還活著，普羅透斯嚴格逼問亞美利堅統合情報局，開始拼湊事件全貌。在調查中，普羅透斯發現可以將妳用在L計畫，因此開始追查妳的下落。』

「這個叫普羅透斯的，是比亞美利堅統合中更利己的組織嗎？」

『統稱NODE的三個組織——普羅透斯、涅羅斯和忒提斯是以涅捷斯福利爲優先成立的組織。當地球大浩劫降臨時，他們只會救助隸屬涅捷斯的政府。這次人類面臨的危機非同小可，若將有限資源公平分給地球上所有人，很可能同歸於盡。ＮＯＤＥ選擇只讓自己聯盟活下去——這就是ＮＯＤＥ的作風。如機械般冷靜思考，選擇最符合自身邏輯的手段。他們的觀念中沒有正常人性，存在的價值就是近乎冷酷的理智。』

月染輕蔑地笑：「毫不可取的組織！人類可沒單純到只用理性就能治理。」

『月染，艾德和我爲妳改造大腦，並不是要讓妳成爲陸上民。我們認爲，唯有當妳成爲人類與非人類的橋樑時，妳才能找到眞正的容身之處。現在妳和任何人都能交談，也能議論，如此妳便能戰鬥。我希望接下來妳按照自己的意願選擇。我今天來，是把隱藏的眞相一五一十告訴妳，但我並非日本政府的同路人，不站在青澄公使那邊。我只站在妳和艾德這一邊。之後判斷是妳的自由，請選擇妳認爲最好的路。』

「謝謝妳，愛蜜莉亞……不、琳迪。與妳重逢太好了，眞想再見到身爲琳迪時的妳……」

『抱歉，沒能爲妳準備。』

「沒關係。等今天會談結束，我們再慢慢聊吧。聊好久以前的事。」

『這是我的榮幸。那麼，我差不多該關閉線路，被人找到就糟了。』

愛蜜莉亞也向我和青澄打過招呼後，自己切斷了通訊。

不久，月染緩緩開口：「我想確認兩件事。」

青澄回答：「是什麼？」

「第一件事，我想確定今天只有我取得日本國籍就行吧？其他船團夥伴依然無所屬無妨？」

「暫時這樣沒關係。」

「第二件事，光是我取得國籍，就能實踐交易站的建設嗎？包括生產疫苗的設備。」

「因應空汙之冬，需要收容海上民的海上都市。不僅交易站，應該能建設有正式避難機能的都市。」

「請別說『應該能建設』這種模稜兩可的話！」月染激動地說。「請答應絕對能建設！拜託！」

「……那就答應妳。」青澄冷靜回答。我急著說：「還沒有取得確定的承諾！」青澄卻毫不退縮，豁了出去。「建設交易站的事呈報上去了。就算最後未獲得許可，我也會借助眾人的力量實現。」

青澄和月染無言注視彼此許久。能信任或不能信任對方到什麼程度，走到這一步，已經無法用道理解釋，只能回想對方為自己做過什麼，再直覺判斷這時可否相信對方。

正因沒有絕對的保證，所以只能信任。

開口的是月染。「……好，那就按照你希望。我現在取得日本國籍。」

青澄從緊張中解脫，正想道謝時，月染迅速制止。「我得說，這樣選擇不是因為我對日本政府有好感。只因若不如此，就無法把我的身體數據交給ＩＥＲＡ——等於無法幫助海上民——原因只是這樣。我無法原諒亞美利堅統合，普羅透斯也傲慢得令我作嘔。與其成為他們豢養的手下，不如植入日本的管理標籤。」

青澄恭敬低頭。「非常感謝您。當然，不會因為取得日本國籍就奪走您的自由。這話我本來不應該說的——但正如您有權選擇取得國籍，您也有權捨棄它。什麼時候取得，什麼時候捨棄，您可以自由抉擇。這抉擇只能出於您本身的意願，就算是普羅透斯也不能擅自取消。在您取得國籍的同時，可以憑自己的意願拒絕移居普羅透斯所在地的海上都市。」

這正是我們想要的結果。

月染憑個人意願取得日本國籍，普羅透斯無法無視，他們對月染做出的行動將受到一定限制——首次見到月染，我們就很清楚，月染是活在海上的人，誰也不能束縛她。她是新時代的人類。

如果有得選擇，我們不想讓她取得國籍。

只是，現在不這麼做的話，陸地與海洋都無法得救。

青澄望向木課長，向木課長稍稍起身，以跪姿前進幾步，對月染低下頭：「請伸出手臂，哪一邊都可以。」月染伸出左手，向木課長從皮包裡取出圓筒形的植入裝置。左手扶著月染的手臂，右手拿著裝置，用尖端抵住月染的上臂。「會有點刺痛，可能會滲血，不過馬上就會止住，請放心。」

植入標籤的瞬間，月染露出有些厭惡的神情。

放開月染的手，向木課長說明：「剛才植入的地方是中心部分，接著會從那裡延伸出生體迴路，在手背皮膚下方形成一塊可讀取區。今後，如果有人請您出示標籤，只要把手背放在對方機器下方掃一下，就能讀取植入中心部分的標籤了。」

「謝謝。」

「身體如有不適，請立刻與我們聯絡。偶爾會有人體質無法接受植入標籤。」

這時，四下響起令空氣振動的尖銳叫聲。是讓葉的聲音。月染皺起眉頭，表情嚴峻。青澄想詢問現況，她舉起一隻手制止。讓葉的聲音拖得很長，月染專注傾聽。

不久，月染說：「好像有什麼正在靠近我們。」

「您說什麼！」

「正在海中前進。讓葉聽得見對方，提醒我們警戒。對方應該不是生物，讓葉說是一大塊金屬。」

「果然來了嗎……」青澄低喃。「不過，現在來也沒用了。」

「眞的嗎？」

「您植入標籤，其他政府都拿您沒轍，強行帶走您是犯罪行爲，反而對他們不利。」

這時，向木課長插口：「不過，這僅限於剛才植入眞正的標籤。」

青澄轉頭嚴厲地望向向木課長。

向木課長面無表情地說：「非常抱歉，青澄公使。我們不能把月染交給日本政府。標籤裡沒有登錄資料，這次的國籍發行無效。」

隨後，向木課長朝我丟來某樣東西。

那東西深深刺進我的左眼。伴隨著一股衝擊力道，彷彿有人將燒紅的釘子打進且駕馭我的機身。突破情報防禦牆，強大的入侵程式強行進入我體內。

我體內的驅逐程式即刻自動啓動，高速清除侵入體內的外來程式。然而，程式非常頑劣，轉眼間便自我增殖，介入我的執行機能，令記憶體限制當機，我的身體完全動彈不得。

我化作靜止不動的人偶，佇立在地盯著三人。

向木課長手中不知何時握了一把手槍，紅光瞄準青澄胸口。根據渾圓的槍身，我認出那不是火藥式或帶電式的武器，而是多功能槍。

語氣與原先判若兩人的向木課長說：「抱歉了，青澄公使。這是任務。」

「你隸屬於誰？」青澄冷靜質問。「普羅透斯嗎？還是其他政府？你是雙重間諜嗎？」

「任憑想像。」

「原來如此。」

「我的工作就是奉上層之命。現在說話的不是你認識的向木課長。課長意識被壓抑，我利用他發聲。」

「遠距操控啊。」青澄浮現淡淡笑意。「利用助理智慧體連線嗎？你對課長的輔助腦做了什麼？」

「日本部門裡都有我們這方面的人才暗中潛伏，一旦需要就能如此了。」

「被操控的人毫無自覺是嗎？」

「沒錯，之後審問課長也沒用。這裡的上甲板實在太熱，他說不定以爲自己中暑昏倒呢……」

向木課長微微一笑，那嘴角上揚的神色似曾相識。青澄皺眉低喃：「……米拉副統轄官？」

對方沒有回答這個問題，只是接著說：「關於艾德和愛蜜莉亞的情報，這下終於補充完整了。謝啦。」

「你爲此假扮課長至今嗎？」

「對呀。否則抵達大洋洲時早就阻撓你了。話說回來，你這次怎麼回事？違反遊戲規則的是你們吧？特殊公使館請你協助時，不是還滿口好好好嗎？」

「是答應了。只是想讓彼此獲得更多好處，稍微修正一下細節。」

「既然如此，何不跟我方打聲招呼呢？」

「下次會記得。」

「很可惜，你沒有下次了。」

「殺了我也無法改變狀況。外洋公使館是團隊，取代我的人多得是。」
「只要你願意跟我們合作，也可以饒你一條命。」
「我可不打算成爲普羅透斯的手下。」
「不，你不妨礙我們就夠了。」
化身向木課長的米拉副統轄官對月染說：「很抱歉這麼粗魯，請您跟我走一趟。」
月染瞪著米拉。「如果我拒絕呢？」
「那我就對公使開槍。」
青澄立刻插口：「月染團長，對我開槍也沒關係，請您快逃。」
「可是……」
「您沒必要跟這男人一起走。剛才您確實獲得日本國籍了。」
「咦？」
露出驚訝表情的不止月染，米拉也是。
「很可惜，米拉副統轄官。」青澄將月染護在身後：「你不讓月染團長取得日本國籍，消除原本的標籤資料，以爲自己植入空白標籤吧？但植入裝置被我們動過手腳。」
米拉皺緊眉頭。
青澄繼續說：「除了將資料輸入裝置裡的標籤外，瑪奇那裡也有一份資料。萬一有人消除或竄改標籤資料，瑪奇的程式會自動感測到，重新寫入資料。出發前我們便取得這麼做的權限，現在月染團長已經是日本政府的國民了。你若敢綁架她，這件事就會釀成國際問題。」
「……日本法律不承認那種認證方式吧。」
「特例措施獲得法務大臣許可。雖然瑪奇不被允許單獨持有資料，但視爲備份就可以了。預防今天發生的事，我們有所準備。」

「……你們打從一開始就懷疑向木課長嗎？」

「不是確信，但考慮過可能性。課長行動可疑，我們就會舉證並將他排除。根據民事局的說法，他們也知道其他政府會派間諜潛入，所以偶爾得用這種方式清理內部。這次法務省答應我們按特例措施發行標籤，交換條件就是要幫他們做『清理工作』。原本以爲徒具形式，沒想到事情眞的這樣發展。」

說完，青澄反手朝月染用力一推。這是要她跳進海中的暗號。月染立刻明白並打算往外衝。她跳進海裡，米拉就拿她沒辦法了。

事情卻沒有這麼簡單。

米拉沒有開槍，他臉上浮現微笑，注視著青澄，輕輕舉起左手手指一揮。

瞬間，青澄表情扭曲，像承受一股劇烈衝擊，左半身失去平衡，當場跪倒在地。他雙手抓住左大腿根部，開始發抖，咬緊牙根卻控制不住痛苦悲鳴。

我拚命想介入青澄大腦協助改善，但無能爲力。即使與青澄保持連線，我卻完全無法執行操作。侵入體內的程式不止封住我的行動，也無效化我與青澄之間的連結。

注意到青澄的反應，正要逃離的月染停下腳步。

她來回望著米拉及青澄，質問道：「你對公使做了什麼！」

米拉不發一語，收起笑容，手指又揮了一次。

隨後，蜷曲在甲板上的青澄像遭電擊般身體後仰，發出慘叫，壓著自己的腿在甲板上掙扎。每一次悲鳴都令他呼吸紊亂，這是過度換氣。過往痛苦記憶引起恐慌發作——類似心臟病發的激烈胸痛和窒息般的痛苦不斷折磨肉體——我無法介入輔助腦就無法壓抑痛覺，這是青澄唯一的弱點。

重複嘗試與青澄連線，想傳入阻斷痛覺的訊號，但行不通。電子數據都被惡意程式擋下，只會反彈回來。

「人類的構造眞是不合邏輯，青澄公使。」米拉悠哉地說。「我透過瑪奇送進你輔助腦中的只是微弱電訊，卻能傳遞到你實際的大腦，刺激痛覺領域，轉換爲高度痛感。只要與你遺忘的『被獸舟咬斷腿時的記憶』連結就行了。」

青澄全身顫抖，死命想起身，僅管現在他左腳截肢的剖面上正感受到小刀插入後剜入肌肉深處的痛楚。然而，恐慌症打倒了他。恐慌症一發作，青澄就會籠罩於死亡恐懼下，頭都無法抬起。

米拉手指水平一揮，青澄就像失去全身力量，仰倒在甲板。即使痛覺刺激消失，他仍呼吸困難。右手按住心臟部位，痛苦喘氣。我已經將驅逐程式的速度提到最高，還是無法修復與青澄的連線。必須盡快調整他腦內的化學平衡，否則青澄會因痛苦昏迷——

米拉繼續說：「你以爲我什麼都沒調查就來了嗎？你們思慮太淺。普羅透斯工作的目的是爲全體涅捷斯成員帶來最大利益，我們有比世上政府更高的智慧。像你們這種程度的政府連思考都不用，日本外洋公使館只要聽從普羅透斯指示行動就好，這樣大家都能過幸福過日子。」

我想大喊「這種話太自私了！」卻無法發出聲音。

自身機能還沒復原，眼睜睜目睹青澄胸口疼痛，呼吸困難。

月染神情凶狠，朝米拉飛撲，卻被後者用左手制止。

「冷靜點，月染團長。若不希望公使更痛苦，最好別動。」

「你們需要我，把我帶走就好！」月染大聲說。「我不容許你繼續暴力傷害公使。」

「非常感謝，妳願意跟我們一起走最好了。」

月染朝青澄投以一瞥，青澄虛弱地搖頭。月染安撫：「我不想再讓你受到虐待。」

「不行，妳不能落入任何一個政府手中……」

「可是——」

「難道妳忘了……他們怎麼對待艾德……」

米拉面露嘲諷笑容，左手指尖慢慢移動。青澄的身體抽搐，按住右胸口的手用力抓緊，眼睛緊閉。

「住手！」月染對米拉大喊。「我會跟你走！請遵守約定！」

月染逕直走向米拉。站在他正前方，逼近他說：「快點放了公使！」

「我知道了。」

造成痛苦的攻擊一停止，青澄馬上一軟，頹然低頭。眼睛閉著，整個人靜止不動。

米拉舉著槍，繞到月染背後。「乖乖站在這裡等，我的潛水艇快浮上來了。」

月染面向前方：「公使呢。你要把他丟在這裡嗎？」

「等一下再來回收。從事他這種工作的人，身上很多東西可以逼問，只要在他的神經系統動點手腳，他就會乖乖聽——」

這句話還沒說完，月染忽然轉頭，手肘敲向對方的臉。

鼻血飛濺，米拉踉蹌著悶哼一聲。月染口中說著「抱歉哪」，飛踢向米拉右手，槍飛上半空掉在甲板。

月染旋身，腳踝踹向課長心窩處。「雖然我和你無冤無仇——」

月染動作一氣呵成，不愧身經百戰。然而米拉更敏捷。

遠端操控者完全深入掌控了向木課長的身體。

迅速往後一跳，他抵銷了月染飛踢的力道，米拉站穩姿勢，抹去血，嘴角上揚，舉起左手。像故意做給月染看似晃動手指。與此同時，我已經將入侵程式完全驅逐。在米拉下一個動作前，我朝甲板用力一蹬衝刺，抓住米拉後向上扭轉他的手臂，試圖將他制伏在地。不料對方宛如滑溜的鰻魚，身子一扭逃脫。

「唉呀。」米拉一臉意外。「根據計算，你起碼要停止一小時，看來你配備了相當優秀的驅逐程式。」

「很遺憾，你打錯算盤了。」我逼近他，從右側快速出拳。「我們家青澄請的程式設計師很厲害的。」

米拉伸掌擋下攻擊，但人造身體的衝擊力道似乎不是普通肉體所能承受，我看見他皺緊眉頭。月染乘機撲上，米拉另一隻手將她揮開，利用轉身的機會順勢踢她。千鈞一髮之際，月染閃身躲過他的腳背。縱身在甲板上飛跳了幾步，撿起手槍後，米拉與我們拉開距離，戲謔開口：「哎。兩位高手二敵一，我這副身體可承受不住。請容我就此撤退了。」

嘲弄地咧嘴一笑，米拉後退兩、三步，手上的槍管抵住自己的脖子。

我立刻往前撲，但遲了一步。隨著令人厭惡的「噗咻」聲，他不知朝頸部發射了什麼。同時，向木課長閉著眼睛倒下。我抱住向木課長的身體，立刻確認他的頸部，在皮膚上找到小孔。只有細胞組織被灼燒的痕跡，沒有出血，察覺得到朝體內注射了什麼。那是能通過頸靜脈，突破血腦屏障侵入腦內的分子機器。這會將課長輔助腦中留下的通訊紀錄破壞殆盡，消滅他被遠距離操控的證據。

隨後，兩團黑色的物體從海面跳到讓葉的上甲板。

那物體全身包裹在防撞衣內，臉上戴了水陸兩用面具及潛水鏡，完全看不到長相，雙手異常長，就像是長臂猿。一艘小型潛水艇出現在讓葉身旁，不知是米拉預先爲行動失敗時做的準備，還是利用他和我們戰鬥時乘隙浮上水面，長臂猿將船錨丟往讓葉的上甲板，一口氣飛跳過來。

我對月染大喊「下海！」自己迎向那兩隻長臂猿。他們同時朝我走來，我轉身揮動右手，雖然命中其中之一的頸部，對方卻也以一個轉身化解攻擊力道，朝旁邊跳開。另一隻長臂猿像交接似跳到我面前。

我從他的側面用力使出一記飛踢。這一擊應該踢斷了對方的肋骨，斷裂的骨頭刺中心臟，但長臂猿竟然沒有當場死亡。大量橘色液體從面具縫隙噴出，長臂猿一邊倒下，一邊朝我丟出什麼。

那東西從左側飛來，遭入侵程式攻擊時失去左眼的我閃身不及，爲了防禦而伸出左臂，卻在接觸的瞬間炸成碎片飛散。原來那是一個超小型炸彈。我的左臂只剩下上臂的上半截，不過，這種程度的損傷對本體不會造成影響。爲了阻斷損傷處發出的錯誤訊號，我將剩下的手臂殘骸整條卸下。朝我扔出炸彈的長臂猿一邊發出奇妙的啾啾聲，一邊趴倒在甲板上。

這時，另一隻長臂猿撲向青澄。只見他抽出腰間的槍，瞄準倒在甲板上的青澄。我全力衝刺，飛身上前抓住對方。長臂猿輕易就將只剩右手的我揮開。和剛才那隻長臂猿一樣，他運用靈活的手指，從雙手丟出更大的炸彈。

一旦碰到炸彈，就會和剛才一樣爆炸。

我用剩下的右手抱起青澄的身體，胸口護著他的頭，縱身朝側面跳開。落在甲板上的炸彈爆炸威力極大，將我們轟得飛了出去。我抱著青澄，右半身猛力撞上船舷。反彈的力道使我們一起向後彈，身體落在甲板上。爆炸氣流平息時，上甲板已不見長臂猿蹤跡，似乎為了追捕月染跳入海中。

我放開青澄，撐起上半身。

上甲板有一部分燒焦了，但沒有破洞。居住殼應該平安無事。讓葉發出低沉不悅的聲音，魚鰭擺動，身體也不斷扭動。想來傷勢雖然不重，爆炸時的衝擊仍震得內臟不太舒服吧。讓葉不斷發出低吼。

這時，腳邊忽然傳來一股震動。離讓葉不遠處的海面噴出小型水柱，這代表有什麼在水底爆炸了。是竹本的潛水艇嗎？

他發射了砲彈，還是被擊中了？

等待情勢報告期間，我為青澄療傷。介入昏迷的青澄輔助腦，壓下恐慌症狀。抑制正腎上腺素分泌量，調整血清素機能不全的狀況。在我的操作下，青澄呼吸逐漸正常，很快地，他呻吟著睜開眼。

「是瑪奇啊……太好了……還以為我會死在這裡呢……」

「別說話。」

我解開青澄上衣和襯衫胸口，護身用的防彈衣出現很大的裂痕。卸下防彈衣觸診，肋骨似乎斷了。

青澄氣喘吁吁地說：「月染呢……她怎麼樣了……」

「跳進海裡了，不過敵人還在追她。」

「……那你還不快救她。」

「不可能，那些人是職業殺手，我的人造身體規格不夠。我現在左眼看不到，又失去一條左手。」

「都走到這一步了，怎麼能讓她被抓走！」青澄怒吼，他激動得嗆咳起來。因為骨折，肺部大概受傷了。平日養在體內的分子機器還來不及完全修補身體。「快去！這是命令！別再等了！」

我陷入猶豫，無法當機立斷。

助理智慧體不能違抗搭檔的命令。但我們被灌輸的第一原則是保護搭檔性命。來自青澄的命令與救助青澄性命的判斷相違——這是不應該發生的狀況。

若我跟著月染跳入海中，將無法繼續介入青澄的大腦給予協助。他因爲骨折引發的疼痛，可能會再次導致他的恐慌症。

青澄勉強擠出聲音：「能取代我的人多得是……可是月染……月染只有一個……」

「……不行。和世上只有一個月染一樣，對我來說，青澄・N・誠司也只有一個。」

青澄緊抓住我的手臂，強烈懇求：「瑪奇，我不打算死。我還想和你一起見證更遼闊的世界。」

「這是一定要的。」

「我會照顧好自己，拜託了，你得幫助月染！沒有你的支援，我也能想辦法忍痛……」

「——好。」我用被青澄抓住的手輕撫他的臉頰。「我先聯絡竹本，你等一下。」

我啓動超音波通訊聯絡竹本。『聽得到嗎？竹本先生。』

等了一會才收到回應。『抱歉，現在這邊情況緊急。』

『我知道，發生了什麼事？』

『其中一艘潛水艇被偷襲了。魚雷直擊，艇身破損沉沒。』

『船組員的生死呢？』

『不明……』

『知道敵方潛水艇的位置嗎？』

『發射魚雷時已到另一處，爆炸造成海中雜音紊亂，一時之間聲納探測不到對方。』

『有救出夥伴的方法嗎？』

『沒有。只能放棄了。我這邊一出手相救，敵人就會朝這艘潛水艇發動狙擊。爲了保護月染和公使，我只能先躲藏起來。』

我請竹本稍等，對青澄說：「我方潛水艇中，有一艘遭擊沉。」

青澄瞪大雙眼。「那還不快點救大家！」

「竹本說，一旦他出手，自己就會被敵人狙擊。只能放棄救部下了。」

「你說什麼……」

「現在海浪間並未見到船組員蹤影，就算他們還活著，只要這片海域有戰鬥，他們不可能得救。」

青澄咬緊嘴唇。自己與敵人戰鬥屈居下風，導致夥伴因此而死——這個事實擾亂了他。我的i探針探測到青澄對神崎少尉的鮮明回憶，同時感應到他強烈的憤怒矛頭正指著自己。他憎恨自己而非敵人。

我在自己的判斷下介入他大腦。青澄的缺點就是動不動就會飲下來自心中的毒，陷入自我厭惡的沮喪心情中。我介入他並抑制他這種情緒。青澄察覺到我的意圖，但什麼都沒說。不可能說得出口。在這種狀況下，要是我不控制他的大腦機能，青澄將失去冷靜。他自己最清楚這一點。

我接著說：「怎麼辦？現在還能舉白旗投降。把月染交給普羅透斯，我們還有路可退。」

「……我不想讓夥伴白死。」

「意氣用事也不是辦法。我們有勝算嗎？沒有就該離開戰鬥。」

青澄沉默一會，嘶啞說：「有勝算。作戰計畫繼續進行，就這樣告訴竹本。」

我回到與竹本的通話：『竹本先生，我們這邊剛才也遭到攻擊。青澄公使受了傷。』

『你說什麼？』

『向木課長遭普羅透斯的副統轄官遠距操控。課長的輔助腦已被破壞，現在昏迷不醒。之後，我們又被對方派出的殺手突襲。他們似乎是用小型潛水艇靠近，雖然打倒其中一人，但另一人逃脫了。我有一部分機能在戰鬥中損壞，也注意到水底發生爆炸。敵人應該是算準對我們攻擊後發動對付你們的手段。』

『小型潛水艇……和母船一起來的吧……抱歉，我沒能發現。』

『不、別這麼說。知道母船的規模有多大嗎？』

『從相當遠的距離發動攻擊，可見是一艘大型潛水艇。尚未確認所屬國籍和組織，不過按你剛所說，應該是普羅透斯。』

『請繼續用聲納追蹤探測。然後，請派一個人到讓葉甲板上，需要有人幫公使療傷。我必須放下公使幫助月染，月染逃進海裡了。』

『你能游泳嗎？』

『我的身體花了不少錢打造，水陸兩用。不過，一旦進入海中支援月染，就無法繼續掌控公使的痛覺。請在急救包中找出藥效最強的止痛劑爲他注射。公使的體質容易在疼痛時引發過度換氣，至少得想辦法幫他止痛。』

『知道了。我會派史貝德過去，這樣我也能和他保持通訊。放心交給我們吧。』

『謝謝。』

不久，竹本的高速潛水艇浮上水面。

艙門打開，史貝德探出頭時，我從讓葉的上甲板跳入海中。

和青澄一起從事行政工作，我沒有太多潛入海中的經驗。不過，偶爾還是會爲了救人或搜尋目的下海。人造身體在測試階段就通過檢查基準中的水壓測試。和人類的眼睛不同，我的人造身體視覺感應器能修正海中光線的折射率，捕捉到的光線波長範圍比人類廣，不用燈光也可看清黑暗海底的景色。

月染潛藏在讓葉下巴下方，她已經把外衣脫除，剩下方便行動的內衣。戴著人工鰓，腰間插著小刀，左手握著魚槍。她把必需品都裝在一個袋子裡，掛在讓葉下巴下方備用。

我游到她身邊，朝她遞出剛才測試過的腦波通訊裝置。

察覺我失去左臂，月染睜大眼睛。她隨即明白我遞出通訊裝置的意思，但猶豫不決，不願將裝置戴在脖子上。即使我們說明這是非侵入型裝置，她大概沒有完全相信，看似警戒，可能懷疑裝置上是否有能侵入她腦部的機關。

我把手放在自己的後頸部，做出只要把裝置靠近後頸就好的肢體語言。只要稍微接收到一點月染的思考，簡單的對話或許能成立。月染領略意圖，照做了。非常微弱的思考流入我腦中，就像在聽雜音嚴重的廣播。與意義不明的沙沙聲混在一起，我感受到月染的激動。

我被她與青澄質地不同的思考壓倒。不同於我與青澄花費長時間兩人三腳培養出的默契，月染對我而言完全是「他人」。直接連線時，我的思考迴路無法完整處理她的訊息。光是這麼粗糙的資料都令我不適應，要是清晰接收訊息，我恐怕會當機。月染的思考對我而言就是如此異質。就像走音的人類音樂，月染的思緒宛如奔流灌入腦中。我分類整理著與她通訊。『月染團長，您聽得到我的聲音嗎？』

『可以。』得到簡短的回應。『敵在下、光、潛。』

我讓身體保持中性浮力，視線朝海底望去。追著月染跳下海的長臂猿潛入較深的地區，正在讓葉側腹部附近搜索。我確定見到好幾次晃動的光，和月染一起游到光線照射得到的範圍外。

月染說：『公……如何？』

『現在請擔心您自身安危就好。』我如此回答。『我會捉住對方，請您在我身後等待。』

瞬間，一股激情衝撞上來，訊息傳入大腦。

『要殺。』

月染清楚地組織出這個思考。

在魚舟上發生什麼事，她說不定已透過與我的連線讀取到。如果她能在不完整的通訊狀態中正確讀取情報，那可真是驚人。

月染下定決心，想要自己一個人戰鬥。

——我不打算以這種方式從屬對方。絕對要殺了襲擊者。要讓背後主使者知道這種方式行不通——

從月染那裡感應到的情緒，轉換成語言就是這樣。

我忍不住問她：『您殺過人嗎？』

『海上強盜團也算的話。』

儘管對手是犯罪者，沒接受過特殊訓練的人類和擅長戰鬥的殺手等級還是相差太多。

我這麼說明，月染仍然搖頭。

她心中已無絲毫躊躇。體內的血蠢蠢欲動，想要殺死對手。

保持不離讓葉腹底太遠，月染朝讓葉尾部游了出去。我追在她身後。

海水微微振動，可知朝深海處探照的長臂猿正慢慢往上浮。

月染知道自己被發現了。改變身體方向，左手舉起魚槍。

隨後，對方打開燈光，光線筆直射我們。強光妨礙視覺，但對手一進入射程，月染就發射魚槍。魚槍直線飛去，對方卻像軟體動物般扭曲身體，彷彿海參。由於對手出乎意料地改變形狀，魚槍失去準頭。

我感覺到月染的戰慄。那長臂猿說不定不是人類，可能是強化了戰鬥能力的人造生物。

還來不及拉回魚槍，耳邊便傳來水中噴射器的聲音，對方逼近月染，充填麻醉彈的水中槍槍管對準了她，但月染像一條魚似朝後方溜走，閃過攻擊，潛入腳下。

我正面迎上對手，右拳擊向他的頭部。只見對方伸出手臂擋下我，但這給月染製造了機會。

月染抽出腰間小刀，急速浮起，她反手握著刀，砍向長臂猿持槍的右手臂。根據刀刃砍上手臂時的聲音，那並非金屬等堅硬的材質。月染奮力揮動小刀，可惜沒能砍下對方的手。

長臂猿的傷口湧出橘色液體，像被夕陽染紅的雲朵，橘紅色的色塊融入海水。

長臂猿似乎不覺疼痛，朝月染伸出左手。月染舉起魚槍，用力將槍托搗向對方心窩，自己朝後方逃離。

我乘機朝長臂猿踢出一腿，他再度以不像人類的動作扭轉身體躲開逃過。

在沒有立足點，類似無重力空間的海水中，要是被敵人抓住就完蛋了，想掙脫束縛不容易。月染再度潛入讓葉腹部下方，將小刀和魚槍一併握在右手，用左手掌心觸摸讓葉腹部，一邊朝尾部高速游去。配合月染的撫觸，讓葉用力弓起身體。

我與長臂猿扭打著追上月染，長臂猿將水中噴射器的噴口對準我，噴出的水流衝擊力使我向後飛出。只剩下一條手臂的我難以保持平衡，被噴射器這麼一沖完全落後了。

長臂猿一個轉身，借助噴射器的推進力，開始追趕月染。我急著想追上，卻無法縮短距離。

長臂猿游在比月染更深的位置，很快地越過她往前，在靠近讓葉尾端的地方急速往上浮，從幾乎快斷掉的右手把麻醉槍換到左手。

差不多同一時間，月染輕輕拍了讓葉的肚子兩下，接著自己放棄游泳，只靠中性浮力漂浮。

隨後，慢慢轉動身體的讓葉用力扭動全身，像拉到底的弓弦迅速彈回原本位置。這個動作不止造成身軀擺動，更有效地甩出尾鰭。魚舟巨大的尾鰭無視海水抵抗力，以驚人的氣勢甩出，正中長臂猿。只見長臂猿的脖子瞬間朝相反方向彎折，身體也以奇怪的角度扭曲變形。

全身噴出橘色液體，長臂猿痙攣抽動，朝海底下沉。不覺得他會再次浮上。我們凝視著他，月染手中的魚槍始終沒有放下。只要長臂猿再次浮起，她就會朝頭部射出。

這時，一片黑影浮起，那看起來就宛如拋出網子捕獲長臂猿的屍體。隨著黑影逐漸上升，我認出那是我們的小型潛水艇。月染皺起眉頭，以爲派出長臂猿的組織來回收證據。直到見到小型潛水艇船體上方燈光閃爍的訊號，月染才解除緊張，手指放開魚槍扳機。

我以超音波通訊呼叫竹本：『公使狀況如何？』

『史貝德固定骨折，止痛藥雖然有，還是盡早就醫比較好。』

『敵方的大型潛水艇呢？』

『聲納員正在探測。正一點一點逼近。』

『無法加速甩掉他們嗎？』

『不可能。對方有武力，他們一定想攻擊這艘艇，強行帶走月染。』

『這麼一來，只能對幹了。』

『對。』

『那麼，請讓我和史貝德連線，也讓公使加入談話。』

『收到。』

我對月染說「請等一下」，和史貝德連上線。

透過史貝德，我對青澄喊話：『你不要緊吧？撐得住嗎？』

『……不要緊。』青澄這麼回答，聲音聽起來卻不太妙。『你那邊……情況怎樣了……』

『月染平安無事。敵方的大型潛水艇正在接近我們，竹本說我們甩不掉對方，只能發動攻擊，造成對方艦體損傷後再逃離了。』

『……我知道了。那麼，接下來現場全權交給竹本指揮。所有人聽他指示。』

『收到。』

我呼叫竹本：『得到公使許可，可發動攻擊。剩下交給你了。我們會和月染進入居住殼。』

『了解。快點進去吧。』

我請月染回到魚舟上，她立刻把通訊裝置丟還給我，兀自朝海面游去。她眞的很討厭那個裝置。

我追上她時，月染已游到讓葉頭部旁邊。輕撫牠的外皮，對讓葉溫柔說話。「謝謝你，做得很好……」

抬頭望向上甲板，史貝德俯瞰我們，大力揮動手臂，要我們趕緊上去。

我請月染加快動作，快回到上甲板。回到上甲板時，不見向木課長和死去的長臂猿蹤影。

史貝德說：「我上來時，順便把課長和長臂猿的屍體搬進潛水艇了。屍體是寶貴的證據，要冷凍帶回。查出來歷就能質問對方隸屬的組織。」

「在那之前，我們要能活著回去。」

「一定回得去。」

青澄躺在會談時的帳篷，意識清醒，臉色卻不太好。或許和天氣熱也有關係，他喘著呼吸。月染在他身旁坐下，青澄揮著手說：「請別擔心。重要時刻無法動彈，非常抱歉。我的助理會代替我執行任務。」

我從旁插口：「月染團長。推測應是普羅透斯派出的大型潛水艇來到附近。敵人船上有武器，我們的小型潛水艇已有一艘被擊沉。靠讓葉的速度應該無法逃脫。」

「那我們該怎麼做。」

「我們的夥伴預計攻擊對方。順利的話，或許可造成對方潛水艇一定程度損傷，這時，我們就能利用機會逃脫。首先，請您允許我們進入居住殼，人留在上甲板就無法戰鬥。另外，要請您進入音響孔，引導讓葉做好移動的準備。」

「我明白了。那麼，大家一起進去吧。公使沒問題嗎？下得了梯子？」

青澄在史貝德的協助下起身：「我沒問題，下得去。」

「那請這邊走。」

來到居住殼艙門邊，我第一個下去。居住殼中光線昏暗，比上甲板陰涼一些，還有焚過香的味道。類似薄荷清爽又帶點刺激的氣味中含有果實甜香——這和塗了香油的月染身上氣味成分相同。居住殼內部空曠，家具和隔間都不多，畢竟住了一個人，比普通洞穴還是多了幾分生氣。

史貝德抱著青澄，讓他慢慢下樓梯。青澄的表情稍微痛苦，幸好腳步還是踩得很穩。所有人都進入居住殼後，月染關上艙門，自己也跳下來。從房間角落取出墊布，攤在地板上。「這裡給公使躺。」

我們讓青澄躺在墊布上，青澄額頭浮現大顆汗水。

月染拿來軟布和裝在瓶裡的水問我：「可以讓他喝嗎？」

「現在還不行……他肋骨骨折了。」

「那就不能了。」月染沾濕軟布，小心翼翼地爲青澄擦拭額頭。「怎麼辦？這麼熱的天氣，如果不能喝水會引起脫水。」

「只能盡早逃脫，趕緊前往海上都市。我們要是能趁夥伴牽制敵人時先逃離就好了……」

這時，青澄嘶啞地加入對話：「瑪奇。別讓讓葉移動。魚舟留在這裡，對竹本比較有利。」

「咦？」

「敵方的潛水艇利用無聲化功能隱藏行蹤，竹本很難鎖定他們，雖然敵人一樣不容易找到竹本……」

「我們陷入雙方對峙，僵持不下的狀態了。」

「對。只要無聲化裝置在，彼此就只能靠主動聲納確認對方的位置……也就是主動打出音響訊號，透過反射回來的聲波掌握對方位置。問題是，打出音響訊號的瞬間，就等同告訴對方自身的位置，因爲對方的聲納會捕捉到音響訊號的聲音……」

「如果不用這個方法，又要怎麼找到對方呢？」

「這時要請讓葉上場了……月染團長，可以請您再使用一次剛才的通訊裝置嗎？」

月染皺起眉頭。「那個小機器？」

「是的，請您戴著那個進入音響孔。接著，請指示讓葉用回聲定位的方式探尋四周。」

我問：「你打算做什麼？」

「魚舟可以透過回聲定位掌握海中的獵物或障礙物……」

青澄說到一半時表情扭曲，摀住胸口。我忍不住高聲問：「沒事吧？」

他艱難點點頭後繼續說：「換句話說……讓葉隨時都在用聲納。但魚舟不是潛水艇，敵人不會將牠當武器，頂多擔心撞上去。利用這個盲點，可以讓葉利用回聲定位鎖定敵人位置，而對方不會知道……」

「爲什麼？讓葉在回聲定位時不也是發出聲波嗎？萬一聲波碰到竹本的潛水艇反射出去，不就會被敵人的聲納裝置探測到了？」

「聲波頻率不同，不用擔心。現在陸上民大型潛水艇的聲納頻率，以軍事艇來說頂多只有幾萬赫茲。潛水艇根據不同目的使用不同頻率的聲納，近距離探索時採用和魚舟一樣的高頻率聲納。只是，魚舟回聲定位用的聲波頻率約十三萬赫茲，與潛水艇聲納的涵蓋範圍不同。簡單來說，敵人的聲納裝置無法解析讓葉的聲波。因此，即使讓葉展開回聲定位，對方也不會察覺竹本的潛水艇。」

「那怎麼通知竹本？」

「你來實況轉播。」

「你說什麼？」

「海上民能藉著魚舟回聲定位的結果，在自己腦內描繪海中立體圖。你和月染連線，從她腦中讀取海中立體圖後，再轉換成能讓竹本理解的數值——包括緯度、精度、深度等數字，藉由史貝德傳給竹本。竹本根據數值決定魚雷發射方位，一口氣擊潰敵人。」

「月染腦內的資料與她的身體感官相連，說起來非常接近直覺。沒辦法輕易轉換爲數值的！」

「你和我連接了三十多年，應該很明白人類如何掌握距離感，一定懂得如何轉換爲數值。」

「就算是這樣，還是太危險了。」

「爲何？」

「即使這樣，情報從讓葉傳到竹本時，中間有時間差。萬一敵人改變了位置呢？」

「我明白你的擔憂，但沒有其他辦法了。」

「我也害怕資訊不完整。要是我計算錯誤，竹本根據錯誤資訊發射魚雷，不止無法擊中對方，竹本的位置也會曝光。」

「不管怎麼樣，發射魚雷前還是得發出一次音響訊號確認目標。都得賭一把……」

費力說話太久，青澄顯得很不舒服，他話沒講完就停下來。反覆幾次粗重喘息後，他又重新開口：「總而言之試一次吧。不行就得想想其他辦法了。」

我將通訊裝置交給月染。月染默默戴上，眼神透露出她的決心。

隨後，她的思考流入我腦中，遠比海底時更鮮明。

然而，那也是比想像中更表層的資料。月染的腦內裝置似乎不會將超過某種程度的資料傳給我。剛才或許因爲情緒激昂才洩漏心境，平常僅是這種程度了。我有些失望。

「音響孔只容納得下我一個人。」

青澄說：「沒關係，我們在外面也能接收訊息。」

「我該如何引導讓葉，牠怎麼行動最好？」

「首先，請讓牠完全潛降。接著在四周緩緩游泳，發出高頻聲波進行回聲定位——」

「那我自己腦中該思考什麼才好？」

「請把注意力集中在探索目標及距離感上，這樣瑪奇會更容易接收到資料。」

月染進入音響孔，我靜待資料傳來。

音響孔內傳來高亢歌聲，指示讓葉潛降。原本背部露出海面的讓葉一扭身軀，頭部潛入海中。即使待在居住殼內也能明顯感受到牠的動作。地板整體稍稍上提，接著猛然沉落。

過了一下子，月染的第一道訊息傳到我腦中。同時，我開啓海底地圖資料庫。這是由ＩＥＲＡ製作公開全世界的海底圖。我找出讓葉探索到的場所再對照兩者數據，分析緯度、精度、深度，以及讓葉和目標之間的距離。

我對青澄說：「很清楚，位置也正確。」

「聲波頻率愈高，解析度就愈好。軍用高頻聲納通常也會在敵方機雷逼近時使用。相較之下，低頻聲納以千赫爲單位，雖然能搜尋到更遠的對象物，解析度就差多了。」

「現在這樣沒問題？」

「透過史貝德傳給竹本，也把我們的作戰計畫告訴他。」

竹本正確掌握我從月染接收到的訊息，回答他如今能夠決定攻擊方向。但正如我對青澄的說明，其中有時間差。現在我看到靜止物體，但實際上敵方潛水艇正在動。資料從讓葉傳遞到竹本的這段時間，潛水艇仍不斷改變位置。要預測出正確抵達點很困難。

我這樣告訴竹本：『公使說，如果這個方法不行就要再想其他辦法。但坦白說，我不想再讓他動腦了，他的體力到極限了。能靠你那裡嗎？』

『我明白了。我會想想如何將現有資訊發揮到最大限度。』

『萬事拜託。』

我向青澄報告：「竹本說他試試看。或許有方法能解決時間差問題。」

青澄點頭：「再讓我見一下月染。」

我請月染到音響孔外，青澄命史貝德支撐起他的身體。史貝德一臉擔心，青澄說「不要緊」便自己撐起上半身，史貝德在旁邊扶著他。

青澄抬起頭凝視月染。「有件事想拜託您，請您聽我說。」

「什麼？」

「魚舟的回聲定位只能觀察七百公尺內的海中狀況。高頻率聲波的指向性很高，能探索的範圍卻相對狹窄。剛才的方法只能用在敵人進入探索範圍且我方主動接近時。當我的夥伴發射魚雷後將引發大規模水中爆炸，因為我們魚雷較弱，不得不發射多發——甚至可以的話必須全數擊出。如此一來，即使讓葉在發射魚雷的當下全速撤退，還是會因爆炸後的水壓面臨強烈衝擊。讓葉……牠的骨頭和內臟都可能負傷。」

「這會害讓葉受傷嗎？」

「非常抱歉，和在居住殼中的我們不同，直接承受爆炸壓力的是讓葉，暴露在外的牠無法躲過衝擊。這個戰術將使讓葉全身受到衝擊，尤其是聽覺器官……」

月染緊咬著嘴唇。沒有海上民願意傷害同伴。遇上病潮不得已必須殺害染病的魚舟時，海上民心中會留下深刻傷痕，我們很清楚。

即使如此還是必須請求，這都是要克服眼前難關，帶月染前往ＩＥＲＡ。

月染神色沉重，詢問青澄：「有辦法治療讓葉嗎？」
「有的。IERA有再生治療的專家，我會負起責任找醫生。」
「那得要讓葉平安生還。」
「如果無法克服眼前的難關，讓葉很可能會被敵人殺死。把我們逼出居住殼，敵人的潛水艇會毫不留情傷害讓葉。承受爆炸後的水壓還可能得救，若遭到魚雷直擊，讓葉會被殺死。敵人只要先擊沉我的部下，接著就能從容不迫地對付讓葉。那時即使發射魚雷也不會有人阻止了。所以，一定要趁我方的潛水艇還安全時，想盡辦法擊潰敵人。」
「……我明白了。就答應你們這一次。」
「非常感謝。」
「這個人情的代價不便宜，請有心理準備。」
「我知道。」
月染再次進入音響孔，青澄低聲對我說：「瑪奇……」
「什麼？」
「你認爲米拉本人會在敵方潛水艇嗎？」
「跟你打賭他一定不在裡面。他會躲在海上安全的地方傳訊下指令，要不就是搭輕型飛機，藉由觀測衛星從上空觀察我們。」
「也是，以他的地位來說，這麼做比較安心……」
我很清楚青澄爲何這麼問。他擔心是否有人因自己的舉動而犧牲——他無法不確認。
我們即將對付的敵人，和我們一樣都在組織末端工作，都是只能聽命上層的弱者。
往往都是和我們這種人與同類夥伴的人們在前線犧牲生命——
「現在不要想這麼細節的事了。」我和史貝德一起要青澄躺回去。「接下來交給竹本，你好好休息。」

聽從月染歌聲帶領，讓葉徐徐游泳。每進行一次回聲定位，我腦中就會組成一次海中立體圖，但尚未找到敵方潛水艇的蹤影。

我一直覺得不太對勁，懷疑對方是否察覺企圖。只能探索前方七百公尺範圍內的局勢，這個限制出乎意料地不便。朝海底投射的聲波總能準確回傳物體形狀，這證明我的資料處理沒有失誤，靜止物體都能準確掌握，唯獨敵方潛水艇的下落怎麼也掌握不到。

突然，我接收到來自竹本的思考。

『敵人有動作了。他們正在讓葉周圍不斷改變深度移動。』

『怎麼知道的？』

『我們的被動聲納探測到對方蹤跡兩次，每次都只是一瞬間。』

『什麼！』

『現在又消失了，這種狀況很可疑。』約兩分鐘後，竹本又傳來再次探測到對方蹤影的聯絡。『這次時間長一點，但還是馬上就銷聲匿跡了。』

『到底是怎麼回事？』

『等等，又出現了！』

同樣現象一次又一次發生。

竹本潛水艇上的被動聲納只探測到一瞬間敵方潛水艇的蹤跡，接著銷聲匿跡——這樣的現象反覆發生。不久，又從意想不到的角度探測到聲音。都發生在很短的時間內。

即使掌握到位置訊息，時間仍短得無法發動攻擊。它惡意地繞著我們轉圈，就像被駭人的鬼魂盯上，讓我們體驗到隨時會被咒殺的威脅——敵人現在的動態就是如此詭異。

竹本嚴厲制止迫不及待想攻擊的魚雷手，也不准發射管打開。那聲音會被對方聲納探測到。

音響孔中的月染發出不耐的怒吼：「到底在做什麼？快點攻擊啊！讓葉無法像機械一樣一直發出聲音，

牠的體力有限！」
「不好意思，請再等一下。」
「不能等了！快點決斷！公使的身體也撐不了那麼久吧！」
我問竹本：『怎麼辦？這樣下去無法行動。』
『敵人應該想引誘我們誤發魚雷。』竹本的聲音鎮定。『他們料準放出聲音讓我們聽見，我們就可能會發射魚雷。他們不斷將無聲化裝置打開又關上，同時快速移動。這麼一來，即使我們的聲納探測到，對方幾秒後已經不在那個位置。這是心理戰術。』
『探測到時不能立刻攻擊嗎？』
『急著發射就完了。對方將從魚雷聲掌握我們的位置——不、光是打開發射管注水的瞬間，對方就能獲取位置情報。敵人正在故意一點一點延長被我們探測到的時間……我們不能攻擊。』
『你擋得住大家嗎？』
『沒有我的指示，誰也不會開砲。但這樣下去會僵持不下。』
竹本沉吟一會，接著說：『請讓葉開始游出這片海域。』
『咦？』
『敵人真正的目的不是我這艘潛水艇，是月染。他們不會眼睜睜見讓葉離開，一旦讓葉游離這片海域，對方必定追蹤。』
『原來如此。』
『我隨時會做出指示，請照我說的做。』
『收到。』
月染接受我們的指示，要讓葉加速游開。竹本指示我們在領海與公海間以鋸齒狀路線移動。倘若敵方潛水艇衝過頭闖入領海，大洋洲共同體的警衛系統就會即刻啓動。這也能幫助我方確認敵人位置，值得一試。

竹本的潛水艇潛入讓葉腹部下方，保持一段距離平行移動。潛水艇一動起來，無聲化裝置的效果就會降低，但只要待在讓葉附近，對方就不會輕易發射魚雷。因爲我們遊走於領海與公海邊界，對方要是隨便出手，魚雷很可能打進領海。這麼一來將成爲普羅透斯和大洋洲共同體的戰爭。敵人再怎麼想奪走月染也不會冒這個險。

讓葉不斷往前游。我們緊張地等待時機。

前進一定程度後，竹本忽然要讓葉一百八十度掉頭。

月染發出清亮的歌聲，引導讓葉急速掉頭。

我的身體被用力甩出，史貝德趕緊蹲下，防止青澄摔下墊布。讓葉毫不減速，開始反方向前進。

竹本指示縮短回聲定位的間隔：『急速掉頭的讓葉現在應該正朝向敵人游去。』

『原來如此。只要現在頻繁展開回聲定位——』

『就能確實掌握到敵人的位置。這是最後機會了，撐過去！』

讓葉尖銳的叫聲間隔愈來愈短，不斷發出如鳥叫般短促的聲音。十三萬赫茲高頻聲波連續釋放，如驟雨般擊打在敵方潛水艇出現的位置。

——逮到了！

瞬間，來自月染的資料湧入我腦海。敵方潛水艇的形狀清晰顯現，不愧於大型潛水艇的稱號，那艘潛水艇比竹本乘坐的潛水艇大兩倍。前端尖如烏賊，平滑表面沒有任何突起，宛如尖銳的箭頭。

避免撞上突然掉頭的讓葉，敵方潛水艇不得不將船首朝向海底，使我們得以掌握全貌——讓葉的回聲定位正從斜上方偵測到下方的敵方潛水艇。

一邊算出不斷改變的經緯度和深度，我透過史貝德將數據傳給竹本。這筆連續數據一定能讓竹本迅速預測敵人的抵達處。發射前先打出一次音響訊號，確認目標無誤後就可以發射魚雷。

竹本對自己的潛水艇指定前進角度，下令『急速潛行！』『最高速前進備戰！』

打算潛入比敵方潛水艇更深處。如果想在水中擊潰對手，就要讓魚雷在敵方潛艇正下方爆炸。在那個位置引爆魚雷，衝擊力道會朝海面筆直湧升，乘著雷霆萬鈞之勢直擊敵方船底。攻擊一次就能造成極大損傷。一次引爆複數魚雷更是威力驚人。

竹本對我發出怒吼：『快走！夠了！快引導讓葉撤退！』

我朝月染大喊：「請提高深度全速前進！指示讓葉逃離，您保護好耳朵，退至音響孔外！」

唱完讓葉全速前進的歌，月染衝出音響孔。雙手用力摀住耳朵，當場蹲下。為了保護她不受爆炸衝擊傷害，史貝德從上方抱住月染。我也要青澄摀住耳朵，同樣將他的頭部護在胸前。

一瞬間的寂靜，下一刻宛如地震的震動襲擊我們。比起水中爆炸時的聲音，衝擊力更驚人。劇烈震動讓我們像被一隻大手抓起來般無情搖晃。

難以想像讓葉身軀面臨多麼殘酷的摧殘，那劇烈衝擊強大得彷彿將身體撕成兩半。我聽見讓葉發出尖聲哀號，月染摀著耳朵，但想必也聽見了。聽見讓葉的那一刻，她不知道多難受。配合我們作戰計畫，她讓自己生死與共的同伴身負重傷——她絕對不會忘記，絕對不會原諒。

魚舟的震動逐漸平息。差不多可以挪開身體了，我試著抬起上半身望向月染。

默默離開史貝德保護傘下的月染一言不發，第一件事就是衝進音響孔。好久好久，裡面傳出她低沉的歌聲。那聲音微微顫抖。我聽見她一次又一次用拳頭敲擊音響孔內壁的聲音。唱到後來，歌聲變得斷斷續續，最後的曲調宛如啜泣。靜靜地，歌聲逐漸停止。

我們沒有說話，站在原地。

竹本傳來聯絡。『作戰結束，預備從這片海域撤退。』

『敵人呢？』

『沉下去了。可以和公使通話嗎？』

我向青澄報告狀況，青澄冷靜回覆竹本：「辛苦了，還有一個新任務要拜託你。請從你們的母船對

ＩＥＲＡ提出救援要求。讓葉在剛才的爆炸中受傷，月染唱了歌仍動彈不得。請快將牠運往最近的ＩＥＲＡ分部救治。費用我支付。」

『這麼巨大的生物若無法用操船歌指揮該怎麼移動？』

「ＩＥＲＡ有生物專用拖曳船，能用網子圍住生病或受傷的大型海洋生物。請告知對方讓葉的體型大小，派出適合的網船。」

『收到。我立刻聯繫。』

「萬事拜託了。」

結束通話，青澄閉上眼睛，沉默不語。

他筋疲力盡，臉色更蒼白，好像隨時會死掉。

第八章　終宴

青澄直接住進摩斯比港的醫院。一如觸診結果，右側肋骨斷了三根，其中一根刺傷肺部，須接受手術。幸好史貝德處理過，傷勢不算嚴重，只是太過疲累，我認爲最好休養一段時間。

ＩＥＲＡ將月染帶到研究所保護。春原教授聯絡我們，說會負起責任保衛月染安全，也告知我們讓葉的傷正由海洋生物專家治療。

向木課長沒生命危險。不過清醒後出現嚴重記憶障礙和運動機能障礙，研判需要動手術更換輔助腦，比我們早一步回日本。他一直抱怨再也不接受發行標籤的出差工作，我想課長大概也沒這種機會了。一個曾被遠距離操控過的官員，不可能繼續待在民事局。

青澄從手術麻醉中醒來聽我說了月染現況，終於鬆一口氣。但他又擔心起汎亞的海上虐殺計畫。一想到臥床期間，還是陸續有無所屬船團遭海軍擊沉，他就憂慮得坐立不安。頻頻詢問我政治遊說是否奏效，或是曾利委員是否已獲釋放。

手術兩天後，桂大使特地趕到摩斯比港。

青澄很不好意思。「眞是抱歉，還讓您百忙中前來……」

「不用道歉，是我不好。明知危險還讓你出這趟任務，該低頭道歉的人是我。」

竹本他們將裝了長臂猿殺手屍體的冷凍袋快速帶回日本，不料，打開袋子時流出了大量液體——長臂猿身體完全溶解，只剩身上裝備。那些防撞衣等裝備用品都是常見的市售商品，靠這些東西查不出屬於哪個政府或組織。雖然防衛省將袋裡物品交給轄下研究所分析，最終仍未找到決定性證據。只是，研判對方來自普羅透斯。

桂大使前往特殊公使館見了納賽爾統轄官，打算探探軍情。

聽說納賽爾統轄官很不高興。

雖然地點位於公海，在大洋洲共同體領海附近發射魚雷引起大爆炸，共同體不可能不吭一聲。根據監視系統掌握到的些許情報，對普羅透斯興師問罪。

普羅透斯立刻舉行與大洋洲共同體的會談。強調「涅捷斯對大洋洲毫無敵意」，說明「這次的事純粹是隸屬涅捷斯政府間的紛爭」，爲造成大洋洲共同體困擾道歉，並宣布今後仍將極力保持雙方友好，不惜提供任何支援。

納賽爾統轄官強烈要求桂大使：「現在請日本盡量不要出聲。」只要日本放棄追究事件眞相，涅捷斯方面也可對日本越權睜一隻眼閉一隻眼，不會處置事件相關人士，也就是青澄和竹本他們。希望日本不要留下這件事的紀錄，也不可對普羅透斯抗議。

桂大使答應了納賽爾統轄官的要求，各退一步，選擇雙方不贏不輸的結果。追根究柢，這次違背承諾在先的是我們，躲過處罰就算賺到——桂大使是這麼想。

「按你的個性，一定會思考負起責任的做法吧。」桂大使溫和地說。「但事情既然定案了，關於這件事，你什麼都別再想。因爲大洋洲積極抗議，普羅透斯也傷透了腦筋。我們雙方都隱密行動，在這裡各退一步也是爲了將來著想。」

青澄五味雜陳。發展至此，組織角力暫告一段落。但他內心還留有道義問題。爲了不辜負桂大使的好意，青澄什麼都沒說，我卻不認爲他會把犯下的錯一筆勾銷。

不止敵方，我方也失去一艘潛水艇。許多條人命無法挽回。無論怎麼安慰，這次對青澄而言都是一生重罪，不會有一日遺忘。他一定會用剩餘人生償還，彌補罪過。

我不希望他這麼做……

「關於海底資源情報的事，普羅透斯說了什麼嗎？」青澄問。「即使月染已受ＩＥＲＡ保護，普羅透斯還是會對這個問題窮追不捨吧，不可能讓海上民永遠享用那些資源。等取得正式逮捕令，就算月染已有國籍，他們還是能帶走她。」

「目前還沒看到新動作。不過，我認爲月染早點放棄情報比較好。取得情報後，我們再來思考怎麼處理。如果普羅透斯答應拿回情報就放棄追究月染是最好——但恐怕得花一番工夫談判才能這樣了。談判時可能還得付出不小的代價。」

「海底資源情報是船團的保命符，月染會答應放手嗎？」

「我來說服她。她和我們之間還有建設交易站的事，試著深入談談吧。跟普羅透斯的談判就交給我，你不用擔心，我會好好決斷。」

「那就麻煩您了。關於月染手上的海底資源情報，我已要羅德西亞調查，從他那裡累積的情報挖掘，或許能找到有用資訊。」

「知道了，我會跟櫻木書記官確認。」

「汎亞的曾．MM．利上級委員現在怎麼樣了？」

「拘留中。想讓公安部承認誣告可能還得花上一點時間。公安部逮捕他之前一定有縝密準備，案情沒那麼容易推翻。不過，曾委員那邊有事前安排，應該不會輕易被起訴。」

「海上的情形如何？」

「不太平靜。隨著海軍攻擊次數增加，海上民反抗愈演愈烈。最近還有海上強盜團試圖吸收無所屬船團，提供一般海上民武器，引誘他們加入戰鬥。」

「這糟糕了！絕對不能讓他們這麼做……」

「涅捷斯和汎亞都有不少反對汎亞政策的人，只是目前還無法說動他們。要是能得到這些人的後援，或許能改變汎亞內部狀況。」

「我眞想馬上回空間01。」

「很高興聽到你這麼說，但最好不要。你現在需要靜養。日後得仰仗你的工作還很多，要是緊急時你不在，我麻煩就大了。你最少得休養兩個月。放心吧，辦公室會維持原樣。情報蒐集的工作除了櫻木書記官外，竹本書記官也做得很好，不用擔心。」

「兩個月太長了，至少折半……」

「那就一個半月。拜託你好好休息。這場仗我們已經打贏了，沒關係。暫時休息一下。這不是請求，是身為長官的命令。」

桂大使回去後，青澄要求跟我的人造身體同步視覺，想透過我的視覺看看醫院外的景色。原理和我不能使用人造身體時利用青澄的視覺視物一樣，只是方向相反，只要切換資訊來源的方向即可，很簡單。不過，此時動作主導權在我身上，青澄只能透過我的眼睛看外面的世界。

我在海上都市買了一條汎用型的左手裝上，人造身體在日常生活中沒有問題。左眼也換了新的視覺硬體。此外，還按照青澄的要求改了一些設定。

我們在海上都市到處走馬看花。

在這片原有沙灘因為海平面上升而消失的海域，已經沒有人在此優雅享受日光浴。取而代之，白色建築密集建造，城裡還種滿多得令人厭煩的熱帶植物。都市利用植物繁殖來控制散熱，防止熱島效應。遠方的管理系統塔外牆爬滿藤蔓植物，遠望就像參天巨木。海上都市的外觀乍看奇形怪狀的樹，其實內部藏了許多最新機械。

這裡也有很多罕見的食物和有趣活動，不過藉由我的視覺無法真正體驗，青澄很快就厭倦了這種「只限於視覺的觀光」，要我蒐集這座都市的資料。不止網路上的，他要我實際傾聽當地居民的聲音，從出入海上都市的浮萍口中打探海上民傳聞。我裝成觀光客的模樣前往鬧區，到處聽別人聊八卦。

即使默許汎亞的海上虐殺行動，大洋洲共同體仍不樂見領海染血。儘管須忙於應付無所屬船團南下，但也沒有主動將他們逐出海域。

大洋洲海上民和亞洲海上民之間開始發生小型衝突。由於汎亞政策太不人道，大部分大洋洲海上民都對亞洲系海上民寄予同情。即使如此，當日常因文化與習慣不同而混亂，原居民還是會心生不悅。不滿累積久了，難保某日不會爆發。

「你要不要代替我排解糾紛？」有天，青澄這麼問。「我對你能假扮人類到什麼地步很感興趣。如果只是小爭執，跟著我的指示做應該就能解決了。怎麼樣，想不想試試看？」

「我人工智慧體的身分曝光就糟了，你會被當成遠距操控的間諜，立場很危險。」

「也對……那幫我申請外出許可，我想散散步。」

「身體沒問題了嗎？」

「不動一下身體才會生鏽吧。」

儘管已經開始復健和做一些簡單運動，青澄還是一直在住院。比起骨折，過勞對身體的傷害似乎更大。

我的 i 探針感應到他認爲自己已經「完全痊癒」。

獲得主治醫師的許可，我們前往海上都市外圍散步。有我陪同，青澄獲得允許的行動範圍還算廣。

久違呼吸到外面空氣，他精神抖擻。

我們漫無目的地四處走了兩、三天。如果稍微走遠些，青澄就會喘氣，需要頻頻停下來休息不過度勉強身體。不過，他想去的地方我都陪他去了。

那天，我們前往海上都市最邊角的公園，從那裡的瞭望台眺望大海。萬里無雲，強勁海風吹拂。五顏六色的帆船駛過深藍海面，風吹得船帆鼓脹，悠然進行的船影令人心曠神怡。

世上還有許多未曾見識的和平。

「很快地，這些美麗的風景就要消失了……」青澄喃喃低語。「教人難以置信。」

「是啊……」

「月染這件事我們成功了，但一點都不覺得贏了什麼。反而深感挫敗……」

遠離鬧區的繁華喧囂，隱約聽見遠處傳來海水沖刷都市外牆的浪聲。

青澄說：「米拉副統轄官還在特殊公使館嗎？」

「我查查看。」

查閱資料庫的結果，米拉已經轉調其他單位，日期就在與我們發生衝突後。既然我們贏了這次的任務，想來米拉無法繼續待在特殊公使館。

「今後還有很多機會遇上他。」青澄低語。「他或許會改變外表——總之，我們一定會在各處有行動與價值觀的衝突。」

「想了就沒勁。」

「噯，瑪奇。最後我終究無法成爲理想中的模樣。我只想當不破壞他人幸福的小人物……沒想到現在站上了完全相反的位置。」靠在瞭望台扶手上，青澄像在自言自語。「我一直想成爲間宮先生那樣的外交官。就算被人毆打，也絕對不會出手……可是憑我果然沒辦法。」

「別放棄得這麼快。」我回答。「每個人的人生都會遇上好幾次轉捩點。你只是走進其中一條小路。才剛要努力從這裡往前走啊，終點很遠，才隱約窺見遠方的景色。我們一起加油。」

「……也對。」青澄緊繃的表情放鬆了一些。放開扶手，踏上來時路。我跟在他身後。

「距離浩劫來臨，還有一段時間。」青澄邊走邊說。「我來想想自己還能做什麼。」

剩下一星期就要出院，桂大使寄來大量文件。是關於月染事件他前往普羅透斯談判的紀錄。

青澄在床頭立起枕頭，背靠著枕頭坐在床上，閱讀大使寄來的冗長資料。

在海底資源這件事上，月染的罪名類似日本法律的「無償收受贓物罪」。換句話說，是不知情接受並使用了贓物的罪名。因爲此案中的贓物原屬國家機密，依據亞美利堅統合法律規定，沒有追溯時效。

普羅透斯希望日本交出月染，另一方面卻拿不出逮捕令。畢竟已經是五十六年前的往事，找不到決定性的證據。米拉副統轄官不正式逮捕月染，不得不迂迴找我們交涉，原因就出在這裡。

關於月染的罪名，特殊公使館的納賽爾統轄官要求與桂大使面議。

桂大使問：「如果交還海底資源情報，能放月染自由嗎？」納賽爾統轄官搖頭，嚴詞拒絕。

「還給亞美利堅統合天經地義，哪有交換月染自由的道理。」

「可是，現在拿不出逮捕令，帶走她對普羅透斯來說無法得到太大好處。」

「有沒有好處我們決定。」

「既然沒有明確證據，就不能將已持有日本國籍的月染輕易交給你們。這須照會日本法律才能答覆。」

一觸即發的攻防對話進行一段時間，納賽爾統轄官改口，只要賠償亞美利堅統合的損失就可以放月染自由。宣稱普羅透斯已「精密計算出海底資源情報的外流造成亞美利堅統合多少損失」，並將那金額換算成國際貨幣幣值。月染本人能賠償這筆損失，就可以換來自由。

看到對方提出的金額，桂大使忍不住驚呼。那是國家預算等級的數字。納賽爾統轄官堅稱「情報外流五十六年，就是造成亞美利堅統合如此龐大損失」，如果月染無力賠償，就須接受普羅透斯的制裁。桂大使回答「無法馬上答覆」，暫時撤離談判桌。回到外洋公使館，叫來櫻木書記官、竹本書記官及其他幾個人，命他們徹底分析對方計算的金額。

首先，那真的是合理的數字嗎？

還有一件事——桂大使對這件事做出某個猜測。如果他猜得沒錯，這件事將可能保住月染的安全。桂大使找來書記官，和他們討論如何蒐集證據。

下一次談判時，桂大使從容不迫地對納賽爾統轄官說：

「月染初期賣掉的，都是沉沒都市裡的資源情報。世界上所有海域都有沉沒都市，過去那裡面曾有過繁榮的文明……比較淺層的海域，是連打撈業者都能輕易進去的範圍。因此，月染初期賣掉的情報稱不上是亞美利加統合的獨家情報。口耳相傳的情報流傳於全世界的海上民或浮萍間，情報的可信度或許多多少少有差異，但只要是沉沒都市裡的資源情報，現在已是所有人共享。因此，無論月染把這些情報告訴誰，應該都無損亞美利加統合的權益。所以，我們得先扣掉這部分的金額。」

桂大使在納賽爾統轄官面前擺出一份資料。

扣除掉的是一筆不小的金額。剩下的，是月染最近售出的深度海域情報所得。

望著納賽爾統轄官，桂大使毫無悅色地往下說：「再來談談這些深度海域情報是否屬於國家機密吧。正確來說，我們已經確定這些都不是亞美利堅統合獨家情報。關於深度海域，政府雖握有大半開發主導權，民間研究機構也同樣持有開發權。以學術目的展開調查時，發現了可能產業化的資源——其中也有這樣的模式。現在被視爲問題的這批資源，最初來源是一間民間研究機構。亞美利堅統合只是從這個機構買下資源罷了。」

「既然買下了，就屬於亞美利堅統合，月染的罪名不變。」

「恕我冒犯，請您暫且聽下去。爲了確保研究經費，除了亞美利堅統合外，這個研究機構也將資源情報賣給其他地方。這是民間機構常見經營模式。我們得知這家機構出售資源情報的對象不止政府，也包括個人，例如某些資產家。其中一位的名字是——亨利．MUP．沃雷斯。」

納賽爾統轄官睁大眼睛，瞬間說不出話。

桂大使乘勝追擊：

「重新整理一下吧。普羅透斯認爲月染手中的深度海域情報被人從政府偷出去，又從她手上流入了海上社會。然而，實情正好相反。民間機構發現的資源情報，被分批賣入了政府和複數私人手中。沃雷斯持有其中一部分。因爲屬於同一海域的情報，難怪造成普羅透斯誤解。但是請您明察，沃雷斯並未從亞美利堅統合政府內部帶走任何情報。他只是把自己財產買下的情報和與別人合作蒐集到的情報併入一個資料夾，再將這個資料夾的複本交給月染而已。」

「……你究竟想說什麼？」

「沃雷斯什麼都沒偷。月染的無償收受贓物罪也就不成立了。」

納賽爾統轄官無法接受，挺直靠著椅背的脊樑。桂大使不為所動地說：「考慮到沃雷斯的個性，我認為這理所當然。交到自己深愛一輩子女人手中的事物，怎麼可能是用了就會變成罪犯的贓物。他給對方的，一定是光明正大獲取的情報。」

「你怎麼會知道……」

「我只是想像沃雷斯的人品，想像他這樣的人會如何思考，自然就得出這想法了。剩下的，只要蒐集證據來證實即可。」

「怎能確信一定找得到證據？」

「是啊，畢竟幾十年前的往事，我也想過可能找不到詳細證據，而且那間研究機構很久以前就停止營業了……幸好，我的部下很能幹，他們分頭接洽許多在海陸工作的人，找齊了證據。」

好吧，那我就先回去檢視這些證據——這麼說著，納賽爾統轄官從談判桌上撤退。

幾天後，普羅透斯傳來正式回覆，宣布放棄逮捕月染。

青澄讀完這些文件，雙手放回床上。他臉上浮現非常詳和的笑容，靜靜閉上雙眼。

「這下終於能好好休息了。」躺回床上，他如此低喃。

回空間01前，我們前往一趟ＩＥＲＡ的浮游型海上研究所「阿爾法」。

青澄在接待櫃台出示生體徽章，我們被帶往月染的房間。看來事前打電話申請見面時，對方就已經做好會面準備了。月染在這裡有一個房間，應該是從研究者用的客房撥了一間給她。房裡有床和小桌子，也有一個流理台，可以泡茶或作點簡單的食物。

屋內還有連上網路的電腦。月染指著電腦高興地說：「琳迪現在就在那裡。」有櫻木書記官的協助，愛蜜莉亞——琳迪的本體人格資料都移植到硬體裡了。雖然無法當成助理智慧體，但月染說她不時透過電腦享受與琳迪聊天的樂趣。

月染和最後一次見面時差不多。氣色雖好些，但還是尚未恢復活力，沉穩中散發難以言喻的悲傷。

青澄問，這裡有沒有傷害她的人體實驗？

「沒事，這裡的人大都很有紳士風度。」月染苦笑著。

「讓葉的身體狀況如何？」

「託大家的福，牠復原到可以自己進食了。只是身體十分虛弱，原本年紀就大了，又勉強牠長途旅行那麼久……應該到極限了。」

「這樣啊……那時眞的非常抱歉。」

「事到如今不用道歉。當時你的選擇，我一輩子都不會忘記。」

月染犀利地望著青澄。青澄沒有逃避，正面迎向她。

月染語氣依然平靜，她說道：「我不會爲了那件事責怪你。但我也不想說那是『沒辦法的事』。我從中清楚理解到，你雖然講究公平，危急之際卻能極爲冷酷。我不生氣，是因爲你同時有不遜於冷酷的熱情。這種不相容非常人性，比起千篇一律的正義份子，你這個人有意思多了。」

搞不懂她這番話褒貶，青澄戒愼恐懼地說：「不好意思……」

月染問：「你自己呢？不要緊了嗎？」

「是，已經能回職場工作了。」

「要是你出了什麼事，我眞不知如何面對你的家人。」

「別擔心，家兄很能理解我的工作性質。」

「可是，一定還有其他把你看得很重的家人吧？」

「……我沒有和任何人深入交往到建立家庭的程度。」

「眞的嗎？」

「您知道我的中名是什麼嗎？」青澄微笑。「我的全名是『青澄．N．誠司』。N——不主動建立家庭的人——在社會上的性別分類近似『無性』。這是陸地上的稱呼方式。」

月染睜大雙眼。「為什麼?基因上出了什麼問題嗎?」

青澄搖搖頭。「我的基因是沒有異常的XY染色體，生殖機能沒有問題，也可正常行使性行為。但是，我不跟女性結婚，也沒有同性伴侶，不主動生小孩——我的基因資料已經交給厚生省，要不要拿去搭配人造子宮生產，由都市的人口調查局決定。我沒有決定權。選擇這種生存之道的人，在陸上民的世界就稱為N。為了讓初次見面的對象知道自己的選擇，所以把這個記號放入中名。」

「為什麼要這樣選擇……」

「每個人的原因不同。有的是基因問題，政府不准生小孩，有的是海上都市人口限制的影響，也有出於當事人自願的——陸上民會在各種狀況下選擇成為N。至於我……因為有點難為情，可否請您別過問我的原因呢?」

「好的，這是你的人生，我不該深入追問。不過，如果你死了，我大概會掉幾滴淚吧，我就是如此欣賞你。陸地上應該有很多像我這樣的人。」

「工作夥伴或朋友和家人又不太一樣。從事我這種工作，某種程度上會希望少點家累。有家人確實很幸福……但我也擔心死於非命時，對方會難過——」

「分擔悲傷也是家人的本分，青澄公使。」

「是啊，只有幸福的家庭不是真正的家庭。不過，怎麼說呢，我是個膽小鬼……」

差不多該來思考您往後怎麼安排了——青澄話鋒一轉：

「我今天來是想跟您討論這件事。您有任何要求，我都可以轉達給相關部門。」

「你的意思是，我差不多該思考是否放棄國籍了嗎……不管怎麼說，我想先回海上。」

「繼續擔任團長嗎?」

「船團已經交接給下一任團長了。我的船團組織能隨時配合狀況更動團長和副團長，就跟管水母一樣，誰都能擔任任何職務。今後，那裡的團長是一個叫沙凱的男人，你哪天或許得和他協商。希望你能秉持誠意和他來往。」

「我會的。那麼，您自己呢？」

「讓葉死後，我就沒有自己的魚舟了。不是和哪個副團長一起生活，就是學浮萍一樣買艘機械船獨自生活……總之，算隱居。接下來過點悠閒日子。話說回來，汎亞不中止目前政策，我也無法眞正清閒。」

「關於這件事，今後我會繼續談判，務求早日解決。」

「謝謝你。有幫得上的忙請別客氣。我啊，僅希望平凡渺小，不受限於任何人，自由自在在海上過安穩日子……現在我或許得到想要的平靜了，可是，這是犧牲多少生命，沾染多少鮮血才能建立的幸福……我不會忘記，就像永不消失的傷痕。」月染撫摸內有琳迪人格的電腦。「在海上生活這麼久，我學到了幾件事。第一是我只能活在海上……第二件事，是獸舟教會我的。」

「獸舟教了您什麼？」

「四周都是敵人，沒有誰站在自己身邊，世界上沒有和自己相同種類的生物——只能拚命活下去，不要害怕孤獨。」見青澄默不吭聲，月染微笑：「獸舟的生存之道，陸地上的人不容易理解。」

「不，其實和我的想法很相近。」

月染伸出手，用力握住青澄的右手。

「我將永遠爲艾德之死悲傷，無論你怎麼說。就算艾德一點也不後悔——我還是會持續憎恨殺死艾德的世界。我也不會容許那些用殘酷手段對付你的人。艾德不應該死，你也是。我一輩子都不會原諒殺死艾德、對你暴力相向的人類社會。這是我唯一能對人類社會做出的反抗。」

青澄靜靜笑了。「……我認爲這樣很好。對了，能見見讓葉嗎？」

「你願意看牠嗎？」

「是啊，想聽牠唱歌。」

「牠在研究所的水池裡。研究所說我們離開時可以幫忙拖曳，和牠告別的時刻應該快到了……」

月染帶領我們造訪研究所的簡易水池。那是在研究所外，用網子圍起來防止鯊魚和獸舟靠近之處，面積十分寬敞。讓葉近乎一動也不動了。背部浮出海面，漂浮在海水間，牠睡得很熟。那模樣就像在陽光下悠哉曬殼的烏龜。

月染短短唱了幾聲，讓葉和緩低沉地回應。

「愈來愈衰弱了。」月染說。「或許會在睡眠中結束一生。」

「剛才的叫聲還是很清亮啊。」

「讓葉是鳴舟，到最後都不會忘記唱歌的。」

月染和讓葉合唱一首短短的歌，旋律緩緩流洩，讓葉很開心地爲月染合音。在生命即將迎向終點時，能夠每天唱歌度日，說來非常幸福了吧。

月染和讓葉的合聲不爲任何人唱，那是她們的小小藝術。不過，青澄像欣賞世界上眾多音樂般聆聽。輕快的聲音相互依偎，時而舞動，時而分離，又再次相聚共鳴。敲下的節奏就像生物心跳的脈動。聽到音樂時，我的思考迴路無法像人類那樣判斷價值。然而，我也能從月染和讓葉的歌聲中聽出她們心靈深處相通。那是共同經歷過許多風雨才能建立的強大連結——就像我和青澄。

我感應到青澄內心正愉快地享受著音樂的節奏。

光是如此，就能讓我擁有幸福。

回到空間01，我們投入忙碌工作。儘管桂大使說「慢慢來就好」，青澄還是一回來就四處奔走。辦公室再次盈滿咖啡香。櫻木書記官或竹本書記官來報告時，青澄經常放下手邊的工作，和他們一起喝咖啡。有時忙裡偷閒地愉快閒聊，有時討論艱澀話題。回到職場，青澄依然不讓我幫他磨紫豆。他一定自己磨，按照人數沖咖啡，習慣從未改變。

工作整理到一個段落，青澄寫了辭呈，馬上交給桂大使。

「一回到空間01就忙著工作，原來是為了這個……」桂大使一臉落寞。「有必要辭職嗎？留下來工作更能負起責任吧——你就不能從這個角度想嗎？」

青澄冷靜回答：「這次的事讓我明白自己不適合擔任外交官。今後想站在別的位置尋找能做的事。」

「你的罪惡感是正確的嗎？從不同角度看看，或許有不同看法？」

「任務中有人喪命，身為負責談判的人，沒有比這更大的罪過。」

「你留下來才能做更多事，獨行只會更辛苦。」

「我打算揹起落在肩上的責任，為此必須辭去這裡的工作。」

「汎亞海上虐殺的事怎麼辦？你想丟下那件事辭職嗎？」

「辭職後會繼續為這件事行動。今後，我想用不同方式支援陸地與海洋。」

青澄和桂大使各持己見，討論差不多一小時。氣氛從頭到尾都很平和，但誰也不退一步，堅持說服對方。桂大使其實很清楚改變不了青澄的決定。他不斷反駁，一定是想幫助青澄確認決心。嚴格逼問青澄是否對即將面臨的困難有心理準備，也讓青澄透過對話產生更強烈的自覺，堅定走上自己的道路。

「你離開後，這裡大概像熄了燈……」桂大使露出打從心底遺憾的表情。「不過，都說了這麼多，你還是堅持要辭職也沒辦法了。期望你在新天地獲得幸福。儘管今後彼此仍會為海洋問題奮鬥，政府與民間有時也可能站在對立的角度，到時候我可不會手下留情。你應該很清楚吧？」

「那時候，我會好好戰鬥的。」青澄淡然低下頭。「就算立場改變，我相信和大使的目標一致。就算站在對立角度，那一定是過程，最終還是會得到豐碩的成果。」

建設海上民交易站的事正式展開。

為了讓交易站在空汙之冬來臨時也能有海上民避難所的機能，政府決定積極建設交易站，主動導入未來當避難所的設計。路因・ＭＭ・村野為首，積極招募民間企業加入建設行列。

月染的海底資源情報提供官方使用，其中一部分便拿來當交易站的建設經費。

這麼一來，這份資源情報名副其實成為艾德——亨利・ＭＵＰ・沃雷斯留給月染的「寶物」。價值觀不同的人也能共同生活，點亮希望之光的社會——這是沃雷斯窮盡一生不斷追尋的世界。就算是人類滅亡前夕一閃而過的剎那之光——只要踏出付諸實現的一步就有價值。

地函熱柱即將引發災難，政府停止發展經濟，財務省提出或許該將病潮疫苗交給海上民生產的意見。並宣稱未來希望進入交易站避難的海上民都該植入標籤，按照規矩納稅。為了籌措維持交易站的經費，這是理所當然的措施。

桂大使問青澄是否能等處理完這件事再離職。包括推動疫苗免費的問題在內，這些最早都是青澄提出的計畫。青澄最了解細節，討論時有他在場比較好。再者，解決這件事再離職，對青澄今後的處境有助益。圓滿解決，海上民的生活必然會比過去穩定許多。

要直接考慮政府的提議，還是將病潮疫苗的生產管理交給陸地上的民間業者，但以某種形式保持與海上社會的連結。待決定的事項堆積如山。青澄接受桂大使的提議，決定在外洋公使館多留一些時光。辭呈給桂大使了，想辭隨時都能辭。好好完成這件事再辭職，對青澄的心理健康來說也是好事。

某天，普羅透斯送來一封文件，收件人是青澄。打開一看，裡面的東西很討人厭。

那是禁止青澄進出特殊公使館的命令書。

『青澄公使在普羅透斯與日本政府合作事項上嚴重違反規定，今後全面禁止青澄公使進出特殊公使館。』

換句話說，再也不會找他喝下午茶或晚餐。這也表示青澄今後完全不能參與普羅透斯的工作。

被下令禁止進出的只有青澄。桂大使的待遇還是和以前一樣。

普羅透斯無法原諒青澄在月染事件中的行動。沒有處分日本公使館，完全針對青澄本人。

青澄揚了揚手中的文件說道：「身為外交官，我眞是跌進深淵谷底了。」他露出苦笑。「也罷，等解決眼前的工作就要從外務省離職了。再也不用和普羅透斯碰面。這種東西一點也不重要。」

不久，大洋洲共同體的外洋公使館與我們接洽，想上門會談。除了桂大使，也希望青澄務必出席。於是，我們在公使館內和對方見面。造訪公使館的是一位叫奇里．FUH．賀希費德的女性大使。年紀比青澄大一點，但比桂大使年輕些。她工作中的積極態度化為魄力，從全身迸發出來。

我們邀請她共進晚餐，因為她帶來的議題十分沉重。

南下大洋洲海域的亞洲無所屬船團，和海上原有居民間產生嚴重衝突，希望你們解決這些糾紛——這就是賀希費德大使的要求。

坐在白蘭地酒間品嘗美酒，她徐徐開口：「我聽說這裡有位擅長解決這類事務的公使，今日特地前來拜訪。大洋洲和日本外洋公使館聯手，想必能及早解決問題。」

桂大使皺起眉頭，青澄立刻察覺事態為何如此發展。

假設單純考慮業務內容，日本外洋公使館沒必要答應要求。雖然無所屬船團多來自亞洲，日本也沒義務全部接手。那麼，這個任務為何落到我們頭上呢。不難想像，一定是普羅透斯在幕後操弄。目的是挑釁青澄，簡單來說就是拐個彎搞他。

——既然你這麼想平等地拯救世界，那就解決這個問題看看啊。你反對汎亞虐殺政策，還將月染交給IERA，結果就是造成如今大洋洲海域上的糾紛。這麼多的難民，你全都救得了嗎？與其動不動強調世界平等，應該解決眼前的現實問題吧？

沒有直接聽見普羅透斯這麼指責，青澄也領悟到這麼做是要他為擊沉潛水艇的事負起責任。

「我明白了。」青澄冷靜回答。「我會盡力應對。今後，與這件事相關的案件請都送到我這裡。」

「非常感謝。幫了大忙，現在那邊很慘。」

「這麼嚴重嗎？」

「您到當地走一趟就會明白了，光靠大洋洲實在應付不來。說是難民，其中許多人根本不把當地人放在眼裡，跟無賴沒兩樣。我認爲應該積極逮捕這些人，命令他們不能再回到海上。」

「我希望至少試圖減少這些可憐的人。能給我資料嗎？」

「我再請助理送來。不過，數量很多喔。」

結束會談後，桂大使告訴青澄：「這是大案子，你擔下這件事就無法輕易離職了。找個適當的時機放手吧，剩下交給我們。」

「謝謝您，我想想……等我讀過資料，整理到一定程度後再交給各位處理。可能必須半途而廢，眞是非常抱歉。」

「不，沒關係。這得適時畫出界線，否則沒完沒了。」

會談過後，光是確認賀希費德大使派人送來的文件數量，我身體就不舒服了。

這不是比喻，那份量僅靠青澄一個人絕對處理不了。

青澄和當地工作人員取得聯絡，盡可能分配工作，自己只在重要場合前往協商。

即使如此，非處理不可的問題數量還是非同小可。

大洋洲上亞洲無所屬船團的失控行爲——所有與此相關的糾紛案件都被送到日本外洋公使館。普羅透斯似乎早已暗示聯盟內所有政府的外洋公使館將這些任務集中到日本公使館。連原本不該由我們處理的案例，也會被冠上「和大洋洲的事有關」的說詞，轉送到我們手上。

面對壓得人直不起腰的重擔，青澄不吭一聲默默處理。頻繁往來空間01與大洋洲海域，老實勤奮工作。

賀希費德大使的態度很嚴厲。沒有拒絕接受難民，但她對無所屬船團提出各種要求，包括不能引起糾紛，須遵守既有居民的價值觀，還要自行建設藝術之葉，否則不能捕魚。

忽然增加這麼多海上民，大洋洲政府也是拚了老命。雙方經常忍不住惡言相向。儘管青澄希望盡可能和平處理，失敗還是愈來愈多。賀希費德大使在工作上堅不退讓，她是一位擁有強韌精神的女性，只要對大洋洲有利，就會堅持奮戰到底，青澄常拿她沒轍。

工作不順利時，青澄開始拿我出氣。不對別人或同事發脾氣，只把氣出在我身上，這是他在極限狀態下的良心。正因深知這一點，所以我沒有反駁，選擇悄悄介入輔助腦，以化學手段讓他冷靜下來。

但出於醫學考量，助理介入神經控制人類情緒的做法有其上限。當青澄的精神狀態超過上限，我只能眼睜睜看狀況惡化，兀自提心吊膽。不能靠化學方式介入時，不得不努力用辯論來撐住他的心靈。每天結束繁重工作，青澄回家一倒上床就睡著了。身體不適的日子愈來愈多，嚴重暈眩、胃痛，得在體內投入大量藥劑釋出分子與DNA修復酵素。

一次，他晚上在家淋浴時，突然昏迷倒地。

連線監看的我被突如其來的事態嚇一大跳。

蓮蓬頭中不斷噴出熱水淋在他的背部，卻無法打醒青澄。他趴在地磚上動也不動。

我叫了他好幾次都毫無反應，只好臨時改用別的方法。我介入青澄左腿神經機能，給予非痛覺的觸覺刺激，同時讓他的左腿義肢釋出失誤訊號。不是警示音，而是以震動方式當警示的訊號。我將震動值開到最大，青澄才好不容易醒來。義肢震得他不舒服，發出「哇！」的叫聲撐起上半身。

這時青澄總算察覺狀況，趕緊關掉頭頂上的蓮蓬頭。

頂著濕漉漉的頭髮，身體也不擦乾，青澄坐在磁磚地板上發呆。

他蜷曲著身體，似乎不打算站起來。呼吸略嫌紊亂，像想起不愉快的記憶。

『站得起來嗎？』我這麼問，青澄緩緩搖頭。

『不擦乾身體，睡覺會感冒的。』

「不行，我動不了，我要在這睡……」

『說什麼傻話啊，這樣明天怎麼上班——雖然我還真希望你別去了。』

「抱歉，我到極限了……明天請假，幫我聯絡大使。不過，只休一天，只休一天喔……」

這麼說完，青澄踉踉蹌蹌起身，抓起浴巾走出淋浴間，直接進入寢室。他隨便擦擦頭髮和身體，就這麼不穿衣服地趴在床上。不管我說什麼他都不動了。

腦波和心跳都算正常，我不再多說，決定先讓他的大腦休息。

隔天早上，我對桂大使說明狀況，請了一天假。青澄一直睡，翻了幾次身，每次表情都很痛苦。過勞似乎對胃造成很大負擔，他始終保持著護著腹腔蜷曲身子的姿勢。中午過後，青澄醒來上了一次廁所，從冰箱裡拿出水瓶一口氣喝乾，再度直奔寢室睡著了。

真正醒來時已是半夜。

『得吃點東西才行。』我這麼說，青澄卻嘟噥：「不用……」

「胃不太舒服……什麼都不想吃……」

『至少得喝水，出現脫水症狀就糟了。』

「我知道……」

青澄依然仰躺著，一臉不適地按著胃部。

「大家今天工作一定很吃力……現在隸屬涅捷斯的外洋公使館們把所有大洋洲相關案件都送來我們這……還真沒有一個地方敢不乖乖聽普羅透斯啊，沒比這更噁心了……那本該是我的工作，桂大使拚命分給大家，但老實說應該負擔不了了。我們公使館的業務爆量了，都是我的無能——」

『噯，我看你乾脆就離職吧。』我這麼說。『跟桂大使商量商量，你做得夠多了，就此和外務省說再見，這樣就行了吧。』

「不行，現在走還太早！」青澄大喊。「現在我要是在這裡垮掉，不是正好讓普羅透斯稱心如意嗎？我不想輸給那些人。再說，在月染那件事上，桂大使和公使館的眾人幫了我多少忙——我如果現在逃避，日後哪還有臉見他們。再撐一下，加油了，拜託你，瑪奇。」

『可是繼續這樣，你會過勞死。難道被那群人殺死，你就心滿意足了嗎？』

「……我正在思考對策。」

『什麼樣的？』

「之前一直在計畫的那件事差不多該實行了。明天幫我聯絡村野先生，我準備試著開始行動……」

青澄決定在上次碰面的港口和村野先生見面，對方欣然接受。

他在飯店咖啡廳喝冰花草茶等待，村野按照約定的時間抵達。他不是一個人來的，還帶了一個曾在我資料庫中留下紀錄的人。那是很久以前的事了，在南方藝術之葉整治水母時認識的人。

村野一見到青澄就問：「你臉色很差，海上那麼亂嗎？」

青澄搖搖頭：「不，請別擔心。」

「這樣啊，對了，今天我帶了這傢伙來，希望派上用場。」

他帶來的男人身穿麻質外套和長褲，戴著帽子，臉上掛著深色太陽眼鏡，他率先朝青澄伸出手：「好久不見，青澄公使。」

青澄瞇起眼睛看對方，搜尋久遠的記憶，很快就清楚回想起來了。他「喔」了一聲：「我們見過一次，我還記得，你是浮萍……」

「就是我，薩里斯。上次那件事承蒙您照顧了。」

「你最近還去南半球嗎？」

「經常去，那邊的海上最近不太平靜，我有不少活得幹。」

「就你看得到的範圍內，也覺得大洋洲不太平靜嗎？」

「是啊，海上民原本不愛爭權奪利，只想悠哉度日，但現在畢竟是這種狀況……」

「果然……」

「我也很清楚外洋公使館一直居中協調。不管上面的人怎麼說，至少當地人對你們都心懷感謝。」

青澄那因過勞而憔悴的臉上露出微笑，他心中產生了微小的喜悅。

「怎麼，原來你們認識啊。」村野說。「那話就好說了。」

「請等一下，村野先生。」薩里斯語氣謹慎。「你不是答應我把事情聽完再決定嗎？不按照順序來就傷腦筋了。」

「別計較得這麼細嘛。」

「我只是來談生意，這點請你別忘記。」

「這是當然。」青澄說。「我也沒打算當義工。建立一個完整的經濟體系才是我想做的事。不過，有身爲浮萍的你加入計畫，當然更讓人放心——是這樣的，我想在海上社會成立一個救援網絡，需要盡可能與多方合作。」

村野問：「就是上次你跟我提過的計畫嗎？」

「是的。」

「那時不是說還需要存錢。現在可以不用靠青澄企業資助了嗎？」

「勉強可以。」

「具體來說，是要做什麼？」

「目標有三個。第一，要解決現在大洋洲海域的問題。狀況兩位都很清楚吧？」

「遭汎亞海軍追殺的無所屬船團逃到南半球，和大洋洲海域上的居民發生衝突對吧？你不是已經居中協調了嗎？」

「是的。不過，案件數量超乎尋常得多，現狀光靠外洋公使館處理不完。首先，我想用建立起的救援網絡幫忙分攤。這暫時會是最主要的工作。」

「組織誰帶領呢？以你的立場應該無法兼職吧？」

「如果村野先生願意暫時接下這個職務是最好，或者您有其他適當人選也沒問題。希望盡量選擇在海上工作的人。」

「暫時……這表示之後會交接給誰嗎？你有人選了？」

「我會接手。」

「喔？」

「不久後，我要離開外務省，將現在說的事業當作正職。」

「你打算進入哪個部門？」

「我會擔任最高負責人。」

村野瞇起眼睛，嘴角微微上揚。「另外兩個目標呢？」

「第二個目標是大幅減少全世界的海上強盜團。光靠司法無法撲滅所有海上強盜團，在空間系列海上都市工作了十年，我認為陸地上的政府根本沒有好好分析海上社會出現強盜團的原因。比陸地更不受束縛的海上世界，為什麼會有人特地去犯罪——只要這個根本問題沒有解決，就不可能消滅海上強盜團。」

「這是盤根錯節的社會結構問題，不是一句話能解釋的。話說回來，就算海上社會再怎麼富裕，海上強盜團也不一定會完全消失。自己不勞動，只想寄生富者或強奪別人的財富——從生物求生戰略的角度來看，這不稀奇。就像鮣魚寄生在鯊魚身上或病毒寄生在六目水母身上一樣，人類也是生物的一種，想找豐饒的環境寄生很自然。」

「既然如此，那就改變他們的寄生對象。為了不讓弱小的魚舟犧牲，造出其他有利可圖的環境吸引寄生者不就好了。就算不能把海上強盜團的數量降到零，至少可以減少一定程度的數量。」

「理論上是這麼說沒錯，現實中是否能建立這種環境，那又是另外一回事了。」

青澄沒有反駁，他往下說：「第三個目標……詳細內容現在還不能明說，只是，在不久的將來，人類社會將產生巨大變動，因為一個無人能阻止的危機——變動初期肯定相當混亂，萬一那時海上社會產生分裂，將會無法因應巨變。所以，我想從現在就開始做準備。」

村野皺起眉頭。「關於第三點，能不能再說得更詳細一點？」

「村野先生若贊成創辦救援網絡，並且答應暫時當代理負責人，也贊同第一及第二目標的話，我可以再多說一點。只是，我有保密義務，官方正式發表前，請恕我無法言明。」

村野正將不同想法放上天平，交握在桌上的手指動起來。「建立網絡，我們能得到什麼好處？」

「很大的好處——應該這麼說，如果我們什麼都不做，包括在海上工作的陸上民在內，海上社會很快就會瓦解。」

村野皺著眉頭不語。

青澄接著說：「海上民在不受政府束縛的民風中成長，但前提是有豐饒的海洋環境。試想無法撲滅海上強盜團的海洋，某日突然有巨大變化，海上社會會變成什麼樣？我的意思是，現在就得思考對策。」

「你想做一個統轄海上社會的機構嗎？這和陸地政府太相近，我不認為海上民能夠接受。」

「我不會建立政府，這只是一個網絡。籌集足夠的資金和資源，當這個網絡裡有人需要幫助時，確保其他人能行動——不是以志工的形式，而是以經濟活動的形式運作這個網絡。」

「唔……」

「我想將聲音傳到所有該傳遞之處，召集接受這個想法也願意行動的人才。業務若集中在一個地方，超過負荷就會失能，我想避免這件事。希望成立分散各地但信念統一的機構。」

「原來如此。只要總有一天由你親自擔任負責人，那我就贊成計畫。換成其他人提出，只會讓人覺得在說傻話，不屑一顧。但你的話我願意相信，你一定握有重要情報吧？沒關係，我現在不會勉強你說。」

「非常感謝您。」

村野問薩里斯：「你怎麼想？」

「聽起來很不錯啊，但未知數好像多了點。」

「這種事愈早出手獲利愈大。人和資源動起來，很快就能產生商機。這不是浮萍最喜歡的世界嗎？」

「是啦，只要是聽起來會賺錢的事都可以……」薩里斯雙手抱胸。「很多浮萍只對做生意感興趣，要是有幸負了公使雄心壯志的人，那我可就過意不去了。」

青澄立刻說：「沒關係。所有人都抱持同樣思考行動反而可怕。意見相反、動機不同的人也能彼此尊重，和平並存，我想創造這樣的體制。若想讓海上社會順利運作，需要深入海上經濟各個角落的人協助才做得到。沒有浮萍，這個網絡就無法成立。」

「嗯……那我問問看會有興趣的夥伴。」

「拜託了。也請村野先生對希望加入者敞開門戶，想離開的人我們不強留。用這種方式進行。」

「明白。我知道外洋公使館的工作一時無法告一段落，但還是希望你盡快來與我交接。單靠我的能力無法維持這樣的組織太久。」

「我一定會的。」

「關於資金問題，不妨請月染協助。她的海底資源情報應該還綽綽有餘，或許可以分給我們。」

青澄睜大雙眼：「真的嗎？」

「這是對海上社會有利的事，我想她會願意。」

「非常感謝您。要是能這樣就太好了。」

「那我趕緊聯繫。好，要開始忙起來囉！」

村野叫來服務生，點了香草酒，要了三個小酒杯。

淡淡琥珀色的酒送上桌。

「乾杯吧。」村野說。「敬陸地與大海。」

「還有——」青澄補充：「敬人類和非人類。」

薩里斯露出傷腦筋的表情說：「那我只好祈求商業之神保佑囉。」

三人拿起酒杯，互相碰杯，一口氣喝乾。

有村野等人幫忙解決大洋洲海域的混亂後，我們的工作慢慢輕鬆起來。還是一樣忙碌，至少青澄再也沒有昏倒，公使館其他職員也逐漸有空排休了。不久，我們接到汎亞的曾．MM．利上級委員不起訴的消息。不過，他想收復失去的勢力範圍可能得花上一段時間。事實上，傳聞這件事將使他的元首之路走得更艱辛。

不過，我不認為他會就此默不吭聲。應該會一如往常地利用這次事件上演一波肅清戲碼。我擔心事情如此發展而詢問青澄意見，回答是：「阻止他這麼做也是我們的工作啊。」

「阻止？我們？」

「正確來說，是拜託他別因為那種無聊小事浪費時間，有空的話不如趕快幫助需要救援的人民。」

「你認為曾委員聽得進去嗎？」

「阻止他的人一定不少，他還有更多該做的事。」

剛談過這件事不久，青澄就接到學嵐委員的壁球邀約，要他去一趟北京海上都市。我心想，青澄現在的體力打壁球還太勉強，但他無法拒絕，僅能接受邀約。我們在北京飯店辦好入住手續，剛安頓好就接到學嵐委員聯絡。他說已在飯店玄關外備好車，要青澄直接上車。

「今天不去運動俱樂部。」學嵐委員說。「簡單吃午飯。但對外說法是去運動俱樂部，時間多得是。」

切斷通訊後，青澄沉思一會，要我一起上車。

「你別進餐廳，在外面找個不被發現的地方等。」

「知道了。」

我們搭上委員準備的車，朝餐廳出發。我途中下車，只有青澄進店。我透過青澄的視覺檢視店內狀況。跟櫃台報姓名，青澄被帶到包廂。那是一間寬敞的房間，只給我們用太浪費了。在包廂等待青澄的除了學嵐委員，還有另外一個人。正是曾．MM．利上級委員。比起照片，曾委員變老許多。白髮增加，身材消瘦，散發大病初癒的陰沉氣質。或許因為這個緣故，光是眼神就能讓人窺見他的嚴厲內在。

「久仰大名，青澄公使。」和外表印象相反，曾委員口吻溫和。即使體力衰退，穩重低沉的音質仍透露出他處變不驚的堅強。

「你的事我聽學嵐說了。別客氣，坐下吧。」

青澄行一禮後坐下。看他的態度，大概早就預料到今天曾委員會來。

兩位委員都穿得比青澄休閒。這場餐會非正式性質。當上汎亞高層的人或許無法隨便行動吧。更何況青澄的位階跟他們兩位相比，實在太低了。

學嵐委員說：「說是用餐，其實就簡單吃吃。今天吃添加各種藥草的藥膳，你吃過嗎？」

「被派到內陸地區時常吃……」

「沒有那裡的食物那麼難吃啦，比較接近口味清淡的家常菜，都是對腸胃負擔不大的食物。從事我們這種工作，偶爾不吃點這樣的食物，身體受不了。」

「再說，我們年紀都大了。」曾委員輕聲笑著。「拘留所的食物糟透了。現在這種程度的菜色對我而言已是美食。」

第一道端上來的，是加綠色蔬菜和白肉魚的粥。青澄用湯匙舀起來慢慢品嘗。粥底有些紅色小果實，試著咬一口，厚實果肉帶點酸味，似乎是可以連種籽一起吃的果子。接著上桌的是用蔬菜、菇類和豬肉製成的八寶菜，以及泡在湯汁裡的雞蛋料理。每一道菜都柔軟順喉。甜點則是桃子。

學嵐委員說：「上次聽你提到災難來時陸上民會湧入海上避難。這件事已經正式搬上檯面了。你可以把今天的會面當事前準備。我聽說你現在正在處理大洋洲海域的糾紛，協助從北半球逃下去的亞洲船團，是嗎？」

「是的。」

「好像還和浮萍聯手做了一個救援網絡吧？試圖救援那些海上民——你不用隱瞞，我們都調查清楚了。」

「救援網絡現在交給民間經營，和外洋公使館沒有直接關係。」

「我們知道。只是建立這個網絡的人是你吧？這是經過證實的情報。」

「……涅捷斯或汎亞上頭那些大人說了什麼嗎？」

「這方面你別擔心。我們希望你的救援網路未來能繼續活躍於亞洲海域，今後，當亞洲海域發生大規模災難時，或許需要你這個救援網絡的幫助。」

「我們的最終目標，是希望網絡在地球全海域發揮作用。」

「那是美事一樁。」

「但單靠民間經營，很擔心中途倒閉。」

「好不容易成立的組織，不會輕言倒閉的。關於這件事，我們想和位於汎亞的日本大使館談……但希望聽聽你的意見。日本政府退出涅捷斯聯盟，加入汎亞聯盟——對於這個選項，你有什麼看法？」

這個問題完全出乎青澄意料：「竟然有這種事嗎？」

「還不算正式確定，也沒有對日本提案。就目前時機看來，這個想法或許可視爲選項。日本向來被稱爲涅捷斯架在歐亞大陸脖子上的一把小刀，但這句話已不合現實狀況，未嘗不能考慮轉換新的立場。」

脫離涅捷斯，加入汎亞——青澄的視線落在盤子上。忽然領悟爲何兩人今天對自己提這件事。

我們外洋公使館因爲月染那件事，正受到普羅透斯的報復與惡整，青澄也是。這時如果有人伸出援手，對我們來說十分值得慶幸。他們想問，如果汎亞伸出援手，青澄的看法如何。學嵐委員和曾委員希望青澄能暗中將這個提案帶回去呈給日本高層——就算最後日本沒有加入汎亞聯盟，至少能有一些人才因爲這個機會流入汎亞。

我的i探針感應到青澄背脊正在發涼，青澄深深警覺委員們的提議。沒想到和普羅透斯之間的小疙瘩會被用來扭轉政治大局的走向——不祥的預感使他一陣膽寒。

不久，青澄抬起視線，這麼告訴兩位委員：「……我從事這份工作，不是想爲政府效力，而是想幫助面臨生活困難的普通人們，這個念頭今後不會變。我並不勇敢聰明，力量也不強大，我也怕痛，正因如此，更期許對別人的痛苦感同身受。我願爲消除別人的苦痛全力以赴。」

曾委員從喉嚨裡發出低沉的笑聲。「這話似乎不該出自親手擊沉一艘潛水艇的男人之口？」

瞬間，我感測到青澄微受撼動。即使強自鎮定，曾委員這句話確實貫穿了青澄的心。

我想支援青澄卻無能爲力，最大的原因是，青澄徹底拒絕這方面的撫慰。

『——你閉嘴，瑪奇……』

曾委員洞悉一切般說：「喔，當然，我們很清楚魚雷不是你發射的。不過，是你下令攻擊。你出於本意奪走敵人生命，不惜犧牲夥伴性命，只爲與普羅透斯對峙。這已經大大超出外交官的本分。」

青澄沉默不語。不知何時握緊雙腿上的手。

曾委員面帶微笑又說：「——只是，你在當下那麼做也是天經地義。阻止普羅透斯獨占資訊，維護世界公平，你的行爲稱得上是英雄。」

「我不是什麼英雄。」

「那難道你只是殺人凶手？你眞的希望被稱爲殺人凶手嗎？不會吧？你想要的應該是別的事物，而或許我們能給你。我們能爲你恢復……不，甚至可以給你比過去更高的榮譽和名聲。這麼一來，你不必再自嘆自怨，可以像過去一樣抬頭挺胸。取回失去之物，塡補創傷，重新踏上毫無污點的路。你覺得怎麼樣？」

曾委員誘惑般說服青澄：

「要不要和汎亞合作？公使。你眞正的容身之處，不是外洋也不是日本。」

「……非常抱歉，請容我拒絕。」

「你說什麼？」

「正如委員剛才所說，我是個可能做出本分之外行動的人。如果和汎亞合作，下次說不定會與汎亞對抗。委員希望貴國的潛水艦被我用魚雷擊沉嗎？」

曾委員和學嵐委員露出錯愕的神情。不過，不愧是見過大風大浪的兩位委員，那份驚訝僅一瞬。很快地，他們兩位分別發出笑聲。不是嘲笑，反而像眞心笑得很痛快。

學嵐委員拿起茶杯喝口茶潤喉後，爽朗地說：「原來你沒興趣和汎亞合作啊……」

「是的。」青澄立刻回答。「日本加入哪個聯盟讓首相決定就好，不是我這等人該插嘴的事。」

這樣回應會不會招來汎亞對日本的報復，或喪失某方面的合作——青澄考慮過這些。但他仍須這麼說。只有這麼說才能讓對方明白他的本意。更何況剛成立的救援網絡不能交給汎亞掌控。

曾委員平靜回覆：「公使，我弟弟也是像你這樣說話的人。比起組織，他更重視個人，也因此死了——不、我不認為他死了，我還在尋找他的下落。發現遺體前，我很難承認他死了。」

「……我非常明白您的心情。」

「好，姑且不談日本要不要加入汎亞聯盟……今後我們保持聯絡，隨時討論救援網絡的事。今天聊得很高興，謝謝你。」

「我才要謝謝兩位。」

「等你身體養好了，下次再一起打壁球。你可得把技術練好一點。」

「關於救援網絡，如果兩位願意協助，有件事想拜託。」

「什麼事呢？」

「請立刻終止汎亞海軍在亞洲海域的虐殺行為。」

沒想到青澄會不顧一切提出這個要求，我非常吃驚，他竟然如此直截了當。

考慮到青澄以往謹慎的表現，這眞教人難以置信。

青澄接著說：「我知道委員已經暗中有不少行動，但至今看不到預期的成果。」

「你應該知道，單憑我一個人不可能。」

「如果是為了這件事，我願意供您差遣，請儘管使喚我。」

曾委員望著青澄緩緩搖頭：「我不希望你因為這種工作累垮，將來還有很多需要你好好做的事。海上虐殺這件事只能放棄，總有一天各股勢力會取得平衡，那時事態就會收斂。」

「您是要我袖手旁觀到那時候嗎？」

「很遺憾，只能如此。我們在汎亞內部能做的都已經做了。」

「……眞的嗎？」

「雖然不甘心，但只能揹負著這股不甘，繼續奮鬥。爲了不讓被殺的海上民白白犧牲。」

「這種說法太過分了。」青澄的語氣嚴厲。「海上民不該爲了我們的未來而死。我們唯一能做的只是悲嘆眼前事態？這個時代棄龐大人口於不顧，這是可恥的事實。曾委員，剛才的話，您敢對著曾太風上尉的遺物說嗎？在許多失去親人的人們面前，您說得出口嗎？」

聽著青澄的話，曾委員不嘉許不責難。他沉靜地望著青澄。

學嵐委員兀自吃著桃子說：「你說得太過頭了，公使。曾委員也是遺屬，這點不容否認。」

「這我知道。正因如此，我才希望堅持到最後。比起雞毛蒜皮的鬥爭，我們有更該做的事。」

青澄逕自站身，朝兩位委員低頭鞠躬。曾委員和學嵐委員都沒有動怒，並向他回禮，輕鬆回覆：「那麼，下次再會，公使。」「注意身體。」

把椅子放回去，青澄放軟了語氣：「……我還會再來，不管要來幾次。只要能減少世界上的不幸，哪怕一點點——我都會持續協商。這就是我的工作。」

一出餐廳，青澄立刻呼叫我。我們慢慢走回飯店。

青澄問我：「你覺得我剛才的表現怎麼樣？」

「還滿帥氣啊。」我回答得很乾脆。「萬一遇到沒有幽默感的人，你可能已經被宰了。」

青澄放聲大笑。好像很久沒見到他笑得這麼盡興了。

「我們回去吧，回空間01，回有外洋公使館的地方。」青澄的聲音開朗。「榮譽或名聲都與我無關。我們去該去的地方，做該做的事就好。」

L計畫進行到一定階段時，IERA的情報就對全世界公開了。

科學家和政治家擬定的計畫一口氣湧入情報網，震撼人心。

然而，現實中究竟發生了什麼問題——依然只有極少數人深入理解全貌。嚴格來說，有些地區或海域的人根本連將發生什麼都不知道。多數人類只知道「好像要發生什麼大事」，隱約不安。直到熟知內情的人用簡單易懂的方式將訊息傳播，地球全體終於正式陷入混亂。

公開L計畫不久，桂大使把青澄和我叫去辦公室。

稀奇的是桂大使命我以人造身體隨行，他說這樣說起話比較方便。

我們在他辦公室裡的沙發上相對而坐。

桂大使說：「國際宇宙研究機關對兩位提出了有點不一樣的委託。主要是想複製一份瑪奇的副本。」

青澄皺起眉頭。「這種做法被允許嗎？助理智慧體是個人思考的一部分，照理說嚴禁複製。」

「做為L計畫的一部分，目前正在討論是否朝宇宙發射火箭。想請瑪奇協助這件事。」

話題朝意外的方向進行，青澄顯得有些詫異。

「以人類目前的科技水準，不可能脫離地球前往宇宙——」

「如果你指有人駕駛的太空船，確實是這樣沒錯。重返白堊紀以來，人類將所有研究預算用在適應地球環境，駕駛太空船前往宇宙的預算完全凍結。因此，目前確實還無法實現移居其他星球的計畫。包括強烈宇宙射線、低重力環境、維持生活環境的問題和對策預算等，有待解決的問題還太多。」

「那麼，要瑪奇做什麼呢？」

「現在有人提議，要將人類的歷史資料留在地球外部。」

「把歷史留在地球之外？」

「或說文明、文化也可以。地球這個星球上曾有能跨足宇宙的高等生物存在過，這些高等生物如何生活在地球上，建立過怎麼樣的文明——有人提議把這些證據留下。對人類來說，這就像一個夢想。」

「夢想……」

「L計畫失敗，人類毀滅——這是預想得到的結局，眞的這樣也無可奈何。有史以來，地球上人類以外的生物早就這樣絕種無數次，只有人類倖免於難。若說我們因此就有資格留下什麼，是一種傲慢。但也可以說人類因傲慢而有夢想。不止是坐等毀滅，總想留下什麼——只要有一件事讓我們想像得到成果，人類或許就能放心迎向毀滅。所謂的夢想，正是這個意思。」

「具體來說，要瑪奇做什麼呢？」

「包括瑪奇在內的二十具人工智慧體，將分別搭乘兩艘小型太空船前往宇宙。預計人造身體會一起上船，不過平常應該用不到。人工智慧體搭乘的太空船上沒有人類，太空船規模不會太大。這些人工智慧體將在太空船上管理一起放上船的地球文明紀錄，等到哪天出現能與他們連結的對象，就向對方介紹地球文明。兩艘太空船中的一艘將登陸月球，這是爲未來人類保存的地球資料庫。如果人類順利渡過空汙之冬，未來人第一個造訪的外星球會是月球，所以月球最適合存放過去地球資料。地球上當然會保存一份，但畢竟難以預測地球未來變動，月球的就當備份。另一艘太空船預計離開太陽系。可能會有人說這種時候還向外太空發射太空船太荒謬，但就夢想的眞正定義來說，『人類的夢想』莫過於此。」

「考慮到在遙遠的未來……太陽系外的高等生物有可能拾獲這艘太空船——是嗎？這眞的是非常天馬行空的夢想。」

「是啊。但也有人認爲都是快滅絕的種族了，至少有描繪這種夢想的自由吧。」

「認爲不該有這種自由的人，則會說這是資金和資源浪費。有多餘的資金和資源做這種事，不如拿來救更多人。」

「嗯，是的。不過，這不是現在討論的事。這個計畫已經擺在那裡，眼前的問題是瑪奇要不要接受這個委託——我們該討論怎麼回覆對方。複製一個和自己一模一樣的副本是什麼心情，身爲人類的我無法理解，瑪奇，你怎麼想？」

桂大使把話題丟給我，我冷靜回答：「沒有特別想法。只是等副本完成，如果彼此之間有溝通管道的話，或許會覺得有點奇妙。」

「這樣啊。嗯，這方面的感想也能看出人類和人工智慧體的不同。附帶一提，兩艘太空船上，到時也預計放上擬態人類的再生資料。」

青澄睜大雙眼。「不是人類，而是擬態人類嗎？」

桂大使點頭：「研判擬態人類的適應能力遠比人類高上許多，看看月染就很清楚了吧。要帶去宇宙的話，比起純粹的陸上民或海上民，擬態人類應該更合適。當然，不是直接帶活生生的擬態人類上去，只帶基因資料和根據這份資料從人造蛋白質中再生出生命體的方法——只要將再生所須的化學物質預先放進保管庫就好。當前往外太空的太空船抵達適合再生擬態人類的環境，就可以在那裡將他們做爲生物創造出來。瑪奇等人的任務之一，就是管理擬態人類的大腦構造和智慧。」

這應該是目前最高等級科技下思考出的計畫吧。能不能成功是個未知數，但大使說，這個計畫也包括在人類的夢想內。那是我無法理解的價值觀。人類是這麼渴望夢想的生物嗎？爲了夢想，不惜投注部分資源，不會後悔嗎？

桂大使繼續說：

「乘上太空船的人工智慧體，來自活躍於各領域人物或故人留下的助理智慧體。瑪奇獲選的原因，除了和公使至今合作的工作成果外，也因爲你曾接觸過擬態人類月染。你從公使身上學到的談判能力，日後將能在率領太空船上多位智慧體時得到發揮。不止成爲多位智慧體間的橋樑，當擬態人類誕生時，你也能成爲很好的中介者。」

我立刻回答：「有談判能力的是公使，不是我。」

「不，你應該也學會了才對。公使的能力……不、應該說是智慧——」

「我們助理智慧體只有輔助人類的能力，即使思考迴路再接近人類，也不可能做出自發性的指導。」

「這說法不太對。」

「哪裡不對呢？」

「人類和助理智慧體會在彼此影響中成長，兩者統合爲一套系統。人類在助理輔助下學會深入思考，助理在人類的提問下獲得更接近人類的思考模式。當然，擁有肉體的存在與單純的電腦程式成長方向不一樣，畢竟光是累積的資料量就不同了。即使如此，長年在各種狀況下被使用的你，確實從與公使的交流中繼承了半個他。也可以說，青澄公使身上『好的一面的人性』組成了你。」

——就算只是假設，與其說我是個擁有自己主體的存在，不如說我是半個青澄——這個說法，我覺得很有道理。事實上，這也是我一直以來面對青澄時的角度。我對青澄來說並非「他人」，更接近「影子」——我的存在，是促進他心靈掙扎。現在這個我還保有多少當年出貨時的助理特性，又有幾成已轉變爲青澄的影子，其實我自己分辨不出來。正如桂大使——不、正如告訴他這些事的研究者所說，我說不定眞的已成爲「半個青澄」了。

我對此有所期待嗎？這就是人類所謂的「夢想」嗎？

桂大使看了看我，再看了看青澄。

「如何？要是你們同意，我就這樣回覆對方。當然，不願意也可以拒絕。」

青澄問我：「你怎麼想？」

我回答：「我一個人無法決定。我的思考迴路無法判斷，你決定吧。」

「這是你的事，我來回覆可以嗎？」

「可以啊。這是我無法回覆的事。」

青澄想一下，對桂大使說：「明白了。如果瑪奇能有一點貢獻……那將會是我們無上榮幸。」

「那我就向對方推薦瑪奇，可以複製他的副本。」

「好的，麻煩您。」

桂大使從沙發上起身，與青澄握手。接著，他也對我伸出手，就像面對眞正的人類。「謝謝你，瑪奇。你們人工智慧體是人類最好的朋友。我們會在地球上留到最後一刻，絕對不會忘記成爲副本前往宇宙的你們。」

從桂大使回辦公室路上，青澄對我說：「好驚人的事。」

「嗯。」

「要到太陽系以外的宇宙去呀，那是我無法想像的世界。」

我有點想把重返白堊紀前拍攝的各種天文照片拿給青澄看，不過還是作罷。就算是我也知道，青澄說這話不是那個意思。

青澄喃喃低語：「非人類前往宇宙——從大海中誕生的獸舟突變體，和從陸地上的人類手中誕生的人工智慧體，你們將攜手飛向宇宙——總覺得好令人期待。」

我突然想到，成爲副本搭上太空船的我，不知道如何看待與青澄分開這件事。失去搭檔的感覺一定很奇特。一般來說那是搭檔死去才有的經驗。可是我的副本在青澄還活著時就要經歷這件事了。

我的副本，將在沒有搭檔的情形下活下去。

生爲助理智慧體，他卻沒有搭檔。

同時，在他心中卻存有過去的我與搭檔之間的記憶。

沒有共同生活的經驗，他只是從出生就擁有與青澄共同生活的記憶。

換成人類，這種狀況或許會令人陷入混亂，但我的副本只會理所當然接受。對於沒有身體的我們來說，記憶就是一切。

記憶就是身體。

我是從青澄的思考中建立的存在。在青澄使用我的過程中，我從原本的預設值慢慢偏向特定性質。失去搭檔的瞬間，我們就會停止成長。

正常狀況下，搭檔一死亡，助理智慧體就會被封印，按照搭檔遺書中的指示處理。有的在關閉電源的狀態下和搭檔一同下葬，有的和骨灰一起撒入大海，也有人被送到業者那裡銷毀資料。

然而，即使青澄離開這個世界，我的副本也不會消失，帶著現在這個我的完整記憶前往宇宙。今後，當青澄從外務省離職時，原版的我內在與外交機密相關的資料將被清除，成為腦袋空空的助理。就算這樣，身為特例的副本依然能維持現在的狀態，不受外力介入。

這種感覺眞是不可思議。

我自己的智慧將隨青澄的離職而衰退。

但我的副本卻永遠都能保持我現在的狀態。

回到辦公室，青澄一如往常地磨起紫豆。

我試著對他說：「噯，能不能讓我幫你？」

以為他會說「不行」，不料青澄想了一下竟回答「好啊」。

「不過，要沖好喝一點喔，要不然喝的人可是我。」

「眞的可以嗎？」

「是啊。」

「眞稀奇，你怎麼會改變主意？」

「學會磨紫豆方法的你前往宇宙——想到這個就很愉悅。當你在不知何處遇見外星智慧體時，可以幫我告訴對方從前地球上曾有這麼美味的東西嗎？雖然不知道對方能否理解就是了。」

「那我一定得好好學了。」

「……瑪奇，這對我們來說，能成為救贖嗎？」

「咦？」

「我們一路走來沒做出什麼了不起的事。總為了一點小事人仰馬翻，痛苦掙扎，傷心落淚……不止我們，人類全體皆是如此。拚命想要活下去，結果人類最終獲得了什麼？我找不到答案。如果這樣還是要朝地球外送出些什麼——某種稱得上是紀錄的東西——不管那是什麼，或許真能稱得上是一種成就吧，無論你即將搭乘的太空船將抵達何方。」

「……我會努力抵達的。」我這麼回答。「出發的不是我而是我的副本，說『我會』好像很奇怪。不過，答應你，一定會用某種形式抵達那處。相信我吧。」

「就當作是我們兩人的約定。」青澄靜靜地說。「只屬於我和你的約定。既然你要我相信你，我就會相信到底。即使自己的生命從這個地球上消逝——無論最後如何結束——這個約定將是永遠……」

「我知道了。我也覺得這樣就好。」

青澄拍拍我的背。

「副本雖然要去宇宙了，我們還是有堆積如山的工作喔。離開外務省，這份工作還是要繼續。汎亞不打算停止海上虐殺，耀星省將陸續有難民逃出，政府卻還連一點規畫也沒有。大洋洲海域一團混亂，海上強盜團依然猖獗。還有答應月染的交易站，距離建設完成還得花上一段時間吧。我們接下來得一一解決這些事。這都是辛苦又痛苦的工作，我們可不能被打倒。」

「這是當然。」

「人類的筵席就要告終。最後一瞬來臨時，我們人類有沒有資格帶著微笑死去——這誰也不知道。」

青澄浮現落寞的笑容，我什麼都沒說。儘管沒有回答，他卻毫不在意。他的手疊放在磨著紫豆的我手上，寧靜開口：「喂喂，你在看哪裡？豆子要像這樣小心翼翼地磨，就像溫柔撫摸重要的人……」

跟著青澄指導，我慢慢磨起紫豆。我的i探針清楚感測到，他的內心滿溢前所未有的溫柔與暖意。

尾聲

IERA做出預測的四十八年後，舊歐亞大陸一隅觀測到最初的岩漿噴發。一陣驚人的地鳴與地震過後，耀星省各地區大地炸裂，幾十條熊熊燃燒的巨龍獲得解放，朝天空攀升。伴隨著刺眼光芒，瞬間衝破幾十公尺高的岩漿轉眼朝四面八方奔流，將食品加工設備與住宅區的原址燒焦吞沒。

這是發生在全體居民完成避難後的事。那時，曾委員和學嵐委員皆已離世，但按照他們留下的對策與避難計畫，汎亞事前早已迅速將人們撤離到周邊地區。沿海地帶的都市和海上都市一時陷入混亂，居民間衝突四起，好不容易再將他們引導到其他海上都市或海上生活，勉強避開最糟的事態。

要做到這個，需要全世界組織通力合作，涅捷斯、汎亞與大洋洲共同體一邊協調彼此利害關係，一邊攜手合作。青澄建立的救援網路也在此時做出了貢獻。當地球上某一地區狀況極端惡化時，惡性影響將波及四周地區，這已顯而易見。影子大地的預測也明確指出這一點。

想維持世界和平，需要世界各政府彼此包容不同意見，團結合作。

耀星省地底噴出的慶伯利岩漿，二度噴發，奔流的岩漿化爲灼熱火海。

富含水分，流動性高的岩漿以驚人之勢席捲地面，所到之處即刻成爲周遭生物無法居住的地方。

這樣的狀況反覆發生……很快地，其他大陸上也能輕易觀測到不停朝天空噴發的岩漿火柱。

象徵人類文明毀滅前兆的火柱，有些人透過網路圖像看見，有些人親眼目睹，有些人站在魚舟上甲板上看得一清二楚。人類有史以來第一次看到慶伯利岩漿噴發——與隨之而來的殘酷現實正好相反，炙熱燃燒的岩漿火柱發出美麗光芒，見者永生難忘。

熔岩無止盡地噴發奔流。毫不留情燒光了重返白堊紀後人類拚命建立與維持的綠地及住宅區。樹木燃燒殆盡，堅固的建築物起火燃燒。濃濃竄起的黑煙中，岩漿以比列車更快的速度流出。流入海中的岩漿轉眼破壞了海洋牧場。

人們開始逃離被指定爲次危險區的地帶。如果噴發的岩漿是赤龍，烏雲般瞬間擴散的濃煙就是黑龍。兩條龍糾纏著覆蓋大陸上空，無論經過幾天也不消散。

大陸各地地震頻繁，人們甚至覺得大地再也沒有不動的一日。令人膽寒的震動與低吼般的地鳴持續。難民如漣漪般朝周圍擴散。儘管這是早已預料的世界規模人口遷徙，難民所到之處仍不斷有衝突。

這場災難發生，地球上沒有一處逃得過。眾人皆知此事，但知識與生物本能感受終究兩回事。只要逃出去，或許就能找到安心生活的地方——

人們這麼想，拚命想逃。要讓他們冷靜很困難。

主政者無不盡力到最後。但愈脆弱的組織愈早瓦解，愈誠實工作的人愈快倒下。即使如此——涅捷斯、汎亞和三個汎歐聯盟以及大洋洲共同體——全世界的組織爲了盡可能拯救更多人，絞盡智慧奮戰。

這是比戰爭更艱難的事。

無法想像比這更艱鉅的考驗。

縱使如此，他們還是沒有放棄。

只要有能夠拯救人類的方法、任務、政策或研究，他們就會留在工作崗位。

他們所在處充滿奇妙的平靜與激昂。明知一切已到盡頭，眾人的內心依舊生生不息。

很快地，岩漿噴發之際瀰漫至平流層的粉塵終於將天空完全覆蓋。黑灰不斷從天而降，難民在底下默默行走，找尋新住處。宛如看不到尾端的送葬隊伍，筋疲力盡、傷痕累累的人類排成長長的人龍。脫離隊伍的人當場力竭死去。

沿海居住地帶和海上都市開始限制接收的難民人數。包覆都市的圓頂有的已經完成，有的還在建設。只要有一點縫隙，乘風飄來的黑灰就會侵入海上都市，飄到每一個角落，精密機械漸漸損壞，停止運作。

也有人帶著少量行李搶奪小船出海。富有的浮萍厭惡這群不懂海上規矩的人，守護原有生活而拚命。

願意改變身體構造適應深海生活的人並不多。知道「海中生活適應型」人類——露西外表特徵的人，對這必須完全放棄現有人類姿態的改造多有躊躇。外表幾乎成了魚，有雌雄同體的全新生殖構造——想跨越這道障礙需要勇氣。關於人體改造的假消息與臆測快速散播，但沒有人出面修正言論。政府的公告在灰濛濛的世界裡空虛迴盪。

第一世代露西與主動選擇成爲露西的少數人悄悄在海底展開新生活。在這個與地面喧囂完全隔離的安靜場所，露西逐漸獲得了新的生活圈。然而，獸舟及海中大型生物對她們毫不留情。

掉以輕心就會被吃掉。

一點判斷失誤就會喪命。

對抗眼前局面，露西比預計更早開始繁殖。小露西接連出現在黑暗的深海中，四處游泳。從未親眼看過陸地的新世代。

新人類。她們不在乎地表發生什麼，無所謂祖先是誰。適應新環境全力以赴，樂於接受眼前現狀而誕生。

非洲大陸與南美大陸上，袋人們凝望灰色天空，嘴巴緩慢開闔。受到外部環境變化的刺激，出現在袋人黑色外皮上的臉再也沒有消失。他們一律朝向北半球，一齊見證文明終焉。

都說他們的身體可維持千年，但現在失去了陽光，氣溫急速下降，要在極度惡化的地球環境下生存變得困難。然而，早已放棄移動方式的袋人連逃走的念頭都沒有。埋在持續降落的灰塵下，他們接受不到千年就死亡的命運。宛如埋在地爐灰燼裡的蛋，袋人慢慢滅絕了。

海上交易站的規模無法供所有海上民入住。沒有選擇改造身體的海上民依然和魚舟一起生活在海上。他們懷念看得到陽光的時代，因爲嫌棄上甲板堆積的灰塵，開始讓魚舟長時間潛水。

海洋正在死亡。

那麼豐盛的藝術之葉轉眼成爲沒有生物棲息的殘骸。

獸舟積極朝陸地前進。牠們襲擊僅存的海洋生物，襲擊魚舟，朝海上都市與陸地直線游去。和過去只會摸黑上岸的獸舟不同，現在牠們不分晝夜，爲了活下去而登陸，襲擊能成爲食糧的物資與人類。幾十隻獸舟成群結隊勇猛泅泳於海浪間，看上去就像發出猙獰吼叫的大海，朝人類文明襲來。

因爲活著所以進食。

爲了進食什麼都攻擊。

賭上自己的全部，獸舟們一心只想活下去。雖然是從人類手中製造出的生物，牠們對地球的災難和宇宙現狀一無所知——打從誕生，牠們唯一知道的就是必須活下去。

人類利用手邊所有技術與武器獵殺獸舟。獸舟的肉可當食糧，骨頭和油脂可當作資源再利用。爲了保護自己的性命與生活，人類沒有任何遲疑的理由。

正因雙方都有活下去的權利，所以平等相殺。

鮮血染紅了海洋與陸地。

人類和獸舟之間的鬥爭。

在這段期間，海上民依然唱著長長的操船歌，和魚舟一起徘徊海上。

從早到晚從海上傳來的歌聲，成爲從早到晚擊退獸舟的陸上民耳熟能詳的旋律。

在這個慘烈的世界上——不知爲何，只有來自海上的音樂聽來有股說不出的優美。像用小刀刻畫在心上，不斷觸動陸上民的心。

很快地，陸上民發現了。海上民唱的是獻給獸舟的安魂曲。

正因如此，這歌聲才會攫住陸上民的心。

曾幾何時，陸上民也和海上民一樣唱起這首歌。有時是大聲合唱，有時是孤獨低吟。

那就像肆虐海洋與大地的暴風雨，挾帶蒼茫遼闊的強大力量，又無比開朗——響遍大地每一角落。

軌道上的觀測衛星即時紀錄下汎亞內陸擴散的粉塵逐漸覆蓋地球的過程。受到粉塵微粒的影響，觀測到一半時，地上資料無法再傳上來了。不過，衛星攝影還是繼續著。拍下來的資料不止傳回地球，也持續朝外太空發送訊號。接收這些資料的是災難發生前發射的太空船——載著朝外太空航行的瑪奇等智慧體、進行遠距離航行的太空船受信機。

۞

我們的太空船飛行順利。軌道上的觀測衛星傳來的地球影像一天比一天黑，畫面開始穿插雜訊。

地球顏色不再像過去大量圖庫裡保存的照片，失去令人類讚嘆不已的亮藍色。在大量粉塵微粒籠罩下，照片裡的地球變成一個髒兮兮的小球體。然而，那片粉塵下所有生物至今一定仍爲生存而奮鬥。就算等在前方的是毀滅，他們依然捕食、繁殖、試圖適應極限環境。活著，創造下一代、建立社會——他們相信這是世界上最有價值的事。

人類一定持續做一樣的事。等到他們終於領悟一切都沒有價值——人們將與夥伴相互依偎，放寬心情等待殘餘的時光。他們大概會激烈告誡想破壞這段安寧時光的同類，極力維持和平。

人類是只要活著就會犯下罪愆，無可救藥的生物。

他們的本質邪惡。

然而，他們同時擁有思考贖罪方法的想像力與智慧，持續保有「人類不該只爲惡而生」的理性思考。

與青澄的交流教會我這一點。直到機能停止的那日，我將永遠不會忘記。

我不是原版的助理智慧體，只是原版的副本。

這是從原版身上製造出我的研究者告訴我的。

十六年前，我曾和搭檔青澄・N・誠司見過面。隔著螢幕，他和保存了我的機器連結。

毫無預兆，某天青澄造訪了我。

那時青澄已經七十歲。雖然上了年紀，但還很硬朗。他似乎接受了逆齡手術，也巧妙使用輔助身體的硬體裝置。說話的聲音及微笑和我出生時就擁有的記憶相同，我懷念不已。

我從出生就沒有人造身體，只有電腦上的假想身體，所以無法與他實際接觸。不過，聽到我的聲音，青澄就很滿足了。

你記憶中的是幾歲前的我？青澄問。我複製下來的記憶停在青澄從外務省自請離職前，倒算回去應該是二十幾年前——你剛邁入四十歲時。我這麼回答。於是青澄說：「喔喔，這樣啊。那幾年忙得要命，記憶大概也不太牢靠吧。」說著，他輕輕笑了起來。

我記憶中四十多歲的青澄和眼前七十歲的青澄差異很大。外表就不用說了，內心也是。本質固然沒有太大改變，卻跟過去有微妙落差。明明是同一個人卻有這樣落差，爲什麼呢？我不假修飾地提出問題。「這就是人類的『上了年紀』啊。」青澄這麼告訴我。「就你看來，或許會覺得我好像變成另外一個人吧。無關好壞，但這確實是人工智慧體無法體驗的感覺。」

我和青澄閒聊了一小時。青澄既沒有提供我任何有用的訊息，也沒有向我追加任何重要資料。但是，我非常快樂。彷彿有什麼長久遺忘了的事物鮮明地復甦了。我知道青澄有一樣的感覺。

我問他，我的原版現在過得怎麼樣。

青澄說：「現在也還幫我很多忙喔。只是，我跟他說要來見副本時，他非常難爲情，還要我關掉連線。現在他聽不到我們的對話，也無法連上他。」

原版的我已失去外務省時代一切記憶。青澄後來成爲救援網絡的負責人，原版的我只擁有青澄在那之後的資料。我們應該很難說上話吧。再說，那感覺一定很奇特。我明明是我，卻不是我了。

臨別之際，青澄向我愼重道謝。

接著他說：「謝謝你，瑪奇。有你在，我很幸福。你是我人生最棒的搭檔。」

因空汙之冬造成環境劇變的地球上，人類想必會奮戰到最後一刻。在改良過的海上都市裡，在深海中。不知青澄是否還活著，如果死了，能先走一步或許是種幸福。倘若他還活著，一定會在工作崗位上繼續奮鬥，直到生命之火燃燒殆盡。嘴角始終掛著一抹微笑，像是對什麼都不太在意。

毫無疑問的，我們的夥伴——眾多的助理智慧體也會和人類命運與共。身爲人類最好的搭檔，他們分享人類的喜悅，分擔人類的辛勞，和人類一起迎向時代的終結。

在這裡的我們無法親眼目睹那一天。

無法見證任何人的死。

雖然看不見那些，但我們活在和他們不同的地方，被賦予另一個未來。在小小的——但已是這艘太空船最大限度性能的電子網路中，我們十個助理智慧體兩人一組，輪流管理太空船。

我和一位名叫亞莎的助理智慧體一組。曾是宇宙科學專家助理智慧體的她，可說擁有支援我們將來所需最重要的知識。能和這樣的智慧體同組，我覺得滿光榮的。

我和亞莎滴水不漏地確認太空船各項狀態。太空船是否維持在正常航道上。擬態人類的資料是否完善保存。合成用的化學材料有沒有變質。我們生活其中的電子網路和硬體作用是否正常。

一切都很順利。生活乏善可陳到驚人的地步。

簡直就像這艘太空船踏上的正是死亡之旅本身，靜寂包圍著我們。

亞莎望著已經很不清晰的地球影像喃喃低語：

「他們不知道是否在那裡生存下來了，有沒有好好復活了呢？」

「這就不知道了……」

「努力要是沒有回報，那多麼令人失落啊。我希望人類不要被打敗。曾經創造出這麼多東西的人類，眞不希望他們輕易毀滅。」

「我也這麼想。不過，大自然毫不留情。」

「我們能做的只有祈禱了吧。」

「是啊。人類生存下去的機率很低，空汙之冬又很長，或許會以百年爲單位持續下去。別說順利適應環境了，人類就此絕滅也不足爲奇。或許一切努力都會在徒勞中告終，但是，就算這樣又如何？」

凝視那顆煤灰色的星球，我對亞莎說：

「他們已傾盡全力而生，這樣就夠了不是嗎？」

中文版《華龍之宮》作者後記

本書《華龍之宮》中出現的地球行星科學相關設定，皆以下列書籍中與「地函構造」相關的理論為基礎：《日本列島會沉沒嗎？》（西村一、藤崎慎吾、松浦晉也著。早川書房出版）、《地函構造與全地球史解說》（熊澤峰夫、丸山茂得編輯。岩波書店出版）、《生命與地球之歷史》（丸山茂德、磯崎行雄著。岩波新書出版）。

只是，配合情節進展，書中設定的災變速度比實際理論更快（意即，現象發生所需年數比實際理論更短）。此外，關於執筆當時（二〇一〇年）學術上尚未有定論的爭議點（地函內是否含水、滯留板片是否會通過過渡帶等等），皆採用書中設定所需的學說與假設。這在小說創作中實屬常態，還望各位理解。關於上述科幻設定，同時承蒙了任職於海洋研究開發機構（JAMSTEC）的海洋ＳＦ研究家西村一先生多番指教。

筆者曾於二〇〇六發表短篇〈魚舟・獸舟〉，可視為本書前日談，人工生物及海洋民族的相關設定在此短篇作品中已有提及。現在〈魚舟・獸舟〉有日文版及英文版兩個版本。日文版收錄於短篇集《魚舟・獸舟》（光文社出版）。英文版收錄於ＳＦ作品集《Speculative Japan Vol.3》（黑田藩Press出版）。〈魚舟・獸舟〉的英譯篇名為〈Fin and Claw〉。此外，本書已有長篇續集《深紅之碑文》（早川書房於二〇一三年出版），做為系列作品，今後將持續創作新的故事。

《華龍之宮》在日本出版的日期是二〇一〇年十月底，比東日本大地震（二〇一一年三月十一日發生的日本東北地方太平洋近海地震）早了五個月。因此，本書中所有情節皆與這場地震無關。日本國內推出文庫版時，也未加筆提及任何與這場地震有關的事項。

出版不到半年就發生了震災，之後經常在採訪時遇到「關於東日本大地震有何感想」的題目。出於種種因素，除了少數例外情形，我對這個問題一律不發表意見。阪神淡路大地震（一九九五年一月十七日發生於兵庫縣南部的地震）發生時我就住在神戶，於地震中失去家人。因此，本書情節或有「呼應」一九九五年時社會狀況的部分。人類憑自身經驗做出對未來的幻想——這是科幻小說特有的創意來源，本書或許也能說是誕生於這個幻想的作品。

話雖如此，小說這種東西無法光憑此類要素書寫。我長年嚮往海洋世界，感動於地球及生命的不可思議，對人類及其他種類智慧體及機械的共生關係懷有理想……這部作品中也充滿了這些藉由科幻形式表現的浪漫主義。

我更希望這些浪漫情懷留在讀者心中。或許，當我們在面對殘酷的生存現實時，天馬行空的想像力將成為最強大的反擊武器。

E FICTION 40／華龍之宮

原著書名／華竜の宮
作　　者／上田早夕里
原出版者／早川書房
翻　　譯／邱香凝
責任編輯／詹凱婷
業務・行銷／陳紫晴・徐慧芬
編輯總監／劉麗眞
總 經 理／陳逸瑛
榮譽社長／詹宏志
發 行 人／涂玉雲
出 版 社／獨步文化
城邦文化事業股份有限公司
104台北市中山區民生東路二段141號5樓
電話：(02) 2500-7696　傳眞：(02) 2500-1967
發　　行／英屬蓋曼群島商家庭傳媒股份有限公司
城邦分公司
104 台北市中山區民生東路二段141號2樓
網址／www.cite.com.tw
讀者服務專線／(02) 2500-7718：2500-7719
服務時間／週一至週五：09：30～12：00　13：30～17：00
24小時傳眞服務／(02) 2500-1900：2500-1991
讀者服務信箱E-mail／service@readingclub.com.tw
劃撥帳號／19863813
戶名／書虫股份有限公司
香港發行所／城邦（香港）出版集團有限公司
香港灣仔駱克道193號東超商業中心1樓
電話／(852) 2508-6231　傳眞／(852) 2578-9337
E-mail／hkcite@biznetvigator.com
馬新發行所／城邦（馬新）出版集團
Cite (M) Sdn Bhd
41, Jalan Radin Anum, Bandar Baru Sri Petaling,
57000 Kuala Lumpur, Malaysia.
Tel: (603) 90578822
Fax:(603) 90576622
email:cite@cite.com.my
封面設計／高偉哲
插　　畫／Cola
排　　版／游淑萍
印　　刷／中原印刷傳媒股份有限公司
●2020（民109）4月初版
售價499元
KARYUU NO MIYA
 ISBN 978-957-9447-66-9

國家圖書館出版品預行編目資料

華龍之宮／上田早夕里著；邱香凝譯. –初版. – 台北市：獨步文化，城邦文化出版：家庭傳媒城邦分公司發行，民109.04
面　；　公分. --（E fiction ; 40）
譯自：華竜の宮
ISBN 978-957-9447-66-9（平裝）

861.57　　　105004607

獨步文化
APEX PRESS

廣	告	回	函

北區郵政管理登記證
台北廣字第000791號
郵資已付，免貼郵票

104台北市民生東路二段 141 號 2 樓

英屬蓋曼群島商家庭傳媒股份有限公司
城邦分公司

請沿虛線對摺，謝謝！

獨步文化
APEX PRESS

書號: 1UR040　　**書名**: 華龍之宮　　**編碼**:

請於此處用膠水黏貼

獨步文化 APEX PRESS

讀者回函卡

謝謝您購買我們出版的書籍！

請費心填寫此回函卡，我們將不定期寄上城邦集團最新的出版訊息。

姓名：＿＿＿＿＿＿＿＿＿＿ 性別：□男 □女

生日：西元＿＿＿＿年＿＿＿＿月＿＿＿＿日

地址：＿＿＿＿＿＿＿＿＿＿

聯絡電話：＿＿＿＿＿＿＿＿ 傳真：＿＿＿＿＿＿＿＿

E-mail：＿＿＿＿＿＿＿＿＿＿

學歷：□1.小學 □2.國中 □3.高中 □4.大專 □5.研究所以上

職業：□1.學生 □2.軍公教 □3.服務 □4.金融 □5.製造 □6.資訊
□7.傳播 □8.自由業 □9.農漁牧 □10.家管 □11.退休
□12.其他＿＿＿＿＿＿＿＿

您從何種方式得知本書消息？

□1.書店 □2.網路 □3.報紙 □4.雜誌 □5.廣播 □6.電視
□7.親友推薦 □8.其他＿＿＿＿＿＿＿＿

您通常以何種方式購書？

□1.書店 □2.網路 □3.傳真訂購 □4.郵局劃撥 □5.其他

您喜歡閱讀哪些類別的書籍？

□1.財經商業 □2.自然科學 □3.歷史 □4.法律 □5.文學
□6.休閒旅遊 □7.小說 □8.人物傳記 □9.生活、勵志 □10.其他

對我們的建議：＿＿＿＿＿＿＿＿＿＿

＿＿＿＿＿＿＿＿＿＿

＿＿＿＿＿＿＿＿＿＿

為提供訂購、行銷、客戶管理或其他合於營業登記項目或章程所定業務需要之目的，家庭傳媒集團（即英屬蓋曼群島商家庭傳媒股份有限公司城邦分公司、城邦文化事業股份有限公司、書虫股份有限公司、墨刻出版股份有限公司、城邦原創股份有限公司），於本集團之營運期間及地區內，將以mail、傳真、電話、簡訊、郵寄或其他公告方式利用您提供之資料（資料類別：C001、C002、C003、C011等）。利用對象除本集團外，亦可能包括相關服務的協力機構。如您有依個資法第三條或其他需服務之處，得洽詢本公司服務信箱cite_apexpress@cite.com.tw請求協助。相關資料不提供亦不影響您的權益。

□我已詳讀權利義務之相關條款，並同意遵守。

請於此處用膠水黏貼